KB068009

폐월화 1

폐월화

1

조은담 장편소설

Terrace Book

목차

제1장

꽃을 지키는 저승사자

먹물로 그린 듯 검푸른 밤하늘에 동그란 달이 하얗다.

강물은 주위를 환하게 비추는 달빛에 비취색으로 빛났다. 낮에도 오묘한 빛깔의 강이었지만 밤이 되니 달빛을 머금은 탓에 물은 더욱 고운 색을 띠었다.

허벅지까지 바지를 걷은 최달현은 이 밤, 무언가에 홀린 듯 강을 넘고 있었다. 물살을 헤치며 달현이 되새기듯 다짐을 읊조렸다.

"조금만 기다려라, 여리야. 금일부로 빚도 끝이다!"

디딘 자리마다 하얀 모래가 곱게 일었다. 찰방찰방 물소리가 술기운 돈은 귀로 흘러들었다. 사방에 움직이는 것이라곤 달현 하나뿐이라 그 소리는 더욱 선명했다.

'예화 현(縣)'에서도 험한 산을 넘고, 아는 이 없는 널따란 강을 건너야 겨우 닿을 수 있는 고택. 사람들의 눈이 닿지 않는 곳에 은밀히 자리한 그 고택은 실상 집이라고 하기엔 한눈에 보기에도 규모가 대단했다. 여러 채의 가옥이 모여 있어 작은 마을 같기도 했고, 혹은 버려진 행궁이란 이야기도 드문드문 들려왔다.

고택 주위로는 세월이 깎아놓은 하얀 모래들이 잔잔하게 깔려 있었고, 그 모래들은 고택을 휘돌아 나가는 얕은 강과 맞닿아 있었다. 널따란 강은 신기하게도 어른의 허리 이상은 깊어지지 않았다. 가뭄이 들어도, 인근에서 홍수가 나도, 강은 꼭 그만큼의 깊이로 고택을 휘감고 흘렀다.

높은 언덕에 서면 강 너머 고택의 담장 주위가 내려다보였는데, 그곳에 피어 있는 꽃은 세상 어디에도 없는 진귀한 붉은빛을 띠었다. 바람이 스치면 저들끼리 붉은 물결을 만들어내기도 하고, 별빛이 내려앉으면 은은하게 반짝이기도 하는 이상한 꽃이었다. 그 꽃을 아는 이들끼리는 그것을 은밀하게 '폐월화(閉月花)'라 불렀다. 얼마나 아름다운 꽃이기에 달조차 얼굴을 숨긴다는 의미의 이름이 붙었을까.

취기가 얼큰하게 오른 달현이 달밤에 강을 건너는 것은 몇 시진(時辰) 전까지 함께 술을 마신 이들 때문이었다. 달현은 점점 가까워 오는 폐월화 고택을 보며 그들과 나누었던 대화를 떠올렸다.

―이건 비밀인데 말이야, 그 꽃을 꺾어 오면 최 대감 어른이 값을 후하게 쳐준다 했다더군. 아는 사람만 아는 얘긴데, 그 꽃이 시간을 되돌린다잖아? 그 꽃을 먹으면 십 년이 뭔가? 이십 년, 삼십 년도 젊어질 수 있다던데.

―예끼, 이 사람. 먹으면 젊어지는 꽃이 천지에 어디 있는가?

―사실이건 아니건 가져오기만 해도 값을 어마어마하게 쳐

준다고 했다니까? 모르긴 해도 몇백 냥은 우스울 걸세.

—한데 왜 아무도 가지 않는 겐가? 대감 댁 몸종들만 보내
도 실컷 가져오겠구먼.

—그 가옥에는 꽃만 있는 게 아니라고. 저승사자가 꽃을 지
키고 있다 하지 않는가. 사람은 다 목숨이 하난데 누가 가
려고 하겠나? 사실은 이미 거기 갔던 몸종들이 죽었는데
쉬쉬하는 거라는 소문도 있다네.

—고택이 있다고 치세. 한데 무슨 재주로 영산을 넘어? 그렇
지 않아도 요새 호랑이 소식이 심심찮게 들려오는데, 호랑
이 뱃속으로 구경 갈 일 있나?

—에이, 호랑이는 그렇다 치고 저승사자는 무슨.

—모르는 소리 말아. 저승사잔지 미치광이 무사인지 시커먼
사내가 장검을 지고 나타난 걸 본 사람이 있으니까. 얼굴
이 흉측해서 보면 절로 오금이 저린다는데.

—그게 다 밤에만 피는 꽃이라 그때만 꺾을 수 있다 보니 그
런 뜬소문도 생기는 거지. 쓸데없는 소리들하곤. 거참.

사내들은 자기들끼리도 반신반의하며 술안주쯤으로 이야기
를 풀어놓았지만, 달현만은 귀를 쫑긋 세운 채 듣고 있었다.

몇백 냥. 꽃 하나에 무려 몇백 냥이란다. 그 돈이면 고리대
로 빌린 빚쯤은 한 번에 갚을 수 있었다. 온 식구가 밤낮없이
쉬지 않고 일했음에도 불구하고 지금 달현의 허리춤에 묶여
있는 돈만큼이 달포에 한 번씩 고리대 이자로 고스란히 나갔
다. 저는 그렇다 쳐도 돈을 마련하기 위해 하나뿐인 여식 여리

가 그간 한 고생은 이루 말할 수 없을 정도였다.

물론 호랑이들이 지키는 영산을 넘어간다는 것이 보통의 이들에겐 엄두가 나지 않는 일이었지만 달현은 달랐다. 천운인지, 호랑이가 지나다니지 않는 샛길을 알고 있었다. 하여 달현은 도도하게 오른 취기가 아니었다면 언감생심 쳐다보지도 못했을 고택이 있는 회연(回緣)에 금일 감히 발을 붙여놓았다.

회연은 예화에 속한 곳이나 이제는 사람들에게 잊혀 지도에서도 사라진 동네였다. 산을 넘고, 물을 건넌 그곳에 그러한 이름의 땅이 존재한다는 것을 달현처럼 분명히 아는 자는 드물었다. 회연 자체가 아무나 찾을 수 없는 곳이었기에 고택의 저승사자는 세상 사람들의 입이 만들어낸 헛소문일 가능성이 컸다. 아니면 그곳을 우연히 지나게 된 이가 달빛이 만들어낸 나무나 산짐승의 그림자를 보고 오해했을지도 모를 일이었다.

예화에서 나고 자랐지만 한 번도 본 적이 없는 낯선 강을 건너자 맨발로 밟아도 될 정도로 보드라운 하얀 모래가 모습을 드러냈다. 달현은 주위에 인기척이 없는지 살핀 후, 발소리를 죽이고 붉은 꽃이 있는 쪽으로 재빠르게 몸을 낮추었다. 담장 밖에 핀 꽃이니 조금 없어진다 해도 티는 나지 않을 것이다.

미안하오, 저승사자. 내 딱 몇 송이만 가져가리다.

아무도 없는 달밤, 팔자에도 없는 도둑질을 하게 된 달현의 가슴은 방망이질 쳐야 마땅했다. 그러나 달빛 아래 빛나는 폐월화를 보는 순간, 달현을 붙잡았던 불안과 죄책감은 묘한 흥분으로 바뀌었다. 땅에 뿌리를 내리고 있는 꽃임에도 영롱하게 반짝였고, 그 빛깔은 과연 진귀한 홍옥에 가까웠다.

폐월화에 홀린 듯 시선을 빼앗겼던 달현은 이내 정신을 차리고 한 줄기를 뿌리째 뽑았다. 막상 뽑고 보니 한 줄기에 한 송이밖에 피지 않는 꽃이라 어쩐지 소박해 보였다. 그래, 가는 동안 상할 수도 있지 않은가? 이렇게나 넉넉하게 있으니 아예 열 송이 정도 뽑아가는 것이 좋겠다. 달현은 두 줄기, 세 줄기, 손에 잡히는 대로 마구 뽑아 들었다.

폐월화에 열중한 달현의 곁으로 검은 그림자가 드리우고 서늘한 기운이 느껴진 것은 그때였다. 취기가 올랐음에도 제 목에 닿은 싸늘한 쇠의 기운은 또렷하게 느껴졌다. 술기운이 번쩍 달아난 달현은 하얗게 질린 얼굴을 천천히 돌렸다.

"흐흑! 어, 어이쿠!"

저를 겨눈 칼끝을 본 달현은 방정맞은 소리와 함께 바닥에 털썩 주저앉았다. 하늘에 닿을 듯 끝이 없는 검은 그림자가 날 선 검을 들고 달현을 내려다보고 있었다.

얼굴을 가린 검은 천과 묶지 않은 긴 머리가 바람에 흩날려 만들어내는 기운이 기묘했다. 달빛 아래에서 날카롭게 빛나는 눈은 속을 읽을 수 없어 절로 사람을 움츠러들게 하였다.

달현의 다리가 앉은 채로 달달 떨렸다.

이, 이자구나! 꽃을 지킨다는 저승사자가!

달현도 그림자도 움직이지 않았지만 바람만은 예외였다. 산을 넘어온 탓에 볼품없이 흐트러진 달현의 머리카락이 불어

온 바람결에 살랑살랑 흔들렸다. 그러다 검을 만난 머리카락은 소리도 없이 부드럽게 잘려 바닥으로 내려앉았다.

바람마저 자를 듯한 검기. 시린 달빛에 물든 검이 예리하게 빛났다.

달현은 서둘러 모래 바닥에 납작 엎드렸다. 겁먹은 목소리에서는 물기가 묻어났다.

"나, 나리. 죽을죄를 지었습니다요! 사, 살려주십쇼."

그림자는 대답 대신 느긋하게 몸을 낮추어 달현 앞에 자리했다. 저승사자인지 무엇인지 알 수 없는 존재가 저와 가까워진 것만으로도 달현은 온몸의 털이 곤두서는 것을 느꼈다.

"제, 제발 살려주십시오. 잘못했습니다."

그림자는 답하지 않았다. 그 침묵이 무거워 달현은 더욱 아득한 정신으로 홀로 말을 이었다.

"이, 이 꽃들은 나리의 것이라 감히 탐을 내면 아니 되는데도 이 미친 것이 술에 취해 꼭 한 번 욕심을 내었습니다요. 맹세코 처, 처음 있는 일이옵니다. 하, 한 번만 살려주시면 다시는 이 꽃을 욕심내지, 아니 평생 이쪽은 쳐다보지도 않고 살겠습니다! 나리는 물론 이곳에서 본 것 모두 절대 입 밖에 내지 않겠습니다!"

기이할 정도로 아름다운 풍광 속에서 달현의 목소리만 홀로 우렁찼다. 이대로 번뜩이는 검에 달현의 목이 달아난다고 해도 세상 누구도 알 수 없을 것이니 그만큼 절박했다.

마침내 입을 연 그림자가 탁하게 가라앉은 목소리로 말했다.

"사람의 약조만큼 덧없는 것도 없지. 난 덧없는 것은 믿지 않는다."

"하, 하오나 지, 진심입니다! 살려만 주시면 무엇이든지 하겠습니다."

"무엇이든?"

"예, 무, 물론입죠. 뭐든지 하겠습니다요."

술기운 탓에 느껴지지도 않았던 한기가 등짝을 오싹하게 파고들었다. 그것이 추위 때문인지, 명줄이 끊어질 것에 대한 두려움 때문인지도 분간이 가지 않았다.

이윽고 그림자는 육중한 검을 바닥에 박았다. 은빛 모래들이 작은 바람을 일으키며 절로 자리를 비켜주었다. 달현은 바닥에 머리를 댄 채로 슬쩍 곁눈질을 해 검을 보았다. 날이 제대로 선 것이, 한눈에 보기에도 귀물이었다. 그래도 땅에 박았다는 것은 바로 죽이지는 않겠단 뜻일 터. 달현은 잠시나마 속으로 안도의 한숨을 내쉬었다.

그림자의 목소리가 달현을 향했다.

"약조는 함부로 하는 것이 아니다. 그래도 분명 뭐든 하겠다고 한 것 또한 너다. 하면 너는 꺾은 꽃을 대신해 무엇을 할 수 있느냐?"

"사, 살려만 주신다면 무엇인들 아깝겠습니까? 하, 하온데 제가 가진 것이 없어 당장은 변변히 드릴 것이 없습니다. 일찍이 마누라도 죽고 딸린 아이 하나와 겨우 입에 풀칠만 하는 정도여서, 그, 그래도 시간만 주신다면 어떻게 해서든……."

"꽃 값은 그걸로 하지."

"예. ……예?"

달현은 그림자의 말에 자기도 모르게 고개를 들었다. 분명 당장은 드릴 재물이 없다 하였는데 그걸로 하겠다니 무슨 말인지 퍼뜩 이해가 되지 않았다. 순간, 그림자가 달현의 옷깃을 잡아 거칠게 끌어당겼다. 식은땀이 송골송골 맺힌 달현은 난생처음으로 마을 사람들이 그렇게나 두려워하던 저승사자의 눈을 바로 앞에서 마주했다.

검은 눈은 사람의 혼을 빼놓을 만큼 강렬했다. 찰나였지만 달현은 그 시원하게 뻗은 눈매가 차갑고, 깊고, 서늘한 빛을 가지고 있음을 알아보았다. 저승사자의 눈은 본디 이렇듯 고요하고 아름다워 사람을 미혹하는 것인가.

정신을 붙잡은 달현이 허리춤에 묶어둔 이자를 기억해내고는 서둘러 주머니를 풀었다.

"그, 그렇지! 맞습니다. 돈! 지금 가지고 있는 돈이 조금 있습니다."

"누가 돈으로 받겠다고 하였느냐. 돈 따위는 필요 없다. 내가 받겠다는 것은 아이다."

"예?"

엽전을 꺼내 보이던 달현의 손이 우뚝 멎었다.

"변상은 그에 상응하는 것을 내놓아야 하는 법. 내겐 세상 무엇보다 중한 꽃이다. 네게 가장 중한 것은 아이인 듯하니 그만하면 꽃 값은 되겠지."

놀란 손을 떠난 돈이 주머니째로 후두둑, 바닥으로 떨어졌다. 달현이 두 손 모아 간절히 빌었다.

"아, 아니 될 말씀입니다, 나리! 유일하게 남은 핏줄입니다요. 제발 그런 무서운 말씀은 거두어주십시오. 다른 것이라면 뭐든지 드리겠습니다. 차라리 여기서 제 목을 베십시오."

"당장이라도 내놓을 수 있는 돈이나 네놈의 목보다는 지키려는 그 아이의 목숨이 더 값어치가 높아 보이는구나. 아이를 내어놓고 네놈 살 길이라도 도모하는 게 현명할 것이다."

"그, 그건……."

시린 바람이 불었다.

달현은 그제야 꽃을 지키는 저승사자에 대해 서 씨가 한 말들을 떠올렸다. 검은 천에 둘러싸여 빛을 보지 못하는 얼굴은 수많은 검상이 뚜렷해 가리고 산다 하였다. 혹은 그가 휘두른 장검에 베인 자들의 저주로 인해 얼굴이 흉측하게 일그러졌다고도 했다. 피 맛을 알아버린 장검이 기이한 울음소리를 낸다고 하였을 땐 다들 웃어넘겼는데 실제로 마주한 검의 기운은 그 이상이었다.

금일 저의 실수로 저는 물론 여리까지 위험해질 수 있음을 깨달은 달현의 눈가가 울컥 뜨거워졌다. 사람은 어째서 항상 실수를 저지른 다음 후회를 하는 것일까. 할 수만 있다면 시간을 몇 시진 전으로 되돌리고 싶었다.

"두 번 세 번 생각해봐도, 아니 될 말씀입니다. 잘못을 한 제게만 죄를 물으십시오."

그림자는 떨면서도 소신 있게 답하는 달현의 모습을 흥미롭게 지켜보았다.

잠시 후, 행간을 띄운 그림자가 피식 웃었다.

"하긴 갑자기 너와 네 아이가 사라진다면 이곳을 찾아오는 자들이 생겨날 수도 있겠지. 하나, 널 살려 보내면 길을 알고 있는 네놈이 다시 꽃을 가지러 오지 않는다는 보장도 없고. 귀찮은 것은 싫으니 이를 어이할까?"

"제, 제가 이곳에서 명을 다하면 불쌍한 제 아이는 혼자 남게 됩니다. 평생 이, 입에 자물쇠를 채우고 이곳으로 오는 길은 머리에서 깨끗하게 지워버리겠습니다. 약조할 수 있습니다."

달현의 가는 다리가 달달 떨렸다.

"약조, 할 수 있겠느냐? 때로 약조의 무게란 목숨보다 무거운 법."

심장은 쿵쿵쿵쿵, 천지를 흔들 정도로 빠르게 뛰었다.

"물론입니다."

"금일 이곳에서 네 입으로 약조한 말들을 어길 시엔 땅끝까지라도 쫓아가 너와 너의 아이를 찾아낼 것이다. 소문을 내는 불경한 입 두 개를 처리하는 건 저승사자에겐 일도 아니니."

그림자의 입을 통해 나온 '저승사자'란 말에 달현의 눈이 커졌다. 꿈결 같은 풍광과 어울리는 저승사자의 분위기가 어떠한 의문도 필요치 않게 하였다.

"대답."

사내의 명에 달현은 나오지 않는 말 대신 어버버 고개를 세차게 끄덕였다.

사내가 쥐고 있던 달현의 멱살을 던지듯 놓아주었다. 그러자 달현은 이윽고 참았던 비명을 지르며 급한 달음질로 강물을 향해 첨벙첨벙 뛰어들었다. 휘청거리는 달현의 모습이 하나의 점처럼 서서히 멀어져갔다.

달빛이 내려앉은 강물 위로 다시 고요가 내려앉자, 고택에서 사내를 부르는 목소리가 들려왔다.

"저승사자라니, 농이 지나치셨습니다. 예화에는 무탈하게 다녀오셨습니까?"

바닥에 꽂힌 검을 검집 안으로 갈무리하며 이겸이 뒤를 돌아보았다. 서래댁이 고개 숙여 이겸을 맞이했다. 이겸이 낮게 웃었다.

"마을에서 나를 그리 부른다기에. 나는 저자에게 나를 일러 저승사자라 하진 않았네. 그저 저승사자 이야기를 덧붙였을 뿐."

"……."

"아, 이 옷? 잠행의 기본은 검은색이 아니던가?"

물론 검은 옷보다는 기괴하게 풀어 헤쳐진 머리가 더 큰 문제였으나 정작 이겸 본인은 알지 못하는 듯했다. 소중한 꽃이라던 말은 거짓이 아니었기에 이겸은 망가진 폐월화들을 다시 흙 속에 고이 세워주었다. 일곱 해 동안 잘 버텨왔던 꽃들인데 이제 그 생사를 하늘에 맡길 수밖에 없음이 애석했다.

"이곳을 찾아온 자는 일곱 해 만에 처음이옵니다. 두 번 다시 오지 않겠다는 약조를 지킬지도 의문입니다."

"자네가 보기엔 어떠한가?"

"호랑이가 득실대는 산을 무슨 재주로 넘었는지는 모르겠으나 아이를 지키려는 것을 보니 나쁜 위인 같진 않았습니다. 한데 어찌 아이 이야기를 하신 것이옵니까?"

"음, 가까이서 보니 딴마음을 먹을 자 같진 않았네. 다만 가장 소중한 것을 잃을 수도 있다 생각하면 다신 이곳에 발을 들여놓지 않겠지. 내가 아이를 실제로 만날 일은 없으니 그저 그런 정도의 경고였네."

때로 인연은 보이지 않는 가운데 달빛처럼 스밀 준비를 하고 있다는 걸 이겸은 알지 못했다.

달현이 잊고 간 주머니에서 모습을 드러낸 엽전들은 모래와 섞여 조용히 빛나고 있었다. 달빛으로 물든 폐월화 아래에 숨을 죽이고, 누군가를 기다리듯 반짝반짝.

햇살 맑은 예화 현.

훤하게 뚫린 저잣거리 끝에서부터 울려 퍼지는 익숙한 이름에 사람들의 시선이 너 나 할 것 없이 한곳으로 모였다. 조용한 저잣거리를 등장만으로 떠들썩하게 만드는 이는 예화에서 한 명밖에 없었다.

"여리야! 삯바느질 해둔 거 잘 받았다. 다음에도 부탁하마."

"여리. 평돌이네가 밭일 때문에 찾던데?"

"여리야, 조금 이따 우리 집도 들러다오."

예화 최고의 일꾼 최여리가 무엇 때문인지 눈썹을 휘날리며 뛰어가고 있었다. 그 뒤로 사람들의 목소리가 따라붙었다.

"땔감 한 단이 얼마라고?"

"서 푼인데 두 단 필요하시면 한 푼 깎아드려요."

"여리야. 명이 엄마가 소개해준 일, 벌써 끝난 거야?"

"예. 금일이 잔치 준비 마지막 날이라서요."

"허허허, 그 댁 놀러 가면 맛있는 거 많이 있는 거여?"

"오전 내내 전만 삼백 장 부치고 왔어요. 잔칫날 잊지 말고 꼭들 가세요."

'여리야'를 붙인 사람들의 인사와 질문이 쉬지 않고 날아들었다. 익숙한 일인 듯 여리는 뛰어가는 중간에도 저마다 눈을 맞추며 하나하나 대답을 잊지 않았다.

시간은 곧 돈이다. 예화 최고 일꾼의 소문난 고객 관리와 야무진 손길은 곧 적지 않은 돈으로 이어졌다. 그 돈의 대부분이 꾸어다 먹은 쌀을 갚는 고리대 이자와 간간이 아비가 사고 친 일들을 수습하는 데 들어가니 문제였지만.

천성이 밝고 긍정적인 여리가 아니었다면 진작 굶어 죽어도 죽었을 집이었으나 다행히 달현과 여리는 굶지도, 죽지도 않고 아주 잘 살고 있었다.

다행히 금일은 일이 일찍 끝난 덕분에 아버지 진지를 차려드리고 노리개도 마무리 지을 수 있을 것 같아 여리의 걸음이 가벼웠다.

"아버지, 잔치 음식을 조금 가져왔어요."

오반 때를 맞춰 상을 봐 온 여리가 달현의 방 앞에서 기다렸다. 그러나 방에서는 아무런 답이 없었다. 분명 새벽에 오신 것을 확인했는데 다시 나가셨나?

"안에 아니 계세요?"

잠시 대답을 기다린 여리는 달현의 짚신을 확인하고는 문을 열어보았다. 그러자 이불을 둘러싸고 누운 아비가 보였다. 미약하지만 끙끙 앓는 소리도 들려왔다.

"어디 편찮으신 거예요?"

놀란 여리가 급히 방으로 들어갔다. 식은땀이 송골송골 맺혀 있는 달현의 얼굴을 들여다보며 여리가 다시 한 번 아비를 불렀다.

"아버지?"

"헉!"

마치 쫓기다 놀란 사람처럼 달현의 눈이 번쩍 떠졌다. 그는 뭐가 그리도 무서운지 재빨리 이불을 끌어다 뒤집어썼다.

달현은 눈만 빼꼼 내밀고 저와 여리밖에 없는 것을 확인하고서야 긴 숨을 내쉬었다.

"허어어, 우리 집이네. 다행이다. 후우, 꿈이었구나."

"꿈이요?"

"그래. 휴, 꿈이었어. 저승사자라니, 나도 참. 허허허."

다시 한 번 방 안을 둘러본 달현이 그제야 이불을 걷어내며 앉았다.

"몸이 허하시다더니 꿈에서 저승사자라도 보신 거예요?"

"그러게 말이다. 무슨 그런 말도 안 되는 꿈을."

달현은 여리가 올린 물을 시원하게 들이켜고는 이마에 맺힌 땀을 소매로 훔쳐냈다. 목덜미까지 흠뻑 젖은 것이 어지간히도 무서운 꿈인 모양이었다.

"넌 안 먹느냐?"

"예. 전 음식 마련하면서 많이 먹었어요."

달현이 밥을 큼직하게 퍼서 입을 벌렸다. 어젯밤 끔찍했던 일들이 모두 꿈이라고 생각하니 절로 입맛이 돌고 어깨춤이 솟아났다.

아비가 기운차게 식사를 시작하자 여리는 몸을 일으켜 서랍장 앞에 섰다.

"아버지, 혹시 여기 있던 주머니 못 보셨어요?"

윤 대감 댁 마님께서는 아기씨의 다섯 번째 생일을 기념해 특별한 선물을 주고자 하셨다. 하여 세공된 호박과 산호 등 작은 보석 다섯 개를 주시며 예쁜 매듭과 함께 엮어달라는 주문을 했는데 여리는 그것들을 주머니에 넣어 서랍장에 꼼꼼하게 넣어두었었다. 이제 엮어둔 매듭에 그것들을 꿰기만 하면 마무리야 금방 될 것이다.

"보았지. 그런 주머니에 이달 이자를 넣어서 나간 기억이 나는구나."

"그럼 이자만 내시고 주머니는 다시 가지고 오신 거지요?"

"물론이······."

쉼 없이 움직이던 달현의 숟가락이 덜커덕 멈추었다. 이상했다. 그러고 보니 어제 꿈은 그렇다 치고 이자를 가져다준 기억이 없었다.

음식을 씹는 속도가 눈에 띄게 느려졌다. 어디서부터가 꿈이지? 주막에서 술을 마시고 바로 집에 왔나? 아니면, 이자를 내려 갔었나? 달현이 서둘러 제 허리춤을 잡아보았지만 허전했다. 알 수 없는 불안이 본능적으로 등줄기를 타고 올라왔다. 설마······.

뒤늦게 달현의 옷에 시선이 닿은 여리가 서둘러 아비 옆에 앉았다.

"옷은 어디서 이렇게 버리신 거예요? 등도 온통 흙물에 풀물에, 바지에 묻은 건 모래 같은데요."

여리의 말에 달현의 시선이 천천히 제 옷으로 내려갔다. 예화에서는 볼 수 없는 고운 모래가 바지 접힌 부분마다 수북했다. 소매 안쪽에서도 고운 모래가 날렸다. 이런 흰모래는 강가에서만 볼 수 있는 것이었다. 예를 들면, 꿈에서 봤던 곳. 영산 너머에 있는 회연 같은.

"커, 컥!"

"아, 아버지?"

"푸하!"

달현의 입 안 가득 들어 있던 밥알들이 허공을 향해 내뿜어졌다. 달현의 눈에는 그것들이 흡사 마지막 눈꽃처럼 슬프고도 아련하게 보였다. 그곳에 다녀온 지난밤의 일들이 꿈이 아니었구나.

"망할, 어쩐지 밥맛이 좋더라. 허허……허……."

달현은 우는지 웃는지 모를 표정으로 풀썩, 졸도했다.

그날 밤, 여리는 어찌 된 영문인지 폐월화 고택이 보이는 강 건너편에 서 있었다. 이른 어둠이 깔리고 과연 아비의 말대로 달빛에 물든 강물은 비취색으로 빛났다.

"저기가 그곳이구나."

미리 사내 행색으로 변복을 한 여리는 머리카락을 다시 한 번 갈무리했다. 아비에겐 진사 댁 잔치 준비가 끝나지 않은 걸로 해두고 나온 길이었다.

강을 건널 수 있는 다리나 배는 보이지 않았다. 봇짐을 여미고 강에 발을 담그자 찰랑이는 물은 금세 무릎까지 차올랐다. 차디찬 물이 마치 이젠 강에 발을 넣기 전으로 돌아갈 수 없다고 말하는 듯했다.

집을 떠나오기 전, 정신을 차린 아비는 여리에게 모든 것을 털어놓았었다. 꽃을 꺾으러 고택에 갔다가 저승사자를 만나고 돈이 든 주머니를 깜빡 챙기지 못하고 왔다는 것까지. 잃어버린 돈은 내일 당장 일을 나가 채워 넣을 것이라며 곧 쓰러질 것 같은 안색으로 덧붙였다. 고택에 관한 것은 죽을 때까지 비밀, 또 비밀이라고 발설을 금하는 것도 잊지 않았다.

거기에 대고 여리는 차마 그 주머니에 다른 것이 함께 들어 있었다는 말은 하지 못했다. 그렇지 않아도 돈을 마련할 생각에 근심이 많은 아비에게 그 이야기까지 했다면 깨자마자 다시 혼절하셨을지도 모를 일이었다.

"송구합니다, 아버지! 그렇지만 저승사자가 아니라 저승사자 할아버지가 나온다 해도 찾아야 할 물건이 있어요."

마님께서 보석이 사라진 것을 아시게 된다면 저뿐만 아니라 아비까지 의심을 사 화를 당하게 될 것이다. 스무 해를 살아보니 본 적도 없는 저승사자보다 더 무서운 것은 바로 사람과 돈이었다.

깊지 않은 물이 달빛을 듬뿍 담고 있어 불을 밝힌 듯 주위가 환했다. 물은 얕았지만 서늘한 가을 물살은 만만하지 않았다. 시작은 당당했으나 바지를 동동 걷고 한 발 두 발 옮기다 보니 여리의 몸은 절로 떨려왔다.

"밤에 오니 물이 얼음장 같구나. 내일 낮에 다시 올 걸 그랬나? 아니 무슨 집에 물을 건너는 다리나 배가 없지? 다들 저길 어떻게 가는 거야?"

말이 화근이 된 듯 강 중간까지 간 여리의 발이 순식간에 모래 사이로 움푹 빠져들었다.

"어, 허? 억!"

풍덩―.

미처 손쓸 틈도 없이 여리의 모습이 반짝이는 물보라 사이로 모습을 감추었다.

해가 떠난 자리, 장국밥 가게 앞에 걸린 초롱이 은은한 빛을 대신했다. 장이 선 날이라 평소보다 오가는 발길이 많았다. 다른 이들의 시선에서 빗겨난 구석에서는 얼굴이 보이지 않을 만큼 삿갓을 눌러 쓴 이겸과 약방 주인장이 함께 술잔을 나누고 있었다.

"금번 장에서도 구하지 못했습니다. 비슷한 것을 보았다는 소문은 있었지만 확인해보니 아니었습니다. 송구합니다."

"자네가 송구할 일은 아니네."

보통의 이들은 평생 가야 한 번 볼 수도 없을 만큼 진귀한 꽃. 그러니 기대를 가지고 찾아온 걸음은 아니었다.

이겸이 약방 주인장을 알게 되고 폐월화를 키울 수 있는 회연을 찾은 것은 실로 하늘이 도운 일이라 봐도 무방했다. 일단 뿌리를 내리면 일곱 해 동안 붉게 반짝이는 꽃이었지만 자랄 수 있는 땅을 찾는 일은 그만큼 어려웠다. 게다가 이겸이 기다리는 것은 고택 앞을 가득 메운 붉디붉은 폐월화들이 아니었다.

"올해로 꼭 일곱 해째인데 밭은 그대로인지요?"

이겸은 짧게 고개를 끄덕였다.

그에게 필요한 건 몇천, 몇만 송이의 붉은 폐월화 중 하얗게 변할 단 한 송이였다. 언제, 어떤 연유로 폐월화의 색이 변하는지는 아무도 모른다. 아니, 변할지 변하지 않을지조차 알 수 없었으나 오직 그것만이 이겸을 살게 할 유일한 희망이었다.

고택 앞의 폐월화만 넋 놓고 기다릴 수 없어 약방 주인장에게 기약 없는 말을 넣어놓은 것이 벌써 여러 해. 이제 이겸에겐 남은 시간이 얼마 없었다.

"아, 내가 이유 없이 돈 달랬어? 우리 덕에 여기서 잘 먹고 잘 살면, 어? 그에 대한 성의 표시를 해야 사람 새끼지!"

와장창―.

다부진 체격의 사내는 주모가 나르던 쟁반을 바닥으로 패대기쳤다. 깨진 그릇이며 찬들이 흙바닥에 나뒹굴었다.

사내의 익숙한 행패에 주막 안에 있던 사람들이 비명을 지르며 밖으로 도망쳤다.

술잔을 잡은 이겸의 손이 허공에 멈추어 있자 약방 주인장이 목소리를 낮추고 속삭였다.

"관여하지 마십시오. 예화 현감 밑에서 일하는 아전과 그 수하들입니다. 고리대를 빌리지 않는 자들에겐 저런 수법으로 자릿세를 뜯어내지요. 모두 현감이 뒤로 시킨 일입니다."

장독들이 차례로 깨져나갔다. 주모가 발을 동동 구르며 아전 일행을 막아섰다.

"돈 뜯어간 게 사흘 전인데 어디 돈이 있겠습니까? 제발 사정 좀 봐주십시오."

"사정 같은 소리하네. 돈이 없으면 염치라도 있든가!"

약방 주인장의 목소리가 더욱 은밀해졌다.

"여기 계시다가 나리의 정체가 현감의 귀에 들어가기라도 하면 큰일입니다. 조용히 밖으로 자리를 옮기시지요."

이겸과 약방 주인장은 소란스러운 틈을 타 밖으로 빠져나갔다. 그들이 나가는 동안에도 주모는 아전 일행에게 손이 발이 되도록 싹싹 빌고 있었다.

반 시진 후, 주막을 나온 아전 일행은 뒤를 살피고는 으슥한 골목길로 접어들었다.

"내놓으랄 때 내놓으면 서로 안 피곤하고 얼마나 좋아."

"형님, 이번엔 저희도 한몫 챙겨주시는 거지요?"

아전은 질문하는 녀석의 뒤통수를 냅다 갈겼다.

"다음부턴 돈 되는 건 빼고 적당히 때려 부수라고. 나중에 돈이 없으면 내다 팔 거라도 있어야 할 거 아니야?"

현감에게 상납할 돈을 뺀 나머지 돈이 아전 일행의 주머니 속으로 몇 푼씩 나누어서 들어갔다. 그때, 으슥한 골목 끝에 우두커니 서 있던 검은 물체를 발견한 아전이 비명을 질렀다.

"아오씨! 깜짝이야! 뭐야, 저건!"

모두의 시선이 이겸에게로 모였다. 이겸이 무심한 목소리로 입을 열었다.

"나쁜 짓 하고 살면 그렇게 쓸데없이 놀란다."

"뭐야, 저 새끼. 지금 우리보고 그런 거야? 하, 이거 참. 정신 나간 놈 오랜만에 보네."

아전 일행은 삿갓에 가려 보이지 않는 이겸의 얼굴을 확인하려 위협적으로 다가섰다. 풍기는 기운이 뭔가 범상치 않았지만 자신들의 뒷배는 현감이었다. 호랑이를 뒤에 둔 여우는 결코 겁을 먹지 않는 법.

"형님, 저놈 우리가 중간에서 슬쩍한 것도 본 것 같은데요. 나리 귀에 들어가면 골치 아파집니다."

"너, 우리가 누군지 알고 있냐? 이 새끼, 오늘 잘못 걸렸어."

아전 무리가 더 이상 꺾을 것도 없는 목을 한껏 꺾어가며 어깨를 움직여 보였다. 조금 전 덜 쓴 몸을 마저 풀어볼 요량이었다.

삿갓 아래 자리한 미끈한 입술에 옅은 미소가 걸렸다.

"현감이 시켜서 어쩔 수 없이 한 짓인 줄 알았는데, 지금 보니 자발적으로 나쁜 놈들이라 다행이다."

"뭐?"

"내가 금일 사고 한번 칠 생각이거든."

"이 새끼, 뚫린 입이라고!"

아전 일행이 바로 앞까지 다가섰지만, 이겸은 물러서지 않았다. 대신 그들이 원하는 대로 고개를 천천히 들어주었다. 어둠도 가리지 못한 달빛이 이겸의 얼굴 위로 흘러들었다. 그저 눈빛을 마주했을 뿐인데 무리의 걸음은 주춤 멈췄다. 이겸의 입가에서 서서히 미소가 사라졌다. 아직 아무 일도 일어나지 않았으나 사내들은 본능적으로 깨달았다. 금일 일진이 꽤 사나울 것이란 걸. 달빛은 처연했고, 남은 밤은 쓸데없이 길었다.

"누, 누구세요? 너……는."

몽둥이를 쥐었다는 이유로 등 떠밀려 나온 사내가 간신히 물었다.

"어, 헉!"

그러나 대답을 들을 사이도 없이 비명과 함께 사내가 쓰러지고, 사내의 손에 있던 몽둥이는 이겸의 손으로 넘어가 있었다. 너무 빨라 아전 일행 중 그 누구도 방금 무슨 일이 일어났는지 모른 채 눈만 끔뻑였다. 이겸이 공기마저도 얼려버릴 듯 싸늘한 목소리로 사내의 물음에 친절히 답해주었다.

"이제부터 함께 알아보자. 나쁜 놈들 눈에만 보이는, 내가 누군지."

"찾았다, 나의 보물……이 아니네."

물에 젖은 여리가 한기를 가득 담은 숨을 내뱉었다. 멀리서 봤을 땐 하얀 것이 주머니 같았는데 막상 쥐고 보니 아니었다. 마른 나무껍질은 꽃밭 밖으로 휙 밀려났다.

가져가기만 하면 몇백 냥을 받는다는 붉고 반짝이는 꽃들이 지천에 차고 넘쳤지만, 그것들은 여리의 관심 안에 있지 않았다. 다른 이의 것을 탐하는 욕심이 어떤 화를 부르는지 잘 알고 있었다. 하여, 여리는 주머니만 찾아 돌아갈 것이다.

달이 올라앉은 위치가 제법 넘어갈 정도로 긴 시간 동안 폐월화 밭을 살피다가 여리는 이윽고 고택 대문으로 다가갔다.

정녕 내키지 않았지만 보이지 않는 주머니를 찾기 위한 방도는 이제 단 하나였다. 여리는 가슴을 한 번 쓸어내리고 침착하게 문을 두드렸다.

"실, 례, 합니다. 안에 계십니까?"

누군가 봤다면 물귀신이 나왔다며 기겁했을 형상이었다. 값싼 흰색 저고리와 바지는 볼품없이 젖고, 수초 같은 머리카락은 하얀 얼굴 위에 가닥가닥 붙어 있었다. 게다가 허리 한 번 못 펴고 밭을 살피느라 눈 밑은 시커멓게 변한 채였다.

심호흡을 한 여리가 대문을 가만히 밀자, 생각과는 달리 문은 '삐걱' 소리와 함께 쉽게 열렸다. 차라리 열리지 말았으면 그 핑계를 대고 이대로 돌아설 수 있었을 텐데.

"아무도 안 계십니까?"

여리는 대문 사이로 젖은 고개를 조심스럽게 내밀어 안을 살폈다. 밖에서 눈대중으로 본 대로 과연 고택 안은 넓고 화려했다. 보통의 가옥이라기엔 너무도 웅장한 규모에 여리는 저도 모르게 입을 벌렸다. 군데군데 밝혀진 횃불이 연염한 고택의 모습을 드러냈다.

"정말 염치없고 송구스럽습니다만 여쭤볼 말씀이 있습니다. 누구 안 계십니까?"

여러 번의 외침에도 대답은 없었다. 되돌아오는 것은 고요한 적막뿐.

달빛 서린 아름다운 고택에 딱 하나 없는 것이 있었다. 그것은 바로 사람의 온기였다. 여리는 내일 낮에 다시 올까 하는 생각을 잠시 했다.

아니다. 지금까지 한 고생이 있지. 가옥을 훑어보니 그중에 딱 한 칸, 호롱불 빛이 새어 나오는 곳이 있었다. 여리는 그곳으로 발걸음을 옮겼다.

"말씀 좀 여쭙겠습니다."

잠시 답을 기다린 후, 다시 한 번 기척과 함께 손때 묻은 방문을 열었다. 방은 텅 비어 있었다. 다만 따뜻하게 밝혀 놓은 호롱불 빛과 정갈하게 정돈된 이부자리가 누군가를 기다리고 있을 뿐이었다. 빈집은 아니라는 이야기인데.

"푸에취!"

서늘한 가을밤, 흠뻑 젖은 탓에 여리는 몸을 부르르 떨었다. 뚝뚝 떨어지는 물이 금세 여리의 발 주위로 동그랗게 번져나갔다. 그러고 보니 몸 여기저기가 으슬으슬했다. 손을 들어 두 팔을 비벼봤지만, 별다른 효과는 없었다.

애초에 저승사자가 있다는 말은 믿지 않았다. 그보다는 사람들이 말하는 미치광이 무사가 차라리 합당했다. 뭐가 됐든 만나서 주머니의 행방을 물어봐야 하는데, 그 전에 얼어 죽겠다.

방문을 곱게 닫은 여리는 방을 따뜻하게 데우고 있는 아궁이로 저도 모르게 시선을 주었다. 주위를 살핀 여리는 아궁이 옆 구석으로 몸을 숨겼다. 이렇게라도 온기를 쬐니 살 것 같구나.

"하아, 따뜻하다."

그나저나 이 큰 집에 어찌 사람이 한 명도 안 보이지? 저승사자든 미치광이 무사든 누가 있어야 물어보기라도 할 텐데.

"에취!"

여리는 재채기를 거하게 하고는 코를 훌쩍였다. 그동안 연을 끊고 살았던 감한과 금일 다시 상봉하게 생겼다.

그로부터 얼마 후, 이겸은 밖에서부터 대문을 거쳐 집 안으로 향한 물방울 자국을 보고 있었다. 물을 머금은 작은 발자국들은 불을 밝혀둔 방까지 총총히 이어졌다.

설마 어젯밤의 그자가 겁도 없이 다시 온 건가?

이겸은 지끈거리는 관자놀이를 손으로 지그시 눌렀다. 달빛 서린 마당으로 답답함을 담은 긴 날숨이 내리깔렸다.

호랑이의 터라 불리는 영산을 마치 동네 강아지 있는 제집처럼 넘나드는 자는 일곱 해 만에 처음이었다. 그것도 이틀을 연속으로.

"푸, 푸……."

그때, 미약하긴 했지만 낯선 이의 새근새근한 숨소리가 들려왔다. 삿갓을 조금 더 눌러쓴 이겸은 기척의 행방을 따라 발걸음을 옮겼다.

얼마 가지 않아 아궁이 옆 구석에서 이겸이 멈춰 섰다. 숨소리의 주인을 찾고 나니 더욱 가관이었다.

"……뭐야, 이 물건은."

물건이라 칭해진 그것은 쪼그리고 앉은 채로 아예 무릎에 얼굴을 박고 깊이 잠들어 있었다. 이겸은 다시 한 번 한숨을 쉬고는 간 큰 침입자를 불렀다.

"이봐."

"……."

"이봐."

참을성 있게 이어진 몇 번의 부름에도 물건은 꿈쩍하지 않았다. 밖에서 이리 편하게 잘 수 있다니, 어떤 의미로는 강적이었다. 기다리다 못한 이겸이 여리의 다리를 툭툭 찼다.

"이보……."

"에이씨! 건드리지 말……라고."

이겸의 말이 채 끝나기도 전에 여리가 잠이 묻은 목소리로 버럭 외쳤다. 잠결인지 끝 두 글자 정도는 작게 잦아들었다.

언제 그랬느냐는 듯 주위는 다시 잠잠해졌다. 이겸은 생각지도 못한 상황에 잠시 멈추어 있었다.

"허."

누가 보면 이겸이 객이고, 여기가 주인집 안방인 줄 알겠다.

잠깐이었지만 목소리도 그렇고 어제의 그자는 분명 아니었다. 잔뜩 웅크려 있어 덩치는 가늠되지 않지만 굳이 따지자면 그자의 아들 쪽에 가까우려나?

서래댁이 아는 자인가 싶어 별채로 가려니 때마침 웅얼거리는 소리가 이겸을 잡아끌었다.

"……추, 추워……."

허락 없이 들어온 주제에 가지가지 하는군.

주위를 휙 둘러본 이겸은 한쪽에 있던 모포를 펼쳐 여리의 위로 귀찮은 듯 던졌다. 이번에야말로 몸을 돌리는데 다시 목소리가 들려왔다.

"추······워. 엄마······."

이쯤 되면 자는 거 아니지? '엄마'가 아니고 '인마'인데 내가 잘못 들은 건가?

"너, 일어나봐. 어이."

이겸이 내리깐 목소리로 엄중히 말했으나 모포 속은 잠잠했다. 재주 좋게도 깊이 자는 모양이었다. 그러나 춥다는 말이 거짓은 아니었는지 새근새근한 중에도 모포가 간간이 떨렸다.

강을 헤엄쳐 건너온 것인지 침입자의 작은 짚신이 흠뻑 젖어 있었다. 짚신을 보던 이겸의 눈매가 살짝 가늘어졌다. 짚을 엮은 모양이 독특해서 눈에 걸렸다. 기억을 되짚어보니 어제 왔던 그자의 짚신과 같은 모양이었다. 결국 그놈이 말하던 아이이든 아니든 놈과 관련이 있는 건 확실했다.

"귀찮은 건 질색인데."

아이 운운하며 함부로 경고하는 게 아니었다. 가볍게 뱉은 말이 이런 식으로 귀찮게 돌아올 줄이야.

여전히 모포는 미동이 없었다. 그나저나 남의 집에 허락도 없이 들어와서 자고 있는 이 간 큰 놈을 어쩐다?

"추······ 푸······."

추위의 '추'인지, 숨을 내쉬는 소리 '푸'인지조차 알 수 없는 애매한 소리가 일정한 간격으로 흘러나왔다. 이곳을 다시 찾은 연유는 알 수 없었으나 적어도 아궁이 앞에 자리 잡은 까닭은 알겠다.

"이래서 말은 함부로 뱉는 게 아니거늘. 일단 넌 깨고 보자. 안 자는 거면 너 나한테 진짜 혼난다."

이겸은 하는 수 없이 모포에 둘러싸인 여리를 그대로 번쩍 안아 들었다. 마치 짐짝을 운반하는 듯한 걸음걸이마다 귀찮음이 묻어났다.

바람을 닮은 소리가 여리의 귓가를 간질였다. 작게 재잘거리는 울림이 꿈에서부터 부드럽게 이어졌다. 아침 햇살에 녹아든 새소리였다. 조금씩 잠을 깨는 여리의 눈썹이 살짝 찌푸려졌다가 펴졌다.

벌써 날이 밝았나 보다. 조반을 지어야 하는데. 아, 한데 금일은 유난히 바닥도 따뜻하고 이불은 포근해서 일어나기가……. 음? 우리 집에 포근한 이불이 있었던가?

"헉!"

여리의 눈이 번쩍 떠졌다. 온몸을 감싸고 있는 이불을 뒤로 젖히자 햇살이 내려앉은 방바닥이 가장 먼저 보였다. 모포는 덤이었다.

낯선 곳. 그리고 밝아버린 아침.

여러모로 기가 찬 상황에 이게 무슨 일인지 생각이 따라가지 못했다. 그저 머릿속이 새하얬다.

"잤나? 잤어?"

여리는 끊어진 기억을 서둘러 이었다.

어제 분명 물에 젖은 채로 떨다가 절로 이가 딱딱 부딪히는 것이 감한이 들 것 같았더랬다. 그래서 발견한 아궁이의 곁불을 쬐며 이 집의 주인을 기다릴 셈이었다. 불 앞에서 손을 녹이고 젖은 옷을 말리던 것까진 기억이 나는데. 따뜻한 온기에 몸이 나른했던 것도……. 한데 그다음은?

여리가 제 머리를 쥐어박았다. 끄아! 목숨이 붙어 있는 것을 감사해야 할 판이었다. 게다가 분명 잠든 곳은 아궁이 옆인데 깨어난 곳은 방 안 이불 위라니. 그나마 다행이라면 어젯밤 젖은 제 옷이 꿉꿉한 그 모양 그대로 입혀진 채라는 것.

"후, 다행이다. 아니, 이게 과연 다행인가? 알지도 못하는 곳에서 잔 건데! 게다가 누군가 날 이리로 옮겼다고! 아버지께서는 얼마나 걱정을 하고 계시겠어?"

삯바느질감이 밀려서 이곳에 오기 직전까지 사흘 밤을 샜더니 저도 모르게 잠이 들었다. 낮에는 잔치 준비에 밤으로는 바느질을 하고 노리개를 만들었으니. 그래도 그렇지. 분명 때린 이는 없었으나 여리는 아침부터 거하게 맞은 기분이 들어 한동안 넋을 놓았다. 이내 고개를 세차게 저어 정신을 차리고 느슨해진 머리를 후다닥 매만졌다. 급히 머리카락을 다시 묶는데 방문 밖에서 기침 소리가 들렸다. 잘못 들었나 싶어 여리의 손이 멈췄다.

얼마 지나지 않아 다시 한 번 기침 소리가 들려왔다. 누군가 밖에서 여리를 부르는 소리가 분명했다.

"일어났으면 문을 열겠다."

"예, 예!"

여리가 휘청거리며 재빨리 일어났다. 환한 햇살과 함께 방문이 열렸다.

이분이 바로 아버지가 말씀하시던 꽃을 지키는 저승사자……가 아니네?

문을 연 사람은 온통 시꺼먼 저승사자가 아니라 나이 지긋한 여인이었다. 흰머리가 한두 가닥 희끗희끗 새어 있는 걸로 보아 여리의 아비와 비슷한 연배인 듯했다.

놀란 것은 여리만이 아니었다. 일어선 여리를 잠시 보고 있던 서래댁은 자신이 방문을 잘못 열었나 싶어 다시 방문을 닫아서 방을 확인했다. 나리께서는 분명 사내아이라고 하셨는데 자신이 착각했나 싶어 잠시간 생각을 했다. 서래댁의 눈썹 한쪽이 슬그머니 올라갔다. 얼떨떨했지만 달리 속마음을 내보이진 않았다. 서래댁은 굳게 다물린 입술에서 알 수 있듯이 쉬이 속마음을 알 수 있는 인상은 아니었다.

"간밤에 이곳에서 쉬셨다 들었습니다. 뉘십니까?"

"윤허 없이 신세를 지게 되어 정말 송구하게 되었습니다. 이곳에서 꼭 찾을 것이 있어서 왔는데 그만 잠이 들어 무례를 저지르게 되었습니다. 혹시 저를 방으로 옮겨준 분이십니까?"

물어보면서도 그럴 가능성은 낮다는 생각이 들었다. 그도 그럴 것이 눈앞의 여인은 여리보다 몸집이 작았다. 한동안 여리의 전후 사정을 들은 서래댁은 고개를 끄덕였다.

"그리된 것이군요."

서래댁은 여리를 티 나지 않게 한눈에 훑어보았다. 사내의 복색을 하고 있지만 이 객은 분명…….

서래댁은 가지고 온 요깃거리를 여리 앞에 내려놓았다.

"애석하게도 그날 떨어뜨리고 갔다는 주머니는 보지 못했습니다. 돌아가는 길, 시장할 터이니 간단히 요기라도 하고 가시지요."

"보지 못하셨습니까? 대단히 송구스럽습니다만 제가 그 주머니를 꼭 찾아야 하는 이유가 있습니다. 주머니 속의 돈은 없어도 괜찮으나 주머니가 없으면 난처한 일이 생깁니다."

"산길이 아닌 모래밭에 떨어뜨리고 간 거라면 아마도 꽃과 모래 사이 어디쯤 파묻혀 있긴 할 겁니다. 하나……."

"무슨 문제라도 있는지요?"

"주인어른께서 저 꽃들을 각별히 아끼십니다. 주머니를 찾기 위해 꽃들이 상하는 일은 윤허하지 않으실 겁니다. 그것이 한두 송이라 하여도요."

"그건 걱정하지 마십시오. 밭 가꾸는 일은 눈을 감고도 할 정도로 풀 피하는 일에 요령이 있습니다. 꽃이 상하지 않게 저희 물건만 조심히 찾아가겠습니다."

"저 혼자 결정할 수 있는 일은 아닙니다."

"그럼 제가 주인어른을 뵐 수 있는지요? 직접 찾아뵙고 무례에 대한 용서를 구한 후 사정을 말씀드리겠습니다."

"그 또한 불가합니다. 주인어른께서는 아무도 만나지 않으십니다."

아침 해가 제법 자리를 잡았다. 주인의 윤허 없인 밭을 살필 수도 없어 난감했다. 아비 또한 간밤에 여리가 돌아오지 않아 염려하고 있을 터이니 이대로 지체하고 있을 시간이 없었다.

여리가 난처해하자 서래댁은 잠시 생각을 정리했다. 꽤 중요한 물건인 모양이었다.

"새벽에 우연히 꽃에 지지대를 묶어둔 걸 보았습니다. 손님께서 하신 일입니까? 어떤 연유로 그리하셨는지 물어봐도 되겠습니까?"

"그 부분 꽃들만 둥그렇게 늘어져 생기가 없기에 혹, 제 아비가 다녀간 일로 그리된 건 아닐까 짐작했습니다. 그대로 두면 시들 것 같아 잡초를 정리하고 뿌리의 자리를 잡아준 다음 나뭇가지로 지지대를 만들어두었지요. 본디 모래는 흙과 달라 자리 잡는 것이 쉽지 않으니까요."

"처음 저 꽃을 본 이는 꽃과 잡초를 잘 구분하지 못할 텐데."

"이 지역 풀들은 조금씩 비슷한 면이 있습니다. 역시 제가 괜한 짓을 한 것이온지요? 송구합니다."

"아닙니다. 솜씨가 야무져서 감탄한 터였습니다. 그렇지 않아도 밭을 한번 손봐야 하는 때였으나 일이 많아서 미뤄두고 있었지요."

서래댁의 말에서 뭔가 실마리를 얻은 여리가 순간, 눈을 반짝 빛냈다.

"아주머님, 그럼 이렇게 하시면 어떠하겠습니까?"

해가 물러가고 고택에는 어둠이 스몄다. 서래댁은 준비해 온 다과상을 서안 옆으로 내려놓았다. 이겸은 읽고 있던 책에서 시선을 거두었다.

"내일부터 며칠 집을 비우게 되었습니다."

"동아가 올 때가 된 모양이군."

"일이 빨리 마무리되었나 봅니다. 본가에 정리해둘 일도 있어 나가볼까 합니다."

"별채의 아이는 잘 돌아갔는가?"

"예. 하온데 알고 계시지요? 그……."

여리가 여인임을 말하려던 서래댁은 잠시 말을 멈추었다. 하긴 어젯밤 나리께서 객을 직접 방으로 옮겼을 것이니 모르실 리가 없지 않은가. 서래댁이 고개를 저었다.

"엊그제 온 자가 아비라 하더군요. 하여 그 일로 드릴 말씀이 있사옵니다."

"무엇인가?"

"그 전에 보여드릴 것이 있사옵니다."

서래댁은 이겸과 함께 폐월화 밭으로 갔다. 서래댁이 발견해 여리에게 물어보았던 바로 그 자리였다. 여리가 꼼꼼히 손질한 꽃들이 저희를 돌보아준 마음을 안 것인지 다시 제 모습을 찾은 상태였다. 그러나 자세히 보니 그뿐만 아니라 꽃의 빛깔이 살짝 옅어져 있었다. 꽃대가 부러진 것 외에도 여리의 손길이 닿은 그 주변 몇 송이가 그러했다.

"아비가 이곳에서 잃어버린 것을 찾고 싶다고 했습니다. 하여 나리께서 윤허만 하신다면 꽃을 돌보며 며칠간 물건을 찾아보고 싶다 하였습니다."

이제까지의 폐월화가 흑색 붉은빛에 가까웠다면 아마도 그아이가 손보았을 자리의 폐월화는 밝은 핏빛을 띠고 있었다. 왜인지 어두운 기운이 제법 빠졌다. 이겸의 눈이 호기심으로 일렁였다.

"꽃의 빛깔이 달라진 건 단순히 우연일 수도 있습니다. 하나, 이런 일은 처음이니 기회를 한번 주어보는 것이 어떠하겠사옵니까? 이 지역 풀들에 대해 잘 아는 듯했습니다."

"며칠간 낯선 자를 이곳에 머무르게 하자는 뜻인가?"

서래댁은 대답 대신 서찰 한 통을 이겸에게 올렸다. 여리가 서래댁에게 종이와 붓을 빌려 적은 서찰이었다.

얼굴을 보진 못했지만 서찰 가득 예를 갖춰 쓴 글자들이 정갈한 것을 보니 제법 글을 쓸 줄 아는 아이인 듯했다.

이겸이 달빛 받은 여리의 서신을 읽어 내렸다.

> 나리, 직접 뵐 수 없어 이렇게 서신을 전합니다.
> 먼저, 제 아비와 저의 무례에 대해 용서를 구합니다.
> 어떤 말로도 나리와 나리의 꽃들에 입힌 피해를 갚을 수 없음은
> 잘 알고 있습니다. 거기에 또 한 번 부탁을 드려야 하니
> 이 또한 염치가 없는 일이옵니다. 하나, 저는
> 제 아비가 꽃밭에 떨어뜨리고 간 주머니를 꼭 찾아야 하는

이유가 있습니다. 그 안에는 얼마간의 돈도 있으니
나리께 꽃 값을 조금이나마 변상할 수 있기도 합니다.
그러니 괜찮으시다면 닷새만 제가 출퇴근을 하면서 꽃밭의
잡초들도 정리하고 물건을 찾아봐도 되겠사옵니까?
물론 나리께 폐를 끼치지 않도록 아무것도 보지 않고, 듣지 않고
조용히 작업만 하다가 가겠습니다.
번거롭게 해드려 송구하옵니다.

그리고 망설인 듯 약간의 여백을 두고 내용이 이어졌다.

……하온데 초면에 이런 말씀을 드리기 또 면목 없습니다만,
제가 생각한 것보다 꽃 값이 비싸다면
분납으로 드려도 되는지요? 정말 송구합니다.

어슴푸레한 빛이 산 위에서부터 아래로 번져나갔다.

희붐한 어둠, 강을 건너는 소리가 찰박찰박 이어졌다. 공기
조차 멈춘 듯한 새벽의 고요 속에서 홀로 움직이는 이는 다름
아닌 여리였다.

"아오! 추위! 며칠째 와도 여전히 적응 안 되네. 마음 같아서
는 배부터 한 척 만들고 싶구나. 안 되면 나무다리라도."

강을 건널 무렵에는 이미 해가 오롯이 떠 있었다.

다행히 아비는 여리가 고택에서 잠이 든 날, 새벽 일찍 일을

나가느라 여리가 귀가하지 않은 것을 알아차리지 못했다. 그리고 금일에 이르기까지 나흘간 고택을 오가며 밭을 가꿨지만 아비에게는 잔치 준비가 아직 끝나지 않은 걸로 해두었다.

여리는 일을 시작하기 전, 젖은 옷의 물기를 짜며 봇짐에서 주먹밥을 꺼내 아침밥을 먹었다. 한쪽에 자리를 잡고 앉아 다람쥐처럼 볼을 오물거리며 주위를 둘러봤다.

"아주머님은 금일도 안 보이시려나? 내일이 벌써 마지막 날인데. 어제 주머니를 찾아낸 기쁜 소식도 말씀드려야 하고."

모래 더미 속에서 흰 주머니를 찾은 여리의 눈은 햇빛보다도 더 번쩍거렸었다. 기쁜 나머지 비명을 지를 뻔했는데 그것도 잠시, 돈은 그대로이나 들어 있어야 하는 보석 다섯 개 중 두 개가 보이지 않으니 환장할 노릇이었다. 그것도 하필 모래색과 가장 비슷한 호박 두 개가 없었다. 찾기 전보다 더 난감한 이 마음은 어이해야 하나. 밭에서 있는 것을 허락받은 시일은 내일까지이니 그 안에 어떻게든 찾아야 했다.

한 시진 동안 허리 한 번 안 펴고 폐월화 주위에 난 잡초를 뽑던 여리는 식은땀을 훔치며 고개를 들었다. 이리 봐도 풀, 저리 봐도 그냥 풀들뿐이다. 폐월화는 처음 봤던 수려한 자태를 낮 동안에는 보여주지 않았다. 꽃이 없는 폐월화는 흔하디흔한 풀에 지나지 않았다.

폐월화 옆에 쪼그려 앉은 여리는 무릎 위에 팔을 괴고 긴 한숨을 내쉬었다.

"먹지도 못하는 풀 때문에 이게 무슨 고생이야?"

어릴 때부터 야무지게 살림을 맡아온 여리에게 풀은 두 가지뿐이었다. 먹을 수 있는 풀과 먹을 수 없는 풀. 폐월화는 후자에 속하니 당연히 여리에겐 쓸데라곤 없는, 한낱 잡초와도 같았다. 고와도 잡초는 잡초일 뿐, 먹을 수는 없지 않은가. 대감댁에 가져가면 돈으로 바꿔준다지만 그건 남의 물건을 훔쳐내다 파는 것이니 마음이 허락지 않았다.

장을 볼 때도 쓸모를 먼저 따지는 여리였다. 고기 한 덩이는 이틀 품삯, 달달한 유밀과는 삯바느질 한 바구니……. 누가 시킨 것도 아닌데 여리의 머릿속에선 모든 음식이 일한 값으로 벼락처럼 계산되었다. 한데 고작 꽃 하나에 몇백 냥을 걸다니. 먹지도 못하는 이게? 농이지?

"푸하하……하."

여리가 넋 나간 웃음을 숨과 함께 뱉었다. 그 바람에 멀리 떨어진 풀숲이 바스락거렸다. 풀을 뜯던 사슴이 놀라서 여리를 향해 시선을 들었다.

사슴과 눈이 맞은 여리가 어색하게 배시시 웃어 보였다.

"미안. 밥 먹는 중인데 방해했구나."

놀란 사슴이 도망가지도 않고 가만히 서 있자 여리는 입맛을 쩝쩝 다시며 침을 꿀꺽 삼켰다. 본능적으로 위험을 감지한 사슴은 생전 처음 털이 삐죽 서는 경험을 했다.

사슴의 경계를 느낀 여리가 급히 손을 내저었다.

"너 잡아먹으려고 그런 거 맹세코 아니야. 진짜야! ……한데, 맛있니?"

여리의 물음에 위협을 느낀 사슴은 재빨리 풀숲으로 모습을 감추었다. 풀이 맛있냐고 물어본 건데 사슴 고기가 맛있냐고 물어본 걸로 오해했나.

사슴이 모습을 감춘 후, 머쓱해진 여리는 헛기침을 하고 다시 폐월화를 바라보았다. 몇백 냥이나 하는 걸 보니 한순간이지만 먹을 수 있는 풀인가 하는 호기심이 들었다. 벌써 오반 먹을 때가 되었구나. 속이 허한 여리는 입맛을 다시다 고개를 세차게 저었다.

"무슨 생각을 하는 거야? 이건 사슴도 안 먹는 풀이라고!"

'끙' 하는 소리와 함께 손을 털며 일어난 여리는 그날따라 열려 있는 대문에 시선이 닿았다.

"아주머님께서 오신 건가?"

며칠간 얼씬도 하지 않았던 대문 안으로 무심코 다가간 여리의 시선이 문득 한곳에 묶였다. 마당 중간의 아름드리나무였다. 여리는 폐월화에 발길이 끌렸던 제 아비처럼 대문을 넘어 나무로 다가섰다. 나무는 진갈색의 두꺼운 몸통과 무성한 나뭇잎들을 가지고 있어 바람이 불면 때때로 가지들을 낭창하게 휘어대곤 했다. 고택만큼이나 크고 아름다운 나무였다. 모르긴 해도 그 수령이 수십 년은 족히 넘어 보였다. 그러나 여리의 눈길을 잡아끈 것은 나무가 아니라 바로 나무 아래에 있었다.

"째액, 째액."

힘없이 늘어진 그것은 새였다. 털도 채 다 나지 않은 그야말로 새끼 새가 옴폭한 모래 위에서 퍼덕대고 있었다.

여리는 서둘러 새 옆으로 자세를 낮추었다.

"이, 이걸 어째?"

제 힘으로는 날 수도 없을 만큼 작은 새를 여리는 두 손으로 조심히 보듬어 올렸다.

"너 어디에서 왔니?"

여리가 제 손 위로 따뜻한 김을 불어넣으며 나무를 올려다보았다. 나뭇잎 사이로 둥지가 보였다. 이곳에서 잠들었던 날, 여리를 깨워주던 녀석이 이 녀석이었나 보다. 당장 둥지로 돌아가지 못하면 버티지 못할 텐데. 여리는 주위를 둘러보았다. 당연히 도움을 청할 사람도, 타고 오를 물건도 없었다.

여리는 고민할 겨를도 없이 새를 허리 주머니에 조심히 담았다. 다행히 새 둥지가 그리 높지 않은 곳에 있으니 어쩌면 어렵지 않게 새를 올려다 놓을 수 있을지도 몰랐다. 어린 시절 나무를 타던 기억을 되살려 여리는 조심조심 나무에 오르기 시작했다. 점차 손과 발이 뜨거워지다 못해 힘에 부쳤다.

제법 이마에 땀까지 맺혀가며 간신히 오른 덕분에 둥지와 가까워졌다. 여리는 한 손으로 가지를 단단히 붙잡고 몸을 지탱한 후, 주머니 속의 새를 꺼냈다. 떨어진 제 형제를 기다린 듯 다른 새끼 새들이 더욱 소리 높여 짹짹 울었다.

"다음부턴 떨어지지 말고 꼭 붙어 있어야 해."

새끼 새가 둥지에 제대로 자리 잡은 것을 본 여리의 입꼬리가 기분 좋게 말렸다. 입술을 오므려 '쭈쭈쭈' 하고 새소리를 내딛던 것도 잠시, 여리의 손이 미끄러지며 디디고 있던 발도 설 자리를 잃었다.

"꺄악!"

지탱할 곳이 없어진 여리의 몸이 뒤로 훅 꺾어지며 떨어져 내렸다. 시야가 순식간에 파란 하늘과 나뭇잎으로 뒤덮였다. 겁에 질린 여리는 그대로 눈을 질끈 감았다. 여기서 떨어지면 어딘가 한 군데는 부러질 것이 분명한데. 그 짧은 순간에 아비의 얼굴이 머릿속을 스치고 지나갔다.

바람이 밀어낸 머리카락은 볼을 사납게 때렸다. 곧 바닥에 부딪힌다. 끝이다! 그러나 여리의 생각과 달리 그녀의 몸은 바닥에 닿기 전, 어떤 힘에 의해 훅 낚아채졌다. 여리를 감싼 그 온기는 그녀의 등과 다리를 단단히 잡아주고 있었다.

놀란 여리가 눈을 번쩍 떴다. 마지막으로 보았던 하늘과 나뭇잎을 뒤로하고 누군가의 얼굴이 시야에 들어왔다. 순간, 바람이 여리의 곁을 스치고 지나갔다.

키가 무척이나 큰 사내는 검은 천으로 얼굴을 반 이상 가리고 있었다. 아무렇게나 풀어 헤친 검은 머리카락이 바람결에 흩날려 여리는 멍하니 눈앞의 이를 응시했다.

모든 것이 검다. 머리도 검고 입고 있는 옷도 검고 여리를 보고 있는 눈빛도 검고 곧았다. 맑지만 서늘한 눈빛.

그때, 여리의 시선이 무심코 사내의 목덜미에 닿았다. 머리카락 사이로 길게 뻗은 흉터가 보였다. 흔치 않은 모양의 검은 무늬는 목덜미에서 옷깃 아래로 이어져 있었다.

"히끅!"

어찌되었든 사내에게 안겨 있음을 깨달은 여리는 딸꾹질을 뱉었다. 떨어질 때 잠시 멈췄던 숨이 그제야 터져 나왔다.

그러나 이내 둔탁한 소리와 함께 여리는 바닥으로 떨어졌다. 이겸이 여리를 안고 있던 팔을 풀어버린 것이었다.

"으악!"

준비도 없이 바닥에 부딪힌 여리가 신음을 냈다.

이겸은 고개를 숙이지 않고 도도하게 시선만 낮추어 그런 여리를 무심히 바라보고 있었다. 넌 어디서 굴러온 무엇이냐는 눈빛으로.

여리는 시간이 멈추지 않았음에도 이곳 고택의 시간만 멈춘 듯 느껴졌다. 귀찮은 것과 만나고 싶지 않았던 이겸은 동의할 수 없겠지만 적어도 여리에겐 그러했다. 처음부터 만나고자 애타게 기다렸던, 아니, 기다리면서도 실상은 조금 두려웠던 자가 마침내 여리 앞에 서 있었다. 전혀 상상하지 못했던 모습으로.

여리가 손을 뻗어 제 허리를 토닥였다. 아이고, 삭신이야. 뼈가 굵었기에 망정이지 아니면 진짜 제삿밥을 먹을 뻔했다. 통증이 어느 정도 진정되고 난 후에야 여리는 겨우 일어섰다.

"팔을 풀기 전에 말씀이라도 해주시지. 안심하고 있다가 떨어지니 곱절로 아프잖습니까? 아야야."

더 말을 이을 사이도 없이 '우지끈' 소리가 뒤따랐다. 놀란 여리가 급히 뒤로 몸을 피했다. 벌렁 주저앉은 여리의 발 앞으로 방금까지 잡고 있었던 나뭇가지가 '쿵' 소리를 내며 떨어졌다.

정확히 여리와 이겸의 사이를 가른 나뭇가지 주위로 흙먼지가 일었다. 그 바람에 이겸의 머리카락이 다시금 휘날렸다.

……사, 사고 쳤다, 최여리! 꽃 한 송이에 몇백 냥인 집인데 나뭇가지라니, 대체 그 값이 얼마지?

"일부러 그런 건 아닌데, 소, 송구합니다!"

나무가 조금만 옆으로 떨어졌어도 다칠 만큼 가까웠으나 이겸은 발 한 번 움직이지도, 눈 한 번 깜빡이지도 않았다. 여리를 보는 차가운 눈빛도 그대로였다.

"아비는 허락 없이 꽃을 뽑더니, 그의 자식은 나무까지."

눈앞의 이가 이 집의 주인이란 것이 확실해지는 말이었다. 서래댁 아주머님이 이곳에 주인어른과 아주머님만 있다고 하셨으니.

여리가 서둘러 자리를 털고 일어났다.

"주인어른이셨군요. 꽃은 송구하게 됐습니다. 나무는…… 더욱이요."

"남의 집에 윤허 없이 어찌 들어와 있는지부터 이야기해야 순서가 아닌가."

부러 사내인 척 눌러내는 여리의 목소리와는 비할 바가 아니었다. 굵고 낮은 목소리는 완연한 사내의 것이었다.

"서찰로 인사드렸고 서래댁 아주머님께도 말씀 올렸는데 이렇게 만나 뵙게 되었으니 정식으로 인사 여쭙겠습니다. 며칠 전 이곳에 온 자가 제 아비이온데, 그때 주머니 하나를……."

"전후 사정은 되었고. 밭의 일은 서래댁에게 알아서 하라 내버려두었다. 내가 묻고 있는 것은 이 집 안에 들어온 것을 말하는 거다. 서래댁이 그 또한 윤허해주었는가?"

"예? 아, 아닙니다. 송구하옵니다."

여리를 보는 이겸의 눈매가 쓰게 가늘어졌다. 그 바람에 여리도 움찔, 몸을 떨었다.

이리 장성한 '아이'인 줄 알았으면 밭을 오가는 것도 허락하지 않았을 것이다. 대체 이자의 어디가 '아이'라는 건가.

첫날 본 것은 웅크려서 자는 모습이요, 며칠간은 마주치지 않으려 부러 가옥 밖으로 나갔다가 어두워지면 들어오곤 했다. 마침 집으로 돌아온 때 마주하게 된 지금이, 그러니까 이겸으로서는 처음 여리의 얼굴을 보게 된 때였다.

"저, 밭일은 내일이면 마무리될 듯합니다. 주의할 점은 첫날 아주머님께서 함께 밭을 매시며 알려주셨사옵니다. 나리 덕에 찾는 물건을 다는 아니지만 다행히 반절이라도 찾게 되어 감사드린다는 말씀을 드리고 싶었사옵니다. 그리고 꽃밭 매는 일과는 별개로 꽃 값을 변상해드리고 싶은데 얼마면 합당할지……."

그러나 이겸에게서는 대답이 없었다.

……왜 대답이 없으시지? 생각보다 세게 부르시려나?

가만히 멈추어 있던 이겸은 부러진 나뭇가지를 넘어 여리 앞으로 한 걸음 다가섰다. 여리는 저도 모르게 이겸이 다가온 꼭 그만큼 뒤로 물러났다. 이겸이 한 걸음 더 여리에게 성큼 다가갔다. 큰 키의 이겸이 여리를 서늘하게 내려다보았다. 흡사 덩치 큰 맹수가 사냥감을 내려다보고 있는 모습이었다.

이겸을 올려다보는 여리의 목이 살짝 저려왔다. 이 정도로 키가 큰 이를 본 적이 있었던가? 적어도 여리가 기억하는 이들 중엔 없었다. 이겸은 육 척이 훨씬 넘는 키에 얼굴을 가린 검은 천, 거기에 제멋대로 풀어진 머리까지 더해져 위협적인 분위기를 풍기고 있었다.

"아비와 똑같군. 덮어놓고 돈으로 해결하려 드는 것."

마침내 이겸의 입이 떨어졌다.

"내가 너를 이곳에 둔 것이 고작 일을 시켜 꽃 값을 받으려 함인 줄 아는 것이냐."

"아니옵니까? 그게 아니라면 저를 왜……."

거기까지 말하던 여리는 입을 합 다물었다. 순간 등줄기에서 소름이 오소소 올라왔다. 그렇다! 그렇지 않고서야 고작해야 꽃밭의 잡초나 뽑을 뿐인 저를 왜 집 앞까지 오가게 두었겠는가? 이자는 필시 사람을 납치해 팔아넘기는 화적패인 것이다. 그도 아니면 이미 여리가 여인인 것을 눈치챘거나.

여리는 본능적으로 단도를 숨겨둔 허리춤으로 손을 가져갔다. 이겸의 시선이 흘깃 스쳤다.

"위험한 물건을 가지고 있구나."

"이래 봬도 제 몸 하나는 지킬 줄 아는 사내입니다."

말과 함께 여리가 재빨리 단도를 발검하려 했으나 뜻을 이루지 못했다. 채 칼을 꺼내기도 전에 이겸이 손을 뻗어 칼을 잡은 여리의 손목을 눌렀기 때문이었다.

"이잇!"

여리가 다른 한 손으로 저를 잡은 이겸의 손을 쳐내려 했으나 이겸 역시 다른 손으로 여리를 제지했다. 마치 어른 앞에서 아이가 허우적거리는 꼴이었다. 여리가 이겸을 노려보았으나 이겸의 무심한 시선은 좀체 흔들리는 법이 없었다.

"어?"

어느 순간 허리춤이 허전해진 것을 느낀 여리가 서둘러 제 허리를 잡았으나 이미 칼은 이겸의 손으로 넘어가버린 후였다. 이겸은 단도를 검집에서 꺼내어 햇빛에 날을 비추었다.

"칼이 위험한 것이 아니라 다루지 못하는 이에게 가면 위험한 물건이 되는 법이지. 날은 제대로 서 있군. 나쁘지 않다."

"돌려주십시오!"

이겸은 다시 단도를 검집으로 집어넣더니 순순히 여리에게 돌려주었다. 너무 쉽게 내민 단도에 여리는 아주 잠깐 머뭇하다가 단도를 잡아채려 손을 뻗었다. 그러나 그보다 이겸이 단도를 하늘로 들어 올리는 것이 빨랐다. 여리의 얼굴이 다시 찌푸려졌다.

"어찌 이런 걸로 사람을 놀리십니까?"

"내가 서래댁을 통해 널 내버려두라 한 것은 밭을 일구길 바랐기 때문도 아니요, 무언가를 얻고자 함도 아니다. 그저 네 물건을 찾아 얼른 사라지길 바랐을 뿐. 아비나 자식이나 이곳에 오가는 길을 알고 있으니 오지 말라고 막아봐야 듣지도 않을 것이고, 난 귀찮은 것은 질색이다."

"그건 아닙니다. 나리께서 윤허하지 않으셨다면 저는……
생각해보니 윤허하실 때까지 계속 왔을 거 같긴 합니다. 송구
하옵니다. 그건 그거고 칼은 돌려주십시오."

일단 보석을 찾아서 사람은 살고 봐야 했으니 민폐인 걸 알
아도 쉬이 포기하지는 못했을 것이다. 여리가 폴짝폴짝 뛰어
봤지만 여전히 손이 닿지 않았다. 키 큰 유세가 따로 없었다.

"그날 네 아비를 해하지 않은 것은 다시 오지 않겠다는 그
의 약조를 믿었기 때문이다. 하나, 이곳에 있는 너를 보니 그
자의 입은 가볍기 이를 데 없구나. 나란히 소란스럽고, 게다
가……."

이겸은 한 손을 뻗어 여리의 턱을 잡아 올렸다. 마치 동네
강아지 다루듯 그 얼굴을 획획 좌우로 돌려보며 이겸은 혀를
찼다. 수염 하나 없이 솜털이 보송보송한 것이, 흰 떡 같았다.

"파는 것도 사겠다는 사람이 있어야 팔 수가 있는 법이지.
스스로를 과대평가하고 있구나."

방금 전 여리가 한 오해를 정확히 파악하고 비꼬는 말이었
다. 즉, 여리를 내놔봐야 사 갈 사람이 아무도 없으니 터무니
없는 생각일랑 접어두라는 뜻이었다.

무안해진 여리의 얼굴이 후끈 달아올랐다. 여리가 제 턱을
잡은 이겸의 손을 뿌리쳤다.

"대낮부터 어찌 장부를 이리 희롱하시는 겁니까? 제가 아무
리 무례를 저질렀어도 더 이상 도를 넘으면 저도 못 참……."

순간, 여리가 말을 맺지 못하고 입을 다물었다.

피가 홍건하게 배어나는 이겸의 복부를 보고 눈이 동그래진 탓이었다. 경황이 없어 알지 못했는데 잠시 안겨 있는 동안 여리의 옷자락에도 그 피가 옮겨와 있었다.

뭐, 뭐야. 내가 안 그랬는데? 대낮에 웬 피를 저리…….

"다치셨사옵니까?"

이겸은 대답 대신 여리 쪽으로 성큼성큼 발걸음을 옮겼다. 이겸이 스윽 손을 뻗자 당황한 여리는 제 옷깃을 부여잡으며 소리쳤다.

"말로 하십시오. 멈추지 않으면 내 당장…….."

"비켜나거라."

이겸이 귀찮다는 듯 뻗은 손으로 여리를 밀어냈다. 그리고 지나쳐 가더니 마당 한쪽에서 빗자루를 들고 왔다. 이겸은 그것을 여리의 앞에 휙 던져두었다.

"밭에 오가는 것을 허락하였다 하여 네가 저지른 일의 뒤치다꺼리까지 할 생각은 없다. 여긴 일을 대신해주는 이가 없으니 부러진 나무 수습은 알아서 해놓고 가야 할 것이다. 끝나는 대로 당장 이곳을 떠나거라."

금일 여러 번 민망해진 여리가 바닥에 떨어진 빗자루를 슬그머니 주워 들었다. 틀린 말은 아니었다. 나무가 이리된 것은 저의 잘못이었으니 일단 비질을 하려면 나무부터 치워야 했다. 나뭇가지를 낑낑대며 들던 여리는 어느 순간 아차 싶어 이겸을 쳐다보았다. 이놈의 습관. 나도 모르게 일을 하려고 몸부터 움직였네.

"송구하오나 제가 아직 물건을 다 못 찾아서 하루 정도는 더 와야 하는데……요."

"……."

"그리고 칼도 돌려받지 못하였고."

이겸은 피를 많이 흘린 탓에 머리가 울렸다. 복부의 욱신거리는 통증도 쉬이 잦아들지 않아 그저 빨리 이 상황을 정리하고 방으로 돌아가 눕고만 싶었다. 하여 귀찮음을 무릅쓰고 찌릿, 눈빛으로 대답을 대신하자 여리가 움찔했다. 허락 없이 사가에 들어온 건 저의 잘못이니 죄를 저지른 자가 알아서 몸도 낮추어야겠지.

"아하하…… 예. 칼은 안 되겠지요. 저도 그렇게 생각했습니다. 일단 들어가서 쉬십시오. 밭일도 금일 내로 제가 알아서 조용히 하겠습니다. ……하온데, 배에 그건 치료를 하셔야 할 것 같은데."

"하나 더. 이후에 내가 너를 다시 볼 일은 없도록 하여라."

이겸은 하루에 한 마디도 하지 않는 날이 흔했다. 지난 일곱 해 동안 고택에서는 큰 소리가 난 적도 없으니 이 상황이 더욱 피곤한 건 당연했다.

이겸의 경고에 입을 다문 여리는 고개를 열심히 끄덕이고는 소리 나지 않게 나무를 살금살금 끌었다. 이겸은 피가 배어나는 복부를 지그시 누르며 떨어진 나뭇가지에 힐끗 시선을 주었다. 수령이 족히 수백 년이 넘도록 벼락 한 번 안 맞은 나무인데 한순간에 봉변을 당했다. 저놈이 대단한 건가, 나무의 운이 다

한 건가. 이겸은 저만 알 정도로 고개를 절레절레 저었다.

이겸이 어딘지 무거운 발걸음으로 사랑채를 향해 나아갔다. 여리는 그런 이겸의 걸음걸이를 슬그머니 훔쳐보았다. 발자국 사이 핏방울들이 띄엄띄엄 떨어졌다. 겉으로 보기에도 꽤 심각한 상처였다. 그러나 다시는 얼굴 볼 일 없게 하라 하셨으니 도와드리는 건 엄두도 나지 않았다. 어떤 사연을 가지고 계신 분일까? 저리 피를 흘리는 걸 보면 저승사자는 아닌데.

여리는 잠시 생각을 하다가 서래댁 아주머님이 알아서 돌봐 주시겠지 생각하며 고개를 휘휘 내저었다. 그러나 나무를 끌고 몇 발짝 움직이다 다시 우뚝 멈추었다. 문제는 그 서래댁 아주머니께서 며칠째 보이지 않는다는 점이었다.

"하아, 이거 어떻게 해야 하나?"

한숨을 내쉰 여리는 마음이 편친 않았지만 일단은 나뭇가지를 기운차게 끌었다. 이겸이 다친 게 여리의 잘못은 아니었지만 저 정도로 중한 상처를 못 본 척하는 건 왠지 사람의 도리가 아닌 듯했다.

소문처럼 미치광이 같진 않지만 역시 검을 쓰는 분은 맞는 건가? 검에 베였으면 혼자서 지혈하는 건 힘들 텐데.

바닥에 선명하게 떨어진 핏자국이 홀로 붉었다. 여리에게 이대로 못 본 척할 거냐는 듯 나무 위에선 짹짹거리는 새끼 새의 울음이 이어졌다.

제 2 장

약조와 인지상정

"춘풍에 꽃이 피듯 살금살금 물드는 게 연모라네. 으음음……."

여리는 봄에 왔던 놀이패가 부른 통속가의 한 대목을 따라 부르며 탕약 불 앞에서 부채질을 했다. 간단한 죽도 끓여놓고 깨끗한 면 보자기로 탕약을 꼼꼼하게 비틀어 짰다.

온 집 안에 은은한 탕약 냄새가 스몄다.

약방 일을 몇 번 도와본 것이 이럴 땐 요긴했다.

"좋다, 좋아. 빛깔도 딱 좋고. 아주머님께서 좋은 약재들만 골라놓으셨구나."

작은 곳간에서 찾은 약재들은 말린 이의 정성을 알 수 있었다. 조선 각지에서 상품만 추려왔다 하여도 잘 보관하는 일에는 품이 들었다. 그에 비하면 마련된 것 중에서 피를 멎게 하고 상처를 보하는 데 좋은 약초 몇 가지를 걸어 탕약을 끓이는 것은 그리 어려운 일이 아니었다.

알면 알수록 신이한 고택이었다. 예화에서 나고 자랐지만 영산 뒤에 이런 곳이 있다는 것을 처음 알았다. 예화 현 곳곳을 수백 번도 더 오고 간 여리가 알지 못했을 정도이니 여느 사람들이 알기란 더욱 어려웠을 것이다.

사가에 돌아갈 때 돌아가더라도 사람이 무사한 것은 확인하고 가야 발걸음이 가벼울 것이다.

여리는 상 위에 탕약을 올리고 가마솥에서 뭉근하게 끓고 있는 죽을 휘휘 저어 그릇에 담았다.

고택 안에서는 다시금 흥얼흥얼 노랫가락이 이어졌다.

소반을 든 여리가 사랑채 앞에서 조심스럽게 기척을 냈다.

"나리, 안에 계시옵니까? 탕약을 가지고 왔사옵니다."

귀를 쫑긋 세우고 잠시간 기다려보았지만 별다른 기척이 없었다. 염치불구하고 얼굴을 문으로 바짝 붙였으나 마찬가지였다. 설마 그사이 혼절하신 건 아니겠지?

"나리, 깨어 계신 겁니까?"

몇 번 더 소리 높여 불러봤지만 대답이 없자 여리의 머릿속엔 여러 가지 생각들이 떠다녔다.

허락 없이 들어가도 되나? 아니야. 아까도 사람 얼어붙을 것 같은 목소리로 눈에 띄지 말라고 했는데 분명 화내실 거야.

그래도 따지고 보면 이것도 다 저승사자님 댁에 있는 걸로 만든 거고, 치료할 때를 놓쳐서 더 위중해지면 그것도 큰일이고. 어쩐다?

여리는 마음속으로 혼잣말을 구시렁거리며 입술을 조물조물 깨물었다. 그러나 고민만 하기에는 나리의 뒷모습이 영 불안해 보였던 것도 사실.

"송구하옵니다, 나리. 정녕 다른 뜻은 없고 걱정이 되어 그러는 것이니 잠시만 문을 열겠습니다. 실례 좀 하겠습니다."

예의 바르게 미리 말을 올린 여리가 살짝 방문을 열어보았다. 천천히 조심스럽게 열린 문틈 사이로 텅 빈 방이 보였다.

채 정리 못 하고 떠난 자리만이 주인의 부재를 보여주었다.

"아니 계시네? 그 몸으로 어디 가셨지?"

문을 닫은 여리는 고택을 둘러보았다. 넓은 고택 어느 곳에서도 기척이 느껴지지 않았다. 약이 식기 전에 드셔야 좋은데 대체 이 넓은 곳 어디에서부터 찾아야 좋을지 알 수가 없었다.

"계십니까?"

여리는 별채마다 일일이 앞에서 불러보고 대답을 기다렸지만 어느 문에서도 답은 들리지 않았다.

고택 안의 별채를 순서대로 가던 여리는 커다란 나무 문 앞에 섰다. 한자로 무어라 적혀 있었지만 워낙 오래되어 모양도 온전히 보이지 않았다.

방은 아닌 것 같은데?

여리는 역시 기침으로 기척을 내고는 어깨로 문을 천천히 밀어보았다. 일순 훈훈한 습기가 끼쳐왔다. 고요함이 내려앉은 통로를 지나 작은 쪽문마저 지나니 뜨끈한 김이 피어오르는 목욕통이 보였다.

아, 목욕간이구나.

아무도 없는 것을 확인한 여리가 대수롭지 않게 몸을 돌려 나가려던 찰나였다. 기다란 그림자에 여리의 시선이 닿았다. 그림자를 따라 서서히 올라가던 시선은 아무것도 걸치지 않은 이겸의 상체를 보고는 화들짝 놀라 반응했다.

"으악!"

들고 있던 소반이 휘청거렸다. 죽과 탕약이 미끄러져 엎질러지려던 순간, 여리가 후다닥 균형을 잡아 간신히 그것들을 지켜냈다. 후아, 안도의 숨이 절로 터져 나왔다.

벽 쪽 탁자를 향해 선 이겸은 여리의 소란에도 돌아보지 않았다. 대수롭지 않다는 듯. 방금 목욕을 마친 이겸은 머리끝부터 발끝까지 흠뻑 젖어 있었다. 바지도 입고 있지 않았다면 그야말로 여리는 혼절이라도 할 뻔하였다.

창틈으로 스민 노을이 뽀얀 김이 피어오르는 넓은 어깨 위로 내려앉았다. 언제나처럼 얼굴에 검은 천을 맨 이겸은 탁자 위에 있던 면포를 들었다. 군살이라곤 찾아볼 수 없는 탄탄한 등 근육이 매끈하게 움직였다. 매일같이 자신을 단련한 이들에게만 허락된 근육이었다.

그림 같은 목덜미 위로 낮에 보았던 흉터가 보였다. 검은 실 핏줄 같은 흉은 어깨와 등 일부분에도 드리워져 있었다. 단단한 등이 그려내는 선이 아름다워 흉터마저도 그림처럼 사람의 시선을 빼앗았다.

"언제까지 그렇게 뚫어져라 보고 있을 건가."

면포를 능숙하게 복부에 두르며 이겸이 말했다. 동요 없는 목소리에 여리가 황급히 시선을 거두어들였다. 여리의 얼굴은 붉어지다 못해 터지기 일보 직전이었다.

"그, 그…… 송구하옵니다. 탕약과 죽을 조금 가져왔는데 목욕 중이신 줄은…… 어?"

어라? 분명히 다치셨는데, 목욕을 했다고?

여리가 내렸던 시선을 다시 들어 탁자 위를 보았다. 피에 물든 저고리와 면포가 놓여 있었다.

그사이 이겸은 면포의 매듭을 능숙하게 지었다. 한두 번 겪는 일이 아닌 듯했다. 이겸은 새 저고리에 팔을 끼워 넣었다.

"설마 목욕을 하신 겁니까?"

"일러두었을 텐데. 내 눈에 띄지 말……."

어느샌가 총총히 다가간 여리가 이겸의 복부에 둘러진 면포를 보았다. 하얀 면포에 다시 붉은색이 배어나고 있었다. 이겸은 무심히 저고리 고름을 묶었다.

"이, 이렇게 많이 다치셨는데 어찌 물로 씻으신 겁니까? 피가 모조리 다 빠져나오겠습니다!"

소반을 급히 탁자에 내려둔 여리가 서둘러 이겸의 몸으로 손을 뻗자, 이겸이 그런 여리의 이마를 잡았다. 허튼 수작 말라는 듯. 쭉 뻗은 팔 길이가 비교도 되지 않을 만큼 차이 나서 여리의 팔은 허공을 허우적거렸다.

"보여주십시오. 치료를 도와드리겠……."

'내 아까 한 말을 네가 알아들었다 생각했는데 아닌 모양이구나. 다시 한 번 이야기해주마. 내 눈에, 띄지, 마라. 내 몸에 손대는 일은 더욱 금하고."

이마에 닿은 이겸의 손에서 촉촉한 물 냄새와 함께 쑥 향기가 끼쳐왔다. 여리가 이겸의 팔을 잡고 옆으로 밀어보았지만 꿈쩍도 하지 않았다. 손을 움직이는 대신 이겸의 서늘한 목소리만 이어졌다.

"아직도 못 알아들었느냐? 그러면 마지막으로 분명히 이야기해주지. 썩, 꺼, 지, 거, 라."

얄밉게도 꺼지라는 말은 일부러 더 또박또박 발음했다. 절로 귀찮음이 묻어나는 어투였다. 여리가 얼굴을 찡그리며 파닥거렸다.

"저, 저인들 안 가고 싶겠습니까? 예. 저도 한시라도 빨리 꺼지고 싶습니다. 하오나 아픈 사람을 두고 어찌 가라는 말씀이옵니까? 아주머님이라도 계시면 모를까 사람이 죽어가는 걸 모른 척한 파렴치한으로 남기 싫습니다. 그리고 자고로 송장 치우는 것보다는 환자 치료하는 게 손이 훨씬 덜 가는……."

동그란 눈으로 대꾸하는 여리 때문에 이겸의 미간이 좁아졌다. 이겸은 말이 통하지 않는 여리의 뒷덜미를 덥석 움켜쥐고는 걸음을 옮겼다. 여리는 마치 월담하다 들킨 고양이처럼 대롱대롱 잡힌 채 끌려나갔다.

"으아아, 허락 없이 목욕간에 온 건 송구합니다! 그래도 어찌 사람을 이리 무지막지하게 끌고 가십니까?"

"아, 사람이었느냐? 난 내가 한 말을 알아듣지 못하기에 사람이 아닌 줄 알았지. 나는 함부로 집 안을 휘젓고 다니는 도둑고양이를 내 집에 들인 기억이 없다."

이겸의 발걸음은 멈추지 않았다. 여리가 다칠 정도로 거칠게 다루는 것은 아니었으나 그래도 체격 좋은 사내의 힘인지라 벗어날 수 없었다. 끌려나가는 여리의 발이 동동 굴러졌다.

"도둑이라니요? 탕약을 가지고 오는 마음씨 고운 도둑도 있답니까?"

"그것이 독약이 아니라 탕약이라는 증좌가 어디에 있느냐?"

"독약을 몇 시진씩 정성스럽게 끓이는 정신 빠진 이는 또 어디 있습니까? 그냥 단칼에 베어버리는 것이 속 편하지요."

'단칼'이라는 말에 이겸의 시선이 여리의 허리에 무감하게 머물렀다. 이겸의 시선을 따라 여리도 단도가 있었던 제 허리로 시선을 내렸다. 저가 보기에도 꼭 단도를 빼앗겨서 독약으로 기회를 엿보는 것 같은 생각이 드는 것은 느낌 탓일 거다.

마침내 문밖으로 나온 이겸이 여리를 휙 바닥으로 던져버렸다. 순식간에 떠밀린 여리는 허공에서 휘청거리다 간신히 균형을 잡았다. 햇빛이 사그라지는 마당 위로 이겸의 서늘한 목소리가 깔렸다.

"애초에 오가게 두는 게 아니었는데 내가 잘못 생각했다. 물건을 찾도록 기다려줄 인내심도 바닥났으니 당장 떠나거라."

의도는 그렇지 않았더라도 결과적으로 여리가 무례를 범한셈이었다. 여리 또한 제 잘못을 알고 있었으나 갈 때 가더라도 무엇 하나 해결하지 못하고 돌아설 수는 없었다. 그것도 저렇게 혈색이 나쁜 환자를 두고는.

"허락 없이 들어간 건 송구합니다. 오지랖을 부린 것도 주제넘었고요. 한데 제가 여기서 나리 말을 거역해서 죽으나 그 물건을 찾지 못해 죽으나 전 매한가지입니다. 한 번만 기회를 주시면 이젠 정말 숨만 쉬면서 물건만 찾아 가겠습니다. 나리의 상처에는 절대 손대지 않고요. 나리께서 원하시는 것은 편안하고 조용히 쉬시는 것 아닙니까? 이후로는 눈도 안 마주치고 밭에서만 머물겠습니다. 그러니 밭일하면서 탕약 올리는 것만은 윤허해주십시오. 그저 하루입니다."

여리와 말을 해본 것은 금일이 처음이었지만 이겸은 왠지 알 수 있을 것 같았다. 말로는 조곤조곤 차분히 설득해오는 이 밤톨 강아지를 이길 수 없음을. 말이 통하지 않는다면 유치하긴 하지만 효과 빠른 방도가 있었다.

"너는 내 소문을 듣지 못하였구나. 너는 저승사자일지도, 미치광이 무사일지도 모르는 자와 이 고택에 단둘만 있다. 이것이 무슨 뜻인지 아느냐? 나는 일찍이 네 아비에게도 검을……."

"예. 검을 겨누셨다 들었습니다. 하나, 휘두르진 않으셨지요. 검을 아무 곳에나 휘두르는 저승사자나 무사였다면 꽃을 가지러 온 제 아비를 보고 검을 모래 바닥에 박진 않으셨을 겁니다. 그것이 어떤 의미였든 나리의 검은 가벼이 움직이지 않는 검이라는 뜻이니 제가 나리께서 그 어떤 존재이든 미리 편견을 가질 필요는 없다는 것을 뜻합니다. 아니옵니까?"

방도가 통하지 않는다.

64

깜빡하였구나. 이 녀석은 영산에 호랑이가 있든 말든 매일 회연으로 드나드는, 애초에 겁을 상실한 놈이란 걸.

"그러니 나리께서도 제가 귀찮게 하진 않을까 미리 겁내지 마십시오."

"……"

"푹 쉬실 수 있도록 이 시각 이후로 입에는 자물쇠를 채우겠습니다."

여리가 손으로 제 입에 자물쇠를 채우는 시늉을 해 보였다. 말을 하다 보니 이게 뭐 하는 짓인가 싶어 이겸이 입을 떼려는 찰나, 여리가 불쑥 다가왔다. 동그란 눈이 두려움 없이 이겸을 올려다보고 있었다. 사내 같지 않은 말간 향이 훅 끼쳐왔다. 순간 좁아든 간격 탓에 이겸이 주춤했다. 나무 아래에서의 상황과는 반대가 되었다.

가까이서 본 이겸의 혈색은 역시 좋지 않았다. 상처가 생각보다 위중한 듯했다. 사가에서까지 얼굴을 가리는 까닭은 알 수 없었으나 굳이 이유를 찾는다면 낯선 자신 때문일 터.

입에 자물쇠를 채우겠다는 약조를 지키기라도 하려는 듯 여리는 이겸에게 조용히 길을 비켜주었다. 그리고 다시 목욕간으로 들어가 탁자 위에 내려둔 소반을 들고 나왔다. 이겸의 몸이 편치 않으니 대신 사랑채로 옮겨두고자 함이었다.

이겸이 앞서가는 여리의 팔을 휙 잡아당겼다. 힘주어 잡으니 부러질 것처럼 팔은 얇디얇았다.

"방금 내가 한 말들을 못 알아들은 것이냐, 아니면 못 알아들은 척하는 것이냐."

"저는 물건을 찾아야 하고 나리께서는 지혈을 하셔야 하니
그저 서로의 이해관계가 그러할 뿐입니다. 그것도 내일이면 끝
날 일이지요. 이곳에서 본 것을 마을에서 떠들고 다닐 정도로
한가하지도 않사옵니다. 안심하십시오."

따지고 보면 나무에서 떨어지던 여리를 먼저 구해준 것은
이겸이었다. 그가 자신을 도와주었으니 여리도 다친 이겸을
도와주는 것이 과한 처사는 아니었다.

여리는 눈앞의 이가 누구인지 알 수 없었으나 얼굴을 가린
뜻은 읽고도 남았다. 사정이 그러하다면 더 이상의 호기심은
가지지 않을 생각이었다.

여리는 잡힌 팔을 풀어내고는 괜스레 옆을 슬쩍 살폈다. 그
리고 이겸의 경계가 허술해진 틈을 타 모퉁이로 달려갔다. 모
습을 감추었던 여리의 고개가 다시금 모퉁이 기둥 옆으로 빼
꼼 나왔다. 여리가 진지하게 당부했다.

"그리고 독약이 아니라 탕약이옵니다. 지혈에도 좋고 상처
가 덧나지 않게 하는 약인데 이 댁 곳간에 있던 약재로 만
든 것이니 괜히 부담 갖지 마십시오. 마음이 정 불편하시다
면 물건 찾는 시일을 하루 정도 늘려주시는 방법도 있사옵
니다."

"지금 뭐 하는……."

이겸이 채 말을 끝맺기도 전에 여리는 다시 제 입을 채우는
손짓을 하고 사랑채를 향해 총총히 사라졌다.

재잘거리는 새소리가 햇살 위로 내려앉았다. 어느 때처럼 따스한 빛이었으나 이겸은 팔을 눈 위로 걸쳐 스미는 빛을 막았다. 신경을 쓰지 않으려 했지만 쓰였다, 신경이. 미간을 찌푸린 이겸은 결국 몸을 일으켰다. 상처 입은 복부가 뻐근했지만 움직이지 못할 정도는 아니었다.

방문 앞으로 간 이겸은 귀찮은 듯 문을 휙 열어젖혔다. 그 바람에 주위를 서성이던 그림자가 '이크' 소리를 내며 재빨리 도망갔다. 분명 어제만 해도 당당히 쉬게 해준다더니 이른 새벽부터 서성이는 탓에 쉬지도 못했다. 안부를 확인하려는 것이면 차라리 당당히 기척을 내든가 주춤주춤 망설이는 발걸음 소리가 더 거슬렸다.

그림자가 사라진 툇마루엔 어제와 같은 작은 소반이 놓여 있었다. 먹기 좋게 데운 죽과 탕약. 또 시간을 들여 탕약을 만든 모양이었다. 뜻을 알 수 없는 호의에 이겸이 옅은 숨을 내뱉었다. 금일까지만이라 했으니 어떻게든 넘겨볼 참이었다.

한편, 사랑채에서 벗어나 부엌으로 돌아온 여리는 가슴을 쓸어내렸다.

"후아, 아침부터 혼날 뻔했네. 그래도 밤은 무사히 나신 것 같으니 이제 아주머님만 오시면 되겠어."

한시름 놓은 여리는 약을 만드느라 꺼내놓은 것들을 착착 정리했다. 그러다 어제 목욕간에서 주워놓은 도포에 시선이 닿았다. 핏물이 들어 그것을 빼놓은 참이었다.

"아깝다. 멀쩡한 옷인데 상처 입은 곳만 찢어졌구나."

보다 보니 찢어진 모양이 조금 특이했다. 칼부림을 당했다면 일자로 깔끔하게 베였을 것이다. 그러나 도포는 어디에 잡혀 찢어진 것처럼 깔끔하지 못한 모양으로 상해 있었다.

좁고 일정한 간격의 줄 몇 개.

"뭐지? 검이라기보다는 이건 꼭……."

여리는 도포의 자국대로 손가락 세 개를 살짝 접어보았다. 손은 밭을 고르는 갈퀴나 짐승의 발톱 같은 모양을 띠었다.

"어흥."

접은 제 손을 좌우로 유심히 돌리며 관찰하는 여리의 눈이 반짝 빛났다.

이겸은 상처에 쓸 약을 찾기 위해 별채로 향했다. 약재를 보관해두는 방에 서래댁이 항상 만들어두는 연고가 있었다. 약을 찾아 사랑채로 돌아오는 길에는 뒷마당의 우물을 찾았다.

시원한 물을 한 바가지 퍼 올려 마른입을 축였다. 어지간히 피를 흘린 탓에 물을 마셔도 갈증이 쉬이 물러가지 않았다.

박을 내려두는데 그제야 우물 돌 위에 덩그렇게 자리 잡은 감 몇 개가 보였다. 처음엔 그 밤톨만 한 강아지가 잊고 간 것인가 생각했는데 그러기엔 너무도 정갈하게 담아놓았다. 부러 이곳을 찾을 다른 이를 위해 준비해놓은 것처럼.

오반 무렵, 사랑채 문 앞에는 또 다른 그릇이 놓여 있었다. 손수 부친 전들을 가지고 온 주인은 사라졌으나 음식은 사라지지 않았다. 다리를 굽힌 이겸은 정성스레 구운 전 하나를 무심히 집어 들었다.

죽에, 감에, 전에……. 굶어 죽진 않겠다.

이겸이 어느 곳에 있을지 모르니 다양한 곳에 다양한 음식들을 깔아놓은 뜻이 읽혔다.

"찾을 물건도 있다더니 쓸데없이 부지런한 녀석이군."

짧은 한숨이 잇따르는, 여전히 귀찮고 덤덤한 목소리였다. 그러나 귀찮다는 반응과 달리 그릇 스스로 부엌으로 돌아갔다는 점에서 앞선 두 번의 음식과는 달랐다.

"어?"

말끔히 빈 그릇을 본 여리의 얼굴에 작은 미소가 걸렸다.

"드셨구나. 다행이다."

기분 좋게 고개를 끄덕이던 여리는 이상한 느낌에 눈썹을 휘었다.

한데 저분이 드신 게 나에게 왜 다행이지?

아니, 다행이긴 하지만 이게 이렇게까지 기쁠 일인가?

저조차도 이해할 수 없는 마음에 잠시 고민하던 여리는 고개를 저었다.

"아니야. 사람이든 짐승이든 저승사자든 모든 목숨은 소중한 법이다. 그러니 지금 내 행동은 인지상정이라 할 수 있지."

그리 생각하고 나니 마음이 한결 가벼워졌다.

여리가 다시 모래밭으로 나간 그때, 마찬가지로 사랑채로 돌아간 이겸의 걸음이 문득 멎었다. 방문 앞에 놓인 옷가지 때문이었다. 그것이 어제 자신이 입었던 도포임을 알아보는 것은 그리 어려운 일이 아니었다. 많이 상해서 버린다는 것을 그 녀석과 실랑이를 벌인 탓에 목욕간에 두고 왔던 모양이다.

이겸은 도포를 집어 방 안 서랍장 위에 대충 올려두었다. 그러나 무심히 걸어가던 걸음이 이내 멈추고 다시 시선이 도포 쪽으로 돌아갔다. 무언가가 시야에 걸렸다.

반듯하게 접힌 도포를 펼쳐 드니 핏기는 말끔히 가셔 있었고, 세 갈래로 찢어졌던 자리는 난을 닮은 모양으로 기워져 있었다. 솜씨 좋게 뻗은 난은 마치 원래부터 거기에 있었던 것처럼 자연스러웠다. 간단히 기운 것 같아 보였지만 실로 놀라운 솜씨였다.

"……허."

짧은 시간 동안 꼼꼼히 천을 덧대고 수까지 놓았다. 음식도 그렇지만 밭에서 물건 찾느라 바빴을 녀석의 솜씨가 제법이었다. 아비와 둘이서 산다더니 살림을 도맡아 하는 것인가. 그도 아니면 원래 옷을 짓는 일을 업으로 가진 것인가.

아주 잠깐 여리에 대한 의문이 일었지만 일단은 거기까지였다. 이겸은 고개를 절레절레 젓고는 도포를 다시 접었다. 이번엔 도포가 서랍장 위가 아닌 서랍 안으로 정갈하게 들어갔다.

"찾았다!"

모래밭에서 호박 보석을 찾아낸 여리의 손이 하늘을 향해 쑥 뻗었다. 이젠 정말 끝이 보인다. 여리의 입가엔 절로 '흐흐' 웃음이 걸렸다.

"하나만 더 찾으면 돼. 끝이다, 끝!"

여리는 간신히 찾은 그것을 주머니 안에 곱게 넣어두었다.

"보석만 있으면 노리개는 끝난 것이나 다름없지."

콧노래를 흥얼거리며 즐겁게 찾던 모습이 무색하게 마지막 다섯 번째 보석은 노을이 내려앉도록 쉬이 보이지 않았다. 넓은 폐월화 밭은 이미 두 번이나 손봐둔 터여서 살펴보지 않은 자리가 남아 있을 리 없었다.

"노을이 왜 이리 슬프지? 마지막이라 그런가? 아니면 하나를 못 찾아서? 분명 어제와 같은 노을인데."

잠시 손길을 멈추고 노을을 보던 여리는 얼마 후, 얼굴이 발그레하게 물들더니 딸꾹질을 했다.

"헙!"

물론 이유 없는 딸꾹질은 아니었다. 전날 목욕간에서 마주쳤던 이겸 때문이었다. 물기 어린 어깨 위로 노을이 내려앉던 모습이 문득 생생하게 떠올랐다. 의도한 것은 아니지만 잘 조각된 등 근육도 보고 말았다. 단지 그것을 떠올린 것만으로도 여리의 귓불은 홧홧하게 달아올랐다.

"하, 하, 하……."

윗옷을 풀어 헤치고 일하는 사내들을 본 것이 한두 번도 아닌데 왜 이리 덥지?

하긴 이제껏 여리가 본 사내들의 몸이라곤 배가 두툼하고 토실토실 살이 오른 것이 흡사 박 같은 몸매가 전부였다. 본 게 그것밖엔 없으니 사내들이란 다 그런 몸을 가진 줄만 알았는데, 이곳의 나리는 달라도 뭔가 많이 달랐다. 군살이라곤 하나 없는, 말 그대로 단단한 사내의 몸이었다.

"으아아! 나 지금 뭐래니? 생각하지 마! 기억해내려고도 하지 마. 이 음탕한 머리. 지워. 지우라고."

그러나 지우려 하면 할수록 기억은 더 또렷해지는 법.

여리는 오뉴월 개처럼 흐트러질 때까지 머리카락을 벅벅 헤집었다. 이것은 온전히 자신과의 싸움이었다. 이럴 때는 기억력도 쓸데없이 더욱 좋았다. 급기야 머리를 콩콩 쥐어박던 여리의 움직임이 우뚝 멈추었다. 아파서가 아니었다. 이겸의 등과 어깨에 자리한 크고 작은 생채기들이 덩달아 떠오른 까닭이었다.

검고 강렬한 흉터 때문에, 또한 짧은 찰나여서 다른 것은 신경 쓸 겨를이 없었다. 그러나 가만히 생각해보니 검은 핏줄 같은 흉 주위로 많은 상처들이 자리하고 있었다. 검을 알지 못하는 여리가 보기에도 그것들은 검상이 확실했다.

"저승사자님이 검을 쓰는 건 맞다는 얘긴데."

생각에 생각을 잇다 보니 또다시 이겸의 맨살이 머릿속에서 떠올랐다. 여리는 고개를 빠르게 내저었다.

"저승사자고 무사고 일단 맨살부터 머릿속에서 지우자, 지워. 잊지 마. 난 지금 노리개가 세상에서 가장 중요하다고."

여리는 다시 바쁘게 흙을 내리긋다가 튀어나온 돌을 움켜쥐고는 눈썹을 찌푸렸다.

"그러고 보니 왜 내가 당황해야 하나? 그건 어쩔 수 없는 상황이었는데. 그래. 본다고 닳는 것도 아니고 송구할 필요도 없지. 내가 다 벗은 몸 한두 번 보나? 자, 내가 어제 본 것은 이 돌과 같다. 돌이다, 돌이야. 돌이었어."

애써 돌이라고 되뇌며 마음을 추스르고자 했으나 별 소용이 없었다. 하긴 사내의 몸이 어찌 돌이겠는가. 사내의 몸은 그냥 사내의 몸이지.

"에잇."

스스로를 속이기에 실패한 여리가 돌을 뒤로 휙 던진 찰나, 누군가가 그것을 솜씨 좋게 잡아냈다.

"칭찬인가, 욕인가."

예기치 않은 이겸의 목소리에 놀란 여리가 황급히 뒤를 돌아보았다. 이겸은 여리에게서 받은 돌을 다시 먼 곳으로 던져두었다.

들으셨어? 어, 언제부터?

당황한 여리가 버벅거리며 입을 열었다.

"무, 무엇을 들으셨는지 모르겠으나 나리를 뜻한 건 절대 아닙니다. 요즘 종종 말이 머리를 거치지 않고 그냥 입으로 나와

버려서 헛소리를 잘합니다, 네."

여리가 시선을 아래로 깔며 어쩐지 자신 없는 변명을 했다. 이거야말로 필요 없는 헛소리였다. 뒷얘기를 하다 딱 걸렸으니 민망하기 그지없구나.

"마지막 날인데 물건은?"

다행히 곤란한 이야기는 하지 않으실 건가 보다. 여리가 안도하며 재빨리 말을 받았다.

"아직 하나를 못 찾았습니다."

"닷새간 찾았는데 찾지 못하였다면 이곳에 없을 수도 있겠군. 찾고 있는 것이 무엇이냐?"

"아주 작은 나비 모양의 호박 보석입니다. 여인들의 노리개에 들어가는 것인데 다른 분 것을 제가 잠시 맡아둔 거라. 아, 그리고 여기."

여리는 따로 챙겨둔 주머니를 이겸에게 내밀었다.

"처음에 말씀드린 꽃 값입니다. 이것으로 충분할지 모르겠으나 지금 제가 드릴 수 있는 최선입니다."

이겸의 시선이 주머니로 내려갔다. 잡초를 뽑느라 상한 여리의 손가락이 먼저 눈에 들어왔다.

"됐다. 처음부터 코 묻은 돈 받을 생각은 없었느니."

"코라니요? 저 그렇게 어리지 않습니다."

여리는 부러 코를 훌쩍여 보였다. 마지막 날이라 그런지 제법 웃으며 대화할 수 있는 여유가 생겼다.

그러나 이겸은 여전히 무심한 말투로 받았다.

"셈이 약한 걸 보니 어린 게 맞다. 닷새간 일을 하고 돈까지 내어놓는 이가 어디 있느냐?"

"받을 돈 때문이 아니라면 어찌 오신 것이옵니까?"

"그야 금일이 마지막 날이니 내일부턴 조용해질 생각에 마음이 즐겁고 후련해서 와보았다. 물건을 못 찾았다 해서 더 머물겠다 질척대는 이는 아니라기에. 제 한 몸 지킬 줄 아는 사내는 한 번 뱉은 말도 책임질 줄 아는 법이니까."

내가 한 말들을 굳이 기억했다가 돌려주시다니. 참 마음이 넓기도 하셔라.

여리가 한숨을 삼키자 이겸이 말했다.

"따라오너라."

"예? 어디로……. 왜입니까?"

이겸은 대답을 해주는 대신 고택을 향해 걸어갔다. 여리도 어리둥절해하다가 주춤주춤 따라나섰다. 대문을 지나 회랑을 걷는 여리의 시선이 주위를 빠르게 훑었다. 이겸은 어둠이 내려앉기 시작한 고택의 지나는 자리마다 횃불을 밝혔다.

"글은 읽을 줄 아느냐?"

"예. 조금."

"하긴 서찰을 쓴 걸 보면 읽고 쓸 줄은 알겠군."

이겸의 난데없는 물음에 여리의 시선이 고택에서 이겸의 뒷모습으로 옮겨갔다. 빨리 가라고 채근하러 온 분이 어찌 따라오라고 하시는 걸까. 여리의 마음에 슬그머니 불안이 싹텄다.

"한데 나리, 날이 어두워져서 제가 서둘러 길을 나서야 합니다. 밤눈도 그리 밝지 못한 편이라서요."

"그러니까. 누구보다 서둘러 길을 갈 수 있도록 남는 초롱 하나 적선할 생각이다. 행여 어두워져서 가지 않겠다 말이라 도 바꾸면 피차 곤란하니."

"⋯⋯."

"필요 없으면 가다가 버리든가. 나도 필요 없는 물건이다."

여리의 고개가 살짝 갸웃거렸다. 그러니까 지금 내가 걱정 돼서 초롱을 주신다는 건가? 말투는 진짜 버리는 게 귀찮아 서 주시는 것에 가깝지만.

"어차피 단도도 돌려받아야 할 터."

그러고 보니 단도를 잊고 있었다.

이겸의 말투는 변함이 없었으나 목소리는 조금 부드러워져 있었다. 그제야 여리도 입을 다물고 계속 발걸음을 옮겼다.

여러 개의 횃불이 멀지 않은 거리마다 밝혀져 걷는 길이 제 법 환했다. 그러나 초롱과 단검을 준다면서 계속 걸어가기만 하는 이겸의 뒷모습에 여리의 시선이 꽂혔다. 그 시선에 답이 라도 하듯 이겸이 말을 이었다.

"안 잡아먹는다. 뚫어질 듯 보지 마라."

뒤에도 눈이 달리셨나?

횃불을 들어 다른 불통에 불씨를 옮겨 붙인 손길을 따라 낮 과는 다른 고택의 모습이 드러났다. 불이 하나씩 더해질 때마 다 잠들었던 고택이 깨어났다. 여리의 동그란 눈이 화려한 고 택을 가득 담았다. 처음 온 날 보았던 모습이다.

마침내 이겸의 걸음이 외딴 별채 앞에서 멈췄다. 굳게 잠긴 문을 여니 종이와 먹 냄새가 훅 밀려들었다. 문턱을 넘는 이겸을 따라 문 안으로 들어선 여리의 입이 벌어졌다.

그곳은 처음 보는 이를 압도시킬 만큼 많은 서책이 쌓여 있는 서고였다. 어릴 적부터 책을 좋아한 여리여서 이런저런 방법으로 여러 서책들을 구해 읽곤 했다. 그러나 이곳에 있는 책들은 그런 정도의 양과 종류에 비할 바가 아니었다.

출입문을 제외한 나머지 세 벽과 여러 개의 책장에 가득 쌓인 책들은 보기만 해도 숨이 턱 막혔다. 여리는 이토록 많은 책들을 그 어느 곳에서도 본 적이 없었다. 굳이 견주자면 궁궐의 서고 정도는 되어야 이 정도 양의 책들을 보유하고 있을 것이다. 물론 궁궐 서고도 본 적이 없어서 정확히 말할 순 없지만 분명 이곳은 평범한 서고가 아니었다.

여리를 놀라게 한 것은 서책의 양만이 아니었다. 도저히 규칙이라곤 없는, 쉽게 말해 그냥 쌓아놓은 서책들이 무너지기 일보 직전의 상태로 제멋대로 자리하고 있었던 것이다. 공든 탑도 아니고 이렇게나 높이 쌓은 책들이 쏟아지지 않는 게 용하다 싶었다.

"여기 어딘가에 초롱이 있었는데."

"이 서고에 초롱이 있다는 말씀이옵니까?"

"얼마 전 비가 많이 왔던 날 이곳까지 비가 들이쳐서 이것저것 손에 잡히는 대로 쌓다 보니 경황이 없었다. 초롱도 대충 이곳에 던져두었지."

"한데 다른 것도 아닌 서책을 이리 젖은 상태로 방치해두신 것이옵니까? 한눈에 보아도 꽤 값이 나가는 책들 같은데요."

"굳이 이유를 찾자면 정리하는 게 귀찮아서?"

쏟아질 듯한 서책들이 젖은 것과 젖지 않은 것의 경계도 없이 어울려 있었다. 내다 팔면 부르는 게 값인 서책들도 드문드문 보였다. 여리는 저도 모르게 아까워서 할 말을 잃었다.

"지금 무슨 생각하는지 아는데 그것도 귀찮다."

"예? 제가 무슨 생각을 했사옵니까?"

"내다 파는 것도 귀찮다 이 말이다."

"그러니까 단순히 귀찮아서 한눈에 보기에도 귀한 이 서책들을 그냥 두었다 이런 말씀이시지요?"

"눈치는 제법 나쁘지 않구나."

"하오면 제 아비를 해하지 않았던 것도……."

"그건 검을 휘둘러 사람을 죽이는 게 대단히 귀찮아서지. 다른 곳도 아니고 내 사가 앞에서 그런 일을 하면 그 뒷수습은 누가 하겠느냐?"

아, 서책을 정리하는 건 그냥 귀찮은 거고 검을 휘두르는 건 대단히 귀찮은 거여서 그랬던 거구……나가 아니잖아? 대체, 이 무슨!

여리가 크게 한숨을 내쉬었다.

이런 분이셨구나, 저승사자님은.

"저기에 초롱이 있군."

이겸은 구석으로 걸어가 박혀 있던 초롱을 찾아냈다. 여리가 서고를 두리번거리자 이겸이 말을 덧붙였다.

"단도는 그 책장 서랍에 있을 것이다."

"이 책장 말씀이십니까? 아니면 저 책장?"

"그 옆 책장."

이겸의 눈짓에 따라 여리가 서랍을 열어보는데 그 순간 책장 옆으로 쌓아둔 서책 기둥이 기우뚱거렸다.

"어, 어?"

겨우 균형을 유지하고 있던 그것들은 다른 서책이 쌓여 있는 옆으로 쓰러졌다. 하나가 무너지자 다른 하나가 보태져 기다렸다는 듯 많은 서책들이 쏟아져 내렸다. 그로 인해 서랍을 열어보던 책장이 여리 쪽으로 기울었다. 놀란 여리가 재빨리 머리를 감싸며 몸을 웅크렸으나 그보다 이겸이 여리를 향해 손을 뻗는 것이 빨랐다.

책장 넘어지는 둔탁한 소리와 함께 일시에 책 먼지가 부산히 일었다. 마지막 남은 책마저 떨어지고 주위가 고요해지자 여리가 살며시 눈을 떴다. 바닥에 누운 여리의 위로 몸을 던져 책장을 막아준 이겸이 보였다. 이겸 역시 제 팔 아래 갇혀 있는 여리를 보았다. 서로의 눈에 비친 자신의 모습이 보일 정도로 그 거리는 매우 가까웠다. 달빛 속에 떠도는 먼지의 반짝임이 보일 정도로 고요하였다. 여리의 눈이, 이겸의 눈이 맑게 서로를 담았다. 둘 중 어느 하나도 먼저 움직이지 않았다. 굳은 여리가 토끼 같은 눈으로 이겸을 깜빡깜빡 올려다봤다. 이겸의 미간이 저만 알 정도로 살짝 좁아졌다. 이상한 일이었다. 분명 며칠 전 처음 만난 녀석인데 낯설지 않은 이 느낌은 무엇일까.

정신을 차린 여리가 급히 몸을 일으키다 이겸과 부딪혔다.

"윽."

채 아물지 않은 상처 탓에 이겸의 몸이 움찔 떨렸다. 아픈 쪽은 이겸인데 여리의 얼굴이 사색이 되었다.

"다치신 것이옵니까?"

"지금 그런 것이 아니다. 괜찮다."

이겸이 쓰러진 책장을 옆으로 밀어두는 그때, 서래댁과 동아가 서고 안으로 급히 들어왔다.

"괜찮으시옵니까, 나리?"

"어? 아주머님!"

며칠 만에 보는 서래댁이었다. 서래댁과 동아는 각각 여리와 이겸을 부축했다. 이겸은 소란 떨 것 없다는 듯 동아에게 손을 내저어 보였다.

"어찌 이러고 계신 것이옵니까? 한데 이자는……."

동아가 낯선 여리에게 시선을 주었다. 여리 역시 동아를 본 것은 처음이었으나 달리 자신을 무엇이라 소개해야 할지 막막했다. 서래댁이 먼저 여리에게 동아를 소개해주었다.

"아들 녀석입니다."

"그러셨군요. 처음 뵙겠습니다. 사정이 있어 금일까지만 이 댁에 신세를 지고 있는 객입니다."

동아는 고개를 끄덕이며 여리를 가만히 보았다. 여리가 신기한 것인지, 혹은 고택에 낯선 이가 왔다는 사실이 신기한 것인지 눈길 가득 호기심이 묻어났다. 그 시선을 느낀 여리가 무너진 책들을 서둘러 집었다.

"그러면 아주머님이 오셨으니 저는 이 책들만 세워놓고 그만 가보겠습니다."

"사가가 예화 현이라고 하지 않았습니까?"

"맞습니다, 아주머님."

"하면 금일은 가기 힘들 것입니다. 회연과 예화 사이에 있는 다리 하나가 무너져 보수 중입니다. 하여 우리도 다른 고을로 돌아오느라 하루가 더 걸렸지요. 내일 정오 전에 마무리된다 들었으니 하루 묵고 가는 건 어떻습니까? 오후엔 무리 없이 갈 수 있을 것입니다. 물건은요?"

"하나를 아직……."

"그럼 내일 날이 밝으면 마지막으로 한 번 더 찾아보세요. 도와드리겠습니다. 다만 금일 가지 못하게 되면 사가에서 많이 염려할 텐데."

다행인지 아닌지 달현 또한 건넛마을로 일을 나간 터라 내일 돌아오는 것으로 되어 있었다. 그러니 내일 밤까지만 도착한다면 달현이 여리의 외박을 눈치챌 일은 없었다.

"그건 괜찮습니다만."

어서 가라고 초롱까지 찾아준 분이 계신다는 말은 차마 하지 못했다. 송구한 마음에 여리가 난처해하자 서래댁이 이겸의 허락을 구했다.

"사정이 이리되었습니다. 손님께 묵어갈 방 하나를 내어주어도 되겠사옵니까, 나리?"

나머지 셋의 시선이 이겸에게로 모였다. 날도 어두워지고 길이 막혔다는데 매몰차게 내쫓을 수도 없는 일이었다. 이겸은 어쩔 수 없이 허락의 의미를 담아 짧게 고개를 끄덕이고는 자리를 떴다. 나머지는 서래댁이 알아서 할 일이었다.

채 아물지 않은 복부가 욱신거렸다. 사실 초롱과 단검은 핑계였고, 이겸은 녀석이 물건 하나를 찾지 못했다기에 돈이 될 만한 서책 하나를 줄 셈이었다. 탕약과 음식, 거기에 닷새간 꽃밭을 돌본 값이었다. 그곳에 있는 진귀한 서책 한 권이면 모르긴 해도 잃어버린 물건은 갚고도 남을 것이다.

무심히 방으로 돌아온 이겸은 조금 전 마주 보았던 여리를 떠올렸다. 만난 적이 있을 리 없는데 얼굴이 이상하게 눈에 익었다.

이겸이 예화 중에서도 이곳 회연 땅에 온 것은 일곱 해 전이었다. 그동안 만난 사람들이라고 해봐야 손으로 꼽을 수 있을 정도. 몇 번 안 되는 예화 잠행에서 오가다 마주치기라도 한 것일까. 무언가 떠오를 듯 떠오르지 않았다.

구름을 닮은 소리가 천지를 울렸다.

둥, 둥, 둥ㅡ.

사람 키보다도 큰 대북에서 시작된 소리였다. 느리고도 일정한 간격을 가진 소리는 많은 사람들이 머리를 조아린 대기 위로 퍼져나갔다. 뒤이어 눈부신 빛 속에서 단을 올라가는 왕의 뒷모습이 보였다. 단 하나를 올라설 때마다 면류관의 구슬들이 좌우로 흔들렸다. 옥좌의 주인은 가장 높은 곳에 올라 꿇어앉은 신하들을 내려다보았다.

"국궁사배!"

신호에 따라 사람들의 머리가 정확히 네 번 조아려졌다. 오로지 한 사람만을 위한 예였다.

"천세!"

"천세!"

"천천세!"

모든 이들이 손을 이마 위로 모으고 햇빛 아래에 선 그들의 왕에게 충성의 예를 올렸다. 모두를 내려다보던 왕의 시선이 이겸에게 머물렀다. 굽어보는 시선에는 적대감 외에 아무런 감정도 담기지 않았다. 이겸은 다만 고개를 숙이고 묵묵히 그 시선을 받아냈다.

시간은 빠르게 흘러 또 다른 날을 보여주었다.

"하아, 하아."

이겸의 숨소리가 달빛이 내려앉은 막사 사이로 번졌다. 보이지도 않을 만큼 빠르게 장검으로 긴 호선을 그리자 검붉은 피를 뿌리며 자객들이 떨어져나갔다. 이겸은 뜨끈한 느낌이 드는 턱을 손등으로 쓸어내렸다. 손이 금세 핏빛으로 물들었다.

숨을 돌릴 겨를도 없이 또다시 검은 그림자가 드리워졌다. 이겸은 빛을 발하는 검으로 달빛을 잘랐다. 곧이어 쿵, 또 하나의 자객이 쓰러졌다. 쓰러진 자객의 뒤로 다가서는 발걸음. 지친 이겸이 고개를 들었다. 걸음의 주인은 잘 아는 얼굴이었다. 앞선 꿈에서 면류관을 쓰고 있던 왕이 차가운 얼굴로 이겸을 내려다보고 있었다.

"어찌 과인을 이리도 모질게 만드는 것이냐."

이겸이 숨을 삼키며 잠에서 깨어났다.

달빛이 물러가는 새벽녘이었다. 과거의 꿈을 꾸는 것은 실로 오랜만이었으나 마치 어제 일인 듯 기억이 선명했다.

이겸은 씁쓸한 숨을 내쉬며 텅 빈 시선으로 천장을 보았다. 지끈거리는 가슴이 쉬이 진정되지 않는 것이 좀처럼 잠이 들긴 어려울 듯했다.

짹, 짹―.

"쭈쭈, 잘 잤느냐? 너도 일찍 일어나는구나."

새가 대답을 하는 것도 아닌데 여리는 장작을 패며 쭈쭈에게 인사를 건넸다. 새 울음 사이로 장작 패는 경쾌한 소리가 일정하게 이어졌다.

여리가 도끼를 하늘 높이 들어 올려 '퍽' 하고 내리치면, 나무는 정확히 두 조각이 되었다. 조각난 나무들을 보지도 않고 뒤로 던졌는데 신기할 정도로 가지런하게 착착 쌓였다.

아침저녁으로 제법 선선한 것이 곧 날이 추워질 듯하여 땔 감을 조금 마련해두고 갈 참이었다.

"어!"

그러나 만들어진 이래로 이렇게까지 부지런한 이를 처음 만난 도끼가 결국 탈이 나고 말았다. 자루가 헐거워진 도끼가 장작에 단단히 끼어버렸다. 여리는 한쪽 발로 나무를 밟고 도끼를 빼기 위해 있는 힘껏 끙끙거렸다.

"이거 왜 이래? 손질을 안 해서 낡았나?"

자루가 헐거우니 도끼날이 힘을 받지 못해 좀처럼 빠지지 않았다. 몇 번의 노력 끝에 드디어 도끼가 조금씩 삐그덕대며 움직였다.

"됐다. 빠지겠……, 으악!"

도끼는 빠졌지만 무리하게 힘을 준 탓에 여리가 뒤로 엉덩 방아를 찧고 말았다. 자루를 떠난 도끼날은 빠르게 돌아 높은 나뭇가지에 박혔다. 놀란 여리가 입을 쩍 벌렸다.

빠진 도끼날은 나무에 누워 있던 이겸의 다리 바로 윗가지에 박혀 있었다. 저분은 왜 저곳에서 주무시고 계시는 것이며, 도끼날은 하필 저리로 날아갔을까?

바람이 불어 나뭇잎 그늘이 살랑거리자 이겸의 눈꺼풀이 귀찮은 기색과 함께 떠졌다. 더 이상 나무 위에서 잠을 잘 수 없음을 예감한 이겸이 부스스 일어나 앉았다.

"이번에도 제가 일부러 그런 건 절대 아닙니다만, 언제부터 거기 계셨습니까?"

"내가 내 집 어디에 있는 것도 허락을 받아야 하느냐?"

이겸이 하품을 하며 찌뿌듯한 어깨를 주물렀다. 새벽에 잠을 깬 후, 천장이 있는 방에서는 잠이 오지 않아 동이 틀 때쯤 이 나무로 옮겨온 것이다.

이겸이 몸을 움직이자 여리가 외쳤다.

"조심하십시오! 거기에 도끼날이……."

이겸은 제 뒤쪽 나무에 박힌 도끼날을 바라보았다. 그리고 가볍게 기를 실은 손바닥으로 도끼날 등을 무심히 내리쳤다. 육중한 충격을 받은 도끼날이 '텅' 소리를 내며 깔끔하게 바닥으로 떨어져 내렸다. 어안이 벙벙한 여리가 냉큼 달려가 떨어진 도끼날을 주워 들었다. 바닥으로 내려선 이겸이 기지개를 폈다.

"서래댁에게 날 귀찮게 하라고 사주라도 받았느냐?"

"예?"

이겸이 눈짓으로 도끼날을 가리켰다. 여리의 시선도 그를 따라갔다. 그리고 이젠 알겠다는 듯 싱긋 웃었다.

"아주머님의 마음을 알 것도 같습니다."

"뭐?"

"몸도 성치 않으신 분이 찬 데서 주무시지 않습니까? 게다가 한 번 자리 잡으시면 꿈쩍도 않으시고요. 지켜보는 이들이 걱정할 만도 하지요."

본래 막힌 곳에서 잠을 청하는 것이 불편한 이겸이었다. 이

전의 일들 때문이기도 하였지만 그렇게 트인 곳에 한 번 자리를 잡으면 필요에 의해 움직일 때 외에는 거의 눈을 감고 생각하는 시간이 많았다.

"내가 꿈쩍도 않는 것이 아니라 서래댁과 네가 쓸데없이 많이 움직이는 거다. 물건은 안 찾고 뭘 하고 있는 것이냐."

이겸이 가지런하게 쌓인 장작을 보았다.

"그건 날이 완전히 밝으면 찾으려고 했습니다. 시간이 남기에 땔감을 마련하고 있었지요. 참, 어제 서고에 있던 젖은 책들은 간단히 추려서 그늘에 내어놓았습니다. 재워주신 값은 해야 할 것 같아서."

이겸의 시선이 빈 자루를 쥔 여리의 손으로 향했다. 멀쩡했던 도끼가 한 손엔 도낏날, 한 손엔 자루로 분리되어 있었다.

"신기한 재주로다. 한 가지 일을 하면 두 가지 일을 더하는 재주."

"이, 이건 제가 고쳐놓고 가겠습니다."

계산 정확하신 분. 도끼를 망가뜨린 일로 또 당장 떠나야 할지도 모르겠구나.

이겸이 손을 뻗었다. 그러나 이겸이 잡아끈 것은 도끼가 아니었다. 이겸은 여리의 손목을 잡아 손 이곳저곳을 살펴보았다. 여리의 손은 가녀린 손목과는 달리 작은 손바닥 가득 굳은살이 단단히 박혀 있었다. 옷 짓는 일을 업으로 하는 녀석인가 했더니 그도 아닌 모양이었다. 당황한 여리가 손을 휙 잡아 뺐다.

"어찌 그러십니까?"

"아침부터 기운이 뻗치는 녀석 손은 어떻게 생겼는가 싶어 본 거다. 도대체 무슨 일을 얼마나 하면 손이 그렇게 되는 것이지?"

거친 손이 머쓱해진 여리는 소매로 꼬물꼬물 손등을 덮었다.

"모름지기 일하는 사내 손이란 다 그런 것이지요. 손이 고와 봐야 계집 같다는 소리밖에 더 듣겠습니까?"

"흉을 보려는 것이 아니다. 그런 손이 있었기에 너와 아비가 먹고산 것이 아니겠느냐. 그러니 흉한 손이 아니라 장한 손이다."

무심한 듯 무심하지 않은 이겸의 말에 여리가 반짝 시선을 들었다. 그의 작은 한마디가 여리의 가슴에 동그란 파문을 만들었다. 이겸은 이미 다른 곳으로 걸음을 옮기는 중이었다. 여리는 잠시간 그런 이겸의 뒷모습을 바라보았다.

설마 방금 칭찬하신 건가?

망가진 도끼는 오후에 손을 보기로 하고 여리는 장작을 마저 정리해두었다. 안면이 있는 빗자루를 가지고 나와 마당도 착착 쓸었다. 나무가 부러졌을 때 한 번 소개받았다고 그새 손에 익어 있었다.

여리가 쭈쭈네 나무 밑에 쌓인 모래더미를 빗자루로 쓸어서 퍼트려두려던 때였다.

"이거 어제도 그렇고 왜 여기만 매일 흙이 쌓이나 그래?"

"나리께서 만들어두셔서 그렇다네."

간밤에 보았던 동아가 여리의 옆에 불쑥 나타나 서 있었다.

"깜짝이야! 언제 오셨습니까?"

"방금 왔다네. 한데 이름이 최열이라고?"

"예."

여리의 시선이 동아가 짚고 있는 목발에 닿았다. 동아가 머쓱한 듯 웃었다.

"어제 급히 오다 좀 접질렸네. 이렇게 한 번씩 덤벙대고는 하지."

동아는 목발로 여리가 흩어놓았던 흙을 다시 불룩하게 밀어놓았다.

"이 흙은 나리께서 일부러 만들어두시는 것이니 그대로 두게. 해마다 저 위 둥지에 새들이 날아와서 새끼를 치는데 간혹 새끼들이 떨어지는 일이 있어 이리 해두는 것이니. 딱딱하지 않게 이렇게 만들어두는 정도면 된다네."

잘생긴 얼굴만큼이나 말투도 부드러웠다. 얼굴 뜯어먹고 살 것도 아니지만 아주머님은 아들을 볼 때마다 참 흐뭇하시겠다는 생각이 절로 들었다.

"나이가 어찌 되는가?"

동아가 인자한 웃어른 같은 어조로 물었다.

"올해 스물입니다."

"음, 나와 비슷하구먼. 벗으로 지내도 좋을 것 같으이. 한데 어제 서고에는 무슨 일로? 내가 질문이 많아도 이해하게. 본디 성격이 궁금한 것이 많다네."

"이곳 나리께서 제게 주실 것을 서고에 두셨다고 따라오라 하셨습니다."

"나리께서? 다른 곳도 아닌 서고에 말인가?"

"예."

어떤 부분에서 놀란 것인지는 모르겠지만 여리의 말을 들은 동아가 멍한 표정으로 멈추었다.

왜 그러지? 서고가 너무 엉망이라 그러는 건가?

하긴 그런 곳에서 물건을 찾는다는 것 자체가 많이 어려워 보이긴 했다. 실제로 서책들도 무너져 내리지 않았던가.

"저 비 맞은 서책도 자네가 꺼내놓았는가? 나리께서는 그걸 보시고도 아무 말씀 안 하셨고?"

"네. 무슨 문제라도……."

"아, 아닐세. 그럼 일 보게."

해사하게 웃어 보인 동아는 발길을 돌렸다. 목발을 짚어 절 뚝거리는 가운데서도 무언가 이상한지 고개를 갸웃하는 것이 느껴졌다. 여리는 자신이 한 말 중에 실수한 것이라도 있나 싶어 덩달아 머리를 긁적거렸다.

책의 모양이 틀어지지 않게 그늘에 널어둔 서책들 위로 맑은 바람이 지나갔다. 비밀스러운 주인을 닮아 고택의 어느 것 하나 비밀스럽지 않은 것이 없었다. 많은 이야기를 품은 서책의 겉장이 바람결에 하늘하늘 나부꼈다.

여리는 서래댁의 도움을 받아 낮 동안 마지막 보석을 찾아

보았다. 이미 한 번 살핀 폐월화 밭을 제외하고 그 둘레의 모래밭을 모두 살폈으나 마찬가지로 물건은 보이지 않았다. 아쉽지만 더는 어찌할 수 없는 일이었다.

길을 떠나기 전, 꺼내놓았던 서책들을 다시 포개서 서고 안으로 넣어두는 것을 잊지 않았다. 다행히 바람이 좋아 여리가 꺼내놓은 양만큼은 습기가 많이 가셨다.

서고 전체를 정리할 순 없었기에 상태가 좋은 책장에 말린 책을 차곡차곡 꽂아두었다. 제목을 읽고 여리 나름대로 서책들을 분류해서 순서를 정해보았다.

손을 타지 않은 서책이 대부분이라 자연히 먼지가 일었다. 약간의 기침을 콜록거린 여리는 서고의 창을 활짝 열었다.

햇살이 기분 좋게 안으로 들어왔다. 여리는 의자를 창 앞으로 끌어왔다. 이제 다시는 고택에 올 일이 없을 것이니 잠시 동안만은 이 호사를 누려도 좋을 것이었다. 서고는 넓은 마당이 한눈에 들어오는 곳에 위치해 있었다. 오후 햇볕이 나뭇잎 사이에 걸려 바람을 타고 살랑살랑 춤을 추었다.

"다시 봐도 집 참 넓다. 이 넓은 집에 몸종 하나 없는데 어찌 이리 반짝반짝하지? 아주머님은 실로 대단하신 분이야."

새벽부터 바삐 움직였던 여리는 뭉친 어깨를 주물렀다. 결리는 목을 돌리다 천천히 고개를 뒤로 젖혀보았다. 늘어난 목의 시원한 느낌을 따라 어쩐지 눈이 스르르 감겼다. 종이와 먹 향기에 마음이 편안해지고 오후 햇살은 더없이 따뜻했다.

얼마 후 잠든 여리는 눈꺼풀을 간질거리는 햇살 때문에 얼굴을 찡그렸다. 그러나 그도 잠시, 햇볕을 가려주는 그늘 덕분에 주름진 미간이 다시 펴졌다.

마당을 지나던 이겸이 잠든 여리를 보고 일부러 그곳에 자리를 잡았다. 그늘이 어찌하여 생긴 것인지도 모르고 여전히 여리는 창틀에 팔을 괴고 잠에 빠져 있었다.

여리를 보던 이겸이 고개를 작게 저었다.

"대체 누가 누굴 보고 아무 데서나 잔다는 건지."

처음 보던 날도 아궁이 옆에서 세상모르고 잠들었던 녀석이었다. 하긴 새벽부터 밤까지 쉬는 때가 없으니 피곤하지 않으면 이상한 일일 것이다.

한동안 곁을 지키던 이겸이 자리를 뜨자 여리의 얼굴에 다시 볕이 들었다. 여리가 옅은 잠꼬대를 웅얼거리자 이겸은 잠시 멈추어 있다 무심히 손을 들어 창 위에 걸린 발을 내려주었다. 다시 그늘이 생겼다. 몸을 돌려 마당으로 나오니 어느새 서래댁이 다가와 있었다.

"가시는 길이옵니까?"

"다녀오겠네."

미리 약방 주인장과 약속을 해놓은 이겸은 언제나처럼 얼굴을 가리고 길을 나섰다. 저를 숨기고 살아야 하는 이겸을 보는 서래댁의 마음이 무거워졌다.

서래댁이 이겸을 배웅하고 돌아오는 길, 옅은 낮잠을 깬 여리가 서고에서 나왔다. 여리는 서래댁을 발견하고는 그 곁으로 뛰어갔다.

"깜빡 잠이 들었습니다. 이제 가보아야겠습니다."

"지금 말입니까?"

"예. 다리가 있는 곳까지 걸리는 시간도 있으니 지금쯤 길을 나서면 얼추 마무리되어 있을 것 같습니다."

"물건을 찾았으면 좋았을 텐데 아쉽습니다."

"아주머님께서 많이 도와주셨는데 면목이 없습니다. 제 불찰이니 마을에 가는 대로 어떻게든 수습해볼 생각입니다. 며칠간 폐만 끼치다 가서 송구합니다. 도와주셔서 감사했습니다."

서래댁은 여리가 말로는 폐를 끼치다 간다 하였지만 실상 밭을 살피는 틈틈이 집안일도 해두었음을 모르지 않았다. 며칠 고택을 비웠으나 크게 부족한 부분이 눈에 띄지 않는 것이 그 증거였다. 천성이 맑고 선한 이였다. 사정은 여의치 않아 보였으나 힘든 내색 없이 꿋꿋했다. 부녀가 나란히 좋은 사람임을 알 수 있을 것 같았다.

그때, 전서구 한 마리가 허공 위를 배회하더니 서래댁에게 내려앉았다. 서래댁은 능숙하게 전서구의 다리에 묶인 하얀 종이를 풀었다. 서찰의 내용을 확인한 서래댁의 얼굴이 굳었다. 급히 대문 밖으로 나가봤지만 이미 이겸의 모습은 보이지 않았다.

동아가 문 밖으로 나가는 서래댁을 보고는 절룩이며 그 뒤를 따랐다. 여리도 함께였다.

"어찌 그러십니까?"

"약방에서 급한 전갈이 왔다. 지금 마을 어귀에 사람들이 깔려 있는 것이 느낌이 좋지 않다고."

"예? 물건을 가진 이를 만나기로 하여 금일 나리께서 약방에 가시는 것 아닙니까?"

"아무래도 문제가 생긴 것 같구나. 함정이거나 혹은 뒤를 밟혔거나."

"그자들이 어귀에 있으면 부딪히게 되는 것 아닙니까? 어서 나리께 알려야지요. 소자가 다녀오겠습니다."

그러나 몸을 돌리던 동아는 자신이 평소와 달리 목발을 짚고 있다는 것을 깨달았다. 이래서는 나리의 걸음을 따라잡기에 역부족이었다. 하필 다쳐도 이런 때에 다치다니.

숨을 내쉬던 동아가 문득 여리를 쳐다보았다. 서래댁 역시 날랜 걸음은 무리였으니 남은 사람은 여리밖에 없었다.

"나리께 서찰을 전해줄 수 있겠는가?"

"서찰 말입니까?"

"사정이 다급하고 가는 길이 다르지 않으니 꼭 좀 도와주게. 나리께서 위험해지실 수도 있네."

제3장

달밤의 동행

"아직 해도 지지 않았는데 산길이라 그런가 엄청 어둡네."

햇빛이 스미지 못한 숲길은 한껏 어둠을 빨아들였다.

나무 그늘이 드리운 숲은 산 아래보다 일찍 날이 저물었다. 산을 넘어가던 노을빛은 간간이 바람이 불 때만 옅게 비추었다 사그라졌다.

그 길로 곧장 이겸을 쫓아온 여리가 받은 숨을 몰아쉬었다.

"걸음이 어찌 이리 빠르시지? 바로 쫓아왔는데도 보이지 않고."

고택이 있는 회연은 사람들이 알지 못할 만큼 외떨어진 곳에 위치해 있어 마을로 향하는 길이 하나밖에 없었다. 여리와 달현이 알고 있는 길은 조금 다르다 해도 중간까지는 길이 같았다. 그러니 길이 엇갈릴 일도 없는데 가파르지 않고 트인 숲길은 적막하기만 했다.

제법 멀리까지 까치발을 세워가며 살펴봤지만 이겸의 머리카락 끝조차 보이지 않았다. 나름 빠른 발을 가지고 있다 생각했으나 어느새 간간이 들던 햇빛까지 완전히 물러가버렸다.

보이는 것이라곤 어둑한 길과 끝없이 이어진 나무들뿐이어서 지나는 바람에도 문득 한기가 들었다. 매일 다니던 길인데도 오늘 따라 으스스하게 느껴졌다.

불안한 마음을 보태기라도 하듯 산새가 '부우' 하고 울었다. 흠칫 놀란 여리가 멈춰 서서 목덜미에 흐른 땀을 닦았다. 길을 재촉하려는 여리의 귀에 무언가 바스락거리는 낯선 기척마저 들려왔다.

뭐, 뭐야. 사람? 호랑이?

바람과는 확연히 다른 모양으로 흔들리던 수풀이 멈췄다. 다시금 사위가 고요해졌지만 아무래도 느낌이 좋지 않았다.

얼굴을 일그러뜨린 여리가 서둘러 죽을힘을 다해 내달렸다.

아직 호랑이 밥이 되기엔 창창하게 젊다고!

여리가 뒤도 돌아보지 않고 내달리자 쫓아오는 것의 추격도 빨라졌다. 급기야 내리막길에선 뛰어 내려가는 것인지 굴러떨어지는 것인지 모를 정도로 속도가 붙었다. 이젠 여리 스스로 멈출 수가 없을 정도였다.

"어라? 어, 어째?"

속도를 이기지 못하고 작은 돌멩이들을 헛디딘 탓에 발이 미끄러져버렸다.

"꺄악!"

균형을 잃은 여리가 길을 벗어나 비탈로 굴러떨어지려는 찰나였다. 허공에 붕 뜬 여리의 오른손이 어떤 힘에 의해 거세게 붙들렸다. 순식간에 그녀를 잡아챈 힘 덕분에 여리의 무게가 온전히 한 손에 실렸다.

발밑으로 미끄러진 돌들이 아래쪽으로 멈추지 않고 굴러갔다. 소리만으로도 까마득한 높이감이 느껴져 소름이 돋았다.

놀란 여리가 자신의 손을 잡은 이를 올려다보았다. 제 손을 잡은 이겸이 길목의 나무를 검집으로 휘감고 둘의 무게를 지탱하고 있었다.

이겸의 뒤로 어느새 솟아오른 달빛이 둘을 비추었다. 산들산들 부는 바람에 때때로 머리카락이 흩날렸다. 검은 천으로 얼굴을 가린 이겸의 곧은 눈빛이 여리를 향해 있었다. 시간이 이겸의 주위에만 느리게 흘렀다.

여리를 확인한 이겸이 미간을 좁히며 말을 이었다.

"이쯤 되면 떨어지는 게 습관인가?"

이겸만큼이나 놀란 여리가 허공에서 한 번 더 푸드덕대자 이겸은 여리를 휙 잡아당겨 길 위로 데리고 왔다. 겨우 길 위로 올라선 여리가 쿵쾅거리는 가슴을 쓸어내렸다. 떨어질 뻔한 비탈을 눈으로 확인하다가 몸을 부르르 떨고는 시선을 거두어들였다.

"전해드릴 것이 있어 급히 오는 길입니다. 아주머님께서 이 서찰을 전해드리라 하셨습니다."

여리가 서둘러 소매 속의 서찰을 찾았다. 내용을 확인한 이겸은 그것을 무심히 접어 제 품 속에 넣었다.

"수고했다."

그러나 수고했다는 인사를 전한 후에도 이겸의 발걸음은 멈추지 않았다. 그 태연한 걸음에 오히려 여리가 안절부절못한 표정이 되어 뒤를 따랐다.

"마을로 가시면 아니 된다 하셨습니다. 하온데 이 길은……."

"마을로 가는 길이지."

"누군지는 모르지만 사람들이 깔려 있어 나리께서 위험하실 수도 있다 들었습니다."

"가도 위험하고 가지 않아도 위험하다."

가지 않아도 위험하다니?

뜻 모를 말이었지만 여리는 팔을 쭉 펼치며 이겸의 앞을 막아섰다. 표정이 제법 비장했다.

"분명 서찰을 전해드리는 것까지가 저의 일이었지만 제가 이대로 못 본 척하면 고택에 남겨진 분들께서 나리를 염려하실 것입니다. 아직 상처도 아물지 않으셨잖습니까? 그래서 드리는 말씀인데."

"……."

"혹, 나리께서는 중한 죄를 짓고 도망친 죄인이십니까?"

"그렇다면? 더 이상 나를 막지 않고 이대로 관아로 갈 생각인가?"

"그게 조금 고민은 됩니다만. 아니, 그게 아니고요. 어찌되었든 금일은 고택으로 돌아가시는 게 좋을 듯싶습니다."

눈앞의 이가 누군지는 몰랐지만 그렇다 하여도 여리는 왠지 그가 잡혀가는 게 싫었다.

이겸이 피식 웃으며 여리를 지나쳐갔다. 여리가 부랴부랴 이겸을 따랐다. 고르지 못한 바위들을 건너다니며 뒤를 따르느라 몸이 절로 휘청거렸다.

"사정은 모르지만 아주머님이 염려하시는 것에는 이유가 있으리라 봅니다. 사람 목숨이 두 개는 아니지 않습니까?"

"하여, 따라올 것이냐?"

"따라가는 것이 아니라 집으로 가는 길이 이 길인데요."

"이대로 계속 갈 것이라면 걸음을 빨리 하는 게 좋을 거다. 그렇지 않으면 간격을 두고 쫓아오는 저자들, 누구를 쫓는 것인지는 모르겠지만 아무튼 마주치면 험한 꼴을 볼 터이니."

여전히 걸음을 옮기며 이겸이 태연히 말했다. 아까부터 뒤를 밟는 기척들이 제법 가까워져 있었다.

여리의 눈이 동그래졌다.

"쫓아온다니요? 누가 말입니까?"

역시 무언가 저를 쫓는 듯한 느낌은 착각이 아니었다. 등골에서 목덜미까지 뻣뻣하게 굳어왔다.

"내가 그것을 어찌 알겠느냐. 좋은 뜻으로 쫓아오는 건 아닌 듯하니 마주치지 않는 게 상책이다."

침을 꿀꺽 삼키며 뒤를 돌아보는 여리를 향해 이겸이 말을 이었다.

"아예 대놓고 오라고 부르지? 마을로 가는 길은 이쪽이다."

이겸의 부름에 여리가 거의 뛰다시피 걸음을 옮겼다. 어찌 된 일인지 다행스럽게도 얼마 동안은 뒤를 따르는 기척이 느껴지지 않았다.

그러고 보니 약방이라 들었는데 일전의 상처가 덧나기라도 하신 건가?

"나리, 복부의 상처 말입니……, 아얏!"

앞서 걷던 이겸이 멈추어 서자 미처 멈추지 못한 여리가 그대로 이겸의 등에 부딪혔다. 여리가 빨개진 코를 움켜쥐며 이겸을 보았다. 미간을 찌푸린 이겸이 옅은 한숨을 내쉬었다.

"금일따라 영산이 번잡하군."

"제가 일부러 그런 건 아니……, 어?"

변명을 하려던 여리는 이겸의 시선이 자신이 아닌 다른 곳을 향해 있음을 알고 눈을 돌렸다. 뒤에서 쫓아온다 생각했던 이들이 어느새 이겸과 여리가 향하는 길목을 막고 있었다.

검은 옷을 입은 사내 대여섯 명이 이겸을 경계하며 진을 갖추었다. 어둠 속에서도 그들이 들고 있는 날카로운 검이 또렷이 보였다.

무리 중 우두머리로 보이는 이가 한 걸음 앞으로 나섰다.

"야심한 시각에 어딜 그리 바쁘게 가십니까?"

"초면에 군이 답을 해야 하는가? 내가 낯을 좀 가려서 말이네."

"찾고 있는 자가 있습니다. 예가 아닌 줄 알지만 얼굴을 보여주실 수 있겠습니까? 확인만 하고 보내드리지요."

"내가 지금 바빠서 그런데 그냥 보내주면 아니 되겠는가?"

이겸이 넉살 좋게 답하며 제 옆에 선 여리를 자연스레 자신의 뒤로 밀었다. 그러나 사내들은 곱게 물러날 뜻이 없는지 곧 추세운 검 끝을 더욱 치켜들었다.

이겸은 사내들에게 싱긋 눈웃음을 지어 보이며 여리에게만

들릴 정도로 작게 속삭였다.

"아무래도 그냥은 보내주지 않을 것 같은데."

"걱정 마십시오. 말씀드렸지 않습니까? 제 한 몸은 지킬 줄 아는 사내라고."

여리는 봇짐을 부지런히 뒤적여 단도를 꺼냈다. 이겸에게서 돌려받은 것이었다. 여리가 비장한 표정으로 검집에서 단도를 꺼내 사내들 쪽으로 겨누자 이겸의 눈썹이 찌푸려졌다.

"무엇을 하려는 것이냐. 그 젓가락만 한 걸로."

"하오면 가만히 서서 목 씻고 기다립니까? 뭐라도 해야지요."

여리의 말이 끝나기 무섭게 일제히 자객들의 검이 열을 맞추었다. 자세를 바꾼 것뿐인데 쉬릭, 바람을 가르는 소리마저 들려왔다. 어림잡아도 길이가 단도의 열 배는 되어 보였다. 여리의 손에 쥐인 단도가 조금 수줍어졌다.

……그때 돈 좀 더 주고 긴 걸로 살 것을 그랬나.

"아, 아무튼 전 준비됐으니까 어서 시작하십시오."

"뭘 시작하느냐?"

"예?"

"갈 길도 먼데 뭐하러 저놈들을 다 상대하느냐 이 말이다. 지금부터 우리가 할 일은……."

이겸이 말을 끝맺기도 전에 검을 든 사내 중 둘이 앞으로 걸음을 내디뎠다. 낙엽 스치는 소리가 빠르게 짧아지자 이겸은 순식간에 여리의 손목을 잡아 자신 쪽으로 끌어당겼다.

"도망치는 거다. 뛰어라!"

여리가 답을 하기도 전에 그녀를 잡은 이겸이 빠르게 옆길로 치고 나가 달렸다. 여리는 거의 땅에 발을 디더보지도 못하고 날아가다시피 했다.

"이, 이, 무……."

차마 비명도 나오지 않을 만큼 무시무시한 속도였다. 사람이 이리 빨리 달릴 수 있다는 것을 여리는 처음 알았다. 주변의 나무들이 흐려지며 멀어져갔다.

숲길을 헤치고 한참을 달리던 이겸은 큰 바위 두 개가 맞물린 막다른 곳에서 멈춰 섰다. 가쁜 숨을 헐떡이던 여리가 쫓아오는 사내들을 바라보았다.

망설임 없이 지형을 살핀 이겸이 여리를 바위 아래 깊숙한 곳으로 앉혔다.

"가만히 있으면 다치진 않을 거다. 정 뭐하면 눈 감고 백까지 세든가."

여리를 등진 이겸이 마침내 제 검을 빼 들었다.

'스르릉' 소리와 함께 등장한 장검이 달빛을 받고 오롯이 빛났다. 두 사람을 둥글게 둘러싼 사내들의 검날이 번뜩였다.

자객이 감정을 담지 않은 목소리로 입을 열었다.

"얼굴만 보여주면 될 일을 크게 만드십니다."

"원래 한 번 하기 싫은 일은 죽어도 하지 않는 성미라."

싱긋 웃은 이겸이 검을 고쳐 잡았다.

기합과 함께 사내가 달려들자 이겸은 옆의 바위 벽을 디딤판 삼아 튀어 올랐다. 사내의 검과 이겸의 검이 시린 금속음을 내며 부딪치기 무섭게 사내의 검이 부서졌다.

깨진 파편이 바닥으로 떨어지는 찰나, 긴 호선을 그린 이겸의 검을 따라 사내 또한 바닥으로 쓰러졌다. 검과 사내가 거의 동시에 바닥을 뒹굴었다. 여리의 눈이 차마 따라가지 못할 속도였다. 어느새 이겸은 아무 일도 없었던 것처럼 처음과 같이 검을 겨누고 있었다. 호흡 하나 흐트러진 곳이 없었다.

숨 돌릴 틈 없이 많은 검들이 이겸에게로 쏟아졌다. 난생처음 진검 싸움을 마주한 여리의 눈이 떨려왔다. 하늘을 가르는 금속음과 비명이 교차될 때마다 절로 몸이 움찔거렸다.

달빛을 머금은 검이 은빛 붓처럼 허공 위로 미끄러졌다. 그때마다 바닥을 뒹구는 사내들의 수도 하나씩 더해졌다. 여리는 수적인 열세에도 압도적으로 밀고 나가는 이겸의 모습을 멍하니 바라보았다.

모르는 사내들의 피가 이겸의 옷자락을 적시고 시린 달빛도 적셨다. 산길을 가득 메운 피바람의 중심에는 이겸이 있었다. 이겸을 둘러싼 사내들은 마치 사냥감을 노리는 이리 떼처럼 지치지 않았다. 그러나 이 모든 상황이 익숙한 듯 이겸의 검은 동요가 없었다. 무심한 그의 기운을 닮은 검술은 그가 아무런 이유 없이 숨어 살고 있는 것이 아님을 증명하였다.

어둠 속에서 겁에 질린 여리의 손끝이 옅게 떨려왔다. 고택에서 뵌 나리와 지금의 나리는 다른 사람이었다.

여리는 피로 물든 이겸의 검을 보며 왜 그를 두고 흉흉한 소문이 돌았는지 그제야 알게 되었다. 사람을 베면서도 서늘한 표정에 동요조차 없는 이겸의 모습은 '검을 쥔 저승사자', 바로 그것이었다.

"……봐. 이봐."

넋이 나간 듯 보이는 여리 앞에 자세를 낮춘 이겸이 손을 뻗어 휘휘 저어 보였다. 이겸의 손이 눈앞을 스치자 정신을 차린 여리가 흠칫 몸을 떨었다. 어느새 이겸과 여리를 제외하곤 움직이고 있는 이가 없었다.

이겸의 눈에 서려 있던 서늘한 기운은 싸움이 끝남과 동시에 사라졌다.

"끄, 끝났습니까? 저 사람들 전부 죽은 겁니까?"

"아무도 안 죽었으니 걱정 마라."

안도한 여리의 다리가 풀렸다. 얼마나 긴장했는지 숨을 쉬는 것도 잊어버렸더랬다. 눈앞에서 송장을 치우는 줄 알고 심장이 잔뜩 쪼그라들었다. 자세히 보니 사내들도 꿈틀대고 있는 것이 단순히 따라오지 못할 정도만 손을 본 듯했다.

이겸의 검이 검집 안으로 모습을 감추었다. 방금 전의 싸움으로 흙먼지가 일었는지 이겸이 얼굴을 찡그리며 주변의 먼지를 걷어냈다. 어디에서도 피에 물든 저승사자의 모습은 보이지 않았다.

다시 걸음을 옮기는 이겸을 따라 여리도 식은땀을 훔치며 검계들 사이를 폴짝폴짝 건너뛰었다. 긴장한 탓에 봇짐을 쥔 손에 힘이 절로 들어갔다. 마을까지 가려면 아직 갈 길이 먼데 이대로 아무 일도 일어나지 않았으면 좋겠다. 눈으로 보고도 믿지 못할 검술이었기에 여리는 왠지 모를 두려움과 호기심으로 이겸의 눈치를 살폈다.

과거에 무엇을 하시던 분일까? 생각해보면 단도를 빼앗을 때의 몸놀림도 그렇고, 정신 나간 무사라는 별칭 자체가 검을 쓰는 자라는 걸 뜻했다. 그것도 검을 쓸 줄 아는 데서 그치는 것이 아니라 대단한 검술을 자유자재로 구사했다.

"저 사람들이 찾는 자가 나리십니까?"

"안 물어봐서 모르겠다."

"사람이 어찌 그리 빠르십니까? 검을 막 이렇게 휙휙. 나리께서는 무사십니까? 제가 무사를 처음 봐서요. 정녕 저승사자는 아니시지요?"

답을 얻고자 한 물음은 아니었다. 그저 이 밤의 긴장을 털어내기 위한 말들이 의미 없이 이어졌다.

"아무튼 상처도 다 낫지 않으셨는데 마을에 닿기 전에 저런 이들을 또 만날까 걱정입니다. 말이 나왔으니 말인데 배는 괜찮으십니까?"

"괜찮지 않다."

"역시!"

"배가 아니라 귀가. 귀가 따가울 지경이니 그 입 좀 다물고 따라오너라."

"……그리 면박 주셔도 마음은 그렇지 않으신 거 압니다. 본디 짐승에게 상한 상처가 잘 덧납니다. 제가 이런 말씀 드리는 건 주제넘지만 마을에 가시는 김에 의원에게 치료를 받고 오시는 게 어떻겠습니까?"

걸음을 멈춘 이겸이 여리를 돌아보았다. 의미를 파악한 여리가 미리 답을 했다.

"다른 것 때문에 도포가 그런 모양으로 찢어지기는 어렵습니다. 그리고 근래 마을 근처에 나타나는 호랑이 때문에 사람들이 위험했다는 소문도 들렸고요."

"내가 마을 사람들을 위해 호랑이와 싸웠다는 것이냐? 패설을 써보는 게 좋겠구나. 재능이 출중해 보이니."

"저들을 죽이지 않은 것만 봐도 압니다. 나리께서는 나쁜 분이 아닙니다."

진심이었다. 이겸에 대해 아는 것은 없었으나 위험한 느낌이 들었다면 고택을 오갈 엄두도 내지 못했을 것이다.

흉포한 자였다면 애초에 잠든 여리를 방으로 옮겨놓지도, 나무에서 떨어지는 그녀를 구해주지도 않았을 것이다. 소문과는 달리 뭔가 여유롭고 느릿느릿한 모습에 안도가 되는 한편, 호기심이 일었다.

다른 것에 관심이 없을 뿐이지 누군가를 먼저 해할 분처럼 보이지는 않았다. 툭툭 던지는 말도 어쩐지 이젠 차갑게 느껴지지 않았다. 과거에 대해 묻는 것은 여리의 몫이 아니기에 그 호기심을 입 밖으로 내지 않았을 뿐이다.

굵은 빗방울이 후두둑 떨어졌다. 고개를 든 여리가 하늘을 보았다. 조금 전까지만 해도 맑은 하늘이었는데 지금은 비구름이 달을 가리고 있었다. 곧 지날 것 같은 비였지만 그래도 잠시간은 피하는 게 좋겠다.

두 사람은 바위 밑으로 자리를 옮겼다. 줄어든 거리가 어색해 여리는 괜스레 목을 긁적거렸다. 슬그머니 돌리는 시선의 끝이 옷에 묻은 비를 털어내는 이겸에게 닿았다. 그러자 언뜻 붉은 기가 스쳤다.

"어?"

여리가 이겸의 오른손을 덥석 잡았다. 역시나 손가락 사이와 손등에 빨갛게 상한 상처가 있었다. 이겸이 여리에게 잡힌 손을 휙 거두어들였다.

"내 몸에 손대지 말라고 했을 텐데."

익숙한 타박을 한 귀로 흘린 여리가 제 이마에 두르고 있던 머리끈을 풀었다. 급히 나오느라 몸에 지닌 깨끗한 천이라곤 그것뿐이었다.

여리가 손을 잡자 이겸은 다시 한 번 뿌리치려 했다. 그러나 여리는 굴하지 않고 이겸의 손을 제 앞으로 당겨와 상처에 머리끈을 둘러나갔다.

"손대지 말라 하셔서 최대한 손 안 대고 묶어드리려고 하니 협조 부탁드립니다. 나리뿐만 아니라 저 역시 마을까지 무사히 가려면 앞으로도 할 일이 많은 손 아닙니까?"

면포 감는 것에 열중한 탓에 여리의 얼굴은 보이지 않았지만 대신 향긋한 향이 비 냄새 사이로 끼쳐왔다. 이겸은 조금 전부터 그의 주위를 감싸고 있는 은은한 향에 신경이 쏠리고 있던 참이었다.

꽃이 필 계절도 아니고 주위에 꽃 비슷한 것도 없는데 이상한 노릇이었다. 그 향이 비에 젖은 밤톨 강아지에게서 나는 것이라는 걸 깨닫는 데는 그리 오랜 시간이 걸리지 않았다.

"알지 못하는 자에게 과한 친절을 베풀지 마라. 그러다 다친다."

이겸은 무심히 말하며 손을 뒤로 물렸다. 끈은 어느새 매듭까지 꼼꼼하게 매어져 여리도 더 이상은 잡지 않았다.

감각이 제법 예민하다 생각해왔는데 밤톨 강아지의 체 향을 꽃향기와 혼동하다니. 혼동이 아니라면 이것저것 일거리를 짊어지고 다니는 녀석이니 실제 저 봇짐 안에 말린 꽃가루가 들어 있을지도 몰랐다.

이마를 쓰게 접은 이겸은 서서히 비가 그치기 시작한 하늘을 올려다보았다.

"예화에서는 아는 이든, 알지 못하는 이든 일단 돕고 봅니다. 궐에서는 어떤지 모르겠지만요."

짚신을 고쳐 신던 여리는 자기도 모르게 내뱉은 '궐'이란 말에 우뚝 손을 멈추었다. 순간 여리의 뒤통수로 꽂혀드는 이겸의 날카로운 시선이 느껴졌다.

'아차.'

이겸이 미동도 않고 여리를 주시하고 있었다. 마른침을 삼킨 여리는 서둘러 하늘을 보는 시늉을 했다.

"아이쿠, 벌써 비가 그쳤네. 갈 길이 바쁘니 어서 가야겠습니다."

냉큼 발을 앞으로 내디뎠으나 이겸이 그런 여리의 뒷덜미를 덥석 잡았다. 두 번째라 그런지 느낌이 익숙했다. 여리는 눈썹을 팔자로 휘며 울상을 지었다. 이놈의 입, 그러게 왜 쓸데없는 말을 해서는.

"지금 궐이라 하였느냐?"

조금 전과는 달리 딱딱하게 군은 이겸의 말투에 여리의 솜털이 쭈뼛쭈뼛 섰다.

"궐이라니요? 귀, 거, 거기를 잘못 들으신 거겠지요."

"분명히 들었다. 궐이라고."

"……"

"누구냐, 너는."

차가운 목소리. 이겸은 어물쩍 넘어가줄 눈치가 아니었다. 마을까지 가는 동행이 되려면 한 치의 의혹도 남겨두어서는 안 된다. 지금 같은 상황에서는 더욱.

"전 최여, 열입니다. 알고 계시지 않습니까?"

"이름 따위를 묻는 게 아니라는 걸 알고 있을 텐데."

이대로 이겸이 떠나버리면 여리는 어두운 산길에 홀로 남게 된다. 평소라면 큰 문제가 되지 않을 일이나 금일은 산짐승보다도 더 위험한 자들이 도처에 깔려 있음을 이미 확인한 후였다. 그러니 혼자 남겨지는 것만은 정말이지 피하고 싶었다.

"궐은…… 솔직히 말씀드리면, 그저 제 짐작이었습니다. 주제넘은 오해였다면 사과드리겠습니다."

"짐작?"

"이건 분명히 말씀드릴 수 있습니다! 전 정말 나쁜 뜻을 가지고 고택에 간 게 아닙니다."

이겸은 이윽고 여리를 잡았던 손을 풀었다. 그 바람에 여리가 잠시 휘청거렸다.

"주제넘은 오해치고는 꽤나 구체적이군. 가는 길이 같다 하나 의심스러운 자와 같이 갈 이유는 없겠지. 달리 할 말이 남았느냐?"

쉬이 사람을 믿지 않고 마음을 보이지 않는 분이구나. 뛰어난 검술을 가지고도 사람들의 발길이 닿지 않는 고택에 홀로 사는 것에는 분명 어떠한 이유가 있을 것이다.

여리가 바로 답을 하지 못하자 이겸도 더 이상은 볼일이 없다는 듯 걸음을 옮겼다.

"서책 때문입니다!"

당황한 여리가 부랴부랴 외쳐 이겸의 발걸음을 잡아끌었다.

"짐작이라 한 건 서책 때문이었습니다. 예전에 책쾌 일을 하시는 분께 귀동냥으로 들은 적이 있습니다. 어떤 책들은 궐에만 있어서 구할 수가 없는데 그때 들은 책 제목들이 나리의 서고에서 본 것들 중에 있었습니다. 하여 어쩌면 나리께서 궐에 계시던 분은 아니었을까, 혹은 궐과 관련된 분은 아니었을까 잠시 생각해봤습니다. 이유가 무엇이든 본 것을 기억하고 경솔하게 입 밖으로 낸 건 저의 불찰입니다. 용서하십시오."

이겸이 천천히 여리를 돌아보았다.

"저를 남겨두고 혼자 가지 말아주십시오. 은밀히 마을로 가셔야 하지 않습니까? 제가 아는 지름길이 있습니다. 허락하시면 저기서부터는 제가 아는 길로 안내하겠습니다."

"그 수많은 서책 중에 고작 몇 가지 제목으로 알게 되었다는 말을 나보고 믿으라?"

산을 넘어가는 바람이 귓불을 스쳤다. 숲길을 가득 채운 나무 향과 흙냄새, 거기에 지나간 비의 향까지 더해져 둘 사이에는 미묘한 기운과 함께 팽팽한 긴장감이 흘렀다.

달빛은 비가 지나간 자리에 은근한 빛을 뿌려 시야를 밝혀주었다. 이내 이겸이 피식 웃었다.

"네 도움이 아니더라도 마을에 갈 수 있는데 왜 그래야 하지?"

이겸이 발을 떼자마자 여리가 냉큼 그 앞을 막아섰다.

"나리께서는 금일이 평소와 달리 위험하다는 것을 잘 알고 계십니다. 한데 사람들이 다치는 것은 원치 않으시는 거지요? 그래서 아까 그 사람들도 해치지 않으신 거고요. 그런 나리께서 사람들의 눈에 띄면서 누구나 다 아는 길로 가길 원하실 리 없습니다. 그러니 여기서부턴 아무도 모르는 길을 알고 있는 제가 적임자입니다."

호랑이를 만나지 않고 회연을 오갈 때부터 녀석이 아는 길이 하나쯤 있겠거니 싶었다. 영민한 녀석이었다. 말하지 않아도 다른 이의 심중을 읽어낼 줄 알았고, 어느 때에 무엇이 필요한지 정확히 알고 있었다.

조심히 다가서는 여리에게서 다시금 아이같이 말간 향이 풍겼다. 간절한 여리의 표정보다 그녀의 곁을 맴도는 향이 이겸의 신경을 자극했다. 향은 여리를 따라 하늘하늘 맴돌았다.

"제가 간자라면 왜 나리 댁에 머물렀겠습니까? 그 시간에 관아에 가서 고변을 하는 쪽이 훨씬 빠를 텐데요. 아무튼 그간 신세 진 걸 갚고 싶기도 하고 저 또한 이 어두운 산길에 혼자 남긴 꺼려지니 같이 가는 걸 허락해주십사 부탁드리는 겁니다."

어두운 가운데서 온전히 서로에게만 집중한 까닭일까. 사심 없는 눈빛은 오히려 밝을 때보다 잘 읽혔다. 그런가 하면 알 수 없는 향이 이겸에게 경고했다. 뭔가 비밀을 품은 자라고.

처음엔 밭일을 핑계로 폐월화 몇 송이 훔쳐 달아날 줄 알았다. 그러나 닷새간 정직하게 꽃밭을 일군 걸로도 모자라 이겸에게 탕약을 끓여주는 대목에선 의아함까지 일었다. 눈썰미와 영민함을 보니 어느 게 이득인지 몰라서 하지 않은 것은 결코 아닌데. 아이 같은 눈빛과 말간 심성 역시 거짓으로 지어낸 것으로는 보이지 않았다. 당최 종잡을 수 없는 녀석이었다.

"부탁이란 말의 의미를 잘못 알고 있는 것은 아니냐? 여전히 겁이 없구나."

"겁이 나니까 이렇게 필사적으로 나리를 모시고 가려는 것 아닙니까? 전 정말 오래 살고 싶습니다."

마음 하나, 표정 하나가 바로 내다보여서 오히려 예측하기 어려운 자는 처음이었다. 물러서 있는 듯하다 정신을 차리고 보면 어느 사이엔가 거리를 좁히고 있었다. 이겸을 유난히도 따르는 조그만 짐승들의 방식이 그러했다. 무엇보다 저를 혼란스럽게 하는 이 향과 간격부터 두어야겠다. 일단 그러기 위해선……. 이겸은 무심히 고갯짓을 했다. 앞장서라는 의미였다.

여리의 입가에 방긋 호선이 걸렸다.

"감사합니다!"

여리는 이겸의 마음이 바뀌기 전에 서둘러 걸음을 옮겼다.

어차피 하룻밤의 동행일 뿐이었다. 원래 마을에 살고 있는 녀석 하나 달고 간다 하여 크게 달라질 것 없는. 약간의 귀찮음은 생기겠지만 문제가 될 만큼은 아니었다. 어둠이란 때론 보지 않아도 좋을 것들을 덮어주곤 하니 제 곁을 맴도는 조그만 발자국쯤은 가려줄 것이다.

고개를 저은 이겸이 총총히 수놓인 발자국의 뒤를 따랐다.

달이 고요하게 하늘을 밝히고 있었다. 꽉 찬 보름달 빛이 유난히 환했다. 발을 빠르게 놀리던 여리가 힐끔 달을 올려다보았다.

"그거 아십니까? 조선 땅 동쪽 끝으로 가면 달이 다섯 개가 뜨는 곳이 있답니다."

이겸은 여리의 말을 들으며 한 귀로는 낯선 기척들을 가늠했다.

여리는 어깨에 둘러멘 봇짐 끈을 당겼다.

달빛이 낭창한 목소리를 뒤따랐다.

"그곳에 가면 하늘에 뜬 달 하나, 바다와 연못에 비친 달이 각각 하나씩, 술잔에 뜬 달 하나, 그리고 연모하는 임의 눈에 비친 달 하나까지 합이 다섯이라 하였습니다. 이야기만 들어도 장관일 것 같지 않습니까?"

뜬금없이 웬 달 이야기인가 싶었지만 곧이어 이겸의 귓가로 희미한 물소리가 휘감겨 들었다. 설마 하며 가늘어지는 이겸의 눈빛에 여리가 난처한 듯 배시시 웃었다.

"실은 저희가 마을로 가려면 그 달 중 하나를 건너야……."

여리가 먼 곳을 손가락으로 수줍게 가리켰다. 굽이진 길 아래 무엇이 있는지는 보지 않아도 능히 짐작할 수 있었다.

다섯 개의 달 중 건널 수 있는 달은 물 위에 비친 달.

나무가 우거진 길의 끝에는 쉼 없이 달려간 계곡물만이 몸을 던질 수 있는 폭포가 있었다. 세찬 소리에 그 높이와 규모를 가늠하고도 남았다.

마을로 향하는 길에 물이 흐르고 있음은 이겸 또한 알고 있었던 사실이었다. 분명 예화와 회연 사이에 있는 폭포였으나 아무도 그곳으로 다니지 않는 이유는 그곳이 지름길인 것을 몰라서가 아니었다. 아니, 애초에 폭포를 길이라 생각하는 사람은 없으니 그곳을 지나려는 시도조차 하지 않았다.

"너를 믿은 나의 잘못이다."

"어? 사람 말은 끝까지 들으셔야지요. 저 아랫길로 내려가면 폭포에 닿기 전에 샛길이 하나 있습니다. 그 샛길은 폭포까지 가지 않고 지날 수 있게 되어 있지요. 조그만 개울만 하나 건너면 됩니다. 수풀이 좀 우거지긴 했지만 나름 지름길이라 호랑이를 만나지도 않고, 마을에 좀 더 빨리 도착할 수 있을 겁니다. 따라오십시오."

말은 당당하게 따라오라 했으나 컴컴한 산길을 다니는 것에는 익숙하지 않은 여리였다. 겨우 바위 사이를 건너다니던 여리의 발끝이 제법 떨어져 있는 바위 앞에서 멈추었다. 한 번에 뛰어서 닿을 수 있으려나? 좀 멀긴 한데. 그래도 뛰어볼 요량으로 여리가 다리를 굽히는데 어느새 앞서 훌쩍 뛰어내린 이겸이 여리를 향해 손을 내밀었다. 잡고 내려오라는 듯.

여리의 눈이 이겸을 보았다. 감정을 담지 않은 건조한 눈빛은 그저 약간의 도움을 주는 것, 그 이상도 그 이하도 아니라 말하고 있었다. 잠시 고민하던 여리가 이겸의 손을 맞잡고 바위에서 뛰어내리려던 찰나였다. 여리는 제 의지와 상관없이 미끄러진 발 때문에 순식간에 균형을 잃었다.

여리의 짧은 비명과 함께 때아닌 둔탁한 소음이 어두운 산길로 번졌다. 바위에 납작하게 떨어진 여리의 입에서 절로 신음이 흘러나왔다.

"아야야."

그러나 그곳이 그리 넓지 않은 바위 위였다는 사실을 상기한 여리는 서둘러 고개를 들어 주위부터 확인했다. 완전히 가장자리는 아니어서 약간의 공간이 남아 있었다. 당장 떨어질 일은 없을 것이니 일단 안도의 숨을 내쉰 여리의 시선이 자연스럽게 제 아래를 향했다. 그러자 자신의 밑에 깔려 못마땅한 표정으로 올려다보고 있는 이겸이 보였다.

순간 여리의 움직임이 멈췄다. 까만 이겸의 눈동자가 여리를 응시하고 있었다. 둘 중 어느 한쪽도 먼저 시선을 피하지 않았다. 서고에서도 봤던 그 눈빛이었다. 몇 가닥 풀린 여리의 머리카락이 이겸의 얼굴 위에서 찰랑거리지 않았다면 시간이 멈췄다고 생각했을지도 몰랐다. 무엇의 방해도 허락하지 않을 만큼 가까운 거리였다.

서로의 체온을 자각했을 때, 이겸이 붉은 입술을 열었다.

"전혀 가볍지 않으니까 좀 내려오지?"

"소, 송구합니다."

화들짝 놀란 여리가 튕기듯 뒤로 물러났다. 몸을 일으킨 이겸이 옷을 털었다.

어두워서 크게 티가 나진 않았지만 여리의 얼굴이 홧홧하게 달아올랐다. 그간은 의식하지 않아 몰랐는데 가까이서 본 이겸의 눈은 생각보다 훨씬 아름다웠다. 물처럼 잔잔하면서도 서늘한 바람을 담고 있는 눈이었다. 보고 있자니 그 심연의 일렁임 속으로 빨려 들어가는 기분마저 들었다. 여리는 어쩐지 조금 숨을 쉬기가 힘들어졌다. 원래 저런 눈을 가지고 계신 분이었던가?

"어이."

대추 알 하나가 호선을 그리며 여리에게로 날아들었다. 여리는 반사적으로 대추 알을 잡았다.

나무에서 대추를 하나 더 딴 이겸은 그것을 검은 천 아래의 제 입으로 가져갔다. 싱싱한 대추 알을 베어 무는 소리가 청량했다.

이겸은 자세한 설명을 하는 대신 시선을 약간 아래로 낮추었다. 눈을 깜빡이던 여리는 그것이 제 발목을 가리키는 것을 깨달았다. 대님이 풀려 있었다. 여리가 미끄러진 이유였다.

"아."

여리가 허리를 숙이고 급히 대님을 동여맸다.

한데 이상하다. 풀린 대님이야 묶으면 그만이지만 한 번 빨라지기 시작한 가슴은 좀처럼 진정이 되지 않았다. 묶어야 할 쪽은 대님이 아니라 심장인지도 몰랐다.

요상한 변화의 이유가 무엇인지 도무지 알 수 없는 여리는 내려갈 길을 눈으로 가늠하는 이겸을 넌지시 훔쳐보았다. 자꾸만 제 심장이 쿵쾅대는 이유는 바위에서 굴렀기 때문인가?

"닳겠다."

이겸이 입을 떼자 그때까지 이겸을 훔쳐보고 있던 여리가 크게 당황하며 허공에 손사래를 쳤다.

"누, 누, 누가 닳을 만큼 나리를 보고 있었다는 것입니까? 저는 다만 왜 출발을 아니 하시나 하여……."

"대님 말이다. 언제까지 묶고 있을 것이냐?"

"……."

여리의 입술 사이로 말소리가 사라졌다. 대님을 말한 것뿐이었는데 괜스레 혼자 찔려 과했다.

그 순간 당황한 여리에게는 고맙게도 그림자 몇이 마침 그들 쪽으로 다가와주었다.

"어허, 분위기 좋다. 겁도 없이 누가 산속에서 연애질이야?"

사내들의 등장에 이겸의 시선이 앞을 향했다. 손에 제법 무기 같은 것을 든 것이 화적패 흉내를 내는 자들처럼 보였다.

"어라? 아니네. 사내만 두 놈이군."

도끼를 쥔 사내가 앞으로 나섰다.

"아무튼 이런 야심한 시각에도 불우한 이웃을 도와주려는 사람들이 있어 아직은 살 만한 세상이란 말이지. 자, 자, 가진 거는 전부 요기 앞에다가 털어놓고."

사내가 도끼를 까딱거리며 제 앞을 가리켰다. 불우한 이웃이란 자신들을 뜻하는 말이었다.

그러나 이겸이 아무런 반응을 보이지 않자 사내는 이내 얼굴을 험악하게 구기며 성큼성큼 다가섰다. 기세등등하게 다가간 사내가 이겸을 향해 위협적으로 도끼를 들었다.

"눈 뜬 채로 기절했냐? 사람이 말을 하면 냉큼 '네' 하고…… 억!"

사내의 말이 끝나기도 전에 이겸은 사내의 다리를 걸어차고 손에서 떨어지는 도끼를 낚아챘다. 고꾸라진 사내 곁에 선 이겸이 귀찮은 듯 제 손의 도끼를 살펴보았다.

"사람을 만난 걸 보니 마을이 가깝긴 한 모양인데. 나무를 하러 왔으면 나무를 찍어야지. 눈이 좋지 않구나."

이겸은 손목으로 도끼를 가볍게 돌리며 나머지 사내들 쪽으로 걸어갔다.

제법 두꺼운 방망이를 든 사내가 이겸에게로 달려들자 이겸은 몸을 젖혀 가볍게 피하고 도끼로 사내의 방망이를 찍었다. 방망이와 도끼가 맞물렸다. 사내는 이겸과 팔이 맞닿은 채로 씩씩거리며 몸을 이리저리 흔들었다.

"이이익, 이거 안 놔?"

"확실히 눈이 나쁘군. 이게 어찌 잡은 건가."

이겸의 눈에 싱긋 웃음기가 스친 찰나, 그는 도끼를 쥐지 않은 반대쪽 팔꿈치로 방망이 사내의 얼굴을 가격했다. 아니, 가격 직전 사내의 눈앞에서 팔을 멈추었다. 그러곤 사내에게 친절하게 덧붙여주었다.

"눈이 나쁘더라도 싸울 때는 상대의 눈을 끝까지 보고."

조언까지 해주고 나서야 이겸은 멈추었던 팔꿈치를 움직여 기어코 사내의 코를 쳤다. 아찔한 충격에 사내가 코를 부여잡고 뒤로 벌렁 넘어졌다. 그러나 그 순간 이겸의 발도 별안간 허공으로 떠올랐다. 무리 중 가장 덩치가 크고 도깨비 같은 얼굴을 가진 사내가 한 손으로 이겸의 목을 부여잡고 들어 올린 것이다. 실로 놀라운 힘이었다.

불시에 목을 붙잡힌 이겸은 숨을 쉬지 못해 조금씩 얼굴이 붉어져갔다. 어딘가 어눌한 말투의 사내가 이겸의 목을 잡은 채로 말했다.

"너, 죽일 거다."

목을 붙잡혀 숨이 넘어가는 상황에서도 이겸은 한쪽 입꼬리를 올리며 피식 웃었다. 숨이 점점 차올랐다. 하여 숨을 토해내듯 힘겹게 말을 뱉었다.

"내…… 큭, 목이 좀…… 비싼데."

도깨비 같은 사내와 이겸이 서로의 눈길을 피하지 않고 쏘아보았다. 날선 눈빛들 사이로 긴장감이 팽팽했다.

픽—.

이겸과 도깨비 사내 사이의 균형이 깨진 것은 그때였다. 도깨비 사내는 이겸을 쥐었던 손을 놓는 대신 제 뒤통수를 감싸 쥐었다. 두툼한 손에 빨간 기운이 묻어나자 사내는 험상궂은 얼굴로 뒤를 돌아보았다. 거기엔 반쯤 날아간 나뭇가지를 들고 있는 여리가 움찔 떨고 있었다.

"아, 아니, 저는 일단 대화를 나누시는 게 어떨까 하여 조금만 진정하시라고……."

사내의 호흡이 거칠어짐에 따라 사내의 등에 붙었던 나무 조각과 낙엽들이 바닥으로 투두둑 떨어져 내렸다. 그 기세에 여리가 저도 모르게 슬슬 뒷걸음질을 쳤다.

도깨비 사내가 노기가 가득 찬 걸음으로 쫓아오자 여리는 비명을 내며 풀썩 쪼그려 앉았다. 그 기회를 놓치지 않은 이겸은 있는 힘을 다해 어깨로 도깨비 사내의 등을 들이받았다. 도깨비 사내가 그 덩치만큼이나 크고도 요란한 물보라를 일으키며 계곡물에 빠졌다.

이겸은 사내를 들이받은 자세 그대로 숨을 색색대며 잡혔던 목에 손을 댔다. 통증이 꽤 얼얼했다. 그는 여리를 돌아보며 말했다.

"아무도 모르는 길이 맞긴 한 건가? 어째 저잣거리보다도 더 붐비는 것 같은데."

여리는 그제야 숙였던 고개를 들고 이겸을 올려다보았다.

"괜찮으시옵니까?"

미안함에 어색하게 웃던 것도 잠시, 여리의 얼굴이 소스라치게 놀라 일그러졌다.

"뒤, 뒤에! 나리!"

여리가 이겸의 뒤를 가리키며 소리치자 이겸 역시 고개를 뒤로 돌렸다. 그러나 이겸이 고개를 미처 다 돌리기도 전에 물속에서 걸어 나온 도깨비 사내는 이겸을 뒤에서 끌어안고 깍지를 꼈다. 다시금 이겸의 발이 바닥에서 떨어졌다.

도깨비 사내는 이겸의 갈비뼈를 부러뜨릴 기세로 혼신의 힘을 다해 이겸의 몸통을 조이기 시작했다. 이겸 역시 자신의 팔에 힘을 주고 최대한 버티고 있었지만 사내의 육중한 힘은 이겸의 것보다 훨씬 압도적이었다.

이겸이 머리를 세게 뒤로 들이받았지만 도깨비 사내는 코피를 쏟으면서도 결코 팔을 풀지 않았다. 이겸의 입에서 옅은 신음이 배어 나왔다.

"큭, 보고만…… 으윽, 있을…… 것이냐?"

"아닙니다!"

이겸의 말에 여리는 재빨리 큰 돌덩이 하나를 두 손으로 움

달밤의 동행 121

켜줘었다. 혹여 죽는 것은 아닐까 염려되어 차마 머리 쪽으로
는 던지지 못하고 사내의 어깨 부근으로 있는 힘을 다해 돌덩
이를 던졌다. 순간적으로 공격을 당한 도깨비 사내가 흙먼지
바람을 일으키며 이겸과 함께 앞으로 나뒹굴었다.

먼저 중심을 잡고 일어선 이겸이 주먹으로 사내의 턱을 가
격했다. 자욱한 먼지와 함께 도깨비 사내가 마침내 완전히 균
형을 잃고 넘어갔다. 사내가 넘어진 것을 확인한 이겸은 사내
가 조이고 있던 팔을 조금씩 움직이며 근육을 풀었다. 미간이
찌푸려지고 작은 신음이 절로 새어 나왔다.

이겸의 주의가 다른 곳에 쏠린 틈을 타 맨 처음 다리를 걸
어차였던 사내가 다른 사내들을 부축해서 슬금슬금 내빼려
했다. 이겸이 떨어진 도끼를 주워 있는 힘을 다해 사내들 쪽으
로 던졌다.

휘리릭 빠르게 돌아가던 도끼가 순식간에 '퍽' 하는 소음과
함께 꽂혔다. 사내들의 머리통에서 크게 멀지 않은 나무에 움
푹 파고든 도끼날이 번뜩였다. 눈앞의 도끼를 보는 사내들의
얼굴이 파랗게 질렸다.

"도끼는 챙겨가야지."

"으, 으아아!"

사내들은 누가 먼저랄 것도 없이 앞다투어 비명을 지르며
줄행랑을 쳤다. 어두운 산길로 우당탕거리는 소리들이 앞서거
니 뒤서거니 빠져나갔다.

겨우 고요가 찾아들자 이겸은 다시금 뻐근한 어깨를 주물

렀다. 여리의 시선이 이겸의 허리에 묶인 검으로 향했다. 그러고 보니 이번엔 검을 쓰지 않았다.

"저들은 아까의 놈들과 달리 평범한 유민들이다. 먹고살기가 힘들어 엉성하게 화적질을 하는."

마치 여리의 생각을 읽기라도 한 듯 이겸이 답했다. 그러고 보니 방금 전 이들은 화적패라고 보기엔 많이 부족해 보였다.

여리가 고개를 세차게 끄덕였다.

"옳으십니다, 나리. 하긴 조금 번거로워도 아무도 다치지 않을 수 있다면 그것이 가장 좋은 것 아니겠습니까?"

먼저 발을 뗀 이겸을 따라 여리도 부지런히 간격을 좁히며 그 뒤를 좇았다.

"그나저나 이곳에도 저런 이들이 생기다니 먹고살기가 예전 같진 않은 모양입니다."

모든 것은 고리대 놀음을 하는 현감과 무관하지 않을 터였다. 여리 역시도 현감의 고리대를 쓰고 있었으니 그 고충을 모르지 않았다. 빚을 갚지 못한 이들은 더러 야반도주를 하기도 하였다. 저들도 그들 중 하나일 것이다.

이겸이 하늘을 올려보았다. 달이 옮겨 앉은 위치를 재어 시간을 가늠해보았다. 여리가 안내하는 길이 시간을 얼마나 줄여줄지는 알 수 없었으나 자정까지는 반드시 예화에 닿아야 했다.

흰 폐월화가 나타났다는 소식 자체가 일곱 해 만에 처음 있는 일이었다. 그러니 위험하다 하더라도, 설령 그것이 함정이라 하더라도 기꺼이 갈 이유는 되어주었다. 뒤를 쫓는 자들이 때를 맞춰 늘어난 것은 아무런 문제가 되지 않았다.

여전히 검계들을 향해 한 귀를 열어둔 이겸은 잘 걸어가던 여리의 어깨를 불쑥 낚아챘다. 옷깃이 뒤로 젖혀지며 여리의 목이 졸렸다.

"컥! 왜, 왜 그러십니까, 나리?"

"눈은 장식인가."

그제야 여리의 눈에 자신의 머리 바로 앞을 가린 나뭇가지가 들어왔다. 그대로 곧장 걸었더라면 얼굴에 기다란 생채기를 선물로 받았을 것이다. 비록 방식은 투박했으나 이겸은 나름 여리를 도와준 것이었다.

"감사합니다만 다음부턴 조금만 미리 일러주십시오. 나무에 부딪히기 전에 숨부터 막혀 죽겠습니다."

"내가 염려하는 것은 네가 아니라 나무다. 전적이 있지 않느냐."

하긴 수백 년간 멀쩡했던 고택의 나무도 부러뜨린 여리가 아니었던가.

이겸이 고개를 짧게 저으며 앞으로 걸어 나갔다. 말은 퉁명스럽게 했지만 앞서 걷는 이겸 덕분에 여리는 나무와 수풀로부터 한결 걷기가 수월해졌다.

이겸의 뒷모습을 보는 여리의 눈이 가늘어졌다.

뭐지? 챙겨주시는 것도 같고 아닌 것도 같고. 그런데 또 아닌 듯하면서도 챙겨주시는 것 같단 말이지. 대체 종잡을 수가…….

우지끈―!

생각이 미처 끝나기도 전에 여리는 무언가 부러지는 소리와 함께 나무를 그대로 들이받았다. 고요한 밤이라 소리가 더욱 선명하게 들렸다.

"으악!"

눈물이 핑 돌 정도로 제대로 박은 여리를 두고 이겸이 한쪽 눈을 찡그렸다.

"남아나는 나무가 없겠군."

"여기서부턴 걸음을 조금 빨리하는 게 좋겠다."

주위 지형을 살펴보던 이겸이 여리를 자신의 앞으로 밀었다. 이겸에게 떠밀려 더욱 걸음이 빨라진 여리가 뒤돌아보며 물었다.

"혹시 처음 그자들이 다시 따라오는 겁니까?"

"아마도 그런 것 같은데. 문제는 이런 길목에서 기습을 당하면 일이 번거로워진다."

이겸은 여리가 눈치채지 못하도록 제 복부를 만져보았다.

역시 조금 전 화적패 때문에 다시 상처가 터져 피가 새어 나오고 있었다. 이대로라면 진기를 원활히 쓸 수 없을 것이다.

쫓아오는 자들이 자신의 상태를 알아차리기 전에 마무리 짓는 것이 좋겠지만 지금 막 접어든 이 길에서는 무리였다. 골이 깊어 바람 소리가 주변의 소리를 삼키고 있었다. 소리가 뒤섞이면 자객의 접근 또한 쉬이 허락하게 될 터.

가능한 빨리 이곳을 벗어나야 한다.

"이제 곧 샛길입니다. 원래 가는 길보다 한 시진은 빨리 마을에 닿을 수 있을 것입니다."

이겸의 뜻을 알아들은 여리가 샛길로 안내하는 발걸음을 재촉했다. 그 순간 어디선가 날아든 화살 하나가 두세 걸음 떨어진 바닥에 그대로 꽂혔다. 놀란 여리가 화살이 날아온 쪽을 돌아보았다. 이겸은 그보다 빠르게 검을 곧추세우고 방어 자세를 취했다. 역시나 자객들이 바람 소리를 타고 간격을 좁혀왔다.

접근을 미리 알아차리지 못한 이겸은 일이 귀찮게 됐다는 표정을 지었다. 간격을 좁히는 발걸음에서 처음의 검계들과 같은 패거리임을 한눈에 읽을 수 있었다. 고도의 훈련을 받은 자들이었다. 저들이 저렇듯 집요하게 따라붙는다는 것은 그들 역시 이겸에 대한 심증이 있다는 뜻으로 보아야 했다. 이겸은 자객들에게서 눈을 떼지 않은 상태로 목소리를 낮춰 여리에게 속삭였다.

"지금 내가 단도를 던지면 앞으로 곧장 달리거라. 절대 뒤돌아보지 말고. 할 수 있겠느냐?"

"나리께서는요? 같이 안 가십니까? 위험합니다, 나리."

"곧 따라갈 것이다. 절대 멈추어선 아니 된다. 할 수 있는 한 끝까지 달려라. 그러면 반드시 내가 너를 찾아가마."

진중한 이겸의 목소리에 여리는 더는 만류하지 못하고 어쩔 수 없이 고개를 굳게 끄덕였다.

"다치지 마십시오."

왜 도망가야 하는 것인지, 저들이 쫓는 자가 누구인지, 과연 저들이 찾는 자가 나리인지 여리는 그중 어느 것도 답을 알 수 없었다. 그러나 이곳을 벗어나야 한다는 것만은 확실했다. 여리가 잡히는 순간, 그녀가 원치 않아도 이겸의 유일한 약점이 될 것이니. 여리가 긴장으로 가득 찬 주먹을 꽉 그러쥐었다.

여리의 움직임에 자객의 활시위가 다시 한 번 팽팽하게 당겨졌다. 그러나 자객보다 이겸이 빨랐다. 화살이 미처 쏘아지기 전, 이겸은 품에 있던 단도를 섬광처럼 자객 쪽으로 던졌다.

"억!"

활을 쥐고 있던 자객이 짧은 비명을 내고 굴러떨어진 것을 신호로, 여리는 있는 힘을 다해 곧장 앞으로 뛰었다. 분주한 발소리와 검끼리 부딪치는 날 선 금속음, 고통에 찬 비명들이 뒤섞여 여리의 뒤를 쫓았지만 이겸의 말대로 여리는 뒤돌아보지 않았다. 뒤를 돌아보지 않아도 이겸이 자신의 뒤에서 따라오고 있음을 느낄 수 있었다.

설마 오지 못하는 건 아닐까 하는 의심은 하지 않았다. 나리를 믿는 것. 그것이 여리가 할 수 있는 유일한 일이자, 동시에 지금 그녀가 해야 하는 가장 중요한 일이었다.

자객들에게 가로막힌 샛길을 단념하는 대신 여리는 앞을 향해 내달렸다. 나무와 수풀을 헤치고 한참을 정신없이 뛰어가던 여리의 걸음이 제 의지와 상관없이 주춤 멈췄다. 가쁜 숨을 토하는 여리의 앞으로 미처 멈추지 못한 돌 몇 개가 절벽 밑으로 떨어졌다. 폭포였다. 계곡물은 세찬 물소리와 함께 절벽 아래로 빨려 들어가는 듯 보였다. 마치 그곳이 세상의 끝인 듯 검푸른 어둠이 모든 것을 빨아들였다. 눈으로 언뜻 가늠해 보기에도 발밑의 높이가 까마득했다.

길이 끊어진 것에 당황한 여리는 그제야 숨을 헐떡이며 뒤를 돌아보았다. 샛길은 아니라도 분명 다른 길이 있을 터였다. 거센 물소리가 쉴 새 없이 여리의 귀를 때렸다. 아랫입술을 잘근 깨문 여리가 급히 몸을 움직이려던 찰나였다. 뒤를 쫓아 달려온 이겸 또한 폭포 앞에서 우뚝 멈췄다.

이겸의 눈이 둘의 앞을 가로막고 있는 어마어마한 높이의 폭포로 향했다. 뛰어오느라 가빠진 숨소리가 그의 얼굴을 가린 검은 천 사이로 색색 새어 나왔다.

여리가 거센 물소리를 가르고 다급하게 소리쳤다.

"길이 없습니다! 아래로 내려갈 다른 길을 찾아야 합니다."

"이미 못 돌아간다."

멀리서 뒤쫓아 오는 자객을 확인한 이겸이 더는 지체할 수 없다는 듯 여리의 손을 맞잡았다. 여리가 설마 하는 눈빛으로 고개를 힘껏 저어 보이자 이겸이 고개를 끄덕이며 싱긋 웃어 보였다.

"어차피 마을에 닿으려면 폭포를 내려가야 하는 것 아니냐?"

"그, 그건 그렇지만 이건 내려가는 게 아니라……."

"사람, 그렇게 쉽게 죽지 않는다."

이겸은 여리의 손을 움켜쥔 채로 폭포 아래를 향해 날렵하게 몸을 날렸다.

풍덩─. 세찬 물보라와 함께 입을 벌린 검푸른 물이 두 사람을 삼켰다. 까마득한 물속은 끝을 모르고 두 사람을 잡아당겼다.

짙은 비취색 달빛이 쏟아져 내리자 여리의 머리카락이 이겸의 눈앞에 아련하게 피어올랐다. 마치 춤을 추는 것처럼 포근하게 너울거리는 머리카락에 잠시 동안 물속의 시간이 느리게 흘렀다. 하얀 물방울들이 꽃비처럼 둘을 휘감았다.

얼마간의 시간이 흐르고 폭포가 만들어낸 물거품이 이겸과 여리를 수면 위로 뱉어냈다. 이겸은 참았던 숨을 거칠게 토하고는 자신이 잡고 있던 여리를 보았다.

마음의 준비도 하지 못하고 뛰어내린 여리는 들이켠 물을 뱉느라 연신 콜록거렸다. 순전히 발이 닿는 곳까지 갈 수 있었던 것은 자맥질을 해서가 아니라 물살에 떠밀린 덕분이었다.

여리가 얼이 빠진 듯 휘청거리자 이겸은 혀를 차며 그녀를 번쩍 안아 올렸다.

"어, 어?"

"추운데 계속 물에 있을 것이냐?"

이겸이 물살을 가르며 걸음을 옮길 때마다 물이 점차 얕아졌다. 어느 순간 여리가 수면 위로 들릴 만큼이 되니 둘 사이에 있던 물이 일시에 아래로 빠졌다. 물이 빠져나간 자리에 둘의 온기가 철썩하고 달라붙었다. 옷이 사이에 있었으나 젖은 옷은 있어도 있지 아니한 것과 같았다.

이겸의 단단한 팔과 복부가 여리를 빈틈없이 포박했다. 여리의 숨이 덜컥 멈추었다. 바위에서 떨어지고, 폭포에서도 떨어진 심장은 주인의 허락도 없이 제멋대로 날뛰고 있었다. 그것만이라면 좋겠는데 달아오르는 귓불은 어찌 설명할 것인가.

제 몸의 모든 것이 의지를 벗어난 것은 결단코 몇 시진 사이의 다사다난한 일들 때문일 것이다. 평생 겪을 큰일들을 다 합쳐도 모자랄 만큼 위험한 고비를 몇 번이나 넘긴 탓에 그만 전신이 쇠약해졌다. 그래, 그것만큼 합당한 이유가 없다.

나리에게 안겼기 때문이 아니라고 애써 여리가 주문처럼 외고 또 외는데 그 순간 이겸의 얼굴에서 미끄러진 물방울이 안겨 있는 여리의 얼굴로 떨어져 내렸다.

톡. 톡. 그리고 한 번 더 톡······.

물이 이토록 농염한 것이었나? 안정은 개뿔!

물방울이 마치 불덩이라도 되듯 여리가 버둥거렸다.

"내, 내려주십시오! 걸을 수 있습니다."

"아까도 말했지만 정말 가볍지 않다. 가만히 좀 있지?"

이겸은 눈살을 찌푸리며 널찍한 바위로 가서야 여리를 내려주었다. 그러고는 망설임 없이 다시 물가로 발걸음을 옮겼다. 약한 물살에 둥실둥실 휩쓸리고 있던 짚신을 주워 든 이겸은 대충 물기를 털고 그것을 여리에게 건넸다. 당황한 여리가 이겸을 올려다보았다.

이겸 역시도 물에 젖어 더욱 하얗게 변한 여리의 얼굴을 눈

130

에 담았다. 원래도 선이 굵은 얼굴은 아니라고 생각했었지만 지금 보니 나이조차 가늠되지 않았다. 평소에도 자주 휘청거리는 걸 보면 볕을 제대로 쬐지 못한 것 같기도 했다.

시린 달빛이 여리의 하얀 살갗에 흩뿌려진 듯 반짝였다. 꾸벅, 인사를 하고 짚신을 받아 든 여리가 물에 부풀어 오른 그것에 발을 끼웠다. 짚신을 다 신을 때까지도 이겸이 시선을 거두지 않자 당황한 여리는 얼굴을 옆으로 돌렸다.

"어, 어찌 그리 보십니까?"

"지금의 너는 마치……."

여리의 움직임이 멈추었다.

여인인 걸 들켜버렸나! 하필 여기서? 이 꼴로?

여리는 눈도 깜빡이지 못하고 이겸의 다음 말을 기다렸다. 이젠 손가락 끝에도 심장이 달린 듯 온몸이 쿵쿵 울려왔다.

여리의 긴장을 아는지 모르는지 이겸이 무심히 말을 이었다.

"마치 김이 나는 만두 같구나."

"허!"

이겸의 지적에 여리는 절로 안도의 숨을 토했다. 헛기침마저 따라붙을 정도로 어지간히 긴장했었다. 서늘한 산중의 날씨 탓에 계곡물에서 금방 빠져나온 둘의 몸에서는 따뜻한 김이 아지랑이처럼 피어오르고 있었다. 그것을 빗댄 이야기였는데 여인임을 들킨 줄 알았다.

여리가 입을 삐죽거리며 옷매무새를 정돈했다. 여리의 촉촉이 젖은 머릿결 아래로 하얀 목덜미가 훤히 드러나자 이번엔 이겸이 짐짓 등을 돌리고 서서 시선을 떼어냈다. 왜인지는 모르겠지만 방금 뭔가 보면 안 될 것을 본 기분이었다. 훔쳐본 것도 아니고 우연히 시선이 닿았을 뿐인데.

이겸은 제 두 손을 바라보았다. 여리를 들어 올렸던 느낌이 흐릿하게 남아 이마가 딱딱하게 굳었다. 사내 녀석의 몸이 필요 이상으로 가녀리고 부드러웠다. 첫날은 모포에 감싸 짐짝처럼 옮겼기에 몰랐다. 나무에서 떨어질 때도 워낙 잠깐이었으니. 한데 방금은…….

달빛 아래 계속된 산행 때문인지 무언가 전부 이상하게 변했다. 몽롱한 빛을 내뿜는 대기도, 예민하다 자부했던 제 감각도, 곁에 있는 녀석도…… 모든 게 뒤죽박죽이었다.

환장하겠군.

이겸은 잡념을 떨치고 고개를 옆으로 기울여 머리카락에서 물기를 털어냈다.

"빨리 움직이지 않으면 체온이 떨어질 거다. 다행히 시간을 벌긴 했지만 곳곳에 놈들이 매복하고 있고 산중의 밤은 생각보다 더 차가우니."

무언가를 눈치챈 여리가 이겸에게로 다가섰다. 역시나 이겸의 검은 옷자락을 손가락으로 살짝 쓸어내리니 붉은 피가 묻어났다.

"나리, 상처가……."

이겸은 자신의 옷에 닿아 있는 여리의 손을 잡아 내렸다.

"별일 아니다. 소란 떨지 마라."

여리의 가슴이 물 먹은 솜처럼 무거워졌다. 호랑이에게 당한 상처가 그리 쉽게 아물 리 없었는데도 여리는 잊고 있었다. 거기에 검을 쓸 줄 모르는 저까지 따라붙었으니 정작 나리 자신의 몸을 돌볼 겨를은 없었을 것이다. 폭포를 가로질렀으나 결코 여유롭진 못한 상황. 정신을 차린 여리가 서둘러 또 다른 길을 가늠했다. 의원이라도 찾으려면 한시라도 빨리 예화에 닿아야 했다.

그러나 그때, 뒤쪽에서 날아온 밧줄이 순식간에 여리의 발목을 옭아맸다. 넘어진 여리는 엄청난 힘에 의해 끌려갔다.

서둘러 뒤를 돌아본 이겸의 시야로 자객에게 잡힌 여리의 모습이 들어왔다. 여리의 목에 칼을 겨누고 있는 놈 외에 기척으로 가늠하기에 수십이 더. 폭포 위의 놈들과 한패였다. 무리 중의 한 놈이 앞으로 나섰다.

"제법 멀리 도망치셨소."

이겸은 직감적으로 그가 줄곧 제 주의를 잡아끌던 자라는 것을 알아챘다. 기척을 숨기는 것에 능해서 이겸을 경계하게 만든 이가 비로소 눈앞에 모습을 드러낸 것이다. 검을 겨루어 보지 않아도 알 수 있었다. 무리 중 가장 뛰어난 무예를 가진 자였다.

여리의 목을 겨눈 다른 검계가 쇠 긁는 듯한 소리를 냈다.

"검을 내려놓으시오."

사내의 경고에 발검하려던 이겸의 손이 멈칫했다. 자객이 다시 한 번 검을 날카롭게 세우자 검날이 여리의 목에 닿았다.

그것만으로도 대번에 가는 생채기가 생겼다.

"들었는지 모르겠으나 우리는 진헌군 대감을 찾고 있소. 나리께서는 대감의 행방에 대해 할 말이 있을 듯한데. 어떻소?"

"……."

"나리께서 쓰는 검술은 조선 땅에서 오직 두 사람만이 알고 있소. 한 명은 진헌군 대감. 그리고 다른 하나는 그를 그림자처럼 수행했던 호위 무사. 내 생각엔 나리께서 그 두 사람 중 하나인 듯싶소."

여리는 그제야 알 수 있을 것 같았다. 나리의 등과 어깨에 검상이 무수했던 이유를. 왕족의 몸이 그토록 험할 리는 없으니 그 말은 곧 그가 다른 한 사람, 왕실을 지키던 호위 무사라는 이야기였다.

여리의 목에 난 생채기를 보던 이겸이 순순히 검을 풀었다. 다급해진 여리가 소리쳤다.

"아니 됩니다! 나리와 저는 사실 아무 상관도 없지 않습니까? 그저 길이 같았을 뿐입니다. 그러니 어서 도망가십시오!"

이겸은 사내와 여리에게서 눈을 떼지 않으면서 천천히 검집을 바닥에 꽂았다.

"나리!"

"그 아이는 보내주게. 용건은 그 아이가 아니라 내게 있는 듯하니."

자객들이 소리 없이 이겸과의 간격을 좁히고 들자, 여리가 다시 한 번 서둘러 입을 열었다.

"이자들은 나라를 가만두지 않을 것입니다! 그랬다면 처음부터 이런 방도를 택하지도 않았겠지요. 차라리 검을 들고 싸우세요! 하나가 죽든, 둘이 죽든 해봐야 아는 법 아니겠습니까?"

예상하지 못한 여리의 단호한 말에 이겸의 손이 멈추었다.

여리와 이겸의 시선만 허공 속에서 팽팽할 뿐, 사내들은 그 둘 사이에 끼어 잠시 분위기를 살피는 형편이 되었다. 아니, 이미 두 사람의 시선 속에 사내들은 존재하지 아니하는 듯했다.

이윽고 답답한 듯 옅은 한숨을 내쉰 이겸이 입을 열었다.

"인질로 잡힌 이가 할 말은 아닌 것 같은데. 너는 매사가 어찌 그리 단순한 것이냐? 그리고 내가 이런 말까진 하지 않으려 하였는데 마지막이 될지도 모르니 해야겠구나. 내 도포에 남긴 그거 말이다."

"예? 도포요?"

"그리 눈에 띄는 자리에 수를 놓으면 다음부턴 그 자리만 골라 맞으라는 것이냐? 색도 그렇게 잘 보이는 걸 쓰고. 원래 거기가 한 번 맞으면 참으로 아픈 자리거늘. 웬만한 장정도 뒤로 넘어갈 만큼 약한 자리이니라, 그곳이."

갑자기 구멍 난 옷에 수놓은 이야기는 어찌 꺼내시는 것일까. 여리가 멍하니 입을 벌리자 이겸이 한쪽 눈을 살짝 찡긋해 보였다. 여리의 눈동자가 흔들린 것도 잠시, 둘의 눈빛 속에서 짧은 대화가 오고 갔다.

잠시 후 여리가 기가 찬 듯 한숨을 뱉었다.

"우, 우와, 진짜 서운합니다. 그거 원래는 엄청 비싸게 받고 해드리는 겁니다. 그런 걸 공짜로 해드렸더니."

답답한 여리가 다시 숨을 내쉬는 척하며 별안간 저를 잡은 사내의 옆구리를 팔꿈치로 후려쳤다. 정확히 난을 수놓았던 자리였다.

방심한 사내가 휘청거리며 여리와의 사이를 벌리자, 이겸은 그 순간을 놓치지 않고 바닥에 박힌 검집을 바람처럼 뽑아들며 빠르게 내달렸다.

"역시 눈치 하나는."

대견함에 이겸의 입꼬리가 피식 올라갔다. 간격을 좁힌 이겸이 검집째로 호선을 그렸다 생각한 찰나, 여리를 잡고 있던 사내가 둔탁한 소리와 함께 바닥을 뒹굴었다. 무언가 스친 것 같긴 한데 그것을 정확히 볼 수 있었던 이는 없었다.

곧이어 역시 비명조차 내지 못한 다른 사내가 정신을 잃고 쓰러졌다. 검푸른 허공에 이겸의 검이 춤을 추듯 미끄러질 때마다 쓰러지는 사내들이 늘어갔다.

죽여선 안 된다. 쫓아온 자들이 목숨이라도 잃는 날엔 그들의 뒷배들은 의심이 아닌 확신을 가지고 이겸을 찾으려 들 것이었다. 하여 수고스럽더라도 그들의 정신을 잃게 하고 서둘러 이 자리를 벗어나야 할 터. 되도록 흔적을 남기지 않아야 한다.

그때, 활시위로 이겸을 겨눈 자객이 여리의 시야에 들어왔다. 먼발치에 숨어 있어 이겸이 눈치챌 겨를도 없이 순식간에 화살이 시위를 떠났다. 숨 쉴 틈 없는 대치 속에서 본능적으로 내달린 여리가 이겸의 앞으로 뛰어들었다. 쏘아진 화살은 정확히 여리의 봇짐을 뚫고 그녀의 등 가운데에 박혔다.

이겸과 여리의 시선이 닿았다. 모든 것이 순식간이었고, 예상치 못한 사고였다. 화살로 인해 굳어버린 여리가 무너지듯 이겸의 가슴으로 쓰러졌다. 그녀가 저를 지킬 것이라고 예상 못한 이겸이 쏟아져 내린 여리를 붙들었다.

"왜 네가……."

하잘것없는 인연이었다. 그저 골치 아픈 우연들이 얽히고설킨 만남이었을 뿐이다. 그런데도 손 안의 녀석은 저를 지키기 위해 기꺼이 목숨을 걸어주었다. 처음 얼굴을 마주한 날도 이겸의 상처 때문에 내내 주위를 맴돌 정도로 모질지 못한 녀석이었다.

왜냐고 하문하는 이겸의 말에 답할 사이도 없이 여리의 다리가 접혔다. 하얗고 말간 꽃 향이 이겸의 손가락 사이를 빠져나가 바닥으로 풀썩 내려앉았다. 주저앉은 여리를 따라 자세를 낮춘 이겸이 그녀를 품에 안았다. 여리의 고개를 받친 이겸은 다급하게 입을 열었다.

"최열! 정신 차려!"

등줄기를 타고 오르는 얼얼한 통증에 여리의 눈이 흐려졌다. 여리에게 꽂힌 화살을 눈으로 확인한 이겸이 당부했다.

"여기서 정신 놓으면 얼어 죽는다. 그러니까, 절대 잠들지 말고 일각만 기다리거라. 잠들면 아니 된다. 내 말 들리느냐?"

여리가 겨우 고개를 끄덕이자 마지막으로 여리의 눈을 응시한 이겸이 이윽고 몸을 일으켰다. 무겁게 가라앉은 주인의 마음을 닮아 옷자락 또한 결연하게 뿌려졌다. 며칠 전만 해도 얼굴조차 알지 못했던 이들이었으나 서로를 지키고자 한 오늘 밤 그 의미가 조금 달라졌다.

서늘한 바람 한 줄기가 이겸을 스치고 지나갔다. 바람은 그림을 그리듯 고개 숙인 이겸의 머리카락을 흩날리게 하였다.

바람이 아니었다면 그 자리의 모든 것이 멈추어 있다고 느낄 만큼 주위는 고요했다. 실제론 얼마 되지 않는 짧은 시간이었지만 그 자리에 있는 어느 누구도 그리 느끼지 못했다.

눈앞에 선 이겸의 살기에 모두는 압도되고 있었다. 감히 마른침을 삼키는 것조차 허락되지 않는 정적이었다. 그들은 숨을 죽이고 이겸의 다음 행동을 기다렸다.

이겸이 고개를 들었을 때 그의 눈동자에서는 아무런 감정도 읽히지 않았다. 그저 지독하게 가라앉은 한기가 뼛속까지 스밀 만큼 차가울 뿐이었다.

"길을 열면 베지 않을 것이다."

검집 주위로 일렁이는 이겸의 검기를 본 사내는 자신의 심증을 확신했다. 금일 해독제가 예화로 흘러들 것이라는 소문에 진을 치고 있었던 보람이 있었다. 꼬박 일곱 해 동안 쫓았던 허상이 눈앞에 있었다. 이제 사내의 정체만 확인하면 모든 것은 끝날 것이고, 그동안의 고생들은 그에 합당한 보상을 받게 될 것이다.

"그분께서 기다리고 계십니다. 함께 가시지요."

단지 '그분'이라 칭했을 뿐이지만 그것이 누구인지 짐작하는 것은 어렵지 않았다.

마침내 이겸이 검집에서 검을 빼 들었다. 날카로운 검날 위로 눈부신 달빛이 내려앉았다.

"길을 열지 않겠다면 직접 열 수밖에."

발을 내디딘 이겸을 따라 그의 검이 빠르게 검계들 속으로 미끄러져 들어갔다. 이번에야말로 은둔해 있던 이겸을 잡을 수 있다는 생각에 저마다의 가슴이 날뛰었다.

검끼리 맞붙는 소리가 들리고 어둠에 가려져 보이지 않는 피들이 허공을 물들였다. 좁은 숲길엔 오직 낙엽 스치는 소리와 금속음, 피 냄새만이 들어찼다. 다치는 자가 누구인지, 쓰러지는 자가 몇인지 가늠조차 되지 않았고, 그것을 헤아리는 자도 없었다.

무리의 우두머리와 이겸이 팽팽하게 합을 주고받던 때, 어느 순간 벼락과도 같은 섬광이 커다란 폭음과 함께 숲길을 가득 메웠다. 하얀 연기가 주변을 삼키는 것 같다고 느낀 찰나, 어쩐지 여리의 머리도 어찔해지며 눈이 스르르 감겨왔다. 기억은 거기까지였다.

타닥타닥―. 이겸은 타오르는 모닥불에 나뭇가지 하나를 던져 넣었다. 지나간 비로 인해 나무에서는 하얀 연기가 피어올랐지만 불이 붙지 못할 정도는 아니었다. 작은 불빛이 이겸과 여리의 주위로 온기를 나누어주었다.

이겸은 흩어진 나무들을 불 안쪽으로 밀어 넣고는 손을 가볍게 털었다. 그리고 마음을 가늠할 수 없는 표정으로 하늘의 달을 올려다보았다.

불과 나무가 만들어낸 작은 소리들로 인해 여리의 눈꺼풀이 살짝 찡그려졌다. 몇 번의 움찔거림 끝에 천천히 눈이 떠졌다. 깜깜한 밤, 검푸른 대기 속에서 오롯이 서 있는 이겸의 뒷모습이 보였다. 아른거리는 불빛이 생각에 잠긴 이겸의 어깨 위로 내려앉아 있었다. 순간 정신이 든 여리가 벌떡 일어나 앉았다. 이겸이 고개를 돌려 여리를 보았다.

"일어났느냐?"

이겸은 걸음을 옮겨 천천히 불 앞에 앉았다. 불 속으로 무심히 던져 넣은 나무가 저들끼리 부딪히는 소리를 냈다.

"여기가 어디입니까? 제가 왜 여기……."

"그놈들을 따돌리기 위해 마비탄을 터뜨린 탓에 너 또한 잠시 정신을 잃었다."

"한데 왜 여기서 이러고 계십니까? 시간이 촉박한데 어서 마을로 가셔야지요."

놀란 여리가 동그란 눈으로 그를 쳐다봤다.

"약속은 자정까지였으니 지금 마을로 가봐야 떠나고 없을 거다."

"저 때문에 못 가신 겁니까? 제가 정신을 잃어서."

"네가 나한테 그럴 주제라도 되더냐? 그저 금일은 날이 아닌 거고 다음에 다시 약속을 잡으면 된다. 그냥 그런 정도의 일이다."

말은 그렇게 했지만 과연 다음이란 것이 있을지 이겸도 확신할 수 없었다. 꼬박 일곱 해를 기다린 소식이었으니 그다음이란 것이 언제 올지 알 수 없었다. 이겸의 소식을 듣지 못하고 물건을 가진 이가 떠나버리면 이후의 약속은 기약 없이 미루어질 것이다.

여리는 서둘러 주위를 둘러보았다. 쫓아오던 이들은 이미 보이지 않았다. 정신을 잃은 이후의 일은 알 수 없었으나 아마도 나리께서 저를 이곳으로 옮기신 듯했다.

어두운 산중에 불을 피운 까닭은 젖어버린 옷으로 인해 여리의 체온이 떨어질 것을 염려해서였다. 불을 피웠다는 것은 더 이상 쫓아오는 이들이 없다는 것을 의미하기도 했지만, 동시에 마을로 가는 것을 포기했다는 뜻도 되었다.

무거운 숨을 내쉬던 여리의 시선이 문득 바닥에 놓인 제 봇짐에 닿았다. 여전히 화살이 박힌 채였다.

"어?"

그리고 보니 움직이기도 힘들어야 할 등이 통증만 남고 멀쩡했다. 등을 더듬더듬 쓸어내려 상처가 없는 것을 확인한 여리가 봇짐을 헤집었다.

화살은 평소 간단한 물건을 넣어 다니는 나무 함에 꽂혀 있었다. 손바닥만 한 나무에 화살이 꽂힐 가능성이 얼마나 되겠느냐만 바로 그 가능성이 여리를 지켜주었다. 실로 천운이었다.

나무 함을 꼭 쥔 여리가 하늘을 올려다보았다. 자정이 가까웠으나 자정이 되진 않았다. 생각보다 폭포가 시간을 많이 줄여주었으니 아슬아슬하게 시간에 맞춰 마을에 닿을 수 있을지도 몰랐다.

여리가 이겸을 보았다. 마음을 굳힌 듯 비장한 눈빛이었다.

"지금 당장 가시지요, 나리."

"가는 동안 자정이 지날 거다."

"만약 그렇다 해도 아무것도 아니하고 이대로 돌아갈 순 없습니다. 꼭 가야 할 만큼 중요한 일이 있으셨던 거 아닙니까?"

의식을 잃은 여리를 버려두고 갈 수도 있었다. 그러나 그렇게 하지 않은 이겸의 은혜에 보답하는 길. 그것은 오직 여리만이 아는 길로 그를 안내해 어떻게든 시각 안에 당도하게 돕는 것밖에 없었다. 금일 밤 저가 이겸의 곁에 남게 된 데에는 화살이 나무 함에 꽂힌 천운처럼 분명 이유가 있을 터.

여리가 이겸의 소매를 굳게 잡았다.

"사람은 그리 쉽게 죽지 않는다고 하셨지요? 그 말씀처럼 우린 아직 살아 있습니다."

"……."

"모든 일들이 이렇게 된 데에는 분명 하늘이 숨겨둔 어떤 이유가 있을 것이옵니다. 나리께서 제 목숨을 살려주셨으니 이번엔 제가 나리를 도와드리겠습니다. 저, 최열입니다. 예화 최고 일꾼이 모든 수단을 동원해서 반드시 자정까지 모셔다 드리겠습니다. 할 수 있습니다. 절 한 번 믿어보십시오, 나리."

제4장

눈을 감아도, 귀를 닫아도

"자정이 되었는데도 소식이 없는 걸 보니 아니 오실 것인가 보오. 물건은 상황을 살핀 후 다시 전해주러 오리다."

사내가 봇짐을 챙겨 자리에서 일어서자, 약방 주인장 역시 급히 일어섰다.

"사람들이 깔려 있어 그분께서 오기 힘들 거라고 미리 얘기하지 않았소? 이리 가면 또 언제 연이 닿을지 모르는 것을. 그러지 말고 돈이 얼마가 되었든 내가 치를 테니 물건을 넘기고 가시오. 그분께는 내가 잘 전해드리겠소."

"돈을 받으려는 물건이 아니오. 꼭 그분께 직접 전하라는 윗분의 엄명이 있었소이다. 직접 전해드리는 것이 아니면 내 목숨과 바꾼다 해도 넘길 수 없소."

이겸에게 은밀히 전하고자 하는 물건이 있다는 것은 물건을 전하는 자 역시 위험해질 수 있다는 것을 뜻했다. 자정이란 시한도, 본인이 아니면 넘길 수 없음도 그로 인한 조건들임을 잘 알고 있었으나 주인장은 이대로 사내를 보낼 수가 없었다.

"이보시오. 그러지 말고……."

"내가 왔으니 물건을 다오."

그 순간 약방의 장막을 걷으며 이겸이 들어섰다.

"나리!"

반가움에 주인장의 목소리가 절로 높아졌다.

과연 여리가 안내한 길로 곧장 내달린 이겸은 가까스로 자정을 살짝 넘긴 시각, 마을에 닿았다. 밤이슬을 밟고 온 고생이 헛되지 않았다.

언젠가 제 주인을 따라 이겸을 먼발치에서 본 적이 있었던 사내는 한눈에 그를 알아보았다. 하여 정중히 인사를 올리고는 품속 깊숙이 숨겨놓았던 것을 꺼냈다.

귀한 것을 품고 있는 나무 함은 오랜 시간 그것을 기다려온 이겸의 손끝에서 '딸깍' 소리를 내며 열렸다. 주인장의 목에서 절로 마른침 넘어가는 소리가 났다.

잠시간의 정적.

함 속의 물건을 본 이겸은 아무런 말도 하지 않았다. 주인장이 이겸의 눈치를 살폈다. 이윽고 시선이 맞닿자 이겸은 찾고 있던 것이 아니라는 뜻을 담아 고개를 저었다. 허탈한 주인장의 맥이 풀려버렸다. 이겸이 나무 함을 닫았다.

"안타깝지만 찾고 있는 것이 아니다. 하나, 대감께는 내가 고마워하더라고 꼭 전하거라."

말린 약초처럼 생긴 그것은 흰 폐월화와 흡사했으나 완벽히 일치하진 않았다. 붉은 폐월화 자체도 세간에선 보기가 힘든 것이니 흰 것을 손에 넣는 건 불가능에 가까울지도 몰랐다.

그러나 나무 함에 담긴 의미는 비단 일개 약초만이 아니었다. 이 일에 관련된 자들은 모두 자신들이 하는 일의 무게를 잘 알고 있었다. 대감은 자신의 안위에 위협이 될 것을 알면서도 이겸을 위해 움직여준 것이다.

약방 밖에서 몸을 숨기고 있던 여리는 이겸이 밖으로 나오자 그 앞으로 냉큼 달려갔다.

"다녀오신 일은 잘된 겁니까? 늦진 않으셨고요?"

염려 가득한 눈빛으로 묻는 여리에게 이겸은 고개를 끄덕여 보였다.

"그래. 덕분에 늦지 않았다."

"다행입니다. 저 둘레 길은 물건을 배달하는 일을 할 때 알아둔 것이고, 그 윗길은 아비가 제게 일러주신 것인데 둘 다 쓸모가 있었네요."

"수고했다."

빈말이 아니었다. 여리가 일러준 길이 아니었다면 대감의 사람은 아예 만나지도 못하고 걸음을 돌렸을 것이다.

이겸이 여리를 보았다. 수풀을 헤치고 달린 탓에 여리의 얼굴에는 서너 개의 생채기가 생겨 있었고, 젖은 옷엔 두 사람이 달려온 길을 보여주듯 흙탕물과 풀물이 번갈아 자리 잡고 있었다.

이겸의 일을 제 일처럼 물어봐주는 눈앞의 녀석은 아마도 제 손발에 난 작은 상처들을 모르고 있음이 분명했다. 결과를 떠나 시간 안에 닿을 수 있었던 것에는 녀석의 공이 컸다.

"어찌 집으로 돌아가지 않고 기다린 것이냐?"

"인사는 드리고 가야지요. 며칠간 제 사정을 봐주신 것, 제 목숨을 구해주신 것 모두 잊지 않겠습니다. 감사드립니다."

짧은 인연을 대신한 인사였다. 마지막이라는 사실이 왜 더 아쉬워지는지 모를 일이었다.

"글은 언제 배운 거지?"

"저 말입니까? 따로 배운 적은 없고 그저 일을 하다 필요해서 어깨 너머로 몇 자 기억해둔 정도입니다. 돈 되는 일은 나쁜 일만 아니면 다 합니다."

여리가 멋쩍은 듯 머리를 긁적이며 답했다.

반가에서 나지 않은 이가 글을 읽고 쓸 수 있다는 것은 본인의 노력 없이는 힘든 일이었다. 노력을 한다 해서 글을 깨우치는 자도 몇 되지 않을뿐더러 손은 서책을 잡기도 전에 반복되는 고된 일들로 이미 부르터 있을 것이다.

"이왕 마을에 오셨으니 의원을 만나고 가시는 것이 어떻겠습니까? 제가 밖으로 말을 내지 않을 의원을 알고 있습니다. 저와 함께 가시면 돈도 얼마간 깎아줄 거고요."

여리의 말에 이겸이 미소 지었다. 실로 아는 것도 많고 아는 이도 많은 밤톨 강아지였다.

"대체 너는 모르는 것이 무엇이고 모르는 이가 누구냐? 너와 있으면 궐에 계시는 주상 전하도 뵐 수 있을 것 같구나."

"당장은 아니지만 몇 다리 건너면 뵐 수도 있지 않을까요?"

"주상 전하를 두고 다리라는 불경스러운 표현을 쓰는 이도 너밖에 없을 것이다."

"고변하실 것은 아니시지요? 한데 이런 걸로도 잡혀갑니까?"

"잡혀만 가겠느냐. 강상죄 처벌이 가볍지 않은데."

"제가 그 말을 하는 걸 들은 이도 없는데 설마요."

"내가 들었다."

"으아, 나리께서는 농도 참 무섭게 하십니다."

헤어짐이 아쉬워 하찮은 말들을 늘어놓았다.

예기치 않은 밤 나들이로 인해 두 그림자 사이의 거리가 처음 길을 나선 때보다 눈에 띄게 줄어 있었다.

"바로 길을 떠나시면 아까 그자들과 다시 마주치시는 것 아닙니까?"

"네가 그런 것까진 신경 쓰지 않아도 된다."

마지막까지 무심하신 것이 어쩐지 나리답다 싶어 여리도 따라 웃었다. 달빛이 환한 것인지, 눈앞의 녀석이 환한 것인지 분간하기 어려웠다. 또 시선을 빼앗기기 전에 정신을 차린 이겸이 입을 열었다.

"그리고 아까 산에서 들은 말은."

여리가 은밀히 목소리를 낮추고 속삭였다.

"염려 마십시오. 비밀은 반드시 지키겠습니다."

"비밀?"

"나리께서 과거에 어떤 분을 지키는 일을 하셨다는 것 말입니다. 촌것인 제가 높은 분들의 일까진 알 수도 없고, 말할 생각은 더욱 없으니 걱정 마십시오. 그 정도 눈치는 있습니다."

이겸이 하려던 말은 그것이 아니었으나 여리의 해맑은 미소 앞에서 굳이 정정을 하진 않았다.

"그래주면 고맙고. 잘 가거라."

"예. 나리께서도 내내 평안하십시오. 그동안 감사했습니다."

마지막. 눈을 감았다 뜨면 환영처럼 사라질 시간들.

위험한 영산을 넘어 회연으로 갈 일이 더는 없다는 사실이 기뻐야 했으나 어찌 된 일인지 오롯이 기쁘지만은 않았다. 좋았든 좋지 않았든 끝이란 것은 항상 그렇게 아쉬웠다. 여리는 고개 숙여 인사를 챙기고는 떨어지지 않는 발걸음을 옮겼다.

무언가 두고 온 느낌이 드는 건 이겸 역시 마찬가지였다. 분명 같은 달빛 아래건만 홀로 회연으로 돌아가는 걸음이 올 때보다 더뎌졌다. 이런 마음이 드는 건 해독제를 구하지 못해서인가. 아니면 소란스럽게 곁을 지키던 동행이 사라져서인가.

이겸은 여리가 묶어준 면포에 잠시 시선을 주었다가 다시 회연을 향해 고개를 들었다. 호젓한 달빛만이 단출한 걸음 위로 동행이 되어주었다.

✿

푸른 하늘 아래로 끝을 모르는 기와지붕들이 시선 닿는 곳마다 뻗어 있었다.

새가 낮게 날아오르는 궐의 후원에서 조선의 왕, 이혼은 한가로운 시간을 보내는 중이었다.

"진헌군 대감을 찾기 위해 보냈던 자들이 세 곳을 추려왔사옵니다. 그중 두 곳은 실제로 의심되는 이가 있어 당분간 지켜보겠다는 전갈을 받았사옵니다."

이조판서 조규명의 보고에도 이흔은 놀라는 기색 없이 어수를 뻗어 새들에게 곡식을 나누어주었다. 검고 윤기 나는 깃털을 가진 새가 흩뿌려진 낟알을 부지런히 쪼아 먹었다.

"그 일이 벌써 일곱 해 전이던가?"

"예. 올해로 꼭 일곱 해가 되었사옵니다."

"그럼 진헌군에게 남은 시간이 거의 없겠군."

곁에 선 상선이 공손하게 고개를 숙였다. 이흔이 허공에 손을 내어주자 상선은 왕의 어수를 조심스럽게 수건으로 닦았다.

이흔의 시선은 흰 구름이 지나는 하늘로 향했다.

"조선 팔도를 일곱 해 동안 샅샅이 뒤져서 마지막으로 남은 곳이 세 곳이라. 그러면 아직은 진헌군이 살아 있는지 아닌지도 확실치 않다는 것이로군. 아무래도 좋다. 어차피 이젠 어떤 식으로든 드러날 터. 안타깝게도 명을 다했는지 아니면 아직도 그 질긴 숨이 붙어 있는지."

원하는 것을 찾지 못하면 진헌군은 제 발로 궐에 돌아와야 했다. 살 길도 죽을 길도 모두 이곳에 있으니.

"보고에 의하면 그 세 곳은 강화와 진주, 그리고……."

"예화."

이흔의 태연한 답에 조규명의 등줄기에서는 소름이 돋아났다. 명을 받고 움직이는 자가 저 하나는 아닐 것이라 짐작해왔지만 왕의 시선은 생각보다 더욱 깊숙한 곳까지 닿아 있었다. 그 말은 곧 사람을 믿지 못하는 지존께서 제게도 감시의 눈을 붙여두셨을지 모른다는 뜻이었다.

입가에 알 수 없는 미소를 띤 이혼이 말을 이었다.

"표정이 어찌 그러한가? 그저 그곳의 산세가 워낙 험하니 몸을 숨길 수도 있지 않을까 하여 짐작한 것이다. 경의 표정을 보니 과인이 맞춘 모양이로군."

"하오나 예화는 이미 찾아보지 아니한 곳이 없사옵니다. 사람의 발길이 닿을 수 있는 곳은 모두 살펴보았사옵니다."

"그렇군. 사람의 발길이 닿을 수 있는 곳은."

생각에 잠긴 듯 이혼의 말이 차츰 느려졌다. 그 시선은 별 의미 없이 후원을 향해 있었지만 조규명은 어쩐지 왕께서 저를 책하고 있는 것처럼 느껴졌다.

속내를 알 수 없는 이혼은 예화 현이 있을 법한 먼 곳을 무감하게 보았다.

"만약 살아 있다면 진헌군은 둘 중 하나를 택할 것이다. 끝을 내든가 시작을 하든가. 일곱 해는 그럴 수밖에 없는 시간이니."

연못 위에서 크게 호선을 그린 새는 나뭇가지 위에 자리 잡았다. 이혼은 맡겨두었던 활에 화살을 걸고 시위를 팽팽하게 당겼다. 그 끝이 향한 곳은 바로 조금 전까지 곡식을 받아먹던 새가 앉아 있는 나뭇가지였다.

한창 털을 고르고 있는 새는 화살을 날리면 능히 맞힐 수 있는 간격 안에 있었다. 이흔의 날카로운 시선에는 한 점 흔들림이 없었다. 팽팽하고도 날 선 긴장. 그러나 분명 끝까지 조였던 시위는 화살을 쏘지 아니하고 이내 느슨하게 돌아갔다. 새에게서 시선을 거둔 이흔은 흥미를 잃은 듯 쥐고 있던 활과 화살을 상선에게 넘겼다.

"살아 있는 것이 좋겠구나. 그편이 훨씬 즐거우니. 궐은 심심한 일들뿐이어서 말이다."

이겸을 뜻하는 것인지 새를 뜻하는 것인지 알 수 없는 모호한 말이었다.

이윽고 나뭇가지 위에 앉아 있던 새가 푸드덕거리며 넓은 하늘로 날아올랐다.

서늘한 공기가 고요히 머물러 있는 새벽이었다.

겨우 한 시진 정도 눈을 붙였을 뿐인데 이겸의 눈이 저절로 떠졌다. 잠을 청한 것이 아니라 끝없는 길을 헤맨 듯 머리가 무거웠다. 너무 많은 생각을 한 번에 담은 탓이었다.

이겸은 자리에서 일어났다. 의복을 정제하는데 문득 어깨와 가슴에 자리한 검은 흉터에 시선이 닿았다. 혈관을 따라 번진 검은 선이 심장에 닿으면 끝이라 하였던가.

시간은 넘치지도 모자라지도 않게 딱 일곱 해만큼을 필요로 하였다. 거의 없다, 남은 시간이.

이겸은 폐월화가 피어 있는 모래밭으로 향했다. 여리가 정성으로 보살핀 꽃들의 빛깔이 확실히 맑아지긴 했으나 아직 흰색으로 변할 기미는 보이지 않았다. 그때, 불쑥 폐월화 밭을 매던 여리가 고개를 들고 인사하는 모습이 보였다.

―나리! 몸은 좀 어떠십니까?

흐릿하지만 익숙한 환영에 이겸은 제 두 눈을 꾹꾹 눌렀다. 그리고 다시 폐월화를 보는데 여리의 모습은 온데간데없었다.

"미쳤군. 환영까지 보다니. 독성이 강해진 건가?"

이겸은 제 피에 흐르는 독이 가진 증상 중에 환영을 보는 것도 포함된 것인지 의문이 들었다. 그것이 아니라면 왜 밤톨 강아지가 사라지고 난 후 종종 녀석이 보이는지 알 수 없는 일이었다.

처음 꿈에서 본 것은 폭포에 빠졌던 때의 모습이었다. 어느새 풀린 여리의 머리카락이 달빛과 물빛에 젖어 눈앞에서 어른거렸었다. 부드러운 머리카락이 하늘거리며 드러난 얼굴. 밤톨 강아지는 물속에서 유난히 하얀 얼굴과 붉은 입술을 가지고 있었다. 현실과 다른 점이라면 꿈속의 여리는 여인이었다는 것이다.

이상한 일이었다. 꿈이니 사내를 여인으로 착각할 수는 있다 하여도 왜 그 얼굴이 그리도 익숙한 느낌이었을까.

내내 녀석을 따라다니던 향 때문이었나. 이리도 마음이 소란스러운 원인은…….

"죄열이지요?"

마치 이겸의 생각을 읽기라도 한 듯 누군가의 목소리가 들려왔다. 이겸이 뒤를 돌아보았다.

희붐한 새벽 공기를 헤치고 동아가 걸어오고 있었다. 동아는 폐월화 밭으로 시선을 주었다.

"폐월화 색이 맑아진 것이 최열 덕분이라고 들었습니다. 신기한 재주입니다. 이대로 희게 변한다면 더없이 좋을 텐데요."

다행히 이번엔 환청이나 환영이 아니었다.

"어찌 이리 이른 시각에 기침하신 것이옵니까?"

잠시간 동아를 보고 있던 이겸이 그에게로 성큼 다가서서 옷깃을 쥐었다.

"미안하다, 동아."

"콜록, 콜록. 예?"

순식간에 멱살을 잡힌 동아가 놀라 헛기침을 하였다. 이겸이 심각한 표정으로 동아의 옷깃을 열어젖혔다. 그리고 그 위로 드러난 목덜미도 보았다. 여리 때와는 달리 이상한 느낌이 조금도 들지 않았다. 이것이 당연한 건데. 목은 목일 뿐인 것을. 밤톨 강아지는 어찌 그런 느낌을 주었는가.

"역시 사람과 만두는 다르구나."

"크헙, 나리. 무슨 일인지는 모르겠지만 이건 좀 놓아주시면 안 되겠습니까?"

"미안하구나. 이제 되었다."

이겸이 건조한 어조로 멱살을 놓아주자 동아가 놀란 목을 주물렀다.

"전혀 미안하신 말투가 아닌데요?"

"느낌 탓이니라. 현감에 대해서는 알아보았느냐?"

"예. 착취한 재물의 상당수가 현감을 거쳐 관찰사에게로 흘러드는 정황을 확인했습니다."

"누가 뒷배를 봐주지 않고서야 이리 오랫동안 협잡을 부릴 수 없었겠지. 관찰사는 정치 감각이 뛰어난 자였는데 애석한 일이다."

"세상이 달라졌다는 걸 깨달은 거지요. 일곱 해 동안 변한 자가 어찌 관찰사뿐이겠습니까?"

"다행히 동아 너와 같은 관리도 있지 않느냐."

"저 같은 말단 관리가 할 수 있는 일이란 참으로 빈약합니다. 하다못해 예화 현 일은 제 관할이 아니니 쉬이 손을 댈 수도 없고 말이지요. 관찰사의 뒷배까지 찾아내려면 갈 길이 멀겠습니다."

동아(冬芽)는 자호였다. 본 이름은 윤호경으로 이미 열일곱 살에 과거 급제를 하고 홍문관에 배정을 받았다. 부모 없이 홀로 수학하고 급제까지 한 호경은 가문을 중시하는 자들에게는 굴러온 돌이요, 눈엣가시와도 같아 곱게 보이지 않았다. 하여 떠돌기만 하는 호경의 재능을 아깝게 여긴 대제학은 그가 적합한 일을 맡을 수 있도록 천거하였다.

도성 밖의 민생을 돌볼 이가 필요했던 왕은 대제학의 의견을 받아들여 호경에게 어사 임무를 맡겼다. 그러나 다른 어사가 파견된 곳의 일에 간섭하는 것은 월권이라, 호경이라 해도 예화 현에 대해 당장은 할 수 있는 것이 없었다.

고택으로 돌아온 이겸과 동아는 은은한 차향에 이끌려 서래댁이 있는 별채에 닿았다. 그들을 본 서래댁이 자리에서 일어섰다.

"조금만 기다리십시오. 조반을 곧……."

"조반은 급할 것 없으니 차를 나누어주지 않겠는가? 향에 발길이 끌린 참이네."

"하오면 차를 준비하여 사랑채로 올리겠사옵니다."

얼마 후, 고요했던 사랑채 안에 '쪼르륵' 차 따르는 소리가 번졌다. 서래댁이 김이 피어오르는 찻잔을 이겸과 동아 앞에 정갈히 내려놓았다. 이겸은 알맞게 우러난 차의 향을 음미하고는 가볍게 입술에 대었다.

동아 역시 차를 한 모금 마시고 생각난 듯 입을 열었다.

"전 고작 하루 이틀 보았을 뿐이지만 최열이 없어지니 고택이 적막합니다. 새벽부터 계속 뚝딱하는 소리가 흥미로웠는데."

이겸은 말없이 차를 삼켰다. 입 안 가득 담백한 차향이 맴돌았다. 이겸은 찻상을 사이에 두고 마주한 서래댁의 눈빛을 살폈다. 평범한 표정이었으나 금일은 이유가 있는 침묵처럼 보였다. 하여 이겸이 먼저 서래댁에게 말을 꺼냈다.

"자네답지 않았네. 낯선 자를 들인 것은."

아니다. 평소답지 않은 것은 서래댁이 아니라 일부러 녀석의 이야기를 꺼내는 이겸 자신이었다.

"좋은 이는 한눈에 알아볼 수 있는 법이지요. 소인도 이제 나이가 들어 믿을 만한 자에게 일을 미루고 싶었나 봅니다."

"단순히 그 이유로 고택에 오고 가는 것을 윤허한 건가?"

"그자의 사정과 소인의 사정이 맞았을 뿐이옵니다. 다만 가까이 온 줄 알았던 봄이 오기도 전에 물러난 듯하여 아쉬울 뿐이지요."

이겸과 서래댁 사이에서 오가는 선문답에 동아는 조심히 눈치를 보았다. 봄은 무엇이고 윤허는 또 무슨 이야기인가.

여리는 신분은 높아 보이지 않으나 타고난 성정이 맑은 이였다. 흐름을 읽고 이치를 파악하는 영민함은 누추한 행색에 가려질 바가 아니었다. 서래댁은 그런 여리를 위해 서고에서 손수 창문의 발을 내려준 이겸을 떠올렸다. 가을이 오는 이때에 서래댁이 봄을 언급함은 말 그대로 계절을 뜻하는 것이 아니었다. 그러나 이겸은 알아듣지 못한 척 말을 돌렸다.

"기다리면 언제고 다시 오는 것이 봄인 것을. 추위가 야속하다 마음 쓰고 있었는가?"

"마음 쓰고 말고 할 것 또한 무엇이 있겠습니까? 그저 세월이 지나니 당연히 오는 줄 알았던 것들도 소중해지고 기다려집니다."

"여전히 정정하니 아쉬워 말게."

이겸은 서안 위에 종이를 펼치고 붓을 잡았다. 동아가 그 곁에서 먹을 갈았다. 차를 다시 우려내던 서래댁은 대수롭지 않다는 듯 가볍게 말을 덧붙였다. 마치 곁을 스치는 바람처럼 무게를 지니지 않은 말이었다.

"예화 현 현감이 하는 고리대 놀음 말입니다. 고리대는 국법으로 엄히 금한 것이나 먹고살기 어려운 자들은 어찌할 방도 없이 쓰게 되는 일이 종종 있지요."

서래댁은 이야기에 뜸을 들이며 동아가 갈고 있는 벼루에 약간의 물을 부었다.

"고리대라는 것은 갚는 것이 며칠만 늦어져도 빚이 눈덩이처럼 늘어납니다. 아비가 잃어버리고 간 돈이 그 고리대 이자라 하여 박하게 쫓아낼 수 없었습니다. 이틀 벌어 하루 먹고 사는 이들에게 그런 목돈은 다시 구하기도 어려울 테니 말입니다."

"어머님 말씀이 옳으십니다. 비록 우리 잘못으로 잃어버린 돈은 아닐지라도 어려운 사람끼리 서로 돕고 살아야지요."

이겸은 산중에서 여리가 했던 말을 떠올렸다. 예화 사람들은 알든 모르든 일단 어려운 이라면 돕고 본다던. 방심하면 이렇듯 생각이란 놈이 그 녀석 쪽으로 불쑥 뻗어가곤 했다.

서래댁이 한숨을 쉬었다.

"휴우, 며칠 늦게 가져다주었다고 이자가 불어나지는 않았어야 할 텐데."

"셈법이 마음대로라 이자를 높게 부른다 해도 별다른 방법이 없습니다. 힘없는 백성들만 불쌍할 뿐입니다."

종이 위를 가로지르던 이겸의 붓끝이 눈에 띄게 느려졌다.

"왜 하필 거기서 엽전 주머니를 꺼내서는. 무얼 보고 그리 놀라 도망갔는지 참 가여운 일입니다."

"하하, 어머님도. 이 고택에서 놀랄 일이 뭐가 있겠습니까? 귀신이나 저승사자를 본 것도 아니고 말입니다."

동아는 마을에서 이겸을 부르는 별칭 따윈 알지 못해 사심 없이 한 말이었다. 서래댁이 고개를 끄덕였다.

"그러게 말이다. 누가 보면 저승사자가 목숨이라도 내어놓으라 겁박이라도 한 줄 알겠구나. 만약 이자가 늘었다면 그 저승사자는 저승사자대로 얼마나 마음이 불편할지."

그게 저를 뜻하는 것임을 잘 알고 있는 이겸이 갑자기 사레들린 듯 기침을 뱉었다. 서래댁은 모른 척 차를 첨해주었다.

"어머나. 나리, 감한 기운이 있으신 것이옵니까? 여기 따뜻한 차를 더 드셔보십시오. 기침에는 차가 아주 좋답니다."

차를 마신 이겸이 가까스로 기침을 멈추었다. 서래댁은 언제나처럼 감정이 읽히지 않는 얼굴로 이겸의 곁을 지켰다.

햇살이 느른하게 스미는 오후.

"나로 인해 빌린 고리대도 아니고, 하물며 여기서 잃어버리고 가라 시킨 자도 없는 것을."

누가 듣는 것도 아닌데 이겸이 혼잣말을 읊조렸다.

나뭇잎 사이로 젖어드는 햇빛 아래, 낮잠을 청하기 위해 눈을 감았다. 날숨을 내뱉고 잠시 가만히 있던 이겸은 잠이 오지 않는 듯 팔짱을 끼고 자세를 바꾸어보았다.

아비의 실수를 수습하는 게 익숙해 보이는 밤톨 강아지였다. 녀석이 썼던 서찰도 뇌리를 스쳤다. 단순히 물건만 문제가 되는 줄 알았더니, 돈도 용도가 정해진 돈이었나? 음식도 제법, 바느질도 제법, 세답도 제법이라 내심 놀라기는 하였지만 그것은 사내여서 놀랐다기보다는 여인이라 해도 다르지 않을 만큼 훌륭한 솜씨였다. 그런가 하면 장작도 능숙하게 팰 정도로 굳은살이 있었지. 고단한 손에는 열심히 살아온 이들만이 가질 수 있는 흔적이 그림처럼 남아 있었다.

이겸은 팔을 눈 위로 올려 귀찮은 빛을 막았다.

"생각하지 말자. 나와는 아무 상관도 없는 녀석이다."

물론 상관이 없는 이인 것은 맞다. 그러나 서래댁의 말대로 애초에 말실수를 한 이는 바로 이겸 자신이 아니던가. 그 아비에게 겁을 주기 위해 꽃 값을 아이로 받겠다는 둥, 거기에 저승사자까지 운운한 것은 지금 생각해도 군자답지 못한 행동이었다. 이겸이 그 말을 하지 않았더라도 아비가 돈을 잃어버리고 갔을까? 생각에 빠져 있다 보니 다시금 환청이 들렸다.

─나리.

뜬금없는 여리의 목소리에 이겸이 눈을 떴다. 주위를 둘러보았으나 어디에서도 여리의 모습은 보이지 않았다. 간밤에 잠을 못 자서 피곤한 탓이거나 독성으로 인한 환각 같은 것이라고 이겸은 생각했다.

달밤에 보았던 동그란 눈이 또렷하게 떠올랐다. 잡생각을 떨쳐내려 한숨을 쉰 이겸이 다시 편하게 몸을 뉘였다. 그러나 얼마 지나지 않아 탕탕, 나무 내려치는 소리가 귓가로 흘러들었다. 묘하게 거슬리는 소음이었다.

세상을 향한 귀를 닫아걸려던 이겸은 설마 하는 생각이 들어 눈을 번쩍 뜨고 몸을 돌렸다. 마당 한쪽에서는 여리가 아닌 동아가 서책장을 손질하고 있었다. 망치를 내리치려던 동아는 이겸의 시선을 느끼고는 손을 멈추었다.

"시끄러우셨습니까? 송구합니다. 이게 합이 맞지 않아서."

그 녀석이…… 여기 있을 리 없지.

왠지 입맛이 쓴 이겸은 저의 허락을 기다리고 있는 동아에게 계속하라는 손짓을 하고는 다시금 돌아누웠다. 그때였다. 소매 안쪽에서 무언가 걸리는 느낌이 나서 이겸은 무감히 옷을 뒤적여보았다. 그러자 처음 보는 물건이 모습을 드러냈다.

나비 문양의 호박 보석. 작디작은 그것은 소매 안쪽에 단단히 박혀 있었다. 그것이 여리가 그토록 찾던 물건이라는 것에 생각이 닿는 데까지는 그리 오랜 시간이 걸리지 않았다. 그럴 수밖에 없는 것이 여리의 아비가 찾아왔던 날 이 옷을 입고, 이후로 입는 것은 금일이 처음이었다.

아비란 자의 눈빛을 보기 위해 가까워졌을 때 그가 주머니를 꺼내 들었던 기억이 떠올랐다. 아마 그때 하나가 잘못 흘러든 모양이었다. 천과 실 사이로 제법 파고들어 옷을 세답할 때에도 빠지지 않고 그 자리를 지키고 있었던 것이다. 그리도 찾던 것이 이런 곳에 있었을 줄이야.

이겸은 낮잠도 미루고 벌떡 일어나 앉았다.

"떨치고, 떨쳐내도 사라지지 않는 것이 녀석과 닮았구나. 쯧."

그러나 말과는 달리 이겸의 입가에는 저도 모르게 작은 호선이 피어올랐다. 아이처럼 기뻐할 밤톨 강아지의 얼굴이 떠올라서였다.

❋

"하나, 둘, 셋……."

여리는 품삯으로 받은 엽전들을 허리 주머니에 넣었다. 이번에 구한 일자리는 몸은 별로 힘들지 않은 반면에 큰돈은 되지 않았다. 요즘 같이 어려운 시기에 일을 할 수 있다는 자체가 다행이긴 했지만 다음 달 이자를 만들기에는 턱없이 부족한 돈이었다.

손을 털던 여리는 문득 제 손을 들여다보았다. 보기 싫게 굳은살이 가득한 손이라 생각했었다. 날이라도 추워지면 가장 먼저 트는 손이었다.

─그런 손이 있었기에 너와 아비가 먹고산 것이 아니겠느
냐? 그러니 흉한 손이 아니라 장한 손이다.

따뜻한 말 때문인지 부끄러웠던 제 손이 그리 미워 보이지만은 않았다. 작은 미소를 띠던 여리는 나무 위에서 미동도 없이 자던 이겸의 모습을 떠올렸다. 아직도 그곳에서 주무시고

계시려나? 이제 날도 점점 추워질 텐데.

여리가 집으로 걸음을 옮길수록 웅성대는 소리가 커졌다. 여리는 고개를 들어 사람들이 모인 곳을 보았다. 마을 사람들이 안타까운 얼굴로 둘러싸고 있는 곳은 다름 아닌 그녀의 집이었다.

"아이고, 분명히 이달치 돈을 갚았는데 어찌 이러십니까?"

얼마 있지도 않은 세간이 마당에서 차례대로 깨지자 달현은 아전에게 사정을 말했다. 그러나 아전은 오히려 수결장을 들이밀었다.

"눈이 있으면 보거라. 원래 갚아야 하는 날짜보다 며칠이나 뒤에 갚았는지."

"예? 하지만 그땐 분명 아무 말도 없지 않으셨습니까? 그래서 저희는 사정을 봐주시는 줄 알았습니다요."

"이놈이 생사람 잡는군. 내가 언제 아무 말도 없었나? 일을 처리함에 있어 형평성이란 것이 있으니 밀린 며칠 동안의 이자를 곧 가지고 오라고 했지. 그리고 금일까지 아무 기별이 없어 내 이리 온 것이다. 괘씸죄로 인해 이자는 곱절로 뛰었고 거기에 당장 다음 달치 이자까지 받아 오라는 명이 계셨다."

고작 며칠 차이였으니 여리네가 큰 잘못을 저질렀다기보다는 그저 고리대 이자를 더 뜯어내기 위한 수작에 불과했다. 방을 뒤지고 나온 시커먼 사내들이 아전을 향해 외쳤다.

"방 안에 돈 될 만한 물건이라곤 하나도 없습니다."

달현이 방방 뜨며 서둘러 답했다.

"제가 말씀드렸지 않습니까? 하루 벌어 근근이 먹고사는 집이라 이달치 돈을 탈탈 털어 갖다드렸다고요. 제발 사정 좀 봐주십시오."

"하면 별수 없지. 돈을 갚지 못했으니 몸으로라도 때워 본보기를 보일 수밖에. 여봐라. 이자를 당장 묶어라."

"예에? 아이구, 아전 어르신!"

사나운 사내들이 하얗게 질린 달현의 팔을 포박했다. 놀란 여리가 늘어선 사람들 사이를 헤집고 들어갔다.

"비켜주세요. 제 아버님입니다. 비켜주……."

끌려가지 않으려던 달현이 발버둥을 치자 사내가 달현의 배를 걷어찼다. 달현이 괴로운 신음과 함께 평상 쪽으로 굴렀다.

"아버지!"

다른 사내가 달현의 상투를 거칠게 잡으려는 찰나였다. 여리가 비집고 선 사람들을 옆으로 밀며 제 몸을 억지로 끼워 넣었다.

"그만두……."

"멈추거라!"

낮지만 위엄 있는 소리가 울려 퍼진 것은 그때였다. 밀고 엉키는 소란이 일시에 조용해졌다. 모두의 시선이 문 앞에 선 사내에게로 쏠렸다. 덕분에 사람들 사이에 끼어 있던 여리의 몸도 자유로워졌다. 여리는 그제야 모두가 바라보고 있는 사내에게로 고개를 돌렸다. 많은 사람들 사이에서도 한 번에 눈에 띌 만큼 큰 키를 가진 사내였다.

앞으로 걸어 나오는 사내의 푸른 도포 자락이 바람에 흩날렸다. 쓰고 있는 질 좋은 갓은 그의 신분을 대신하여 말해주었다. 갓에 달린 죽영은 검소했으나 그가 하고 있으니 왠지 모를 기품마저 느껴졌다. 그러니 사내의 분위기는 그의 복색이 만든 것이 아니었다. 누구의 앞에서도 주눅 들지 않고 당당한 자. 태어날 때부터 각인된 듯 타고난 위엄이 사내의 주위에 머물렀다.

여리가 잘 알고 있는 이였다. 햇살이 내려앉은 사내의 어깨 위로 얼굴을 가린 검은 천이 자리했다. 사람들의 시선을 오롯이 딛고 선 이는 다름 아닌 이겸이었다.

"그 빚, 내가 갚지."

여리의 눈빛이 흔들렸다. 이겸은 이제껏 본 적 없는 모습으로 사람들 앞에 모습을 드러냈다. 이겸의 훤한 차림에서 여리는 그가 자신과는 전혀 다른 신분의 사람임을 다시 한 번 깨달았다.

낯선 이의 등장에 아전의 눈썹이 슥, 치켜 올라갔다.

"못 뵈던 분 같은데, 뉘십니까?"

"나는 돈을 빌린 그자와 사사로이 아는 사이네. 돈을 갚지 못한 데에는 내 책임도 있으니 내가 대신 갚도록 하지. 모두 얼만가?"

아전은 이겸의 행색을 머리부터 발끝까지 한눈에 훑어보았다. 화려한 차림은 아니었으나 그렇다고 값싸 보이는 옷 또한 아니었다. 당당한 말투하며 반듯한 자세까지 여느 사대부가의 사람처럼 보였으나, 문제는 이 마을에서 한 번도 본 적이 없는 이라는 데 있었다. 물론 그렇다 하여 돈을 대신 갚아준다는 걸 사양할 이유는 되지 않았지만.

아전은 이전에 이겸에게 혼난 탓에 아직까지 결리는 팔을 빼서 장부를 뒤적였다.

"빌릴 때는 구휼미가 한 석이었으나 그것이 벌써 봄의 일이니 원래대로라면 이자가 붙어 모두 두 석입니다. 하나, 이번에 시일을 어긴 죄로 이자에 이자가 붙어 다시 세 석이 되니, 어디 보자……. 이 달에 갚아야 하는 것만 열 말 정도 됩니다. 어떻게, 앞으로 갚아야 할 것까지 한 번에 갚으시겠습니까?"

"그동안 갚아온 것이 얼마인데 다시 세 석이란 말입니까? 그것도 이달치만 열 말이라굽쇼?"

"어허, 자네가 기일을 어기지 않았나? 이자에 이자가 붙으면 그리되는 법이네. 셈법을 모르면 가만히나 있게."

달현이 억울함을 호소했으나 아전은 조곤조곤 대꾸했다.

이겸은 돈을 찾으려 소매에 손을 넣었다. 아전으로서야 누구에게든 받기만 하면 그만이니 수결장을 제법 침까지 발라가며 펼쳤다. 돈을 찾던 이겸이 무심히 말을 이었다.

"어지간히도 높은 이자를 무는 곡식을 끌어다 먹었군. 이 고을 사람 모두 그런가?"

"물론입니다. 예화만 그러한 것이 아니라 나라에서 빌려주는 곡식은 본디 그렇게 셈합니다. 갚는 것은 무엇으로 하실 겁니까?"

소매를 살펴보던 이겸은 아무것도 찾지 못한 듯 빈손을 들어 보였다.

"이런, 깜빡 잊고 아무것도 가져오지 않았군."

"뭐요? 지금 장난하자는 거요?"

이겸의 태연한 대꾸에 돌연 아전의 말도 짧아졌다. 덕분에 분위기가 창창히 얼어붙었다. 아전이 데리고 온 자들은 겁박하듯 팔을 걷었다. 그러나 그들도 이겸에게 맞은 상처가 낫지 않은 터여서 몸이 살짝 삐걱거렸다. 골치가 아파진 아전이 미간을 꾹꾹 눌렀다.

"가뜩이나 바쁜데 이젠 별 이상한 놈까지. 여봐라, 저자를 끌어내고 최달현을 도로 묶어라."

힘깨나 쓰게 생긴 사내가 이겸의 멱살을 잡았다.

"돈 없으면 입 다물고 꺼지슈. 험한 꼴 당하기 전에."

이겸이 싱긋 미소를 지으며 제 멱살을 쥔 사내의 손목을 지그시 잡았다.

"우리 어디서 본 적 없는가?"

"수작 부리지 마오. 난 돈 없는 샌님 같은 자들은 상대 안 하니. 문으로 나가는 방법을 모르면 내 친히 가르쳐드리지."

사내는 멱살을 잡은 손에 힘을 주어 이겸을 잡아끌려 했다. 그러나 팔뚝에 힘줄이 불끈거릴 정도로 부들부들 힘을 주어도 마음처럼 움직이지 않았다. 이번엔 이를 악물고 제 손목을 잡은 이겸의 손이라도 떼어내고자 하였으나 손목마저 꿈쩍하지 않았다.

이겸이 다시 한 번 말을 이었다.

"이 사람 참, 다시 한 번 천천히 생각해보라니까. 분명 본 적이 있으니."

"닥쳐!"

아무 일 없이 손을 놓기엔 보는 눈들이 너무 많았다. 말은 그리했으나 손을 놓고 안 놓고는 이미 제 의지와는 상관없는 일이었다. 지켜보는 이들은 몰랐지만 이겸이 사내의 손목을 강한 힘으로 누르고 있는 까닭이었다.

이겸의 눈빛이 이제까지의 웃음기를 지우고 일시에 서늘해졌다. 그러곤 사내만 들을 만큼 낮은 목소리로 말을 이었다.

"나쁜 짓 하고 살면 다시 만날 거라 했는데 아직 정신을 못 차렸구나."

"으아악!"

눈 깜짝할 사이에 손목이 꺾인 덩치 큰 사내가 조금 전 달현이 그랬던 것처럼 마당 위를 굴렀다. 사람들의 눈이 휘둥그레졌으나 이겸은 사내가 잡았던 제 옷깃을 바로 할 뿐이었다.

아전의 얼굴이 일그러졌다.

"말로 해서는 안 될 놈이구나. 내가 당장 저놈을 관아로 끌고 가⋯⋯."

"한 석 빌렸는데 몇 달 사이에 세 배로 뛰다니 이는 과히 이름난 장사꾼도 울고 갈 수완이다. 또한 내주었다는 그 곡식은 나라에서 구휼미로 내준 것일 터. 모곡으로는 일 할 이상 받지 못하게 되어 있거늘 이곳 현감이 고리대 놀음에 눈이 멀었군. 당연히 주어야 할 것을 빌미로 돈을 벌다니 이는 말 그대로 도적이 아닌가!"

이겸의 서슬 퍼런 호통에 아전과 사내들이 움찔 떨었다. 모두가 알고 있었으나 차마 용기가 없어 입 밖으로 내지 못한 말들이었다.

아전의 파르르 떨리는 손끝이 이겸을 가리키던 찰나, 다시금 이겸이 입을 열었다.

"……라고 저이가 그러더군."

이겸은 무심한 눈빛으로 달현을 가리켰다. 달현은 금시초문이라는 듯 눈을 끔뻑이며 '제가요?'라는 의미로 저를 가리켰다. 노기 어린 아전의 눈이 달현을 향했다. 달현은 세차게 고개를 저었다.

"아닙니다. 무슨 생각하시는지 알겠는데 그거 아니에요!"

"이것들이 뚫린 입이라고, 내 당장!"

"아, 내 정신 좀 보게. 돈은 가져오지 않았으나 이것이 있었구나."

아전의 말을 자른 이겸이 능청스럽게 소매에서 문서를 꺼내 보였다.

"지금은 달리 가진 것이 없어 그러한데 전답이나 가옥도 받는가?"

"받긴 하지만. 그것이 돈 될 만한 문서라는 것을 어찌 믿소?"

무언가 석연치 않았으나 아전은 한 보 물러난 목소리로 대꾸했다. 이겸이 재차 안심하라는 듯 접힌 종이를 팔랑거렸다.

"보고 나서 결정해도 되니 일단 와서 보게. 다만 이게 워낙 중해서 많은 사람들이 보면 좀 곤란한 문서라."

아전은 헛기침을 하며 수염을 쓸어내렸지만 그의 머릿속은 빠르게 돌아가고 있었다. 전답이나 가옥이라면 모르긴 몰라도 월등히 남는 장사였다. 물정을 모르는 것을 보니 저 선비도 어지간히 곱게 자란 부잣집 자제구나 싶었다. 이자를 넉넉히 받아 가면 현감께서 한몫 떼어주실지도?

아전이 부러 태연한 척 다가가자 이겸은 저와 아전만 문서를 볼 수 있도록 사람들로부터 등을 돌렸다. 궁금한 마을 사람들이 목을 빼고 보았으나 도무지 그 문서 안에 어느 정도의 재물이 적혀 있는지는 보이지 않았다.

종이 끝을 본 아전이 침을 꿀꺽 삼켰다. 이겸이 아전만 들을 정도의 낮은 소리로 말을 이었다.

"한데 자네, 고리대를 하면 어찌 되는지는 알고 있는가?"

"그게 무슨?"

이 느낌, 뭔가 익숙하다. 이런 상황을 최근에도 겪었던 것 같은데. 어쩐지 좋지 않은 예감에 멍하니 있던 아전의 얼굴이 점차 굳어졌다.

이겸의 눈빛이 금방이라도 베어버릴 듯 서늘하게 변했다.

"고리대에 관련된 놈들은 현감을 포함해 하나도 빠짐없이 옥에 집어넣어 국법으로 엄히 다스릴 것이다. 어려운 백성들의 고혈을 빨아먹은, 딱 그 열 배만큼의 고초를 겪게 해주지. 네놈들은 차라리 죽여달라고 애원하게 될 것이다."

눈을 감아도, 귀를 닫아도 169

"이, 이놈이 지금 여기가 어디라고……. 그러고 보니 네 이놈! 일전에."

기억을 더듬어보니 일전에 삿갓을 쓰고 있던 놈과 지금 눈앞에서 얼굴을 가리고 있는 놈이 비슷했다. 아니, 확실했다.

이겸이 쥐고 있던 종이를 펼쳐 아전의 눈앞에 들이밀었다. 그것은 전답 문서 따위가 아니었다. 바로 왕명에 따라 승정원에서 작성한 봉서였다. 서찰을 가진 이에게 그 지역 관리의 인사를 일임한다는 일종의 윤허증. 그 말은 곧 눈앞의 사람이 암행 중인 어사라는 뜻이기도 하였다.

"눈이 있다면 이 서찰을 어느 분께서 내리신 것인지 알 것이다. 너는 이 길로 곧장 돌아가 부당한 수결장을 모두 없애고 억울하게 빚을 갚았던 자들의 명부를 작성해 새 현감에게 전하거라. 그리한다 해서 네놈의 죄가 덜어지는 것은 아니나 당장 목이 달아나는 것은 막을 수 있겠지. 금일부로 이곳 현감은 파직이다."

봉서를 꺼낸 이겸의 소매 안에서 마패가 슬쩍 보이는 것도 같았다. 마른하늘에 날벼락이었다. 주막 앞에서 만난 놈을 계속 찾고 있었는데 '그놈'이 설마 '어사님'일 줄은.

아전의 얼굴에서 핏기가 가시고 다리도 바들바들 떨렸으나 사람들은 눈치채지 못하였다.

살기를 거둔 이겸이 다시 느긋하게 서찰을 접었다. 모르는 이들이 보기엔 이겸과 아전이 참으로 정답게 밀담을 나누고 있구나 오해할 만한 모습이었다.

"이곳에서 자네와 내가 본 서찰은 평생 비밀로 해두는 것이 좋겠군. 아울러 나를 보았다는 사실조차도."

"여, 여부가 있겠사옵니까? 며, 명심하겠사옵니다."

이겸은 떨고 있는 아전의 어깨를 가볍게 툭툭 털어주었다.

아전은 어명을 받은 어사가 암행을 다닌다는 사실은 예전부터 알았지만 금일 이리 제 눈으로 보게 될 줄은 몰랐다. 아직도 정신이 꿈결을 떠도는 듯 혼미했지만 하나만은 분명했다.

좋은 날은 다 갔다.

"나리께서 나서서서 제가 나설 틈도 없었습니다만, 그 문서는 뭐였습니까? 설마 제 봉서를 가지고 나오신 겁니까?"

고택으로 돌아가는 발걸음을 재촉하며 동아가 덩달아 제 입도 재촉했다. 이겸은 목발을 짚고 있는 동아의 발걸음에 맞추어주고는 있으나 기대하는 시원한 답을 들려주지는 않았다. 이겸이 어깨와 목을 태연하게 주물렀다.

"비가 오려나. 안 결리는 곳이 없군."

"나리? 제 말 들으셨습니까? 그거 제 봉서였느냐고 여쭈었습니다. 그게 아까워서 그런 게 아니라 전하께서 내리신 봉서를 함부로 유용하면 아무리 나리라도 큰 변을 당하실 수……."

"네 것이 아니다."

"예? 그 무슨. 호, 혹시 위조하셨습니까? 그게 더 큰일입니다! 봉서를 위조하다 걸리기라도 하면."

"위조라니. 내가 언제 봉서라고 하였던가?"

"예?"

"나는 너나 아전에게 그것이 무엇이라고 말한 적이 없다. 그냥 어느 분께서 내리신 것인지 아느냐고 물었을 뿐이지. 그 가짜 서찰을 본 것은 아전 하나뿐이고 나중에 그자가 다른 데가서 이야기한다 해도 증좌가 없으니 아무도 믿지 않을 것이다. 게다가 지금 현감이 고리대를 한 것은 사실이며 그것은 국법으로도 엄히 금한 일이니 파직 또한 당연하다. 그런 자를 찾아 벌하는 것이 동아 네 일이 아니더냐?"

"그건…… 그렇긴 합니다만."

"물론 네 관할이 아니니 이곳을 관할하고 있는 자에게는 조치를 취해두거라. 나는 언제나 너의 능력을 높게 평가한다."

동아는 말문이 막혔다. 이겸이 동아의 봉서를 본 적은 없으나 아전 역시 그것을 본 일이 없기는 마찬가지여서 속이는 것은 어렵지 않았다. 그저 애매한 말을 흘렸을 뿐인데 그것을 가지고 아전이 오해한 것이니, 순전히 아전 본인의 탓이었다. 동아가 답답한지 제 가슴을 퍽퍽 쳐댔다.

"말 돌리지 마시고, 결국 사칭은 맞다는 말씀이잖습니까? 아무튼 나리 덕분에 하루에도 제 숨이 몇 번이나 넘어갔다 돌아왔다 합니다. 그곳에 나리를 알아보는 사람이 하나라도 있었으면 어쩌시려고 이렇게 환한 때 마을에 가십니까? 차라리 제게 하명하시지."

"하명할 필요가 무엇 있겠느냐. 이렇게 물건 하나만 빌리면 끝날 일을."

이겸은 소매 속에서 꺼낸 마패를 동아에게로 휙 던졌다.

"어, 어?"

동아가 마패를 넣어두었던 옷을 더듬거려보았지만 있을 리 없었다.

봉서는 가짜였으나 마패는 진짜 동아의 것이었던 것이다.

"나리! 정녕!"

"귀 아프다."

말은 하지 않았지만 사실 굳이 남들 앞에 나서기 위한 걸음은 아니었다. 처음부터 현감의 파직만을 생각하고 있었다면 동아만 보냈어도 되었을 일이었다.

여리의 집 앞에 닿는 그 순간까지도 이겸은 저가 왜 그곳에 갔는지 알지 못하였다. 아니, 알지 못하는 것이 아니라 다른 것을 깨달아버릴까 저어되어 스스로 생각하기를 멈춘 것이다.

작디작은 호박 보석은 핑계에 지나지 않았다. 여인도 아닌 사내에게 이런 혼란스러운 마음이라니. 이겸은 그저 밤톨 강아지에 대한 미안함 때문이라고 그렇게만 정리해두었다.

"어머님께서 아시면 크게 염려하실 겁니다."

동아가 서래댁을 언급하자 이겸이 걸음을 멈추었다. 그러곤 뒷짐을 지고 동아를 돌아보며 슬쩍 운을 띄웠다.

"그러고 보니 일전에 내가 들은 것이 있는데 말이다, 동아 네가 진주에 갔을 때……. 아, 이건 서래댁이 알면 안 되는 일이었던가? 한데 그런 위험한 일이라면 서래댁이 꼭 알아야 할 것 같기도 하고."

이겸이 능청스럽게 뜸을 들이자 눈치 빠른 동아가 번쩍 손을 들어 내저었다.

"새, 생각해보니 저는 금일 아무것도 보지 못하였습니다. 언제나처럼 나리를 모시고 그저 가까운 곳에 산보를 나온 것일 뿐이지요. 또한 그릇된 벼슬아치를 찾아 벌하는 것은 저의 마땅한 소임입니다. 항시 기쁜 마음으로 일하고 있습니다."

"그래? 너는 나랏일이 타고난 천직이구나."

"참! 아까 나리께서 최열의 아비에게 전해주라고 한 물건도 의심을 사지 않게 잘 전해주었습니다. 전 나리의 명 또한 항시 기쁜 마음으로 수행하고 있다는 거, 꼭 기억해주십시오."

동아의 말투가 순식간에 살가워졌다. 서래댁이 알면 곤란해질 일은 진주에서 있었던 일이 아니라도 당장 꼽아보는 것만으로도 한 손에 차고 넘쳤다.

"이해가 빠르니 좋다. 혹 다른 질문 있느냐?"

이겸의 물음에 동아가 입을 합 다물고 고개를 절레절레 저었다. 충분히 알아들었다는 의미였다.

한 차례 소란이 지나간 밤, 여리는 침울한 얼굴로 바구니에 놓인 물건을 보고 있었다. 그토록 찾고 싶었던 마지막 호박 보석이었다.

역시 금일 이곳에 오셨던 분은 폐월화 고택의 나리였다. 어찌하여 폐만 끼친 저희를 도와준 것인지는 알 수 없었으나 나리께서는 제 아비를 구하고 억울한 빚을 정리해주셨으며 잃어버린 물건까지 찾아주셨다. 그분 덕분에 아버지는 고리대 놀음에 대해 소신 있는 발언을 한, 강단 있는 사람이 되어 사람들은 아버지를 한껏 치켜세웠다. 들리는 말로는 그 길로 곧장 현감까지 파직되었다고 한다.

분명 기쁜 일들밖에 없는데, 그래야 마땅한데 여리는 더없이 슬펐다. 감사하다고 말 한마디 올리는 게 뭐가 어렵다고 바로 나서지 못하고 숨어버렸을까.

이겸 앞에 나서려다 문득 여인의 모습을 하고 있는 자신을, 그것도 사람들의 난리법석에 때가 덕지덕지 묻은 자신의 초라한 꼴을 깨닫고는 다리가 그대로 얼어버렸다. 단순히 여인이라서가 아니었다. 몇 번이나 자신을 구해준 나리를 실망시키는 게 두려웠기 때문이었다. 자신의 거짓말이 드러나면 다시는 뵙게 되지 못할까 봐 그것 역시.

어리석구나, 최여리. 어리석고 어리석다.

금일 본 나리는 늘 부스스한 머리에 검은 옷만 입고 다니던 그분이 아니었다. 비단옷을 말끔하게 차려입고 갓을 쓴 나리는 줄곧 나무 위에서 잠만 자던 저승사자도 아니었다.

사람들은 나리께서 암행 중인 어사일지도 모른다고 하였다. 얼굴을 가린 것도 그래서일 것이라 짐작했다. 원래부터 왕실을 호위할 정도의 신분. 왜 이렇게 아득한 마음이 드는지 잘 모르겠다. 무엇을 기대했기에.

"……감사하다는 말씀도 못 드렸는데."

받은 은혜를 다 갚진 못하더라도 무언가 자신이 도울 수 있는 일이 있었으면 좋겠다고 생각했다. 그리하여 마지막으로 나리의 얼굴을 한 번 더 뵐 수 있으면 좋으련만.

수선스러운 마음 때문에 한숨이 줄을 잇던 때, 누군가 여리의 방문 앞에서 기척을 냈다. 상념에 잠겨 있던 여리는 소란스럽지 않게 문을 두드리는 소리가 거듭되고 나서야 생각에서 빠져나왔다.

"밖에 누구십니까?"

그러나 여리의 물음에도 문을 두드린 이에게선 대답이 없었다. 마침내 방문을 연 여리는 어둠 속에 선 이의 정체를 확인하고 눈을 동그랗게 떴다.

깡, 깡, 깡—.

또 이른 아침부터 나무를 치는 소리가 고택을 울렸다. 전날 예기치 않은 출타로 피곤한 이겸은 절로 눈썹을 찌푸렸다.

이젠 나무 위도 편히 낮잠을 이룰 수 있는 곳이 아니구나.

이겸은 감은 눈꺼풀 위로 아른거리는 나뭇잎 그늘이 귀찮은 듯 팔을 눈 위로 걸쳐 올렸다.

통, 통, 통, 통―.

소음은 여전히 끊이지 않았다. 이겸이 잠에 취해 잔뜩 쉰 목소리로 입을 열었다.

"동아."

그러나 서책장 수리에 심취했는지 동아의 대답이 들려오지 않자 이겸은 조금 더 소리를 높여 불렀다.

"동아."

"동아 지금 근처에 없는데 찾아올까요?"

"그래."

"예. 금방 다녀오겠습니다."

감겨 있던 이겸의 눈이 낯익은 목소리에 번쩍 떠졌다. 팔을 내린 이겸이 소리가 난 곳을 향해 일어나 앉았다.

이겸의 부름에 대답을 한 것은 다름 아닌 여리였다. 여리는 동아를 대신해 아침부터 서책장을 맞추고 있었다. 환하게 웃는 여리와 달리 이겸의 미간이 좁아졌다.

"네가 어찌하여 이곳에 있는 것이냐?"

"어, 그것이…… 제 아비에게 들었사옵니다. 어제 저희 집에 오셔서 빚을 해결해주고 가셨다고요. 감사하옵니다!"

이전처럼 사내 복색을 한 여리가 허리를 직각으로 접어 넙죽 인사했다.

"무슨 말을 어찌 전해 들었는지 모르겠으나 너와 네 아비 때문에 한 일이 아니다. 그것보다 네가 왜 여기 있는 것이냐고 물었다."

"열심히, 뭐든 열심히 하겠습니다. 모르는 건 배우고, 부족한 것은 채우고, 그렇게 해서 아주 조금이라도 나리께 도움이 되겠습니다. 그리해도 나리께서 해주신 것의 반의반도 갚지 못하겠지만요."

"무슨 말을 하는지 모르겠군. 당장 돌아가거라."

"송구하오나 그건 힘들겠습니다, 나리."

어디선가 나타난 서래댁이 여리를 대신하여 대답했다.

이겸의 시선이 소리가 난 곳으로 향했다. 서래댁은 언제나처럼 무감한 얼굴을 하고 나무 밑으로 다가와 이겸을 올려다보았다.

"서래댁."

"미리 말씀을 올리지 못해 송구하옵니다. 제가 금일부터 삯을 주고 집안일을 도와달라 했습니다. 돌려보낼 수 없으니 이해해주십시오."

나무 위에 있던 이겸이 바닥으로 내려섰다. 마음에 들지 않는 듯 얼굴엔 불편한 기색이 역력했다.

"자네가 데리고 왔단 말인가. 어찌하여?"

"왜냐고 물으신다면."

가만히 있던 서래댁은 갑자기 통증이라도 느껴진 것인지 얼굴을 찌푸리며 제 어깨와 허리를 투덕투덕 주물렀다.

"나이가 드니 몸이 전과 같지 않사옵니다. 할 일은 산더미인데 이곳저곳 아니 쑤신 곳이 없고 시큰대지 않는 뼈마디가 없지요. 제 일을 도와줄 손 하나만 더 있다면 바랄 게 없는데 말입니다."

"그런 이유라면 나도 있고 동아도 있지 않은가?"

이겸은 자신이 말하고도 어쩐지 수긍이 가지 않았다.

동아는 서고 정리를 시키면 멀쩡한 서책장을 죄다 끌어내서 일을 불리는 녀석이었다. 그 외에도 한 시진이면 끝날 일들을 대여섯 시진으로 만드는, 대단한 재주라면 재주를 가진 녀석 이었다.

서래댁과 이겸은 그 부분에 있어서만큼은 달리 말하지 않아 도 눈빛으로 의견의 일치를 보았다. 동아는 분명 명석했으나 손재주나 세심함이라곤 눈을 씻고 찾으려 해도 찾아볼 수가 없었다.

"무엇보다 나는 자네에게 집안일을 하라 명한 적이 없네."

이겸의 말에 서래댁은 더욱 기력이 쇠해진 얼굴로 처연하게 답했다.

"예. 아니하셨지요. 암요. 한 번도 아니하셨습니다. 하오나 이 넓은 집 곳곳을 어찌 나리 혼자 돌보신단 말입니까? 물론 나리께서 명하신 게 아니고 저 혼자 좋아서 하는 일입니다만 나리께서 편치 않은 생활을 한다는 생각만 해도 소인의 마음 은 저미는 것 같습니다."

"또 뭘 그렇게까지."

서래댁은 말을 맺으면서도 허리를 주무르며 신음을 냈다. 요 즘 부쩍 힘들어 보이는 서래댁의 상태를 모르는 바는 아니었 다. 적은 나이가 아님에도 이곳의 일을 맡아 한 것이 올해로 벌써 수 해째였다. 그러나 지금의 서래댁은 누가 보아도 아픈 시늉을 하고 있었다. 좀처럼 감정을 내비치지 않는 이가 노력하는 모습이 가상할 정도였다.

서래댁만 들을 수 있을 정도로 목소리를 낮춘 이겸이 입을 열었다.

"대체 무슨 생각인가? 다신 낯선 자를 이곳에 들이지 말라 했거늘."

서래댁 역시 이겸만 들을 수 있도록 조용히 답했다.

"생각이라니요. 말 그대로 저 편하자고 데려온 사람입니다."

"정녕 그뿐인가?"

"군이 한 가지 이유를 더 찾자면 최열은 이자가 줄어들었다곤 하나 원래 가져다 먹은 것이 나라에서 빌려준 구휼미이니 먹은 만큼은 마땅히 갚아야 합니다. 하오나 새 현감이 오기 전까지 누가 그를 데려다 일을 시키겠사옵니까? 뜻한 바는 아니었다 하나 전 현감이 바뀐 이유가 그와 나리 덕분인데 어느 곳에선들 골치 아프게 데려다 일을 시키겠느냐는 말입니다. 마침 소인은 일을 도와줄 이가 필요했고, 저자는 당장 일을 할 곳이 필요했으니 서로의 사정이 맞았을 뿐이옵니다. 시간이 지나면 저자의 형편도 나아지겠지요."

서래댁의 말에는 틀린 것이 없었다. 그것은 이겸 또한 우려하던 일이었다. 누군가의 인생에 끼어든다는 것. 설령 그것이 자신이 한 실수를 책임지기 위해서였다고 해도 일은 또 다른 일을 불렀다. 하여 순간의 호기로 다른 이에게 선뜻 손을 내밀어서는 안 되는 것이었다. 그 사람의 인생을 온전히 받아들이고 감당할 마음이 되었을 때 행해야 마땅했다. 이겸과 서래댁이 동아를 받아들였던 때처럼.

연(緣)은 또 다른 연(緣)을 만들었다. 어쩌면 이 모든 것은 이겸이 마을에 가기로 마음먹었을 때부터 하늘이 정해둔 일이었는지 몰랐다.

"저어하시는 것이 무엇인지 잘 알고 있사옵니다. 새 현감이 와서 일자리가 생길 때까지만 눈감아주십시오. 그때가 되면 소인이 알아서 돌려보내겠사옵니다."

아니다. 이겸이 저어하는 것은 여리가 이곳에 있다는 사실이 아니라 그 꿈 이후로 어쩐지 여리가 여인처럼 보인다는 사실이었다. 그러나 독성 때문에 환각이 보인다는 것을 알면 서래댁의 심려가 더욱 깊어질 것이기에 이겸은 굳이 말을 전하지 않았다.

지난 일곱 해 동안 이곳에 드나든 이라고는 서래댁과 동아, 그리고 무영 정도였다. 이곳에 은둔하는 이겸의 사정을 서래댁이 모르진 않을 터인데 굳이 또 다른 이를 이곳에 들이는 의도가 석연치 않게 느껴졌다.

이겸과 서래댁의 시선이 고요히 오갔다. 더 이상의 말은 없었지만 그래도 서로를 믿고 염려하는 마음은 충분히 읽혔다. 그런 눈빛을 하고 있을 때의 서래댁은 결코 자신의 뜻을 쉬이 꺾지 않았다. 결국 옅은 숨을 삼킨 이겸이 먼저 자리를 떠났다. 서래댁의 뜻을 존중하겠다는 무언의 윤허였다.

다른 곳에 있던 동아가 모여 있는 이들을 발견하고는 걸음을 재촉해 다가왔다. 동아가 입을 떼기도 전에 이겸이 먼저 귀찮은 듯 손을 휘휘 내저어 보이고는 사랑채로 사라졌다. 어리둥절한 동아가 사랑채 쪽을 보며 눈을 끔뻑였다.

잠시간 눈치를 살피고 있었던 여리가 서래댁에게 말했다.

"저 때문에 곤란해지신 것 같아 송구합니다. 역시 제가 있을 자리가 아닌데 제 욕심이 앞섰습니다."

"그랬다면 나리께서 애초에 마을로 걸음을 하지도 않으셨겠지요. 마음 쓰지 마십시오."

여전히 여리와의 거리를 생각해 말을 낮추지는 않았으나 전보다는 살갑게 들리는 말이었다. 서래댁은 이겸이 있는 사랑채로 시선을 옮겼다.

멈춰 있던 고택의 시간이 흐르기 시작했다. 그것은 겉으로는 평온한 듯 보였던 것들이 점차 어그러지고 변해갈 것을 뜻했다. 바람 앞의 촛불은 꺼지기도 하지만, 그를 이겨낸 촛불은 더욱 밝게 타오르기도 한다. 시련이 없을 수는 없겠지만, 부디 그 끝만은 오롯한 촛불과도 같기를.

겨울이었던 이곳에 봄이 깃든다면 떠나는 서래댁의 발걸음도 조금은 가벼울 수 있을 것이다.

서래댁은 시선을 들어 하늘을 보았다. 사람이 더해진 고택에는 그만큼의 생기가 감돌았다.

"하늘이 높아진 걸 보니 이불이 잘 마르겠습니다. 우선 고택부터 하나씩 안내하지요."

앞서가는 서래댁을 따라 여리 역시 걸음을 옮겼다. 종종걸음으로 뒤를 따르며 여리는 간밤에 있었던 일을 떠올렸다.

"여긴 어떻게 오셨사옵니까?"

서래댁을 알아본 여리가 서둘러 방문 밖으로 나왔다. 쓰개를 뒤로 젖힌 서래댁이 여리를 마주 보았다.

"내 정신 좀 봐. 아주머님, 여기서 이러실 것이 아니라 안으로 들어가시지요. 누추하지만 밖보다는 훨씬 따뜻합니다."

"아닙니다. 할 말이 그리 길지 않으니 예서 하지요."

서래댁의 목소리가 온화했다. 저를 향한 시선을 느낀 여리가 제 차림을 깨닫고는 황급히 말을 이었다.

"지금 제가 왜 이런 옷을 입고 있냐면 그것이……. 송구합니다. 처음부터 속이려 했던 것은 아니었습니다."

"사정이 있어 그러했겠거니 짐작하고 있었습니다."

역시 알고 계셨구나. 그간 서래댁이 알게 모르게 저를 배려해준 일들을 떠올린 여리가 송구함에 고개를 숙였다.

"부탁할 일이 있어서 왔습니다."

"부탁이라 하셨사옵니까?"

"예. 괜찮다면 예전처럼 고택으로 와서 일을 도와주었으면 합니다. 물론 이는 나리와는 상관없는 제 개인적인 생각이긴 하나 일을 도와준다면 일한 날만큼 계산을 해 품삯을 넉넉히

쳐주겠습니다. 이번엔 꽃을 가꾸는 일이 아니라 조금 더 고될
수도 있습니다."

서래댁은 누구의 손을 빌리지 않고도 고택의 살림을 완벽히
해내고 있었기에 여리에게는 의아한 제안이었다.

"너무나도 감사한 일입니다만 왜 제게 그런 호의를 베풀어
주시는 것인지요? 사실 그건 아주머님께서 부탁하실 일이 아
니라 오히려 제가 부탁을 드려야 할 일 같은데요."

"피치 못할 사정이 있어 고택에는 아무나 들일 수 없습니다.
눈치챘겠지만 그곳에 나리께서 계신 것을 사람들이 알아서도
안 됩니다. 처음이 어찌되었든 그 사실을 알고 있는 유일한 사
람이니 이리 와서 청하는 겁니다."

"제게 그런 말씀을 하신다는 건 저를 믿으신다는 겁니까?
제가 다른 이들에게 말을 옮길 수도 있습니다."

"그럴 사람이었다면 진작 그리했겠지요. 아닙니까?"

서래댁의 말에 여리는 잠시간 말을 멈추었다.

반드시 가야 할 이유는 없었다. 아주머님께서도 반드시 저
를 필요로 하는 것은 아니었다. 그러면 가지 않는 것이 옳은
일인데 이 마음은 무얼까. 마음에 이유를 알 수 없는 파문이
일었다.

여리가 쉬이 결정을 내리지 못하자 서래댁이 말을 덧붙였
다.

"원치 않으면 거절해도 됩니다. 그저 저는 거절해도 그만, 아
니어도 그만인 청을 했을 뿐이니까요."

여리의 부담을 덜어주는 말이었다. 잠시 망설이던 여리가 입을 열었다.

"나리께서도 제가 여인인 것을 알고 계십니까?"

"아직은 알지 못하실 겁니다."

"제가 간다 한들, 도움이 될지 저번처럼 폐나 되지 않을지 저어되기도 하고, 그게……."

"그랬다면 제가 오지도 않았겠지요. 달리 궁금한 것이 있습니까?"

여리의 마음을 짐작한 서래댁이 물었다. 여리는 가장 궁금하고 알고 싶었던 그것을 마침내 입 밖으로 내어놓았다.

"나리께서는 어떤 분이십니까?"

소리가 의미를 가진 말이 되어 입을 떠났을 때에서야 여리는 제 마음을 알아차렸다.

처음부터였다. 나무에서 떨어지던 저를 나리께서 받아주신 그때부터. 아니, 잠든 자신을 따뜻한 방 안으로 옮겨주시던 때부터 궁금하고 알고 싶었다. 나리께서 어떤 사정으로 고택에 머무르게 되셨는지. 좀 더 정확히는 나리께서 어떤 분이신지.

입을 뗀 여리의 가슴이 쿵쿵 뛰기 시작하였다.

누구나 위험하다 입을 모아 말하는 곳.

감히 호기심을 가져서도 안 되는 분.

머리로는 아니 되는 것을 알고 있었지만 마음이 제멋대로 회연 고택에 발을 들여놓고 있었다.

"나리께서 금일 이곳에 오신 것으로 대답이 되었으리라 생

각합니다. 나머지는 직접 보고 판단하십시오. 제가 드릴 수 있
는 말은 그것뿐입니다."

서래댁은 다시 쓰개를 머리 위에 둘렀다. 결정은 오직 여리
의 몫이었다.

"긴 시간 머물러 달라 하는 것이 아닙니다. 겨울이 오기 전,
그때까지면 됩니다."

제5장

마음, 물이 들다

떠가는 구름 한 점 없이 파란 하늘.

노랗게 물든 나뭇잎들이 가을바람을 따라 산들거렸다. 서래댁은 뒤따라오는 여리의 보폭에 맞추어 걸음을 조절했다.

"고택으로 드나들 수 있는 문은 두 곳입니다. 강을 건너 폐월화 밭을 지나는 대문과 대문 반대 방향에 있는 작은 뒷문이 그것이지요. 뒷문은 산으로 연결되어 있어 나가면 위험합니다. 그 외엔 워낙 넓은 가옥이어서 각각의 채들에는 이름이 붙어 있습니다. 쓰이지 않는 곳이 많고 주로 쓰는 곳은 정해져 있으니 이름보다는 대충의 위치만 기억해놓으면 될 겁니다."

고택이 넓다는 것을 알고 있었지만 구석구석 돌아보는 것은 처음이어서 여리의 입이 살짝 벌어졌다. 서래댁은 가옥을 따라 돌며 여리에게도 익숙한 별채를 가리켰다.

"따로 설명 드리지 않아도 되겠지요?"

"예. 저곳은 서고가 아닙니까? 나리께서는 책을 아주 좋아하시나 봅니다. 어느 곳에서도 저리 많은 서책들은 보지 못했습니다."

"서고엔 나리께서 모으신 것도 있지만 나리의 부모님께서 물려주신 것도 상당수 됩니다. 두 분 모두 책을 가까이하는 분들이셨지요. 그분들의 영향으로 나리께서는 어릴 때부터 서책을 가까이하셨습니다. 저곳에 있는 책들은 구하고자 마음먹어도 구하지 못하는 귀한 것들이 대부분입니다."

짐작은 했었지만 정말 귀한 서책들인 모양이었다. 여리는 조만간 한 번 더 내다 말려 손질할 필요가 있겠다고 생각했다.

서래댁은 그런 귀한 책들을 지금의 나리께서는 베고 주무시거나 깔고 주무시거나 그마저도 귀찮으면 발로 대충 치우고 주무신다는 말을 굳이 덧붙이진 않았다. 어릴 적엔 천재(天才)라 칭송이 자자했는데 지금은 어이하다…….

서래댁은 미간에 작은 주름을 접고는 다른 곳으로 발걸음을 옮겼다.

"이곳이 나리께서 거하시는 사랑채입니다. 낮에는 거의 이곳이 아닌 다른 곳에 계셔서 비어 있는 경우가 많지요."

사랑채는 기와지붕이 수려하게 뻗어 운치가 있는 곳이었다. 나무 창살은 하나하나 심혈을 기울여 깎은 듯 단정하지만 기품 있는 문양이었다. 햇살이 스며들면 더욱 멋이 있겠다는 생각이 절로 들었다. 작은 대청마루 앞으로는 붉게 물든 나무 한 그루가 오랜 세월을 보여주듯 처마까지 뻗어 있었다. 햇살이 강한 여름엔 그 나무가 대청마루 앞에 그늘을 드리워주었다.

방금 본 사랑채보다 조금 더 작은 채 앞에 멈춰선 서래댁이 말했다.

"저와 동아가 이곳에 올 때마다 머무르는 별채입니다. 왼쪽을 동아가, 오른쪽을 제가 쓰고 있지요."

"예서 항상 거하시는 게 아닙니까?"

"본가가 다른 곳에 있는 데다 동아 역시 하는 일이 따로 있어 항시 이곳에 머물진 않습니다."

"실례인 줄은 알지만 나리와 아주머님은 친척이십니까?"

"아닙니다. 그렇다고 나리께 속해 있는 노비 또한 아니니 조금 이해하기 어려울 수도 있겠군요. 그저 저희가 믿고 따르는 분, 그 외에는 달리 표현할 말이 없습니다."

민감할 수 있는 얘기임에도 서래댁은 자상하게 답해주었다. 이윽고 서래댁의 발걸음이 여리도 알고 있는 곳 앞에서 멈추었다.

"여긴 목욕간으로 쓰이는 곳입니다. 나리만 쓰시는 곳이니 들어갈 일은 없을 겁니다."

이미 늦었습니다. 물론 고의는 아니었습니다만.

저도 모르게 이겸의 등을 떠올린 여리의 귀가 순식간에 붉게 타올랐다. 제 머릿속에 떠오른 그날의 환영들을 지우기 위해 여리는 머리 위에서 부질없이 손을 내저었다.

음란한 생각아, 물렀거라. 휘이휘이.

다행히 그런 여리를 보지 못한 서래댁은 걸음을 옮기며 남은 부분들에 대해 설명을 했다.

"곳간입니다. 거하는 사람이 별로 없어 양은 많지 않으나 나리께서 드실 것은 항시 떨어지지 않게 채워두지요. 저기가 약재 창고, 저기는 별채에 딸린 부엌이니 기억해두세요."

그 외에도 지금은 쓰이지 않는 몇 채의 가옥을 지나고 나서야 서래댁의 설명은 끝이 났다.

언덕에서 내려다보았을 때는 폐월화에 둘러싸인 이곳이 강 너머에 있는 작은 마을인 줄 알았다. 여러 개의 가옥들이 드문드문 있어서 그리 짐작했는데 실상은 다 한집이었다니. 청소하기 쉽지 않겠구나.

다시 마당으로 나온 여리는 서래댁이 설명을 하지 않은 별채 한 곳을 손가락으로 가리켰다. 특이하게 자주색 문고리가 달린 방이었다.

"저곳은 무엇을 하는 곳입니까?"

"저곳도 오직 나리께서만 드나드시는 곳입니다. 저와 동아 도 저곳은 허락된 적이 없습니다. 무슨 일이 있어도 저곳만은 들어가면 안 됩니다."

아주머님과 동아마저도 갈 수 없는 곳. 여리는 가옥의 구조를 머릿속에 꼼꼼히 그려 넣으며 중요한 것들을 기억했다.

"명심하겠습니다. 그럼 저는 이곳에 머무르는 동안 무엇을 하면 되는지요?"

"모든 일은 필요하다 생각될 때 알아서 하면 됩니다. 청소나 식사 준비, 세답 같은 것 말입니다. 물론 저도 함께할 것이니 양은 그리 많지 않을 것입니다. 그리고 옷은 동아가 알면 시끄러워질 테니 지금처럼 사내 복색으로 있는 걸로 하지요. 그러니 제가 여인으로 대하는 것도 지금이 마지막이 될 겁니다. 그리해도 되겠습니까?"

"예. 저도 그편이 편합니다. 말씀도 낮추어주십시오."

"말은 차차 바꾸어보겠습니다."

서래댁과 여리는 앞으로 서로가 서로에게 큰 의지가 될 것임을 알아보았다. 오랜 기간 알고 지낸 것은 아니었으나 서로의 심성이 어떤지는 이미 파악하고도 남았다.

정오 무렵, 별채로 가던 이겸은 문득 마당 나무 아래에서 바구니를 든 여리와 동아를 보았다. 여리가 동아의 목발을 가리키며 무슨 말을 하자, 동아는 고개를 젓고는 여리가 가지고 있던 바구니를 목발을 짚지 않은 다른 쪽으로 들었다.

무엇이 그리 즐거운지 정다운 웃음소리가 담장을 넘었다. 그러고 보니 동아는 저 녀석이 마음에 든다 하였지. 그런데 저 밤톨 강아지까지 덩달아 뭐가 즐거워서 계속 웃고 있는지 이겸은 영 마음에 들지 않았다. 이겸은 아예 벽에 꼬부장하게 기대어 서서 팔짱을 낀 채로 두 사람을 보았다.

"무겁지 않습니다. 이리 주십시오."

"또 존대하는 건가? 그럼 더욱 이 바구니를 돌려줄 수 없지. 이보라고. 이렇게 한 팔로도 얼마든지 바구니를 들 수 있다니까?"

"예, 알겠습니다."

"'알았네'라고 해야지. 자고로 벗이란 그런 거라네. 말도 낮추고 친하게 지냄세."

동아의 넉살에 여리가 졌다는 듯 눈을 반달로 접으며 환하게 웃어 보였다. 누가 보면 오랜만에 다시 만난 절절한 죽마고

우인 줄 알겠다. 이겸의 한쪽 눈썹이 찌푸려졌다. 이제 보니 아무에게나 웃어주는 게 습관이군.

그 모습이 쓸데없이 환하고 예뻤다. 내내 이겸에게 환영으로 보이고, 환청으로 들린 그 모든 것들이 저런 쓸데없는 호의와 습관에서 비롯된 것이라 생각하니 차라리 마음이 편했다.

지금 살짝 제 심기가 불편한 것은 그저 독이 만들어낸 사소한 이상 증세일 뿐.

동아가 여리의 어깨에 손을 올렸다. 단순한 어깨동무일 뿐인데 이겸의 눈에서는 찌릿, 저도 모르는 냉기가 감돌았다. 심기가 '살짝'에서 '분명히' 불편한 것으로 바뀌었다. 햇볕도 쬐지 못해 비실비실한 녀석에게 왜 기대느냐고, 기대긴.

먼발치에 있는 이겸을 발견한 여리가 반가운 얼굴로 허리를 꾸벅 접었다. 동아 역시 예를 갖춰 이겸에게 인사를 올렸다. 생색을 내고 싶은 건 아니었지만, 일전에 호박 보석을 잘 받았는지 어떤지 분명 제게 할 말이 있을 것 같아 이쪽으로 오겠거니 무심하게 기다려보는데, 웬걸. 여리는 바구니를 들고 이겸이 있는 반대쪽으로 가버렸다. 동아가 다시 여리의 어깨에 덥석 팔을 올리고는 정말 십년지기 벗처럼 그 곁을 따랐다.

이겸은 벽에 삐딱하게 기댄 그대로 머쓱하니 혼자 남았다. 그 와중에 동아 녀석의 저 팔, 정말 마음에 들지 않는다. 적막한 고택 마당 나무 위의 쭈쭈만 이겸의 마음을 안다는 듯 화답해주었다.

한 시진 후, 나무 위에서 낮잠을 자던 이겸은 천천히 눈을 떠 뻐근한 목을 돌리며 아래로 내려가기 위해 부스스 앉았다. 그런 그의 움직임은 곧 멎었다.

어느새 세답을 마친 이불 천들이 짱짱한 줄에 걸려 마당 가득 펄럭이고 있는 까닭이었다. 집 안의 이불이란 이불은 죄다 끌어 모은 듯 하얗게 변한 마당의 모습은 장관이기까지 했다.

"이건 뭐……"

이겸의 턱이 살짝 떨어졌다. 도저히 그 짧은 시간에 할 수 있는 양이 아닌데 밤톨 강아지는 손이 열 개쯤 되는 건가.

이겸이 시선을 돌리자, 저 멀리 대청마루에서 세답해 놓은 이불 천 대신 다른 이불 천으로 솜을 꿰는 여리의 모습이 보였다. 그 속도며 일정한 손놀림이 괜히 예화 최고 일꾼이 아니었다. 신중하고 정확한 바느질이 이불에 속속 꽂혀들었다.

이겸의 검술에 여리가 놀랐던 그때만큼 이겸도 여리의 바느질에서 눈을 떼지 못했다.

서래댁의 사람 보는 눈은 과연 정확했다. 이겸이 검을 든 저 승사자였다면 지금의 여리는 어설픔 따윈 용납하지 않는 가사(家事)의 장인, 바로 그것이었기 때문이다.

오후의 노란 햇살이 창호지 위로 내려앉았다.

창문 빗살을 닮은 그림자가 바닥으로 길게 드리워졌다. 동아가 이겸이 검토해야 할 서찰들을 서안 위로 올렸다.

"관찰사가 도성에 드나들었던 때의 행적입니다. 가마꾼 하나를 포섭해놨는데 한양에 가면 가장 먼저 방문하는 곳이 사헌부 대사헌 심석의 사가랍니다."

"관찰사와 관련 있는 것이 심석이라고?"

"예. 계속 주의할 필요가 있습니다."

"그물처럼 엮여 있군. 아비가 높은 관직을 두루 지낸 것을 보고 나니 쉬이 권력을 내려놓기가 어려웠겠지."

"이것은 관찰사가 뇌물로 바쳐온 품목들을 정리한 것입니다. 이젠 심효가 없으니 지금 심석의 위에 있는 인물이 우리가 찾는 자일까요?"

"가능성을 배제할 순 없으니 계속 지켜보라 일러두거라. 수고했다."

이겸과 동아가 찾는 자는 단순히 예화 현의 고리대 비리에 연루된 자가 아니었다. 그러나 공교롭게도 지켜보던 자들 중 하나가 지방 고리대와도 관련이 있다니 무언가 석연치 않았다.

이겸은 종이들을 훑어보며 동아가 가져온 차를 입에 대었다. 그런데 항상 서래댁이 내려주던 그 향이 아니었다.

"차 맛이 좀 다르지요? 이건 최열이 가지고 온 찻잎입니다."

"너는 그자가 온 것이 마음에 드는 모양이구나."

"재미있으니까요. 배운 적이 없는데도 글을 읽을 줄 알고, 사내인데도 못하는 집안일이 없고, 그런가 하면 힘도 세서 짐 옮기는 것도 척척. 어떻게 살아온 자인지 궁금해지는 재미가 있습니다. 나리께서는 최열이 마음에 들지 않으십니까? 아닌 듯해도 아우 보듯 하시기에 마음 쓰고 계신 줄 알았습니다."

마음. 그러고 보니 나는 그 아이를 대할 때 나도 모르게 마음을 쓰고 있었나? 그건 대체 어떤 종류의 마음인 거지?

동아의 물음에 이겸의 머릿속엔 여리를 처음 봤을 때부터 폭포에 떨어졌던 일, 여리가 몸을 던져 저 대신 화살을 맞은 일 등이 떠올랐다. 하나부터 열까지 평범한 일이 하나도 없었다.

동아가 말똥말똥한 눈으로 이겸의 다음 말을 기다렸다. 그 눈빛을 보고 있자니 한 가지는 확실해졌다. 이겸은 여리의 어깨에 올라갔다 내려온 동아의 팔에 왠지 시선이 갔다.

잠시 행간을 띄운 이겸이 찻잔을 내려놓았다.

"쓸데없는 소리 그만하고. 관찰사가 전하께 올린 장계 내용들은 알아보았느냐?"

"예. 그건 이쪽에 따로 정리해두었습니다."

동아는 종이들을 뒤적여 맨 아래의 것을 꺼냈다.

어느덧 햇살이 제법 누워 노을이 질 시각이 되었다. 여리는 앞이 보이지 않을 만큼 커다란 항아리를 장독대로 옮기는 중이었다. 잘 닦아놓은 항아리의 통통한 배 부분을 두 팔 가득 안고 뒤뚱뒤뚱 걸었다. 속은 비어 있었기에 무겁진 않았으나 워낙 커다란 크기 탓에 앞이 보이지 않았다.

마당을 곧장 따라가면 장독대에 이르니 바닥만 잘 디디고 가면 문제 될 것은 없었다. 분명 그래야 했는데 둥그런 항아리 배가 뭔가에 부딪혀서 그 바람에 여리가 뒤로 밀려났다. 항아리를 놓친 여리는 바닥에 엉덩방아를 찧었다.

아차! 항아리!

"안 돼!"

항아리가 깨질까 봐 여리가 비명을 질렀다. 그러나 항아리는 여리의 염려와는 달리 공중에 떠 있었다. 정확히 말하면, 이겸의 두 팔에 안겨서.

이겸이 내려다보며 말했다.

"괜찮은 것이냐?"

여리가 후다닥 일어섰다.

"예, 괜찮습니다. 다치지 않았습니다."

이겸은 항아리를 바닥에 내려놓으며 측은한 눈길로 그것을 살폈다.

"수백 년 된 나무에 이어 너까지 가버리는 줄 알고 많이 놀랐느니. 정녕 괜찮은 것이냐?"

여리의 안부를 묻는 게 아니었다. 이겸이 말을 건 것은 항아리였다. 여리는 멋쩍은 듯 코를 한 번 훌쩍였다.

이겸이 허리를 펴고는 여리에게 진중하게 말했다.

"이건 고작 백 년밖에 안 된 것이긴 하나 내로라하는 도공이 만든 것이니 조금 더 조심해주면 좋겠구나."

"……예. 명심하겠습니다."

이 집은 뭐만 했다 하면 기본 백 년 이상이다.

여리가 다시 끙차, 항아리를 안아 올렸다. 이겸이 그 뒤를 느긋하게 따르며 첨언을 했다.

"그 항아리는 만들어질 때부터 장독대 가장자리에는 어울리지 않는 모양으로 만들어졌다. 이왕이면 중앙이 좋지 않을까 하는데, 아, 그러려면 장독을 한 열 개 정도만 가볍게 치워내면 되겠구나."

장독인데 장독대 가장자리에 어울리지 않는 모양으로 만들어졌다는 건 대체 뭐지?

"이런. 조심하거라, 조심. 그렇게 앞도 안 보고 걷다니. 쯧쯧."

"송구하옵니다만 앞을 안 보는 게 아니라 앞이 안 보이는 것이옵니다."

"걷다가 돌이라도 밟으면 다친다."

잊고 있었다. 이분, 나보고 빨리 집에 가라고 초롱까지 찾아준 분이셨지.

"예. 백 년 된 항아리님 다치지 않도록 조심하겠습니다."

그러나 말이 끝나기 무섭게 여리는 돌멩이를 밟고 휘청거렸다. 여리가 넘어지기 전에 이겸이 재빨리 그녀와 항아리를 같이 안았다. 허리가 반쯤 꺾인 여리가 엉거주춤하게 이겸을 올려다보았다. 이겸이 여리의 눈을 다정하게 바라보고 있었다.

"방금 내가 다친다고 염려한 건 항아리가 아니라, 너다."

"예?"

예상치 못한 이겸의 말에 여리의 눈이 동그래지고, 뺨이 살짝 달아올랐다. 달리 답할 말을 찾을 수 없었다. 가벼운 농에 이다지도 진지하게 반응하는 모습이라니.

"네가 다치면 항아리를 옮길 사람이 없지 않느냐."

놀리는 재미가 있는 녀석이었다.

여리가 한숨을 삼키며 항아리를 다시 건네받았다.

"저도 당연히 그렇게 생각했사옵니다."

그때, 여리를 부르는 동아의 목소리가 들려왔다.

"열아, 열아. 어디 있냐?"

이겸과 여리의 시선이 한곳을 향했다. 동아가 어디 있는지 는 아직 보이지 않았다.

"나 여……."

그러나 여리는 동아의 말에 미처 답하기도 전에 저를 이끄 는 힘에 끌려 사라졌다. 잠시 뒤, 동아는 마당 한가운데 덩그 러니 있는 항아리 앞으로 갔다.

"뭐야, 이건. 왜 여기 있어?"

한편, 이겸에게 소매를 붙들린 여리는 빠른 걸음으로 그 뒤 를 쫓아갔다.

"어디로 가시는 것입니까, 나리?"

동아가 보면 귀찮아질 것 같아 막상 몸을 피하긴 했지만 사 실 딱히 갈 곳이 있는 것은 아니었다. 그리고 보니 굳이 몸을 피할 필요도 없었는데. 아주 잠시 고민한 이겸이 둘러댔다.

"서고에 급한 볼일이 생각났느니. 장독대 중앙에 어울리는 항아리보다 급한 일이다."

"서고에 갑자기 말씀입니까? 그런데 저는 왜."

이겸은 서고 문을 열었다. 익숙한 종이 향과 먹 향이 밀려들었다. 일전에 여리가 내다 말리고 정리한 서책장 앞에 선 이겸이 물었다.

"이것. 네가 정리한 거 맞느냐?"

"예. 저번에 책을 말리고 제가 정리했었습니다. 서책에 문제가 생겼습니까?"

"글을 읽을 줄 아는 건 알았지만 혹 이 책들의 내용까지 배웠는가?"

"아니옵니다. 전에도 말씀드렸듯 따로 배우고 학습을 하고 그런 건 없습니다."

"한데 이렇듯 정리를 했다? 이 책과 이 책이 서로 연관이 있고 저 책과 그 책이 서로 상극 관계에 있는 내용이란 걸 알아야 이리 정리할 수 있는 것인데."

"내용까진 배우지 못했습니다. 다만 예전에 서책 관련 일을 임시로 할 때 누가 누구의 제자이고, 어떤 사람과는 생각을 달리하고 그런 정도는 기억해두었지요. 책 팔 때 그런 게 요긴하게 쓰여서요."

"좋다. 통(通)!"

"……무엇을 말씀이옵니까?"

"너를 이 서고의 정리 책임자로 명한다."

이겸의 호기로운 임명에도 여리는 변화 없는 표정으로 그를 보았다.

이 서고가 어디 보통 서고던가. 처음 여리가 이곳에 발을 디디던 날 경악을 했을 만큼 책이 많은 서고였다. 그것도 책이 무너질 만큼 정리가 안 되기로는 둘째가라면 서러웠다.

"제 생각에 이 서고는 지금이 완벽한 상태인 것 같사옵니다. 그럼 전 이만."

"잠깐. 정리가 다 되면 값나가는 서책으로 세 권, 아니 다섯 권 챙겨주마."

몸을 돌리던 여리가 잠시 머물러 있더니 다시 휙 돌아섰다.

"지금 저를 서책 다섯 권에 혹해서 이 많은 책들을 정리할 사람으로 보신 겁니까? 그런 거라면! 정말 잘 보신 겁니다. 어디, 당장 여기부터 하면 되겠사옵니까? 약조하신 겁니다, 다섯 권! 물론 그 서책은 제가 정할 겁니다."

보통의 서고가 아니라는 뜻에는 진귀한 서책이 많다는 의미도 들어 있었다. 그리고 그런 서책은 부르는 게 값이었다.

정리를 위해 벌써부터 서책을 한가득 안아드는 여리의 모습에 이겸은 웃음이 나왔다. 책은 폐월화 밭을 정리할 때부터 주고자 한 것이었지만 이런 핑계로 줄 수 있게 되다니. 여리의 천진한 표정에 이끌린 이겸이 마치 막내아우를 대하는 형처럼 그녀의 머리를 쓱쓱 쓰다듬어주었다.

돌아왔구나, 밤톨 강아지.

"저, 그, 하온데……."

여리가 제 정수리에 머물러 있는 이겸의 손을 올려다보았다. 그 시선을 느낀 이겸이 그제야 스르르 손을 물렸다. 이 손은 왜 거기로 가 있나.

"흠흠, 서래댁을 돕는 일 외에 남는 시간에 쉬엄쉬엄 여기 와서 정리하거라. 지금은 좀 너저분해서 그렇지 여기가 치우고 보면 낮잠 자기가 좋은 곳이니라."

"서책이 중요해서가 아니라 낮잠 주무실 곳이 필요해서 제게 정리를 명하신 것이옵니까?"

"당연한 걸 묻는구나. 만약 서책이 중했다면 너에게 그 중한 것의 정리를 맡겼겠느냐?"

"그건 그렇사옵니다."

"아무튼 내일부터 하거라, 내일부터."

이겸이 서고를 빠져나가자 여리는 방금 이겸의 손이 닿았던 제 정수리에 슬그머니 손을 가져가보았다. 나리께서 조금은 저를 반가워해주시는 것인가 싶어 뭔가 얼떨떨했다.

"와아."

좋아하는 여리와 달리 서고 밖 기둥에 기대선 이겸은 당황스러워 빨라진 심장을 괜스레 쿵쿵 쳤다. 저 녀석이 뭐라고 저 녀석 웃는 얼굴에 기쁘고, 계속 웃게 해주고 싶고, 머리를 쓰다듬기까지 한 거지? 이 미친 독의 부작용 같으니라고.

"위중하구나, 위중해. 해독제가 시급하다."

멀리서 그런 이겸을 본 동아가 반갑게 다가왔다.

"나리, 여기서 무얼 하고 계십니까?"

"숨 쉬기도 힘들고 심장에 문제가 생긴 것 같아서 잠시 쉬고 있는 중이었다."

그러고 보니 이겸이 가슴 쪽 옷깃을 틀어쥐고 있어 동아의 눈이 커졌다.

"예? 많이 힘드시옵니까? 예서 이러실 것이 아니라 안으로 자리를 옮기시지요!"

"그래. 사랑채로 가는 것이 좋겠구나."

"어서 기대십시오, 어서."

이겸은 부축을 받는 척하며 동아의 어깨에 팔을 두르고 걸음을 옮겼다. 서고 쪽으로는 시선도 주지 못하게, 낮의 일을 떠올리며.

"찾았습니다."

검은 옷을 입은 사내가 이조판서 조규명 앞에 지도를 펼쳐 놓았다. 서안 위 종이에는 예화의 지형이 얇은 붓으로 빼곡하게 그려져 있었다.

"세 지역 중에 예화에 진헌군 대감이 있었다는 말이냐?"

"얼굴은 보지 못했지만 분명 진헌군 대감이었습니다. 그런 검기를 낼 수 있는 이는 흔하지 않습니다."

조규명이 낮게 탄식했다.

"얼굴을 보지 못하였으나 진헌군이니 믿으라? 조선 팔도 얼굴을 가린 자들은 모두 진헌군이라도 된단 말이냐! 꼬박 일곱 해를 쫓았는데 고작 가지고 온 소식이란 것이, 쯧."

"그리 속단하실 수만은 없사옵니다. 그 지역이 본디 둘러싼 산세가 험해 외지인이 잘 드나들지 못하는 곳입니다. 진헌군 대감이 살아 있다면 그곳만큼 몸을 숨기기 좋은 곳도 없습니다. 그날 움직인 능선이 여기서 여기. 이어지는 길목이라고 해봐야 사람이 지날 수 있는 곳은 채 열 곳도 되지 않습니다."

사내는 이겸과 마주쳤던 자리들을 정확히 지도 위에 짚어나갔다.

조규명은 눈썹을 찌푸리며 제 이마를 꾹꾹 눌렀다. 진헌군이 살아 있다면 다른 이가 찾기 전에 반드시 먼저 찾아내야만 했다. 그것만이 자신의 쓸모를 왕에게 증명하는 길이었다.

"그자가 진헌군 대감이었다면 어찌 너희를 살려둔 것이냐?"

"흔적이 남을까 저어한 것으로 보입니다. 사람이 죽기라도 한다면 말은 돌고 의혹은 더욱 짙어질 것이니 흔적을 숨기기 위한 것이겠지요."

"네가 한 말을 책임질 수 있느냐?"

"진헌군에게 물건이 전해질지도 모른다는 소문이 돌고 바로 그와 같은 검기를 지닌 자를 만났습니다. 절대 우연일 수 없습니다. 맡겨만 주신다면 제 목숨을 걸고서라도 반드시 진헌군 대감을 찾아오겠습니다."

사내의 결연한 눈빛에 결국 조규명은 전서구로 띄울 서신을 적어나갔다.

"이 시간 이후로 흩어졌던 인원들을 모두 예화로 결집시킬 것이다. 그곳의 모든 것은 현, 네게 일임할 것이니 무슨 수를 써서라도 저들보다 빨리 진헌군 대감을 내게로 데려오거라."

"명 받들겠사옵니다."

현이라 명명된 사내의 눈빛이 호롱불 아래서 번쩍였다.

두 번의 실수는 없다. 그날 이겸에게 입은 내상이 시큰거렸으나, 오히려 그로 인해 이겸을 내내 기억하게 될 것이니 현에게는 그 상처가 의미가 없지만은 않았다.

"나리, 제가 하겠습니다. 어찌 나리께서 이런 일을."

사다리에 오른 동아가 지붕 위의 이겸에게 말했다. 바닥에 아무도 없는 것을 확인한 이겸이 깨진 기와들을 한 장씩 바닥으로 던졌다.

"이런 일을 해야 하는 이가 달리 있다더냐? 게다가 동아 너는 높은 곳이라면 질색하는 것을. 됐다."

"아, 아닙니다. 어머님과 제가 지내는 별채인데 제가 고쳐야지요. 그리고 보십시오. 이젠 괜찮……, 어, 어허우. 우와."

한 발씩 오를 때마다 낡은 대나무 사다리가 흔들렸다. 물론 다른 이들에게는 무리가 없는 정도였지만 높은 곳을 무서워하는 동아에게는 천재지변도 이보다 무서울 수는 없었다. 팔뚝에 있는 솜털까지 바짝 곤두서 파르르 떨릴 정도였다.

동아가 겨우 건넨 기와 한 장을 어렵사리 받은 이겸이 싱긋 웃었다.

"나라의 녹을 먹는 귀한 분께서 떨어져 다치기라도 하면 내가 잡혀갈지도 모른다. 그러니 그쯤 해두고 내려가거라."

아무래도 너무 긴장했는지 언제나처럼 동아의 배가 슬슬 신호를 보내기 시작했다.

"제, 제가 하는 것이 마땅하……, 흐읍!"

"거기 더 있다간 험한 꼴 당할 듯한데."

동아가 긴장하면 배가 아프다는 것을 알고 있는 이겸은 손봐야 할 기와들을 남김없이 뜯어냈다. 더 이상 버틸 수 없어진 동아가 잇새로 새어 나오는 신음을 간신히 참으며 말했다.

"그, 그럼 잠시만 다녀오겠습니다. 최열! 열아!"

그간 친해진 듯 동아는 허물없이 여리를 불렀다. 석반 준비를 하고 있던 여리가 고개를 들었다. 동아가 이쪽으로 오라는 손짓을 했다. 여리의 이름을 듣는 것만으로도 이겸은 웬일인지 아팠던 자리가 다시 불편해지는 것을 느꼈다.

파랗게 질린 동아의 얼굴이 사다리에서 내려가고, 잠시 뒤 하얗고 동그란 여리의 얼굴이 그를 대신하여 올라왔다. 여리는 자신이 도울 일이 무엇인가 하여 하명을 묵묵히 기다렸다. 옆으로 돌아앉아 기와가 놓일 자리를 다진 이겸이 말했다.

"또 그리 뚫어질 듯 보고 있구나."

"아, 아닙니다. 혹시 도와드릴 일이 있을까 하여."

"여와(女瓦)와 부와(夫瓦) 석 장씩 다오."

"예!"

이겸의 명에 얼굴이 환해진 여리가 이미 가지고 올라온 기와들을 넙죽 그의 옆으로 쌓아두었다. 손이 야무지고 빠른 것이 동아보다는 도움이 되었다.

이겸은 여리가 사다리를 오르내리며 옮기는 기와들을 줄을 지어 끼워 맞췄다. 비가 새던 곳의 기와는 모두 새것으로 바뀌었다.

여리가 지붕 이곳저곳을 눈으로 살폈다.

"끝난 것이옵니까? 석반 준비도 거의 다 되었습니다."

자리에서 일어선 이겸은 흙 묻은 제 바지를 툭툭 털었다.

"빚을 다 갚아주겠다 했는데 어찌하여 받지 않은 것이냐?"

이겸은 여리의 말에 답하는 대신 다른 질문을 던졌다. 부당한 이자만 탕감 받고 자신들이 먹은 구휼미는 스스로 갚겠다 한 여리의 결정에 대해 물은 것이었다.

"그건 저희가 먹은 것이니 저희가 갚아야 한다 생각했습니다."

"이자만 감하여 주는 것과 본래 빌린 것까지 모두를 감하여 주는 것, 그 두 개가 뭐가 다르지? 어차피 도움을 받기로 하였으면 모른 척 모두 갚게 두는 것이 몸도 편할 텐데 말이다."

"제가 나라에서 빌린 구휼미는 열심히 일하면 갚을 수 있는 만큼이었으나 부당한 이자는 어떤 일을 해도 갚아지지 않았습니다. 일을 해도 갚을 수가 없다는 것은 누군가 도적놈의 심보를 갖고 있기 때문인데 만약 제가 정당하게 먹은 양만큼도 갚지 않는다면 저 또한 그 도적놈처럼 될까 두려웠습니다."

여리는 자신들이 먹은 것까지 아무 상관없는 이에게 갚아달라 할 정도로 염치를 모르지 않았다. 나라에서 정한 양만큼의 모곡(耗穀)만 거두어 간다면 갚지 못할 양도 아니었기에 다른 이들과의 형평을 생각해 결정한 처사였다.

"내가 여기서 널 내치면 빚 때문에 네가 도적이 될 수도 있다는 말처럼 들리는구나."

"아닙니다. 아마 여기서 내쫓긴다 해도 다른 방법으로 갚을 길을 다시 찾을 겁니다. 그러니 도적은 되지 않겠지요."

"이상한 녀석. 그럼 대체 여긴 왜 온 것이냐?"

낮게 웃은 이겸이 지붕 중간에 걸터앉았다. 서산을 넘어가는 해가 이겸의 머리카락을 붉게 물들였다.

사다리를 딛고 선 여리는 이겸의 시선이 향한 곳을 보았지만 나무에 가려 그 너머가 보이진 않았다.

"무엇을 보고 계십니까?"

"궁금하면 올라오겠느냐?"

처음으로 곁을 허한 이겸의 말에 여리는 얼떨떨하여 머뭇거리다가 이내 지붕 위로 올랐다. 이겸이 앉아 있는 위치와 비슷한 반대쪽 가장자리에 자리를 잡은 여리가 이겸의 시선이 닿은 곳으로 고개를 들었다.

"와아."

휘돌아나가는 강물 위로 붉은 햇살이 반짝이며 부서졌다. 느리게 흐르는 강물은 흩뿌려진 빛들을 가지런히 머금었는데 간혹 길 잃은 빛들은 하얀 모래 위에 머물러 있기도 하였다.

밤하늘의 별 길을 닮은 강은 높은 산들과 맞닿아 있었고, 그 산을 넘어가면 여리의 집이 있는 예화 현이 있었다. 산에서 이곳을 본 적은 있어도 이쪽에서 산을 본 적은 처음이어서 여리는 산과 강, 그리고 오묘한 빛깔로 물든 하늘에 넋을 빼앗겼다.

"빛 때문에만 온 건 아니옵니다. 감사하다는 말씀을 제대로 한 번은 드려야 할 것 같아서 왔습니다. 감사하옵니다, 나리."

여리와 이겸의 시선이 허공에서 맞닿았다. 여리의 맑은 눈은 이겸의 시선을 피하지 않았다.

이 녀석이 원래 이런 표정을 가진 이였던가.

붉은 노을빛이 여리의 하얀 얼굴을 물들였다. 경계를 흐리게 만든 빛 때문인지 여리의 표정은 그 어느 때보다 부드러워 보였다. 입가엔 옅은 호선이 걸린 듯도 했다.

"그리고 궁금했습니다."

서로를 바라보는 이겸과 여리의 머리카락이 바람에 하늘하늘 흩날렸다. 아름다운 노을빛이 물처럼 부드럽게 스몄다.

"제가 왜 이곳으로 다시 오고 싶었는지."

이겸과 여리 사이에는 잠시 정적이 흘렀다.

스며드는 노을빛 사이로 이겸의 눈매가 살짝 가늘어졌다. 이제껏 자세히 본 적 없었던 여리의 눈 색깔 때문이었다. 햇살을 받은 여리의 눈이 옅은 갈색으로 반짝였다. 아니, 그것보단 차라리 회갈색에 가까운 오묘한 빛이었다.

이겸의 시선은 여리의 눈동자 색으로 인한 것이었지만 그것을 알 리 없는 여리는 방금 저가 한 말 때문이라 생각해 헛기침을 했다.

"저, 제 말은 그러니까 여기 온 이유가 나리 때문이 아니오라,

아, 서고! 서고 정리를 마무리하지 못해 어쩌나 마음이 쓰였는지요. 그리고 폐월화가 잘 자라고 있는지도 봐야 하고. 또."

당황한 여리가 혼잣말을 하듯 횡설수설 말을 이었다. 여리를 보고 있던 이겸이 입을 열었다.

"이곳에 다시 돌아올 정도로 책이 중……."

"좋아합니다!"

이겸의 말이 채 끝나기도 전에 여리의 입에서 우렁찬 답이 흘러나왔다. 그 소리는 마당의 서래댁과 동아에게도 들릴 정도여서 이겸과 여리는 함께 멈칫했다. 제 목소리가 너무 컸던 것을 깨달은 여리가 서둘러 말을 덧붙였다.

"그, 책이요, 책. 나리가 아니오라."

……굳이 필요 없는 말이었나?

여리는 하지 않아도 좋을 말을 덧붙여 분위기를 더욱 어색하게 만든 제 재주에 입술을 슬쩍 깨물었다.

"다행이구나."

"무엇이요?"

이겸이 당연한 것을 뭐 하러 묻느냐는 듯한 어조로 건조하게 말을 이었다.

"책을 좋아한다는 것 말이다. 서고 정리에 적합한 인재다."

"……예."

"정리를 하다 읽고 싶은 서책이 있으면 읽어도 좋다. 가지고 싶은 것이 있다면 가져가도 좋고. 물론 약속한 다섯 권 외에 말이다."

"제가 그 정도로까지 염치가 없진 않사옵니다. 항상 일한 만큼만 받으니 염려 마십시오. 게다가 그건 나리께 소중한 책들이지 않사옵니까?"

"읽히기 위해 만들어진 것이니 한 사람이라도 더 읽는 편이 책에도 좋은 일일 거다. 어차피 내겐 더 이상 필요치 않은 것들이니."

"필요치 않다니요? 설마 저 책들을 다 읽어보셨습니까?"

단순히 그런 의미라기보다는 지금 이겸의 표정은 마치 어디론가 떠날 사람에 가까웠다. 말없이 저를 바라보는 이겸의 시선에 여리는 덜컥 심장이 멎는 듯싶더니 이내 온몸이 두근두근 울렸다. 더운 날씨가 아님에도 어쩐지 더워진 것 같아 여리는 서둘러 자리를 떨치고 일어났다.

"아, 하, 하. 아무튼 좋아하긴 하지만 책은 다섯 권만 받겠습니다. 그럼 더 시키실 일이 없으시면 전 석반 준비하러 이만 내려가겠사옵니다."

당황한 것을 감추려 사다리로 급하게 내딛던 발이 삐끗했다. 허공에서 푸드덕거린 여리는 사다리를 고쳐 잡았다. 여리가 다칠까 급히 뻗은 이겸의 손이 여리의 손 위에 겹쳐졌다. 둘 다 사다리를 잡은 까닭이었다.

또였다. 이겸 역시 여리를 항상 주시하고 있으니 이런 순간엔 손이 먼저 나가버린다. 눈길이 가니 손이 가고, 손이 가니 마음이 따라간다. 이게 아우를 보는 마음이라고?

당황스럽게도 여리의 얼굴 위로 꿈에서 보았던 여인의 모습이 겹쳐졌다. 필요 이상 가까워진 거리에 여리의 온기를 인식한 이겸이 서둘러 손을 들었다.

"다친 곳은 없느냐?"

"예, 예. 무, 물론입니다."

마당으로 내려온 여리가 걸음을 옮기며 제 입술을 탁탁, 때렸다.

"미쳤다, 미쳤어. 돌아오고 싶었던 이유 다음에 좋아한다는 말이 왜 나가? 이놈의 입, 입! 오해하기 딱 좋잖아. 오⋯⋯."

여리는 먼발치에서 지붕 위의 이겸을 돌아보았다. 노을빛에 물든 이겸은 여전히 강 너머 어딘가로 시선을 주고 있었다.

"⋯⋯해."

좋아하나? 내가, 감히 나리를? 아니다. 아니어야 마땅하다. 도움을 받아서 느끼는 고마움과 연정을 혼동할 나이는 아니었으니.

지금은 숨어 지낸다 하나 나리는 자신과 신분이 다른 이였다. 얼굴조차 알지 못한다. 또한 그녀를 사내로 알고 있는데 왜 자꾸 눈치 없는 시선이 나리에게 머무는 것인지 도무지 알 수 없는 일이었다. 폭포에서 떨어지며 정신이 잠깐 이상해진 모양이다. 그때부터 모든 시간과 감각과 감정이 어그러졌다.

여리는 제 뺨을 가볍게 찰박찰박 두드렸다.

"정신 차리자. 너 지금 위험했어, 최여리."

허락도 없이 후끈대는 뺨과 제멋대로 뛰는 가슴을 나무라며 여리는 잡념들을 멀리 떨쳐버렸다.

하늘이 찢어질 듯 우레가 울었다. 곤히 잠들어 있던 여리의 눈썹이 빗소리에 움찔 찡그려졌다.

다시 잠을 청해보려는데 비 때문인지 아니면 아궁이가 꺼져 버린 것인지 서늘한 한기가 살갗에 스몄다. 이불을 꽁꽁 둘러싼 채로 일어나 앉은 여리가 잠이 물러나지 않는 눈을 슥슥 비볐다.

졸린 눈을 천천히 깜빡거려보는데 아무래도 비 때문만은 아닌 듯싶었다. 잠을 떨친 여리가 두꺼운 겉옷에 대충 팔을 끼워 넣고 방문을 나섰다. 겨울이 멀지 않은 때에 시린 비까지 더해져 내뱉는 숨이 뽀얗게 흩어졌다.

아궁이에 장작을 넣고 얼마간 불씨를 살린 여리는 다른 곳의 아궁이도 보기 위해 걸음을 옮겼다. 다행히 서래댁 아주머니와 동아가 있는 별채 아궁이에 불씨가 살아 있었다. 미리 새벽까지 탈 장작을 넉넉히 넣어둔 여리는 이어 이겸이 있는 사랑채로 향했다.

비를 가릴 수 있는 거적을 머리에 쓰고 진흙탕을 피해 찰박찰박 내달렸다. 간신히 사랑채 처마 밑에 닿은 여리가 가쁜 숨을 몰아쉬며 몸에 묻은 물기를 털어냈다.

빗소리 외엔 모든 것이 끊어진 밤의 고택은 낮과는 또 달랐다. 비밀스러운 주인을 닮은 고택은 세상과 동떨어진 것처럼 느껴지기도 했다.

주위를 삽시간에 밝히는 천둥 때문에 여리는 저도 모르게 목덜미가 살짝 서늘해지는 것을 느꼈다. 여리의 시선이 문득 바닥에 떨어진 어떤 자국에서 멎었다.

"뭐지?"

처음엔 처마 아래까지 들이친 빗자국인가 싶었는데 번쩍, 하늘이 밝아지자 돌 위에 떨어진 그것의 빛깔이 붉게 빛났다.

피?

여리가 붉은 방울이 이어진 곳으로 주춤거리며 발걸음을 옮겼다. 나리께서 또 다치시기라도 한 것일까? 이런 밤에? 저녁까지 내내 방에 계셨는데?

한 발, 한 발, 또 한 발……. 처마 둘레를 따라 이어진 붉은 것은 사랑채 방문 앞에서 끊겨 있었다. 방에서는 호롱불 빛이 은은하게 새어 나왔다. 여리는 기척을 내기 위해 입술을 떼려다가 방 안 그림자를 보고는 우뚝 멈추어 섰다. 검은 그림자는 무언가를 서걱서걱 자르고 있었다.

……칼?

바닥에 떨어진 붉은 방울과 기괴한 그림자. 호롱불이 그려 낸 그것은 무언가를 높이 치켜들었다가 바닥으로 푹 꽂는 행동을 반복했다. 왠지 모를 긴장에 여리의 손이 그러쥐어졌다. 산에서 그들을 뒤쫓던 자객이 들어온 것은 아닐까 온갖 불길한 생각들이 꼬리에 꼬리를 물었다.

단순히 여리의 오해인데 섣불리 문을 열어 무례를 범하기에도 애매한 상황이라 잠시 동안 망설였다. 그러나 나리께서 정녕 위험한 상황이라면? 방문 문고리를 향해 조심히 손을 뻗어 보았다. 예가 아닌 줄 알았지만 머리보다 손이 먼저 움직였다. 그러나 조금만 더 뻗으면 고리를 잡을 수 있음에도 정작 여리는 손을 멈추었다.

결국 나리의 윤허 없인 이 문 하나도 쉬이 열 수 없는 것.

그것이 지금 두 사람의 관계이자 거리였다.

여리의 난처한 한숨이 마당으로 내리깔렸다. 손을 물린 여리는 고리를 잡는 대신 침착하게 기척을 내는 쪽을 택했다. 다시금 번쩍 발한 빛으로 인해 바닥의 붉은 물방울이 뚜렷이 보였다.

"나리, 늦은 시각에 송구하옵니다. 저 최열입니다. 혹 자리에 드셨사옵니까?"

쾅―.

하늘에 하얀 금이 가며 천둥소리가 귓전을 때렸다. 그로 인해 여리의 목소리가 닿지 않은 것인지 방 안은 적막했다.

"안에 계시옵니까? 송구하오나 여쭈어볼 것이 있사옵니다."

마침내 호롱불 빛에 비친 그림자가 우뚝 멎었다. 팔을 높이 치켜든 채였다. 여리의 입이 바짝 말랐다.

여, 역시 부르지 말고 그냥 문을 열었어야 했나?

저벅저벅 다가오는 그림자에 여리는 흠칫 몸을 떨었다. 빛이 보였으니 곧 커다란 천둥이 뒤따를 것이다. 곧 천둥이, 천……

쾅쾅―.

천둥이 우는 순간 사랑채의 문이 벌컥 열렸다.

"꺄아아아아!"

"으아아아아!"

서로를 보고 선 여리와 동아는 천둥소리에 놀라고, 생각지 못한 서로의 모습에 또 한 번 놀랐다.

"으헉, 깜짝이야! 최열 자네가 왜 여기 있어?"

동아가 놀란 가슴을 쓸어내리고 풀린 오금을 겨우 세웠다.

처음에 동아는 자신이 잘못 들은 줄로만 알았다. 빗소리에 묻혀 무언가 귀신처럼 희미한 소리가 들리기에 무심코 열어보았을 뿐인데 거기에 정말 최열이 있을 줄은 몰랐다. 그것도 흰 옷을 입고 때마침 뒤에 번쩍거리는 빛을 달고 있으니 귀신으로 착각하는 것도 당연했다.

"아궁이를 보러 왔는데 문 앞에 피가 떨어져 있어서."

"피?"

여리의 말에 동아가 문 밖으로 고개를 내밀었다. 바닥을 보니 과연 빗물이 닿지 않은 곳에 붉은 방울들이 점점이 흘러 있었다.

"아, 난 또. 오미자 물이 왜 이것밖에 없나 했더니 들고 오면서 다 흘린 모양이네."

"오미자? 그럼 방금 전까진 무엇을 하고……."

"어머님께서 말린 무청을 잘라놓으라 하셨거든. 혼자 하긴 적적해서 나리를 찾아왔더니 안 계시더라고. 작두가 어찌나 무딘지 일어나서 눌러야 겨우 잘리네, 아주."

과연 방 안에는 자르다 만 무청과 작두가 널브러져 있었다.

"난 이만 갈 테니 하던 일 계속해."

동아에게 인사를 건넨 여리는 서둘러 돌아섰다.

동아의 비명에 어찌나 놀랐는지 수명이 반은 줄어든 것 같았다. 하늘을 울려대는 천둥과 거세게 퍼붓는 비까지 여러모로 정신 사나운 밤이었다.

사랑채 아궁이를 확인한 여리는 다시 거적을 뒤집어쓰고 자신이 머무는 별채로 뛰어갔다. 빗속에서 걸음을 재게 놀리는 그때 무언가 제 뒤를 타다닥 쫓는 느낌이 들었다. 우뚝 걸음을 멈춘 여리가 뒤를 돌아보았다. 그러나 굵은 빗발이 내리꽂히는 어둠 속엔 아무것도 없었다. 빗소리를 착각했나. 고개를 갸웃거린 여리가 이내 돌아서려는데 시커먼 그림자가 여리의 앞에 나타났다.

그림자의 손에 쥔 은빛 검 위로 빗방울들이 주르륵 흘러내렸다. 검날이 멈춘 곳은 바로 여리의 얼굴 앞. 순간 여리는 숨을 멈추었다. 처음 보는 이가 제게 검을 겨누고 있어 놀라기도 하였지만 저를 주시하고 있는 사내의 눈빛이 검보다도 매서웠기 때문이었다.

"누구냐."

"예, 에? 저, 저는……."

동아 때와 달리 말도 제대로 나오지 않았다. 사내가 서늘한 눈빛으로 검 끝을 올리자 저절로 여리의 고개도 검을 피해 올라갔다. 여리의 얼굴이 거적을 떨치고 온전히 허공에 드러났다. 진검의 기운에 눌린 여리가 입술만 달싹이자 무영이 천천히 입을 열었다.

"빗속에 청하지 않은 객이라."

무영은 검을 물렸다. 그에 따라 여리도 고개를 내리고 겨우 숨을 내쉬려는 찰나, 물러선 줄 알았던 장검이 바람을 가르는 소리와 함께 허공을 베어 내렸다.

무영은 실제 여리를 벨 생각은 없었으나 그녀가 검을 쓸 줄 아는 자인지는 확인해야 했다. 저를 향해 내려오는 검에 다리마저 굳어버린 여리는 그만 눈을 질끈 감아버렸다. 그때였다.

"무영!"

빗속에서 이겸의 목소리가 쩌렁쩌렁하게 울렸다. 들고 있던 서책을 말아 쥔 이겸은 무영과 여리의 사이로 뛰어들었다. 짧은 순간이었다. 내리꽂히는 무영의 검날이 이겸의 서책과 만났다. 진기를 두른 서책으로 검을 받아낸 이겸의 발이 뒤로 밀려났다. 무영의 내공은 결코 만만치 않았다.

한순간 바람이 제 앞으로 끼어드는 느낌에 여리가 눈을 떴다. 비를 오롯이 맞고 선 세 사람 사이에 팽팽한 시선들이 오고 갔다. 어느새 여리의 팔을 잡아 제 뒤로 숨긴 이겸이 무영을 향해 입을 열었다.

"내가 이곳에 들인 자다. 검을 거둬라, 무영."

쏟아지는 비 사이로 무영의 경계 어린 시선은 여전히 여리에게 머물러 있었다. 저를 보호해준 이겸의 뒷모습과 그와 검을 맞대고 있는 무영의 모습이 빗속에서 교차되었다. 하마터면 목숨을 잃을 수도 있었음을 인지한 여리의 다리가 가늘게 떨렸다. 얼음 같은 눈빛을 한 무영의 입술이 떨어졌다.

"이제야 나리를 찾아뵙는 무례를 용서하십시오. 그간 격조했사옵니다."

여리에게서 시선을 떼어낸 무영이 애초에 벨 생각은 없었던 듯 순순히 검을 뒤로 물렸다. 비에 흠뻑 젖은 여리의 다리가 휘청거렸다. 여리의 팔을 단단히 잡은 이겸이 걱정스러운 표정으로 물었다.

"괜찮은 것이냐?"

"저는 괜찮사옵니다. 나리께서는 다치지 않으셨습니까?"

이겸이 고개를 끄덕이자 여리의 동그란 눈망울이 무영을 향했다. 어느새 무영은 검을 갈무리해 넣고 있었다.

"그분이 그렇게 높으신 분이라고?"

다음날, 빠진 서책들을 제자리에 채워 넣던 여리가 동아를 돌아보았다. 동아는 책들의 이름을 일일이 종이에 기록했다.

"주상 전하를 가장 가까이에서 모시고 보필하는 내금위장이시니까. 집안이면 집안, 실력이면 실력, 용모면 용모 뭐 하나 빠지는 게 없으시다. 나이는 나리보다 두 살 많으시고. 무관직 요직을 두루 거치신 지금은 주상 전하의 최측근 중 한 분이시랄까? 아무튼 무관직의 '어친자'시지."

"어친자?"

"모르는가? 어머님 친우분의 자제. 줄여서 어친자. 한마디로 완벽한 사람들 말이야. 한데 내금위장 영감께서는 소문이 아니라 실제로도 완벽해서 조선의 많은 사내들을 좌절케 하시지."

간밤 무영의 눈빛은 여리를 겨눈 칼끝처럼 서늘했다. 그 까닭을 짐작한 여리가 고개를 끄덕였다.

나리도 무관이셨으니 그분과는 궐에서 함께 일하셨겠구나. 존대하는 걸 보면 나리께서 더 상관이신 건가?

"동아, 넌 나리의 얼굴을 본 적이 있어?"

"당연히. 한데 그건 왜?"

동아는 열심히 움직이던 붓을 멈추고 '흐음' 하는 숨소리를 냈다. 한쪽 눈썹을 슬쩍 올린 동아가 마저 말을 이었다.

"갑자기 그게 왜 궁금해진 거지?"

"궁금해서가 아니라 나리께서 사가에서조차 불편하게 얼굴을 가리고 계시는 게 혹 나 때문인가 싶어서."

여리의 진지한 고민에 동아는 의외라는 듯 장난스러운 표정을 지어 보였다.

"그런 것까지 걱정하고 있었군?"

"나도 사람인데 설마 그 정도 눈치가 없을까."

동아는 축 늘어진 여리의 어깨를 힐끗 보고는 다시 붓을 들었다.

"괜히 혼자 고민하고 그러지 마라. 정녕 불편하게 생각하셨으면 나리께서 진즉에 내치셨을 것이니."

"지금 위로해주는 건가?"

"위로는 무슨. 안 그래도 네 작은 어깨가 좁아지다 못해 아예 사라질까 봐 그런다. 적게 먹지도 않던데 먹은 건 다 어디로 가는지, 거참."

"후우, 하긴 이런 거 생각할 시간에 일이라도 하나 더 해야지. 한데 혹, 동아 너도……."

양반이냐고 물으려던 여리가 말끝을 흐렸다.

아주머님이 이 댁의 일을 봐주시고 동아는 아주머님의 아들이니 신분에 대한 생각은 하지 않았다. 그러나 모든 경서를 막힘없이 읽어내는 동아를 보니 그 신분이 궁금해졌다. 만약 동아가 양반이라면 지금까지의 제 행동과 말투 그 외 모든 것은 경을 칠 일이었다. 여리의 조심스런 눈빛을 읽어낸 동아가 먼저 피식 웃었다.

"이런. 나에 대해 벌써 눈치챈 건가?"

"……"

"사실 누구에게도 이런 얘기한 적이 없는데…… 난 말이다, 저기에서 왔다."

'저'를 강조하며 치켜든 동아의 손가락을 따라 여리도 시선을 위로 올렸다. 아무리 눈매를 여며도 시커먼 천장밖에는 보이지 않았다.

"천장? 너도 나리처럼 높은 데서 자는 걸 즐겨 하냐?"

"그게 아니고! 천장보다 더 높은 곳. 하늘에서 왔다고. 내가 땅으로 내려오던 날 하늘님이 얼마나 슬퍼했는가 하면 아끼던 구름을 타고 가라고 내게 선뜻……."

"너도 구름 받았어? 내 주위에도 많은데. 그분이 구름 참 헤프게 쓰시더라고."

여리의 어조가 담담한 것으로 보아 결코 동아의 말을 믿는 눈치가 아니었다. 동아는 억울한 숨을 내쉬었다.

"그것 보거라. 내가 진실을 말해도 믿는 이가 없다, 없어. 아무튼! 한 살 차이 나는 거야 그냥 벗으로 지내기로 했으니 존대 받을 생각일랑은 일찌감치 접어라."

"벗? 내가? 너랑?"

"원래 사내끼리는 그런 거다. 오늘부터 우린 1일. 이렇게 말하지 않아도 그냥 그렇게 지내는 거라고."

"하늘에서 오신 분이 벗으로 대해주시니 참으로 황송해서 이거 원, 몸 둘 바를 모르겠사옵니다."

인사까지 깍듯하게 챙긴 여리가 남은 책들을 정리하기 위해 사라졌고, 동아는 그런 여리의 뒷모습을 넌지시 바라보았다.

저 녀석의 무엇이 나리와 어머님의 마음을 열었는지 조금은 알 것도 같았다. 부탁 받은 전서구를 마치 제 일처럼 성심으로 전하고, 어머님이 움직이시기 전에 자신이 미리 나서서 부족한 부분들을 채워놓는 행동들은 지어낼 수 없는 것들이었다. 최열은 영민하기도 했지만 그보다는 타고난 성정 자체가 따뜻했다. 그런 이와 벗이 될 수 있다면 신분 따윈 그리 중요하지 않겠지. 적어도 세상과 동떨어진 이 고택에선 그것이 가능하니.

동아의 입가에 기분 좋은 웃음이 지어졌다.

이겸은 후원의 잡풀들을 베어냈다.

밤사이 내린 비로 인해 풀들을 베어낼 때마다 향기가 진해졌다. 한동안 버려두었던 후원은 약간의 손길을 더한 것만으로도 생기를 찾아갔다.

무영이 후원으로 들어서자 기척을 느낀 이겸이 허리를 일으켰다. 무영은 그런 이겸을 향해 고개를 숙이고 예를 갖추었다.

"험한 자들을 만나셨다 들었사옵니다."

"잔소리는 이미 서래댁에게 충분히 들었으니 보태지 말게."

"예화에서의 일도 말입니까?"

행간을 품은 무영의 말에 이겸이 그만 웃어버렸다.

"그건 아직."

"현감을 빌미로 관찰사의 죄목까지 밝히셨다 들었사옵니다. 거슬러 올라가실 생각이신지요?"

"그리되면 좋겠지만 하늘이 시간을 허락할지 모르겠군."

"전하께서는 아직도 대감을 찾고 계십니다. 부디 몸조심하십시오."

"궐의 일에는 관심 없다. 이곳에 있다 보니 이 지역 사람들의 삶이 보였고, 그저 밥 먹고 살 수 있게만 도와주고 싶었을 뿐. 지금은 그 정도로 족해."

"신은 최열이란 자가 아무래도 걸립니다. 마을과는 동떨어진 이곳에 온 것도 그렇고, 전하의 사람들이 심어놓은 자일 수도 있사옵니다. 경계하십시오."

일을 마친 이겸은 낯을 한쪽에 정리해두었다.

"경계라……. 경계를 하려고 들면 자네와 서래댁, 동아부터 경계하는 것이 순서겠지. 셋 모두 전하와 연이 있으니. 아닌가?"

이겸의 말에 무영은 아무런 답도 하지 못했다. 애석하게도 이겸의 말에는 한 치의 틀린 점이 없었다.

"간만이어서 그런가? 농을 농으로 받아들이지 못하는군. 셋 모두 그럴 이가 아니라는 것은 내 이미 잘 알고 있고, 그 녀석 또한 다르지 않다는 뜻이었다. 전하를 지켜드리는 자네에겐 항상 고마운 마음을 갖고 있기도 하고. 녀석은 시간이 지나면 다시 돌아갈 객이야."

무영이 궁에 남은 것은 이겸과도 무관하지 않았다. 하여 무영에게 고맙다는 이겸의 마음은 사실이었다. 그러나 서로를 오랜 시간 지켜본 것은 이겸만이 아니었다.

무영이 이겸의 변화를 눈치채지 못할 리가 없다. 늘 이겸의 곁을 지켰던 친우이자 신하로서 무영이 물었다.

"그자를 많이 아끼십니까?"

무영은 빗속에서 여리를 감싸던 이겸의 눈빛을 기억했다. 단순히 며칠 다녀가는 객을 대하는 태도는 아니었다.

이겸이 순순히 고개를 끄덕였다.

"자네가 보기에도 그런가? 동아와 비슷한 말을 하는군."

"간밤엔 여인인 줄 알았사옵니다. 대감께서 여인 대하듯 그 자를 지키시기에."

"여인은 무슨. 그저 손이 많이 가는 녀석이라서 마음이 쓰이는 거다."

마당으로 돌아온 이겸과 무영은 사랑채 앞에 서 있던 서래댁과 동아, 여리를 만났다. 다과상을 든 여리를 곁으로 하고 서래댁이 고개를 숙이며 말했다.

"간단한 다과를 가져온 참이옵니다. 사랑채에 준비해드리겠사옵니다."

지난밤에 이어 여리를 보는 무영의 눈매가 건조했다. 다른 이들이 알아차릴 정도는 아니었지만 저를 주시하는 무영의 눈길에 여리는 조금 위축되었다.

여리가 거리를 두는 것을 무영도 느낀 것인지 무감한 목소리로 입을 열었다.

"간밤엔 무례를 범했다. 이곳엔 아는 이들만 있을 것이라 생각해 경계한 것이니 놀랐다면 사과하마."

"아닙니다. 저라도 마땅히 경계하였을 것이옵니다. 사과하지 않으셔도 됩니다."

이겸이 사랑채로 발걸음을 옮기자 서래댁은 여리가 들고 있던 다과를 건네받았다.

"이리 주고 서둘러 가보거라. 갈 길이 머니."

서래댁의 말에 이겸이 돌아보았다. 서래댁은 차분한 목소리로 고해 올렸다.

"최열은 사흘에 한 번 사가에 다녀오는 것으로 말을 맞추어 두었사옵니다. 홀로 있을 아비의 염려를 덜어주기 위해 그리

한 것이오니 금일은 해가 지기 전에 이만 보내도록 하겠사옵니다. 달리 하명하실 일이 있으시옵니까?"

"애초에 내가 아닌 서래댁과 일을 하는 사람이니 일일이 고하지 않아도 되네. 서래댁이 편한 대로 하게."

이겸의 허락에 여리가 고개 숙여 답했다.

"내일 날이 밝는 대로 다시 오겠습니다. 윤허해주셔서 감사하옵니다."

"사가가 혹 예화 현인가?"

대화를 듣고 있던 무영이 물었다.

"예. 언덕을 넘어가면 그리 멀지 않사옵니다."

"호랑이가 한둘이 아닐 텐데 어찌 넘어가는 것이지?"

"호랑이가 지나다니지 않는 길이 있사옵니다. 해가 지기 전에만 출발하면 큰 무리는 없는 길이옵니다."

"마침 나 역시 그쪽으로 갈 일이 있으니 중간까지는 데려다주마. 간밤의 일을 사과할 겸, 가는 길도 같으니."

"중간이라면 혹 기산골로 가시는 것이옵니까?"

무영이 고개를 끄덕이고는 이겸에게 허락을 구했다.

"그래도 되겠사옵니까, 나리."

미간을 느슨하게 구긴 이겸이 여리를 바라보았다. 그 시선의 의미를 알아차린 여리는 이번엔 폭포로 뛰어내리지 않겠다는 뜻을 담아 표정으로 답했다.

속을 알 수 없는 무영의 말에 이겸은 잠시 말 사이를 띄웠다. 그러나 허락을 아니할 수도 없어 고개를 끄덕였다.

"자네만 괜찮다면 그편이 낫겠군."

이겸의 허락에 무영이 여리를 보았다.

"앞에서 기다리고 있을 것이니 채비하고 나오거라."

난감해서 망설이는 여리의 옆구리를 동아가 팔꿈치로 쿡 찔렀다. 내금위장 영감께서 데려다주신다고 할 때 냉큼 따라가라는 표시였다. 고택에 있는 자들은 저마다 다른 생각이었지만, 겉으로 보이는 결론은 같아 보였다.

늘 오가던 길이 아닌 곳을 택한 터라 물을 헤치고 강을 가로지르는 수고는 덜었다. 무영은 그쪽이 제가 항상 오가던 길이었던 듯 여리보다 앞서서 낡은 나무다리 위로 올랐다. 여리는 마을 쪽에선 보이지 않던 다리를 그제야 처음 보았다. 아주머님께서도 말씀해주신 적이 있는 다리였다.

무영의 발을 따라 나무 삐걱거리는 소리가 서너 번 들린 후여리도 그 뒤를 밟았다. 빠르지도 느리지도 않은 무영의 걸음이 이어졌다. 그에 비해 어쩐지 편치 않은 여리의 걸음은 몇 걸음 걷다가 주춤 멈췄다가 다시 따라 걷기를 반복했다.

참으로 불편하고 어려운 걸음이었다. 만난 지 고작 하루도 되지 않았는데 곁을 따르는 마음이 편하기만 할 리는 없었다. 게다가 왜인지는 모르겠지만 내금위장 영감께서 쳐다보시는 눈길은 어쩐지 따끔따끔했다.

해는 여리와 무영이 강을 다 건넜을 무렵 서산 너머로 모습을 감추어버렸다. 늦가을에 접어든 낮은 그리 길지 않았다.

고택을 떠난 두 사람이 나란히 걷기 시작한 지 두 시진이 못되었을 때, 여리는 저 멀리 눈에 익은 언덕을 발견했다. 회연과 예화를 잇는 언덕의 초입이었다. 동시에 기산골로 갈 수 있는 길이기도 하였다.

입을 다물고 따라온 탓에 단내가 날 지경인데 아는 길을 만나니 반갑기 그지없었다. 이 어색한 시간을 끝낼 수 있으니 그저 다행이었다. 여리는 헛기침을 해서 메마른 목을 가다듬었다.

"기산골로 가는 길에 다 왔사옵니다. 나리 덕분이옵니다. 감사드립니다."

그러나 무영에게서는 답이 없었다. 가라앉은 공기가 무거워 여리는 괜스레 목덜미를 살짝 긁적거렸다. 역시나 내금위장 영감께서는 나를 마음에 들어 하시지 않는구나.

어색한 정적이 흐르자 여리는 허리를 꾸벅 접었다. 무거운 공기를 떨치는 가장 좋은 방법은 그 자리를 뜨는 것.

"그럼 소인은 여기서 이만 가보겠사옵니다. 살펴 가십시오."

여리는 서둘러 몸을 틀었다. 그러나 채 다섯 걸음도 떼기 전에 여리의 등 뒤에서는 '스르릉' 소리가 들렸다. 그와 같은 소리를 본의 아니게 최근에 많이 듣게 된 터라 그것이 무슨 소리인지 아는 것은 어렵지 않았다. 솜털이 쭈뼛 서게 만드는 그것은 다름 아닌 발검하는 소리였다.

"멈추거라."

왜 나쁜 예감은 한 번도 틀린 적이 없는 걸까?

눈썹을 슬프게 휜 여리가 낮게 깔린 무영의 목소리를 따라 천천히 고개를 돌렸다. 간밤 저를 향했던 검 끝이 지금 또 저를 향해 있었다. 다른 점이 있다면 오늘은 무영을 막아줄 이겸이 곁에 없다는 것.

"어찌…… 그러시옵니까?"

검만큼이나 서늘한 무영의 시선에 여리는 없던 한기까지 느꼈다. 지나가는 사람은커녕 산짐승 한 마리 없는 한적한 산길이었다. 둘 이외에 있는 것이라면 오로지 교교한 달빛과 이따금 고적하게 들리는 산새 소리뿐.

"고택에 접근한 저의가 무엇이냐?"

"접근이라니 무슨 말씀을 하시는 건지 잘 모르겠사옵니다."

"회연은 쉬 갈 수 있는 곳이 아니다. 대부분의 이들은 이 산길을 알지 못할 뿐더러, 고택까지 가는 길은 더욱 알지 못한다. 너는 어찌 그 고택을 찾았느냐?"

"고택은 소인의 아비로 인해 알게 되었사옵니다. 거기에는 사소한 사연이 있지만 이 자리에서 일일이 말씀드리긴 좀 깁니다. 나쁜 의도를 가지고 그곳에 머무르는 것은 결코 아니니 심려치 마십시오."

"네 뒤에 아무도 없다는 그 말을 나에게 믿으라는 것인가."

"그러하옵니다."

"그렇다면 질문을 바꾸도록 하지. 네 뒤에 있는 자가 아닌 너에 대한 것이다. 너는 나리에 대해 무엇을 알고 있느냐?"

무영의 검이 달빛을 받아 시리게 빛났다. 그 검이 얼마나 강하고 날카로운지는 이미 지난밤에 잘 보았다. 아니, 강한 것은 검이 아니라 눈앞의 사내였다. 조선의 지존을 지키는 자리는 결코 아무에게나 허락되는 것이 아니었다. 무영은 질문만큼이나 날카로운 시선으로 여리를 응시했다. 여리가 대답을 머뭇거리자 무영이 재차 물었다.

"나리에 대해 아는 바가 있느냐고 물었다. 바른 대로 답하라."

"소인은······."

여리의 말은 잠시 끊어졌으나 이내 망설임을 지운 듯 차분하게 이어졌다.

"하문의 의도를 정확히는 모르겠사오나 소인이 나리에 대해 알고 있는 것은 하나이옵니다. 뜻하지 않은 인연으로 만났으나 나리께서는 저희 식구의 은인이시옵니다. 책임지지 않아도 그뿐인 일을 허투루 넘기지 못하시는 참으로 고마운 분입니다. 언제고 그 은혜를 갚고 싶다 생각하고 있습니다만, 그 외에 또 알아야 할 것이 있는지요?"

"단지 그뿐인가?"

"정녕 그것이 전부입니다."

무영이 성큼성큼 다가서자 여리는 숨을 멈추었다. 무영은 여리를 지나쳐 바닥을 향해 빠른 속도로 검을 내리그었다. 굳은 여리가 그제야 시선을 내려 제 앞에 있던 것을 보았다. 무영의 검에 의해 두 동강 난 것은 화려한 빛깔을 가진 독사였다.

검집 안으로 검을 갈무리하며 무영이 말했다.

"이 자리에서 한 말들이 거짓이 아니길 바란다. 만에 하나, 사특한 뜻을 가졌음이 드러나는 날엔 나리의 뜻과 상관없이 내 기필코 너를 벨 것이니."

여리는 눈도 깜빡이지 못하고 무영을 보았다.

"나리께서는 네가 여인인 것을 모르시더군. 비밀을 품은 자는 언제고 또 다른 비밀을 만들게 되겠지."

간밤 무영이 내뿜던 살기를 똑똑히 기억하고 있었다. 나리를 지키기 위해서라면 이분께서 베지 못할 사람은 그 어디에도 없을 것이다.

"너를 돕기 위해 그분께서 무릅쓴 위험을 안다면 조용히 머물렀다 떠나거라. 그것이 네가 할 수 있는 도리다."

차가운 시선을 남겨둔 무영이 돌아섰다. 무영의 말을 되짚느라 잠깐 멍하니 서 있던 여리가 외쳤다.

"자, 잠시만 기다려주십시오! 방금 전 그분께서 위험을 무릅쓰셨다는 게 무슨 말씀이시옵니까? 고리대 일로 도와주신 것을 이르시는 것이옵니까?"

달빛을 받은 갓은 무영의 얼굴에 그림자를 드리웠다. 표정이 보이진 않았으나 그 마음은 짐작하고도 남았다.

"내가 할 수 있는 말은 여기까지다. 삿된 호기심이라면 그분께 섣불리 다가서지 마라."

여리의 눈동자가 흔들렸다. 알고 있었음에도 확인하고 싶지 않았던 그 말을 무영은 또렷하게 각인시켜주었다.

"너의 호기심이 나리를 위험한 길로 이끌 것이니."

공기마저 고요히 가라앉은 서고 안.

호롱불도 밝히지 않은 서고에서는 달빛에 의지한 그림자가 서책 사이를 옮겨 다니고 있었다. 무언가를 찾는 듯 책 하나하나를 소리 없이 들추던 그림자는 제 앞을 가로막은 또 다른 그림자를 보고 손길을 멈추었다.

그림자를 막아선 또 다른 그림자는 동아의 것이었다.

"이 밤에 에서 무얼 찾고 계시는 것이옵니까, 어머님."

많은 감정을 담은 목소리가 슬프게 들렸다. 서래댁은 들고 있던 책을 소리 없이 내려놓았다.

"내가 무엇을 찾는지 이미 너도 알고 있지 않느냐?"

그녀의 목소리는 동아가 들고 있는 등불보다도 담담하게 흔들림이 없었다.

동아는 서래댁의 손이 닿았던 책들을 보았다. 서래댁이 책들 사이에서 찾고자 한 것이 무엇인지 짐작해내는 것은 어렵지 않았다.

"역시 최열을 고택에 들이신 건 서고 때문이셨군요. 그리하면 나리께서 이곳을 열어두실 것이니. 그럴 리가 없을 것이라 믿었지만 어머님은 혹, 전하의 사람이시옵니까?"

"생각하는 바가 무엇인지 알겠으나 그런 것이 아니다."

"그런 것이 아니라면! 어찌 나리도 계시지 않은 이 밤중에 은밀히 서고를 찾으신 것이옵니까? 대답해주십시오, 어머님."

서고의 책들은 일곱 해 전, 이겸의 사가에서 은밀히 옮겨온 것들이었다. 다른 것들은 챙기지 못하였어도 책만큼은 서래댁이 사람을 써서 하나도 남김없이 가져왔다.

이겸이 서고의 책들에 대해 혹은 그것들이 품고 있을 무언가에 대해 이날까지 함구했기에 서래댁과 동아도 그에 대해 아는 척을 하진 않았다. 그 후, 서고에는 자연스럽게 사람의 발길이 끊기고 먼지가 갑옷처럼 켜켜이 쌓여갔다.

서책 위에 내려앉은 것은 한낱 먼지가 아니라 이겸이 짊어져야 했던 무거운 세월이자, 동시에 과거를 잊고자 했던 마음이었다. 주인이 찾지 않는 서고의 존재는 쉬이 잊었고, 지나간 상처도 겉보기나마 봉합되는 듯했다. 누구도 말하지 않고, 아무도 떠올리지 않으며.

그랬던 서고의 정리를 어느 날 이곳에 처음 온 객에게 하명하신 것이다. 모든 것을 덮어두고 잊고자 했던 이겸이 스스로 서고의 문을 열었다는 것. 또한 그곳에 사람을 들였다는 것.

그것은 의도했든 의도하지 않았든 분명 이전과는 많은 것이 달라질 것을 뜻했다. 끝이거나, 혹은 시작이 될.

동아와 서래댁이 그날 여리 앞에서 놀란 것은 바로 그런 연유에서였다.

"지체할 시간이 없구나. 비켜다오."

"나리께서는 모든 것을 내려두고 오셨습니다. 왜 이제 와 기어이 그때의 일을 다시 끄집어내려 하십니까?"

"내려둔다 하여 내려두실 수 있는 것이더냐? 태어날 때부터 그분의 운명이 그리 정하여진 것을."

"진헌군 대감께서는 종친이라는 이유로 지금까지 단 한시도 편한 적이 없으셨던 분입니다. 누구보다 잘 아시지 않습니까? 옥좌를 탐하신 적이 없음에도 늘 전하의 경계 속에서 살아야 했지요. 지금처럼 그저 평범하게 사는 것도 진헌군 대감께는 욕심인 것이옵니까?"

"지금처럼이라 했느냐? 사람들의 눈과 귀를 속이고 죽은 것으로 되어, 살아도 사는 것이 아니고 죽어도 죽은 것이 아닌 지금이 네게는 좋아 보이더냐?"

진헌군 이겸.

선왕에게는 적장자 이흔과 서자 이겸, 두 명의 아들만이 있었다. 그러나 어렸을 적부터 줄곧 병약하고 예민했던 이흔은 모든 면에서 자신보다 뛰어난 이겸에게 열등감을 가졌다. 아바마마의 성심은 언제고 바뀔 수 있는 가벼운 것임을 본능적으로 인지하고 있는 까닭이었다.

이흔이 세자로 책봉되고 난 후, 그의 병증은 더욱 심해졌다. 일각에선 이흔이 세상을 뜨면 이겸이 왕위를 물려받을 것이라는 말이 공공연히 떠돌았다. 무게를 지니지 않은 말들은 날카롭게 벼려져 이흔의 손톱 끝을 파고드는 가시가 되었다. 이흔은 그 가시를 빼낼 때까지는 죽는 날까지 절대 편치 않을 것임을 잘 알고 있었다.

옥좌를 탐한 적이 없음에도 이겸은 형님의 따뜻한 마음 한 자락 나눠 받지 못했다. 일곱 해 전 그날, 독에 중독된 이겸이 홀연히 세상으로부터 자취를 감춘 것은 그래서였다. 해독제를 찾는다는 명분이었으나 실상은 자신이 도성 안에 있는 한, 둘 사이의 악연은 끝나지 않을 것이기에. 이겸은 가슴에 심연으로 가라앉는 납덩이를 지고 살기보다는 제 이름을 잊는 쪽을 택했다.

"진정으로 진헌군 대감을 생각하신다면 존재하지 않는 선위 교서로 그분의 마음을 어지럽게 하지 마십시오. 간청 드리옵니다."

서래댁은 지나간 시간들이 생각난 듯 두 눈을 질끈 감았다. 떠올리는 것만으로도 안타깝고 괴로운 세월들이었다.

"존재하지 않는 문서가 아니다. 선왕 전하께서는 분명히 진헌군 대감을 위한 선위 교서를 만드셨다."

"소문일 뿐입니다."

"소문이 아니다."

"어찌 단언하시옵니까?"

"내가 보았으니까. 선위 교서가 만들어지던 때, 내가 그 문 밖에 있었다."

알지 못했던 사실이었다. 동아의 눈빛이 저도 모르게 흔들렸다.

단순한 소문이 아닌 명백한 진실. 진헌군 대감께 족쇄가 될 수도, 날개가 될 수도 있는 그것이 분명 존재하였다고 제 어미는 말하고 있었다.

"전하께서는 이미 보위에 오르셨사옵니다. 설령 그에 반하는 선위 교서가 존재한다 하여도 용상의 주인은 바뀌지 않습니다. 전하께서 저어하시는 것이 무엇인지는 모르겠사오나 진헌군 대감께서는 용상을 탐하실 분이 아닙니다."

"중요한 것은 진헌군 대감의 의지가 아니다. 두 해 전, 원자 아기씨를 잃은 후로 왕실에는 대를 이을 후사가 없다. 그러니 지금 전하께서 잘못되시기라도 하면 그다음 왕은 당연히 진헌군 대감이 되어야 하지 않겠느냐?"

"하여 미리 위협이 될 싹을 치겠다는 말씀이옵니까?"

"전하께서 어떤 성심으로 진헌군 대감을 찾고 계시는 것인지는 나도 알지 못한다. 다만 전하께서는 전하의 정통성을 흔들 수 있는 선위 교서를 찾아 없애려 하시고 나는 전하께 얻고자 하는 것이 있으니 그것을 이용해볼까 하는 것이다. 적어도 진헌군 대감을 이리 차가운 곳에 홀로 계시게 둘 방도는 되지 않을 거다."

"아닙니다. 진헌군 대감을 생각하셨다면 대감과 먼저 상의하셨어야지요. 그렇지 않다면 어머님의 욕심에 지나지 않습니다. 그만 미련을 버리십시오."

서래댁은 저를 바라보는 동아의 눈 속에서 깊은 슬픔과 염려를 읽었다. 서래댁의 입가에 씁쓸한 미소가 묻어났다. 어린 줄만 알았던 아이가 언제 이렇듯 장성하였을꼬.

일곱 해 전 그때에 가까스로 살아난 것은 이겸뿐만이 아니었다. 부모를 잃고 저 또한 죽을 뻔했던 동아 역시 이겸과 다르지 않았다. 쉬이 눈물을 보이지 않고 꿋꿋했던 아이는 어쩐 일인지 이겸과 서래댁의 곁을 떠나지 않았다. 홀로 남은 까닭에 갈 곳이 없기도 하였지만 그보다는 세상을 향해 마음을 닫아버린 탓이 컸다. 자라며 넘어질 때도 있고 상처 입을 때도 있었지만, 그때마다 서래댁은 아이를 다독여주었다. 쌓인 시간은 정이 되었고, 자연스레 어미와 자식이라는 울타리를 선물해주었다. 세월은 유수와 같았다.

동아가 서래댁 앞에 무릎을 꿇었다. 동아는 어느 때보다도 간절한 목소리로 고해 올렸다.

"어머님."

동아는 제 목숨이 아깝지 않은 둘을 대라면 이겸과 서래댁을 꼽을 것이다. 그 두 사람이 없인 지금의 동아도 없었다. 그러니 제 입으로 어미를 대감께 고하는 일은 도저히 할 수가 없었다.

"금일 소자는 이곳에서 아무것도 보지 못하였으니 어머님께서도 이곳에 오지 않으셨던 겁니다. 소자는 어느 분도 마음이 다치시길 원치 않사옵니다. 그러니 품은 뜻이 있으시다면 어머님께서 마음을 달리하여 주십시오. 부디 그렇게 해주십시오."

제 6 장

천문화(天文花)

생각에 잠긴 여리의 걸음이 어두운 산길로 이어졌다.

무영이 한 말들이 머릿속을 맴돌았다. 달빛을 비출 만큼 날카로운 검도 떠올랐다. 허튼 겁박 따위가 아니었다. 진심으로 나리를 저어하는 마음이 고스란히 담겨 있었다.

"하아."

긴 한숨이 산길에 내리깔렸다. 그때, 풀숲에서 바스락거리는 소리가 귀에 걸렸다. 흠칫 놀란 여리는 걸음을 멈추었다. 바람 소리를 착각한 것이 아닌가 하였지만 간격을 두고 다시 한 번 풀숲 흔들리는 소리가 이어졌다.

또야?

이미 이겸과 예화로 가던 날 한 차례 난리를 겪었었다. 호랑이가 아니라 해도 이 밤중에 숲을 배회하는 것이라면 어느 하나 안심해도 될 것은 없었다. 긴장한 여리는 입술을 질끈 깨물었다. 그리고 뒤도 확인하지 않고 부리나케 앞을 향해 내달렸다.

지난번 산행에서도 그러더니 내게 배고픈 짐승들을 끌어모으는 재주라도 있는 것인가!

숲을 헤치고 빠르게 달려갈수록 풀 사이를 가르며 다가오는 그것 또한 빠르게 뒤쫓았다. 사사삭, 나뭇가지와 풀잎 꺾이는 소리가 여리의 귓가에 달라붙었다.

가지에 얼굴이 베이는 것도 느끼지 못할 만큼 내달리던 여리의 다리에 마침내 무언가가 간격을 좁힌 듯 스치는 느낌이 났다. 놀란 여리는 발을 헛디뎌 달리던 길을 벗어났다. 그리고 낙엽과 나무뿌리들이 뒤섞인 곳으로 빠르게 굴러떨어졌다.

구르는 동안 눈을 뜨기는커녕 방향도 가늠할 수 없었다. 본능적으로 머리를 감싸 쥔 여리가 멈춘 것은 한참 후였다. 따라온 낙엽과 흙먼지들이 엎어진 여리 위로 쏟아져 내렸다. 갑작스러운 봉변에도 정신을 잃지 않은 여리가 지친 표정으로 고개를 들었다. 순간 시커먼 무언가가 눈앞으로 덤벼들었다.

"아아악!"

겁에 질린 여리가 앉은 채로 무작정 발길질을 해댔다. 이리 차이고 저리 차인 그림자는 급기야 그녀의 두 손목을 움켜쥐었다. 그 바람에 내지른 여리의 비명이 어찌나 컸던지 잠든 산이 흔들릴 정도였다. 때아닌 소란에 산새들이 까만 밤하늘로 날아올랐다.

"꺄악! 아악……."

"열아, 나다! 그만 진정하거라."

익숙한 목소리에 가까스로 정신이 돌아온 여리가 제 앞에 버티고 있는 이를 바라보았다. 여리의 입술 사이로 가쁜 숨이 색색 흘러나왔다. 여리의 손목을 단단하게 고정하고 있는 것은 다름 아닌 이겸의 손이었다. 이겸이 걱정스러운 눈빛으로 여리를 마주 보고 있었다.

"이제 좀 정신이 드느냐?"

생각지도 못한 이겸의 등장에 여리는 그저 멍하니 그를 응시했다. 고택에 계셔야 할 분을 여기서 보다니. 놀란 것도 무리는 아니었다.

"숨은 쉬고 있는 것이냐? ……설마 말을 잃어버릴 만큼 놀란 것인가. 이봐, 최열. 이봐!"

여리는 분명 눈을 뜨고 있는데도 입을 열지 않았다. 이쯤 되니 굴러떨어지는 통에 정신이라도 놓은 것은 아닌가 의심스러울 지경이었다. 이겸이 여리의 얼굴을 조금 더 가까이에서 들여다보았다. 눈썹을 찌푸리고 여전히 손목은 쥔 채였다. 잠시 후, 여리의 입술이 가늘게 달싹였다.

"……셨사옵니까?"

"뭐?"

마치 숨소리와도 같이 여린 소리여서 이겸이 한 번 더 물었다. 눈을 깜빡거린 여리가 약간의 간격을 두고 분명한 소리로 말했다.

"소인의 이름을 알고 계셨사옵니까?"

아까와는 다른 의미로 놀란 여리였다. 목소리에서는 반가움마저 묻어났다.

"소인의 이름 같은 건 모르시는 줄 알았습니다!"

"너는 지금 이 상황에……."

이겸은 기가 찬다는 듯 혀를 찼다. 그래도 말을 하는 걸 보니 일단은 멀쩡한 것 같아 마음이 놓였다.

"다친 덴 없는 것이냐?"

그제야 여리는 몸 이곳저곳을 움직여보았다.

"다행히 없는 것 같습니다. 크게 아픈 곳도 없고요."

꽤 오래 구른 것치고는 상태가 괜찮은 걸 보니 역시 타고난 강골이다 싶었다. 먼저 몸을 일으킨 이겸을 따라 여리도 옷을 털고 일어섰다.

"여긴 어찌 오신 것이옵니까?"

"지나다 비명이 들려 와보았다."

"지나는 길이시라고요? 야밤에 이 산속을 말이옵니까?"

"그럴 일이 있느니. 그러는 너야말로 무슨 일이 있었던 것이냐?"

"나리께서 쫓아오신 줄도 모르고 호랑이인 줄 알고 놀라서 그만."

"쫓긴 누가 누굴 쫓았다고. 그리고 산속엔 호랑이만 사는 줄 아느냐? 토끼도 살고, 사슴도 산다. 무영은?"

"그분과는 아까 기산골로 가는 길목에서 헤어졌습니다. 아니, 잠깐만요. 아까 제 발에 스친 것이 나리가 아니었다고요?"

여리의 얼굴이 순간 하얗게 질렸다. 그럼 그건 대체 뭐였지? ……토, 토끼라고 믿자. 그게 가장 덜 무섭겠다.

"산에서 길 잃은 짐승을 끌어모으는 것도 재주라면 재주구나. 무영이 다른 말은 없었느냐?"

이겸의 물음에 잠시 머뭇거리던 여리는 애써 밝은 기색으로 고개를 저었다. 무영과 나눈 이야기에 대해서는 그저 입을 다물었다.

"별다른 말씀은 없으셨습니다. 그분께서 소인에게 하실 말씀이 무엇 있겠사옵니까?"

사실 이겸은 무영 때문에 두 사람의 뒤를 밟은 길이었다. 여리를 보는 무영의 눈빛이 내내 석연치 않았기 때문이었다. 여리가 집으로 가는 때에 굳이 함께 길을 나설 이유가 없었음에도 무영은 그답지 않게 동행을 자처했다.

그저 기우였던 것일까. 이 녀석이 뭐라고 매번 이렇게 제 발걸음을 이끄는 것인지. 아무 일도 없었음을 확인하니 마음이 놓였다.

하루에도 몇 번이나 마음속에서 바람이 불었다가 그치기를 반복했다. 따스한 봄바람 같기도 하고 매서운 겨울바람 같기도 한 일렁임을 만들어내는 것은 언제나 이 하얗고 동그란 얼굴이었다. 해사한 웃음과 슬픈 표정, 놀란 표정, 어느 하나 쉬이 지나가는 것이 없었다. 목숨을 빚진 값이 이토록이나 크다.

"아무 일이 없었다면 되었다. 시각이 늦었으니 서둘러 가보도록 하여라."

길이 어두워 염려는 되었으나 뜬금없이 데려다주겠노라고 말할 명분은 찾지 못했다. 이겸은 여리가 마을에 닿을 때까지 간격을 두고 뒤따르는 쪽을 택할 생각이었다.

여리가 주변을 둘러보는 사이 이겸은 별다른 말을 찾지 못하고 돌아섰다. 이겸이 서너 걸음을 옮겼을 즈음, 망설이는 여리의 목소리가 그의 발걸음을 붙잡았다.

"나리."

이겸이 여리를 보았다.

"이런 말씀 올리기 송구하오나."

여리가 머리를 긁적이며 난처한 기색으로 어색한 미소를 지었다.

"여기가 어디인지 모르겠사옵니다. 예화는 어느 쪽으로 가야 하는지요?"

굴러떨어지며 묻은 낙엽 하나가 여리의 머리카락 끝에서 하늘하늘 흔들렸다. 천진하게 반짝이는 눈빛은 길 잃은 강아지처럼 오직 이겸만을 바라보고 있었다.

맑고 밝은 달빛 아래 두 사람의 시선만이 말없이 오고 갔다.

가파른 산길을 걷는 동안 환한 달빛이 머리 위에서 따랐다.

낮에 무영의 뒤를 따르던 것처럼 말없이 이겸의 뒤를 따라 걷는 일의 반복이었으나 그때와 달리 여리의 마음은 조금도 불편하지 않았다. 넓은 보폭의 이겸이 두 번 걸을 때 여리는 세 번 발을 옮겨야 했으나 그것은 마음이 불편한 것에 비하면 차라리 불편한 것도 아니었다.

앞으로 성큼성큼 나아가던 이겸이 불쑥 몸을 뒤로 돌렸다. 그 바람에 울퉁불퉁한 바닥만 보며 따르던 여리가 이겸의 가슴팍에 머리를 부딪혔다.

"아야!"

여리가 이마를 세게 문지르며 이겸을 올려다보았다. 여리의 손이 쉼 없이 이마를 오가자 이겸이 건조한 목소리로 말을 이었다.

"그래서야 불이 붙겠느냐?"

"예?"

잠시 멀뚱거리던 여리는 이내 볼을 불퉁하게 부풀렸다. 이겸이 제 머리를 부싯돌, 즉, 돌에 비유한 것을 알아차린 것이다.

"나리, 이리 좋은 돌 보셨습……."

"됐고. 지금 꽤 곤란하다."

여리의 말을 자른 이겸은 시선을 들어 하늘과 나무의 위치를 가늠했다.

"무엇이 말입니까?"

"계속 같은 자리를 맴돌고 있다는 것을 못 느꼈느냐?"

여리는 주위를 둘러보았다. 그러고 보니 저 바위는 한 식경 전에도 낑낑대며 넘었던 기억이 있었다.

"예화로 가는 길을 아시는 것 아니었사옵니까?"

물론 알고 있었다. 아니, 찾을 수 있으리라 생각했다. 여리의 비명을 듣고 길이 아닌 곳으로 급히 뛰어 내려가다 보니 이겸 역시도 잠시 방향을 잃었다. 그래도 하늘에 걸린 달을 보고 곧 길을 찾을 수 있으리라 생각했는데 숲을 빼곡하게 채운 나무들은 방향을 어지럽게 만들었다.

이겸은 한 식경 전에 길을 표시하기 위해 꺾어둔 나뭇가지를 흘깃 보았다. 이 길은 이미 지나갔으니 갈 필요가 없었다.

"이제부터 알아볼 예정이다. 이쪽은 되었으니 저리……."

무감하게 시선을 돌리던 이겸의 말이 멎었다. 어둠 속에서도 파랗게 질린 여리의 입술과 그 사이로 새어 나오는 하얀 입김 때문이었다. 여리는 덜덜 떨리는 팔을 손으로 비비며 식어가는 온기를 잡았다.

"한기가 드는 것이냐?"

"괜찮사옵니다. 낮부터 약한 몸살기가 있었는데 별거 아닙니다. 나리께서 말씀하신 대로 저 길로 가보지요. 움직이다보면 금세 몸에 온기가 돌 것이옵니다."

여리의 옷은 추위를 막지 못할 만큼 얇은 홑겹이어서 말을 하는 중에도 이가 딱딱 부딪쳤다. 며칠 사이에 날이 부쩍 추워져 미처 사가에서 두꺼운 옷을 챙겨오지 못했다. 하긴 두꺼운 것이라고 해봐야 솜을 넣어 누빈 것도 아니어서 그저 몇 겹을 겹쳐 입는 것에 지나지 않았지만.

이겸의 시선이 여리의 발에 닿았다. 여리는 버선만 신은 발을 꼬물꼬물 뒤로 숨겼다.

"괜히 저 때문에 나리께서도 고생을……."

말을 마치기도 전에 여리의 얼굴 위로 검은 것이 풀썩 덮어 씌졌다. 여리는 제 머리에 덮인 그것을 끌어내렸다. 방금 전까지 이겸이 걸치고 있던 두루마기였다.

화들짝 놀란 여리가 두루마기를 다시 이겸에게 내밀었다.

"괜찮사옵니다. 어서 다시 입으시지요. 감한이라도 드시면 어찌하옵니까?"

이겸은 대답 대신 입고 있던 배자도 마저 벗었다. 망설임 없이 단도로 쭉 긋자 천은 두 개가 되었다. 여리의 앞에 선 이겸이 자세를 낮추었다.

"무, 무, 무얼 하시는 것이옵니까? 일어나십시오."

이겸은 굴러떨어지며 잃어버린 신을 대신하여 가죽이 덧대어진 배자로 여리의 발을 감쌌다. 끈으로 발목을 고정하는 것도 잊지 않았다.

당황한 여리가 발을 빼려 했으나 이겸은 여리의 발목을 단단히 잡고 놓아주지 않았다.

"나리! 저는 정말 괜찮사옵니다."

"날이 점점 더 추워질 것이다. 체온이 이 이상 떨어지면 방도가 없으니 험해도 둘러가지 않는 길을 택할 거다."

이겸은 다른 발에도 배자 조각을 똑같이 묶었다. 떨리는 여리의 입술 사이로 하얀 김이 새어 나왔다. 이겸이 내뱉은 숨도 곧 뿌옇게 흩어졌다. 산속의 기온은 빠른 속도로 떨어지고 있었다. 이겸은 여리의 팔에 걸쳐진 두루마기를 들어 그녀의 어깨 위로 덮어주었다. 이겸 특유의 청량한 향이 은은하게 배인 두루마기였다.

"하여 마을까지 가는 길이 험하고 힘들 수도 있으니. 따라올 수 있겠느냐?"

이겸과 여리의 시선이 허공에서 얽혔다. 두루마기와 배자까지 여리에게 넘긴 탓에 이겸의 목덜미가 서늘하게 드러났고, 그림 같은 검은 흉이 달빛에 선명히 드러났다.

이대로 시간을 지체한다면 이겸도 여리처럼 체온이 떨어질 것이다. 여리는 점점 감각이 없어지는 손과 발에 힘을 주었다. 이미 한계였다.

"따르겠습니다."

"물론 호랑이라도 만난다면 그때는 굳이 따를 필요가 없다. 각자 도망쳐서 한 명이라도 살 방도를 찾아야지."

말 속에 숨은 배려를 찾아낸 여리가 덜덜 떨리는 입술로 해사하게 웃었다.

"마을에서는 나리를 일러 저승사자라 하옵니다. 저승사자께서 어찌 호랑이를 두려워하시옵니까?"

"저승사자도 무서운 것이 한두 가지쯤은 있는 법이다. 그러니 만약 그리된다면 뒤도 돌아보지 말고 도망가거라."

"제 다리가 나리보다 짧으니 도망가도 금세 잡힐 것이옵니다. 차라리 제가 시간을 벌고 있을 테니 나리께서 먼저 도망가십시오."

"참으로 든든한 이를 길동무로 두었군."

이겸이 여리에게 손을 내밀며 미소 지었다.

"혼자 버려두지 않으마."

농은 지워졌으나 따뜻한 목소리였다. 잠시 주저하던 여리는 제게로 내밀어진 그 손을 맞잡았다.

이겸이 하늘에 뜬 달을 보았다. 달의 위치를 따져보았을 때

앞으로 곧장 내려가는 것이 가장 빠른 지름길이었다.

"이 길로 내려갈 거다."

여리는 이겸의 눈짓이 가리킨 방향을 보았다.

"이…… 길 말이옵니까?"

"그래, 이 길. 아니, 이런 건 길이라 할 수 없던가?"

길을 내려다본 여리의 턱이 살짝 떨어졌다.

길이라는 것은 본디 무엇인가? 그것은 사람들이 지나다닐 수 있는 것을 이른다. 지나다닐 수 있기에 길이라 불렀다. 보통 눈앞의 것처럼 이제껏 누구에게도 발길을 허한 적 없는 무엇은 길이라 하지 않았다. 그도 그럴 것이 사람이 오르내릴 수 있는 경사가 아니었다.

나무를 유심히 보던 이겸은 나무의 아래쪽을 발로 차 꺾었다. 뻗은 모양새와 굵기가 제법 손에 쥐기 좋은 나무였다. 잔가지를 정리하고 단도로 양끝을 날카롭게 정리했다. 나무 끝을 만져본 이겸은 되었다 싶었는지 나무를 불쑥 여리에게 내밀었다.

"들고 있거라."

여리는 얼떨결에 두 손으로 나무를 떠안았다.

"지팡이이옵니까? 감사합니다."

"네 것이 아니라 내 것이다."

"아, 예."

왠지 머쓱해진 여리가 헛기침을 내뱉었다. 이겸은 여리의 봇짐을 제 등으로 옮겨왔다. 흘러내리지 않게 매듭을 묶은 이겸은 여리에게서 나무를 건네받았다.

"저 아래 길이 끝나는 곳이 보이느냐?"

체온이 떨어져 덜덜 떨리는 몸을 움켜쥔 여리가 답했다.

"이런 경사도 길이라 이른다면 보이긴 보입니다."

"저기까지 쉬지 않고 한 번에 갈 것이다. 이 능선만 내려가면 사람이 다니는 길이 있겠지."

쉬고 싶다고 해서 쉴 수 있는 경사가 아니었다. 일단 한 번 발을 들이면 자의든 타의든 길이 끝나는 곳까지 미끄러지게 되어 있었다. 이겸은 수풀을 발로 눌러 밟았다. 이겸의 발을 따라 두 사람이 지날 수 있을 정도의 폭이 생겼다. 발을 옮기려던 이겸은 여리를 돌아보았다.

"참, 내 깜빡 말을 하지 않을 뻔했구나. 혹시라도 나와 떨어지게 된다면 곁에서 다섯 보 이상 떨어져서는 안 된다."

"어째서입니까?"

이겸이 덤덤하고도 담백하게 말을 이었다.

"이제부터 우린 사람의 영역이 아닌 호랑이의 영역으로 들어가는 것이니까."

"예. 그렇군……요?"

여리의 눈이 동그란 토끼 눈으로 변했다.

"기억하거라, 다섯 보."

"잠시만요, 나리. 호랑이라니요? 에이, 또 저를 놀리시려고 농을 하시는 거지요?"

말은 그리했으나 어쩐지 기어들어가는 목소리였다. 역시 저가 수놓았던 나리의 옷은 호랑이 때문에 그리된 것이었다.

이겸은 대수롭지 않다는 듯 커다란 나무의 몸통을 쓸어보였다.

"보이느냐? 이건 호랑이가 등을 비벼 생긴 자국이다. 그러니 여기서부턴 녀석의 땅이라는 거지. 애석하게도 이 능선을 벗어나는 길은 여기밖에 없다."

여리의 시선이 저절로 이겸이 든 나무 끝으로 향했다. 그러고 보니 지팡이답지 않게 끝이 뾰족한 것은 다른 용도가 있었기 때문이다.

머릿속으로 잠시 생각을 정리한 여리는 이겸을 등지고 발걸음을 옮겼다.

"하하, 산이 왜 산이겠습니까? 이 넓은 곳 중에 길이 하나밖에 없다면 그게 어찌 산이겠는지요? 찾아보면 그래도 하나쯤 다른 길이……."

"이 길이 아니면 우리가 내려온 길을 다시 올라가야 한다. 이 밤 안으로 그곳을 오를 수 있다면 그리하든가."

이겸의 말이 여리의 발을 잡아끌었다. 이번엔 여리의 시선이 자신이 굴러떨어졌던 길로 향했다. 다치지 않은 게 천운인 길은 절벽에 가까웠다. 아무리 그렇다 해도 이건 아니지 않은가. 겁먹은 강아지 같은 눈빛으로 여리가 이겸을 돌아보았다.

"전 다른 방도를 찾아보렵니다. 얼어 죽으나 물려 죽으나 매한가지이니 차라리 다른 길을 찾아……."

"다른 방도를 찾기 위해 지금껏 같은 자리를 맴돈 것이다.

이 길밖엔 없다."

물러갈 수도, 나아갈 수도 없는 여리의 다리는 땅에 뿌리를 내린 듯했다. 하늘님, 그동안 제가 도대체 무슨 잘못을 했사옵니까? 왜 제게 뜬금없이 이런 시련을 주시나요?

겨울밤 차가운 산 공기가 여리의 체온을 빼앗아가고 있었다. 보다 못한 이겸이 여리의 등을 밀어서 벼랑 쪽으로 나아갔다.

"나, 나리! 저는 아직 마음의 준비가⋯⋯!"

"지난번 폭포에서 보니 달리 준비하지 않아도 되겠더구나."

산전수전 다 겪은 여리였지만 그 산전수전 속에 호랑이는 포함되어 있지 않았다. 여리가 밀리지 않으려 발에 힘을 꼿꼿이 주고 고개를 세차게 저었다. 사람, 그렇게 쉽게 죽지 않는다 믿었거늘 금일엔 그 믿음이 바뀔 수도 있겠다.

그녀는 눈을 질끈 감은 채 혹시나 해서 발을 뻗어 더듬거려 보았지만 닿는 것이 없었다. 놀란 그녀는 서둘러 발을 거두어들였다. 뒤로 물러서려 했으나 이겸의 몸에 막혀 그마저도 허락되지 않았다.

"나, 나리. 마지막으로 한 번만 더 진중히 생각해보시지요."

수풀 앞에 선 이겸이 여리의 어깨를 잡고 등 뒤에서 말했다.

"절대 널 놓치지 않을 것이다. 그러니 날 믿어라."

낮고 의지가 되는 목소리가, 제 어깨를 단단히 잡은 그 온기가 여리의 마음에 스며들었다. 놓치지 않을 것이라는 그 말이 왠지 그대로 이루어질 것 같았다. 여리는 파르르 떨리는 날숨을 뱉으며 마침내 눈을 떴다. 가파른 길을 마주한 여리가 마른침을 약하게 삼켰다. 손끝을 타고 흘러드는 떨림은 여전했지만 들려오는 말은 의외였다.

"알겠사옵니다. 밤중에 산행을 하는 게 처음도 아니고. 길이 여기밖에 없다면 마땅히 가보겠습니다."

"기특하다."

이겸은 나무창을 봇짐 뒤로 꽂았다. 그리고 순식간에 여리를 두 팔로 안아 올렸다.

"무……."

잠시 여리의 눈을 바라본 이겸은 여리의 귓가로 입을 가지고 가 속삭였다.

"최대한 빨리, 한 번에 가마."

여리가 대답할 사이도 없이 이겸은 바람처럼 벼랑길로 몸을 날렸다. 미끄러지는 속도 탓에 자갈과 잔가지가 튀어 올랐다.

쉭쉭, 바람이 귓가를 스치는 소리가 들렸다. 여리는 저도 모르게 이겸의 목을 꼭 끌어안았다. 여리의 은은한 향이 이겸을 감쌌다. 온기가 겹쳐진 두 사람의 마음에 추위와는 어울리지 않는 봄기운이 스치고 지나갔다.

흙먼지와 낙엽 바람이 일었다. 벼랑과도 같은 능선을 정신없이 내려온 이겸과 여리는 마침내 편평한 길로 튕기듯 내팽개쳐졌다. 얼마간 구른 탓에 손과 무릎을 바닥에 짚은 채로 여리가 기침을 콜록거렸다.

"이제 된……, 콜록……, 된 것 같습니다."

주저앉은 이겸도 지친 듯 손을 털며 두 사람이 내려온 능선을 올려다보았다.

"다행히 호랑이는 만나지 않고 내려온 것 같구나."

이겸이 먼저 일어서서 여리에게 손을 내밀었다. 여리가 잔기
침을 하며 이겸에게 의지해 일어섰다.

"정말 다행이옵니다. 까딱하다간 호랑이를 만나는 줄 알
았……."

그러나 여리의 말은 미처 끝을 맺지 못했다. 이겸과 여리의
시선이 같은 곳에서 멈추었다. 그곳에선 모닥불 앞에 둘러앉
은 화적패가 이겸과 여리를 멀뚱한 표정으로 보고 있었다.

"……는데 또 이자들을 만났네요."

한 번 본 적이 있으니 인사라도 건네야 하나 상황이 영 껄끄
러웠다.

"이, 이것들! 저번에 개울가에서!"

앉아 있던 화적패들이 두 사람을 알아보고 우르르 일어섰
다. 이겸에게 혼난 적이 있는 그들은 그때보다 세 배쯤 수가
많아 보였다.

"그렇지 않아도 엉뚱한 놈에게 얻어맞고 기분 개떡 같았는
데 다시 만날 줄이야. 금일은 우리 쪽수가 그때보다 몇 배는
많으니 잘 걸렸다. 이놈!"

사내들은 감던 면포를 던져버리며 팔을 씩씩 걷었다. 그러
니까 지금 이겸과 여리는 누군가 이곳을 휩쓸고 간 다음에 운
나쁘게도 화적패와 다시 마주한 것이다.

이겸이 일단 진정하라는 듯 손을 들어 화적패를 제지했다.

"워워, 일어날 필요 없네. 다시 만나서 반갑긴 하겠지만 우리가 갈 길이 좀 바빠서. 그럼 편히들 쉬시게."

두 사람은 서둘러 자리를 뜨고자 했지만 화적패 중 하나가 두 사람의 앞길을 막아섰다.

"방금 어떤 놈 하나가 난리를 치고 가서 우리가 영 기분이 안 좋거든?"

"그러게, 검을 차고 있으니 건들지 말자 했는데 푸른색 도포가 비싸 보인다며 굳이 형님께서 가시지 않으셨습니까?"

눈치 없는 놈이 말을 덧붙이자 다른 화적패들의 눈길이 일제히 그놈에게로 쏠렸다. 이래서 눈치 없는 놈은 없던 매도 만들어서 맞는다.

이겸이 여리에게 작게 속삭였다.

"무영이 지나갔나 본데?"

"그런 것 같습니다. 하오면 여긴 예화가 아니라 기산골로 가는 길인 듯한데요."

한참 전에 갔던 무영과 어찌하여 길이 겹친 것인지는 모르겠으나 어찌 되었든 이쪽은 예화 방향이 아닌 모양이었다. 둘의 대화를 들은 사내 하나가 눈썹을 치켜올렸다.

"거기 너, 방금 뭐랬냐?"

이겸이 주위를 둘러보더니 스스로를 가리켰다.

"나 말인가?"

"그래, 너. 방금 지나간 놈 이름이 뭐라고 했잖아."

"내가? 아닌데."

"아니야. 분명 들었다. 무 뭐라고 하는 거. 이제 보니 일행이 구만. 그럼 더욱 보낼 수 없지."

다시 화적들이 한 걸음 다가와 간격을 좁혔다. 이겸이 아니라는 듯 어깨를 으쓱거려 보였다.

"자네가 잘못 들은 거라니까."

"뭣! 가뜩이나 요즘 살쪄서 다른 놈들이 나보고 귀에도 살찐 거 아니냐고 하는데 너도 지금 그 말 하는 거지? 그런 거지? 앙?"

순식간에 분위기가 더 험악해졌다. 당황한 여리가 이겸의 뒤에서 입을 열었다.

"나리, 괜히 말 섞어서 일 만들지 마시고 어서 가시지요."

"너와 처음으로 생각이 통했구나."

이겸이 애써 웃는 기색으로 화적패를 보았다.

"험한 길을 오다 보니 지쳐서 그런 것도 있고 서로 간에 오해가 있는 듯하네. 그럼 우린 가는 길이 바빠서 이만."

이겸과 여리는 서둘러 몸을 돌렸다.

"잠깐!"

화적패는 몇 걸음 채 가지도 못한 둘을 불러 세웠다.

"거기 작은 놈."

서로 눈치를 살피던 이겸과 여리가 걸음을 멈추고 뒤를 돌아봤다. 이번엔 여리가 입을 열었다.

"저 말입니까?"

"그래, 너. 저번 개울가에서부터 낯이 익더라니 이제 기억났다. 너 나 기억 안 나냐?"

여리가 순진한 표정으로 고개를 저어 보였다.

"분명 금일이 두 번째……이고 싶습니다만."

"예화 저자에 있는 좌판, 그리고 빗자루. 이러면 기억나겠지?"

머릿속으로 기억을 되짚던 여리의 눈썹이 슬쩍 접혔다. 그 표정을 놓치지 않은 화적패가 '하' 기가 찬 웃음을 뱉었다.

"오냐. 이제 기억이 나는 모양이구나. 그래. 내가 너한테 얻어맞고 자릿세도 못 뜯고 나온 바로 그놈이다."

여리는 저자 좌판에서 돈을 뜯으려 하는 왈패를 옆에 있던 빗자루로 후려쳐서 쫓은 적이 있었다. 도망가던 왈패는 스스로 발이 꼬여 크게 넘어졌더랬다.

달현은 그 왈패가 석 달째 다리를 절고 다니더라며 왈패가 불쌍하긴 처음이라고도 했었다.

"아."

여리가 탄식을 했다.

"그러고 보니 바로 그놈, 아니, 그 왈패였군요. 그나저나 이런 어둠 속에서도 알아보다니 눈썰미가 대단합니다."

어쨌든 저를 치켜세워주는 말에 사내의 어깨가 한껏 올라갔으나 기분 좋은 것도 잠시, 사내가 여리를 겁박했다.

"널 다시 만나면 본때를 보여주리라 마음을 먹고 있던 차였다. 오늘 잘 만났다."

아차. 제 말실수를 깨달은 여리가 한 걸음 뒤로 주춤 물러섰다. 이번엔 이겸이 여리의 옆에서 속삭였다.

"아예 반갑다고 잔치라도 하지?"

"이제 어떻게 해야 합니까?"

반 이상 가린 얼굴이었으나 이겸은 눈으로나마 화적패에게 웃음을 지어 보였다. 그리고 여리에게만 들릴 정도로 작은 소리로 말을 이었다.

"물어 무엇하느냐? 이미 한 번 해본 것을."

이겸은 화적패에게 손을 들어 인사를 했다. 그와 동시에 여리의 손목을 낚아채며 말했다.

"뛰자!"

여리는 이겸에게 끌려가듯 달리기 시작했다. 화가 난 화적패들이 허공에 주먹질을 해댔다.

"저놈들 잡아라!"

밤중 산길에서 때아닌 추격전이 시작됐다. 여리는 발을 재게 놀리면서 뒤를 돌아보았다. 화적패들은 여전히 뒤를 따르고 있었다. 정신없이 뛰는 여리의 머리끈이 차츰 느슨해졌다.

숨이 턱까지 차오른 여리와 달리 이겸의 호흡은 거의 변함없었다. 대신 봇짐에서 사르륵 무언가 떨어지는 소리가 이겸의 귀를 붙잡았다.

이겸은 자신이 대신 메고 있는 여리의 봇짐을 보았다. 내리막에서 미끄러질 때 찢어진 듯 손가락 두 마디 정도의 구멍에서 콩이 쏟아지고 있었다.

여전히 빠르게 달리며 이겸이 외쳤다.

"이게 무엇이냐?"

"아주머님께서 가져가라고 챙겨주신 콩입니다."

달빛을 받은 콩은 두 사람이 가는 길 뒤를 선명하게 수놓았다. 이걸 보고 찾아오시오, 하듯.

"하필 색도 이렇게 잘 보이는 걸!"

봇짐을 틀어쥔 이겸은 뒤를 돌아보았다. 아직 화적패와는 제법 거리가 있었다.

멈추어 서서 마주 보는 이겸과 여리의 호흡이 뽀얗게 흩어졌다.

"형님! 여기서 이게 끝났는데요?"

시커먼 흙길 위에 떨어진 콩을 주워 들며 한 사내가 말했다.

"분명 멀리 못 갔을 거다. 이 주변을 샅샅이 뒤져라!"

"예!"

사내들은 수풀을 헤치며 흩어졌다. 나무 위에 숨은 이겸과 여리가 슬쩍 아래를 보았다. 가쁜 숨을 겨우 참으며 아래를 보던 여리가 어느 순간 균형을 잃고 휘청거렸다.

이겸은 재빨리 여리의 등과 머리를 당겨 품에 안았다. 여리를 단단히 잡은 이겸은 근처를 서성이는 사내들에게로 시선을 옮겼다.

이겸의 가슴에 얼굴이 맞대어진 여리는 다른 의미로 숨이 막혀서 그의 가슴에 소심하게 두 손을 올려놓았다. 그러나 여리의 사정은 알지 못하고 사내들에게 주의를 집중하고 있는 이겸의 팔은 더욱 꽉 여리를 고정했다. 이젠 진짜로 여리가 움직일 틈 따위는 없었다.

쿵, 쿵, 쿵, 쿵.

심장 소리가 귓가를 울려왔다. 숨을 참은 탓인지 심장이 뛰어도 너무 빠르게 뛰었다. 그때, 제 심장 소리에만 신경 쓰고 있던 여리의 귓가로 또 하나의 심장 소리가 들려왔다.

두근, 두근.

고요하고 일정한 박동. 이겸의 것이었다. 그렇게나 뛰어왔는데도 박동은 전혀 빠르지 않았다. 귀를 두드리는 고요한 온기에 여리의 마음도 차츰 안정을 찾아갔다. 가까이 있으니 이겸의 청량한 향이 더욱 또렷이 느껴졌다. 참으로 불편했지만 이대로 계속 있어도 좋을 것 같았다. 얼굴은 너무 뜨겁게 달아올라 그 위에서 물도 끓일 수 있을 것 같았지만.

"들어봤는지 모르겠는데 내가 영산 미친개다. 한 번 물면 놓지를 않지. 네놈들을 잡기 전엔 절대 돌아가지 않아."

이겸과 여리에게 들으라는 듯 화적패 하나가 쩌렁쩌렁하게 외쳤다.

이겸이 소리 없이 옅은 한숨을 내쉬었다. 그 순간 코끝이 간질간질해진 여리가 이겸의 품에서 고개를 떼고 움찔거렸다. 결국 참지 못한 여리가 작게 재채기를 했다.

"에취!"

"어디냐! 어디 숨었어?"

당황한 여리가 입을 틀어막고 이겸을 보았다. 이겸은 쥐고 있던 콩을 가볍게 툭툭 흔들었다. 그리고 어느 순간 있는 힘껏 어깨를 꺾어 화적들에게로 콩을 던졌다.

바람을 가르고 날아간 콩은 정확히 우두머리의 이마를 때렸다.

"으악!"

단순한 콩이 아니었다. 약간이었지만 이겸의 진기를 실은 콩이어서 그것은 흡사 우박처럼 머리를 강타했다. 이마를 감싼 우두머리가 휘청거리자 나머지 패거리들도 당황해서 주위를 살폈다.

"뭐야? 어디서 뭐가 날아온 거야? 어, 악!"

'쉭' 하는 소리와 함께 콩이 날아들었다. 배를 얻어맞은 녀석은 배를 감싸고 넘어졌다. 상황을 파악할 사이도 없이 다음, 그다음이 이어졌다. 얻어맞는 충격에 언제 어디에서 날아올지 모른다는 두려움이 더해져 움츠러든 몸은 펴지지 않았다.

다리에 맞은 녀석은 무릎이 풀리고 팔에 맞은 녀석은 옆으로 데굴데굴 굴렀다. 이쯤 되면 정확하게 날아오는 그것이 돌인지 화살인지 분간이 되지 않았다. 쉭, 쉭, 쉭. 바람 가르는 소리가 연이어 쏟아졌다.

넘어진 우두머리가 일어서려는 찰나, 이겸은 나무 위의 작은 가지 하나를 꺾었다. 이겸이 던진 가지는 정확히 사내의 바지를 뚫고 바닥에 박혔다. 가지 때문에 일어서지도 못하고 바지는 땅과 하나가 되었다. 패거리들의 눈이 휘둥그레졌다.

"나무가 어떻게 땅에 박힌 거야? 화살도 아닌……, 으억!"

말이 끝나기도 전에 두 개의 가지가 다시 일정한 간격으로 날아와 우두머리의 다리 옆에 박혔다. 마치 울타리처럼. 몸으로 향했다면 충분히 살갗을 뚫고도 남을 정도의 빠르기와 정확성이었다.

"으아아악!"

파랗게 질린 우두머리가 비명을 지르며 몸을 일으키기 위해 끙끙거렸다.

찌익, 바지 찢어지는 소리가 났지만 겁을 먹은 일행들은 뒤도 돌아보지 않고 도망갔다. 뒤이어 찢어진 바지를 움켜쥔 우두머리마저 도망가고 난 후에야 이겸은 필요 없어진 가지를 근처에 던져두었다.

그제야 제 품 안에 여리가 있다는 사실을 깨달은 이겸이 시선을 내렸다.

"괜찮은 것이냐?"

아래로 떨어지지 않으려 이겸의 옷자락을 꼭 쥐고 있던 여리가 대답 대신 고개를 끄덕였다. 순간, 이겸의 움직임이 멎었다. 달려오는 동안 느슨해진 여리의 머리카락이 풀어져 어깨 위로 드리워져 있었다. 칠흑같이 검은 머리카락은 달빛을 받아 은은하게 반짝였다. 하얀 얼굴과 동그란 눈, 고운 뺨까지. 꿈속에서 보았던 그 여인이었다.

붉은 입술 사이에서 흩어지는 하얀 입김마저 달빛과 어우러져 묘한 분위기를 자아냈다. 흐트러진 머리카락에서는 옅은 꽃향기 같은 것이 스쳤다. 달빛 아래의 여리는 더 이상 막내아우 같은 사내아이도, 밤톨 강아지도 아니었다.

이겸은 뒤늦게 당혹감이 밀려옴을 느꼈다.

"전 괜찮사옵니다. 나리는 괜찮으십니까?"

─여인인 줄 알았사옵니다. 대감께서 여인 대하듯 그자를
    지키시기에.

무영의 말이 스쳤다.

독으로 인한 이상 반응 따위 때문이 아니었다. 목숨을 빚진 값 때문에 미안한 것은 더욱 아니었다. 누구보다 이 아이가 여인이길 바라는 이는 어쩌면 이겸, 바로 자신임을 이제 알 수 있을 것 같았다. 그 어지러운 마음이 어설프게도 다른 이의 앞에서 드러난 것이다. 제게 남은 시간이 얼마나 된다고 이 얼굴을 기억해버린 것일까. 스스로 생각해도 한심한 이겸은 어지러운 감정에 이름 붙이기를 멈추어버렸다.

여리의 물음에도 잠시 말을 잇지 않고 있던 이겸은 가만히 손을 들었다. 이겸의 손가락이 조심스럽게 여리의 이마 위로 내려앉았다. 여리의 코끝으로 다시 한 번 이겸 특유의 좋은 향이 스쳤다. 여리가 제 이마를 짚은 이겸의 손가락을 보며 눈을 깜빡거렸다. 이겸은 그대로 여리의 이마를 뒤로 꾹 밀었다. 이겸의 손을 따라 여리가 뒤로 밀려났다.

"달라붙어 있는 통에 더운 거 빼곤 괜찮다. 좀 물러나거라."

"송구하옵니다."

저도 모르게 너무 딱 붙어 있어서 화가 나셨나. 여리는 이

마를 문지르며 냉큼 옆으로 물러났다. 먼저 나무 아래로 내려온 이겸이 여리가 내려올 수 있도록 도와주었다. 바닥으로 내려온 여리는 가지고 있던 여분의 끈으로 머리를 단정하게 동여맸다. 텅 빈 콩 주머니를 확인한 이겸이 말했다.

"아쉽게 됐군. 콩은 서래댁에게 다시 챙겨주라 이르마."

머리 끈을 매듭지은 여리는 이겸을 보았다.

"내금위장 나리께서는 무탈하게 가셨을까요?"

"걱정 마라. 무영에게 해를 입힐 수 있는 자는 거의 없으니."

그런 내금위장께서도 예를 갖추시는 나리. 여리는 두 사람의 관계가 궁금해졌다.

"무영의 성정에 비추어보면 그냥 가려는 무영을 저놈들이 귀찮게 해서 적당히 따라오지 못할 만큼만 손을 봐준 것일 거다. 너도 저자에서 그들이 왈패라는 이유만으로 혼내준 것은 아닐 터. 상인에게서 돈을 뜯어가려 했기에 그리한 것이겠지."

"으음, 알 것 같습니다. 나리께서 이번에도 저들을 해하지 않으신 이유를요. 짐승도 배가 고플 때와 상대가 저를 위협할 때 외에는 다른 동물을 공격하지 않잖습니까? 목숨이란 다 똑같이 귀한 걸 아니까요. 그러니까 지금의 나리께서는 그런 짐승의 마음과 같은 마음인 거지요? 역시 나리는 본받을 점이 많은 분이십니다."

분명 칭찬인데 이겸은 졸지에 짐승의 마음을 가진 자가 되어버렸다.

여리는 정녕 사심 없이 한 말이었는지 존경의 눈빛으로 이겸을 보았다.

여리가 보아온 양반들은 신분이 곧 특권이라 믿는 이들이었다. 이유 없이 사람을 때려도 크게 처벌을 받지 않는 것이 대부분인데 나리는 보통의 양반들과는 생각이 달랐다. 양반이지만 양반처럼 멀게 느껴지지만은 않아서 좋았다.

참으로 무례한 생각이지만 문득 나리께서 양반이 아니었다면 어땠을까 하는 생각도 들었다. 저와 신분이 다르지 않았다면…… 그랬다면 이런 심란함을 접고 나리를 편히 마음에 담을 수 있었을까? ……내가 방금 무슨 당치도 않은 생각을!

다행히 이겸은 길 건너 계곡을 보느라 여리의 당황한 표정을 보지 못하였다.

"이 물길이 흘러 예화 현에 닿을 테니 이것만 따라가면 길을 찾을 수 있겠구나. 어찌 됐든 다행이다."

이겸의 말에 여리는 조금 전까지의 민망한 생각을 지우고 서둘러 시선을 옮겼다.

저 멀리 폭포 소리가 들리는 것으로 보아 용소가 멀지 않은 듯했다.

"용소가 가까운 것으로 보아 마을도 그리 멀지 않을 것입니다."

"용소?"

"지금 작게 폭포 소리가 들리시지요? 그 폭포가 떨어지는 곳에서 용이 승천했다는 전설이 있어 마을에서는 용소라 부릅니다. 주위가 절벽으로 되어 있어 제법 운치가 괜찮사옵니다. 지난번 폭포보다는 조금 아담하지만요."

주위가 절벽으로 이루어진 폭포. 이겸 역시 처음 예화 현에 왔을 때 그곳에 발을 들였기 때문에 낯선 곳은 아니었다.

"너도 자주 찾는 곳인가?"

"그럴 수가 없는 게 아담한 대신 물이 깊어서 위험합니다. 저만 해도 거기 빠져 죽을 뻔한 적이 있어서 잘 가진 않습니다."

"어쩌다?"

여리가 이젠 지난 일이라는 듯 덤덤하게 발걸음을 옮겼다.

"동네 아이들이 장난으로 제 댕기를 나무에 걸어놓았거든요. 겨울이라 물이 얼어서 괜찮다고 생각했는지 모르겠습니다만 아무튼 얼음이 깨져서 빠져버렸습니다."

"댕기?"

"왜 하필 댕기였냐면 제가 처음으로 수를 놓은 게 그 댕기였사옵니다. 붉은 천이 남아서 그것에 나비를 수놓았었는데, 사내아이가 그런 걸 귀히 여기는 게 다른 아이들 마음에 안 들었나봅니다. 아무튼 그걸 저 용소에서 잃어버렸지요."

여리는 어린 시절 어떤 사정 때문에 잠시 사내 옷을 입고 다녔던 때를 떠올렸다. 이겸의 걸음이 멈추었다. 이겸이 멈춘 것을 알지 못한 여리는 계속해서 말을 이었다.

"하온데 그때 누군가가 건져준 것 같기도 한데 잘은 모르겠습니다. 저는 분명 누가 도와주었다고 생각했는데 사람들은 그때 거기를 지나는 사람은 없었을 것이라 하더군요. 워낙 추운 날이라서 그저 저 혼자 착각하고 있는 건지도 모르겠사옵니다."

"그것이 몇 해 전이냐."

그제야 이겸이 저를 따라오지 않는다는 것을 안 여리가 걸음을 멈추고 이겸을 돌아보았다. 잠시 기억을 더듬은 여리가 답했다.

"아마도 일곱 해 전쯤 될 것입니다."

푸른 하늘이 쾌청하게 맑은 날이었다.

전날 예화에서 돌아온 여리는 자리를 비운 서래댁을 대신해 찻상을 들고 사랑채 문 앞에 서 있었다.

"나리, 안에 계시옵니까? 차와 다과를 가지고 왔습니다."

돌아온 후 얼굴을 마주하는 것은 처음이었다. 그러나 잠시간 답을 기다려보았지만 안에선 기척이 없었다. 다른 곳에 계신 건가?

"아니 계신 것이옵니까?"

아무래도 기척이 없어 여리가 발길을 돌리려던 찰나였다. 탁하게 가라앉은 목소리가 들려왔다.

"아니다. 안에 있으니 들어오거라."

여리는 상을 잠시 내려두고 방문을 열어보았다. 공기마저도 조용하게 잠긴 방 안은 여리가 문을 열고 나서야 조금씩 깨어나는 듯했다. 누워 있던 이겸이 천천히 몸을 일으켜 제 이마를 짚었다. 약하게 뱉는 숨에 열기가 묻어났다. 찻상을 바닥에 내려두며 여리가 이겸의 안색을 살폈다.

"아주머님 말씀이 조반도 거의 드시지 않고 물리셨다 하셔서 다과를 챙겨왔사옵니다. 아주머님과 동아는 며칠 자리를 비우게 되어 미리 인사를 여쭈었다고 들었습니다."

어쩐지 몸이 불편해 보이는 이겸을 대신해 여리가 찻잔에 물을 부었다. 은은한 차향이 방 안을 떠돌았다.

"어디 편찮으신 것이옵니까? 하면 차가 아니라 죽을 끓여 올리겠사옵니다. 아니면 탕약이라도."

"괜찮으니 내 것은 따로 챙기지 말거라. 이만 쉬고 싶구나."

"……예. 그럼 필요하면 다시 부르십시오."

이겸이 쉴 수 있도록 발걸음을 뒤로 물리던 여리는 아무래도 이상한 듯 다시금 이겸의 얼굴을 보았다. 숨소리도 미약하고 이마엔 약간의 땀이 맺혀 있었다.

"혹, 감한 기운이 있는 건 아니신지요?"

"자고 일어나면 괜찮아질 것이다. 심려치 말고 가보거라."

마음은 편치 않았으나 거듭된 거절에 여리는 찜찜한 걸음을 물려 나왔다.

동아는 일이 있어 보름 후에나 돌아올 것이고, 아주머님은 며칠 후에 먼저 오실 것이라 하였다. 하필 아주머님이 계시지 않을 때 나리께서 편찮으시다니. 여리는 서래댁이 따로 챙겨두었을 약재들을 찾아 별채를 서성였다.

오후 무렵, 약 달이는 냄새가 고택 주위로 은근하게 번졌다. 몇 가지 약초를 섞어 해열제를 달이고 미리 만들어두었던 흰 죽을 간장과 함께 간단하게 상에 올렸다.

오전에 다녀간 후로 사랑채에선 미동조차 느껴지지 않았다. 긴 정적을 깨고 여리가 다시 방 앞으로 돌아왔다.

"나리, 탕약을 가지고 왔습니다."

그러나 이겸은 잠이라도 든 것인지 대답이 없었다. 여리는 문에 귀를 살짝 대어보았다. 옅은 숨소리가 들리는 것도 같고 아닌 것 같기도 하였다.

"송구하옵니다. 잠시만 문을 열겠사옵니다."

문을 연 여리는 사랑채 안으로 상을 조심스럽게 넣었다.

"지금 드시기 불편하시면 나중에 일어나서 드십시오. 죽은 뚜껑을 덮어두어 금방 식지 않을 것이나 탕약은 다시 말씀하시면 데워 오겠습니다."

마치 아무도 없는 것 같은 고요함에 여리가 슬쩍 시선을 들어보았다. 온통 땀에 젖은 채 떨고 있는 이겸이 보였다.

"나리!"

놀란 여리가 서둘러 이겸의 곁으로 다가갔다. 이불을 턱 바로 아래까지 덮고 있었으나 눈을 감고 있는 이겸의 몸은 간헐적으로 떨려왔다. 지독한 열을 뿜어낼수록 뒤이어 한기가 찾아왔다.

"추우신 겁니까?"

누워 있던 이겸이 마른기침을 뱉었다. 이겸의 이마에 맺힌 땀방울들이 보였다.

"물수건을 가지고 오겠습니다."

여리는 미지근한 물을 대야에 담고 수건을 챙겨 다시 사랑채로 돌아왔다. 탕약은 삼키지 못한 듯 그대로였다.

여리는 물에 적신 수건을 이겸의 이마 위에 올렸다. 여리의 손에 스친 이겸의 숨이 더없이 뜨거웠다. 닿지 않아도 이겸의 몸에서 피어오르는 열기가 그대로 느껴졌다. 여리는 수건을 물에 적셔 이겸의 이마에 올려놓는 일을 그 이후로도 여러 번 반복했다.

여리는 오후가 되어서야 다시 부엌으로 돌아왔다. 이겸이 일어나면 먹을 탕약을 미리 데워두기 위해서였다. 약을 데우고, 대야의 물을 갈고, 급한 집안일들을 마무리 지었다.

두 식경 후 다시 사랑채로 들던 여리가 깜짝 놀라 소리쳤다.

"나리!"

이겸은 이불을 벗어나 방 중간에 쓰러져 있었다. 아마 어디론가 가려다 저도 모르는 사이 실신한 듯했다.

여리는 급히 이겸을 끌어 이불로 가는 것을 도왔다. 이겸의 몸은 열이 내리긴커녕 손도 댈 수 없을 만큼 뜨거웠다. 여리는 방금 이겸의 몸에 닿았던 제 손을 내려다보았다. 사람의 체온이 이리 높을 수 있나? 단순한 감한이 이렇다고?

색색대는 이겸의 숨소리가 방을 가득 메웠다. 물수건을 다시 짜던 여리는 문득 이겸의 목 아래로 피어난 붉은 반점을 보았다. 이건……. 이겸의 옷깃을 만지려던 여리는 갈등했다. 그러나 고민도 잠시, 열로 인해 힘겨워하는 이겸을 보고 마음을 굳게 먹었다.

"송구합니다, 나리! 잠시만 확인하겠사옵니다."

여리는 이겸의 옷깃을 들추었다. 느슨해진 저고리 사이로 붉은 열꽃들이 보였다. 열꽃은 정확히 목 아래에서 가슴 중앙 그리고 심장이 있는 왼쪽에만 자리해 있었다.

예상했던 증세에 여리의 얼굴 표정이 굳었다.

천문화(天文花)!

여리는 아비가 말해주었던 천문화에 대해 떠올렸다.

─이 하얀 꽃이 천문화란다. 내성이 생긴 자는 괜찮지만 그
렇지 않은 이들은 이 풀에 스치기만 해도 고생을 하지. 며
칠 지나고 증세가 나타나기 때문에 그게 천문화 때문인지
모르는 사람들도 많지. 여기 잎들이 보이느냐? 이곳에 독
이 있어서 잘못 닿으면 몸에 도는 피들을 막아 사람 목숨
을 빼앗기도 한다. 지독하게 열이 오르고 심장 주위로만
열꽃이 피지. 그렇지만 이 꽃의 기특한 점은 독과 약을 한
몸에 가지고 있다는 거란다. 잎사귀에 스친 독은 이 하얀
꽃 즙을 먹으면 금방 나을 수 있어. 단, 열꽃이 피고 절대
세 시진을 넘기면 안 돼. 그걸 넘겨버리면 더 이상 약도
소용이 없다.

문득 여리는 예화로 가던 날, 이겸이 저를 안고 뛰어내렸던 길을 생각했다. 그땐 잠시 스치듯 눈을 떴을 뿐이어서 몰랐지만 생각해보면 하얀 꽃무리가 보였던 것도 같았다. 그것이 천문화였구나.

"고작 세 시진."

자리에서 벌떡 일어난 여리가 급히 대문 쪽으로 달려가다

발길을 멈추었다.

강을 가로지르든 그날 갔던 다리로 가든 가는 시간과 오는 시간을 합하면 세 시진 안에 돌아오긴 무리였다. 게다가 여리가 일을 하는 동안에 열꽃이 피었다면 시간은 그보다 부족할 것이다.

그때, 여리의 시선이 가옥 뒷문에 닿았다. 서래댁 아주머님께서는 뒷산으로 이어진 문이라 위험하니 가지 말라고 하셨다. 그러나 지금은 저 뒷산에 천문화가 있다는 쪽에 희망을 걸어볼 도리밖엔 없었다. 저 산 역시 넓게는 예화 현에 속해 있으니. 가서는 안 될 곳에 나리를 살릴 수 있는 방도가 있다면…….

뒷문을 보던 여리는 결심한 듯 입술을 질끈 깨물고는 힘차게 발을 내디뎠다.

두 시진 후, 가옥 안에서 작은 절구에 무언가를 찧는 소리가 울려 퍼졌다. 여리는 찧은 꽃 즙을 조심스레 그릇에 담아 사랑채로 들었다.

열에 들뜬 이겸의 옅은 신음이 방 안을 맴돌았다.

"나리, 이것을 삼켜보십시오."

이겸은 의식을 차리지 못했다.

―세 시진을 넘기면 안 돼.

아비의 목소리가 귓가에서 울렸다. 여리의 이마에 땀이 송

270

골송골 맺혔다. 여리의 손이 이겸의 얼굴을 가리고 있는 검은 천으로 향했다. 손은 쉬이 천으로 내려앉지 못하고 허공에 머물러 있었다.

이제껏 한 번도 본 적이 없는 얼굴. 검상이든 혹은 더한 것이든 저는 상관이 없었으나 보여주지 않은 데는 나름의 사정이 있을 것이었다.

고민하던 여리는 결국 이겸의 얼굴이 보이지 않게 자리를 옮겼다. 이겸의 머리맡으로 옮겼기에 천을 들어도 얼굴은 보이지 않았다. 손끝의 감각만으로 천 아래를 가늠했다.

열을 머금었으나 매끄러운 이겸의 뺨이 손끝에 닿았다. 천 아래의 손을 조심스럽게 움직여나가 그 옆을 짚어보았다. 뜨겁게 타는 입술이 느껴졌다. 살짝 메마른 그곳으로 여리는 즙을 담은 숟가락을 가져갔다.

꽃잎을 찧어 만든 거라 양이 많지 않았다. 여리는 조심스레 이겸의 입술로 즙을 흘려 넣었다. 이겸의 목에서 약하게 꿀꺽하고 무언가를 삼키는 소리가 들렸다.

여리는 손끝으로 입 주위를 살짝 더듬어보았다. 다행히 흘린 것 없이 제대로 넘어간 듯했다. 여리는 그제야 참았던 숨을 내쉬었다.

"제발 늦지 않았기를……."

그때, 갑자기 숟가락이 바닥으로 떨어지며 '뎅그렁' 소리를 냈다. 이겸이 여리의 손목을 움켜쥐고 잡아당긴 탓이었다.

바닥에 눕혀진 여리는 저를 위에서 누르고 있는 이겸을 보왔다. 순식간에 벌어진 일이라 미처 소리도 내지 못했다. 열기에 들뜬 이겸이 아플 정도로 여리의 손목을 꽉 쥐고 있었다.

"누구냐, 내게 손을 대는 것이."

마지막 힘을 짜낸 듯 낮고 탁한 목소리였다. 내리지 않는 열로 인해 아직 정신이 채 돌아오지 않은 이겸은 초점 흐린 눈으로 물었다. 답을 듣기 위한 물음이라기보다는 본능적인 경계에서 비롯된 행동이었다.

여리가 떨리는 입술로 답했다.

"저, 접니다."

이겸은 한 번도 본 적 없는 낯선 눈빛을 하고 있었다. 눈앞의 것을 삼켜버릴 듯 위협적이었으나 또한 맹렬한 시선이 아찔하기도 하였다. 혼곤하게 일렁이는 그 검은 빛은 상처 입은 맹수의 눈빛과도 닮아 있었다.

"저이옵니다. 최열."

떨리는 여리의 목소리에 이겸이 여리의 눈을 주시했다. 가까워도 너무 가까운 이겸의 입술이 열기를 머금은 숨을 겨우 뱉어냈다.

"……최열?"

"예. 안심하십시오."

흔들리는 초점을 억지로 붙잡은 이겸이 여리를 내려다보았다. 열에 들뜬 이겸의 숨을 따라 바닥에 눕혀진 여리의 가슴도 가쁘게 오르내렸다. 마침내 여리를 알아본 것인지 여리의 손목을 잡은 이겸의 손에서 점차 힘이 빠져나갔다.

"정신이 드시옵니까?"

여리가 몸을 일으키려는 순간, 이겸의 눈이 스르륵 감기며 여리의 위로 쓰러졌다. 더 이상 버틸 힘이 없는 이겸의 무게가 온전히 여리에게로 실렸다. 여리는 그대로 이겸의 무게를 받아 냈다.

"……다행이다. ……그 아이가 무사해서."

"예?"

잦아드는 목소리를 남기고 이겸은 까무룩 정신을 놓았다.

제 목덜미에 고개를 묻은 그 온기만큼이나 의미를 알 수 없는 말이 가슴에 선명하게 남았다. 여리는 잠시간 얼떨떨하게 머물러 있었다.

시야는 안개가 낀 듯 뿌옇게 흐려져 일렁였다.

어린 이겸은 아픔을 내색하지 않으려 무릎 위에 놓인 작은 주먹을 꼭 쥐어보았다. 이겸의 머리에 면포를 감던 어의 뒤로 문이 열렸다.

경빈 윤씨가 들어서자 방 안에 있던 이들이 모두 일어나 예를 갖추었다. 이겸의 눈에 제 어미를 본 반가움이 서렸다. 경빈은 이겸의 상태를 돌보던 어의에게 시선을 주었다.

"세자 저하께옵서 던지신 돌에 맞아 이마가 조금 상하셨사 옵니다. 며칠을 두고 소독을 하셔야 할 것입니다."

"이 일이 밖으로 새지 않도록 모두 입단속들 하게."

방 안에 있던 이들이 일제히 머리를 조아렸다. 경빈은 그제야 자리에 앉아 이겸의 손을 잡았다.

"진헌군."

"알고 있사옵니다. 이것은 소자가 층계에서 경솔하게 넘어져 생긴 생채기이옵니다."

경빈의 눈에 대견함과 함께 애틋한 감정이 스쳤다. 이겸은 상처를 입었음에도 어린아이답지 않게 다른 이를 배려했다. 제 한마디로 인해 얼마나 많은 사람들이 다칠지 알고 있는 까닭이었다.

"금일은 진헌군이 움직이기 어려울 듯하니 어미가 내내 곁에 있겠습니다."

"정말이시옵니까? 소자와 함께 계셔도 괜찮으신 것이옵니까?"

어른이 된 이겸은 뿌옇게 흐려진 시야 속에서 어린 날 저의 모습을 바라보고 있었다.

아들을 누구보다 사랑하였으나 언제나 뒤로 물러서 있던 어미의 슬픈 미소는 기억 속 그대로였다.

알고 있다.

욕심 갖지 않을 것. 마음을 내어 보이지 않을 것.

가지고 싶은 것에 욕심을 내지 않으면 모든 것은 순리대로 흘렀다. 모두에게 아무 일이 일어나지 않았고, 그것이 이겸이 아는 행복이었다. 누구도 이겸에게 하고 싶은 것이 무엇이냐고 묻지 않았다. 갖고 싶은 것이 무엇인가 또한 묻지 않았다.

그러다 보니 저절로 딱히 갖고 싶은 것, 하고 싶은 것이 없어졌다.

폐월화에 둘러싸인 고택에서 이겸의 시간은 흐르는 듯 흐르지 않았다. 머물러 있는 것에 익숙해졌다. 그마저도 일곱 해라는 시한 속에서 끝나가고 있으니 썩 나쁘진 않다고 생각했다.

―진헌군, 어미가 미안합니다.

기억 속에만 존재하는 어미가 슬픈 미소를 지었다. 이겸의 입가에 어미를 따라 옅은 미소가 비쳤다. 이겸은 손을 들어 잡히지 않는 어미의 옷자락을 잡아보았다.

가지고 싶은 것 따위는 없습니다만, 단 하나의 소원이 허락된다면 어머님의 얼굴을 보고 싶다 말할 것입니다. 하여 이 말을 전하고 싶습니다. 괜찮다고, 혼자서도 잘 살아왔다고, 그러니 이제 그만 어머니가 계신 그곳에서 쉬고 싶다고.

그 마음을 아는 듯 경빈 윤씨가 어른이 된 이겸에게 고개를 저었다.

―진헌군을 기다리는 이들이 있습니다. 그러니 돌아가세요.
―누구를 말씀하시는 것이옵니까? 소자를 기다리는 사람은 없습니다.

어미는 더 이상 답하지 않았다. 대신 어디선가 이겸을 부르는 소리가 희미하게 들려왔다.

"나리."

마른 수건으로 이겸의 이마에 맺힌 땀을 닦던 여리는 제 옷자락으로 시선을 돌렸다. 이겸의 손끝이 약하게 여리의 옷 끝을 잡는 듯 느껴졌다. 그럴 리가 없는데도 절실하다 보니 그렇게 믿고만 싶었다.

"나리……."

이겸의 얼굴을 보았으나 여전히 감긴 눈은 그대로였다. 열도 나지 않고 숨소리도 고르게 돌아왔으나 의식이 돌아오지 않는다. 너무 늦게 해독을 한 것일까. 이겸의 곁에 앉은 여리가 잠든 이겸을 바라보며 조곤조곤 말을 이었다.

"몸이 힘드셔서 계속 주무시고 싶은 것이옵니까? 부디 힘을 내주세요, 제발."

떨리는 여리의 목소리에 이겸의 손가락 끝이 살짝 움직였다. 그러나 여리는 그를 보지 못했다. 의원이라도 모셔 오고 싶었지만 신분을 숨긴 채 살아가는 이겸에게 그것은 다른 의미로 위험했다.

여리는 수건을 물에 적셔 멈추어 있는 이겸의 손을 조심스레 닦았다. 이렇게라도 하면 의식이 돌아오는 데 도움이 될까 하여 무엇이라도 손을 움직였다.

"며칠만 있으면 아주머님께서 돌아오실 것이옵니다. 그 전에 일어나시지 않으면 또 염려 섞인 말들을 들으실 테지요. 어쩌면 이제 나무 위에서 주무시는 것도 금하실지 모릅니다. 그러니 어서 일어나십시오. ……나리께서 이렇게 누워 계시면 그동안 받기만 한 저는…… 어찌 갚으란 말씀이시옵니까? 제가 잘못했습니다. 제가 이곳에 오지 않았다면 마을로 내려와 사람들 앞에 모습을 드러낼 일도, 천문화에 중독될 일도 없으셨을 텐데."

무영의 말이 틀리지 않았다. 여리가 결국 이겸을 위험한 길로 내몬 것이다. 여리의 고개가 힘없이 내려갔다. 눈에는 처연한 빛이 스쳤다.

"이젠 알겠사옵니다. 이곳에 머물고자 하는 건 제 욕심이라는 것을요. 나리께서 일어나시는 모습만 볼 수 있다면 다시는 이곳으로 돌아오지 않겠사옵니다. 이 모든 건 제가 감히 나리를……."

욕심내서.

아무런 의미가 되지 못한다 해도 곁에서 머물고만 싶어서.

뒤늦게 알아버린 마음에 여리는 손등으로 눈물을 꾹꾹 눌러 닦았다. 눈물 흘리는 것도 염치가 없는 일이었다.

아무런 도움도 되지 않는 눈물 따위는 이겸이 깨어나기 전에 서둘러 지워버렸다.

"……다."

그때, 여리의 귓가로 메마른 이겸의 목소리가 흘러들었다. 여리가 퍼뜩 고개를 들었다. 분명 소리가 들렸는데?

"나리?"

고른 숨을 쉬던 이겸은 천천히 눈을 떴다. 지친 기색이 역력한 그는 옅은 숨을 가늘게 내쉬었다.

도, 돌아왔다! 나리의 의식이 돌아왔다!

이겸의 정신이 돌아오자 어둠밖에 없던 여리의 세상도 그제야 밝아졌다.

여리가 자리에서 벌떡 일어나며 외쳤다.

"나리! 깨어나셨사옵니까?"

"좀 작게. ……머리가 울린다."

잔뜩 쉰 목소리였지만 여리는 그마저도 반가워 떠들던 제 입을 봉해버렸다. 그러나 그것은 채 얼마 가지 않았다.

"몸은 어떠시옵니까? 갈증이 나진 않으셔요?"

"불러대는 통에 잠을 잘 수가 없구나."

"송구하옵니다. 하오나 오래도록 깨어나시지 않아 걱정이 되어……."

이겸은 떴던 눈을 다시 감고 옅은 숨을 골랐다. 아직은 시야가 울렁거리고 초점을 잡는 일이 힘에 부쳤다.

너였구나. 꿈속에서 나를 부르던 이가. 이곳에서 나를 기다린다는 이가.

"얼마나 잤느냐?"

"꼬박 이틀 동안 의식이 없으셨사옵니다. 천문화에 중독되셔서요."

처음 들어보는 꽃이었으나 지금의 이겸에게는 그 이상 생각할 기력이 남아 있지 않았다. 하여 타는 듯한 갈증을 먼저 이야기했다.

"물을 가져다주겠느냐?"

"그, 그럼요! 잠시만 기다리십시오!"

여리는 한달음에 부엌으로 가서 깨끗한 물을 그릇에 담아 왔다. 그러나 물을 가지고 돌아왔을 때 이겸은 다시 눈을 감고 있었다.

"나리? 주무시는 것이옵니까?"

숨소리가 새근새근했다. 물그릇을 곁에 둔 여리는 잠든 이겸의 얼굴을 보았다. 그래도 의식이 돌아온 것을 보았으니 한시름 덜었다. 손을 살짝 잡아보니 열도 내려 있고, 조금만 더 주무시고 나면 예전처럼 기운을 차릴 수 있을 것이다. 안도하던 여리는 문득 무언가 깨달은 듯 허전한 제 쇄골 부근을 짚었다. 그곳엔 당연히 있어야 할 것이 없었다.

"어?"

여리가 제 몸 구석구석을 샅샅이 만져보았다. 그러나 아무것도 잡히는 것이 없었다. 이게 어디로 갔지? 당황한 여리가 방 안을 둘러보았으나 그것은 어디에도 보이지 않았다.

"나리, 쉬고 계십시오. 잠시만 나갔다 오겠사옵니다."

여리가 허둥지둥 사랑채 밖으로 나갔다.

반 시진 후, 이겸의 눈이 느리게 떠졌다. 아까보다는 조금 더 시야가 또렷하고 머리 또한 맑았다. 이겸은 시선을 돌려 고요한 방 안을 보았다. 대야와 수건이 놓여 있고 그 곁으로 정갈하게 물그릇이 자리하고 있었다. 지끈거리는 관자놀이를 손으로 짚으며 천천히 몸을 일으켰다. 그러나 가옥 그 어느 곳에서도 여리의 흔적은 보이지 않았다.

여리를 찾아 하염없이 걸어가던 이겸이 무심코 고개를 돌렸다. 항상 닫아두었던 뒷문이 열려 있었다. 마치 그곳을 지나간 여리의 흔적을 보여주기라도 하듯. 순간 좋지 않은 예감에 이겸의 눈에 다급한 빛이 서렸다.

⁂

"어디 있지? 고택에 없다면 여기밖에 있을 곳이 없는데? 내가 분명 저 바위에서 이 나무로, 아니다. 이 나무가 아닌가?"

그곳이 그곳 같아 보이는 흙바닥 산길을 낱낱이 훑으며 제 발걸음을 돌이켜본 지 벌써 꽤 많은 시간이 흘렀다. 잃어버린 물건이 있을 곳은 천문화를 찾으러 왔던 이곳밖에 없었다.

"저기 있다!"

익숙한 물건을 발견한 여리가 부리나케 달려갔다. 풀린 줄 밑으로 흰 면포로 동여맨 작은 물건이 보였다. 여리가 그토록 찾던 물건이었다. 여리는 수풀 속에 떨어진 그것을 소중하게 들어 올리고는 묻은 흙을 털었다.

"없어진 줄 알고 깜짝 놀랐네. 더 단단히 묶어놔야지."

목걸이를 주머니에 꼼꼼하게 넣는 여리의 귓가로 크르릉, 낮은 울림이 들려왔다. 아주 낮고도 낮은 소리였지만 그것이 가진 무게감은 온 산을 가득 메우고도 남았다. 보지 않았음에도 여리는 그것의 정체가 무엇인지 한 번에 알 수 있었다. 하여 차마 입을 다물지도 못하고 멍한 시선을 천천히 들어 올렸다. 흔들리던 그녀의 시선은 저와 마주한 그것을 향해 고정되었다.

─아주 옛날부터 예화엔 호랑이가 많았단다. 오죽하면 호랑

이가 사는 신령스러운 산이라 하여 영산이라 불렀겠느냐.

영산 옆의 줄기 산들이 모두 호랑이의 터지.

누런 털 위로 위압감 있게 새겨진 검은 얼룩들.

여리는 스무 보 정도의 거리에서 저를 보고 있는 호랑이와 눈이 마주쳤다. 일렁임조차 없는 고요한 눈이었다.

숨이 잦아들자 무의식적으로 히끅, 하는 딸꾹질이 토해졌다. 생전 처음으로 죽음의 공포와 맞닥뜨린 몸은 떨리기보다 뻣뻣하게 굳어버렸다. 공포감에 미약한 딸꾹질이 거듭되었다. 머릿속은 불이라도 끈 듯 깜깜했다. 넓은 숲속에 오로지 녀석과 여리의 시선만 존재했다.

호랑이는 천천히 여리 쪽으로 발을 내디뎠다. 무른 산길이 육중한 호랑이의 무게에 움푹, 움푹 천천히 패기 시작했다.

먹잇감이 움직이지 않으니 바쁠 이유가 없었다. 호랑이의 시선이 닿을 때마다 여리의 살갗은 긴장으로 조여들었다.

도망칠 전의조차 상실한 여리는 떨리는 손을 피가 날 만큼 세게 그러쥐었다. 그렇게라도 하지 않으면 정신을 잃고 쓰러질 것 같았다.

그때였다.

"어이, 이쪽이다."

소리가 난 곳으로 호랑이의 주의가 돌아가고 여리 또한 호랑이의 시선이 향한 곳을 보았다. 검을 든 이겸이 호랑이를 보고 있었다. 이겸을 발견한 여리의 얼굴이 일그러졌다.

"나, 나리, 어찌."

"이쪽이라니까?"

이겸은 여리의 말에 대답하는 대신 호랑이를 한 번 더 자극했다. 이겸의 도발을 느낀 호랑이가 턱을 내려 날카로운 이를 드러내었다. 크르릉, 소리가 더욱 크게 산을 잠식했다. 앞발에 힘을 준 호랑이가 날렵하고도 위협적으로 이겸에게 달려들었다. 순간, 검집을 빠져나온 이겸의 검이 번쩍 빛을 발했다.

맹수와의 싸움에서 두 번째 수는 생각하지 않는다. 다음은 없는 것처럼, 처음 공격이 마지막 공격이라는 각오로 싸워야 한다. 제자리에서 멈춘 이겸은 속으로 호랑이와의 거리를 가늠했다. 눈보다 빠른 호랑이의 움직임을 공기로 느껴야만 한다.

이겸은 숨을 아래로 가라앉히고 검을 잡은 손에 온 신경을 집중했다. 적의를 담은 맹수의 헐떡임이 느껴졌다. 핏빛 담은 날숨이 간격을 빠르게 좁혀왔다. 셋, 둘, 하나!

호랑이가 사정거리에 들어오자 이겸의 검은 망설임 없이 바람이 되어 대기를 베어 내렸다. 바위도 베는 검이 호랑이의 가죽과 뼈를 갈랐다. 목과 다리 사이에서 시작된 치명상은 아랫배 쪽으로 칼자국을 길게 남겼다. 육중한 덩어리가 앞발을 들고 위로 솟구쳤다가 균형을 잃고 옆으로 쿵, 쓰러졌다. 흙먼지가 일어난 산길이 흔들렸다. 이겸과 여리 사이의 시선을 가로막는 것이 사라졌다.

여리가 변명을 할 사이도 없이 이겸은 그녀의 손을 잡아끌고는 고택으로 성큼성큼 걸어갔다. 이겸답지 않게 세게 움켜쥔 탓에 여리의 손이 저릿했다. 뒷모습만 보였지만 이겸이 화가 나 있다는 것은 충분히 알 수 있었다. 그러니 아픈 것은 잡힌 손이 아니라 마음이었다.

"아직 찬바람을 쐬면 아니 되십니다."

"지금 누가 누구를 걱정하는 것이냐. 넌 왜 이곳에 있는 거지?"

"송구합니다. 아까 해독제를 찾으러 왔을 때 작은 문제가 생겨……."

"그러니까 대체 네가 왜! 너와는 아무 상관도 없는 그깟 해독제가 뭐라고 이리 위험한 일을 자처하는 것이야!"

"저 때문에! 나리께서 다치셨습니다. 제가 할 수 있는 일이라 곤 이런 것밖엔 없는데. 어찌 저와 상관이 없다 말씀하십니까?"

"너 때문이 아니었다. 그러니 너와는 상관없는 일이다."

상관없다는 말이 그 어떤 말보다 아팠다. 너는 내게 아무것도 아니라고 하는 것 같아 쓰리고, 따가웠다.

어긋난 마음들로 인해 걸음이 빨라졌다. 얼굴을 마주하지 않으니 표정이 읽히지 않아 상처를 입고, 상처를 입힌다.

조금이라도 속을 드러내면, 이 걸음을 멈추기라도 하면 숨겨 둔 마음을 들킬 것 같아 두려웠다.

들키지 말아야 하는 마음, 이름 붙이지 않아야 하는 감정.

그러나 이제 더는 속이고 싶지 않았다.

"상관없지 않습니다. 제가 나리를 좋아하니까요."

예상치 못한 여리의 고백에 이겸의 걸음이 주춤 멈추었다.

여리는 자신을 구하러 와준 이겸을 보고 다시금 깨달았다.

이렇듯 온 마음을 다해 저를 대해주는 분에게 더 이상 속이는 것이 있어서는 안 된다는 것을.

"고마운 것과 좋아하는 마음을 혼동할 나이는 아닙니다. 아무리 생각해봐도 좋아하는 게 맞습니다. 아니, 좋아합니다. 그래도 제 주제에 이런 마음을 품으면 안 된다는 것도 잘 압니다. 하여 나리께서 깨어나시는 것만 보고 예화로 돌아가 다신 이곳에 오지 않을 생각이었습니다. 그저 더 이상 속이고 싶지 않아 말씀드리는 것일 뿐이니 심려치 마시고 잊어버리십시오."

항상 주위의 공기를 바꾸는 분이라 생각했다. 처음엔 그것이 이상하다 생각되었는데 금일 이겸을 보며 알게 되었다. 이겸을 둘러싼 모든 것이 생경하게 느껴지는 데는 여리의 감각이 온통 그를 향해 있기 때문이었다. 자신의 마음이 어느새 나리에게로 흐르고 있었다. 모두가 두려워하는 분이라 했지만 실상 나리의 따뜻한 마음을 제대로 아는 이는 아무도 없었다.

그러나 이겸이 답을 하기도 전에 숨이 끊어진 줄 알았던 호랑이가 피 묻은 포효를 토해내며 다시금 앞발을 세웠다. 크헝, 맹수의 소리가 여리의 고막을 울리고 대기를 집어 삼켰다. 이겸은 그보다 빨리 벌어진 호랑이의 입 속으로 검을 박아 넣었다. 고통스러운 호랑이가 발톱을 세워 이겸을 내리쳤다. 발톱은 간발의 차로 이겸의 얼굴을 비껴나갔다. 얼굴을 가리고 있던 검은 천이 날카로운 발톱에 잘려 허공으로 떨어졌다.

검 끝이 호랑이의 목뼈에 걸렸다. 이겸은 힘을 주어 칼을 세게 밀어 넣었다. 검이 뼈를 뚫고 뒷덜미 가죽까지 관통하자 이겸의 손은 호랑이의 이빨에 닿을 만큼 가까워졌다. 고통으로 인해 호랑이의 몸부림이 격해지니 그 무게가 고스란히 이겸에게로 전해졌다. 안광을 번쩍이던 호랑이의 눈이 그대로 멈췄다. 포효도 멈추었다. 숨이 끊긴 호랑이가 옆으로 천천히 기울어졌다.

어금니를 으득 문 이겸이 여리를 지키기 위해 그녀의 팔을 거세게 잡아당겼다. 여리가 균형을 잃고 나무 쪽으로 넘어졌으나 그보다 이겸의 손이 그녀를 감싸는 것이 빨랐다.

쿵, 호랑이가 바닥으로 무너지는 소음과 함께 나무와 여리의 머리 사이로 이겸의 왼손이 파고들었다. 뼈가 짓이겨지는 소리가 나고 이겸의 잇새로 작은 신음이 새어 나왔다. 황급히 몸을 일으킨 여리가 이겸의 손을 잡았다. 터진 손등에서는 피가 배어나고 있었다.

"나리! 이, 이럴 것이 아니라 어서……."

여리가 약이 있는 고택으로 달려가기 위해 서둘러 몸을 돌렸다. 그러나 이겸은 다친 손을 뻗어 그녀를 막았다.

이겸의 손과 나무가 여리를 가두었다.

"천문화에 중독된 건 너와는 상관없는 일이라 하였다."

눈물이 그렁한 여리는 시선을 들고서야 알았다. 이겸의 얼굴을 가리고 있던 천이 사라졌음을.

나뭇잎 사이로 비치는 오후 햇살이 이겸에게로 내려앉았다. 빛을 등진 이겸의 얼굴이 서서히 또렷해졌다.

없었다. 사람들이 무수하게 말하던 흉한 검상도, 차마 눈

뜨고 볼 수 없다던 화상 자국도.

만들어진 소문 속에 존재했던 것들 중 지금 눈앞의 얼굴과 같은 것은 어느 것도 없었다. 다만 숱한 말들도 범하지 못한, 너무나도 수려한 얼굴을, 사내는 가지고 있었다.

바람결에 흩날린 머리카락 아래로 곧은 시선을 가진 검은 눈과 매끈하게 떨어지는 콧날이 자리했다. 며칠 앓은 탓에 살짝 야위었으나 일자로 다문 입술은 그려놓은 듯 아름다웠다. 이겸의 얼굴은 그가 가진 분위기와 어우러져 사람을 압도하는 무언가가 있었다.

"너 때문이 아니다. 그날 밤은 내가 너를 염려해서 뒤를 따라간 것이다. 그러니 내가 다친 건 너로 인한 것이 아니야."

여리가 당황하는 사이 둘을 비추던 햇살이 나뭇잎 뒤로 몸을 숨겼다. 어지러운 바람은 잦아들었으나 서로를 마주 보는 두 사람이 남았다.

"내가 미친 모양이다. 내 눈이 너만 찾는 걸 보면."

"나리."

"다신 돌아오지 않을 것이니 잊어버리라고, 간다고 하면 누가 보내준다고 하였더냐?"

저릿한 눈빛의 이겸은 손을 뻗어 여리를 제 품으로 와락 끌어왔다. 단단히 끌어안은 이겸의 체온이 여리에게로 온전히 전해졌다. 이겸의 품에서 피 냄새가 느껴졌다. 그러나 그보다 강렬한 것은…….

쿵, 쿵, 쿵, 쿵.

빨라진 이겸의 심장 박동이 여리의 뺨을 타고 그대로 흘렀다. 달밤의 산에서도 빨라진 적 없던 소리가 지금은 달랐다. 여리가 다칠까 내내 두려웠던 탓이다. 여리를 가까이할수록 이겸의 마음속에서는 바람이 몰아쳤다. 마치 강 밑바닥에 가라앉은 모래가 일어나는 것과도 비슷했다. 욕심내지 말아야 할 것들이 여리와 있음으로 해서 경계가 흐려졌다. 무언가를 갈망한다는 것은 낯설었지만 또 그만큼 자연스러웠다.

몇 번이나 손에 잡힐 듯 잡히지 않았던 향을 붙잡았다. 품에 넣어도 손가락 사이로 사라지지 않으니 이제야 겨우 숨이 쉬어진다.

"처음으로 욕심이란 것을 가져볼 생각이다."

너를 잃을까 두려웠다면 진작 이랬어야만 했다.

너를 욕심냈어야 했다.

이제 마음을 속이는 일 따위는 하지 않을 것이니.

"그러니 가지 마라, 여리야."

제 7 장

일검과 월검

일곱 해 전, 예화.

눈꽃이 흩날렸다.

잡히지 않는 댕기를 향해 손을 뻗는 여리의 머리 위에서 하얀 눈송이들이 꽃잎처럼 맴돌았다. 나뭇가지에 묶인 붉은 댕기는 조그만 손에 닿을 듯 닿지 않아 더욱 애가 탔다.

"조금만, 조금만 더……."

까치발을 하고 선 여리가 발을 구를 때마다 딛고 선 얼음이 미세하게 쿵쿵 떨려왔다. 그 정도가 점점 강해지고 있음을 어린 여리는 알아채지 못했다. 작은 몸짓이 겨우내 얼어붙은 계곡물을 조금씩 선명하게 흔들었다.

꽁꽁 언 손가락이 마침내 댕기에 스쳤을 때였다. 발밑의 얼음들이 파삭거리는 소리와 함께 일시에 조각으로 갈라섰다. 디딜 곳을 잃어버린 여리의 몸은 순식간에 물속으로 빨려 들어갔다. 바람을 따라 허공으로 내려앉던 눈꽃들이 걷히고, 하얀 물거품이 차가운 얼음 바늘이 되어 시야를 가렸다. 살기 위해 내뱉는 숨이 물방울이 되어 어지럽게 여리를 감쌌다.

"사, 살려, 어푸……."

마을 사람들은 여리를 사내아이로 알고 있었다. 달현이 여리를 세상으로부터 숨길 수 있는 방도는 그것밖에 없었다.

그러나 그 사실을 알 리 없는 여리 또래의 아이들은 사내아이가 댕기를 가지고 노는 것이 마음에 들지 않았다. 하는 짓도 계집 같은 여리를 골려주기 위해 택한 것이 바로 이 용소였다.

입을 열 때마다 폐를 얼릴 듯 차가운 물이 왈칵 삼켜졌다. 여리의 팔과 다리가 허우적거렸다. 이젠 정말 틀렸구나. 남은 숨마저 다 써버린 여리의 움직임이 조금씩 잦아들었다.

바닥으로 가라앉으며 정신이 까무룩해질 무렵, 몽롱하게 일렁이는 물거품을 가르고 다가오는 무언가가 보였다. 희뿌연 빛과 함께 다가온 그림자가 가라앉는 여리를 향해 손을 뻗었다. 그림자의 등에서 무언가 빛을 받아 반짝였다.

거스를 힘조차 남아 있지 않은 여리의 눈이 서서히 감겼다. 입에선 마지막 남은 숨이 동그란 물거품이 되어 새어 나왔다.

세찬 물살을 가르고 다가 온 그림자가 여리의 팔을 낚아챘다. 그 온기가 물에 사는 것답지 않게 제법 따뜻하다는 생각을 끝으로 여리는 의식을 잃었다.

그림자의 등에서 반짝이던 빛 하나가 여리를 대신해 바닥으로 가라앉았다. 여리를 힘껏 잡아당긴 그림자는 단단하게 그녀를 감싸 안았다. 검은 일렁임에 떠밀린 여리가 물 위쪽으로 부드럽게 솟아올랐다.

여리와 함께 물 위로 떠오른 이겸이 거친 숨을 토했다. 정신을 잃은 여리를 물가로 끌고 간 이겸은 그대로 그녀를 안아 올렸다. 모포를 쥔 무영이 저 또한 발이 젖는 것을 마다하지 않고 물을 헤치며 뛰어갔다. 무영은 서둘러 모포로 이겸과 여리를 감쌌다.

모포를 바닥에 깐 이겸은 여리를 눕혔다. 그리고 두 손으로 있는 힘껏 여리의 가슴을 일정하게 압박했다. 몇 번의 시도 끝에 여리의 목에 걸린 물이 울컥 토해지고 나서야 이겸은 참아 두었던 제 숨을 쉬었다.

흐릿해진 여리의 의식 저 멀리에서 이야기를 주고받는 사내들의 목소리가 어렴풋이 들려왔다.

"괜찮으십니까? 얼음 밑에 갇힐 뻔하셨사옵니다."

"나는 괜찮으니 걱정 말거라."

말을 마친 이겸이 여리의 목으로 손을 뻗어 가만히 맥을 짚어보았다. 물속에서 구해준 그 온기가 다시 한 번 여리의 목에 닿았다. 여리의 맥이 정상적으로 뛰고 있음을 확인한 이겸은 모포 자락을 여리의 어깨 위로 여며주었다. 그것으로 임시방편은 될 것이었다.

무영의 시선이 이겸의 등에 머물렀다.

"하온데 월검이……."

이겸은 손을 뻗어보았지만 잡히는 것은 일검 하나뿐이었다. 물에서 아이를 건지는 대신 월검을 내어준 듯했다. 한시도 떨어진 적 없는 일검과 월검은 당대 최고 장인이 만든 쌍명검이었다.

"잠시만 계십시오. 제가 가져오겠습니다."

이겸은 자신이 빠져나온 계곡을 바라보았다. 폭포가 떨어지는 곳에 생긴 깊은 소(沼)에는 깨진 살얼음들이 어지러이 떠다니고 있었다. 그 위험함을 몸소 겪은 이겸이 고개를 저었다.

"됐다. 물이 얼어붙어 위험하다 말한 것은 무영 너다."

"하오나……."

"어차피 이곳에서 짧게 머무를 것은 아니니 얼음이 녹으면 기회가 있을 것이다."

이겸은 제 몸에 묻은 물기를 털며 여리를 보았다. 입술 색은 제법 돌아왔으나 아직 의식이 돌아오려면 조금은 기다려야 할 듯했다.

무영이 말을 이었다.

"이 아이가 혹 대감을 보았다면 후일에 화가 될 수도 있사옵니다."

"그건 나중 일이고 지금 위험한 것은 내가 아니라 이 아이다. 이리 두면 분명 체온이 떨어져 위험할 텐데."

이겸 또한 가는 길이 정해져 있으니 여기서 계속 머물러 있을 수는 없는 노릇이었다. 여리를 바라보는 이겸의 주위로 다시금 눈꽃이 부드럽게 흩날렸다.

하얀 산중에 세 사람의 숨결이 뽀얗게 흩어졌다. 그때였다.

"어디 있느냐. 내 딸아!"

여리를 찾는 달현의 소리가 산 밑쪽에서 울렸다. 그것이 아이를 찾는 소리임을 직감한 이겸과 무영이 바람처럼 나무 위로 몸을 숨겼다.

"여리야!"

여리를 발견한 달현이 놀라 황급히 뛰어왔다.

"내가 어리석어 너를 위험하게 했구나. 당장의 너를 살리고자 사내인 척 살게 하는 게 아니었는데. 눈 좀 떠보거라. 응? 눈 떠. 어, 어서 의원에게로 가자."

마을 아이들에게 사정 이야기를 듣고 올라온 달현의 눈에선 쉼 없이 눈물이 흐르고 있었다. 깊은 사정까진 알 수 없었지만 이겸이 구해준 아이는 사내아이가 아닌 모양이었다.

달현이 울며불며 여리를 업고 산 밑으로 허둥지둥 내려가는 것을 보고서야 이겸과 무영은 바닥으로 내려섰다. 이겸의 신에서 배어난 물이 발자국을 따라 눈을 녹였다.

"신이 젖으셨습니다. 발이 차지 않으시옵니까?"

"저 아이를 못 본 척했다면 발이 아닌 마음이 내내 무거웠을 것이다. 신경 쓰지 마라."

무영은 봇짐에서 남은 모포를 꺼내어 이겸의 어깨에 둘러주었다.

하얀 숨을 내뱉던 이겸이 고개를 들어 하늘을 올려다보았다. 나뭇가지의 끝, 붉은 무언가에 시선이 걸렸다. 아이가 남기고 간 붉은 댕기는 바람을 따라 부드럽게 나붓거리고 있었다.

일곱 해 전의 회상을 끝낸 이겸은 여리가 묵고 있는 별채에 들어서자마자 잠시 멈추어 섰다. 이곳이 원래 이런 느낌이었던 가. 잠들어 있던 서고가 여리로 인해 깨어난 것처럼 그녀가 머무는 방 또한 아늑한 온기를 품고 있었다. 삭막했던 방은 달라진 물건 하나, 가구 하나 없는데 단지 사람의 손길을 더한 것만으로도 전혀 다른 곳처럼 느껴졌다.

　여리가 짐을 뒤적여 약재와 면포를 꺼냈다. 여리는 한쪽으로 밀어두었던 서안을 이겸 앞으로 끌고 왔다.

　"손을 보여주십시오."

　서안을 사이에 두고 여리와 마주 앉은 이겸은 손을 내놓았다. 말라붙은 손등에서는 비린 피 냄새가 번졌다. 여리는 작은 집게를 집어 들었다. 손등을 세심히 들여다본 여리는 조심스럽게 가장자리 가시부터 하나씩 빼나갔다. 이겸의 시선이 피 맺힌 자신의 손등에서 여리의 얼굴로 옮겨갔다.

　"짐작보다 훨씬 많이 다치셨습니다. 중지는 뼈에 금이 갔을 수도 있고요. 아마 소독하면 많이 쓰리실 것이옵니다. 조금만 참으십시오."

　다친 이겸보다 눈앞의 여리가 더 아픈 얼굴을 하고 있었다.

　또 그 향이다. 처음 나무에서 떨어지던 여리를 안은 그때, 이후로 가까워질 때마다 은은하게 끼쳐오던 향이 다시금 느껴졌다. 그것은 어린 시절 길을 가다 우연히 맡아본 꽃향기와도 닮아 있었다.

그 이후로 다신 그 향을 맡을 일이 없어 그저 어느 꽃나무의 향이었겠지, 잊어버린 그런 향이었다. 아련한 그 향은 이겸의 마음을 흔들었다.

세상을 등지신 후, 한 번도 제 꿈을 찾지 않으셨던 어머님이 걸음하신 것도 어쩌면 이 향 때문일 것이다.

그리운 향이 부른 그리운 기억.

여리는 소독 효과가 있는 약초 즙을 이겸의 손등에 조심히 흘려 부었다. 이겸의 한쪽 눈이 아주 살짝 찡그려졌다. 쓰라림에 이겸의 손이 한 번 짧게 움찔하자 여리는 종이에 싸두었던 지혈 약재를 꺼냈다. 쓴 한약재 냄새가 피 냄새를 덮었다.

인정하자. 나는 호랑이에게 이 아이를 잃을까 겁이 났던 거다. 다신 이 얼굴을 보지 못할까 봐.

"두려웠사옵니다."

이겸의 생각을 읽기라도 한 듯 여리가 말했다. 여리의 손끝에서 하얀 면포들이 단단하게 묶여졌다.

"다시는 나리께서 깨어나시지 않을까 두려웠사옵니다. 아주머님도 계시지 않을 때 아프시니 함부로 의원을 들일 수도 없고 말입니다."

여리는 이겸이 열에 들떠 깨어나지 못했던 때를 떠올렸다. 지금 생각해도 두렵고 아찔했다.

"어쩌면 몸보다 혹여 마음이 돌아오고 싶지 않은 것은 아닌가 염려되기도 했사옵니다."

"어찌하여 그런 생각을 하였느냐?"

망설이던 여리는 고개를 들어 이겸을 보았다.

"잠들어 계시던 나리의 얼굴이 아픈 한편, 너무나도 평온해 보였사옵니다. 사람들이 쉬이 올 수 없는 이곳에서 존재를 숨기고 산다는 건 저 같은 이들은 짐작도 못할 만큼 힘든 일이겠지요."

매듭을 마무리 지은 여리의 손이 서안 아래로 내려갔다.

"일전에 쫓긴 기억이 있어서인지 꿈을 꾼 적도 있사옵니다. 처음 보는 가옥이었는데 그곳에서 나리께서는……."

여리가 꾼 꿈속에서 누군가는 이겸의 목숨을 노리고 이겸은 필사적으로 그들과 맞섰다. 달빛 머금은 검이 춤을 추던 밤, 붉은 피가 바닥에 점점이 흩뿌려졌는데 그때 이겸의 눈빛이 참으로 처연했더랬다. 검을 쥐고 우뚝 선 그 눈빛은 더할 수 없이 외로워 보였다.

꿈을 꾼 이유는 무엇인지, 꿈의 의미는 무엇인지 알 수 없지만 너무나도 마음이 아파 기억에 선명하게 남았다.

"아무튼 제가 드리고 싶은 말씀은……."

나리의 어깨에 얹어진 짐이 너무나도 무거워 보였습니다. 하여 감히 그 짐을 덜어드릴 수 있으면 좋겠다는 생각을 주제넘게 해보았습니다.

"……과거는 모르겠지만 지금 나리의 곁엔 나리를 진심으로 걱정하고 기다리는 이들이 함께 있다는 것이옵니다."

기다리는 이들.

단순하고도 흔한 말이었으나 그 말이 가진 울림은 결코 작지 않았다. 혼자라고 생각했었지만 실상은 혼자가 아니었다. 저도, 서래댁도, 동아도, 그리고 눈앞의 여리도.

모두 서로를 의지하며 함께 있었으니.

이겸의 입가에 희미한 미소가 비쳤다. 서래댁이 여리를 이곳에 들인 이유를 조금은 알 것도 같았다. 차가운 고택을 보듬는 봄이 이 아이와 함께 왔다.

"기다리는 이들에는 너도 포함되는 건가?"

"예? 무, 물론이옵니다. 그리고 아주머님도 동아도 모두, 그……."

"걱정하고 기다린다는 녀석이 두 번이나 위험한 뒷문으로 나갔더구나. 처음 한 번은 네 말대로 해독제를 찾기 위해서라고 하고. 두 번째는? 또 노리개 보석이라도 잊은 것이냐."

이겸은 본격적으로 이야기를 듣겠다는 듯 서안 위에 팔을 올리고 턱을 괴었다. 잠시 후, 여리는 주머니에 있던 물건을 서안 위에 올려놓았다. 무언가를 천으로 둘러싸고 그것에 끈을 달아놓은 것이었다. 길이로 보아 목걸이처럼 보이기도 하였다.

여리는 매듭을 풀어 천을 펼쳐놓았다. 천 위에 놓인 것을 본 이겸의 표정이 점차 굳어졌다. 턱을 괴고 있던 손은 천으로 옮겨갔다.

"일전에 물에 빠진 적이 있다고 말씀 드렸었지요? 이건 그때부터 제가 지니고 있던 것입니다. 제 것은 아니고 주인이 나타나길 기다리고 있었지요."

오묘한 빛깔을 가진 둥근 백산호.

손톱 크기밖에 되지 않는 그것은 이겸도 잘 알고 있는 것이었다. 이런 모양과 빛깔은 조선에서 하나밖에 없으니 모를 리 없었다.

"실은 본디 이것이 달려 있던 물건을 제가 가지고 있습니다. 떨어져 나온 이것을 붙일 방도가 없었는데 그대로 보관해두는 것보다는 제가 지니고 있는 것이 낫겠다 생각하였습니다. 이것이 제게 있는 것을 혹시라도 주인이 알아본다면 그 물건을 찾으러 와주지 않을까 하여서요. 그 물건은……."

"검이다. 그것도 아주 긴. 그렇지 않느냐?"

여리가 반짝 시선을 들었다. 이겸과 눈이 마주 닿았다.

"어찌 아셨사옵니까?"

"그 검의 주인을 알고 있으니까."

이겸은 자리에서 일어나 벽에 걸쳐 세워둔 검을 가지고 왔다. 호랑이로부터 여리를 구해주었던 장검이었다. 이겸이 검을 서안 위에 올려놓으니 검 손잡이에서 작고 붉은 것이 반짝 빛났다.

그것을 본 여리의 눈이 휘둥그레졌다. 여리가 지니고 있던 백산호와 똑같은 모양의 적산호였다.

"이것의 이름은 일검(日劍)이다. 해를 뜻하는 적산호가 박혀 있지. 이것은 원래 한 쌍으로 만들어졌다. 다른 검은 이 검과 모든 것이 똑같이 생겼으나 단 하나, 손잡이에 적산호가 아닌 백산호가 박혀 있다. 그 검의 이름은 월검(月劍)이라 한다. 달빛을 담은 검."

"그럼……."

"두 검 다 나의 것이다."

이겸은 여리가 그때 자신이 구한 아이임을 이미 알고 있었으나 물에 빠져 잃어버렸다 생각했던 검이 그녀에게 있으리라고는 짐작도 하지 못했었다.

"어찌하여 그 검이 네게 있느냐?"

"모두들 꿈이라 하였습니다. 저는 물속에서 정신을 잃었고 눈을 떴을 땐 집이었으니 저조차도 꿈인지 아닌지 확신하지 못하였지요. 그러나 정신을 잃기 전, 저를 구해준 온기가 생생했고 물속으로 가라앉는 무언가를 분명 보았습니다. 하여 그때 가라앉은 것을 찾을 수 있다면 저를 구해준 분 또한 꿈이 아닐 것이라 생각하였습니다."

여리는 일곱 해 전 그날의 일을 마치 어제 일인 듯 하나도 잊지 않고 있었다. 계곡 물이 녹기 시작하면서부터는 꼬박 엿새 동안 그곳을 찾았다. 봄의 초입이라곤 하나 얼음장같이 차가운 계곡물 때문에 덜덜 떤 것이 한두 번이 아니었다.

"그리고 마침내 검을 찾았지요. 오랜 시간 물에 잠겨 있어 잘 아는 대장간 아저씨께 도움을 청했습니다. 녹이 슬지 않고 원래의 모양이 상하지 않도록 손질을 해주십사 하고요. 다행히 검은 원래의 빛을 찾았으나 단 하나, 이것은 다시 붙이지 못하였습니다. 억지로 붙이면 상할 것이니 이대로 주인에게 돌려주는 것이 가장 좋다고 하셨거든요."

여리의 이야기를 듣고 있던 이겸이 제게 돌아와준 백산호를 손으로 쓸어보았다. 철이 들기 전부터 이겸의 곁에서 함께했던 검들이었다. 유일하게 제 것이라 할 수 있는 물건이었다.

여리는 열에 들뜬 이겸이 했던 말을 떠올렸다. 무사하길 바랐다던 아이는 바로 여리를 뜻했다.

"내일은 다시 사가에 가는 날이니 가져오겠사옵니다. 그때 저를 구해주셔서 감사하옵니다, 나리."

"고마운 것은 나다. 이렇게 내 것을 찾아주지 않았느냐? 네가 내 것을 찾아주었으니 나도 선물을 주마."

잠시 사랑채에 다녀온 이겸이 작은 나무 함을 서안 위에 올려놓고는 여리에게 열어보라는 듯 눈짓을 했다. 덮개가 온전히 젖혀지면서 이겸이 백산호를 보고 놀랐던 것처럼 여리 역시 손을 멈추었다. 붉은 댕기. 계곡을 다시 찾았을 때 보이지 않아 바람결에 날아가버렸구나 단념을 했던 댕기였다.

여리는 댕기 끝에 수놓인 나비를 쓸어보았다. 삐뚤빼뚤 엉성했으나 그것은 어린 여리가 고사리손으로 처음으로 놓아본 수였다.

"봄과 어울리는 나비구나. 길을 잃지 않고 주인에게 돌아가게 되었으니 다행이다."

달빛 부서지는 강가에 홀로 앉은 여리는 붉은 댕기를 꼭 쥐

고 있었다. 눈을 떼면 사라지기라도 할까 귀하게 눈 속에 새기
고 또 새겨 넣었다.

"잠이 오지 않느냐?"

물소리만 맴돌던 곳에 사람의 기척이 흘러들었다. 고개를
돌린 여리는 소리의 주인을 확인하고는 서둘러 일어섰다.

"주무시지 않으셨습니까?"

"그건 너도 마찬가지인 듯한데."

싱긋 웃은 이겸이 여리와 약간의 간격을 두고 나란히 앉았
다. 이겸이 모래 묻은 손을 털고 여리를 바라보니 여리도 원래
저가 앉아 있던 자리에 다시 앉았다. 두 사람의 머리 위로 별
빛이 가득했다.

"폐월화를 보러 왔사옵니다. 낮에는 피지 않고 일전엔 자세
히 보지 못해서. 도대체 어떻게 생긴 꽃이기에 사람들이 입을
모아 말하나 궁금하였사옵니다."

"사람들은 폐월화에 대해 뭐라고 말하느냐?"

낮은 음성이 조곤조곤 듣기 좋은 울림으로 다가왔다. 두 사
람의 주위로 폐월화 향이 은근히 스몄다.

"한 번 보면 홀릴 만큼 아주 아름다운 꽃이요. 그 꽃은 어떤
집을 지키고 있는데 그 집은 너무 넓고 커서 별들도 그 위를
함부로 지나가지 못한다고 합니다."

"틀린 말은 아니구나."

"사실 사람들은 꽃보다도 그 꽃을 지키는 이에 대해 더 많
은 관심을 가지고 있지요."

"저승사자?"

"네. 그 저승사자는 키가 아주 크고 무섭게 생겼다는 소문이 있습니다."

여리가 손을 벌려 소문 속의 저승사자를 그리자 이겸이 낮게 웃었다.

"정신 나간 무사라고도 하던데."

"그런 말들도 있지요. 아무튼 저승사자를 확실히 본 이는 아무도 없는데 소문들은 마치 직접 본 듯 생생하게 떠돕니다."

"어떤 것 같으냐? 네가 보기엔."

여리는 조심히 이겸의 얼굴을 보았다. 다시 봐도 흠잡을 데 없이 빼어난 얼굴이었다. 고운 달빛에 물든 두 사람의 시선이 서로를 향했다. 여리는 민망함에 어색한 웃음을 지어 보였다.

"이젠 얼굴을 가리지 않으십니까? 사정이 있어 그리하셨던 것으로 알고 있습니다."

"숨기고 싶은 것은 얼굴이 아닌 다른 것이었다. 그러나 그럴 필요가 없어진 것 같구나."

달리 할 말을 찾지 못한 여리는 괜스레 손에 쥔 댕기만 만지작거렸다. 달빛에 반짝이는 물결을 보며 이겸이 말했다.

"잘 어울릴 것 같다. 그 색 말이다."

일곱 해 전 구해준 것은 여자아이였으니 여리는 굳이 제 입으로 여인임을 덧붙일 필요가 없었다. 그 일 이후 달현은 마을 사람들에게 사실을 밝혔고, 여리는 더 이상 바지를 입을 일이 없어졌다.

"하온데 어찌 회연을 알고 찾아오신 것입니까? 원래부터 이곳에 거하셨사옵니까?"

"……."

"나무다리가 있는 것도 저는 이번에 알았습니다. 물론 예화로 이어진 것은 아니어서 조금 돌아가긴 하지만 말입니다. 나리께서는 그간 저 다리를 통해 예화를 오고 가셨나 봅니다."

이겸이 여전히 아무런 말없이 빤히 바라보자 여리는 아차 싶어 입술을 깨물었다.

"제가 좀 소란스러웠지요? 호기심이 많은 편이라."

"알고 있다. 거기에 떨어지는 게 습관이요, 사고치는 건 덤이지."

이겸은 웃고 있지 않았지만 목소리에서는 웃음기가 배어났다. 여리는 이겸의 목소리가 듣기 좋았다. 함께 있는 것만으로도 주위 공기가, 바람이 달게 느껴졌다.

이겸은 폐월화 한 송이를 꺾어왔다. 반짝이는 폐월화가 여리에게 내밀어졌다. 얼떨결에 꽃을 받아 든 여리는 그것을 자세히 들여다보았다.

"폐월화는 본디 빛나는 꽃이 아니다. 새벽이슬을 머금은 폐월화는 아침이 되면 봉오리를 닫는다. 낮 동안 그 이슬은 봉오리 안에서 꽃술을 적시고 꿀물이 되는데 밤이 되면 고여 있던 꿀물이 반짝이는 것처럼 보이는 거다. 달빛과 물빛 때문에. 하여 달이 없는 밤에는 폐월화도 빛나지 않아. 그 물을 마셔보거라. 달 것이니."

여리는 잠시 머뭇하다가 이겸의 말대로 꽃잎을 입술로 가져
갔다. 기울어진 꽃잎에서 달콤한 꿀물이 흘러들었다.

물같이 묽었지만 또한 꿀처럼 달콤했다. 한낮 햇볕 아래서
잘 우러난 단맛이었다. 여리의 눈이 살짝 커졌다.

"분명 단맛이 납니다. 맛있습니다."

"금일처럼 꿀물이 넉넉한 날도 많진 않다. 운이 좋구나."

운이 좋은 것이 여리인지, 그런 여리의 기뻐하는 표정을 보
게 된 이겸인지 분명하지 않은 말이었다. 혹은 그 둘 다를 의
미함이거나.

여리는 쥐고 있던 폐월화를 더욱 찬찬히 살펴보았다.

"이게 얼마 있지 않아 져버린다니 아쉽사옵니다. 아주머님이
그러셨거든요. 폐월화는 일곱 해만 사는 꽃이라 올해 첫눈이
오면 질 거라고. 폐월화가 지고 나면 다시 심으실 것이옵니까?"

이겸은 대답 대신 여리를 바라보았다. 검고 깊은 눈빛이 곧
게 여리를 향했다.

대답을 미루는 이겸의 표정은 온화했지만 여리는 그 눈에
담긴 깊은 고요를 읽어버렸다. 여리가 부러 밝게 말을 돌렸다.

"아, 저와 함께 마을에 가셔요. 폐월화 꿀만큼은 아니지만
맛있는 유밀과를 파는 집이 있사옵니다. 제가 보답으로 꿀물
대신 유밀과를 잔뜩 사드리겠사옵니다. 폐월화가 없는 동안
드실 수 있게."

여리가 '함께'라는 말을 꼭꼭 힘주어 말하자 이겸의 눈빛이
한층 가라앉았다. 별빛은 맑았고 강물은 잔잔했다. 오랜 침묵

과 함께 폐월화의 진한 향이 여리의 코끝을 휘감았다.

"꽃이 크면 대부분 향이 없는데 폐월화는 향이 진합니다. 진한데도 좋은 향입니다. 사람의 기분을 들뜨게 만드는 향."

여리가 폐월화에 얼굴을 가까이했다. 여리를 보고 있던 이겸이 말했다.

"지금 나를 들뜨게 하는 건 폐월화의 향이 아니다."

여리가 시선을 들어 이겸을 보았다. 말은 하지 않았으나 여리의 얼굴이 옅게 붉어졌다.

"생각을 해보았는데 말입니다, 이곳으로 돌아오고 싶었던 겸이 저를 이리로 보냈나봅니다. 겸이 돌아오고, 이제 겨울도 오면⋯⋯."

저는 이곳에 머물 이유가 없어질까요?

뒷말을 흐린 여리의 가슴이 아릿했다.

세상과는 동떨어진 곳에서 마음 따뜻한 이들과 신분이니, 내일 먹고살 일이니 그런 고민 따위는 하지 않아도 되었다. 삯을 받기 위해 이곳에 머문 것이 아니라 그저 이곳이 좋았다. 영원할 수 없다는 것을 알면서도 지금의 행복한 시간이 오래도록 계속되었으면 좋겠다는 욕심도 잠시 품어보았다. 한낱 꿈같은 마음이었다.

무엇보다 이젠 나리를 다시 뵐 일이 없겠구나 싶어 눈시울이 시큰해졌다. 자신이 여기 있으면 나리께서 위험해지니 더 이상 욕심을 부려서는 안 된다.

여리가 씩씩하게 말했다.

"아무튼 내일 날이 밝는 대로 제가 검을 가져오겠사옵니다."

"함께 가자."

"아닙니다. 그건 제가 당연히 해야 할 일인……."

그 순간 어디선가 불어온 바람이 여리의 손에 있던 댕기를 가져갔다. 허공을 부드럽게 휘감은 댕기는 두 사람과 떨어진 곳에 살포시 내려앉았다.

댕기를 주우려 여리가 일어섰으나 그보다 이겸이 앞서 걸음을 옮겼다. 댕기를 주운 이겸은 손으로 모래를 털어내었다. 다시 곁으로 돌아온 이겸이 붉은 댕기를 여리에게 내밀었다.

여리가 손을 뻗어 이겸의 손에 있는 댕기를 잡으려는 찰나였다. 언제나 여리의 마음을 두드렸던 목소리가 다시 한 번 부드럽게 내려앉았다.

"너와 함께 있고 싶다고 청하는 거다. 내가, 내 마음이 말이다."

여리는 저자에 들어서면서부터 쏟아지는 따가운 시선을 오롯이 견디고 있었다. 정확히는 자신이 아니라 이겸을 향해 쏟아지는 시선이었다. 늘 입던 검은 옷을 벗는 것만으로도 사람이 이렇듯 달라질 수 있음을 절실하게 깨닫는 참이었다.

훤칠한 키와 넓은 어깨는 화려하지 않은 도포마저 화사해 보이게 만들었다. 갓 또한 요란한 장식 하나 없이 평범했으나 그 아래 드러난 이겸의 얼굴은 결코 평범하지 않았다. 시원하게 뻗은 눈매며 사내답지 않게 매끈한 살결까지. 어느 하나 균형이 흐트러진 곳 없이 완벽하다는 건 이분을 이르는 말일 것이다. 목덜미의 검은 흉마저 그림처럼 어우러져 묘한 기운을 자아냈다.

노소를 불문하고 넋 놓은 저자의 여인들을 보며 여리는 알았다. 가만히 있어도 이목을 휘어잡는 이가 있다더니 나리께서 바로 그런 분이셨구나.

물론 그런 이유 때문에 얼굴을 가리고 있었던 것은 아니겠지만 지금만큼은 다시 얼굴을 가리는 것에 찬성하고픈 마음이 절로 들었다. 그러나 정작 나리 본인은 신경을 쓰시지 않는 것인지 별다른 내색이 없었다. 오히려 아는 이를 마주치기라도 할 듯 손으로 얼굴을 쭈뼛쭈뼛 가리는 이는 여리였다.

"어디 몸이 불편하기라도 한 것이냐?"

여리를 염려한 이겸이 물었다.

외모만큼이나 낮고 좋은 목소리였다. 훔쳐 들은 여인들의 입술 사이로 '아' 하는 탄식이 새어 나왔다. 그 외모에 진정으로 합당한 목소리였다.

여리는 가만히 있어도 빛이 나는 사내와 슬쩍 거리를 두었다. 이마를 긁는 척 자연스레 얼굴을 가리고 작게 속삭였다.

"나리, 마을에 오셨는데 얼굴을 가리지 않으셔도 됩니까?"

"일전에 왔을 때 가린 것이 더 눈에 띄는 듯해 이번에는 가리지 않았느니."

아닙니다! 오히려 지금 더, 더 눈에 띄고 계신다고요! 정녕 여인들의 저 이글거리는 눈빛이 느껴지지 않으십니까?

착잡한 여리가 속으로 작은 한숨을 삼켰다.

예화 저자가 어떤 곳이던가. 철들기 전부터 제 집 마당보다 더 자주 드나들던 곳이다. 그런 곳에서 가만히 서 있기만 해도 시선을 끌어당기는 분과 거리를 활보라도 하는 날엔 후에 사람들로부터 그분이 누구였느냐는 물음을 귀에 딱지가 앉도록 들을 것이다.

그래, 이럴 때는 불길에서 떨어지는 것이 상책이지.

여리가 사람들의 눈에 띄지 않는 담벼락 옆으로 서둘러 이겸을 끌고 갔다. 그리고 침착하게 웃는 얼굴로 입을 열었다.

"아시겠지만 저희 집은 이 저자에서도 가장 끝에 있사옵니다. 하여 근처 주막에서 요기를 하고 쉬고 계시면 제가 얼른 가서 검을 가져오겠사옵니다."

"너를 보내고 이곳에서 나 혼자 있으라?"

"예. 아무래도 그편이 훨씬 편하실 것이옵니다. 나리께서 굳이 수고롭게 같이 가실 이유가 없지요."

"수고롭게."

"예. 수고롭게."

이겸은 주위를 무심히 둘러보았다. 화려한 천들이 펄럭이는 포목점으로 눈길이 갔다.

여리는 행여나 다른 이들의 시선이 그들을 따라오진 않았을까 뒤를 돌아보며 말했다.

"아, 저곳이 좋겠사옵니다. 저기 음식이 괜찮…… 나리?"

여리는 어쩐지 휑한 느낌에 이겸이 서 있던 곳을 보았다. 그러나 허공뿐이었다.

"나리? 어디 계십니까?"

이곳저곳을 기웃거리며 이겸을 찾던 여리의 머리 위로 잠시 후 하늘거리는 천 하나가 내려앉았다. 곱디고운 쓰개치마였다.

"네가 말한 유밀과며 음식들을 나 혼자 어찌 먹으란 말이냐? 말을 꺼내었으면 끝까지 책임을 지는 것이 도리인 것을."

여리가 쓰개치마 사이로 동그란 눈을 깜빡였다. 여리에게 걸쳐진 쓰개치마를 여며주며 이겸이 덧붙였다.

"내 미처 생각하지 못하였다. 이곳이 네가 자란 곳이라는 것을. 이리하면 하루 정도는 나와 함께 다녀도 되지 않겠느냐?"

이겸 역시 저자로 들어서면서부터 쏟아지던 시선을 느끼지 못한 바가 아니었다. 다만 그것이 저가 아니라 외간 사내와 함께 다니는 여리를 향한 것이라고 오해하였을 뿐.

여리가 쓰개치마를 살펴보았다.

"하오나 이건 제가 걸치기엔 너무 비싼 것입니다. 이런 귀한 것을 받을 순 없사옵니다."

"비싼 걸 걸쳐도 되는 사람이 따로 있느냐? 저곳에 남은 것이 그것 하나였느니라. 그럼 네가 내게 이곳을 구경시켜주는 값을 그것으로 대신하자. 그도 아니면 같이 다니기도 꺼려질 만큼 내가 불편한 것인가?"

"불편하다니요. 그런 건 아닙니다. 다만……."

함께 있는 것이 싫은 것이 아니었다. 아니, 사실 누구보다도 함께 있고 싶은 이는 여리였다. 문제는 이런 당치도 않은 마음들이 그와 함께 있으면서 점점 커진다는 것. 마음이 몽글몽글 피어나 걷잡을 수 없어지는 것이 두려웠다.

여리가 망설이자 이겸의 입술 사이로 짧은 한숨이 새어 나왔다.

"그렇구나. 폐월화에 대한 보답으로 유밀과를 사주겠다 한 약조는 빈말이었는데 나 혼자 마음을 쓴 것이었군."

"……."

"……농이다, 농. 불편하게 하려는 뜻은 없었느니. 이곳에서 시간을 보내고 있을 테니 마음 쓰지 말고 천천히 다녀오너라."

정녕 농이었던 듯 이겸은 싱긋 웃어 보였다. 주막으로 향하는 이겸의 뒷모습을 보고 있으니 간밤 그가 한 말이 떠올랐다.

─너와 함께 있고 싶다고 청하는 거다. 내가, 내 마음이 말이다.

함께하고 싶다는 말이 검에 대한 것만은 아니었던 걸까? 염치도 모르는 이런 불손한 생각을, 기대를 가져도 좋은 것일까?

여리는 거의 잠을 이루지 못했다. 이겸이 한 말의 의미가 무엇일까 이불 속에서 몇 번이나 뒤척이며 생각해보았지만 답은 쉬이 나오지 않았다. 답이 나오지 않는 문제를 고민해봐야 달라질 것은 없겠지. 그렇다면…….

"나리!"

이겸이 돌아보았다.

"생각해보니 유밀과를 드시기 전 다른 것을 드시면 그 맛이 덜할지도 모르겠사옵니다."

가는 마음은 흐르게 두자.

여리는 고민을 멈추고 이겸에게로 용기 내어 다가섰다.

"게다가 유밀과는 혼자보다는 둘이 먹는 게 더 맛있기도 하고요."

자신을 따뜻하게 바라보는 이겸의 눈을 마주하니 알 것 같았다.

지금 여리가 아쉽고 두려운 것은 단 하나. 이분과 함께 있는 시간이 너무도 빠르게 지나가버리고 있다는 것. 오직 그것만이 두려웠고, 그것만을 아쉬워하는 것이 옳았다. 평생이 아니 된다면 하루만이라도 욕심내어 보려 한다. 나로 인해 연모하는 이가 위험해진다는 생각은 잠시 접어두고.

"하여 나리만 괜찮으시다면 지금 바로 가볼까 하는데 어떠시옵니까?"

하루였다. 여리에게도, 이겸에게도 다신 오지 않을 단 하루.

"따라오십시오. 제가 유밀과란 이런 것이다……를 오늘 제대로 보여드리겠습니다."

여러 가지 재료들로 다채로운 색을 낸 유밀과는 예화 저자

310

에서도 소문난 것이었다. 신분이 높은 이들이 먹는 것처럼 모양이 곱진 않았지만 그 맛에 있어서만큼은 어디 내어놓아도 부끄럽지 않았다.

눈만 내어놓고 쓰개치마로 모두 가린 여리가 열심히 유밀과를 만들고 있는 주인에게 말했다.

"종류별로 두 개씩 주십시오. 갓 만든 따끈한 것으로요."

유밀과를 만드는 주인 아낙과 그것을 담아주는 서방이 있는 점포였다. 사내의 눈이 이겸을 향했다. 허, 어느 댁 귀한 자제인지 참 훤칠하기도 하구나.

사내가 유밀과를 채 담기도 전에 유밀과를 만들고 있던 주인 아낙이 엉덩이로 제 서방을 밀어냈다. 주인 아낙에게 치여 바닥에 엎어진 서방이 말했다.

"어이쿠! 이 여편네가 누구 초상 치를 일 있나?"

그러거나 말거나 아낙은 이겸의 얼굴을 가까이 오래 보기 위해 유밀과를 두 개가 아니라 셀 수 없을 만큼 푹푹 담았다.

여리는 조청을 발라 반들반들 윤이 나는 유밀과 하나를 집어 이겸에게 건넸다.

"유밀과의 참맛을 느끼려면 갓 만든 것을 바로 먹고 식은 후 또 먹어보는 것이 좋습니다. 맛이 다르거든요. 일단 이것부터 드셔보십시오."

이겸은 여리가 내민 유밀과를 건네받았다. 대개 사대부 체면에 길에 서서 무언가를 먹는 것은 예에 어긋나는 일이었지만 다행히 이겸은 그런 법도 안에 있는 인물이 아니었다.

저자 사람들이 먹는 방식처럼 이겸 역시 그곳에 서서 유밀
과 하나를 입에 넣어보았다.

"어떠십니까?"

"맛은 있으나 특이하구나."

"예. 조금 씁쓸하지요? 여기 있는 유밀과들은 빛깔에 따라
제각기 맛이 다릅니다."

주인 아낙에게서 유밀과 봉지를 받아 든 둘은 다른 곳으로
걸음을 옮겼다.

어찌나 유밀과를 눌러 담았는지 마치 유밀과가 계속해서 생
겨나고 있는 것 같은 착각마저 들었다.

"음식에는 단맛, 쓴맛, 짠맛, 매운맛까지 여러 맛이 있지 않
습니까? 저 집 유밀과는 그 맛들을 모두 담고 있습니다. 제
아비는 저 집 유밀과를 일컬어 희로애락을 담은 맛이라 합
니다. 사람의 삶도 한 치 앞이 달지, 짤지, 쓸지 알 수 없지만
그 모두가 어우러져 있기에 의미가 있는 것 아니겠냐 하시면
서요."

이겸이 미소를 머금었다.

"유밀과 하나에 깃든 것치곤 썩 좋은 뜻이구나."

"하여 입에는 맞으셨사옵니까?"

이겸이 고개를 끄덕여 보였다.

유밀과 봉지를 안고 걷던 여리의 시선은 문득 저자에 나온
어느 댁 아씨에게 머물렀다. 이겸의 눈길 또한 여리가 보는 방
향을 따랐다. 몸종과 함께 머리꽂이를 고르는 여인은 마음에

드는 것들을 차례로 제 머리에 대보았다. 여인을 보던 이겸이 여리에게 물었다.

"가지고 싶은 것이 있느냐?"

치장하는 일에 신경을 쓰는 것이 이상할 것 없는 나이였다. 이겸의 물음에 여리가 이겸을 보더니 해사하게 웃었다. 그리고 고개를 저으며 답했다.

"아니옵니다. 실은 물건이 아니라 저 아씨를 보고 있었사옵니다. 제가 지은 옷이라서 모양과 길이를 훑어보고 있었지요."

"저 옷을 네가 지었단 말이냐?"

"예. 저렇게 주인에게 잘 어울리는 옷을 보면 절로 기분이 흐뭇해지지요. 그때 만든 노리개도 저 댁 막내 아기씨께 갔답니다."

"저 옷은 네게도 잘 어울릴 것 같구나."

"그러기엔 저 옷감은 너무 귀한 것입니다. 저한테는 불편할 뿐이지요."

"그러면 욕심나는 것은 무엇이냐? 하고 싶은 것 말이다."

난데없는 이겸의 질문에 여리는 다시 발걸음을 옮기며 고개를 갸웃했다.

"하고 싶은 것……. 생각해본 적이 없어서 잘 모르겠사옵니다. 그저 아비와 함께 밥을 굶진 않고 살았으면 좋겠다, 그런 생각은 한 적이 있는데. 그러고 보니 하고 싶은 것이 다른 것도 아닌 밥과 연관되어 있다는 게 조금 슬픕니다. 밥 말고 돈을 많이 버는 걸로 바꿔야지."

"돈이 모이면 무엇을 하고 싶으냐? 밥 굶지 않는 것 빼고."

"언젠가는 제 점포를 가지고 싶사옵니다. 옷을 지어 파는 점포여도 좋고요. 생각해보니 그게 제 꿈인가 봅니다."

"하긴 너는 꽤 잘해낼 것 같다."

알고 있다. 이겸이 봐온 여리는 일을 썩 잘할 뿐만 아니라 제법 영리하다는 것을. 서고 정리에 필요한 한자를 읽을 줄 알고 서래댁이 가르치는 일들을 한 번만 보아도 기억할 정도로 눈썰미가 좋았다.

조선에서 여인이 할 수 있는 일이란 손으로 꼽을 정도였지만 여리만큼은 그녀가 원하는 대로 어떤 속박도 받지 않고 자유롭게 살았으면 좋겠다는 생각이 스쳤다. 미소 띤 여리를 따라 이겸의 입가에도 작은 호선이 걸렸다.

어디선가 흥겨운 연주 소리가 바람결에 실려 왔다. 저자의 사람들이 풍물 연주가 들리는 곳으로 바삐 달려갔다.

"놀이패가 왔나봅니다. 보러 가시겠습니까?"

이겸이 대답하기도 전에 들뜬 여리가 사람들이 모인 곳으로 이겸을 잡아끌었다.

겨울의 초입에 마을을 찾은 놀이패의 공연은 줄타기가 한창이었다. 놀이꾼이 줄 위에서 발재간을 부리며 허공으로 날아오를 때마다 사람들의 입이 떡 벌어졌다.

여리는 이겸과 함께 공연이 잘 보이는 곳에 자리를 잡았다. 눈부신 햇살이 놀이꾼의 발에 걸려 줄 위에서 반짝거렸다. 사람들의 환호성이 터질 때마다 여리의 얼굴 역시 활짝 피었다.

좁은 자리 탓에 사람들이 여리 쪽으로 붙어 서자 이겸이 슬쩍 사이에 서서 그들이 여리를 밀지 못하도록 곁을 지켜주었다. 이겸은 시선만 낮추어 곁에 있는 여리의 얼굴을 보았다. 회갈색 눈동자가 곱고도 맑았다. 하얀 얼굴 가득 피어난 웃음은 눈에 담기 아까울 정도로 어여뻤다.

이겸의 시선을 느낀 것인지 놀이꾼에게서 눈을 떼지 않은 채로 여리가 말했다.

"시간이 더디게 흘렀으면 좋겠습니다. 참으로 좋습니다."

여리의 말에 이겸 역시 공연으로 눈을 돌렸다. 줄타기는 점점 신명을 더해가고 있었다.

"그래. 재주가 좋은 놀이꾼이구나."

"아니오. 나리와 함께 있는 시간이 말입니다."

이겸의 시선이 다시 여리를 향하자 여리 또한 이겸의 눈을 마주했다. 이겸이 방금 저가 들은 말이 무슨 말인지 미처 생각하기도 전에 여리가 덧붙였다.

"역시 전 나리의 곁에 있는 게 좋습니다. 그래서 지금이 더디 갔으면 좋겠다는 생각을 했습니다."

흥겨운 악과 사람들의 웃음소리가 흘러넘쳤으나 이겸과 여리의 주위만 고요했다. 분명 많은 사람들에게 둘러싸여 있었지만 그렇게 느껴졌다.

담아서는 아니 되는 마음.

시작해서는 아니 되는 마음.

그 마음들이 비로소 서로를 마주 보기 시작했다.

편전을 나서던 서래댁의 걸음이 저를 막아선 그림자로 인해 멈췄다. 낯설지 않은 그림자였다.

서래댁은 담담하게 제 앞에 선 무영을 마주했다. 무영 역시 궁에서 서래댁을 만났으나 놀라는 기색이 없었다. 서래댁이 먼저 가볍게 고개를 숙여 인사를 건넸다.

무영이 서래댁을 향해 건조한 목소리로 말했다.

"궁에 오는 줄 알았으면 함께 올 것을 그랬소."

"말씀만으로도 감읍하옵니다. 하오나 내금위장 영감께서 생각하시는 그런 일은 없었사오니 심려치 마십시오."

"언제부터였소?"

"원래부터 궁에 있던 사람이 궁을 찾은 것이 무어 그리 새삼스러운 일이겠습니까? 그럼 저는 일이 있어서 이만 물러가겠사옵니다."

"부디 불미스러운 일은 없기를 바라오. 그분께서 상심하실 터이니."

서래댁의 입가에 슬픈 듯 옅은 미소가 비쳤다가 사라졌다.

"그분께서 아무것도 모르실 것이라 생각하시옵니까? 내색만 하지 않으셨지 아마 알고 계실 것입니다."

뜻밖의 말에 무영의 표정이 점차 굳었다. 무영조차 금일에서야 서래댁의 행선지를 확인했거늘 진헌군 대감께선 이미 알고 계셨단 말인가. 알고도 곁에 두시는 그 마음이 어떠했을지 차

316

마 짐작도 되지 않았다.

회랑을 지나는 바람이 점차 매서워지고 있었다. 꽃이 견디지 못하는 겨울은 그리 멀지 않은 모양이었다.

"부탁드린 것은 어찌 되었습니까?"

여리가 천을 떼어다 파는 양씨에게 물었다. 그는 한눈에 보기에도 값비싸 보이는 비단과 질 좋은 목화솜을 꺼내놓았다.

"사내 겨울옷을 짓는 데는 최고로 쳐주는 것들이다. 이런 걸 주문한 것을 보니 또 어디 높은 댁 옷이라도 짓는 게냐?"

여리가 대답 대신 미소를 지어 보였다. 양씨는 점포를 나서는 여리에게 최상급 물건들이니 후에 가격을 넉넉히 셈해서 받으라는 말도 잊지 않았다.

여리는 옷감들을 소중하게 품에 안았다. 일전에 저 때문에 나리의 배자를 못 쓰게 되었으니 날이 더 추워지기 전에 서둘러 옷을 지어드릴 생각이었다.

여리가 기다리고 있을 이겸에게로 서둘러 걸음을 옮겼다. 놀이판이 벌어진 곳과 양씨의 점포가 멀지 않아 많이 걸을 것도 없었다.

"이보시오."

누군가 바삐 걸음을 옮기는 여리의 어깨를 잡아 세웠다. 쓰개치마를 쓴 여리가 저를 부른 이를 향해 뒤돌아섰다.

처음 보는 이들이었다.

"어찌 그러십니까?"

사내는 여리의 말에 대답하는 대신 제 곁에 선 또 다른 사내에게 물었다.

"이 계집이 맞냐?"

사내 하나가 여리가 쓴 쓰개치마를 이리저리 훑어보았다.

"예. 맞습니다. 아까 점포에서 이 쓰개를 사서 쓰고 나오는 것을 보았습니다."

"그래? 그렇다는군. 반갑다, 매향아."

"오해가 있는 듯한데 나는 매향이라는 이가 아닙……."

사내들은 여리의 뒷말이 채 끝나기도 전에 그녀를 하얀 자루로 에워싸 둘러멨다. 여리가 서 있던 자리에는 주인 없는 비단 옷감만 덩그러니 바닥을 뒹굴었다. 저자의 그 누구도 눈치채지 못할 정도로 순식간에 벌어진 일이었다.

한편, 이겸은 여리를 찾고 있는 중이었다. 놀이판이 끝나고 사람들이 모두 흩어지도록 여리의 모습은 보이지 않았다. 아무래도 혼자 보내는 것이 아니었는데.

이겸은 시선이 닿는 끝에서 끝까지를 훑어보았다. 자리를 옮기는 이겸의 발걸음이 빨라졌다. 여리가 갈 법한 점포가 모여 있는 저잣거리를 다시금 되짚어나갔다.

얼마쯤 저자를 헤집고 다녔을까. 골목 끝에 다다랐을 때, 익숙한 쓰개치마가 멀리서 보였다. 이겸은 쓰개치마가 골목으로 사라지는 것을 놓치지 않았다.

숨어 있던 가옥을 벗어나 쫓아오는 자들을 피하던 매향은 불안한 느낌에 계속 뒤를 살피는 것을 잊지 않았다. 아무도 쫓아오는 이가 없음을 확인한 매향이 다시 걸음을 옮기려다 비명을 질렀다.

"꺄악!"

우두커니 길을 막고 있는 이겸을 본 매향은 가슴을 쓸어내렸다.

"어찌 이리 늦은 것이냐?"

"사, 사람 잘못 보셨습니다."

이겸의 질문에 매향은 주춤주춤 뒤로 물러섰다. 여차하면 눈치를 봐서 도망갈 작정이었다. 이겸은 황급히 자리를 뜨던 매향을 향해 손을 뻗었다.

"여리야."

실수로 이겸의 손에 걸린 쓰개치마가 뒤로 젖혀졌다. 놀란 매향의 시선이 내려간 쓰개치마를 따라갔다. 이겸이 서둘러 손을 거두어들였다.

"미안하오. 일행으로 착각을 하였소."

사과를 한 이겸이 여리를 찾아 자리를 떴다. 이겸이 간 쪽과 반대 방향으로 몸을 돌리던 매향의 걸음이 멈칫했다.

포목점에서 이겸과 부딪친 일을 기억해냈기 때문이었다. 사람을 상대하는 일을 하는 이답게 매향은 한 번 본 이는 결코 잊지 않았다. 두 장 남아 있던 똑같은 쓰개치마 중 하나를 사서 나오던 길이었다.

그리고 조금 전, 그곳에서 저를 따르던 사내들이 저와 똑같은 쓰개치마를 쓴 이를 데려간 것 또한 기억했다. 그 여인에겐 미안한 일이지만 차라리 다행이라 생각했다.

기루에 팔려 온 매향은 금일 예화가 초행길이었다. 팔려 온 이유가 높은 양반께서 사내 경험이 없는 아기 기녀를 원했기 때문이었으니 다시 돌아가는 건 끔찍한 일이었다. 이대로 돌아가면 화초 머리를 올릴 것은 당연한 일이었다.

그 여인이 누군지는 모르나 기루에는 매향의 얼굴을 아는 이도 없으니 그이가 시간을 벌어준다면 도망가기도 쉬울 터. 게다가 어차피 여인은 매향이 아니니 오해가 풀리면 기루를 벗어나게 될 것이다.

매향의 시선이 바삐 걸음을 옮기는 이겸의 뒷모습을 향했다. 말을 전하지 않아도 일은 모두에게 좋은 방향으로 흐를 터인데 마음이 왜 무거워지는지는 모를 일이었다. 분명 저 사내는 저와 똑같은 쓰개치마를 쓴 여인을 찾고 있음이 분명했다. 정인일까? 그도 아니면 누이? 아무려면 어떠랴. 지금 매향 제 코가 석 자인 것을.

마음을 다잡고 몸을 돌린 매향의 걸음은 그러나 채 두어 걸음도 이어지지 못했다. 이 모질지 못한 마음 같으니라고. 아이고.

"나리! 여쭐 말씀이 있사옵니다."

주저하던 매향이 어쩔 수 없이 불러 세우자 이겸이 그녀를 돌아보았다.

제8장

해월각

"나는 매향이라는 이가 아닙니다. 보면 모르시겠습니까?"

"응. 보면 몰라. 우리 중에 매향이의 얼굴을 아는 자가 없거든."

해월각으로 끌려온 여리가 답답한 가슴을 쿵쿵 쳐댔다. 여리를 잡아 온 사내들과 해월각의 시비들은 사실 저들끼리도 고개를 갸웃거리긴 했다.

"한데 형님, 매향이는 올해로 열다섯이라 하지 않았습니까? 이 계집은 아무리 봐도……."

비쩍 마른 사내가 여리의 얼굴을 이상하다는 듯 들여다보았다. 곁에 선 덩치 좋은 사내가 마른 사내를 타박했다.

"본래 여인은 겉만 봐서는 모른다. 고생을 많이 하고 자라서 몇 년 더 들어 보일 수도 있지. 또 지금은 화장도 하지 않았으니."

"게다가 매향이는 품에 쏙 들어올 만큼 키가 작다 했는데 이 여인은 키가 큰뎁쇼?"

워낙 큰 이겸의 눈에 여리가 작아 보였을 뿐이지 사실 여리는 동년배의 여인들에 비하면 큰 축에 속했다. 여리가 그제야 말이 조금 통할 것 같은 느낌에 입을 떼려 했으나 이번에도 덩치 좋은 사내가 말을 이었다.

"그거야 이곳 예화 여인들과 그 지방 여인들이 달라서 그리 말했겠지. 그곳 여인들은 다 키가 클 수도 있지 않느냐? 그곳에서는 이 정도가 작은 키인가 보지."

마른 사내가 고개를 끄덕였다.

"아까 네가 이 쓰개치마를 사서 쓰고 나오는 걸 보았다 했잖아. 그럼 이 아이는 매향이가 맞는 거다. 의심하지 마. 어이, 꽃분아. 금일 귀한 분이 오셔서 매향이의 화초 머리를 올려주실 것이니 일단 목욕부터 깔끔하게 시키고 고운 옷 좀 입혀라. 아무리 그래도 명색이 기녀라는 아이 옷이…… 쯧쯧."

화려하지 않은 것은 둘째치고 어찌 그리 소박하고 누추한지, 여리의 옷을 위아래로 훑은 사내가 혀를 찼다. 해월각에서 잡일을 도맡아 하는 꽃분은 여리가 빠져나갈 사이도 없이 그녀를 목욕간으로 끌고 갔다. 그러고는 다른 시비의 도움을 빌려 여리를 목욕통 안으로 밀어 넣었다.

"어푸푸!"

옷을 입은 채로 더운 물에 던져진 여리가 얼굴에 흘러내린 물을 쓸며 일어섰다. 이내 꽃분과 다른 여자아이 하나가 여리의 어깨를 잡아 눌렀다. 여리가 발버둥을 치자 물이 사방으로 튀었다.

"이게 무슨 짓입니까? 나는 매향이도 아니고 기녀는 더욱 아닙니다. 길에 나가서 물어만 봐도 알 수 있을 것입니다. 예화 저잣거리에는 날 아는 이가 많……, 푸하!"

여리의 말이 끝나기도 전에 따뜻한 물이 여리의 머리 위로 부어졌다. 여리와 나이가 비슷해 보이는 꽃분이 말했다.

"에그, 도망가려면 야무지게 갈 것이지 이리 잡혀 올 거 뭐 하러 내뺐느냐? 행수 어른이 아니 계신 것을 다행으로 알아야지. 행수 어른이 계셨다면 화초 머리 올리기도 전에 경부터 쳤을 것이야."

"왜 내 말을 안 믿는 겁니까? 그럼 그 행수 어른이라는 사람을 만나게 해주십시오. 그러면 내가 그 매향이라는 이가 아니라는 것을 알 것 아닙니까?"

그러거나 말거나 꽃분은 다시 물 한 바가지를 끼얹었다. 보아하니 이곳에선 이런 일이 흔한 듯 여리의 말을 귀담아 듣는 눈치가 아니었다. 다른 시비 아이가 말린 꽃잎 가루를 물에 넉넉히 풀었다.

"행수 어른 역시 매향이 널 본 적은 없으실걸? 금일 처음 보는 것이라 말씀 들었다. 그리고 행수 어른은 오후나 되어야 돌아오실 것이야."

"여기 계시지 않는다고요?"

"그러니 그분께서 오실 때까지 몸단장을 마치고 있지 않으면 너뿐만 아니라 우리까지 모두 혼쭐이 난다. 알아들었으면 그분 신경을 거스르지 말고 얌전히 있는 게 좋을 거야. 정말 무서운 분이거든."

"아니라니까요! 나는 매향이가 아니라 여리입니다. 최여리!"

여리가 그러거나 말거나 다른 시비 아이는 마른 옷을 곱게 개어 한쪽에 챙겨두었다. 답답함에 여리가 온통 얼굴을 일그러뜨렸다. 도망을 가려 해도 이렇게 저를 감시하는 이들이 많은 당장은 무리였다.

여인의 말에 따라 해월각으로 온 이겸의 걸음이 멀리서 멈추었다. 대문 앞에 서 있는 객들과 해월각 시비가 말을 나누고 있는 것이 보였다.

"허, 이 사람 꽉꽉하기는. 내 오랜 벗이 왔다질 않나?"

"송구하지만 어쩔 수가 없습니다요. 금일은 손님들을 받지 말라는 행수 어른의 명이 있었습니다."

서성이는 이들이 있거나 말거나 시비는 대문에 크게 '休業(휴업)'이라 적힌 종이를 붙이고 사라졌다. 허탈한 사내들이 한숨을 쉬며 발길을 돌렸다.

이겸은 굳게 닫힌 대문과 그 주위를 따라 늘어선 높다란 담장을 보았다. 작은 예화에는 어울리지 않을 정도로 한눈에 보기에도 규모가 꽤 큰 기루였다.

사람들이 없는 뒤쪽 담장 너머로 가볍게 몸을 날린 이겸은 지붕 위에 사뿐히 내려앉았다. 몸을 낮춘 이겸의 시야로 몇몇의 움직임이 걸렸다. 검은 옷을 갖추어 입은 사내들은 담장 안을 돌며 순찰 중이었다. 일이 있다던 시비의 말이 거짓은 아닌 듯했다.

이겸이 마른 숨을 소리 없이 내쉬었다. 이곳의 주인이 누구인진 모르겠으나 호락호락 길을 열어줄 것 같진 않았다.

사람들의 이목을 피해 기루 안에 잠입한 이겸은 여리가 있을 법한 방들을 은밀히 찾아다녔다. 매향의 말대로 이들이 여리를 데려갔다면 눈에 쉽게 띄는 곳에 가두진 않았을 터.

기녀들과 시비들이 머무는 채를 떠나 또 다른 별채로 걸음을 옮겼다. 발걸음 소리를 낮춘 이겸이 사람의 기척이 없는 방 몇 개를 지나 누군가의 숨소리가 떠도는 방문 앞에 섰다. 안에 있는 것이 누구인진 모르겠으나 가장 구석에 있는 방은 밖에서 잠겨 있었다. 사람이 안에 있음은 분명한데?

자물쇠를 푼 이겸이 천천히 문을 열어보았다. 작게 열려진 문 사이로 형체가 어른거리는 발이 보이고 그 너머로 방 안을 서성이는 사람의 모습이 보였다.

이겸은 살며시 발을 옆으로 걷었다. 이겸의 기척을 알아챈 여인이 이겸을 돌아보았다. 화려한 색감의 비단옷을 차려입은 여인은 풍성한 머리꽂이를 꽂고 그 위로 비칠 듯 말 듯한 천을 드리우고 있어 아름다움을 더했다.

"미안하오. 방을 잘못 찾았소."

이겸이 방을 빠져나가자마자 방에 있던 여인이 치렁치렁한 치마를 부여잡고 뒤를 따랐다. 기척을 느낀 이겸이 채 뒤를 돌아보기도 전에 고운 꽃잎 같은 여인이 이겸을 뒤에서 와락 안았다.

"가지 마십시오."

따스한 온기와 함께 과실 같기도 하고 꽃 같기도 한 향긋한 향이 밀려들었다. 당황한 이겸은 저를 안은 여인의 팔목을 낚아채며 몸을 돌렸다. 그리고 기루를 지키는 사내들을 경계해 한껏 낮추어 말했다.

"무슨 짓이오?"

"나리, 접니다."

사람들의 귀를 의식한 여인 역시 작은 목소리로 다급하게 속삭였다. 그제야 여인은 제 얼굴을 가리고 있던 천을 훤히 걷어냈다. 노란 호롱불 빛이 여인의 솜털 돋은 귓불 옆에서 잘게 부서졌다. 까만 머리카락 아래 반듯한 이마, 비칠 듯 투명한 뺨 아래로 꽃물을 들인 붉은 입술은 마치 작은 과실과도 같았다. 가녀린 목선은 단아하게 고운 어깨로 이어졌다. 무엇보다 저를 보는 동그랗고 맑은 눈은 분명 저가 알고 있는 이의 것이었다.

이겸의 눈이 살짝 커졌다. 저를 찾으러 와준 이겸을 보며 여리는 안도감에 가슴을 쓸어내렸다. 향낭을 쓴 것인지 평소와는 다른 향이 손짓에서 배어 나왔다.

"접니다. 여리."

그러나 안부를 나눌 사이도 없이 낯선 기척 소리에 이겸과 여리의 시선이 일제히 별채 문 쪽을 향했다. 여리는 빠르게 이겸의 팔을 잡아끌어 방 안 은밀한 공간으로 몸을 숨겼다.

순찰을 돌던 사내의 그림자는 이내 별다른 점을 발견하지 못하고 별채를 떠났다. 주위가 조용해지자 이겸이 여리의 양 팔을 붙잡으며 그녀의 얼굴을 들여다보았다.

"다친 데는 없는 것이냐?"

"아!"

그리 세게 잡지 않았는데도 여리의 얼굴이 일그러졌다. 여리의 반응에 이겸은 잡았던 팔을 황급히 놓았다.

"미안하다. 나도 모르게."

"나리 때문이 아닙니다. 문을 열기 위해 몇 번 부딪쳤더니 멍이 들었나봅니다. 괜찮사옵니다."

문을 열어주지 않는다면 부수고라도 나오려 했으나 두터운 문살이 여느 문과는 달랐다.

안쓰러운 마음에 이겸의 미간이 살짝 좁아졌다. 그때 여리를 따라나서기만 했어도 이런 일은 벌어지지 않았을 것을.

순간, 예민한 이겸의 귀가 곤두섰다. 이겸은 여리를 품으로 바짝 끌어와 벽으로 붙어 섰다.

별채 문이 활짝 열렸다. 간 줄 알았던 사내가 다시 발걸음을 돌린 것이었다. 사내들의 대화 소리가 들렸다.

"왜 그래?"

"아무래도 사람 소리가 들려서. 확인을 좀 해봐야겠다."

"소리가 들리는 건 당연하지. 빈 방이 아니잖아. 그보다 담장 경계를 늦추지 말라는 명이 있었어."

이겸의 품에 붙어 숨을 죽인 여리는 사내들의 말에 귀를 기울였다. 들킬까 염려되어 숨소리마저 낮추었다. 미동도 하지 않고 서 있는 둘의 온기만 서로에게 고스란히 전해졌다.

"그런가?"

사내가 고개를 갸웃하며 천천히 문을 닫고 나갔다. 사내들의 발걸음 소리가 차츰 멀어져갔다.

"……갔을까요?"

숨소리와도 같이 작게 속삭여 물었으나 정작 이겸에게서는 답이 없었다. 이겸은 고요하게 여리를 응시하고 있었다. 제 손이 이겸의 옷깃을 꼭 쥐고 있음을 깨달은 여리가 급히 손을 놓으며 이겸에게서 한 발짝 떨어져 섰다.

"방금은 그러려고 그런 게 아니라 나리를 불렀는데 듣지 못하고 나가시기에 마음이 급해서 그만. 또 소리를 크게 내면 밖에 있는 자들이 들을 것 같기도 했고, 그래서…… 결례를 범했습니다."

말의 행간에 '그래서 안게 되었다.'를 숨겨두고 굳이 입 밖으로는 내지 않은 여리가 이겸의 눈치를 슬쩍 살폈다.

왜 대답이 없으시지?

내쉬는 숨소리마저 어색할 정도로 가까운 거리라 여리는 부러 재차 말을 이었다.

"처음 끌려왔을 때 길을 봐두었습니다. 몰래 움직일 수만 있다면 빠져나갈 수 있을 것이옵니다. 이만 나가시지요."

"왜."

"예?"

"왜 내게 화를 내지 않는 것이냐?"

예상하지 못한 이겸의 말에 여리의 눈이 동그래졌다.

"왜 제가 화를 낼 것이라 생각하셨사옵니까?"

"그 쓰개를 네게 건넨 이는 바로 나다. 네가 이곳으로 끌려와 고초를 겪은 것 또한 그것 때문이니 나를 탓하는 게 당연한 이치가 아니겠느냐?"

지키지 못했다는 자책 때문에, 혹은 끌려갈 빌미를 만든 것은 다름 아닌 자신이라는 생각에 이겸의 표정이 무겁게 가라앉았다. 그 마음을 읽은 여리가 고개를 저었다.

"아니옵니다. 쓰개는 나리께서 절 생각해서 구해주신 것인데 오히려 감사드려야 마땅한 일이지요. 여기까지 온 것은 사소한 오해들이 겹쳐 생긴 우연일 뿐입니다. 무엇을 염려하시는지 알고 있사오나 다친 곳은 없으니 심려치 마십시오. 그리 따지면 혼자 움직인 제 책임도 없지 않습니다."

"의도한 것은 아니었으나 함께 있으면 힘든 일들이 생기는 것 같아 미안하구나."

"함께 있어 힘든 일이 생기는 것이 아니라 함께 있기에 그 일들조차 즐겁습니다."

툭. 툭. 마당을 적시는 빗소리가 시작되었다. 아침부터 코끝을 스치는 공기가 습하다 싶더니 기어이 비구름을 몰고 온 모양이었다. 빗줄기는 점차 굵어져 가옥 안에 있어도 후두둑, 허공을 가르는 소리를 들을 수 있었다.

급작스레 시작된 비에 바깥에 있는 이들의 걸음소리가 덩달아 바빠졌다. 질척해진 흙 마당 위로 찰박찰박 뛰는 발소리들이 빠르게 이어졌다.

언제 어느 때고 돌아보면 해사한 미소가 따랐다. 자신이 누구인지 한 번도 일러준 적 없음에도 의심 없이 믿어주는 사람. 그러나 알고 있다. 이 이상은 아니 된다.

이겸은 바깥의 기척들을 놓치지 않으면서도 미련한 욕심에 제 손끝을 그러쥐었다. 서래댁과 동아, 무영이 그러하듯 제 곁에 둔다면 여리 역시 반쪽 삶을 살게 될 것은 자명한 일. 그러니 이 해사한 미소를 위해서라도 헛된 욕심은 접어야 했다. 이 정도만 해도 나는 네게 많은 것을 받지 않았더냐.

쏴아아ー. 빗소리가 끊이지 않았다. 빗소리 사이로 일사불란한 기척들이 갈라섰다.

"기루 안을 지키는 자들만 스물 남짓. 경계 서는 자들까지 하면 배 이상은 될 것이다. 길을 안다 해도 몰래 빠져나갈 수는 없다."

"하오면 이곳에 꼼짝없이 갇힌 것이란 말입니까? 빠져나갈 방도는 없습니까?"

"몰래 빠져나갈 수 없다 하였지 빠져나갈 수 없다 하진 않았느니라."

이겸은 별채 안 벽에 장식되어 있던 몇 자루의 목검 중 하나를 집어 들었다. 그리고 여리에게로 다가가 시선을 낮추어 그녀와 눈을 마주했다.

밖에서는 구름끼리 부딪치는 소리가 나더니 번쩍 천지가 밝아졌다. 그럼에도 여리를 바라보는 이겸의 눈빛은 흔들리지 않았다. 오히려 옅은 미소가 그 눈을 스쳤다. 마치 나를 믿어다오, 하는 것처럼.

"기억하느냐? 혹시 떨어지게 되더라도 다섯 보 이상은 멀어지지 말라는 말."

헛된 꿈. 헛된 욕심.

이렇듯 많은 기억을 나누어 가진 나는. 그리고 너는.

이겸이 손을 뻗어 여리의 손을 맞잡았다. 여리가 매준 면포가 두 개의 손 사이로 포개졌다.

여리를 제 등 뒤에 숨긴 이겸은 목검을 쥔 손으로 진기를 끌어모았다. 그리고 목검을 돌려 고쳐 잡고는 문 쪽으로 검 끝을 거누었다.

"함께 있고 싶다는 청을 들어주어 고맙다. 만약 내게 남은 것이 내일 하루라 하더라도 난 네게 또 똑같은 청을 할 거다. 그러니 내가 너를 지킬 수 있도록 멀어지지 마라."

역시 헛된 욕심이라 해도. 이대로 너를 놓진 못하겠다. 나를 이기적이라 탓해도 지금의 나는 이것이 최선이다.

이겸은 여리를 지키기 위해서라도 이 생을 조금 더 살아낼 생각이었다. 기루를 무사히 빠져나가 반드시 흰 폐월화를 손에 넣을 것이다.

이겸은 처음으로 머리가 아닌 마음이 가리키는 길에 발을 들여놓았다. 그 마음에 화답하듯 여리가 제 손을 잡은 이겸의 손을 꼭 마주잡았다.

"멀어지지 않겠사옵니다."

손을 타고 전해지는 마음에 이겸이 싱긋 미소를 띠었다가 지우고는 문을 세게 박찼다.

'우지끈' 하는 소리와 함께 비 오는 마당 위로 나무문이 날아갔다. 기루를 지키는 자들은 어느새 이겸과 여리가 있는 별채를 검 끝으로 에워싸고 있었다. 조금 전, 별채를 다녀간 사내들이 부서진 자물쇠를 발견했기 때문이었다.

폭우가 사내들의 검은 옷깃을 적시자 다시 한 번 하늘이 울었다. 마당 가득 빼곡하게 들어선 사내들을 보며 여리의 눈이 불안하게 흔들렸다. 나리는 이미 이들이 기다리는 것을 알고 계셨구나.

"웬 놈이냐!"

"비켜서라. 막지 않는다면 나 또한 베지 않는다."

검계들의 수장으로 보이는 자가 앞으로 나섰다.

"그리할 수는 없지. 네놈 뒤에 숨은 기녀는 이 기루에 속해 있는 물건이니."

"이 여인은 이곳에 속한 이가 아니다."

"그런 것은 네가 정하는 게 아니다. 해월각 안의 모든 것은 행수의 허락이 있어야 들고날 수 있다. 사람이든 물건이든."

"그럼 우리가 그 허락이 필요치 않은 첫 번째가 되겠군."

이겸이 피식 낮게 웃었다.

수장의 손짓을 따라 좌우의 검계들이 이겸과 여리에게로 뛰어들었다. 날이 제대로 선 검 가득 빗물이 맺혔다. 벼락과 함께 사방이 일시에 밝아지자, 검계들의 검이 이겸과 간격을 좁히고 들어왔다. 진기를 띤 이겸의 목검이 크게 호선을 그리며 허공을 갈랐다.

진기로 인해 튕겨난 빗물들이 사내들을 후려쳤다. 분명 빗물이었음에도 얼얼한 충격이 전해졌다. 흠뻑 젖은 흙바닥 위로 검계들이 쓰러졌다. 그를 지켜보고 있던 사내들의 표정이 일그러졌다. 고작 목검이었다. 그것도 장식을 위해 대충 깎아 만든.

검계 하나가 이겸에게 달려들었다. 이겸은 여리의 손을 잡은 채로 날렵하게 사내의 머리를 걷어찼다. 거센 비명과 함께 사내가 멀리 나가떨어졌다. 뒤이어 파고든 사내에게 역시 틈을 주지 않고 이겸은 목검을 쥔 손으로 그대로 패대기쳤다. 진기를 실은 탓에 잠시 사내의 몸이 허공으로 떴다가 바닥으로 밀려났다. 폭우 속에서 흙탕물이 높이 솟았다.

이겸은 달려드는 사내들을 정확히 제압하며 빠르게 길을 텄다. 산에서 왈패들을 피해 도망가던 이와 동일한 자라고는 믿을 수 없을 정도였다. 화가 난 수장의 눈이 가늘게 여며졌다. 고작 목검을 든 놈에게 기도 못 펴다니 한심하기 짝이 없다.

사내는 여인을 지키느라 공격 반경도 좁았다. 한데 그 좁은 반경 안으로 도무지 파고들 수 없자 저들끼리도 술렁이기 시작했다. 그들은 일개 기루를 지키는 자들이 아니었다. 금일 특별한 손님이 온다 하여 행수가 거금을 들여 부른 이들이었다.

"아악!"

어깨를 움켜쥔 검계 하나가 바닥을 나뒹굴었다. 수장의 눈썹이 꿈틀댔다.

쩔그렁―.

순식간에 이겸의 손목에 감겨진 쇠사슬이 팽팽하게 당겨졌다. 그 힘에 끌려가지 않도록 이겸은 재빨리 목검으로 손목에 감긴 사슬을 감았다. 목검에 걸린 사슬이 곧게 당겨졌다.

이겸의 시선이 사슬을 따라 그것을 움켜쥔 수장에게로 향했다. 빗속에서 사슬을 감아쥔 수장이 씩 웃어 보였다.

"피차 시간도 없는데 빨리 끝내지."

"처음으로 뜻이 통하는군."

떨리는 사슬 위로 거센 빗줄기들이 소음을 내며 꽂혔다. 일순 사슬의 진폭이 커지더니 하늘에서 다시 한 번 번쩍하는 빛이 주위를 밝혔다.

두 사람의 힘을 이기지 못한 사슬이 둔탁한 파열음과 함께 끊어졌다. 빗물이 흩뿌려지는 허공으로 사슬 파편들이 튀어 올랐다. 이겸은 재빨리 도포 자락으로 여리를 감쌌다.

기회를 놓치지 않은 수장이 바람 같은 속도로 이겸과의 간격을 좁혔다. 아니, 이겸이 아니라 미리 보아둔 여리에게로 남은 사슬과 함께 달려갔다. 놈의 약점은 바로 저 여인이다.

여리를 안은 이겸의 등이 시야에 가득 찼다.

됐다. 사정거리 안이다.

간격을 거의 좁힌 수장이 히죽 웃으며 사슬을 허공으로 쏘아 올린 찰나, '챙' 하는 소리와 함께 목검이 남은 사슬을 잘라냈다. 먼발치까지 날아간 사슬은 이내 바닥으로 처박혔다.

"다가오지 마라. 다음번에 처박히는 건 사슬이 아니라 네가 될 것이니."

"뭐, 이런 말도 안 되는."

짐승 같은 반응 속도였다. 이겸의 검술은 죽을 고비를 여럿 넘겨본 이가 아니고서는 수련 따위로 되는 경지가 아니었다.

수장이 어금니를 으득 물었다.

"멈추거라!"

그 순간 서릿발같이 쟁쟁한 여인의 음성에 이겸을 공격하던 수장의 주먹이 멈추었다. 그곳에 있는 모든 이의 눈길이 대문을 넘어선 여인에게로 향했다.

"행수 어르신!"

행수라 불린 여인은 어깨에 걸친 우장을 시비들에게 넘겨주며 마당을 한눈에 둘러보았다. 비싼 돈을 주고 불러 모은 자들이 죄다 바닥에 널브러져 있었다.

시비 하나가 행수에게 전후 사정을 귓속말로 전했다. 행수는 마당 한가운데 선 이겸을 향해 붉은 입술을 열었다.

"뉘시옵니까?"

큰 기루를 책임지고 있다기엔 젊은 여인이었다. 행수 자리에 올랐으니 여느 기녀들보다는 나이가 있음이 분명했지만 나이를 쉬이 짐작하기 어려운 미인이었다.

도도한 눈빛은 특유의 미색을 머금고 이겸을 향했다. 이겸의 곧은 눈빛은 그 시선을 오롯이 받아냈다. 빗물은 이겸과 여리의 몸을 적셨으나 두 사람의 앞을 막진 못했다.

행수의 물음에 이겸이 당당히 답했다.

"오해로 인해 이곳에 끌려온 내 일행을 찾으러 왔다."

"일행이란 분이 뒤에 있는 그 여인이옵니까? 듣자하니 그 여인은 금일 이곳에 오기로 한 매향이라는 아이라는데 아닙니까?"

"보면 알 것이 아닌가? 이 여인은 매향이라는 이가 아니다."

"애석하게도 이곳엔 매향이의 얼굴을 아는 이가 없사옵니다. 오해로 인해 벌어진 일이라면 제가 사과를 드려야 마땅하겠지요. 하오나 그것은 오해가 풀린 이후의 일입니다. 그 전에 나리께서는 뒤에 선 분과 어떤 관계이신지 감히 여쭈어봐도 되겠사옵니까?"

"그쪽이 여쭈어도 될 질문은 아닌 듯하군."

여리를 맞잡은 이겸의 손에 약간의 힘이 더해졌다. 여리가 매준 면포가 여리의 손을 부듯하게 감쌌다. 여리가 빗물에 젖은 얼굴로 이겸의 뒷모습을 바라보았다.

행수는 처마 밑을 지나 비가 내리는 마당으로 발걸음을 옮겼다. 여리의 얼굴을 확인하기 위함이었다. 여리와 눈이 마주친 행수가 미소와 함께 말했다.

"잠시 실례하겠습니다."

행수는 여리의 손을 잡아 찬찬히 살폈다. 고운 손으로 여리의 손바닥을 쓸어내린 행수가 목례와 함께 한 걸음 뒤로 물러났다.

"참으로 큰 결례를 범했사옵니다. 나리의 말씀대로 이분께서는 매향이가 아닙니다. 자리를 비운 사이이긴 하나 제가 데

리고 있는 이들로 인해 벌어진 일이오니 이를 무엇으로 갚아
야 하겠는지요?"

"우리가 바라는 것은 이대로 우리를 보내주는 것이다."

"이대로 가시면 송구해서 몸 둘 바를 모를 것입니다. 몸이라
도 녹이고 요기하고 가십시오. 비도 많이 오니."

"끌어내야 비켜날 텐가?"

"……정 그러하시다면 금일은 더 이상 붙잡지 않겠사옵니
다. 하오나 저희가 저지른 무례는 잊지 않고 있겠사오니 후일
에라도 제가 도울 일이 있으면 이곳을 찾아주십시오. 다시 한
번 송구하옵니다."

이겸은 더는 답하지 않았다. 대신 빗속에 선 여리의 머리 위
로 도포 소매를 드리운 채 걸음을 옮겼다. 멀어지는 두 사람
을 보며 여리를 그곳으로 끌고 온 이들이 행수에게 말했다.

"어찌 그냥 보내주십니까? 매향이라는 증좌도 없지만 매향
이가 아니라는 증좌도 없질 않습니까?"

"어리석은. 매향이는 악기를 다룰 줄 아는 아이라 하였다. 한
데 저 여인의 손은 악기라고는 가까이 해본 적도 없는 손이야."

"하오나 이미 일이 이렇게 커져버렸는데 이대로 보냈다가 후
에 해코지라도 하러 오면 어쩝니까?"

"쯧쯧, 사람 보는 눈이 이리 없어서야. 저 선비의 눈을 보지
못했느냐? 누가 잡는다고 잡힐 상이 아니다. 중요한 일을 앞두
고 이 무슨 소란인 건지."

행수가 지끈거리는 관자놀이를 손으로 눌렀다.

"대감마님께서 오셨습니다!"

이겸과 여리가 대문을 넘기 무섭게 시비가 외쳤다. 금일 그곳을 통째로 빌린 이들이 마침 당도한 것이다.

예화에서 권세깨나 쥐고 있다는 사내가 함께 온 가마를 향해 말했다.

"예화에서 가장 큰 기루입니다. 오시는 길 고단하셨을 터이니 빨리 자리를 마련하라 이르겠사옵니다."

가마에서 내린 또 다른 사내가 해월각 대문을 슥 훑어보고는 걸음을 옮겼다.

이겸과 여리는 올라오는 행렬을 피해 그들에겐 눈길도 주지 않고 곧장 계단을 내려갔다. 비싼 도포 차림의 사내는 곁을 지나는 두 사람의 옆모습을 설핏 보았다.

걸음을 옮기던 사내의 걸음이 우뚝 멈추었다. 사내는 내려간 이겸의 뒷모습을 눈으로 황급히 좇았다.

저분은 분명······.

사내의 입가로 저도 모르게 미소가 떠올랐다. 제 의지와 상관없이 좌천되어 온 시골이라 그렇지 않아도 기회를 엿보고 있던 차였는데. 잘만 하면 다시 한양으로 돌아갈 수 있는 방도가 생길지도 모를 일이었다.

입술 사이로 하얀 김이 피어올랐다. 어둠을 가르고 떨어지는 겨울비는 온기를 씻어 내렸다. 빗줄기가 잦아들긴 했지만 한기는 날이 밝기 전까진 쉬 물러나지 않을 것이었다.

길은 진흙탕이 되어 걸음을 옮기기도 쉽지 않았다. 여리는 제게 내리는 비를 가려주고 있는 이겸의 옷자락을 바라보았다. 갓 아래의 어깨는 이미 젖어버린 지 오래였다.

여리의 눈에 염려가 비쳤다. 집까지 가기엔 아직 그 길이 한참이나 남았다. 이런 비라면 그나마 남은 온기마저도 금방 앗아갈 것이다. 주위를 둘러보던 여리가 저 멀리 눈에 익은 곳을 찾아냈다. 문틈 사이로 따스한 불빛이 새어 나오는 그곳은 여리도 잘 아는 주막이었다. 여리는 잠시 이겸을 세워두고 그곳에 다녀왔다.

"마침 불을 지펴둔 방이 하나 남았답니다. 여기서 잠시 비를 피했다 가시지요."

방은 주막에서도 가장 안쪽에 위치해 있어 다른 이들의 시선이 닿지 않는 곳이었다. 원래도 잘 알고 있던 곳인 듯 여리가 방문을 열어 보였다.

방으로 들어선 이겸이 안을 둘러보았다. 여리는 아랫목으로 가 손을 짚었다. 훈기가 조금씩 올라오고 있었다.

"아궁이를 지핀 지 얼마 되지 않아 아주 뜨겁진 않지만 그래도 쉬어가실 만할 겁니다. 몸을 녹일 온주도 가져다달라 말을 넣어두었습니다."

"여긴……."

"제가 잘 아는 집입니다. 이곳 주모는 나리께서 누구신지 궁금해하지도, 또 누구에게 그 말을 옮기지도 않을 겁니다. 그저 제가 신세를 지고 있는 분이라고만 해두었습니다. 이 수건으로 물기를 닦으십……."

호롱불 빛이 이겸의 얼굴을 비추자 여리가 눈썹을 찡그렸다. 기루에서 다친 것인지 이겸의 왼쪽 눈 위가 제법 찢어져 피가 맺혀 있었다.

"다치셨사옵니까?"

여리의 시선을 느낀 이겸이 손으로 상처를 더듬어 묻어나는 피를 확인했다. 그리고 대수롭지 않다는 듯 덧붙였다.

"별것 아니다."

"아니긴요. 피가 제법 많이 나는데요. 일단 이것으로 누르고 계십시오. 깨끗한 면포를 더 가져오겠습니다."

주모에게 미리 받아둔 수건을 곱게 접어 이겸의 눈에 대준 여리가 서둘러 방을 나섰다. 이겸은 수건으로 빗물에 번진 붉은 기를 대충 눌러 닦았다.

잠시 뒤, 여리가 깨끗한 면포를 가지고 돌아왔다. 이겸의 앞에 무릎을 꿇고 앉은 여리는 면포로 남은 핏물을 조심스럽게 닦아냈다. 상처를 들여다보는 여리의 눈이 절로 가늘어졌다. 자신 때문에 다친 것 같아 송구한 마음이 자꾸만 커졌다.

이겸의 시선이 그런 여리의 눈을 향했으나 여리는 오로지 상처에만 집중하느라 알아차리지 못했다. 이번엔 이겸의 얼굴이 살짝 굳었다. 놀란 여리가 누르던 면포를 급히 거둬들였다.

"아프시옵니까?"

빗물에 젖은 것은 여리 또한 마찬가지였다. 얼굴 가득 맺힌 물기가 호롱불 빛에 반짝였다. 반짝이는 것은 물기만이 아니었다. 여리의 어깨 위에서 무언가가 빛을 발했다.

"거기."

"예?"

이겸은 차마 여리에게 손을 대지 못하고 그저 눈으로만 가리켜 보였다. 이겸이 가리킨 곳을 눈치껏 찾은 여리가 제 목을 더듬어보았다. 그러나 아무것도 만져지는 것이 없어 반대쪽에도 손을 대어보는데 달리 잡히는 것이 없었다. 여리가 엉뚱한 곳만 짚자 이겸이 넌지시 말을 이었다.

"머리……꽃이 말이다."

"예? 아."

여리가 고개를 내려 흘러내린 머리채를 보았다. 장식을 위해 꽂아둔 머리꽂이 중 하나가 저고리 어깨 부근에서 머리카락과 함께 엉켜 있었다. 서둘러 손에 짚이는 꽂이를 당겨보았으나 고개를 돌려도 잘 보이는 자리가 아니어서인지 엉뚱한 머리카락만 잡아당겨졌다.

"아야!"

다가가기를 망설이던 이겸의 손이 천천히 여리의 어깨 위로 뻗어졌다. 노란 호롱불 빛을 등진 두 사람의 그림자가 벽에 어른거리며 그려졌다.

이겸은 여리의 저고리 실에 걸린 머리꽂이를 조심스럽게 돌려서 빼냈다. 닿지 않아도 이겸의 온기가 느껴졌다. 그 손길이 참으로 따뜻하고 부드러워 저도 모르게 여리의 가슴이 떨려왔다.

톡—.

이겸은 산호 보석이 박힌 머리꽂이를 바닥에 내려두었다. 달아오른 얼굴 탓에 여리가 서둘러 머리카락을 정리하는데 무언가 또 손에 걸렸다. 옷을 입을 때 기루에 있던 이들이 여리의 머리에 뭔가 잔뜩 꽂은 기억이 났다. 빗물에 거의 쓸려 내려갔다 생각했는데 그중에서 몇 개가 남은 모양이었다. 이겸이 손을 뻗어 여리의 흑단 같은 머리카락 위에 남은 머리꽂이 하나를 더 빼주었다.

톡─. 푸른 옥으로 꽃잎을 틔워 올린 꽃이 하나가 먼젓번 꽃이 옆에 놓여졌다. 붉은 작약 문양의 꽃이가 그 곁을 따랐다. 꽂이들이 바닥에 놓일 때마다 여리의 가슴에도 동그란 파문들이 생겼다. 마치 빗물이 흙 위에 동그란 웅덩이를 만들 듯 여리의 모든 신경은 오롯이 이겸의 손길을 향해 있었다.

비로소 이겸의 손이 여리에게서 완전히 멀어지자 이번엔 여리가 이겸의 손을 잡아끌었다. 산에서 생긴 상처를 면포로 묶어둔 손이었다.

빗물에 젖은 면포를 풀었다. 물에 불은 상처가 덧이라도 날까 마음이 쓰였다. 눈 위의 상처와 마찬가지로 깨끗한 면포로 물기부터 닦았다. 움직이는 여리의 손길을 따라 젖은 옷감들이 저들끼리 부대끼는 소리를 냈다. 화려한 치마는 옷감이 넉넉해 움직일 때마다 소리가 선명했다. 방 안은 상대방의 자그마한 기척도 느껴질 정도로 조용해 그 소리는 더욱 또렷이 들렸다.

침묵을 먼저 깬 것은 여리였다.

"다치지 마십시오. 그게 저 때문이라면 더더욱."

매듭을 묶던 여리의 손이 멈추더니 시선을 올려 이겸을 바라보았다.

"아무것도 아닌 저 때문에 다치고 아프셔야 할 분이 아니시옵니다. 그러니 다음에는 금일 같은 일이 생기거든 못 본 척하고 가십시오."

담담한 목소리라 그 속에 감춰둔 감정들이 더욱 애달프게 다가왔다.

"아주머님께서는 겨울이 올 때까지라고 하셨습니다. 짧다면 짧고 곧 잊힐 인연입니다. 저 때문에 나리께서 위험해지시는 건 이번이 마지막이었으면 합니다."

애써 씩씩한 빛을 띤 눈에는 이겸에 대한 미안함과 더불어 여러 감정들이 담겨 있었다. 마치 다른 이의 이야기를 하듯 시선을 내린 여리가 매듭을 묶으며 말했다.

"아무도 알지 못하는 곳에서 얼굴을 가린 채로 지내신 것이 일곱 해이옵니다. 위험해질 일은 만들지 않는 게 좋습니다. 검을 돌려드리고 나면 이전처럼 지내십시오. 처음부터 알지 못했던 인연처럼."

"그게 네가 바라는 것이냐?"

"예."

"다신 나를 보지 않을 것인가?"

"……예."

매듭을 마무리 지은 여리의 손이 애틋한 마음을 감추고 멀어졌다. 이것으로 되었다. 매듭과 함께 나리께서 청한 하루가 끝이 났다. 한때나마 행복했던 짧은 꿈은 언젠가는 기억도 나지 않을 터.

내금위장 영감의 말은 틀리지 않았다. 함께 있어 위험해진 다는 건 몸이 다치는 것만을 의미하는 게 아니었다. 여리와 엮이면 이겸은 금일처럼 어떤 식으로든 세상에 모습을 드러내야 할 것이다. 그러다 보면 어쩔 수 없이 이겸을 찾는 자들에게 뒤를 밟힐 것은 자명한 일. 좋아한다는 욕심으로 연모하는 분을 위험하게 만들 수는 없었다.

멈추어 있던 이겸의 손이 물러나던 여리의 손을 잡았다. 겹쳐진 손으로 저릿하고 아픈 마음이 스몄다.

"너는 그것이 되느냐?"

호롱불 빛이 어른거리며 떨렸다.

여리가 흔들리는 눈으로 이겸을 바라보았다. 이겸의 곧은 시선은 여리에게로 향해 있었다.

"눈이 아니라 마음이 향하는 곳을 아니 보겠다 하여 그리할 수 있느냐?"

여리의 눈시울이 떨렸다. 참고 참았던 눈물이 염치도 모르고 뜨겁게 차올랐다.

"그리해서 나리를 지킬 수만 있다면 백 번이고, 천 번이고 할 겁니다. 그곳에 고택이 있다는 사실조차도 내일이면 잊어버릴 것입니다."

알고 있어도 마음대로 되지 않는 일.

저가 울고 있는지도 모르는 여리의 뺨 위로 눈물이 흘렀다.

"나리께서 다치시는 게 이젠 두렵습니다."

이겸은 손을 들어 여리의 뺨에 흐른 눈물을 닦아주었다.

"나 또한 두렵고 겁이 난다. 네가 울게 되는 이유가 나로 인한 것일까 봐."

여리의 불안을 모르지 않았다. 이겸 역시도 오지 않은 날들 때문에 여리가 아파할까 봐 내내 고민하였다. 보내줄 수 있을 것이라 생각했다. 저만 마음을 접으면 괜찮을 것이라 생각했는데…… 이렇게 우는 얼굴로 떠나보내고 아무렇지 않게 살 자신이 이젠 없었다. 여리를 지키기 위해서 이겸은 자신이 무엇을 해야 할지 잘 알고 있었다.

애초에 영원히 도망칠 순 없었다. 선택해야 할 시간은 언제고 다가오기 마련이었다. 그렇다면 적어도 자신의 마음은 속이지 않는 쪽이기를…….

이겸은 여리의 남은 눈물을 마저 닦아주었다.

"나는 네게로 흐르는 마음을 막는 법 따위는 알지 못한다. 다치지 않는다고 약조하마. 그러니 울지 마라."

아픈 정적이 흘렀다. 차마 말을 낼 수도 없던 시간이 흐르고 또 흘렀다.

"흠, 흠."

문 밖에 드리운 주모의 그림자가 기침 소리를 냈다.

방 안의 어색한 공기를 깨뜨린 기척에 여리가 서둘러 표정을 지우고 문으로 나아갔다. 열린 문틈으로 주모로부터 무언가를 건네받는 여리의 모습이 보였다. 말을 하지 못하는 주모를 위해 언뜻 손짓과 몸짓으로 대화를 주고받는 모습도 보였다.

잠시 후, 마른 옷가지를 가지고 들어온 여리는 그것을 이겸의 옆에 두었다.

"마른 옷을 가져다달라 청을 넣어두었습니다. 급히 구한 것이라 좋은 것은 아니오나 젖은 옷보다는 한기가 덜할 것이옵니다. 혹 마음에 들지 않으시면……."

지금 이겸이 입고 있는 옷보다 좋다고는 할 수 없는 옷이라 머뭇거렸지만, 이겸은 고개를 저었다.

"아니다. 마음 써주어 고맙다. 잘 입으마."

"하오면 예서 갈아입고 계십시오. 저도 옷을 갈아입고 오는 길에 온주를 받아 오겠사옵니다."

여리가 서둘러 온주를 핑계로 방을 빠져나왔다. 이겸의 손이 닿은 자리가 불에 덴 듯 뜨거워 저도 모르게 쓸어보았다. 마음이 쉬이 가라앉지 않는다. 비구름이 걷힌 하늘엔 여리의 마음만큼이나 둥그런 달빛이 환했다.

"나리, 들어가도 되겠사옵니까?"

얼마 후, 방 안의 이겸에게 두어 번 기척을 했음에도 답이 없자 여리는 가만히 문을 열어보았다. 텅 빈 방이 눈에 들어왔다. 문을 완전히 열고 들어서자 뒤뜰로 이어진 문이 보였다. 뒷문 툇마루에 앉아 달을 바라보고 있던 이겸이 고개를 돌렸다. 이겸이 옅은 미소를 지어 보이자 여리는 소반을 들고 툇마루로 나아갔다.

푸른 달빛 아래, 이겸의 숨이 뽀얗게 흩어졌다. 이겸의 잔에 따뜻하게 데운 온주를 부으며 여리가 말했다.

"무얼 보고 계시옵니까?"

"큰길에서는 보이지 않던 냇가가 이곳에서는 보이기에. 달빛이 잠겨 있구나."

여리가 이겸의 시선이 닿은 곳을 보았다. 툇마루 앞으로는 사람들이 다니지 않는 작은 뒤뜰이 있었고, 뜰은 낮은 담을 곁으로 하고 있었다. 담 너머로는 제법 너비가 넓은 하천이 이겸의 말처럼 달빛을 머금고 있었다. 물들이 자갈을 헤치고 흐르는 소리가 마치 옆에 있는 듯 맑게 들렸다.

"저 멀리 있는 다리는 부서진 듯 보이는데 원래 그러한 것인가?"

이겸이 하천 상류에 있는 나무다리를 가리켰다.

"아니옵니다. 아마 일전에 비가 많이 왔던 날 저리 되었을 것입니다. 나름 전설도 갖고 있는 다리지요."

"전설?"

"어느 도령과 달에 사는 선녀가 저 다리 위에서 만났다는 전설이 있사옵니다. 달에 사는 선녀는 밤에만 만날 수 있으니 도령은 밤마다 저 다리를 건너 선녀를 만났다고 들었습니다."

"물을 건너야만 만날 수 있었던 인연이라. 하여, 그 이야기의 끝은 어찌 되느냐?"

"모릅니다. 여인이 선녀였기 때문에 이루어지지 않았다고도 하고, 혹은 그 선녀를 그리워하며 숨을 거둔 도령이 하늘나라로 가서 둘은 다시 만났다고도 하고, 그 끝이 여러 가지입니다. 그 끝이 어땠는지는 두 사람만 알 일이 아니겠사옵니까?"

두 사람이 나란히 앉은 툇마루는 여린 달빛만으로도 충분히 밝았다.

온주 잔을 들던 이겸이 담담하게 말을 이었다.

"경계할 것 없다. 내 마음이 그렇다 하여 당장 네게 무언가를 바라는 건 아니니 이전처럼 편히 하거라."

"경계하는 게 아닙니다."

"지금 마루 끝으로 떨어지기 직전이라는 것은 아느냐?"

이겸의 지적에 여리가 정말 그런가 싶어 뒤를 돌아보다 기우뚱 균형을 잃었다. 반쯤 걸치고 있던 엉덩이가 미끄러져 바닥으로 떨어질 뻔하자 이겸이 서둘러 여리를 잡았다. 가까스로 떨어지지 않은 여리가 제 눈앞까지 다가와 있는 이겸의 눈을 보았다. 이겸이 여리를 잡았던 손을 거두어들였다.

나란히 앉은 둘의 그림자가 조금 가까워졌다.

하늘에 걸린 달을 보고 있던 여리가 먼저 말을 꺼냈다.

"댕기를 잃어버린 날 말입니다, 그리 꺼내고 싶었던 기억은 아니었는데 이젠 오히려 다행으로 여겨집니다. 그 일이 있었기에 나리를 뵐 수 있었으니까요. 제게 나리는 안 좋은 기억도 좋은 기억으로 바꾸어주시는 그런 분이십니다."

"……"

"그러니까 딱히 경계하고 그런 건 아니었사옵니다. 오히려 너무 떨려서, 그래서……. 오해는 하지 마십시오."

괜스레 돌리던 여리의 눈길이 문득 이겸의 손에 닿았다. 조금 전에 매어준 면포의 매듭이 어느새 느슨해져 있었다.

"어! 벌써 풀렸습니까? 왜 풀렸지?"

그 어느 때보다 열심히 묶느라 여리는 자못 심각한 얼굴이 되었다. 집중한 탓에 미간을 모으고 입술을 불퉁하게 내민 여리는 이겸이 제 얼굴을 보고 있다는 것도 깨닫지 못했다.

매듭을 단단히 묶은 여리는 이겸의 손끝에서 붉은 생채기를 발견했다. 면포가 덮이지 않은 손끝을 이리저리 벌려보고 손끝도 만져보는 여리의 표정이 점점 찌푸려졌다.

"몰랐는데 여기도 상처가 있습니다. 제법 베여서 그동안 움직이실 때 불편하셨겠는데요. 아, 이 손가락 옆도. 세상에, 손은 또 왜 이리 차갑습니까? 얼른 방으로 들어가셔서 좀 녹이시는 게……."

"여리야."

"예?"

"그리 만지면 아프다."

이겸의 말에 손을 보고 있던 여리가 고개를 들었다. 그제야 여리는 자신이 이겸의 손을 필요 이상 당겨와 조물거리고 있음을 깨달았다. 당황한 여리가 손을 거두어들이며 말했다.

"송구하옵……!"

이겸은 잡혀 있던 손을 뻗어 오히려 여리의 손을 꼭 마주잡았다. 손가락을 벌려 여리의 손에 깍지를 낀 이겸은 그대로 손을 가져와 제 팔 밑에 넣고 팔짱을 끼었다.

손깍지를 낀 여리와 이겸의 간격은 어쩔 수 없이 가까워졌
다. 멀리서 보면 추위를 느낀 이겸이 혼자 팔짱을 낀 것처럼
보였겠지만, 실상 그 아래의 손은 여리의 손을 잡고 있는 상태
였다.

"아프시다고……."

"그랬지."

"치료……하셔야 하는데."

"지금 하고 있지 않느냐, 치료. 아, 그러고 보니 조금 추운
것도 같고."

이겸은 마치 추워서 팔짱을 낀 것처럼 살짝 몸을 떨었다. 괜
히 농을 하는 그의 마음이 전해져 여리는 저도 모르게 웃어버
렸다. 이겸의 몸에 닿은 제 팔에서 따스한 온기가 전해져왔다.

여리는 팔을 빼는 대신 제 머리를 이겸의 어깨에 기댔다. 길
고 긴 하루였다.

"그렇게 아무에게나 두루마기 벗어주시고 배자 벗어주시고
그러면 안 되옵니다. 감한 듭니다."

"아무나가 아니었다."

"알지 못하는 자에게 잘해주면 다친다고 저한테 말씀하셨
던 거 기억 안 나십니까?"

"눈길이 가는 걸 숨기고 싶었는데 무슨 말인들 못 할까."

"김이 나는 만두라서 눈길이 가셨습니까?"

"만두 얘기를 마음에 두고 있었느냐? 그땐 정녕 만두처럼 보
이긴 했다."

"……."

"고왔다, 아주 많이. 내내 생각날 만큼."

생각지 못한 이겸의 담담한 고백에 잠시 말문이 막힌 여리의 얼굴이 붉게 달아올랐다.

"전부터 궁금하였는데 그런 말들은 미리 준비하고 계시는 것이옵니까?"

"그런 말?"

"여인들의 마음을 흔드는 그런 말들 말입니다."

"아아, 그런 말. 내가 그럴 필요가 무엇 있겠느냐? 굳이 아무것도 하지 않아도 다 날 좋아하던데."

"됐습니다. 여쭈어본 제 잘못이옵니다."

이겸이 여리를 보며 그만 웃어버렸다. 여리는 다시금 이겸의 어깨에 포근하게 기댔다.

도령과 선녀 이야기의 끝은 무엇이었을까?

우리 두 사람도 그러할까?

제9장

살고 싶어진다, 내가

여리는 검을 돌려준 뒤, 이틀간 예화에 머물렀다.

애초에 이겸에게 말해둔 것은 사흘이었으나 하루 일찍 회연으로 돌아가기 위해 집을 나섰다. 서래댁 아주머님도 계시지 않은 텅 빈 고택에 나리 혼자 계실 것을 생각하니 마음이 편치 않았기 때문이었다.

여리가 걸음을 서두르던 그때였다.

"이보게."

누군가 여리를 불러 세웠다. 고개를 돌린 여리의 뒤로 하인들을 거느린 사내가 서 있었다.

"어찌 그러십니까?"

"역시 맞구나. 나를 기억하겠느냐? 해월각에서 만났었는데."

여리가 제 앞에 선 임영택을 보았다. 얼굴은 기억나지 않았지만 해월각 대문을 빠져나올 때 가마가 막 그곳에 당도했던 것은 생각이 났다. 본능적으로 이상한 낌새를 눈치챈 여리가 차분히 대답했다.

"사람을 잘못 보신 것 같사옵니다. 저는 해월각이란 곳을 모

352

룹니다."

여리가 몇 걸음 채 옮기기도 전에 임영택의 사람들이 여리의 앞을 막았다.

긴장한 여리가 뒤에 선 임영택을 돌아보았다.

"옷이 달라졌다곤 하나 이런 미색을 내 잘못 볼 리가 없지."

"제가 아니라 하지 않사옵니까?"

"내가 볼일이 있는 것은 네가 아니니 그리 경계 말거라. 난 너와 함께 있던 분을 찾고 있다."

여리가 티 나지 않게 임영택의 뒤를 살폈다. 마침 장사를 준비하는 이들로 인해 저자에는 사람이 많았다. 그중에서도 닭을 수레에 싣고 오는 자와 많은 옷감을 진 탓에 비틀거리며 오는 이가 눈에 띄었다.

여리가 담담하게 말을 이었다.

"알지 못하는 분을 물으시니 드릴 말씀이 없사옵니다."

"알지 못하면 내가 알려주마. 난 이미 그분이 누구인지 알고 있으니 넌 그분이 계신 곳으로 날 데려다주기만 하면 된다."

"……."

"설마 그분이 누구신지 모르는 것이냐? 아니면 알고도 감추는 것이냐?"

임영택이 여리에게로 한 걸음 다가섰다.

"그럼 이리 말하면 이해하기가 쉽겠구나. 나는 일곱 해 전, 아니 그 훨씬 이전부터 한양에 계셨던 그분을 알고 있다."

짐작은 했지만 여리 앞의 낯선 자는 단순히 해월각의 소란에 대해 물으러 온 이가 아니었다. 임영택은 이점을 알고 있었다. 그것도 여리는 알지 못하는 과거의 이겸을.

"그분이 누구신지 안다면 내가 왜 그분을 찾는지도 알 것이다. 일단 조용한 곳으로 자리를 옮겨 이야기하도록 하지."

임영택이 여리의 뒤에 선 사내 둘에게 눈짓을 했다. 여리가 옆으로 주춤 물러섰다.

"모른다는데 이 무슨 짓입니까?"

저들끼리 신호를 주고받은 사내들이 여리의 팔을 잡기 위해 달려들었다. 급히 옆으로 몸을 피한 여리가 미리 봐둔 수레를 손으로 밀쳐 세웠다. 그 옆에서 포목을 옮기던 이들까지 방향을 튼 수레와 부딪치며 순식간에 저잣거리가 난장판이 되었다. 바닥으로는 좌판에 쌓아두었던 과일들이 굴러다녔고, 끈풀린 닭들은 깃털을 날리며 사방으로 푸드덕 흩어졌다. 닭 날개에 정통으로 얼굴을 맞은 임영택의 수하들은 어푸푸, 깃털을 뱉어냈다.

"뭣들 하느냐! 어서 잡아라!"

노기 어린 임영택이 소리를 쳤으나 여리가 사라진 곳에는 햇볕에 말리기 위해 펼쳐둔 천들만 펄럭일 뿐이었다.

고약한 계집 같으니라고.

그러나 여기서 만났다는 것은 이 근방에 터를 잡고 살아가든, 연이 닿아 있든 적어도 둘 중 하나를 의미하는 것일 테니 다시 찾아내는 것은 어렵지 않을 것이다.

임영택은 비열한 웃음을 히죽 흘렸다.

따라오는 자가 없는 것을 확인한 여리가 폐월화 고택의 문을 열었다. 다급한 소리가 소란스럽게 마당을 울렸다.

마당에 서서 나무를 올려다보던 이겸이 시선을 돌렸다. 뛰어오는 여리로 인해 이겸의 얼굴에는 반가운 미소가 떠올랐다. 여리가 걸음을 멈추지 않고 곧장 이겸에게로 향했다.

"하루 더 있다 오지 않고 어찌 오……."

그대로 팔을 뻗은 여리가 봄꽃 향기와 함께 이겸을 끌어안았다. 말을 미처 마치지 못한 이겸의 눈이 살짝 흔들렸다. 당황한 이겸이 여리를 보려는데 세차게 뛰는 여리의 심장박동이 느껴졌다. 그러고 보니 무엇에 쫓기기라도 한 것인지 이마엔 땀도 맺혀 있었다. 이겸을 잡은 그 손이 떨고 있는 것도 같아 이겸은 여리의 등을 작게 토닥였다.

"무슨 일이 있었느냐?"

여리는 대답하는 대신 이겸을 안은 팔에 더욱 세게 힘을 주었다. 이겸이 보지 못하는 여리의 얼굴은 근심으로 어두웠다.

'정녕 내금위장 나리의 말씀대로 제가 곁에 있는 것이 나리를 위험하게 만드는 일이옵니까?'

나리를 찾는 그들이 누구냐고 묻는 순간 꿈같은 시간들이 사라질 것 같아서, 이겸이 바람처럼 없어질 것만 같아서 여리는 차마 묻지 못하였다. 고택으로 돌아오는 내내 겁이 났다. 그런 여리의 불안을 알아차린 듯 이겸은 더 말을 잇는 대신 그저 오래도록 여리의 등을 조용히 토닥여주었다.

다음 날은 아침부터 흐린 하늘 때문에 공기가 습했다. 물기운을 담은 대기는 금방이라도 비를 토해낼 듯했다.

"정리는 이만하면 다 된 듯합니다. 동아가 일러준 대로 서책장을 정해 위부터 아래까지 시기와 내용순으로 두었습니다."

탁자에 앉은 여리는 일부러 씩씩한 목소리를 냈다. 하얀 손을 움직여 종이에 서책들의 제목을 써두는 것도 잊지 않았다.

맞은편에 앉은 이겸은 턱을 괴고 무심히 여리를 바라보았다. 여리가 이겸의 시선을 느끼고 고개를 들었다.

"어찌 보십니까?"

"놀라고 있는 중이다. 이 서고가 며칠 만에 정리가 될 수 있는 곳인지 몰랐느니. 넌 서책을 대할 때 유난히 눈이 반짝이는 것 같구나."

"여인이라 하여 책 읽는 즐거움을 모르진 않사옵니다. 책을 읽고 있으면 마음이 즐겁습니다. 예화가 아닌 다른 곳은 알지 못하는데 책을 통해서라면 어디든 갈 수 있고, 그 누구라도 만날 수 있으니까요."

"예화 밖으로 나가본 적이 없느냐?"

"음, 아마도 그렇겠지요? 어릴 때 작은 사고 때문에 그 이전 기억이 없습니다만, 제 아비가 예화를 벗어난 적이 없으니 아마 저도 그럴 것이옵니다."

"가보고 싶은 곳은?"

"바다는 한 번쯤 직접 보고 싶습니다."

"그럼 예전에 얘기했던 조선의 동쪽 끝에 함께 가보자. 달이 다섯 개 뜬다던 그곳에는 바다도 있을 테니."

"달이 다섯 개라면 그 동네 폭포도 궁금하신 것이옵니까? 뛰어내리는 것도 한번 해보니 할 만하던걸요."

"내 생각이 짧았다. 계곡과 떨어져 있는 다른 바다로 가자."

지나간 일들을 떠올린 이겸과 여리가 해사하게 미소 지었다. 여리가 들고 있던 붓을 내려놓으며 눈을 반짝 떴다.

"아! 지금 당장 해보고 싶은 일 두 가지는 생각났습니다."

"이걸…… 해보고 싶었다고?"

"네. 쭈쭈 어미를 가까이서 본 적이 없어서 말입니다."

"쭈쭈?"

"저기 새끼 새 중에 한 마리요."

여리의 손에서 이겸의 손으로 곡식 한 움큼이 넘어갔다. 오반을 먹은 후, 여리가 이겸을 데리고 간 곳은 이겸이 서 있던 나무 아래였다. 아직 날갯짓이 어설픈 새끼 새들의 울음이 아침저녁으로 흘러나오는 곳이었다.

"네가 구해준 녀석 말이구나. 한데 많은 이름 중에 왜 하필 그것이냐?"

여리는 이겸을 잡아 그를 나무 쪽으로 돌려세웠다. 그리고 곡식이 쥐어진 손을 나무 위쪽으로 뻗을 수 있게 이겸의 팔을 받쳐주었다.

"원래 부르기 쉬운 이름이 좋은 이름인 법이옵니다. 부르기 좋고 뜻도 쉽고 얼마나 좋습니까? 팔을 조금만 더 세워주십시오. 키가 크서서 될 것 같은데."

이겸은 짧게 고개를 절레절레 흔들면서도 여리의 말대로 팔을 뻗어주었다. 여리는 훤히 드러난 이겸의 얼굴을 쳐다보았다. 한데 왜 그간 얼굴을 가리고 계셨을까. 이겸에게 마음을 주는 만큼 그에 대한 궁금증도 점점 커져갔다.

하늘을 덮은 먹구름이 습한 공기를 몰고 왔다.

"나도 내가 잘난 건 안다마는 너무 그리 쳐다보지 마라."

"제가 언제 나리를 보았다고 그러십니까? 참, 하하. ……둥지를 본 겁니다, 둥지."

"아니면 특별히 인심을 쓸 터이니 값을 치르고 보든가."

"우와, 허."

기가 막혀 한 번 벌어진 입은 쉬이 다물어질 줄 몰랐다. 여리가 눈썹을 휘며 말을 이었다.

"사실 그동안 여쭙고 싶은 말씀이 있었는데 말이옵니다. 제가 이 모래들을 펼쳐놓는 걸 보셨으면 하지 말라고 말씀이라도 해주시지 그러셨습니까? 동아가 아니었으면 모래가 다시 모여 있는 이유도 알지 못했을 것입니다. 그래도 뭐……."

"그래도 뭐."

이겸이 고개를 돌려 제 등 뒤의 여리를 내려다보았다. 여리가 다 알고 있다는 듯 수줍게 이겸의 팔을 툭툭 치자, 그 바람에 약간의 곡식이 땅으로 떨어졌다.

"그 덕분에 겸사겸사 제 얼굴도 보고, 그러셨던 거지요?"

복숭아 빛으로 물든 여리의 뺨을 보며 이번엔 이겸이 허, 낮은 한숨을 내쉬었다. 뺨을 두 손으로 가린 여리가 꽃보다도 곱게 웃었다. 이겸이 고개를 저었다.

"딱히 궁금해서 묻는 것은 아니다만 예전에 정인이 있었던 적 있느냐?"

"어찌 물으십니까?"

"틀림없이 없었을 듯해서."

"나리, 사람을 어찌 보시고. ……어? 왔습니다! 왔어요."

둘의 담소가 이어지는 사이, 거짓말처럼 둥지에서 새 한 마리가 이겸의 손으로 날아들었다. 여리가 기다리고 있던 어미 새였다. 그러자 오히려 여리는 이겸의 뒤로 성큼 물러섰다.

"왜? 보고 싶다더니."

여리는 이겸의 옷을 잡고 조심스럽게 고개를 기울였다. 결코 섣불리 앞으로 나서지 않았다.

"그것이 말이옵니다, 사실 제가 새를 좀 무서워합니다."

"전에 떨어진 새끼를 올려다주지 않았느냐?"

"그건 새끼였잖습니까? 이렇게 큰 새 옆에는 못 갑니다. 새끼 키우느라 수고하니까 그냥 밥을 주고 싶었던 거지요. 요 녀석은 저보다는 나리와 안면이 있고."

겁먹은 여리를 보던 이겸은 장난기가 동해서 새가 내려앉은 손을 여리 쪽으로 휙 돌렸다.

"엄마!"

새는 일찌감치 날아가버렸지만 여리는 기겁하며 이겸에게서 떨어졌다. 그 모습이 귀여워 싱긋 웃은 이겸은 손 위에 있던 낟알을 털고 여리에게 말했다.

"하고 싶다던 나머지 하나는 무엇이냐?"

여리가 이겸의 앞으로 다가와 섰다. 그 눈빛은 이전과는 달리 사뭇 결연했다. 이겸이 여리의 눈을 마주 보았다.

"제게 검술을 가르쳐주십시오."

"뭐?"

"검도 좋고 활도 좋고 아무런 것이라도 좋사옵니다. 그저 제가 제 한 몸 정도는 지킬 수 있도록 도와주십시오."

"조금 더 당겨보아라."

"이렇게요?"

활시위를 힘껏 당긴 여리의 팔이 부들부들 떨렸다. 사내들이 쓰기 좋게 만들어진 활은 아무리 굳은 일을 해온 여리라도 들어 올리는 것부터 만만치 않았다.

여리 딴에는 최대한 당겨서 화살을 쏘았다. 그러나 과녁에 맞기는커녕 겨우 반 조금 넘게 날아가 땅에 꽂힐 뿐이었다.

"아."

여리의 입에서 실망 어린 탄식이 새어 나왔다.

"다시."

이겸의 지시에 여리는 화살을 하나 더 집었다. 시위에 끼우려는데 여리의 뒤에 선 이겸이 여리의 손 위에 제 손을 겹쳤다.

"어?"

여리가 당황할 사이도 없이 보폭을 맞추고 선 이겸은 여리와 함께 활을 잡고 섰다. 힘이 더해진 시위는 조금 전보다 훨씬 수월하게 당겨졌다.

이겸이 여리의 귀에 조용히 읊조렸다.

"과녁보다는 조금 위에다 대고 쏜다고 생각하고 당겨라. 시위를 놓기 직전엔 숨을 멈추고. 끝까지 당기지 않으면 제대로 날아가지 않을 거다."

이겸의 말대로 여리는 제 숨을 낮추고 화살촉으로 과녁을 겨냥했다. 잠시 후, 여리의 손을 떠난 화살은 비록 중앙에는 맞지 못했으나 그 근처에 가 꽂혔다.

"보셨사옵니까? 맞혔습니다!"

얼굴을 활짝 편 여리가 이겸을 돌아보았다. 서로의 숨결이 닿을 듯 가까운 거리 때문에 둘의 움직임이 멎었다.

헛기침을 한 이겸이 뒤에 있는 다리 난간에 걸터앉았다.

"거기서 나를 겨냥할 수 있겠느냐?"

"예?"

"내게 활을 쏠 수 있겠느냐고 물었다."

진지한 이겸의 말에 여리도 목소리를 가다듬고 차분하게 답했다.

"아니오. 너무 가깝사옵니다."

"그게 문제다. 너를 노리는 이가 항상 먼발치에 있는 것도 아니고, 또한 멈추어 있는 것도 아니니 활을 쓸 수 있는 범위가 좁아지지."

여리는 활을 바닥에 두고 이번엔 바닥에 깔아둔 무기 중 장검 하나를 집어 들었다.

"하오면 저는 이것으로 하겠사옵니다. 산에서 보니까 이 정도는 돼야 쓸 만하겠더라고요."

여리는 호기롭게 검집과 검 손잡이를 잡았다. 검집에서 '스르릉' 소리와 함께 박력 있게 검을 빼어드는데……. 이런, 검보다 팔이 짧았다. 두 팔을 최대한 벌렸음에도 검 끝은 검집에 걸려 나오지 못했다. 아무리 애를 써도 계속 같은 자세만 반복될 뿐이었다. 이게 아닌데. 저번에 보니 나리께서는 휙휙 빼시던데. 팔 길이의 차이인가.

여리가 슬그머니 검을 다시 검집 안으로 밀어 넣었다.

"이것보다는 약간 짧은 게 좋겠사옵니다."

"이제 그만하고 이야기하지?"

이겸의 말에 여리가 이겸을 보았다. 난간에서 일어선 이겸이 여리에게로 다가갔다.

"왜 갑자기 이런 것들이 필요해졌는지 말이다."

정곡을 찌른 이겸의 물음에 행간을 띄운 여리가 부러 밝게 대답했다.

"……해월각에서 말이옵니다, 저는 아무것도 하지 못하고 나리 뒤에 숨어 있기만 하지 않았습니까? 이제 그러지 않으려고요. 제 몸 하나는 제가 지킬 수 있어야지요."

그래야 나리께 짐이 되지 않을 테니까요.

여리는 뒷말을 마음속으로 삼켰다.

"그리고 사람 일이란 게 알 수 없는 거잖아요. 혹 제가 무예에 재능이 있을 수도 있지 않을까요?"

이겸이 가만히 여리의 눈을 들여다보았다. 무슨 일이 있었던 것 같지만 굳이 여리가 말하고 싶지 않다면 그냥 묻어두는 수밖에는 없었다.

여리는 다리를 굽히고 앉아 장검 대신 단도를 집어 들었다.

"이 정도면 저도 쓸 수 있을 것 같은데 제가 갖고 있던 것보다는 조금 긴……, 아!"

검집에서 빠져나온 단도의 예리한 끝이 여리의 손을 스치고 지나갔다. 순식간에 손끝이 붉게 물들자, 이겸이 황급히 자세를 낮추고 앉았다.

"다친 것이냐?"

이겸보다 빨리 여리가 상처를 감추기 위해 손을 말아 쥐었다. 사실 원래도 잔 상처가 많은 손이었던지라 이런 생채기는 신경 쓸 정도의 것이 아니었다. 그러나 이겸의 걱정스러운 눈은 생각이 다른 듯했다. 여리가 다친 손을 등 뒤로 감추고 빠르게 고개를 저었다.

"아니옵니다. 약간 스쳤습니다. 많이 다치진 않았사옵니다."

"이리 내거라."

"정말 괜찮사옵니다."

쉽사리 손을 보여줄 모양새는 아니었다. 잠시 서 있던 이겸은 옅은 한숨과 함께 바닥에 있는 다른 단도 하나를 들었다. 그것은 방금 여리가 집어 든 것보다 조금 더 짧은 단도였다.

"쥐는 것은 이렇게. 방금처럼 단도 끝이 꺾여서는 절대 안 된다. 그러면 잡는 이가 다칠 수도 있으니."

이겸을 따라 몸을 일으킨 여리가 쥐고 있던 단도를 제대로 잡아보았다. 제법 날이 잘 선 단도는 선명한 빛을 뿜어냈다.

"찌르고 베는 것만 잘 익혀두어도 충분할 거다."

이겸은 여리가 따라할 수 있도록 간단한 손목 움직임부터 보폭까지 천천히 보여주었다. 여리가 어설프게나마 이겸의 단도를 따라 허공에 선을 그려나갔다. 짧고 빠르게 끊어서 찌르는 동작을 여러 번 반복하여 머리보다 몸이 먼저 반응하도록 새겨 넣었다. 꽤 오랜 시간 연습하고 또 연습했다.

단도 위로 옅은 보슬비가 내려앉았다. 날이 잔뜩 찌푸린 것이 한바탕 쏟아질 모양이었다.

"금일은 이쯤 해두자."

"예."

많지 않은 동작이었지만 여리는 이겸이 가르쳐준 것들을 머릿속에 그려보았다. 혼자 입을 달싹여 외우기도 하고 기억대로 손을 획획 휘둘러보기도 했다. 그때, 이겸이 움직이던 여리의 손목을 부드럽게 쥐었다. 쥐어진 손은 그대로 이겸의 눈앞으로 당겨졌다. 다행히 피는 멎어 있었다.

"괜찮사옵니다. 피도 멎었고요."

이겸의 시선이 여리의 손에서 그녀의 얼굴로 옮겨갔다. 보슬비가 둘의 머리카락으로 촉촉하게 스몄다.

"너를 짐이라 여긴 적 없다."

"……."

"그러니 무리하지 마라."

두 사람 주위로 정적이 흐른 것도 잠시, 동아의 목소리가 들려왔다.

"나리! 다녀왔사옵니다! 최열! 왔다네, 왔다네. 내가 왔다네."

대문을 연 동아가 멀리서부터 이겸과 여리를 발견하고 뛰어왔다. 반가운 서래댁도 함께였다. 갖가지 찬들이 든 꾸러미를 손에 든 서래댁이 이겸에게 허리 숙여 인사했다. 뛰어가던 동아가 치마를 입고 있는 여리를 보자 소리를 질렀다.

"뜨아아아악! 뭐, 뭐냐, 최열!"

동아의 눈이 등잔만 해졌다. 부리나케 여리에게로 다가간 동아가 여리의 이마를 짚었다.

"아무리 옷이 없기로서니 여인의 옷을 빌려 입고. 그동안 어디 머리라도 부딪힌 것인가? 아닌데? 여전히 딱딱한데? 그리고 열도 없는데?"

'여인인 것을 감추고 있었구나. 네가 이리 고울 줄 몰랐다.'와 같은 반응을 기대한 것은 아니었으나 여인의 옷을 빌려 입은 사내라니. 이리 둔감한 녀석인 줄 알았으면 그냥 처음부터 편하게 입고 있어도 될 뻔하였다.

"한 번 입으면 두 번 입고 싶고, 세 번 입고 싶은 게 사람 마음이다. 상태가 더 심각해지기 전에, 아니, 내 눈을 보호하기 위해서라도 어서 옷을 갈아입자. 어? 그러고 보니 나리께서도 얼굴을 훤히……, 아야야야!"

쉼 없이 움직이던 동아의 입이 제 의지완 상관없이 멈췄다. 고맙게도 서래댁이 동아의 귀를 잡아당겨 쉴 새 없이 쏟아지던 말을 막은 것이었다. 제 귀를 부여잡은 동아가 고통스러움에 소리 없이 펄떡펄떡 뛰었다.

여리가 환하게 웃으며 서래댁의 손을 맞잡았다.

"아주머님! 며칠 걸릴 거라 하지 않으셨사옵니까?"

"잠시 들른 거다. 내가 없는 동안 별일은 없었느냐?"

"예. 별일 없었사옵니다. 먼 길 다녀오시느라 피곤하시지요?"

그 순간 사이좋은 두 사람 사이에 동아가 불쑥 끼어들었다.

"어머님! 그게 중요한 게 아니라, 열이가 지금 많이 아픕니다!"

서래댁이 자신의 이마를 짚으며 여리에게로 시선을 옮겼다.

"이해하거라. 동아는 머리만 명석할 뿐 다른 것은 조금씩 다 부족하단다. 특히 눈치가."

동아가 서래댁과 여리를 번갈아 삐끔삐끔 쳐다보았다. 그러곤 아직도 상황 파악이 되지 않는 듯 손가락으로 여리를 가리키며 "어? 뭐? 설마? 왜?"를 얼떨떨하게 내뱉었다. 분위기를 보아하니 이번에도 저만 빼고 모두 알고 있는 눈치였다.

서래댁이 이겸을 보았다.

"그간 별고 없으셨는지요?"

"봐야 한다던 일은 마무리 짓고 온 것인가?"

"아니옵니다. 잠시 짬을 내어 들른 것이라 다시 나가보아야 하옵니다."

"이곳저곳 돌아다닐 수 있는 자리가 아니었다면 벌써 몸살이 났을 텐데 운이 좋은 녀석일세, 동아는."

"안으로 드시지요. 날이 사나워질 것 같사옵니다."

간만에 한자리에 모인 고택 식구들은 떠들썩하니 즐거운 시간을 보냈다.

오후 무렵, 무거운 빗방울은 빠른 속도로 땅에 떨어졌다. 흐린 하늘에서는 먹구름이 바람에 떠밀려 흘러갔다.

처마 밑에 선 이겸은 비 오는 허공에 시선을 던져두었다. 마루에선 뭐가 재밌는지 여리와 동아의 웃음소리가 끊이지 않고 흘러나왔다. 한 번씩 티격태격하는 소리도 들렸지만 그마저도 고택에서는 오랜만에 들려오는 소리였다.

우연히 그곳을 지나던 서래댁이 이겸을 발견하고 곁으로 다가섰다. 처마 끝에서 떨어진 빗방울이 더해질수록 바닥의 물웅덩이는 점점 제 몸집을 넓혔다. 움푹움푹, 자신의 흔적을 선명하게 심어놓았다.

"좋은 사람이옵니다. 따뜻하고 맑은 성정을 가지고 있지요."

별다른 설명이 없었지만 이겸은 서래댁의 말이 가리키는 사람이 여리임을 알아들었다. 서래댁 또한 얼굴을 가리고 있지 않은 이겸을 보며 그간의 변화를 짐작하였다.

이겸의 시선은 허공이 아닌, 더 먼 곳을 향한 듯했다.

굵은 빗소리가 세상과 고택의 경계를 긋고 있었다.

마루에서 간간이 웃음소리가 퍼져 나왔다. 이겸과 같은 곳으로 시선을 주던 서래댁이 말했다.

"이런 말씀 올리는 것이 주제넘지만 나리께서 행복해지셨으면 좋겠사옵니다."

"지금도 충분하네. 곧 겨울이 올 것 같군. 올해 가을은 유난히 짧았던 것 같기도 하고."

겨울이 시작되면 폐월화가 진다는 것을 두 사람 모두 알고 있었다.

"겨울 다음에는 반드시 봄이 옵니다."

"내가 없더라도 저 아이의 뒤를 봐주지 않겠나? 물론 여리가 알지 못하게 말이야. 다른 사람 모르게 마음을 써주는 것은 자네만큼 훌륭한 이가 없으니."

"외람되오나 전하께서 해독제를 가지고 계시다는 것을 나리께서도 알고 계시지 않사옵니까?"

폐월화가 질 날이 얼마 남지 않았다는 것은 이겸에게 허락된 시간 역시 끝나간다는 것을 뜻했다. 목에서 시작된 검은 흉은 이제 거의 심장 부근까지 내려와 있었다.

"단 하루라도 나리께서 하고 싶은 걸 하면서 사셨으면 좋겠사옵니다. 다른 걱정들은 모두 접어두고 그저 나리의 마음이 향하는 대로 말이옵니다."

고택을 감싼 비가 거세졌다.

"앞일은 알 수 없지만 사람의 목숨이란 게 참 끈질기고도 모집니다. 살아야만 그 모진 것의 끝도 볼 수 있는 것이옵니다. 나리, 부디 어떤 방도든 주저하지 마시고 반드시 살아남아서 행복해지십시오."

여리가 서래댁과 동아를 배웅하러 간 사이, 이겸은 혼자 발걸음을 옮겼다. 비가 닿지 않는 처마 밑을 벗어나 대문을 향해 걷는 걸음이 찰박찰박 이어졌다. 머리카락과 옷이 조용히 젖어들었다.

습기에 불은 대문이 삐걱대는 소리와 함께 열리고 폐월화밭이 시야를 가득 채웠다. 빗물이 고여 발자국을 그대로 기억하는 하얀 모래밭을 지나 작은 빗방울들이 수면 위로 끝없이 무늬를 만들어내는 강 앞에 섰다. 흐르는 물과 내리는 빗물이 교차되었다.

걸음을 멈춘 이겸이 앞으로 손을 뻗었다. 빗줄기가 손바닥으로 내리꽂혔다. 손을 조금 더 펴보았다. 팔뚝으로 흘러내린 빗물이 바닥으로 떨어졌다. 이겸의 주위로 빗물이 퍼져나갔다. 그러나 번지는 빗물이 마를 새 없이 다시 새로운 물이 이겸에게로 흘러들어 그를 채웠다. 이겸은 빗물을 받던 손을 천천히 움켜쥐었다.

살아 있구나. 내가, 아직은 살아 있구나.

배웅을 하고 돌아온 여리는 멀리서 이겸을 보았다. 비를 바라보는 이겸의 뒷모습은 쓸쓸하고도 처연해서 손을 뻗으면 사라질 것만 같았다.

그때, 무언가에 이끌린 듯 이겸의 발이 강물을 향해 서서히 움직였다. 마치 물속 가장 깊은 곳으로 들어가려는 것처럼.

"아, 아니 되옵니다, 나리!"

이겸이 뒤를 돌아보는 찰나, 달려온 여리가 황급히 이겸의 허리를 끌어안았다. 이겸은 불시에 제 품으로 뛰어든 여리 때문에 중심을 잃고 그대로 넘어갔다.

풍덩―.

하나가 된 두 사람은 본의 아니게 강물 속으로 빠졌다. 세찬 물보라가 순식간에 두 사람을 삼켰다. 귀를 어지럽히던 빗소리가 사라지고 강물의 일렁임이 그 자리를 대신했다. 강물 바닥에 잠들어 있던 모래들이 일어났다.

"푸하."

그리 깊지 않은 물이라 바닥을 짚고 앉은 여리가 물을 토했다. 마찬가지로 물속에 앉은 이겸이 무감한 표정으로 여리를 보고 있었다. 강물이 두 사람의 가슴께에서 찰랑거렸다.

"괜찮으시옵니까?"

"무엇이?"

"예? 방금 강물로 뛰어들려 하시던 거 아니었사옵니까?"

"그저 잠시 비 오는 걸 보고 있었던 참인데."

"……."

"그러는 너야말로 이때다 싶어 내 목숨을 노린 것이냐? 이 얕은 물에서."

"그게…… 잡으려다 보니 달려든 게 되었습니다."

자신이 오해했음을 깨달은 여리가 면목이 없어 입술을 잘근 깨물었다. 흠뻑 젖은 채 물속에 앉아 있는 나리를 보고 있자니 이렇게 죄송할 데가.

심각한 표정으로 여리를 묵묵히 보고 있던 이겸은 장난이었다는 듯 그만 웃어버렸다. 이겸은 두 손을 뻗어 여리의 양 볼을 쭉 잡아당겼다. 하얗고 동글동글한 볼이 불시에 늘어나자 여리가 눈썹을 휘었다.

"나리?"

"너를 어찌하면 좋겠느냐. 함께 있으면 한시도 지루할 틈이 없으니."

이겸이 미소 띤 표정으로 여리를 보았다. 그의 입가에서 번지는 미소는 여리가 이제껏 살아오면서 보아온 어떤 이의 미소보다도 따스했다.

"너를 처음 볼 때부터 왜 불편하고 신경이 쓰였는지 이제 알겠다."

이겸이 손을 움직여 여리의 얼굴을 감쌌다. 손을 통해 따스한 온기가 여리에게로 흘러들었다. 쏟아붓는 비에도 아랑곳 않고 이겸의 눈은 오롯이 여리를 담았다. 조금 전까지 여리의 귀를 때리던 빗소리가 사라졌다.

빗소리가 사라지고, 흐린 날씨가 사라지고, 모든 것이 사라져 버린 곳에 오로지 이겸만 남아 있었다. 살아 있는 것들만이 낼 수 있는 작은 떨림이 사내의 손을 통해 전해져 왔다.

"너를 보면…… 살고 싶다."

분명 이겸은 미소를 띠고 있었지만 그 눈에 담긴 슬픔이 여리의 가슴을 먹먹하게 만들었다. 짐작할 수도 없는 이겸의 지난 시간들에 마음이 아파졌다. 두 사람의 눈에 고인 빗물이 마치 눈물처럼 느껴졌다. 이겸의 입가에 그려졌던 호선이 처연한 빛을 띠고 희미해져갔다.

"살고 싶어진다, 내가."

바람처럼 스치는 인연이라 생각하였다. 강물처럼 흘러갈 연이라 믿었다. 잊으면 잊힐 것이라 믿었던 자그마한 인연이 뿌리를 내리고 싹을 틔우고 마음에 꽃을 피웠다. 살고 싶다는 소박한 꿈으로 인해 감히 욕심이란 것이 생겨났다.

여리의 눈가가 울컥 뜨거워졌다. 그제야 여리는 제 눈에 고인 것이 빗물이 아닌 눈물이었음을 깨달았다. 이겸의 담담한 말이 아프고 아팠다. 이겸의 눈을 보고 있던 여리는 아픈 마음을 담고 이겸에게로 다가갔다. 슬픈 눈을 감고 이겸의 입술에 제 입술로 애틋한 온기를 나누어주었다. 마치 지나온 시간을 괜찮다 보듬어주듯, 내가 곁에 있다 말하듯. 온기를 담은 꽃잎이 이겸의 입술에 잠시 동안 머물렀다 떨어졌다.

두 사람의 시선이 마주 닿았다.

사라졌던 빗소리가 다시 거세졌다.

여리는 다시 이겸의 목을 꼭 끌어안았다. 강물조차 두 사람을 갈라놓지 못하게.

"살고 싶다는 좋은 이야기를 그리 슬프게 하시는 분이 도대체 어디에 계신답니까? 나쁘십니다."

원망 아닌 원망이었다. 그러나 그 하소연이 이겸에겐 더없이 따뜻하게 들렸다.

"여기 이렇게 살아 계십니다. 과거의 일들이 아무리 나리를 힘들게 하고 괴롭혔어도 지금 이렇듯 나리께서는 제 눈앞에 살아 계십니다. 숨을 안 쉬면 괴롭고, 살아달라고 심장이 뛰는 지금처럼 말입니다. 잘 이겨내셨고, 앞으로도 그러실 것이옵니다. 그러니 이젠 슬퍼하지 마십시오."

살아 있는 것들만이 낼 수 있는 숨소리.

수면을 때리는 빗물 소리.

차가운 강물 속에서 느끼는 한기 또한 살아 있지 않으면 느끼지 못할 것들이었다. 여리는 온몸으로 부딪쳐 그것들을 이겸에게 일깨워주었다. 한기 속에서 맞닿은 체온이 따스했다. 빗물을 움켜쥘 때보다 더 생생한 감각으로 온몸이 살아 있음을 말해주고 있었다. 잊고 있던 생의 감각이 절실하게 흘러들었다.

나를 믿어주는 이가 너여서, 내 곁에 있는 이가 너여서 참으로 다행이지 않은가.

이겸을 다시 한 번 따뜻하게 안아준 여리가 먼저 몸을 일으켰다.

"들어가서 따뜻한 차를 내어드리겠사옵니다. 몸도, 마음도 한결 나아지실 것이옵니다."

여리가 이겸에게로 손을 내밀었다. 이겸이 움직이지 않고 가만히 그 손을 보고 있자 여리는 얼른 잡으라는 듯 손을 한 번 더 움직여 보였다. 이겸이 물속에 잠겨 있던 손을 뻗어 여리의 손을 맞잡았다. 일어나는 듯싶던 이겸은 그대로 여리를 제게로 당겼다. 다시 한 번 물보라와 함께 여리가 이겸의 품으로 넘어졌다.

"나리."

여리가 볼을 불퉁하게 부풀리며 고개를 들었다. 미소를 지은 이겸이 여리의 고개를 부드럽게 잡아 자신 쪽으로 끌어당겼다. 일렁이는 물살과 함께 여리가 이겸에게로 가까워졌다. 비가 잦아들었다.

시선이 이전보다 깊어졌다. 내뱉는 숨이 서로의 뺨에 닿아 되돌아올 정도로 가까웠다. 이겸이 낮게 속삭였다.

"도망갈 수 있는 마지막 기회다. 지금 밀어내지 않으면 난 아마 평생 널 놓아주지 않을 거다."

두근. 두근. 두근.

심장이 뛴다. 이상한 일이었다. 물이 이토록 차가운데, 살이 에일 정도로 차가운 것이 당연한데 그런 것 따윈 느껴지지도 않고 오직 눈앞에 있는 이겸만 보였다. 여리가 두 손을 뻗어 이겸이 그래주었던 것처럼 그의 뺨을 감쌌다. 이겸의 심장으로 천천히 온기가 녹아들었다.

"도망 안 갑니다, 아무 데도. 나리를 두고는."

일말의 고민도 없이 답하는 여리의 말에 이겸이 웃었다.

"겁이 없구나."

"그러니까 나리도 저를 두고 아무 데도 가지 마십시오."

이겸이 고개를 끄덕이며 여리를 보았다. 그 미소에 여리가 해사한 미소로 화답했다.

이겸의 온기가 다가오자 여리는 천천히 눈을 감았다.

"……겸. 이겸이다. 내 이름."

이겸이 여리를 당겨 안고 저를 떠나간 입술을 다시 찾았다. 마주 닿은 서로의 심장이 뛰었다. 살아 있는 것이 살아 있는 것에게 건네는 따스한 위로가 빗물이 되고, 물결이 되고, 파도가 되었다.

두 입술 사이로 차가운 빗물이 흘렀다. 그러나 온기가 식을 사이도 없이 부드럽고 달콤한 감촉은 여리에게 아릿한 흔적을 남겼다. 이겸이 여리의 입술을 깊게 베어 물었다. 조금 전, 여리가 이겸에게 건넨 가벼운 입맞춤과는 모든 것이 달랐다. 숨결이 겹쳐지는 아득한 감각에 여리의 손끝에 힘이 들어갔다.

여리가 자연스럽게 팔을 뻗어 이겸의 목을 끌어안았다. 이겸이 그런 여리의 등을 깊숙이 안고 제게로 더욱 단단히 당겨 결박했다. 도망가면 달래듯 쫓아오는 온기에 누가 먼저랄 것도 없이 매달렸다. 처음으로 알게 된 아찔한 감촉이, 뜨거운 숨결이 빗속에서 하얗게 부서졌다. 그래야만 살 수 있는 것처럼. 그래야만 숨을 쉴 수 있는 것처럼.

흐릿한 경계 속에서 지나가는 순간들이 아쉬워 오랫동안 새기고 또 새겼다. 언제 어디에서 어떤 모습으로 다시 만나더라도 이제 서로를 알아보지 못하는 일은 없도록.

꿈결 같은 정인의 이름은 빗물과 함께 오래도록 여리의 가슴에 남았다.

임영택은 한껏 거들먹거리며 해월각 행수가 올리는 잔을 받았다.

"어흠, 어흠. 내가 자네를 못 믿어서가 아니라 이번 일은 아무에게나 의논할 그런 사안이 아니라서 그러네."

행수는 결코 값싸지 않은 미소를 지으며 듣기 좋은 목소리로 속삭였다.

"나리의 명성을 익히 알고 있는 바, 실없는 소리를 하실 분이 아니라는 것은 잘 알고 있사옵니다. 모란이에게 듣자하니 중요한 분이 계신 곳을 찾아내셨다고요? 아, 물론 모란이를 꾸짖지는 마셔요. 그 아이는 말하지 않으려 했으나 제가 눈치로 짐작한 것이랍니다."

"음, 중요한 분이고말고. 그분이 살아 있다고 내가 입을 열기만 하면 세상이 개벽할 것이야."

"그렇다면 더욱 섣불리 움직이면 아니 되지요. 돌다리도 두드려보고 건너야 하는 것을, 하물며 나리의 앞날이 걸린 일인데 신중을 기하셔야 하지 않겠사옵니까?"

"하여, 무슨 말이 하고 싶은 것이냐?"

"촌에서 작은 기루를 하고 있으나 마침 이 중대사에 도움을 줄 수 있는 사람을 알고 있사옵니다. 나리께서 번거롭게 한양으로 인편을 보내 사정을 알아볼 필요도 없으시지요."

"허허허, 자네가 짐작하는 그런 정도의 분이 아니라니까. 그분을 찾고 있는 게 누구신가 하면……."

임영택이 미처 말을 끝맺기도 전에 굳게 닫혀 있던 방문이 열렸다. 이조판서 조규명의 명을 받고 예화로 온 현이었다. 딱 보아도 기운이 범상치 않은 현의 뒤로는 검은 옷을 입은 수하가 넷 정도 더 있었다. 순식간에 분위기가 창창히 얼어붙자 심기가 불편해진 임영택이 호통을 쳤다.

"감히 누구 앞이라고 저따위 자들이 난입하는 것이냐!"

이에 아랑곳하지 않고 현이 위압감 있는 목소리로 물었다.

"방금 말한 높은 분을 혹 예화에서 보시었소?"

"어디 하찮은 놈이 높은 분들 하시는 일에. 별, 미친."

"답하는 게 좋을 것이오, 나리. 운이 좋아서 나리가 보았다는 그분이 내가 찾고 있는 그분과 같으면 살아남을 것이나, 그분이 아니라면 금일 여기서 나리는 쥐도 새도 모르게 사라질 것이니. 내 얼굴을 봤으니 선택은 두 가지뿐이오."

"허, 허흠. 허흠."

현의 살기에 임영택은 슬그머니 제 수염을 쓸어내렸다. 행수는 자리를 비켜주었다. 눈치를 보아하니 답을 주기 전에는 해월각에서 무사히 나가기란 글렀다.

"그, 나도 확신이 서야 입을 열 것이네. 자네가 찾고 있는 분은 혹 일곱 해 전에 돌아가신 것으로 되어 있는 그분인가?"

현은 잠시 답을 미루고 임영택과 마주 앉았다. 이제 서로간의 이해관계를 맞춰볼 차례였다.

"그렇다고 한다면?"

"하면 그분이 사실은 살아 계신 게 맞다는 말인가? 내가 잘못 본 것이 아니라."

"군호도 확인하고 싶소?"

굳이 진헌군이라는 군호를 확인하지 않아도 일곱 해 전 명을 다한 것으로 되어 있는 종친은 이겸 하나뿐이었다.

주위를 살핀 임영택의 목소리가 한층 은밀해졌다.

"내가 섣불리 그분의 행방에 대해 이야기를 꺼내지 못하는 것은 암암리에 전하께서 그분을 해하시려 했다는 소문을 들었기 때문이네. 물론 나는 소문 따윈 믿지 않지만 왕실이란 곳이 또 우리 같은 평범한 자들의 생각과는 다른 곳이니. 죽이고 싶을 정도로 미워하셨는데 살아 돌아온다면 밀고한 나한테까지 불똥이 튀는 것은 아닌가 뭐, 이런 불안한 생각이 들어서 말이야."

진헌군 대감이 왕명으로 인해 전장을 떠돌다 죽었다는 사실은 공공연한 비밀이었다.

종친불사(宗親不仕). 종친에게는 맡길 수 없던 일을 왕은 국경 지역의 분란을 막기 위한 왕실의 진심 어린 외교로 포장했다. 물론 그 대외적인 구실을 믿는 이는 아무도 없었다.

살아서도, 죽어서도 성가신 존재. 진헌군은 왕에게 그런 인물이었다.

"그분께서도 진헌군 대감이 살아 있다는 것을 이미 알고 계시오. 더불어 대감이 있는 곳을 찾는 자에게는 큰 상도 내릴 것이라 하셨지. 그분께는 나리의 공을 잘 말씀드리겠소. 하여 대감은 지금 어디에 계시오?"

"내 공을 잘 말씀드리겠다는 그 약조 잊지 말게. 실은 내가 진헌군 대감을 처음 본 것은 이 기루에서였네. 비 오는 날 계집 하나를 찾으러 왔더군. 그때 아주 난리였지."

사람들을 물리고 문 밖에서 자리를 지키던 행수의 눈썹이 살짝 올라갔다. 임영택이 진헌군 대감을 보았다는 말을 술김에 했다는 건 모란에게 들어서 알았지만 그것이 그날 저도 본 그 사내를 일컫는 것일 줄은 몰랐다. 범상치 않은 기운을 가진 자라고만 생각했는데. 제 사람을 찾으러 왔다던 형형한 눈빛이 떠올랐다. 그 뒤를 따르던 여인의 얼굴도 기억에 남았다.

행수는 속을 알 수 없는 얼굴로 가만히 방 안 대화에 귀를 기울였다.

"아직 대감이 있는 곳을 정확히 알진 못하지만 이미 찾은 것이나 다름없네. 대감과 함께 있던 계집이 누구인지 알았으니. 집도 찾아놓았고 아비와 둘만 산다는 것도 알아놓았네. 그 아비만 잡아들이면 계집은 제 발로 와서 진헌군의 행방을 불 것이야."

"그럼 그 아비부터 잡아들여야겠소. 윗분께 보고를 드려야 하니 이제부턴 내 허락 없이 경거망동하지 마시오. 그분께 상을 받을 것인지 벌을 받을 것인지는 그 세 치 혀에 달려 있음을 명심하고."

임영택이 마른침을 꿀꺽 삼키며 순하게 고개를 끄덕였다. 이젠 모든 것이 잘될 일만 남았다고 그리 믿었다.

임영택과 현이 있는 곳에서 물러 나온 행수는 은밀히 제가 부리는 자를 불러들였다. 겉으로 보기에 해월각은 술과 웃음을 파는 여타의 기루처럼 보였으나 행수는 여타의 행수와는 달랐다.

해월각은 전국 각지의 정보가 들고 나는 곳. 오로지 자신의 혜안만으로 해월각을 키우고 유지한 행수는 이번에도 남들이 알아채지 못하게 은밀한 지시를 내려두었다.

그것이 차후 이겸과 여리에게 해가 될지, 득이 될지는 지켜볼 일이었다.

간만에 화창하게 갠 날, 푸른 하늘 위로 새 한 마리가 유유히 길을 그렸다.

여리는 우물 안으로 두레박을 내렸다. 수면 위의 고요했던 하늘이 박으로 인해 일렁였다. 시원하게 찰랑이는 소리와 함께 물이 담겼다. 그러나 두레박이 미처 우물 밖으로 나오기 전, 어디선가 날아온 꽃잎 몇 점이 박 속으로 내려앉았다.

"어?"

가을도 성큼 물러난 이때에 꽃잎이라니. 여리는 갸웃거리며 주위를 둘러보았지만 가옥 어디에도 국화는 보이지 않았다.

바람에 날아든 것인가?

여리는 꽃잎을 건져내고 다시 박을 우물 속으로 내렸다. 물을 긷는데 이번엔 조금 더 많은 꽃잎이 날아와서 박 위로 내려앉았다. 우연히 날아왔다고 보기엔 너무 많은 양이었다.

"뭐지?"

여리가 뒤를 돌아보았지만 달리 바람도 불지 않았다. 여리는 조심스럽게 꽃잎을 한쪽으로 후후 불어보았다. 한쪽으로 몰아서 그쪽 물만 살짝 흘려버릴 생각이었다. 그러나 볼을 빵빵하게 부풀리고 긴 숨을 훅 내쉬어보아도 꽃잎은 양 갈래로 빙글 돌 뿐 모이지 않았다.

겨울이 코앞인데 어디서 날아온 녀석들이야?

훅, 한 번 더 긴 숨을 불었다. 그 순간 익숙한 사내의 목소리가 귓가에서 들려왔다.

"이 계절에 꽃잎이라니. 아무래도 다시 떠야겠다."

불쑥 다가온 이겸의 고개가 여리의 얼굴 바로 옆까지 다가와 있었다. 여리의 등 뒤에 바짝 붙은 이겸은 무심한 표정으로 함께 두레박을 내려다보았다.

꽃잎의 출처를 짐작한 여리가 미간을 모았다. 그녀는 입을 조물조물 삐죽거리며 이겸에게로 휙 돌아섰다.

"나리."

싱긋 웃은 이겸이 여리의 어깨를 잡아 다시 그녀를 우물 쪽으로 돌려세웠다.

"꽉 잡아라. 놓치겠다."

이겸이 여리의 주의를 우물로 돌렸다. 여리는 이겸에게 떠밀려 일단은 그가 도와주는 대로 물을 길었다. 물동이를 안은 이겸이 나란히 걸어가는 여리의 눈치를 힐끔 살폈다. 그러다 어느 순간 부러 다리를 비틀대며 몸을 앞으로 굽혔다. 엄살 섞인 목소리와 함께.

"아야야."

여리가 서둘러 물동이를 같이 잡았다.

"그러니 제가 같이 들자고 하지 않았사옵니까?"

"그럴 걸 그랬다. 아, 이쪽. 이쪽이 더 무거운 것 같다. 여기 좀 잡아보거라."

"어디 말이옵니까? 여기요?"

이겸의 눈짓을 따라 물동이를 짚어나가는데 무언가 여리의 손에 잡혔다. 그것은 이겸이 물동이 옆으로 내민 들꽃 다발이었다. 우물로 날아왔던 것과 같은 색이었다. 여리가 못 말린다는 듯 웃으며 그것을 받아 들었다. 이겸은 언제 휘청거렸느냐는 듯 아무렇지 않게 물동이를 옮겼다.

"무겁다는 게 설마 이 꽃은 아니시겠지요?"

"말도 마라. 어찌나 무거운지 아직도 팔이 아프구나. 그거 보기보다 엄청 무거우니까 잘 들고."

미소를 머금은 여리가 이겸의 뒤를 따르다 문득 자주색 손잡이가 있는 별채를 보았다. 서래댁 아주머님이 나리께서 절대 금하신 곳이니 출입을 말라고 한 곳이었다.

"한데 나리, 저 별채에는 무엇이 있사옵니까?"

여리의 시선을 따라 별채를 본 이겸이 다시 걸음을 이었다.

"아무것도 없다. 아무것도 없으니 아무도 찾지 않는 것이고."

"그럼 빈방이란 말씀이시지요? 비워둘 바에는 제가 정리를 해서 필요한 것들을 채워두어도 될까요?"

"여리야."

"예?"

"저긴 그냥 두거라. 그게 좋을 듯하다."

차마 더 물을 분위기가 아니어서 여리는 대답과 함께 가만히 고개를 끄덕였다.

여리의 일은 물을 긷는 것으로 끝나지 않았다. 발길을 부지런히 옮긴 여리는 처마 밑에 널어둔 곶감들이 상하지 않도록 일일이 매만져주었다.

툇마루에 앉은 이겸은 턱을 괴고 그런 여리를 마뜩잖은 시선으로 보았다.

"마음에 들지 않는다."

난데없는 이겸의 말에 여리가 이겸 쪽으로 고개를 돌렸다.

"무엇이 말이옵니까?"

"어떻게 된 녀석이 아침부터 저녁까지 쉬는 틈이 없는 거냐?"

여리는 나머지 곶감 줄도 돌려놓으며 말을 이었다.

"나리야말로 다른 일 없으시옵니까? 아침부터 계속 제 주위에서 귀찮게 하시고. 제가 누누이 말씀드렸지만 저는 나리가 아니라 아주머님께 삯을 받고 일하는 사람이옵니다. 삯을 받았으면 일을 하는 것이 당연하지요."

"그럼 널 쉬게 하는 가장 빠른 길은 내가 서래댁을 설득하는 것이겠구나. 본디 싸움에 임할 때는 적장부터 제압하는 것이 순서이니, 서래댁의 말이라면 너도 따르지 않겠느냐?"

"그게 더 힘들지 않을까요?"

"하긴 구슬리기엔 너무 막강한 적장이다. 이제껏 내 말이 먹혔던 적이 거의 없으니. 그럼 그쪽은 단념하고. 이리 앉아봐라. 할 이야기가 있다."

"아침에도 똑같은 말씀을 하셨사옵니다. 하온데 한 식경 동안 제 얼굴만 보고 계시지 않았사옵니까?"

조곤조곤 한 마디도 지지 않는 밤톨 강아지. 전생에 일 못해서 죽은 한이라도 쌓였나.

이겸이 짧은 숨을 내쉬었다. 그러나 고집이라면 이겸도 만만치 않았다. 여리가 오지 않으면 제가 가면 된다.

자리에서 일어선 이겸이 여리의 뒤에 섰다. 몸을 돌려 걸음을 옮기려던 여리는 저를 막아선 이겸 때문에 멈추었다. 한 걸음 비켜서 몸을 움직이자 이겸 역시 여리가 움직인 쪽으로 걸음을 옮겨 다시 막아섰다. 여리가 반대쪽 빈 공간으로 몸을 돌렸다. 이번엔 이겸이 아예 팔을 뻗어 기둥을 잡고 앞을 막았다. 그제야 겨우 말할 틈이 생긴 이겸이 어깨를 으쓱거려 보였다. 이젠 빠져나갈 수 없겠지 하듯.

그러나 그것도 잠시, 이겸이 방심한 틈을 타 여리는 이겸의 팔 밑으로 재빨리 몸을 굽혀 빠져나갔다. 이겸이 어이없는 표정으로 여리를 보았다. 한데 다른 곳으로 가는 줄 알았던 여리가 이겸이 앉았던 자리에 그대로 앉아버리는 것이 아닌가. 툇마루에 앉은 여리가 옆 자리를 톡톡 두드려 보였다. 허, 이겸은 못 이긴 척 털썩 앉았다. 생긋 웃은 여리가 이겸의 손을 잡았다. 면포를 풀어보니 붉은 생채기가 제법 아물어 있었다.

"상처에 비해 잘 아문 것 같사옵니다. 이제 면포를 풀어도 되겠어요."

손을 가만히 내어 맡기고 있던 이겸은 상처가 난 손을 천천히 쥐었다 펴보았다. 쥘 때 아주 약간의 통증이 남아 있지만 그마저도 며칠이면 나을 것이다.

"폐월화 말이옵니다. 날이 추워져서 그런가? 간밤에 조금 시든 것처럼 보였사옵니다. 어쩐지 빛깔도 예전 같지 않고."

"폐월화가 계속 있었으면 좋겠느냐?"

"예. 저와 나리를 만나게 해준 꽃이니까요. 폐월화는 나리가 오시기 전부터 이곳에 있던 꽃이옵니까?"

"아니다. 내가 이곳으로 와서 심은 것이다."

그렇다는 것은 이겸이 이곳에서 홀로 지낸 지도 어느새 일곱 해가 되었다는 뜻이었다. 폐월화의 시간에 이겸의 시간이 겹쳐져 여리는 어쩐지 마음 한 구석이 저릿해졌다.

여리가 애써 밝은 목소리로 물었다.

"내년 봄에도 씨앗을 구할 수 있을까요?"

"구할 수는 있지만 쉽지 않을 것이다. 일곱 해가 지나 시든 폐월화를 하나하나 손으로 솎아내 얻어야 하는 것이니, 수고가 따르는 일이지."

"그래도 불가능한 건 아니라 하시니 마음이 한결 가볍사옵니다. 아, 내년 봄에는 아예 폐월화의 꿀을 모아 유밀과를 만들 수 있을 만큼 잔뜩 심을까요? 아주머님과 동아도 넉넉히 먹을 수 있게 말이옵니다."

여리는 폐월화가 있을 법한 방향으로 시선을 주었다. 옅은 바람에 살랑살랑 흔들리는 여리의 머리카락이 이겸의 눈에 띄었다. 이겸은 손을 뻗어 여리의 흩날리는 머리카락을 귀 뒤로 넘겨주었다. 여리의 시선이 이겸에게로 향했다. 제게 따스하게 스치는 것이 바람인지 눈앞의 이를 향한 마음인지 알 수가 없었다.

"어찌하여 묻지 않는 것이냐?"

여리에게서 시선을 떼지 않은 채로 이겸이 물었다. 흔들리는 여리의 눈빛을 보며 이겸은 자상하게 말을 이었다.

"너는 내가 알려준 이름 외에 나에 대해 어느 것 하나 묻지 않았다. 알고 싶은 것들이 분명 있을 텐데 말이다."

이겸도 알고 있었다. 여리가 아무것도 묻지 않는 것은 저를 배려해서라는 사실을.

"제가 꼭 알아야 하는 것이 있다면 나리께서 먼저 일러주시겠지요. 일러주시지 않는 것은 궁금해하지 않을 생각이옵니다. 그건 모르는 게 좋다는 뜻일 테니까요."

저를 보는 이겸의 시선에 미안함이 묻어 있어 여리는 생긋 웃어 보였다.

압니다. 제가 물으면 무엇이든 답해주실 분이란 거. 그래도 지금은 그저 이대로가 좋습니다. 함께 있는 것만으로도 이렇듯 마음이 넘치니.

그때, 누군가 대문을 급히 두드리는 소리가 들렸다. 여리와 이겸의 시선이 대문을 향했다.

"누구일까요? 올 사람이 없는데."

여리가 고개를 갸웃하며 대문으로 뛰어갔다. '쾅쾅' 울리던 소리는 여리가 문을 열자 가까스로 그쳤다.

"이보시오! 이곳에 최여리가……."

"자을아."

여리는 저를 찾아온 자을을 알아보았다. 자을은 대장장이 백복령 밑에서 일을 배우는 자였다.

"여긴 어떻게."

"큰일 났다, 여리야. 아저씨께서 잡혀가셨어."

자을이 다급하게 달현의 안부를 알렸다. 급히 영산을 넘어온 자을의 이마에는 땀이 송글송글 맺혀 있었다.

여리가 고택을 오가며 일을 하게 된 후로 달현은 혹시나 하는 마음에 복령에게만은 고택의 존재를 알려주었었다. 그만큼 복령의 입이 무겁고, 달현이 복령을 믿는다는 의미였다.

이겸이 여리와 자을의 곁으로 다가섰다. 자을의 이야기를 들은 여리가 서둘러 물었다.

"뭐? 아버지가 왜?"

"스승님 말씀으로는 임영택이란 자가 잡아갔다고 하셨어. 너와 따로 할 이야기가 있다며 네가 와야만 아저씨를 보내준다 그리 말했……."

말을 잇던 자을의 시선이 이겸에게로 닿았다. 자을은 이겸을 경계하며 쏘아붙였다.

"제 기억이 틀리지 않다면 고리대 문제로 마을에 오셨던 분 아니십니까? 그걸 빌미로 여리를 붙잡아두시는 것입니까?"

자을이 날을 세우자 여리가 자을의 팔을 잡았다.

"그런 거 아니야. 말을 하자면 좀 긴데 내, 의지로 여기에 있는 거야."

여리가 이겸에게 대신 사과했다.

"죄송하옵니다, 나리. 사정이 급해서 그런 것이지 나쁜 뜻으로 그런 건 아닐 겁니다. 그리고 제가 급히 마을에 다녀와야 될 듯한데."

"같이 가자."

"아니옵니다. 나리까지 같이 가시면 일이 더욱 커집니다. 그 자와 제가 따로 마무리 지을 일이 있습니다. 그리고 자을이도 있고 아저씨도 있으니 염려하지 않으셔도 됩니다."

다급하고 절실한 여리의 부탁에 이겸은 마지못해 고개를 끄덕였다. 여리가 그렇게까지 말하는 걸로 보아 어떤 사정이 있어 보였다.

"다녀오겠사옵니다. 가자, 자을아."

자을은 이겸에게 불편한 눈빛을 한 번 내비치고는 여리와 함께 걸음을 옮겼다.

짐도 챙기지 못한 여리는 급히 마을로 향하며 폐월화들을 보았다. 폐월화는 이미 봉오리가 닫힌 상태였는데 한눈에도 꽃대의 힘이 많이 약해진 것이 느껴졌다. 그 모습에 어쩐지 좋지 않은 예감이 들었지만, 여리는 무거운 발길을 재촉했다.

제10장

진헌군 이겸

　임영택의 사가 앞에 선 여리가 굳게 닫힌 대문을 올려다보
았다. 그날 이후로 임영택은 줄곧 저를 찾고 있었고, 결국 여
리의 아비를 잡아 가두었다. 쉽게 물러날 자가 아니었다.

　여리는 결연한 안색으로 대문을 두드렸다. 잠시 뒤, 대문이
열리고 문 밖으로 나온 노복은 복령과 자을은 남겨두고 여리
만 들어올 것을 전했다.

　근심 어린 두 사람에게 고개를 끄덕여 보인 여리는 홀로 노
복을 따라 별채로 향했다. 얼마간 초조한 시간이 흐르고 여리
가 있는 별채로 서너 명의 사내들이 들어섰다. 여리의 얼굴을
알고 있는 임영택이 가장 앞에 있었다. 반갑지 않은 얼굴을 마
주한 여리의 얼굴이 굳었다.

　"어찌 상관없는 제 아비까지 끌어들이셨습니까?"

　"이렇게라도 하지 않으면 너를 어찌 찾겠느냐? 내 이름을 남
겨두면 네가 스스로 올 줄 알고 있었다. 걱정 말거라. 확인할
것만 확인하면 네 아비와 너를 돌려보내줄 것이니."

　임영택이 뒤에 있는 사내에게 눈짓을 했다.

"이 계집이 바로 내가 말한 계집이네. 해월각에서 보았지."

현은 감정이 읽히지 않는 매서운 눈으로 여리를 마주했다. 여리는 한눈에 현을 알아보았다.

그것은 현 역시도 마찬가지였다.

"산속에서 만났으니 구면이군. 너를 찾는 분이 계신다."

현이 뒤로 물러서며 고개를 숙였다. 그러자 다시금 문이 열리며 두 개의 그림자가 들어섰다. 여리를 제외한 모두가 일제히 머리를 조아렸다. 아무것도 모르는 여리가 보기에도 그들에게서는 특별한 기운이 풍겼다. 특히 젊은 사내는 감히 범접할 수 없는 위엄을 가지고 있었다. 사내의 눈빛은 애초에 굽히는 법 따위 배우지 않은 듯 고고하고 서늘했다. 여리는 저도 모르게 다리가 뻣뻣하게 굳어왔다.

임영택이 앞으로 나서며 말을 덧붙였다.

"얼마 전, 이 계집이 그분과 함께 있는 것을 제가 똑똑히 보았사옵니다. 필시 그분의 행방을 알고 있을 것이옵니다."

갓을 쓴 젊은 사내가 천천히 입을 열었다.

"자네가 보았다고?"

"예. 제 두 눈으로 똑똑히 보았사옵니다."

임영택은 자신이 진헌군을 찾은 것이나 다름없다는 사실을 강조했다. 이제 한양으로 돌아가 예전처럼 편히 살 일만 남았다. 눈앞의 분은 능히 그리 만들 수 있는 힘을 가지셨으니.

"기억해두마. 모두 물러나 있거라."

사내가 곁에 선 이들에게 손을 들어 보이자 사내와 여리만 남겨두고 모두 방 밖으로 물러갔다. 상을 받으리란 기대에 방문을 나서는 임영택의 발걸음은 유독 가벼웠다.

여리는 저를 보는 사내의 눈길을 감히 피하지 않고 마주 보았다. 사내의 서늘한 눈빛은 다른 이의 시선을 묶어두는 힘이 있었다. 여리는 언젠가 그 눈빛을 본 것도 같아 기억을 더듬어 보았다.

이윽고 입술에 작은 호선을 띤 이혼이 말했다.

"당돌하구나. 나와 눈을 마주하는 이는 실로 오랜만이다. 네가 이겸과 함께 지내고 있다는 여리라는 아이냐?"

"소인의 이름은 그것이 맞사오나 말씀하신 그분이 누구인지는 알지 못하옵니다."

날카로운 이혼의 눈빛이 온화하게 휘어졌다.

"경계할 것 없다. 네가 어떤 이인지 궁금해서 이리 걸음을 한 것뿐이니."

"어찌 소인을 궁금해하셨사옵니까?"

"겸에게 말을 들었는지 모르겠구나. 제게 형이 하나 있다고."

여리의 눈이 살짝 커졌다. 눈앞의 이를 어디선가 보았다 했더니 이제 알겠다. 그는 다름 아닌 이겸과 닮아 있었다.

이혼이 피식 웃었다.

"그래. 내가 바로 이겸의 하나뿐인 형이다. 한데……."

이혼은 여리를 보던 눈을 가늘게 여몄다. 무언가를 곰곰이 생각하는 표정이었다.

여리에게 다가선 이혼이 여리의 눈을 가만히 보더니 흥미롭게 눈을 반짝였다.

"재미있구나. 여기서 너를 다시 만날 줄은."

"무슨 말씀이시옵니까?"

"하긴 너는 기억을 못 할 수도 있겠군. 워낙 오래전 일이라. 하나, 이런 당돌한 회갈색 눈은 흔하지 않지. 내가 너를 기억한다."

"소인은 나리를 뵌 적이 없사옵니다."

"아니. 분명, 있다. 아주 오래전에 꼭 한 번."

이윽고 이혼의 입가에 미소가 머금어졌다.

"어찌 되었든 금일은 그날의 인연에 대해 이야기하러 온 것이 아니니 얘기는 다음으로 미루고, 하던 이야기를 마저 하도록 하지. 아우에게서 내 이야기를 들어본 적은 없느냐?"

여리의 시선이 이혼의 눈에서 떨어지지 않았다. 깊이를 알수 없고 사람의 마음속까지 꿰뚫어 보는 눈.

모든 것이 눈앞의 사내는 위험한 인물이라고 말해주고 있었다. 이혼이 내뿜는 차가운 기운에 몸이 쉬이 움직여지지 않았다. 여리를 내려다보고 있던 이혼이 여유롭게 말을 이었다.

"영특하군. 아우에게 해가 될까 긍정도 부정도 하지 않겠다? 좋다. 넌 입을 열지 않을 생각인 것 같으니 내가 말하마. 실은 아우와 나 사이엔 작은 오해가 있다. 그로 인해 연을 끊고 지낸 지 올해로 일곱 해지."

잠시 말을 끊은 이혼이 기억을 더듬을 요량으로 제 턱에 마르고 긴 손가락을 가져다 대었다. 턱 끝을 쓸어내리며 톡톡,

느려진 손가락이 생각에 잠겼다.

"이젠 그 오해를 풀고 싶어 좋은 방도가 없을까 하던 차에 너에 대해 들었다. 사람을 쉬이 곁에 두지 않던 아우가 널 곁에 두고 있다고 하더구나. 아우는 날 만나려고도 하지 않으니 어쩌면 내가 네게 도움을 받을 수도 있겠구나 기대한 것이 사실이다. 여기까지가 내가 너를 보러 온 이유. 설명이 되었느냐?"

"미천한 소인은 높으신 분들의 일을 알지 못하옵니다만, 그것이 소인의 아비가 여기 잡혀 있어야 할 이유로는 보이지 않사옵니다."

"오해 말거라. 그것은 내가 지시한 것이 아니라 방금 나간 자가 혼자 저지른 일이니. 물론 아무 일 없이 보내주라 내 명하마."

나리와 오해를 풀고 싶다는 이분의 말을 믿어도 될까?

여리의 얼굴엔 감정이 드러나지 않았으나 그 머릿속은 여러 가지의 경우를 셈하고 있는 중이었다.

이혼의 눈에 순간 서늘한 기운이 스쳐갔다. 그 역시 여리에 대해 가늠해보고 있었다.

"한데 말이다, 이것이 우리 형제에겐 드러내고 싶지 않은 부분이라 나 역시 네게 어디까지 말해주어도 좋을지 판단이 서지 않는구나. 너는 내 아우에 대해 얼마나 알고 있느냐?"

여리는 실제로 알고 있는 것이 없으니 섣불리 답을 할 수 없었다. 아니, 알고 있다 해도 답하지 않았겠지만 이혼 역시 굳이 답을 원한 물음은 아닌 듯했다.

"저런, 아우가 어떠한 죄를 짓고 이곳으로 온 것인지 하나도 모르는 눈치로구나. 진헌군……이란 분에 대해 들은 바도 없고?"

"알지 못하는 것에 대해 대답하는 재주가 소인에겐 없사옵니다."

둘은 서로에 대한 경계를 풀지 않았으나 이혼에게 한 가지는 읽혀졌다. 이 여인은 이겸이 진헌군과 동일한 인물이란 것을 알지 못한다. 만약 알았다면 진헌군의 형이자 이 나라의 왕인 저를 감히 이렇듯 바로 보지는 못했을 터.

재미있는 생각이 스친 이혼은 옅은 미소를 지어 보였다. 이혼은 제 말을 기다리고 있는 여리를 향해 입을 열었다.

"만약 네가 내 아우를 저어하는 마음이 깊어 우리가 화해하는 것을 도와주고 싶다면 너 역시 내 아우에 대해 알고 있어야 하지 않겠느냐? 군이 우리 형제간의 일이 아니더라도 곁에 있는 이에게 호기심이 이는 것은 당연한 일. 물론 아우의 성정상 누구에게 그런 이야기를 먼저 하는 것은 쉽지 않았을 것이다. 하여 네가 지난 일들을 모르는 것도 무리는 아니지."

잠시 뜸을 들인 이혼은 미소와 함께, 그러나 한층 가라앉은 목소리로 말했다.

"그 집엔 아우 외에 아무도 들어가지 못하는 곳이 있을 거다. 내 짐작으로는 우리 형제가 화해할 수 있는 어떤 물건이 그곳에 있지 않을까 하는데. 후일에 혹시라도 네가 아우에 대해 알고 싶어지고, 그리하여 나를 도와주고 싶어진다면 그곳에 들어가보거라. 거기서 본 것을 내게 전해준다면 더 좋고.

언제고 네가 내킬 때 말이다. 조만간 다시 보자꾸나."

여리를 두고 방을 나선 이혼의 곁으로 그를 호위하는 자들이 따라붙었다. 조규명이 바로 뒤에서, 현과 수하들은 그보다 간격을 두고 뒤를 따랐다.

이혼은 감정을 거둔 얼굴로 명했다.

"저 여인에 대해 소상히 알아보아라. 왜 십여 년 전 한양에서 만난 자가 이곳에, 그것도 진헌군과 함께 있는지 알아야겠다. 저 여인이 쓸모 있는 패인지 버릴 패인지는 그런 연후에 판단하지."

여리에 대해 떠올리던 이혼의 표정이 싸늘하게 얼어붙었다. 어느새 이혼은 냉정한 왕의 표정으로 돌아와 있었다.

"재미있군. 그때 저 여인은 진헌군이 누군지도 모르고 살려달라 청했을 터인데. 십 년이 지난 지금 그 둘이 함께 있다니."

"임영택은 어찌할까요?"

"누구? 아아, 그놈. 당연히 처리해야지. 숨통을 끊는 것은 물론이고 두 눈을 뽑아 짐승에게 던져주어라. 감히 제 눈으로 똑똑히 진헌군을 보았다고 떠들고 다니는 놈이다. 살려두어 좋을 것이 없다. 이만 행궁으로 돌아가자. 내금위장의 애가 닳았을 것이니."

이혼은 치렁하게 늘어진 도포 자락을 힘차게 뿌리며 발걸음을 옮겼다.

멈추었다고 믿었던 시간이 일곱 해 만에, 그것도 한 여인으로 인해 다시 움직이기 시작했다. 궁 안에 든 새는 살려두었지만 궁 밖의 새는 조금 더 지켜볼 일이다.

"괜찮은가?"

"괜찮으십니까?"

대문 앞에서 기다리고 있던 복령과 자을이 달현을 발견하고는 뛰어갔다. 자을은 여리의 반대쪽에서 달현을 부축했다.

"아버님께서 많이 놀라셨습니다. 드셔야 하는 약을 챙겨드시지 못해서 기력도 쇠하셨고요."

"그럴 줄 알고 집에 미리 약을 준비해놓았다."

"매번 고맙습니다, 아저씨."

두 사람의 도움으로 집으로 돌아온 여리는 달현이 누울 수 있도록 이불을 펼쳤다. 복령이 준비해둔 약을 달현에게 먹이는 동안 여리는 그 곁을 지켰다.

깊은 밤, 아비의 숨소리가 살짝 달라진 것도 같아 여리는 누워 있는 아비의 얼굴 위로 제 얼굴을 드리웠다.

"깨시려나? 아버지? 아버지?"

여리의 부름에 눈살을 두어 번 찌푸리던 달현의 눈이 스르르 떠졌다. 또렷해진 시야로 보름달보다도 더 크게 여리의 얼굴이 가득 찼다.

"으아아아아!"

아닌 밤중 달현의 비명에 놀란 여리가 뒤로 물러나 앉았다.

달현이 벌떡 일어났다.

"뭐, 뭐, 뭐냐? 그, 막……, 귀신인 줄 알았다."

"아버지도 참. 이제 몸은 좀 괜찮으세요?"

여리가 식은땀을 흘리는 달현의 안색을 살폈다. 복령이 챙겨준 약 덕분인지 다행히 혈색은 많이 돌아온 상태였다.

달현이 고개를 끄덕이자, 여리는 머리맡에 두었던 물잔을 들어 달현에게 올렸다.

"제가 있는 곳을 가르쳐주시지 그러셨습니까? 몸도 허하신 분께서 탈이라도 나면 어쩌시려고."

"내가 아무리 볼품없다 하여도 그래도 네 아비 아니냐? 아비가 자식을 어찌 넘기누."

여리가 근심 어린 표정으로 학보다도 가는 달현의 다리를 주물렀다. 물을 꿀떡꿀떡 삼키던 달현이 여리에게 물었다.

"한데 그 사람들은 널 왜 찾은 거냐?"

"혹시 진헌군이라고 들어보셨습니까?"

생각지 못한 여리의 물음에 달현이 주춤 멈추었다.

"진헌군?"

달현이 느리게 다시 한 번 되물었다.

"예."

"잘 모르겠는데, 어디 지방 이름이냐?"

"아니오. 그 군 말고 궐에 계시는 군 마마 말입니다. 그분을 곁에서 호위하는 사람들이 실수를 하면 그건 아주 큰 죄이겠지요? 목숨이 달아날 수도 있는?"

여리는 이혼의 말을 듣고 이겸에 대해 여러 가지 짐작을 해 보았다. 죄를 지었다는 것으로 보아 가장 그럴 듯한 가정은 이겸이 진헌군 대감이나 다른 왕실 분들께 불충을 저지르고 회연에 은둔하고 있다는 것이었다. 그렇게 생각하면 내금위장 영감과의 친분도 설명이 되었다.

"그렇겠지. 한데 갑자기 오밤중에 뭔 궐이니 왕자니 그런 걸 묻는 게냐?"

"하긴 아버지께서도 예화를 떠나신 적이 없는데. 마음 쓰지 마십시오."

"여리야, 혹시 너 세책방에서 오다가다 뭐, 궐에 있는 높은 분을 만났는데 그분 뺨을 때려서 그분이 '날 이렇게 험하게 대한 여인은 네가 처음이다.' 하고 연모하게 되는 그런 내용의 책이라도 읽은 것이냐?"

말을 잊은 여리가 달현을 끔뻑끔뻑 바라보았다. 분명 제 얘기는 아닌데 이 낯설지 않은 느낌은 뭐지?

달현은 제가 제대로 짚었구나 하듯 호기로운 표정으로 여리를 보았다.

"요즘 그 이야기가 대단히 인기를 끌고 있다던데. 내 분명히 말하는데 그건 서책일 뿐이다. 어디 감히 양반 뺨을 때려? 실제로 그랬다간 경을 칠 노릇이지. 아서라, 아서."

"참, 아버지도. 전 뺨을 때린 적도 없고 그런 분을 만난 적은 더욱 없습니다. 아무튼 기운 차리신 걸 보았으니 되었습니다. 전 이만 제 방으로 건너가겠습니다."

"그 책 쓴 작가 신간이 나왔다더라. 내관과 궁녀의 이루어질 수 없는 연모를 다룬……."

"그럼 편히 쉬십시오."

자신이 없는 동안 많이 적적하셨던 것인가. 새로 나온 세책들을 줄줄 꿰고 계시다니.

문이 닫히고 여리의 모습이 사라지자 달현은 그제야 제 무릎 위에 놓인 이불을 꼭 쥐었다. 십 년 동안 한양 쪽으로는 잘 때도 머리를 두지 않는데 별안간 한양에 대해 묻는 여리로 인해 손끝이 가늘게 떨려왔다. 게다가 그분에 대한 이야기라니. 달현은 제 머리를 감싸 쥐며 고개를 떨어뜨렸다.

예화로 돌아오고 난 후부터 내내 이겸의 마지막 표정이 여리의 마음에 남아 있었다. 폐월화와 함께 남겨지던 그의 표정이 눈을 뜨나 감으나 잊히지 않았다. 생각을 아니하려 하면 할수록 웃고, 슬퍼하고, 자신만을 보던 눈동자가 선명해졌다.

제 방에 앉은 여리가 가만히 손바닥을 들여다보았다. 그분께서 몇 번이나 따스한 온기를 나누어주셨던 손. 면포의 부드러운 감촉도, 혹은 맨살의 따스한 감촉도 전부 생생했다.

별들도 쉬이 넘어가지 못하는 넓은 집. 그곳에 홀로 있을 이겸 생각에, 그리고 오늘 겪은 일들로 인해 여리는 잠이 오지 않았다.

문득 문 밖의 기척에 여리는 생각을 멈추고 시선을 돌렸다. 바람에 흔들린 나뭇잎 그림자가 방문 너머로 어른거렸다.

"거기 누구 있으십니까?"

돌아오는 대답은 없었다. 여리는 방문을 열어보았다. 조용한 달빛과 바람이 쓸고 가는 낙엽 외엔 아무것도 없는 마당이었다.

누구의 얼굴을 보고 싶었던 것일까.

여리는 문을 닫는 것도 잊고 텅 빈 하늘을 올려다보았다. 나리께서도 지금 저 달을 보고 계시려나?

달을 스치는 구름조차도 느리게 흘러 어쩐지 마음이 공허했다.

산새 우는 소리가 먼 산중에서 고적했다.

서안 앞에 앉아 서책을 보던 이혼의 손이 멎었다. 둔탁한 소리가 이어지고, 이윽고 부름도 없이 방문이 활짝 열렸다. 문 사이로 들어온 바람으로 인해 호롱불 빛이 꺼질 듯 흔들렸다.

이혼은 눈을 들어 바람이 불어온 문을 바라보았다. 달빛을 등진 그림자 뒤로 문 앞을 지키던 자들이 쓰러져 있었다.

잠시 둘 사이에 날 선 긴장이 흘렀다. 그림자가 감히 왕의 허락도 없이 방 안으로 들어섰다. 들어선 그림자 위로 호롱불 빛이 내려 앉아 어둠이 감추었던 그의 얼굴을 비추었다.

감정을 드러내지 않은 얼굴로 이겸이 입을 열었다.

"전하, 그간 강녕하셨사옵니까."

이겸에게서 느껴지는 서늘한 기운에 살갗이 베일 듯한 착각마저 들었다. 이혼은 실로 오랜만에 느껴보는 긴장감에 저도 모르게 서책을 보며 웃음을 터뜨렸다.

"이거야 원. 그 여인이 대단하긴 대단한가 보군. 일곱 해 동안 생사조차 알지 못했던 아우님을 이리도 빨리 행차하게 하다니 말이야."

이혼은 눈앞에 선 이겸을 바라보았다.

오고 싶지 않았던 자리. 다신 마주하고 싶지 않았던 혈육. 그러나 제 여인을 위해 한 번은 만나야 했음을 이겸도 알고 있었다. 이겸은 감정을 억누르고 또 억눌렀다.

쓰러져 있던 내금위 두어 명이 정신을 차리고 이겸에게로 달려들었다. 이겸은 돌아보지도 아니하고 제게 달려든 자의 팔을 꺾은 후, 그대로 뒤를 따르던 자까지 처리했다. 정확히 세 합도 필요치 않았다. 불필요한 동작은 모두 걷어낸 듯 간결하고도 정확했다.

내금위를 쓰러뜨린 이겸의 뒤로 뒤늦게 무영이 당도했다. 이겸의 존재를 확인한 무영의 얼굴이 굳었다. 잠시 망설이던 무영의 손은 결국 검을 빼 들지 못했다. 아주 짧은 찰나였으나 이혼은 그것을 놓치지 않았다.

"과인을 해하러 온 자다. 베지 않을 것인가, 내금위장."

무영은 참담한 표정으로 말을 아꼈다. 그러나 이혼은 이미 예상하였다는 듯 피식 소리 없는 웃음을 지었다.

"역시 이 나라에 과인의 편이라곤 아무도 없군. 진헌군뿐만 아니라 과인 역시 내금위장을 오랜 세월 알아왔다 생각하였는데 마음이 너무 한 사람에게 치우친 것 아닌가?"

이윽고 무영의 뒤를 따라 행궁 안에서 보초를 서고 있던 병사들이 모두 당도했다. 이혼은 손을 들어 저와 이겸에게로 접근하는 움직임을 제지했다.

"물러가 있으라. 과인을 찾아온 객이다."

그러나 이혼의 하명에도 무영은 쉬이 발걸음을 옮기지 못했다. 이겸을 벨 수는 없었으나 그들의 왕을 지키는 것이 그의 임무인 까닭이었다. 수장인 무영이 왕의 안위를 위해 움직이지 않으니 뒤를 따르던 이들 또한 움직일 수 없음은 당연했다.

이겸이 입을 열었다.

"인사만 여쭙고 갈 것이다. 그 외에 다른 행동은 하지 않을 것이니 전하의 말씀에 따르거라."

이혼도 무영에게 다시 한 번 눈짓을 하자 그제야 무영이 발을 물려 나갔다.

이겸의 뒤로 방문이 닫히자 방 안엔 적막이 내려앉았다. 이혼이 이겸에게 자리를 권했다.

"먼 길 왔을 것이니 앉아서 이야기하도록 하지. 그래, 오랜만에 가지는 형제의 해후인데 술이라도 내오라 이를까?"

이겸은 서안을 사이에 두고 이혼이 권한 자리에 앉았다. 두 사람 사이에 냉랭한 분위기는 여전하였다. 무감한 시선이 좇아가고, 무감한 시선이 돌아왔다.

"왜 그 여인을 찾으셨사옵니까?"

"의외구나. 일곱 해 전 과인이 진헌군을 해하려 한 이유가 먼저 궁금할 줄 알았는데. 여리라 했던가? 문득 호기심이 일어서 말이다. 궐을 버리고 떠나 아무에게도 곁을 내어주지 않던 아우님이 마음에 둔 여인이 누구인가 하고."

"여전하시옵니다, 전하께서는."

"겸사겸사 진헌군도 잘 있는지 궁금하였다. 애초에 죽었으리라는 기대는 하지 않았기에. 명이 질긴 것은 왕실의 전통이니."

"보시다시피 이곳 예화의 일은 어심을 두실 만한 것이 못 되옵니다. 관심을 거두어주십시오."

"싫다면?"

형제의 시선이 허공에서 맞닿았다. 일곱 해 만에 만난 눈빛치고는 지나치게 살얼음 같았다. 숲에서 맞닥뜨린 호랑이 두 마리의 눈빛이 이와 같을 것이다. 경솔하게 공격하지도, 섣불리 물러서지도 않는다. 지금껏 숨죽이고 있었다 하여도 이곳은 더 이상 물러설 곳 없는 제 영역이었다. 영역을 침범하려 드는 적에게 순순히 영역을 내어주는 호랑이는 없다.

"일곱 해 전 신이 이곳으로 온 것은 더 이상 지키고 싶은 것이 없었기 때문이옵니다. 하오나."

"이젠 다른가?"

그 당돌한 회갈색 눈과 꼭 닮아버린 눈빛이라니. 이흔의 입가에 조소 어린 호선이 걸렸다.

"신은 전하로부터 제 사람들을 지킬 것이옵니다."

"하하하. 아니, 아니. 넌 아무도 지키지 못할 것이다. 일곱 해 전의 네가 아무것도 하지 못하고 도망친 것처럼."

"전하께서 이리 찾아오신 것을 보면 그때 신이 아무것도 하지 못한 것은 아닌 것 같습니다만. 아니옵니까?"

오랜만에 보아도 여전히 담담한 이겸으로 인해 이혼은 서안 아래에 있던 주먹을 조용히 그러쥐었다. 그러나 신중하게 움직이는 성정답게 감정을 드러내 보이진 않았다.

"그래. 아무것도 하지 않은 것은 아니지. 하여 그것을 찾으러 왔다. 그것만 내어주면 원하는 대로 해주마."

이겸은 조용히 이혼의 다음 말을 기다렸다.

"선왕 전하께서 남기신 유서. 과인을 폐세자 하고 진헌군에게 용상을 물려주고자 하셨던 선위 교서. 그것을 과인에게 가지고 오라."

"신은 그런 것을 본 적도 없거니와 설령 그것이 존재한다 한들 무슨 소용이옵니까? 전하께선 이미 용상의 주인이 되셨사옵니다."

"이제까지는 그랬지. 네가 감히 과인의 경고를 무시하고 세상에 나오기 전까진. 예화 현감의 일도 그렇고 이제 와 살아 있는 것의 흉내를 내는 저의가 무엇이냐? 최여리 때문인가."

"그 여인과는 상관없는 일이었사옵니다. 여인을 내버려두시면 신이 다시 전하 앞에 설 일은 없을 것이옵니다."

"아니. 그렇지 않다. 당장 네 목을 보거라. 과연 얼마나 더 버틸 수 있겠느냐? 한 달? 그도 아니면 며칠? 검은 독이 심장을 옭아매고 피마저 딱딱하게 굳은 후에야 후회를 할 작정이더냐. 가련하기 이를 데 없구나."

이흔의 시선이 이겸의 목덜미에 닿았다. 모르는 이는 그저 실핏줄처럼 검은 흉터라 생각하겠지만 이흔은 그것의 의미를 모르지 않았다.

일곱 해 전 그날, 진헌군은 독에 중독된 채 사라졌다. 유일한 해독제가 이흔에게 있는 독, 폐월화에.

"다른 방도를 찾지 못하면 진헌군은 과인을 찾아와야만 할 것이다. 조선에서 그 해독제를 가지고 있는 이는 과인밖에 없으니. 의사 따위는 궁금하지 않다. 선위 교서를 가지고 오너라. 그러면 해독제를 내어주마."

"……."

"다른 이를 지키는 것도 해독이 된 후에야 가능한 일이 아니더냐? 최여리는 알고 있느냐? 진헌군의 목숨이 경각에 달린 것을 말이다."

감정을 저 아래로 물린 이겸은 어떤 표정도 보이지 않았다.

"신의 뜻은 전해드렸사오니 이만 물러가보겠사옵니다. 불미스러운 일로 다시금 찾아뵐 일은 없었으면 하옵니다."

이겸은 왕에 대한 예를 갖추어 인사를 올리고는 조급하지 않게 자리에서 일어섰다.

차라리 같은 피를 나누어 가지고 태어나지 않았다면 지금과는 달랐을까. 왕실의 핏줄이란 것은 이처럼 가혹한 것이었으니. 머리를 숙여도, 바닥에 납작 엎드려도 없어지지 않는 타고난 이겸의 기운이 이혼을 못 견디게 만들었다. 의도하지 않아도 배어 나오는 단정한 기품은 그것을 애초에 가지지 못한 이혼로 하여금 늘 선왕의 관심을 갈구하게 했다. 저를 미친 것 보듯 냉랭한 시선으로 대하던 선왕이었지만 아우에게만은 언제나 따스했다. 진헌군이 장자가 아님을 공공연히 아쉬워하셨을 정도로.

"어리석구나. 네가 진헌군임을 알아도 그 아이가 달라지지 않는다고 자신할 수 있느냐? 종친을 대하는 여인은 두 부류뿐이다. 멀어지거나 혹은 이용하려 들거나."

"그것은 신이 종친의 이름을 가졌을 때의 이야기입니다. 지금은 아닙니다."

"하여 세상을 모른다는 것이다. 누가 아느냐? 불순한 목적을 가지고 접근한 것인지. 최여리가 십 년 전 한양에 있었던 것을 알고는 있는가."

이겸의 손이 작게 멈칫했다. 저만 눈치챌 정도로.

"선위 교서만 넘기면 모두 내버려두마. 약조하지."

윤을 뒤로하고 행궁을 나서는 이겸의 앞에 무영이 모습을 드러냈다. 둘은 눈빛으로 무거운 마음을 대신했다. 달빛이 조용한 길 위로 내려앉았다.

"전하의 용안에 병색이 완연하셨다."

"미리 말씀드리지 못한 것을 용서하십시오."

"자네의 자리가 있으니 전하기 곤란한 것까지 말하라는 것이 아니다. 아우가 형님에 대해 알아도 좋을 정도만 고하라."

잠시 사이를 둔 무영이 이윽고 무겁게 입을 열었다.

"몇 해 전부터 심열증이 심해지셔서 밤에 거의 침소에 들지 못하시옵니다. 대감께서 계실 때보다 성상의 옥체가 미령하시어 이곳에는 요양차 오신 것이옵니다."

이혼이 세자 시절부터 어의들은 이혼의 안에 있는 화병이 병을 만들어낸다고 진맥했다. 걷잡을 수 없이 감정이 날뛰는 것도, 고열이 날 정도로 광증에 사로잡히는 것도 모두 세자의 마음이 만들어낸 병이라 하였다. 그러나 저리 한눈에 병색을 알아볼 정도로 심하진 않았었다. 지금 이혼은 언제 무너져도 이상할 것이 없었다.

같은 피를 타고 태어났으나 남보다 좋지 못한 사이였다. 이젠 아득한 옛일이라 다시는 떠올릴 일이 없을 거라 생각하였는데 불씨는 꺼지지 않았고 응어리는 선명했다.

미간을 접은 이겸이 눈을 질끈 감았다. 어지러운 밤공기가 마음마저 흐리게 만들었다.

여리가 달현의 곁에서 수발을 든 지도 어느새 이레가 흘렀다. 여리를 배웅하는 달현의 표정은 무언가 할 말이 있는 듯하였다.

"예정보다 너무 늦어진 것은 아니냐?"

"괜찮습니다. 미리 사정을 말씀드렸습니다. 그리고 일보다는 아버지가 제게 훨씬 중하시니까요."

"실은 말이다, 고리대를 해결하고 네가 처음 그곳에 일하러 가게 되었던 날, 난 그 길로 대장간 백가에게 갔었다. 네가 위험하면 바로 너를 빼 올 생각으로 백가와 그곳을 다시 찾았었지. 그 앞에서 한 여인을 만났더랬다. 자신이 너를 잘 돌보아 줄 것이라며 심려치 말라더구나. 먼발치에서 너 일하는 것도 한참을 보다가 왔었지."

"아주머님을 만나셨나 봅니다. 고택에서 일을 보시는 분인데 참으로 고마운 분입니다."

"믿을 만한 사람 같아 보여 돌아왔다. 여리야, 그…… 저기 말이다, 너 아직도 불을 보면 막 무섭고 그러냐?"

"불이요? 아궁이 정도는 이제 괜찮습니다. 큰불은 보지 않아서 모르겠지만요. 제가 어릴 때 기억을 잃어버린 것도 집 안에 큰불이 나서라고 하셨지요? 그래서 제가 더 불을 무서워하는 걸까요?"

"그, 그야 사람이면 누구나 큰불을 무서워하지. 나도 아직 그런걸. 한데, 우리 예화 말고 다른 곳에 가서 살아보면 어떠하겠느냐?"

"무슨 일 있으셨습니까?"

"아니. 그냥 너무 한곳에서만 사는 건가 싶기도 하고. 매일 똑같은 물 먹고 똑같은 공기 마시는 게 지겹기도 해서. 어떠냐, 네 생각은?"

"하하, 아버지도 참. 어딜 가나 물이나 공기는 같은걸요. 이번 일로 많이 놀라셨습니까? 아니면 예화가 답답해지셨어요?"

달현이 전에 없이 말을 아끼자 여리가 미안하고도 고마운 표정으로 아비의 손을 꼭 잡았다.

"걱정 마십시오. 아버지가 끌려가셨던 건 오해가 있어서였습니다. 그리고 그 오해는 제가 풀어드렸고요."

"……."

"그날 말씀 못 드렸는데 고맙습니다. 저 때문에 그리 고생하신 거, 많이 죄송하고 많이 고맙고 그렇습니다."

"부모 자식 간에 별소리를 다 하는구나."

"이제 걱정 안 하셔도 됩니다. 그리고 드릴 말씀이 있는데 정리가 되는 대로 말씀드리겠습니다. 아버지의 허락이 필요한 일이라서."

생기 있게 빛나는 여리의 미소와 달리 달현의 표정은 어딘지 모르게 애틋했다. 달현이 문득 무언가 생각난 듯 주머니를 뒤적거렸다.

"아 참, 내 정신 좀 보거라. 네게 줄 것이 있는데."

달현이 고운 비단 천에 감싼 것을 여리에게 건넸다.

건네받은 물건을 풀자 늘어뜨려진 비단 사이로 비녀 하나가 드러났다. 한눈에 보기에도 귀한 물건이었다.

"이게 무엇입니까?"

"네게 진작 줬어야 하는 건데 이제야 준다. 잘 간직해다오."

"제 것이라고요?"

여리가 비녀에게로 주던 시선을 들어 제 아비를 보았다.

"비녀도 그렇고 안 하던 말씀도 하시고 왠지 평소와 다르십니다. 정녕 무슨 일이 있으신 건 아니지요?"

자주는 아니었으나 크고 작은 사고를 달고 다녔던 달현인지라 여리는 제 아비에 대한 걱정이 앞섰다. 마음 약한 분께서 또 제게 말 못 하고 있으신 게 있는 건 아닐까, 여리는 아비의 눈치를 살폈다.

여리의 염려 어린 시선에 달현이 부러 웃어 보였다.

"무슨 일은. 늦겠다. 어서 가봐라."

"정말 아무 일도 없는 거 맞지요?"

"그럼. 일은 무슨 일."

"기운 없는 아버지를 두고 가려니 마음이 좀 그렇긴 한데. 아! 탕약은 절대 빼먹지 마시고요. 돈 아끼고 그러지 마시고 드시고 싶은 거 있으시면 다 사 잡수시고, 어, 또……."

"빨리 가라, 빨리. 알아서 잘할 테니."

차마 발걸음이 떨어지지 않는 여리의 등을 달현이 대신 밀어주었다. 겨우 밀려난 여리가 몇 번이나 달현을 돌아보는데 달현이 어서 가라는 듯 머리 위로 손을 크게 저어 보였다.

여리는 손 안의 비녀를 소중히 잡으며 그런 아버지를 바라보았다. 돌아오면 가장 먼저 아버지께 나리에 대해 말씀드리고 싶었다. 저가 연모하는 분이라고. 정말 좋으신 분이라고. 여리 역시 손을 크게 흔들어 보이는 것으로 인사를 대신하고 발걸음을 옮겼다.

복잡한 심정으로 여리의 뒷모습을 보고 있던 달현의 표정이 한층 어두워졌다. 짚신을 삼기 위해 평상으로 지푸라기를 옮기던 달현이 대문에서 들려오는 기척에 고개를 들었다.

"뭐 잊고 간 거라도 있⋯⋯."

그러나 문으로 들어서는 이의 얼굴을 확인한 달현의 손에서 짚단이 털썩 떨어졌다.

봇짐 끈을 꼭 잡고 발걸음을 옮기던 여리는 마을 어귀에 이르렀을 때 어디론가 급히 뛰어가는 사람들 때문에 시선을 돌렸다. 사색이 된 사람들은 정신없이 어디론가 달려갔다.

"뭐지?"

무심코 사람들이 향하는 곳으로 고개를 돌리던 여리는 멀리서 피어오르는 연기에 발걸음을 우뚝 멈추었다.

불길이 피어오른 곳은 다름 아닌 아비가 있는 집이었다.

마음이 그만 아득해진 여리는 놀란 나머지 눈도 깜빡이지 못했다. 하늘로 치솟는 불길이 시야를 가득 메우자 여리는 왔던 길을 거슬러 내달렸다. 골목을 헤치고 담벼락을 돌아가면서도 그 불이 아비가 있는 곳에서 난 것이라고 차마 믿고 싶지 않았다. 마침내 사람들이 모인 곳에 다다른 여리가 가쁜 숨을 몰아쉬었다. 시뻘건 불길에 입술이 덜덜 떨렸다.

마을 사람들은 물동이를 이고 와서 불을 잡는 중이었다. 그러나 기름을 타고 오른 불길은 작은 물동이들로 잡기엔 어림도 없었다.

친한 동네 아낙이 달려온 여리를 발견하고 옷자락을 다급히 쥐었다.

"최 씨가 나온 걸 본 사람이 없다. 어디에도 안 보여! 어쩌누? 이 일을 어째!"

다른 아낙이 제 지아비의 등을 떠밀었다.

"당신이라도 좀 가서 찾아주시구려!"

"미, 미쳤나? 이 여편네가! 저 불길 좀 봐. 저길 어찌 들어가!"

불길이 워낙 거세서 누구 하나 들어갈 엄두조차 내지 못하고 발만 동동 구르고 있었다. 여리는 고민할 사이도 없이 서둘러 물동이 하나를 건네받아 제 머리 위에 그것을 들이부었다.

"여리야!"

주변 사람들이 놀라서 만류했으나 여리는 불에 휩싸인 집 안으로 뛰어들었다. 불길을 헤치고 아비의 방으로 들어갔으나 그곳엔 아무도 없었다. 여리는 필사적으로 부엌과 그 곁으로 이어진 제 방으로 뛰어 들어갔다.

"아버지! 아버지! 어디 계세요? 콜록, 콜록. 아버지!"

젖은 소매로 코를 막았으나 뜨거운 화기에 절로 목 안이 홧홧해졌다. 아비의 모습은 어느 곳에서도 보이지 않았다.

"콜록! 아버지!"

방을 급히 둘러봤지만 이미 불길이 옮겨 붙은 그곳은 비어 있었다.

빠져나오려던 여리의 앞으로 짐을 올려두었던 사방탁자가 쓰러졌다. 사방탁자의 불은 금세 방문으로 옮겨 붙었다. 순간, 방문을 보는 여리의 눈이 크게 흔들렸다. 일렁이는 불길이 사납게 춤을 췄다.

─너 아직도 불을 보면 막 무섭고 그러냐?

조금 전 달현과 나누었던 말들이 머릿속을 스쳤다. 괜찮아졌다고 생각했는데 막상 눈앞에서 마주한 불길은 이제는 기억나지 않는 두려움을 끄집어냈다. 아주 오래전 이와 꼭 닮은 불길을 본 적이 있었다. 이 뜨거운 기운을 머리가 아닌, 몸이 기억해냈다.

"아, 아버……, 아……."

날뛰는 맥이 귓가에서 울렸다. 여리가 갑갑한 제 가슴을 거친 숨과 함께 잡쥐었다. 쿵, 쿵, 두드려봤지만 이미 평정을 잃은 숨은 진정이 되지 않았다. 결국 시야가 빙글 돌며 하늘이 바닥으로 내려앉았다. 여리는 아직은 불길이 덮치지 못한 바닥으로 쓰러졌다. 가물거리는 눈으로 일렁이는 붉은 불길이 그려졌다.

그때였다.

"최여리!"

쾅, 둔탁한 소리와 함께 불길에 휩싸인 문짝이 나가떨어졌다. 감기는 여리의 시야 사이로 방으로 들어서는 익숙한 이의 모습이 보였다. 도포 자락과 함께 서늘한 기운을 몰고 와 저를 안아 든 이가 누구인지는 얼굴을 보지 않아도 알 수 있었다.

"나……리."

여리를 안아 올린 이겸이 다시 한 번 그녀를 꼭 안았다.

"조금만 참거라. 곧 나가게 해줄 것이니."

의식이 흐린 가운데서도 익숙한 온기에 안심이 되었다. 이겸의 품 안에서 마침내 의식을 잃은 여리가 허공으로 팔다리를 축 늘어뜨렸다.

뜨거운 불이 금방이라도 두 사람을 삼킬 듯 이글거렸다.

작고 허름했으나 여리와 아비의 추억이 묻은 공간은 순식간에 불길 속에 갇혔다.

이제 이겸과 여리, 두 사람의 생과 사는 오로지 이겸에게 달려 있었다. 머뭇거릴 사이 없이 이겸의 발이 빠르게 내달리기 시작했다.

＊

살아남은 자들은 짐작만 할 뿐인 십 년 전 그날, 강녕전에는 쇠약한 왕의 숨소리가 흘렀다. 가슴과 목에 무언가 걸린 듯 힘겹게 이어가는 숨은 곁에 둘러선 이들의 마음을 무겁게 했다.

왕의 맥을 짚던 어의가 조용히 몇 걸음 뒤로 물러났다. 영의정 최이영이 어의를 보았다. 어의가 왕이 듣지 못할 정도의 목소리로 영의정과 곁에 선 이들에게 말했다.

"용안의 빛이 과히 어둡사옵니다. 이는 그 가능성이 미미하나…… 무언가에 중독되었을 때도 이러한 형상을 띱니다."

왕의 안위가 곧 저의 안위와 연결되어 있음을 알기에 미리 독을 잡아내지 못한 어의의 이마에 땀이 맺혔다. 근래 들어 옥체의 변화가 급격하고 맥 또한 처음 보는 것들이 날뛰었다 잠자는 형상을 띠어 한 치 앞도 가늠할 수 없었다.

영의정이 입을 열었다.

"중독이라면 독이란 말인가? 대체 궁 안의 어느 불충한 자가 주상 전하의 목숨을 노린단 말이냐!"

"꼬, 꼭 독이라고 할 수만은 없는 것이…… 즈, 증상에 맞지 않는 치료법을 처방하는 것도 병중에 따라서는 독이 될 수 있사옵니다."

"그 말은 전하를 치료하던 어의 본인에게 과실이 있음을 인정하는 말인가?"

"무, 물론 전하께 올린 약재며 치료법 중 신의 눈과 손을 거치지 않은 것은 없사오나, 단 하나, 신을 거치지 않은 것이 있사옵니다."

"그것이 무엇인가?"

"……."

"어서 고하라!"

"차라리 죽여주시옵소서. 일이 이리된 것은 모두 신의 부족함 때문이옵니다."

"말하라 하지 않는가! 정녕 이 자리에서 목을 치길 바라는가?"

만인지상 일인지하 최이영의 관자놀이에 힘줄이 돋았다. 왕의 귀에 소리가 들어가지 않게 낮추고는 있었으나 서슬 퍼런 기백이 등등했다. 어의는 황망히 납작 엎드렸다.

"시, 신이 확인하지 못한 것은 근래 세자 저하께서 손수 가져오신 탕제이옵니다. 하오나 신이 보지 못했기에 그것이 전하께 약이 되었는지 해가 되었는지는 확언을 드릴 수 없나이다. 죽여주시옵소서."

누워 있던 왕의 손가락 끝이 움찔했다.

혼자서는 거동할 힘도 없는 왕의 곁을 세자 이흔은 보름 전부터 하루에 두 번, 한 식경씩 지켰다. 그때만은 주위를 다 물리고 오롯이 세자만 강녕전에 들었던 터라 어의가 어쩔 수 없이 자리를 비웠던 것은 그 시간이 유일했다.

강녕전에 들어 있던 영의정 최이영, 우의정 심환제, 홍문관 대제학 서인후 사이에 침묵이 내리깔렸다. 왕의 곁을 지키고 선 상선의 얼굴이 슬픈 빛을 띠었다.

왕의 어수가 힘겹게 움직였다. 강녕전 안에 있던 이들이 황급히 그 곁으로 모여들었다.

"전하!"

왕이 손짓으로 그들을 불렀다. 최이영은 가늘게 달싹여지는 왕의 입술에 귀를 바짝 대었다. 최이영이 급히 외쳤다.

"교지를 적을 종이와 붓을 대령하라. 어서."

최이영이 쉿소리 섞인 왕의 말을 빠짐없이 전하자 홍문관 대제학 서인후가 한 자 한 자 마음으로 울며 받아 적었다.

비통함에 물든 강녕전에서 왕의 말이 끝나자 그를 대신하여 전하던 최이영의 입술도 멎었다. 종이 위를 미끄러져 내리던 서인후의 붓 또한 멈추었다.

서인후가 적은 그것은 힘겹게 눈을 뜬 왕의 확인을 거친 후, 문 밖에 있던 김 상궁에게 은밀히 전해졌다. 최이영의 지시를 받은 김 상궁이 주위를 살피며 자리를 뜬 후에 다시 한 번 왕의 손이 움직였다. 조금 전과 같이 소리에 귀를 기울인 최이영이 말했다.

"한 장의 종이를 더 준비하라."

처음의 교지와 마찬가지로 왕의 말을 한 마디라도 놓치지 않기 위해 강녕전 안의 이목은 신중하게 집중되었다. 이윽고 두 번째 교지가 마무리되었을 때, 문 밖을 지키던 내관의 목소리가 이어졌다.

"세자 저하께서 드셨사옵니다."

강녕전 안에 있던 이들의 시선이 부딪쳤다. 서인후가 급히 종이를 접었다. 곧이어 강녕전의 문이 열리며 이흔이 모습을 드러냈다. 햇살을 등진 장성한 세자의 모습. 그것은 곧 새로운 왕의 시대가 도래했음을 뜻했다. 왕 앞으로 다가간 세자 이흔이 절로써 예를 갖추었다.

"소자, 전하께 문후를 여쭈러 왔사옵니다."

고개를 든 이혼의 뒤로 좌의정 심효가 서 있었다. 이혼은 빠르게 강녕전을 훑었다. 최이영, 심환제, 서인후 그리고 방금 떠난 김 상궁까지. 서인후의 옆에 놓인 종이와 붓을 보니 이혼은 김 상궁이 가지고 떠난 것이 무엇인지 알 것도 같았다. 이혼의 입가에 쓸쓸한 미소가 스쳤다 사라졌다.

이혼은 달을 바라보며 실로 오랜만에 십 년 전 그날의 일을 떠올려보았다. 그러나 언제나 그랬듯 회상은 거기서 끝이었다. 그것이 이혼이 아는 전부이기 때문이었다.

잊고 있던 불편한 일이 금일 문득 떠오른 것은 이겸의 등장과도 무관하지 않을 터. 하루하루 모습을 바꾸는 달처럼 덮어두었던 진실들이 서서히 고개를 들 차비를 하고 있었다. 바람처럼 다시 나타난 이겸과 그 곁에 있다는 여인. 그리고 십 년 전 강녕전의 일까지.

어지러운 달그림자 위로 시린 바람이 불었다.

누워 있는 여리의 몸이 간헐적으로 떨려왔다. 그 움직임을 느낀 이겸이 서둘러 여리의 곁으로 다가갔다.

"정신이 드느냐? 눈을 떠보거라."

"아버…… 아……버지."

꿈을 꾸는 중인지 눈도 뜨지 못한 채로 여리가 '아버지'라는 말을 작게 되뇌었다. 감긴 눈 옆으로 가늘게 눈물이 배어났다. 안쓰러움에 미간을 접은 이겸이 여리의 눈물을 조심스럽게 쓸어 내렸다. 눈을 감은 채 흐느끼던 여리는 제 뺨에 닿은 온기를 저도 모르게 잡았다. 손이 잡힌 이겸의 움직임은 멎었으나 여리의 흐느낌이 이어졌다.

"아버지, 가, 가지 마십⋯⋯."

이겸은 여리가 잡은 손 위에 다른 손을 마저 겹쳐 그녀의 마음을 다독였다.

"가지 않는다. 아무도 너를 두고 떠나지 않아. 그러니 조금만 더 힘을 내거라."

꼬박 이틀이었다. 이겸이 여리를 안아 고택으로 돌아온 지 벌써 이틀이 흘렀다. 그간 다녀간 이라고는 입이 무거운 의원 한 명이 전부였다. 폐월화 고택은 스산하리만치 시간이 멈춰 있었다.

하루가 더 흘렀을 때, 감겨 있던 여리의 눈이 가늘게 떠졌다. 기력이 쇠한 듯 눈꺼풀을 깜빡이는 그 모습조차 바람 앞의 촛불처럼 미약했다. 메마른 입술을 열어 여리가 말했다.

"여기가⋯⋯ 어디입니까?"

"회연으로 돌아왔느니."

여리가 힘겹게 움직여 몸을 일으키려 했지만 마음 같지 않았다. 여리의 얼굴이 일그러지자 이겸은 그녀의 팔을 잡아 부드럽게 눌렀다.

"아직 움직이지 못할 것이다. 의원 말로는 화기를 흡입하여 몸 안의 혈맥이 놀랐다 하더구나. 좀 더 쉬는 게 좋을 것이다."

"제…… 아비……를 찾아야 하옵니다. 집으로 저를……."

"이미 살펴보았으나 네 아비의 흔적은 없었다. 사람을 시켜 행방을 쫓고 있으니 너는 그때까지 몸을 추슬러두거라."

이겸이 손을 뻗어 여리의 이마를 짚었다. 사흘간 들끓던 열은 여전했다.

"나리, 이것은…… 꿈이옵니까? 아니면 현실이옵니까?"

감당하기 힘든 슬픔에 다시 여리의 눈이 감기고 눈물 한 줄기가 흘러내렸다. 이겸이 고개를 젓고는 슬픈 미소를 지어 보였다.

"그 어느 쪽이든 네가 덜 아픈 쪽이었으면 좋겠구나. 때론 꿈이 현실 같을 때도, 현실이 꿈 같을 때도 있으니."

"머리가 어지러워 여러 생각들이 갈 길을 모르고 날뜁니다. 당장이라도 아비를 찾으러 가야 하나 온몸이 물 먹은 솜처럼 무겁사옵니다."

이겸이 여리의 젖은 머리카락을 뒤로 쓸어 넘겨주었다.

"조금 더 자두거라. 날이 밝으면 깨워줄 터이니. 네 몸이 나으면 내가 마을로 데리고 가주마."

이겸은 여리가 다시 잠들 수 있도록 잡은 그 손을 오래도록 토닥여주었다. 너는 혼자가 아니라고 몇 번이나 반복해서 이야기해주듯.

이겸의 손길을 따라 여리의 흐느낌도 점차 잦아들었다.

동도 트지 않은 새벽. 꼬박 이틀을 더 앓은 후에야 여리는 자리를 털고 일어났다. 여리가 공허한 눈으로 가장 먼저 찾은 곳은 다름 아닌 자주색 문고리가 달린 별채였다.

고택에서 저가 유일하게 가보지 못한 곳.

나리의 형님께서 말한 곳은 분명 이곳일 터였다.

며칠 앓은 탓에 살이 부쩍 내린 여리는 바람이 불면 쓰러질 듯 불안한 뒷모습으로 오랜 시간 별채 앞을 지키고 있었다.

바람이 소슬하게 불었다. 홑겹의 옷은 추운 바람을 막아내지 못했으나 이상하게도 추위가 느껴지지 않았다. 추위만이 아니라 모든 감정도, 감각도 여리에게는 존재하지 않는 듯 안이 텅 비어버렸다.

빈 이부자리를 깨달은 이겸이 별채 앞에서 여리를 찾아냈다. 그 앞에 우두커니 서 있는 여리를 보며 이겸은 발걸음을 멈추었다.

얼마의 시간이 흘렀을까. 결국 여리는 손 한 번 뻗어보지도 않고 몸을 돌렸다. 그런 연후에야 먼발치에서 이겸이 저를 보고 있었다는 사실을 깨달았다. 가지 말라던 별채 앞에 머무른 것을 들켰으나 여리는 당황하지 않았다. 이겸 역시 그런 그녀에게 화를 내지 않았다.

한동안 공허한 시선만 마주하고 있던 둘 중 먼저 걸음을 옮긴 이는 여리였다. 여리가 한 걸음, 한 걸음 이겸에게로 다가갔다. 금방이라도 쓰러질 듯한 모습에 이겸의 가슴이 아릿했다.

더 이상 좁힐 간격도 없을 만큼 가까워졌을 때 이겸은 쥐고 있던 겉옷을 여리에게 둘러주었다. 이겸의 손길에도 여전히 여리의 표정은 가라앉아 있었다. 옷깃을 여며주는 이겸의 손 사이로 여리의 하얀 숨결이 부서졌다.

"날이 차다. 방으로 돌아가자."

"나리의 형님을 뵈었던 날 그분께서 진헌군이란 분에 대해 말씀하셨사옵니다. 처음 산길에서 들었던 그분에 대해서요."

이겸의 손이 멈추었다. 시린 것이 겨울바람인지 제 마음인지 알 수 없었다.

"제 아비는 갑자기 제게 예화를 떠나자고도 하셨지요. 이곳을 떠나면 큰일이라도 나는 줄 아셨던 분이 말이옵니다."

여리가 슬픈 시선을 들어 올렸다. 모든 것으로부터 초연해진 회갈색 눈이 이겸을 담고 있었다.

"불이 나던 날, 마치 그런 일이 일어날 것을 아시기라도 한 것처럼 나리께서는 저를 구하러 와주셨사옵니다."

여리의 옷자락을 쥐고 있던 이겸의 손이 아래로 스르륵 미끄러져 내렸다. 힘없이 잠긴 여리의 목소리가 이어졌다.

"이 모든 것들이 우연이라고 생각되지 않사옵니다. 저를 둘러싼 세상이 저만 모르게 움직이고 있는 느낌이옵니다."

이겸의 몸에 난 무수한 상처들을 보며 여리는 그가 진헌군이 아니라 진헌군을 지키던 호위 무사일 것이라고 짐작하였다. 의심스러운 것들이 없던 것은 아니었으나 차라리 그게 진실이길 바랐다.

이겸의 손이 온전히 허공으로 떨어졌다. 그러나 여리를 보는 시선만큼은 그대로였다. 여리가 처음이자 마지막으로 아픈 마음을 내어 이겸에게 물었다.

"나리께서는 누구시옵니까?"

이겸의 시선이 지그시 말아 쥔 여리의 손에 머물렀다. 소매 속에 감추고 있는 손끝이 작게 떨리고 있었다. 집을 삼킨 큰 불 속에서 화기를 마시고 겨우 살아난 터였다. 몸이 온전히 돌아오지 않은 게 당연했다. 이겸은 여리를 부축하기 위해 손을 뻗었다.

"방으로 들어가자. 그런 후에 내가 모두……."

이겸의 손을 마다한 여리가 고개를 저었다. 이겸을 보는 슬픈 눈빛은 지금이 아니면 안 된다고 말하는 듯했다. 여리가 쉬이 움직이지 않을 것을 안 이겸이 결국 손을 거두어들였다.

내려둔 이름에 미련 같은 것은 없었다. 아쉬울 것은 없었으나 그 허울뿐인 이름의 무게가 무거워 이겸은 내내 두 가지 길 사이에서 고민했다. 저와 같이 여리를 세상으로부터 숨겨두는 것과 그도 아니면 원래의 이름을 찾아 그녀가 세상과 더불어 살아갈 수 있게 하는 것. 둘 중 어느 쪽이 여리에게 좋은 일이 될지는 알지 못했다. 그러나 그 결정 역시 여리가 제 곁에 남은 이후에나 소용 있는 일이었다.

나는 두려운가? 이 여인을 이대로 잃는 것이?

……아니다. 이젠 알겠다. 잃는 것보다 저로 인해 웃음을 잃

고 생기를 잃어버리게 되는 것이 더욱 두렵다. 제 욕심으로 인해 여리를 불행하게 할까 봐 오직 그것만이 겁났다.

살을 에는 겨울바람이 희붐한 어둠 속에서 불어들었다.

"궁금한 것을 물어보거라. 답을 해주마."

"······나리는, 일곱 해 전 나리께서는 어떤 분이셨습니까?"

이겸과 여리의 옷자락이 바람결에 옅게 나부꼈다. 떨어져 선 둘의 간격이 마음의 간격만큼 멀게 느껴졌다. 잠시간의 정적을 견디는 여리의 주먹이 꽉 쥐어졌다. 긴장한 다리 또한 뻣뻣하게 힘이 들어갔다.

이윽고 낮게 가라앉은 이겸의 목소리가 이어졌다.

"진헌군 이겸. 그게 일곱 해 전의 나다."

제 말을 들은 여리가 화를 낼 수도 있겠다 생각했다. 그도 아니면 이대로 돌아가버릴 수도 있겠다고도 생각했다. 이제 처분을 기다리는 쪽은 이겸이었다. 이겸의 예상처럼 그를 보는 여리의 눈망울에 눈물이 어렸다. 눈물을 참기 위해 잔뜩 찌푸린 눈썹 아래로 눈가가 작게 파르르 떨려왔다.

"원망을 해도 괜찮다. 네 아비가 그런 일을 겪은 것은 나 때문일 것이······!"

순간 이겸의 말이 멎었다. 어쩌면 떠나버릴지도 모른다 생각했던 여리가 두 손을 뻗어 이겸의 귀를 감싸주었기 때문이었다. 예상치 못한 여리의 행동에 이겸의 눈이 살짝 커졌다. 여리의 온기가 제 귀로 흘러들고 나서야 지금 그녀가 하는 것이 무엇인지 알 수 있었다. 이겸 자신은 자각도 하지 못했던 얼어붙은 귀에 여리가 대신 온기를 나누어주고 있었다. 얇은 제 옷보다 내내 빨갛게 언 이겸의 귀를 안쓰럽게 보고 있던 여리였다.

"그 어느 것도 나리의 탓이 아니옵니다."

금방이라도 쓰러질 듯 살이 내린 여리는 작게 고개를 젓더니 메마른 입술로 말을 이었다.

"제 아비의 일도, 나리께서 종친으로 태어나신 일도…… 어느 것 하나 나리께서 선택할 수 있었던 것은 없었사옵니다. 그러니 다시는 스스로를 아프게 하는 생각은 마십시오. ……제 아비는 분명 살아 계실 것이고, 나리께서 함께 찾아주신다 하셨으니 저는 그것이면 됩니다."

서 있는 것조차 힘겨운 듯 여리의 목소리가 간간이 끊겨졌다. 먹먹한 감정으로 여리를 보고 있던 이겸이 팔을 뻗어 그녀를 온전히 품에 안았다.

동이 트려면 아직도 많은 시간이 남았고, 날은 찼다.

"왜 문을 열지 않았느냐? 그리했더라면 내게 물어보는 것보다 더 빨리 내가 누군지 알 수 있었을 것인데."

"열어야 할…… 이유가 없었습니다. 제가 물어보면 무엇이든…… 답해주신다 하셨으니……."

말을 끝맺지 못하고 다시 의식을 잃은 여리의 다리가 풀렸다. 미약한 온기가 온전히 이겸에게로 무너져 내렸다.

"여리야!"

당황한 이겸은 여리를 안아 올려 급히 방으로 걸음을 옮겼다.

제11장

불 속의 연꽃

"아뢰옵기 황망하오나 최달현을 놓쳤사옵니다."

현의 고백에 서안을 쾅, 내리친 조규명은 벼락같은 불호령을 내리는 대신 현을 노려보는 것으로 살기를 표했다. 면목 없는 현의 머리가 더욱 조아려졌다.

"사람들의 이목을 피해 그자를 끌어내는 데는 성공하였으나 산속에서 방심한 사이 그만……. 가옥은 미리 분부하신 대로 불을 놓아두었사옵니다."

조규명의 미간이 움푹 패었다.

"훈련 받은 살수 여러 명이 한 놈을 놓쳤다? 그놈이 대단한 놈이든가 아니면 내 사람이 모자란 것들이든가 둘 중 하나군. 그래서 놈은 살았느냐, 죽었느냐?"

"쫓고…… 있습니다."

조규명은 발을 드리우고 그 너머에 앉아 있는 왕의 눈치를 살폈다. 아직까지는 별다른 하명이 없었다.

이혼은 잠시 생각에 잠겨 있었다. 마을 사람들이 쉬쉬하는 가운데 이판의 수하가 알아낸 것은 최달현이 나고 자란 곳은 예화이나 젊었을 때 잠시 그곳을 떠난 적이 있었다는 것, 그리고 십 년 전에 다시 예화로 돌아왔다는 것이었다.

달현이 다시 예화로 돌아온 시기는 선왕을 모셨던 자들이 역모로 참형을 당했던 시기와도 일치했다. 그때 여리가 한양에 있었음을 기억한 이흔은 사람을 풀어 혹시라도 있을 가능성들을 모두 알아내게 하였다. 그러자 홍문관 대제학 서인후의 집에서 거하던 자들 중에 달현이라는 이름을 가진 자가 있었음을 기억하는 이가 나타났다. 그 점이 아무래도 석연치 않아 최달현을 잡아들이라 명한 것이다.

하고많은 사람들 중 하필 대제학의 집에서 일하던 자가 돌아온 곳이 예화요, 진헌군이 몸을 숨긴 곳 또한 예화라니 이는 단순한 우연인가, 그도 아니면 지독한 악연인가.

"하온데 아무래도 이상한 것이 하나 있습니다."

현도 조규명과 이흔의 눈치를 번갈아 살피며 입을 열었다.

"무엇이 말이냐?"

"최달현이 이곳으로 돌아왔을 당시에는 그 여식을 사내아이처럼 길렀다 하옵니다. 몇 년 후에는 계집아이임을 밝혔다고 합니다만 한양에서 알아본 바에 의하면 당시 대제학 서인후에게도 비슷한 나이의 여식이 하나 있었다 합니다. 사가가 모두 전소된 탓에 그 시신을 제대로 가늠할 수 없어 그곳에서 죽었다는 기록이 남아 있긴 합니다."

현의 말에 이흔의 눈이 빛났다. 조규명이 다그쳐 물었다.

"하여, 최여리가 대제학의 여식일 수도 있다? 최달현은 그것을 숨기기 위해 사내아이로 길렀고."

"확신할 순 없사오나 가능성이 없다고 또한 할 수 없사옵니다. 최달현과 그 여식의 입을 열게 하면 모든 것이 확실해질 것이옵니다."

차분히 경청하고 있던 이흔이 마침내 서늘한 목소리로 입을 열었다.

"최달현을 반드시 산 채로 잡아들여라. 진헌군이 먼저 찾기 전에."

고개를 숙여 명을 받잡은 현이 물러나가자 이흔이 생각에 잠긴 듯 서안 위의 손가락을 톡, 톡 움직였다. 조규명 또한 시선을 내리고 숨을 낮추었다.

십 년 전 만난 최여리의 옷은 분명 반가의 여인들이 입는 것이었다. 대제학의 여식이라면 그날 우연히 만나진 것도 어느 정도는 가능한 일. 이흔은 그날 선왕의 뒤에서 고개를 숙이고 있던 홍문관 대제학 서인후의 모습을 가만히 떠올렸다.

서인후와 최여리가 닮았던가. 아니었던가.

생각하지도 못한 서인후의 여식이라니.

거기까지 생각이 닿은 이흔의 눈빛이 가라앉았다. 애석한 일이었으나 좋은 인연은 아닌 게 확실했다.

여리는 뺨에 닿은 온기에 조금 더 얼굴을 파묻었다. 익숙한 이불의 것과는 다른 온기였다. 부드럽지만 단단하고, 그러면서도 제 살갗에 꼭 맞게 감겨들었다. 여리는 저도 모르게 그 온기에 더욱 가까이 다가가 온전히 물러나지 않은 잠기운을 밀어내며 무거운 눈꺼풀을 천천히 들어보았다.

방 안 가득 스며든 햇살로 인해 눈이 부셨다. 새하얀 빛 때문에 두어 번 더 눈을 깜빡이고 나서야 제 손이 잡고 있는 것이 무엇인지 보였다. 잠결에도 꼭 쥐고 있던 것은 다름 아닌 누군가의 손이었다. 여리에게 제 손을 내어준 이가 누구인지는 얼굴을 보지 않아도 알 수 있었다. 빛 때문에 눈썹을 살짝 접은 여리는 그에게 내려앉은 햇살을 보았다.

이겸은 여리 쪽으로 몸을 돌리고 누워 눈을 마주하고 있었다. 잠든 여리를 계속 보고 있었던 모양이었다.

정신이 번쩍 든 여리가 동그란 눈을 몇 번 더 깜빡였다.

"여기가 어디이옵니까? 불은……."

지난 일들이 퍼뜩 떠오르지 않았다.

"불은 꺼진 지 오래다. 내가 널 회연으로 옮겨왔다. 기억나지 않느냐?"

여리는 잠시간 기억을 더듬어보았다.

가장 먼저 찾은 기억은 시야를 가득 메운 불길이었다. 고택으로 돌아온 것을 보니 이미 불은 꺼졌을 것이다. 이제야 기억들이 하나둘 제자리를 잡는다.

"꼭 해야 할 중요한 말이 있는데."

"예?"

"언제까지 이렇게 있어야 하느냐?"

"무엇을 말이옵니까?"

이겸이 대답 대신 여리에게 잡힌 제 손을 한 번 까딱해 보였다. 여리의 손이 이겸의 손을 꽉, 아주 꽉 잡고 있었다.

"덕분에 연모하는 여인과 손만 잡고 자는 진귀한 경험도 했다만, 손에 감각이 없다."

이겸의 농에 얼굴이 붉어진 여리가 슬그머니 손을 놓았다.

여리는 혼곤한 가운데 자주색 문고리가 달린 별채 앞에서 이겸을 만난 것과 그때 이겸이 제게 해준 이야기를 기억해냈다. 빨갛게 언 이겸의 귀에 저가 손을 댄 것도.

일순 눈앞이 어두워지고 그 이후의 기억은 희미했다.

흩어진 기억들이 모이자 확인해야 할 것 두 가지가 남았다.

아비의 행방을 묻기 위해 말을 이으려던 여리는 잠시간 고민하였다. 별채 앞에서의 일들이 꿈이었는지 아니었는지 확신이 서지 않았다. 분명 듣긴 하였는데 단번에 믿기에는 여리의 기억들이 아직 드문드문하였다.

"무엇이 꿈이고 어디까지가 꿈이 아닌지 잘 모르겠사옵니다. 하여……."

"진헌군은 나의 군호가 맞다. 내가 분명 네게 그리 말했으니. 또 궁금한 것이 있느냐?"

역시 꿈이 아니었구나.

한 가지의 답을 얻은 여리는 다른 것에 대한 답도 물었다.

"혹 제 아비의 소식은……."

여리의 말에 이겸은 고개를 움직여 조금 더 여리에게로 붙었다. 서로의 눈이 한층 선명하게 보였다. 순간 당황한 여리가 슬그머니 이불을 얼굴 위로 끌어 올렸다. 막 자고 일어난 얼굴이라 형편없을 터인데 어찌 이리 가까이서 보시는지.

이겸이 이불을 젖히려 했으나 여리는 단단히 틀어쥔 손을 쉬이 풀지 않았다.

"아직도 추운 것이냐? 아픈 곳은?"

"괘, 괜찮습니다. 이제 멀쩡하옵니다."

몇 번 이불을 당기는 작은 힘들이 오간 가운데 이겸이 소리 없이 웃어버렸다. 새벽녘, 제 귀를 따스하게 녹여주던 여인과 지금의 수줍은 여인은 또 달랐다.

"얼굴을 보아야 말을 마저 할 것이 아니냐. 전서구로 연통이 왔다. 네 아비를 찾았다고."

"예?"

놀란 여리가 이불을 젖히며 이겸을 보았다. 한 손으로 제 머리를 받치고 비스듬히 누워 있는 이겸과의 시선이 가까웠다.

"아비 소식에 겨우 얼굴을 보여주는구나. 조금 섭섭한데."

"어디, 어디서요? 무사하시답니까?"

"몸이 조금 상하긴 했으나 걱정할 정도는 아니라 하더구나. 곁을 지키라 일러두었다."

"그럼 그때 저희 집에 불을 지른 것은……."

여리가 말끝을 흐리며 감히 말을 잇지 못하자, 이겸이 대신 말을 이었다.

"전하께서 보낸 자들이겠지."

"전하께서는 분명 저와 제 아비를 무사히 돌려보내주셨사옵니다. 하온데 왜 이제 와서 저도 아닌 제 아비를 잡아가려 하신 것일까요?"

"이유는 나도 알지 못한다. 어쩌면 네 아비에게 물어보면 답이 나올지도 모르겠구나."

"그럼 어서 연통이 온 곳으로 가시지요. 괜찮으신지 확인을 해야 마음이 놓일 것 같사옵니다."

"당장은 안 된다. 전하의 사람들이 이미 예화 전역에 퍼져 있을 것이다. 회연 또한 예외는 아닐 터."

"하오면 어찌하옵니까? 이대로 이곳에 머물러야 하는 것이옵니까?"

"아니. 우린 뒷문을 통해 산을 넘을 거다. 그리하려면 해가 떨어져야 하고. 한데 네가 걱정이구나. 움직일 수 있겠느냐?"

"예. 아무렇지도 않습니다."

"그래? 그러면 지금은 일단."

진지하게 말을 잇던 이겸이 여리의 등을 안아 제게로 끌었다. 한순간 당겨진 여리가 이겸의 가슴에 푹 안겼다. 순식간에 귀가 달아오르고 숨이 막혔다.

여리가 다시 일어나려 바르작거렸으나 이겸은 여리를 안은 팔에 힘을 주어 더 꼭 끌어안을 뿐이었다.

"나, 나리."

"너를 잃을까 겁이 났다. 하여 며칠 잠을 설쳤더니 머리가 무겁구나. 해가 질 때까지 이렇게 딱 반 시진만 눈을 붙이자."

여리의 귓가로 일정한 간격을 지닌 이겸의 심장 소리가 들려왔다. 그와 함께 은은하게 스민 이겸 특유의 청량한 향기가 코끝을 간질였다.

여리는 이겸의 가슴 위에 올려둔 손을 조용히 말아 쥐었다. 자신이 움직이면 이겸이 눈을 붙이지 못할 것 같아 가만히 온기를 내어주었다.

여리의 움직임이 잦아들자 이겸이 고개를 숙여 그녀의 머리에 뺨을 가져다 대었다. 여리도, 여리의 아비도 무사히 지키기 위한 계획을 잠시나마 머릿속으로 세워보았다. 그곳까지 갈 길을 한 번 그려보고 나서야 온전히 생각을 접었다.

"복습을 꽤 열심히 한 모양이더구나. 손에 물집이 잡혀 엉망이었다."

"⋯⋯아."

여리는 이겸에게 활 쏘는 법을 배운 후 시간이 나는 대로 연습을 하고 있었다. 그것은 사가에서 머무른 며칠간도 예외는 아니어서 여리의 손에는 처음 활을 잡는 사람에게 생기는 물집과 군은살들이 자리하고 있었다.

"그냥 재미 삼아 틈틈이 해두고 있었습니다. 이제 이대로 가만히 있을 테니 한숨 주무십시오."

이겸도 그랬으면 좋겠지만 품속에서 작게 꼬물거리는 온기가 또렷이 느껴지는데 잠이 올 리 없었다.

"⋯⋯사리 생기겠군."

"예?"

"아니다. 너도 더 자두거라. 일어나면 바로 움직여야 하니."

긴 한숨을 내쉰 이겸은 제 손이 움직이지 못하도록 애꿎은 팔을 단단히 고정하고 잠을 청했다.

어두운 밤을 지나온 새벽 강은 옅은 물안개를 피워 올렸다.

간밤, 산과 그를 휘감아 도는 강까지 건넌 이겸과 여리는 주위를 따르는 자가 없는지 살핀 후 몸을 낮추었다.

"예서 황막까지 걸어가는 것은 무리다. 저들의 눈을 피해 일단 마을에서 말을 빌리는 게 좋겠다."

"마을에서 말을 빌리면 뒤를 밟힐지도 모릅니다."

"하나, 네 몸이 온전히 돌아오지 않은 상황에서 계속 이렇게 걸어갈 순 없다. 그리 가까운 거리가 아니니."

"마을 말고 조금 떨어진 곳에 말을 빌릴 만한 곳을 알고 있사옵니다. 믿을 수 있는 분이옵니다."

여리는 사람들의 눈을 피해 이겸을 저가 알고 있는 곳으로 이끌었다.

"아저씨."

대장간 앞에 이른 여리가 마침 자을과 함께 물건을 옮기던 복령을 향해 달려갔다. 여리가 허리 숙여 인사하자 복령의 시선이 먼발치에 선 이겸에게로 닿았다.

이겸의 등에는 검은 천으로 둘러싸인 기다란 무언가가 매어져 있었다. 일반 검보다는 긴 그것이 무엇인지, 그리고 그것의 주인이 누구인지 복령은 한눈에 알아보았다. 이겸과 눈이 마주치자 복령은 말없이 예를 갖추었다.

이겸과 자을을 밖에 두고 여리와 복령은 잠시 안으로 들어 달현에게 필요한 약재를 챙겼다. 평생 쇠를 만지느라 투박해진 복령의 손이 봇짐을 야무지게 묶어주었다.

"항상 신세만 집니다. 하오나 아저씨가 아니면 부탁을 드릴 사람이 없어서. 감사합니다, 아저씨."

복령은 잘그락 소리가 나는 작은 주머니를 여리에게 내밀었다. 길을 가는 데 필요한 여비였다. 여리가 황급히 손을 내저었다.

"아닙니다. 저도 있습니다."

"가지고 가거라. 함께 온 분은 일행이시냐?"

잠시 머뭇거린 여리가 고개를 끄덕였다.

"예. 혹시나 아저씨. 저분과 저에 대해 묻는 자들이 있거든……."

"지금의 전하께는 아우가 한 분 계셨다. 듣기로는 어릴 때부터 검에 비범한 재능을 보이셨다지."

복령의 말에 여리의 눈이 커졌다. 복령은 작업장 한쪽에 있던 작은 활을 들더니 그것과 함께 쓸 수 있는 화살도 챙겨주었다.

"쓸 줄 아는 줄은 모르겠다만 가져가라. 애들도 쓸 수 있을 만큼 가볍게 만들어진 활이다. 쓸 일이 생기지 않는 게 가장 좋겠지만."

"무엇을 어디까지 알고 계십니까?"

굳은 표정의 여리가 복령을 보았다. 그녀는 이겸의 신분을 짐작할 수 있는 그 어떤 말도 복령에게 옮긴 적이 없었다. 여리 저조차 몰랐으니 복령과 친한 제 아비에게도 말을 할 수 없었음은 물론이다.

"네가 내게 고쳐달라 했던 그 검. 백산호와 적산호가 박힌 일월쌍검은 조선에 하나뿐이다. 그것을 만든 솜씨는 아무나 흉내 낼 수 있는 것이 아니지. 그 검을 만든 분이 바로 내 스승님이시다. 스승님께서 그 검들을 어느 분께 드리기 위해 만드셨는지도 알고 있고. 이 정도면 대답이 되겠느냐?"

여리는 복령의 강직함과 한결같음을 잘 알고 있었다. 그는 거짓을 말할 사람이 아니었다.

"이러한 사실을 미리 말하지 않은 것은 네가 주인이 잃어버린 그 검을 우연히 주워 왔다고만 생각했기 때문이었다. 한데 오늘 보니 검이 주인을 찾아간 듯싶구나."

제 아비와 복령은 서로를 위해 그 무엇도 아끼지 않을 벗이었다. 다른 이들에게 말을 옮길 것이었다면 여리가 복령에게 검을 고쳐달라 한 그때에 이미 말을 옮겼을 것이다.

여리는 복령이 준 활과 화살을 소중히 건네받아 그것을 제 어깨에 둘렀다.

"일곱 해 전 세상을 뜬 것으로 되어 있는 분이니 내가 다른 이들에게 저분에 대해 말을 옮길 일은 없을 것이다. 걱정 말거라. 다만⋯⋯."

복령이 말을 삼키자 여리가 복령을 보았다. 머리를 긁적인 복령이 말을 이었다.

"네가 걱정이다. 우리와는 사는 세상이 다른 분이니."

여리는 눈을 돌려 열린 창문 사이로 이겸을 보았다. 그 곁엔 뭔가 쭈뼛쭈뼛 이겸을 경계하는 자들도 함께 있었다. 무심하게 서 있던 이겸이 여리의 시선을 느끼고 창문을 바라보았다. 시선이 마주치자 여리는 이겸에게 옅은 미소를 지어 보였다.

"걱정 마십시오. 저도 제가 있어야 할 자리가 어디인지 잘 알고 있습니다. 욕심 안 냅니다."

여리를 본 이겸이 그 뜻 모를 미소에 저도 작은 미소로 답해 주었다. 사람의 연이 마음먹은 것처럼 쉬이 끊어지지 않는다는 것을 아는 복령은 그저 작게 끄덕이는 것으로 대답을 대신했다.

"이만 가보겠습니다. 고맙습니다, 아저씨."

"여리야."

주저하던 복령이 문을 나서던 여리를 불렀다.

"예?"

"아비를 만나면 알게 되겠지만 실은 네 아비와 너는 줄곧 예화에 머물렀던 게 아니다. 이 모든 일들이 무엇 때문에 시작된 것인지는 모르겠지만 아비를 무사히 데리고 돌아와다오. 몸조심하거라."

여리는 어린 시절의 일들을 기억하지 못하였다.

아비는 집 안에 큰불이 난 적이 있는데 그 이후로 여리가 기억을 잃었다고만 말했었다. 물론 예화를 떠나 있었던 일도 전혀 들은 것이 없었다. 잠깐 동안 의문이 일었지만 그것에 대한 답은 제 아비가 가지고 있을 것이기에 여리는 마지막이 되지 않았으면 하는 마음으로 인사를 한 뒤 방을 나섰다.

복령의 명을 받은 자을은 이겸과 여리에게로 두 필의 말을 끌고 왔다. 여리는 말을 쓰다듬고는 자을을 보았다.

"고맙다, 자을아."

이겸은 두 필의 말을 훑어보았다.

"어찌 두 필이지?"

편히 움직이기 위해 사내 복장을 한 여리가 능숙하게 말 위로 올랐다. 여리가 말고삐를 쥐며 이겸을 보았다.

"혹시 말을 탈 줄 모르시옵니까? 하면 저와 함께 타고 가시고요."

"말을 타보았느냐?"

"예. 돈을 받고 물건 가져다주는 일을 한 적이 있어 무리 없이 탑니다. 사정이 급한 이들이 종종 이용하곤 하지요."

이겸은 허, 짧은 숨과 함께 재미있다는 듯 미소를 지었다.

이 여인은 도대체 해보지 않은 일이 무엇일까. 어쩌면 조선에 있는 일이란 일은 다 해보았을지도 모르겠다.

고개를 저으며 웃어버린 이겸이 여리를 따라 저가 탈 말 위로 뛰어올랐다.

이겸과 여리는 달현이 있다고 연통을 받은 황막까지 쉼 없이 달렸다. 들고나는 길목이 많지 않아 위험하기도 했지만 반대로 그곳만 조심하면 다른 이들의 시선을 피할 수 있는 곳이었다.

황막으로 통하는 숲길로 접어들었을 때 이겸은 고삐를 잡아 말을 세웠다. 그의 귀에 길을 지키는 자들의 기척이 날카롭게 걸렸기 때문이었다.

조용히 손짓으로 여리를 말에서 내리게 한 이겸은 나무 뒤에 몸을 숨기고 멀리 떨어져 있는 자들의 동정을 살폈다.

길을 지키는 자들은 스물 남짓. 아마 황막으로 가는 길뿐만 아니라 예화 곳곳을 지키고 있을 것이다.

여리의 손을 잡아 커다란 바위 뒤에 숨긴 이겸이 말했다.

"내가 데리러 올 때까지 이곳에서 나와서는 안 된다."

"우리가 여기로 올 것을 저쪽에서 미리 알았을까요?"

"전하께서는 우리가 생각하는 것보다 훨씬 더 많은 사람을 움직이실 수 있다. 가장 높은 곳에 있는 분이시니."

여리의 표정이 살짝 굳었다.

"두려운 것이냐?"

"그게 아니라 나리께서 몸이 상하실까 저어되어."

"한 가지 다행인 것은 전하께서도 모르시는 것이 하나 있다는 거지."

"그게 무엇이옵니까?"

이겸의 눈꼬리가 장난기를 담고 곱게 휘어졌다.

"내가 전하께서 생각하시는 것보다 훨씬 단순하다는 거?"

"예?"

싱긋 웃은 이겸이 몸을 일으켰다.

"이곳에서 숨어 있는 동안 명심하거라. 절대 검을 쓰는 자들의 간격 안에 들지 말 것. 그 간격 안에 들어가게 되면 무조건 도망쳐라."

이겸이 눈으로 대답을 구하자 여리가 고개를 굳게 끄덕여 보였다. 도움이 되지 않는다면 온전히 몸을 숨기고 있는 것이 폐를 끼치지 않는 길임은 이미 여러 번 배워 알고 있었다.

등 뒤에 멘 검을 풀어 내린 이겸이 사내들 앞에 모습을 드러냈다.

길을 지키던 자들이 일시에 촉각을 곤두세우고 이겸을 막아섰다. 모습을 드러낸 검들이 날카로운 빛을 쏟아냈다.

"웬 놈이냐!"

무리 중 하나가 소리쳤다. 경직된 이들의 분위기와 달리 이겸은 여유로웠다.

"빨리 끝내자. 내가 갈 길이 급해서."

"설마."

"맞을 거다. 너희가 찾고 있는 자."

살기를 띤 사내들을 슥 훑어본 이겸이 싱긋 웃음을 지었다. 사내들 역시 검을 곤추세웠다.

"내가 여기로 지나갔으니까 저 뒤쪽 예화로는 경계를 서지 않아도 된다고 상관에게 전해라. 마을 사람들이 괜히 불편할 테니."

사내들은 말 대신 검으로 답을 했다. 이겸의 검이 순식간에 검집 밖으로 빠져나왔다. 검을 고쳐 잡은 이겸은 달려드는 자들의 검을 정확하게 막아냈다. 그 움직임이 너무 빨라 주위에 바람이 일었다. 막아서는 자들 역시 전문적으로 훈련을 받은 자들이라 쉬이 물러서지 않았다. 검들이 맞부딪치는 날 선 금속음이 튀었다. 그를 지켜보는 여리의 손이 복령에게 받은 활을 초조하게 꽉 쥐었다.

이겸은 몸을 낮추고 빠르게 휘몰아치며 사내들과의 간격을 좁혔다. 더 이상 공격할 수 없게 칼등으로 후려치거나 급소만 골라 타격해서 의식을 잃게 만들었다. 그때, 조마조마한 마음으로 보던 여리의 시야에 멀리서 이겸을 활로 겨냥한 사내가 걸렸다.

'나리!'

마음이 급해진 여리가 벌떡 일어서는데 순간 제 손에 쥐인 활과 화살이 눈에 들어왔다.

쉬익—.

빗나간 화살 한 대가 이겸의 눈앞을 가르고 날아가 옆의 나무에 박혔다. 달려드는 사내의 머리를 돌려 차며 이겸은 화살이 날아온 곳으로 시선을 옮겼다. 빗나간 화살을 쏜 자는 옷자락이 또 다른 화살과 함께 나무에 박혀 그것을 빼기 위해 허우적대는 중이었다.

다시 말해 이겸이 눈치채지 못한 사이 허공을 가른 화살은 하나가 아니라 둘이었다. 이겸의 시선이 빠르게 여리를 찾았다. 아니나 다를까, 여리의 손에는 막 화살이 떠난 빈 활이 쥐어져 있었다.

이겸을 노리던 사내보다 여리가 먼저 화살을 날려 사내의 옷자락을 꿰뚫은 것이었다. 그로 인해 흔들린 사내의 화살은 이겸의 앞으로 보기 좋게 빗나갔다.

이겸이 눈썹을 슬쩍 들어 올렸다. 대충 배운 화살이 짧은 기간에 꽤 정확해졌다. 그러나 여리의 위치가 노출되어 좋을 것은 없으니 이겸은 부러 눈에 힘을 주고 주의를 주었다.

'여리.'

'송구하옵니다. 이제 진짜 가만히 있겠습니다.'

바위 위로 눈만 쏙 내민 여리가 잠자코 있겠다는 뜻으로 두 손을 들어 보였다.

다시금 이겸의 검이 빠르게 사내들 틈을 파고들었다. 이 녀석들을 모두 처리하고 움직인다 해도 분명 한 시진이 안 되어 전하께 전해질 것이다. 시간이 없다.

스물 남짓한 사내들 대부분이 쓰러지고 마지막 하나가 남았을 때, 발을 멈추지 않은 이겸이 허공으로 몸을 날려 길게 베어 내렸다. 사내의 검이 묵직하게 이겸의 검을 받아냈다.

뒤로 밀린 이겸의 발이 낙엽 속을 파고들었다. 이겸과 검계가 한 합을 주고 한 합을 받았다. 어느 한쪽이 밀리지 않는 상황에서 쓰러진 줄 알았던 다른 사내 하나가 이겸을 등 뒤에서 와락 껴안았다. 기회를 놓치지 않으려는 듯 또 다른 사내가 검을 높게 쳐들었다. 이겸은 재빨리 몸을 앞으로 굽혀 등 뒤의 사내를 내동댕이쳤다. 던져진 사내 탓에 이겸과 이겸을 공격 하던 사내 역시 모두 검을 놓쳤다. 이겸이 채 검을 쥐기 전에 사내가 이겸에게로 몸을 날렸다.

"컥!"

이겸을 바닥으로 누른 사내가 이겸의 목을 조른 손아귀에 힘을 주었다. 잠시간 정신을 잃게 만들 생각이었다.

아무리 검술이 뛰어나다곤 하나 일 대 수십의 싸움. 게다가 되도록 피를 보지 않으려 한 싸움이어서 쉽진 않았다. 손을 떼어내기 위해 사내의 손목을 잡은 이겸은 절로 들어가는 힘 에 이를 으득 물었다. 순간 입술이 터져버린 것인지 입 안 가 득 피 냄새가 감돌았다.

사내의 손목을 세게 움켜쥐고 비틀어봤지만 사내 또한 만만 치 않았다. 숨이 부족해진 이겸이 제 옆에 놓인 검을 잡으려 땅으로 손을 뻗는 순간 '퍽' 소리와 함께 이겸의 위에서 목을 조르던 사내가 옆으로 나가떨어졌다. 이겸은 막힌 숨을 토해내 며 사내가 사라진 자리에 선 여리를 보았다. 기다란 나무를 쥔 여리 역시 숨을 몰아쉬고 있었다.

"이번엔 돌이 아니라 나무인가?"

"진정한 무예는 주변 사물을 이용하는 것 아니겠습니까?"

뒤에서 접근한 사내가 여리의 머리 위로 검을 쳐들었다. 본 능적으로 이겸이 여리의 손을 당겨 옆으로 굴렀다. 검은 이겸 과 여리가 사라진 바닥을 의미 없이 내리쳤다.

"괜찮으냐?"

가쁜 숨을 몰아쉬며 이겸이 제 아래에 누운 여리를 보았다. 본의 아니게 이겸의 팔 사이에 여리가 갇힌 자세였다. 제 위에 올라탄 이겸의 얼굴이 눈에 들어왔다. 맞붙은 몸에서는 탄탄한 근육이 그대로 느껴졌다.

"괘, 괜, 괜찮습니다!"

사내의 검이 다시 공중으로 올라갔다. 이번엔 이겸이 더 빨랐다. 바닥의 검을 잡은 이겸이 허공으로 유려한 선을 그려 올렸다. 길고 긴 싸움의 끝이었다.

말이 있는 곳으로 돌아가는 동안 여리가 이겸의 눈치를 살피며 성큼성큼 걷는 이겸의 옆을 총총히 따랐다.

"앞으로! 다시는! 위험한 곳에 가지도 않고, 나서지도 않겠사옵니다. 나리께서 위험하시니 이번엔 저도 모르게 그만. 화 푸십시오."

"화나지 않았다."

가라앉은 목소리로 답한 이겸이 안장을 잡았다. 분명 화나지 않았다고 하는데 그 어느 때보다 화나 있음이 눈에 보였다.

"아직 화가 풀리지 않으셨잖습니까? 나리이."

"아니라 하지 않느냐."

"아닌 게 아닌데요? 이것 보십시오. 제 눈을 마주치지도 않으시고."

화가 난 게 아니었다. 오히려 지금 이겸은 당황한 상태였다. 그 위험한 순간에도 제 밑에 누운 여리 때문에 심장이 내려앉왔다. 가까운 거리 탓에 고운 살결과 부드러워 보이는 입술이 한눈에 들어왔다. 거기에 훅 끼쳐오는 향기까지.

이런, 사리 부작용인가.

설상가상 여기까지 걸어오는 내내 그 향기는, 아니 향기의 주인은 이겸의 속도 모르고 필요 이상으로 따라붙었다. 눈치를 살피는 꽃향기가 왼쪽으로 붙었다가 다시 오른쪽으로 옮겨갔다.

"다음부턴 조심하겠사옵니다."

풀이 죽은 여리의 목소리에 결국 긴 한숨을 뱉은 이겸이 안장을 놓고 여리 쪽으로 몸을 돌렸다. 순식간에 키가 큰 이겸이 여리를 내려다보는 모양이 되었다.

"내가 아까 무어라 했었느냐?"

어쩐지 평소와 다른 이겸의 눈빛에 여리가 시선을 피했다.

"나리께서 이곳으로 데리러 오신다고."

이겸이 한 걸음 성큼 다가서며 가라앉은 목소리로 말했다.

"또."

무의식적으로 여리가 뒤로 한 걸음 주춤 물러섰다.

"그러니 그때까지 여기서 기다리라고."

이겸이 한 걸음 더 다가섰다. 흡사 사냥하는 동물을 천천히 몰아가는 모양새였다.

"또."

방금 전보다는 한층 부드러워진 목소리였으나 표정은 여전히 굳어 있었다. 여리가 한 걸음 더 도망가려 했으나 이내 나무에 등이 걸렸다.

"검을 쓰는 자의…… 간격 안에 들지 말라 하셨습니다. 위험하니까요."

더 물러설 곳도 없어진 여리에게 이겸이 바짝 다가섰다.

"잘 기억하고 있구나."

"그럼요. 다신 어기지 않겠사옵니다."

"다시는?"

"예, 다시는."

"아니. 넌 지금 내 말을 또 어겼다."

이겸이 나무로 손을 뻗어 여리의 퇴로를 차단했다. 또 무슨 잘못을 한 것인가? 눈썹을 휜 여리가 이겸을 올려 보았다. 이겸은 여리를 제 어깨에 휙 둘러멨다. 마치 자루처럼 이겸의 어깨에 얹힌 여리가 발을 동동 굴렀다.

"내려주십시오!"

이겸은 내려달라는 여리의 말을 가볍게 한 귀로 흘리고 성큼성큼 말을 향해 걸어갔다.

"검을 쓰는 자의 간격에 들지 말라고 내 누누이 말했는데 내 허리에 있는 검은 보이지 않는 것이냐?"

이겸은 그대로 여리를 말 위에 내려주었다. 제대로 고쳐 앉은 여리가 입을 삐죽거리며 불만을 토해냈다.

"제게 나리는 위험한 분이 아니니 이건 해당이 되지 않사옵니다."

이겸이 손끝을 까딱 움직여 여리에게 고개를 가까이 하라는 표시를 했다. 할 말이라도 있나 싶어 여리가 아무 의심 없

이 허리 숙여 고개를 내리자, 이겸은 그대로 여리의 목덜미를
끌어당겨 그녀의 입술에 입을 맞추었다.

당황한 여리가 하늘로 솟아오를 듯 휘청 몸을 일으켰다.

"어떤 의미로는 내가 가장 위험할 수도 있다."

"뭐, 그, 그건⋯⋯."

한동안 여리를 무심히 보고 있던 이겸은 미간을 좁히며 다
시 손을 까딱해 보였다. 여리가 볼을 불퉁하게 부풀리면서도
무언가를 기대하듯 조심스럽게 다가갔다. 또 위험해져도 좋습
니다, 하듯. 그러나 기대도 잠시, 이겸이 여리의 이마를 손가락
으로 가볍게 튕겼다.

"아얏!"

방심하고 있어서 별것 아닌 손짓도 더욱 따끔하게 느껴졌
다. 여리가 제 이마를 감싸 쥐자 이겸이 고개를 저었다.

"어찌 이리 바로 걸려드는 것이냐? 간격 안에 들면 한시도
방심하지 말라니까."

여리는 입을 삐죽이며 어깨에 멘 활을 점검했다. 문득 활에
시선이 닿은 이겸이 입을 열었다.

"그 활 말이다, 이번에는 요행히 나무에 맞았지만 다음에는
혹⋯⋯."

쉬릭―.

이겸의 말이 끝나기도 전에 날아간 화살이 정확하게 먼발치
의 나무에 꽂혔다. 화살을 눈으로 좇은 이겸의 입술이 살짝
벌어졌다. 조금 전 사내의 옷자락을 뚫은 화살을 요행이라 생

각했으나 실상은 여리의 실력이었던 것이다.

여리가 신기한 듯 활을 이리저리 뜯어보았다.

"그렇지 않아도 이 활에 대해 말씀드리려 했습니다. 가볍고, 정확하고. 정말 대단한 활이지 않사옵니까?"

……대단한 것은 활이 아니라 너다, 너.

할 말이 없어진 이겸은 그저 입을 다물었다.

"참, 무슨 말씀을 하려 하셨습니까?"

"아니다. 열심히 수련했구나."

"예. 다 나리의 가르침 덕분이옵니다."

이겸이 고삐를 잡자 여리는 생글생글 예쁘게 웃으며 다소곳하게 다시 활을 어깨에 멨다.

황막에서도 사람의 발길이 닿지 않는 외딴 산속의 집.

이겸과 여리가 그 앞에서 말을 세우자, 기다리고 있던 수하들이 다가와 예를 갖추었다. 그중 한 사내가 여리는 들리지 않을 만큼 작은 목소리로 이겸의 귀에 무언가를 속삭였다.

전언을 받은 이겸은 말에서 내리는 여리에게 손을 내밀었다. 바닥으로 내려온 여리가 아비가 있다는 곳으로 시선을 주었다.

복령은 달현과 여리가 예화에만 머무른 것이 아니라 했다. 여리는 알지 못하는 과거가 있고, 예화의 작디작은 집은 불타 사라졌다. 대체 무엇 때문에?

이겸은 여리의 눈에 비친 망설임과 불안을 읽었다. 이겸이 따스한 목소리로 여리를 다독였다.

"여기서 기다리고 있으마. 아비를 만나고 오거라."

여리는 제 아비가 저를 기다리고 있는 곳으로, 어쩌면 잃어버린 시간과 마주하게 될 그곳으로 천천히 걸음을 옮겼다.

여리의 모습이 문 안으로 사라지자 이겸의 수하는 조금 전 전하던 말을 마저 이었다.

"그날 최달현의 집에 불을 놓은 것은 그자들이 맞지만, 그 이유에 대해서는 최달현도 입을 다물고 있사옵니다. 분명 무언가를 숨기고 있는 눈치였습니다."

"그럼 잡아들이려 하신 것이 둘 중 누구인지도 알 수 없겠군. 둘 모두 안전한 곳으로 옮기는 것이 좋겠다."

"다른 문제도 하나 있습니다. 알아본 바에 의하면 최달현이 역모가 있었던 그해, 한양에 있었다 하옵니다."

입이 무겁고 판단이 빨라 중요한 일이 있을 때마다 은밀히 부리곤 했던 자였다. 그의 정보 또한 틀린 적이 없었다.

"한양? 최달현이?"

"예. 그것도 당시 역모 사건에 연루되었던 홍문관 대제학 서인후의 사가에 거했다고 하옵니다."

뜻밖의 말을 전해 들은 이겸의 미간이 굳었다.

"일단 확인을 해봐야겠지만 방금 들어간 분께서 대제학의 여식일 가능성이 있습니다. 당시 불에 타 죽은 대제학의 여식과 저분의 나이가 비슷하고 최달현이 예화로 돌아온 시기 또한 석연치 않습니다."

서인후라면 다른 죄도 아니고 역모로 인해 참형에 처해졌다. 설령 그것이 모함에 의한 것이라 하더라도 무고를 밝히고 바로잡지 않는 이상 그와 관련된 자들 또한 중벌을 면치 못할 것이다.

게다가 그것이 몸을 숨기고 있는 이겸의 곁이라면 오해는 산을 이루고 바다를 이루기에 충분했다. 이겸은 거친 파도에 휩쓸리게 될 여리의 안위가 염려되었다.

"자네가 알고 있다는 건 전하께서도 알고 계실 가능성이 있다는 건가?"

"아마 이미 알고 계실 겁니다."

문턱을 넘은 여리는 힘없이 의자에 앉아 있는 제 아비를 보았다.

"아버지!"

안으로 들어서는 여리의 걸음이 빨라졌다. 여리의 부름에 벌떡 일어선 달현이 소리가 들려온 곳으로 고개를 돌렸다. 그간의 고생을 보여주듯 살이 많이 내린 달현의 얼굴엔 몇 개의 생채기가 있었다.

여리를 본 달현은 한달음에 다가가 그 손을 맞잡았다. 금세 눈물이 울컥 차올랐다.

"무사했구나, 여리야. 아, 아니, 아씨. 무사하셔서 참으로 다행입니다."

"아씨라니요? 무슨 말씀이십니까?"

눈물을 참느라 얼굴을 잔뜩 찌푸린 달현이 여리 앞에 무릎을 꿇었다.

"용서하십시오, 아씨. 그동안 말씀드리지 못하고 죽을죄를 지었습니다. 저는 그들이 우리를 찾아낼 줄은 꿈에도 몰랐습니다."

"어, 어찌 이러십니까? 일어나세요, 아버지. 무슨 일인지 저는 도무지……."

여리의 만류를 마다한 달현이 머리를 납작 조아렸다. 큰절을 하듯 엎드려 용서를 구하는 달현의 모습에 난처해진 여리는 어찌할 줄 몰랐다.

"아버지."

"저는 아씨의 아비가 아닙니다. 아씨의 아버님은 전 홍문관 대제학 서인후 대감이십니다."

죽을 위기를 넘긴 달현은 지금이 아니면 안 된다는 심정으로 담았던 말들을 토해냈다. 그 목소리는 너무도 절절했다.

여리는 지금 제 아비가 하는 말이 들리기는 하나 무슨 뜻인지 이해가 되지 않았다. 그만큼 달현의 입에서 나오는 말들은 너무도 낯설었다.

"그간 말씀드리지 못하고 속여서 송구합니다. 하오나 아씨를 지키기 위해선 그 방도밖엔 없었습니다."

"지……키다니요? 무엇으로부터 말입니까?"

"대제학 어른께서는 역적으로 몰려 돌아가셨습니다. 대감마님이 잡혀가신 후 집 안의 사람들도 모두 잡혀가거나 그나마도 남은 사람들은…… 이유 모를 불이 나던 날, 모두 죽었습니다. 저와 아씨만 제외하고 모두 말입니다."

달현은 무력했던 그날의 저를 떠올리며 눈물을 흘렸다.

"불이야!"

잠들어 있던 달현은 별안간 들려온 소리에 번쩍 눈을 떴다. 방문 너머로 붉은빛이 어른거리고 사람들의 비명이 이어졌다.

달현은 옷도 채 추스르지 못하고 급히 문을 열었다. 달현의 눈이 일시에 붉게 물들었다. 그의 시야가 닿는 이 끝에서 저 끝까지 붉지 않은 곳이 없었다.

그 넓던 집은 이미 화마가 반 이상 삼킨 상태였다. 누가 일부러 불이라도 놓은 듯 사방에선 타는 냄새와 매캐한 연기가 진동했다. 남은 사람들이 불을 끄는 것도 잊고 대문으로 뛰어갔으나 밖에서 굳게 잠근 대문은 열리지 않았다.

"이, 이거 왜 안 열려? 이보시오! 이보시오!"

뜨거운 불길에 문을 세게 두드리던 노복은 급기야 발로 문을 뻥뻥 찼으나 꿈쩍도 하지 않았다. 마치 밖에서 나무를 대어 박아둔 것처럼 닫힌 문은 견고했다.

"살려주십시오! 살려주세요!"

살고 싶은 자들의 처절한 비명이 검은 밤하늘을 떠돌았다.

주인어른이 역모라는 모함으로 잡혀간 지 채 하루도 되지 않은 때였다. 집 안 분위기가 흉흉했으나 대제학의 바른 심성을 아는 사람들은 시간이 지나면 누명을 벗고 나올 수 있을 거라 믿었다. 세상 사람들이 모두 죄를 저지른다 해도 그들이 아는 주인어른은 그럴 분이 아니었다.

달현은 문득 안채에 계실 안방마님을 떠올렸다. 주인어른이 잡혀가시고 쓰러진 마님이 아직 그곳에 계셨다.

"마님! 마님!"

모두가 도망가는 방향과 반대로 달린 달현은 불길이 치솟은 안채로 향했다. 문짝에서 시뻘건 불길이 타올랐다.

달현은 발로 문을 세게 걷어찼다. 너울거리는 붉은 불길이 문을 따라 방 안으로 넘어갔다. 아직 불길이 닿지 못한 구석에서 떨고 있는 그림자가 보였다. 놀란 달현이 방 안으로 재우쳐 달려갔다.

지아비인 대제학처럼 선한 눈을 가진 송씨 부인의 눈이 가물가물 생기를 잃고 있었다.

"마님! 정신 차리십시오! 제, 제가 곧 모시고 가겠……."

달현은 언젠가 저를 살려주었던 대제학 내외를 떠올리며 검은 그을음을 뒤집어쓰고 그녀를 끙끙 잡아끌었다. 그때, 송씨 부인이 달현의 팔을 붙잡았다. 그녀를 보는 달현의 눈엔 눈물이 그렁그렁했다.

"이, 이보게. 나는 틀렸네. 나는 두고 우리 연희를…… 부, 부탁하네."

"예? 그, 그런 말씀 마십시오. 두 분 다 모시고 나가겠습니다요."

불붙은 서랍장이 부서져 내렸다. 조금만 더 지체하면 방을 빠져나가지 못할지도 몰랐다.

송씨는 떨리는 손을 들어 미리 천 속에 곱게 싸둔 비녀를 달현의 손에 쥐어주었다.

"미안하네. 연희를 부탁할 사람이 자네밖에는 없어. 이……건 대감께서 연희에게 남기신 것이네. 대감께서 곧 나오셔서 자네와 연희를 찾으실……."

달현의 기억은 의식을 잃은 여리를 업고 경계가 허술한 뒷문으로 도망치던 그날 밤을 헤매고 있었다. 불길이 미치지 않는 먼 언덕 위에서 목 놓아 울면서 그들이 살던 사가를 내려다봤더랬다.

곧 풀려날 거라 믿었던 대제학의 형 집행은 일사천리로 진행되었다. 세간에서는 그것이 모두 좌의정 심효의 계략이란 소문이 은밀히 떠돌았다.

"아씨의 어머님을 지켜드리지 못했습니다. 아씨 한 분 겨우 모시고 그곳에서 도망친 것이 벌써 십 년 전의 일입니다."

여리는 기억하지 못하는 이야기. 그리도 불이 무서웠던 이유는 제 친어미를 화마로 잃었기 때문이었다.

믿기 어려운 이야기들을 접한 여리의 눈이 텅 비어버렸다. 평소였으면 아버지께 그런 농은 그만두시라고 말씀드릴 텐데

절박한 달현의 시선은 거짓이 아니었다.

"저는 원래 아씨 집의 노비가 아니었습니다. 이곳 예화에서 나고 자랐으나 무슨 바람이 들었는지 한양 구경을 해보고 싶었습니다. 하여 무작정 한양으로 향했는데 산속에서 짐승에 물려 죽을 뻔한 것을 마침 그곳을 지나던 아씨의 부모님께서 구해주셨습니다. 그때 이미 죽을 목숨이었는데 두 분께서는 저를 사가로 데리고 가서 돌봐주셨지요. 그것이 연이 되어 저는 그 댁에 머무르며 사소한 잡일들을 도왔습니다."

"그래서 몸을 피해 이곳 예화로…… 다시 돌아오신 겁니까? 아버지께서 나고 자라신 곳이니까요?"

"타지 사람들이 잘 오지 않는 이곳이라면 사실을 숨기고 살아갈 수 있을 줄 알았습니다. 불을 놓은 자들이 언제 찾아올지 몰라서 몇 해간은 아씨를 사내아이라 속이고 길렀습니다. 아씨께서는 불이 났던 사고로 인해 이전의 기억을 모두 잃으셨기에…… 굳이 말씀드리지 않았던 겁니다. 덮을 수 있다면 덮어두는 것이 좋을 거라 어리석게도 혼자 생각했었습니다."

서인후와 관련된 자들은 지위 고하에 관계없이 모조리 잡혀갔다. 촌수가 먼 친척까지 화를 당했으나 달현이 잡히지 않은 것은 그가 서인후의 노비도 아니요, 친척도 아니었기 때문이었다.

만약 달현을 알았다 한들 그 밤 불에 타 죽은 이들 중 한 명이겠거니 하고 넘겼을 것이다. 여리가 그 불로 인해 죽었을 것이라 모두가 믿었던 것처럼.

보통의 이들이라면 여리를 모른 척하였을 것이다. 숨겨주었다는 것만으로도 삼족이 화를 입을 역적의 딸이었다. 여리를 버리고 홀로 예화로 돌아와 아무 일도 없었던 것처럼 지낸다 해도 탓할 이는 아무도 없었다. 그러나 달현은 여리를 버리지 않았고, 제 자식으로 길렀다.

"그럼 그 비녀가……."

"아씨의 부모님께서 아씨께 남기신 것입니다."

"아버지."

"사정이 있어 그리했지만 전 더 이상 아씨의 아비가 아닙니다. 그리 부르시면 아니 됩니다."

여리가 엎드린 달현을 부축해 세웠다. 그런 연후에 떨어져 있는 동안 달현의 몸에 상한 곳은 없는지 살펴보았다.

"낳아주신 부모님은 아니라 해도 지난 십 년간 저를 친자식처럼 키워주셨습니다. 그러니 아버지 역시 제 아비인 것은 변하지 않습니다. 몸은 괜찮으신 겁니까? 도망치면서 상한 곳은 없으세요?"

어느 누가 부모도 없는 아이를 제 딸처럼 십 년이나 키워줄 수 있을까. 그것도 그 부모가 역적으로 몰려 죽었다는 것을 알면서. 달현과 사는 동안 여리가 일을 많이 했던 이유도 다름 아닌 바로 그 달현의 사람 좋고 여린 심성 때문이었다. 그래서 마을 사람들이 뒤돌아서서 딸자식 고생만 시킨다고 달현을 탓할 때도 여리만은 제 아비의 진심을 알고 있었다.

"그리 무거운 일들을 어찌 혼자서만 담고 계셨습니까? 제게 말씀이라도 해주셨으면 답답함이 조금은 덜어졌을 텐데. 고맙습니다, 아버지. 거두어주셔서 참으로 고맙습니다. 말로는 다하지 못할 은혜를 입었습니다."

"아닙니다. 이리 자라신 모습을 보면 두 분 모두 기뻐하셨을 겁니다. 저는 압니다. 세상 사람들이 대제학 대감을 역도라고 모함했지만 대감께서는 결코 그럴 분이 아니십니다."

"……저를 낳아주신 부모님은 어떤 분들이셨습니까?"

"좋은 분들이셨습니다. 아씨의 고운 심성은 그분들을 닮았습니다. 하여 아씨께서 진헌군 대감에 대해 아냐고 물어보셨을 때 덜컥 겁이 났습니다. 심성이나 생김뿐만 아니라 연 또한 닮아 궁 안의 사람들과 얽히게 되는 것은 아닌가 하고. 혹시 저를 이곳으로 옮겨주신 분이 진헌군 대감이십니까? 폐월화 고택에서 살고 계신 분이 그분이셨던 겁니까?"

"아버지께서 그것을 어찌……."

달현의 눈에 슬픈 빛이 스쳤다.

"가까이하시면 아니 됩니다, 아씨. 역모가 모함이었다곤 하나 이미 세상 사람들 모두 그것을 진실로 믿고 있습니다. 주상 전하의 아우인 진헌군 대감 곁에 아씨가 계신 것을 알면 아씨뿐만 아니라 우리를 도와주신 그분께도 화가 미칠 것입니다."

얼마의 시간이 흐른 후, 여리와 달현이 밖으로 모습을 드러냈다. 기다리고 있던 이겸이 여리의 눈을 보았다. 괜찮은지 묻는 듯한 눈빛에 여리가 미소를 지어 보였다. 이겸이 고생했다는 뜻을 담아 달현에게도 고개를 한 번 끄덕여주고는 입을 열었다.

"당분간은 이들을 따라가서 몸을 숨기고 있어야 할 것이네. 아는지 모르겠지만 전하께서 자네를 찾으라는 명을 내리셨네. 상황이 조금 정리될 때까지는 여리와 같이 예화가 아닌 곳에 가 있어야 해."

"저도 함께 말이옵니까?"

여리의 질문에 이겸은 달현과 제 수하들에게 잠시 자리를 내어달라는 눈짓을 했다. 수하들이 달현을 데리고 먼저 말이 있는 곳으로 자리를 옮겼다.

이겸이 다시 여리에게 시선을 주었다.

"임영택의 사가에 갔을 때와는 상황이 많이 달라졌다. 오래 걸리지 않을 것이니 저들과 함께 움직이거라."

"하면 나리께서는요? 설마 위험한 일을 혼자 하시려는 건……."

여리의 염려에 이겸은 여리의 머리를 슥슥 쓰다듬었다. 넌 아무 걱정 말라는 듯.

"다섯 보."

"예?"

"떨어져 있어도 항시 기억하거라. 마음에도 해당되는 말이니. 마음이 다섯 보 이상 멀어져서 혹 어느 날 갑자기 사라진 다거나 하면 끝까지 찾으러 갈 것이다."

"나리."

"내가 숨기도 잘 숨지만 사람은 더 잘 찾는다. 그러니 괜히 사라질 생각 말고 밥 잘 먹고 잠 잘 자고 기다리고 있어라. 금방 돌아올 것이다."

알고 계셨구나. 잠시나마 내가 품은 생각을.

역모. 그것에 대한 이야기는 이겸도, 여리도 하지 않았다. 안타깝지만 두 사람이 함께 있어야 할 이유보다 함께하지 말아야 할 이유가 훨씬 많았다.

"나리께서 다치실 수도 있사옵니다. 저로 인해 세상이 그리 만들 것이옵니다."

"네가 내게 그러지 않았느냐. 지나간 과거 중에 선택할 수 있는 것이 하나도 없었다면 그건 그 사람의 탓이 아니라고."

그러니 마음이 서로에게 향한 것은 누구의 탓도 아니다.

"네가 누구의 딸이든 달라지는 것은 아무것도 없다. 내가 너를 필요로 하니 내 곁에 있어달라는 것이다."

"나리."

단순히 신분이 다르다 생각했을 때도 이토록 절망적이진 않았다. 역모라는 과거의 굴레는 여리뿐만 아니라 이겸까지 집어삼킬지 모른다.

이겸이 떨고 있는 여리를 당겨 제 품에 안았다. 거친 세상을 막아선 도포 자락에서 희미한 봄 향기가 났다. 누가 빼앗아갈세라 여리를 안은 팔에 단단히 힘이 들어갔다.

"내가 다치는 것은 오로지 네가 곁에 없어서다. 나는 네가 누구든 상관없으니 너도 내가 누군지 그런 것 따위는 잊어라. 어지러운 일들을 정리하고 올 테니 기다려다오. 그리 오래 걸리지는 않을 것이다."

복잡한 심정을 담은 여리의 눈이 저릿하게 떨렸다. 눈물 때문인지 아픈 마음 때문인지 하늘이, 길이 보이지 않았다.

예화 외곽의 검푸른 강이 넘실거렸다.

다른 이들의 시선을 피해 마련한 작은 배가 나루에 정박해 있었다. 이야기를 나누는 사공과 수하 무리에서 한 발 물러서 있던 이겸은 팔짱을 낀 채 비스듬히 여리를 보고 있었다. 대화를 끝내고 온 수하가 달현과 여리에게 말했다.

"강을 건너 예화를 벗어날 것입니다. 예화에서 멀리 떨어지지 않은 곳에 은신할 곳이 있습니다. 배가 작아 한 번에 건너기는 어렵고 두 번에 나누어 건너는 것으로 하시지요."

일행을 두 무리로 나누어 강을 건너야 한다는 소리에 여리가 고개를 끄덕였다.

"그럼 제가 아버지를 모시고⋯⋯."

여리가 달현에게로 시선을 돌리는데 어느샌가 다가온 이겸이 그 사이로 성큼 들어섰다. 이겸에게 가려 달현의 모습이 보이지 않았다. 여리가 이겸의 옆모습을 올려다보며 말간 눈을 깜빡였지만 이겸은 여리에게 시선을 주는 대신 제 수하들을 쳐다볼 뿐이었다. 그의 의중을 빠르게 파악한 수하는 짧게 헛기침을 했다.

"같이 움직이시면 지키는 인원들을 적절히 나눌 수가 없습니다. 따로 배에 오르시는 게 맞습니다."

"하오나 아버님이 깊은 물을 두려워하십니다. 함께 타도록 사정을 봐주시면 아니 될까요?"

걸어서도 건널 수 있는 회연의 강과는 확연히 다른 깊이와 물살이었다. 난처한 기색의 수하가 이겸의 눈치를 살피자 결국 이겸이 그녀의 어깨를 잡아 제게로 당겼다. 얼떨떨한 여리가 이겸의 옆구리에 콩, 박혔다.

산에서 했던 말의 대답도 아니 해주고 내내 시선만 피한 여리에게 이겸은 아까부터 할 말이 없느냐고 눈빛을 보내던 참이었다. 애석하게도 그 눈빛을 여리만 못 봤다. 사실 못 본 것이 아니라 애써 못 본 척하고 있는 것이었으나 이번엔 이겸도 물러서지 않았다.

"우린 여기서 기다리고 있을 테니 너희가 먼저 최달현을 데리고 강을 건너거라."

"예, 대감."

"그렇지만……."

여리가 채 말을 끝내기도 전에 미간을 좁힌 이겸이 소리를 낮추어 여리의 귀에 대고 속삭였다.

"네게 할 말이 있다, 내가."

그제야 여리도 입을 다물었다. 달현이 저를 걱정하는 여리를 안심시켜주었다.

"제 걱정은 마십시오, 아씨. 아주 헤어지는 것도 아니고 강만 건너면 되니까요. 제가 먼저 가 있겠습니다. 무탈하게 오십시오."

수하들과 달현을 태운 배는 강을 건널 채비를 서둘렀다. 노를 잡은 사공은 천천히 배를 움직였다.

여리는 떠나는 배를 근심 어린 표정으로 바라보았다. 배가 건너편에 거의 닿을 쯤이 되어서야 여리가 이겸을 돌아보았다.

"하실 말씀이 있다고 하셨지요? 무엇이옵니까?"

이겸은 감정이 드러나지 않은 얼굴을 가만히 여리에게로 내렸다. 여리와 눈높이를 맞춘 이겸이 그녀의 눈을 번갈아 보더니 입을 열었다.

"지금 그대가 하는 생각이 짐작은 가는데. 하지 말지?"

"예?"

그게 무슨 뜻이냐는 듯 여리가 되물었다. 이겸의 검고 곧은 눈동자에 여리가 가득 들어찼다. 여리는 그 눈 속에서 제가 보기에도 긴장한 듯 보이는 여인을 마주했다.

"내가 대신 말해볼까?"

이겸은 허리를 다시 꼿꼿하게 세웠다. 혼잣말을 하듯 담담한 목소리였다.

"우연히 엮인 이가 군이라는 것도 당황스러운데 제 친아비는 다름 아닌 역모에 가담했다 하고. 그간의 성정으로 미루어 보면 그런 상황들이 나를 위험하게 만들 것 같으니 내 곁을 떠나는 게 나를 돕는 것이다 그리 생각했을 테지. 하여 내가 너를 바래다주고 돌아서면 최달현과 둘이 적당한 때를 봐서 나 몰래 사라질 셈을 하고 있는 듯한데. 산에서부터 대답이 없는 걸 보니 뜻을 바꾸지 않은 모양이구나."

"짐작하셨다니 이대로 보내주시면 아니 되겠사옵니까?"

고민할 사이도 없이 이겸이 고개를 끄덕이며 말을 이었다.

"그래. 아니 될 일이니 네가 생각을 고치는 게 빠를 것이다."

한 치의 물러섬도 없는 단호한 말투였다. 여리의 눈썹이 슬쩍 휘어지자 이겸은 뒷짐을 지고 능청스럽게 말을 이었다.

"네 마음을 모르는 것도 아니다. 넘어야 할 산이 한두 개가 아니겠지."

"……."

"어렵고 힘든 일이 많겠으나 그중에서도 가장 힘든 것은 종친인 것으로도 모자라 이렇게 훤칠하기까지 하니, 어찌 네가 힘들지 않겠느냐? 내가 봐도 세상 불공평하다는 게 나를 두고 이름이니 그 마음 모르지 않는다."

"예, 에?"

전혀 예상하지 못한 이겸의 말에 여리는 저도 모르게 말끝이 쑥 올라가버렸다. 그러나 바로 반박할 수 없음은 결코 틀린 이야기만은 아니었기 때문이었다. 마치 남의 얘기를 하듯 이겸의 입에서는 제 자랑이 술술 흘러나왔다.

"내가 죄 많은 사내다. 이리 잘나서 사람들의 마음을 어지럽게 하니. 그래도 조금만 견뎌 보거라. 계속 보다 보면 이 훤칠함도 적응이 될 게다. 적응하고 나면 내 옆에 남아 있길 잘했다고 스스로를 칭찬할 것이고."

잠시 멍하니 이겸을 보던 여리가 결국 웃어버렸다. 내내 고민하고 있었을 그녀를 위해 이겸이 부러 농을 했다는 것을 깨달은 까닭이었다. 이겸의 입가에도 작은 호선이 걸렸다.

두 사람이 보고 선 잔물결이 빛을 받아 고요하게 반짝였다. 아마도 다시없을 여유로움에 잠시나마 마음이 따스하게 젖어들었다.

잠깐 동안의 정적을 깨고 이겸이 입을 열었다.

"도망가지 마라, 여리야."

이겸의 따뜻한 목소리에 여리가 그의 눈을 응시했다. 이겸 또한 그런 여리를 바라보았다.

"군으로 태어난 것은 나의 선택이 아니었으나 그 이름을 내려둔 것은 내 의지였다. 앞으로도 나는 예전의 자리로 돌아갈 마음이 없으니 네 탓이라고 걱정하고 마음 쓰지 말거라. 일이 생긴다면 그건 네가 아니라 온전히 나로 인한 것이다."

서로의 뺨이 물빛으로 물들었다.

"이름을 되찾지 않은 것은 후회되지 않으나 그리 되면 네게 많은 것을 주진 못할 거다. 화려하지도 넉넉하지도 않겠지만 그런 나라도 괜찮다면 내 곁에 머물러주겠느냐?"

진심을 담은 고백.

흔들리는 강물을 따라 서로를 향한 마음이 곱게 일렁였다. 대답을 쉬이 꺼낼 수 없는 여리에게 이겸이 마지막 말을 덧붙였다.

"나를 조금 더 믿어주어도 괜찮지 않겠느냐. 너를 지키겠다 한 내 약조는 진심이었다. 어지러운 바람들도 언젠가는 그칠 것이니 그때까지는 조금 더 나를 믿고 의지해다오. 내 기꺼이 등을 내어줄 터이니."

살고 싶어졌다. 그것도 이왕이면 잘 살아보고 싶어졌다.

빗물 속에서 여리가 저를 깨워준 그날 이후부터 이겸은 제게 남은 시간을 세는 일을 멈추었다. 대신 앞으로 할 수 있는 일을 찾고 그것을 행하는 것을 망설이지 않았다.

이겸의 시간들이 변했다.

해독제를 찾지 못할 거라는 생각은 하지 않았다. 반드시 찾을 것이다. 그를 위해, 눈앞의 이를 위해. 적어도 해독제가 확실히 있는 한 곳을 알고 있으니 허황된 꿈만은 아니었다.

결국 이겸의 진심을 느낀 여리가 아픈 마음을 내려두고 고개를 끄덕였다. 우는 대신 고개를 끄덕이고 또 끄덕였다.

끝은 알 수 없지만 이겸을 믿는다. 그를 지키고 싶다는 제 마음을 믿는다. 모두가 아프지 않을 끝이란 건 없는 모진 운명이라면 조금이라도 덜 아픈 끝이기를.

이겸이 여리의 손을 잡자 여리 또한 이겸의 손을 따스하게 마주 잡았다.

마음은 다르지 않았다. 이 손을 놓지 않을 것이다. 그러니 혹여 하나만 아플 수 있다면 그것은 저이기를, 꼭 저이기를, 두 사람은 햇살이 녹아든 강물을 보며 바라고 또 바랐다.

제12장

곤룡포의 주인

밤 부엉이 우는 소리가 검은 밤하늘에 울려 퍼졌다.

행궁이 멀지 않은 숲길 위엔 낙엽을 밟는 걸음이 이어졌다. 왕이 머무르고 있는 행궁을 찾은 발걸음은 다른 아닌 이겸의 것이었다.

전날, 이겸의 전갈을 받은 무영은 이겸에게 고개 숙여 예를 갖췄다.

"오셨습니까? 전하께서 기다리고 계십니다."

먼젓번처럼 아무도 모르게 스미는 걸음이 아니었다. 여리와 그녀의 아비를 안전한 곳에 은신시켜둔 이겸은 가장 먼저 이혼을 찾았다.

고요하게 가라앉은 이겸의 눈빛은 어둠 속에서도 선명했다. 이겸이 뒤를 따르는 무영에게 말했다.

"자네가 수고해줄 일이 있네."

무영은 이겸과의 간격을 멀지 않게 유지하며 그의 말에 귀를 세웠다. 결연하게 이어지는 이겸의 걸음만큼이나 이어지는 그의 목소리는 단호했다.

"십 년 전 그날, 강녕전에서의 일을 알고 있는 이가 필요하다."

"아시는 바와 같이 그날 강녕전 안에 있었던 이들 중 살아남은 자는 없습니다. 선왕 전하께서 승하하신 후, 역도로 지목된 자들이 처형되기까지 걸린 시간은 보름도 채 되지 않습니다. 친인척까지 모두 몰살되었으니 남긴 유언들도 찾을 수 없을 것이옵니다."

"아니. 주상 전하를 제외하고 살아남은 이가 또 하나 있지."

잠시 걸음을 멈춘 이겸이 무영을 돌아보았다.

망설임 따위는 사라진 눈빛. 무영은 아주 오래전에 이겸의 그런 눈빛을 본 적이 있음을 기억해냈다.

주상 전하께서 두려워하는 단 한 분. 천재(天才)를 지니고 태어난 진헌군 이겸.

무영은 이겸이 이전과 달라진 것을 알아차렸다. 진헌군 대감께 지키고 싶은 것이 생긴 것이다.

"당시 주상 전하의 뒤를 따라 그곳에 들었던 좌상 심효. 그는 이미 죽었으나 그의 아들 심석은 남았다."

"하오나 그가 알고 있는 것이 있는지 확신할 수 없고, 알고 있다 한들 사실대로 이야기할지도 알 수 없습니다."

"그러니 다른 누구도 아닌 자네에게 맡기는 것이다. 아무나 간다면 당연히 진실을 이야기하려 들지 않겠지. 알아볼 필요는 있으니 부탁하겠네. 나는 여기에 남아 해야 할 일이 있어."

무영의 어깨를 툭툭 두드린 이겸은 이윽고 이혼의 처소로 들었다.

이겸이 창밖을 보고 선 이흔을 향해 절을 올렸다. 무영은 그들과 멀지 않은 음지에 자리 잡았다.

"신 진헌군 이겸, 드릴 청이 있어 왔사옵니다. 야심한 시각에 찾은 무례를 용서하십시오."

푸른빛이 감도는 밤하늘에서 시선을 뗀 이흔이 이겸 쪽으로 천천히 몸을 돌렸다.

몸을 일으킨 이겸이 감히 왕의 용안을 마주했다. 잠시 그 눈빛을 보던 이흔이 너털웃음을 지었다.

"진헌군의 눈빛은 청이 아니라 경고를 하러 온 듯 보이는군. 과인이 잘못 보았는가?"

"전하께서 찾고 계시는 물건이 선왕 전하께서 남기신 선위교서라 하셨사옵니까?"

"과인이 찾고 있고 진헌군에게 전해졌을지도 모르는 것이지."

이흔은 곁에 있던 잔을 들어 따뜻한 차를 마셨다.

"그것이 신에게 있다면 신의 사람들을 찾는 일을 멈추어주시겠사옵니까?"

찻잔에선 따스한 김이 느릿하게 피어올랐다. 그것이 이 순간 행궁에 흐르는 긴장을 조금이나마 감추어주었다.

"그도 아니면 그것이 신에게 없다 말씀 올려야 멈추어주시겠사옵니까. 전하의 뜻대로 행하겠나이다."

이흔이 찻잔을 탁자 위로 내려놓았다.

"무릇 정세라는 것은 하루가 다른 법이다. 최달현과 최여리가 역모와 관련된 이들이란 것을 알기 전과 알고 난 후는 당연히 다르지 않겠느냐? 작은 불씨라도 남겨서는 곤란하겠지. 하나, 선위 교서를 과인의 눈으로 보고 싶은 것은 사실이다."

결심을 굳힌 이겸의 눈이 서늘하게 빛났다. 이제부터는 감히 왕을 상대로 도박을 해볼 셈이었다.

"열흘. 제게 열흘의 시간을 주십시오. 그때, 신이 선위 교서를 가지고 전하를 직접 찾아뵙겠습니다."

이겸이 열흘의 시간과 선위 교서의 거래를 원하자 이흔은 옅은 숨과 함께 고개를 끄덕였다.

"그것을 가지고 있다는 소리처럼 들리는구나. 아무튼 좋다. 과인의 눈앞에 그것을 가져오면 그땐 더 이상 진헌군의 사람들을 귀찮게 하지 않으마."

이흔의 윤허에 이겸은 고개 숙여 인사를 하고 방문을 열었다.

그러나 마당에는 검은 옷을 입은 왕의 사람들 수십이 도열해 있었다. 그들이 잡은 검이 형형하게 빛났다. 감히 마주 보고 있는 모양새가 이겸의 앞을 순순히 터줄 기세는 아니었다.

이겸과 무영은 이미 그들의 기척을 느끼고 있었으나 그 칼끝이 이겸을 향하리라는 짐작은 하지 못하였다. 무영 또한 그에 대한 지시를 미리 받은 적이 없었기에 그저 행궁을 지키는 군사들의 기척이라고만 생각했었다.

설핏 얼굴을 굳힌 이겸이 이흔에게로 시선을 돌렸다. 이흔은 무감하게 서책을 넘기며 말을 이었다.

"교서에 대한 약조는 지킬 것이다. 그 전에 과인의 처소에 감히 검을 가지고 온 죄는 물어야겠지. 만약 지금 검을 들지 않으면 이유 없이 검을 가지고 들어온 자를 방관한 내금위장부터 벌할 것이니."

"사라져야 하는 것이 선위 교서이옵니까, 신이옵니까."

가라앉은 이겸의 목소리는 낮게 으르렁대는 것처럼 화를 숨기고 있었다.

감히 왕을 해하기 위한 검이 아니었다. 길을 떠날 때마다 제 몸을 지키기 위한 것이 습관이 되어 가지고 온 검일 뿐이었다. 그리고 이겸을 그렇게 만든 이는 다름 아닌 수년 전 이겸의 목숨을 노린 이혼이었다.

이혼은 남은 책장을 느긋하게 넘겼다.

"과인을 오해하고 있구나. 그저 작은 확인이 필요할 뿐."

"일곱 해 전의 일만으로는 부족하셨나 봅니다."

"일곱 해 전이라. 벌써 세월이 그렇게나 흘렀으니 맹수가 맹수의 몫을 능히 해낼 수 있는지 더욱 시험해봐야지. 열흘이 도망치기 위해 필요한 것인지, 약조를 지키기 위해 필요한 것인지 과인도 확신이 필요하니 말이다. 과인이 열흘을 기다려줘야 할 가치를 스스로 증명해 보이거라."

이겸은 창창히 얼어붙은 눈빛으로 조용히 검을 그러쥐었다. 전하께서 제게 진정으로 얻고자 하는 것은 어쩌면 선위 교서가 아닐지도 모른다는 생각이 스쳤다. 그 속을 다 알 수는 없으나 증명하라 하시니 일단은 증명해 보일 수밖에.

이겸은 서늘한 검기와 함께 검집 속의 검을 빼 들었다.

바람이 불었다.

내색하지 않고 사가까지 돌아왔으나 긴장이 풀린 탓이었을까. 제 것이 아닌 피를 뒤집어쓴 이겸이 하얀 모래 위에서 휘청거렸다. 검집을 철컥, 바닥에 박고는 중심을 다잡았다. 비릿한 피 냄새가 주위를 맴돌았다.

이겸은 잠시 눈을 감은 채로 고개를 들고 호흡을 골랐다. 얼굴조차 모르는 이들을 베고 얻은 것은 열흘이란 시간. 무엇을 베는지 어찌하여 베는지조차 잊은 후에야 폐월화가 핀 고택으로 돌아올 수 있었다. 갈 곳 모르는 마음이 살갗을 스치는 바람처럼 시렸다.

오래전의 기억이 불어들었다. 선왕께서 승하하시고 난 후의 조정은 전에 없이 불안하였다. 왕위를 물려받은 세자가 강력한 왕권을 위해 행한 첫 번째 일은 선왕을 모시던 최측근의 신하들을 모조리 쳐낸 것이었다. 그중 대부분은 진실과는 상관없이 역모라는 이름으로 사라졌다.

심효를 위시한 제 사람들로 조정을 채운 이혼은 이겸에게 청과 접한 국경으로 갈 것을 명했다. 어지러운 국경 지역의 방비를 선왕 승하 후 아우인 진헌군에게 친히 맡긴 것이다.

이혼은 위태로운 상황을 들어 종친 불사를 과감히 혁파하고 왕과 모든 종친이 모범이 될 것을 선포하였다. 표면적인 이유는 백성을 위함이었으나 그것이 진헌군을 견제하기 위한 것임을 모르는 이는 없었다. 이겸이 왕명에 의해 삼 년간 국경의 전장을 떠돌 때, 이혼은 그렇게 모든 것을 없앤 새로운 기반 위에서 강력한 왕권을 구축하고자 하였다.

이겸의 마음은 다시금 일곱 해 전 어느 날인가를 떠돌았다.

꿈속에서나 돌이켜보았을까 애써 덮어두었던 기억.

국경에서 의문의 습격을 당한 밤, 쫓기던 이겸은 막사 후원으로 내동댕이쳐졌다. 폐부에서부터 끓어오른 거친 기침에서는 비린 피 냄새가 배어났다. 메마른 입술로 버석한 모래가 흘러들었다. 힘겹게 시야를 다잡은 이겸은 피가 흐르는 머리를 들었다. 상처 입은 제 손 밑으로 깔린 하얀 것이 보였다.

하필 이겸이 쓰러진 곳은 폐월화 밭이었다. 왕실에서는 이곳 국경에 은밀히 폐월화 밭을 두고 적은 수의 폐월화를 기르고 있었다. 아무나 들어올 수 없는 곳이었다. 폐월화가 지는 일곱 번째 해, 그중에서도 독성을 가진 하얀 폐월화의 잎이 이겸의 상처에 닿아 있었다.

이겸은 그 꽃이 왕가에서 어떤 용도로 쓰이는지 모르지 않았다. 잎으로 인한 중독은 오직 꽃잎만으로 해독될 수 있었다. 급히 꽃을 잡으려는 순간, 누군가의 발이 꽃 위로 드리워졌다. 이겸의 눈이 흔들렸다. 엎드려 있는 이겸의 머리 위로 익숙한 목소리가 내려앉았다.

"저런, 상처가 흰 폐월화에 닿았구나."

이를 으득 문 이겸이 천천히 시선을 들어 올렸다. 이혼이 흰 폐월화를 지르밟으며 말을 이었다.

"애석하게도 지금 마지막 흰 폐월화가 사라졌고, 진헌군은 절망 속에서 일곱 해 동안 또 다른 흰 폐월화를 기다려야 하겠지. 물론 그때까지 숨이 붙어 있다면 말이다."

막사를 덮친 것은 타국의 병사들이 아닌 이혼의 병사들이었다. 굳게 다문 이겸의 입매가 분노로 떨렸다.

눈앞에 보이지 말라 하여 쫓기듯 온 길이었다. 죽은 듯 살라 하여 그리 살고 있었던 참이었다. 그럼에도 정녕 주상께서는 끝을 보려 하시는가.

"이렇게까지 하시는 이유가 무엇입니까."

이겸의 물음에 이혼이 슬픈 목소리로 답했다.

"어찌 과인을 이리 모질게 만드느냐?"

죄는 달리 있지 않았다. 이겸의 유일한 죄라면 왕실에 태어나 선왕의 총애를 받은 것. 비록 이겸의 의지로 선택할 수 있었던 일이 아니라 해도 그것은 이혼의 신경을 건드리기에 충분하였다.

지친 이겸은 힘이 풀린 듯 마침내 하늘을 보고 누워버렸다. 피 냄새 섞인 이겸의 하얀 입김이 검은 하늘에 회백색으로 번졌다. 몇 안 되는 기억들이 촛불처럼 아른거렸다.

"……큭."

이겸은 무례하게도 왕 앞에서 저도 모르게 실소를 터뜨렸다.

그런가. 그랬던 건가. 애초에 자신이 죽지 않으면 끝나지 않을 일이었던가.

한기를 실은 겨울바람은 서서히 폐부를 파고들었다. 지독하게 추운 날이었다.

이겸이 폐월화에 중독된 것은 이흔의 의도가 아니었다 하나 그날 밤 이겸의 목숨을 노렸던 것은 분명 이흔이었다.

감히 왕에게 검을 겨누고 가까스로 그곳을 빠져나온 이겸이 회연에 자리를 잡은 것은 비단 폐월화 때문만은 아니었다. 그날 저를 보던 형님의 눈빛에서 알아버렸기 때문이다. 아무것도 하지 않아도 제 존재는 내내 형님의 숨통을 조여 왔음을. 저의 존재 자체가 모두에게 상처였음을.

실상 이겸에게 절실히 필요했던 것은 흰 폐월화가 아니라 세상과 등질 수 있는 곳이었는지도 몰랐다. 회연은 거기에 더없이 적합한 땅이었다.

이흔이 이제 와 선위 교서를 찾고, 저를 길들이려 하는 연유는 궁금하지 않았다. 사사로운 마음은 이미 일곱 해 전에 잊었다. 오직 제 사람들을 지키는 것. 그것 외에 이겸에게 중요한 것은 없었다.

이겸은 지친 한숨을 저릿하게 내뱉었다. 피 냄새가 바람에 섞여 흐려졌다.

전하께서도 여리가 누구의 여식인지 확신하고 계신 듯했다. 정세는 시시각각 움직이는 것이니 바람이 불면 부는 대로 그에 몸을 맡길 수밖에.

여리를 떠나온 것이 고작 닷새 전이었다. 지나온 시간은 길지 않은데 까마득한 시간을 걸어온 느낌이었다.

그리운 마음에 눈을 감은 채로 가만히 여리의 얼굴을 그려 보았다. 하여 이윽고 눈을 떴을 때 이전에도 그랬던 것처럼 헛것을 본 줄 알았다. 제 그리운 마음이 고택 대문 앞에 웅크리고 앉아 있는 여리를 만들어낸 것이라고.

"나리."

여리를 닮은 환영이 이겸을 발견하고는 금세 자리를 털고 일어섰다. 염려 가득한 표정과 함께 그리운 이가 제게로 나풀나풀 뛰어왔다. 달빛을 받은 여인이 따스한 향을 주위로 몰고 왔을 때에서야 이겸은 깨달았다.

환영이…… 아니다.

"다치셨습니까?"

어찌하여 너는 내가 보잘 것 없어질 때마다 이렇듯 나를 찾아주는 것이냐. 너로 인하여 위안을 얻는다는 것을 너도 알고 있는 것이냐. 정녕 그런 것이냐.

피비린내를 싣고 온 이겸이 마른 입술을 열었다.

"어찌 여기 있는 것이냐?"

"어제 돌아왔습니다. 아비와 다른 분들께는 잘 말씀드렸고요. 아, 여기에 올 때는 은밀히 왔으니 걱정 마십시오. 따라붙은 자가 없는 듯하여 대문 앞에서 나리를 기다리고 있었는데 역시 제가 잘못한 것인지요?"

여리가 이겸의 눈치를 살폈다. 이겸이 가라앉은 음성으로 저와는 열 걸음 정도 떨어져 있는 여리에게 되물었다.

"왜 이곳에 있는 것인가 물었다."

"저마저 없으면 나리께서는 혼자 계실 테니까요. 그래서 왔습니다."

"내 곁이 위험하다는 것은 너도 알지 않느냐?"

세상을 등진 종친이 있는 곳. 지금의 여리에겐 그 어느 곳보다 위험한 곳일지 몰랐다.

허락된 열흘이 아니라 어쩌면 그보다 짧을지도 모르는 목숨이 여리로 인해 처음으로 두려워졌다. 지키지 못할 것들에 미련이 생기기 시작하였다.

"하여 저를 지킨다고 돌려보내실 것입니까? 부디 그러지 마십시오."

이겸을 애틋하게 바라보는 여리의 눈이 그의 허락을 구했다. 어찌하여 그런 모습으로 돌아오신 것이냐고 감히 묻지도 못하였다. 서로는 서로에게 내려앉은 세상의 무게를 말하지 않아도 알아보았다.

여리의 뒤로 달빛을 받은 폐월화가 흔들렸다. 하얀 모래와 반짝이는 강물, 붉은 꽃 위로 서서히 하얀 눈발이 흩날렸다.

이겸의 발걸음이 여리를 향해 옮겨졌다. 그리운 이의 얼굴을 하나도 남김없이 눈에 담을 수 있는 거리가 되어서야 이겸은 멈춰 섰다.

여리의 속눈썹 위에도 하얀 눈송이가 소리 없이 내려앉았다. 그가 신고 온 피 냄새를 느낀 여리가 물었다.

"무슨 일 있으셨습니까? 괜찮으신 겁니까?"

"……춥구나. 많이."

이겸은 그렇게만 대답했다. 놀란 여리가 이겸을 가옥 안으로 이끌었다.

"어서 안으로 드시지요. 사랑채에 불을 지펴놓았……."

여리의 다음 말은 이어지지 못했다.

이겸은 저를 이끄는 여리를 따라가는 대신 그녀를 제게로 당겨왔다. 달빛을 닮은 이겸의 그림자가 여리를 감싸 안았다. 지칠 대로 지친 이겸은 그저 여리를 안고 있는 것으로 모든 생각을 멈추고 위로를 받았다. 저릿한 마음이 여리에게로 흘러들었다.

하나가 된 그림자 위로 하얀 눈발이 내려앉는 가운데, 폐월화 몇 송이가 한기를 이기지 못하고 바닥으로 떨어졌다. 허락된 시간이 빠르게 저물고 있었다.

대문 안으로 걸음을 옮기던 여리는 곁을 나란히 하고 걷는 이겸을 보았다. 깊이 눌러쓴 갓 때문에 눈은 잘 보이지 않으나 굳게 다물린 입술과 창백한 뺨, 그 옆으로 살짝 말라붙은 피. 조금은 지쳐 보이는 모습에 그만 가슴이 내려앉았다.

여리의 시선을 느낀 이겸이 걸음을 멈추고 옅은 미소와 함께 여리를 보았다.

"하고자 하는 말이 있는 것이냐?"

알고 싶은 것은 많았으나 그 많은 것들보다 한 가지가 앞섰다. 그것은 바로 눈앞의 이를 염려하는 마음이었다.

"생각해보니 아직 제대로 인사를 못 했습니다."

"인사?"

여리는 대답 대신 이겸의 뒤로 가 두 팔로 그를 안았다. 그리고 그의 등을 부드럽게 품어주었다.

"어서 오십시오."

추운 겨울밤, 다가온 보드라운 온기는 봄에 피는 들꽃을 닮아 있었다. 들꽃이 진심을 담아 조곤조곤 속삭였다.

"무사히 돌아와주셔서 고맙습니다."

그윽한 향을 가진 꽃은 매서운 한기를 몰아내고자 계절도 잊고 이겸에게 와주었다.

"다음번에도 그 다음번에도 이렇게 돌아와주십시오. 제가 안아드릴 수 있게."

그저 그것이면 되었다. 돌아와줘서 고맙다는 말.

미안한 마음과 불안한 마음을 접어 넣으며 여리가 이겸을 조금 더 꼭 안아보았다. 따스한 온기에 이겸도 이내 손을 들어 저를 기다려줘서 고맙다는 말 대신 여리의 손을 감싸주었다.

대문 안, 서로에게 기댄 외로운 마음들은 세상에서 오직 그 하나로 인해 살아갈 명분을 얻었다.

호롱불 빛이 아른거리는 사랑채 안에 사람의 그림자가 비쳤다. 여리는 이겸이 편히 잘 수 있도록 미리 아궁이를 지펴두고 깨끗한 이불을 펼쳐두었다.

이불과 베개를 손으로 쓸어 어느 한 구석도 접힌 곳 없이 마련해둔 후, 아랫목에 손바닥을 대어 훈기를 확인해보았다. 이 정도면 아침까지는 따뜻하게 주무실 수 있을 것이다.

상 위에 올려둔 차와 다과에도 시선을 주었다. 시각이 늦은 탓에 제대로 된 요기는 하기 힘들 터라 허기를 메울 정도로만 챙겨두었다. 찻물의 온도를 확인한 여리는 자신이 빠뜨린 것이 없는지 방을 둘러보고 나서야 주인이 없는 방을 나섰다.

삐그덕—.

나무 문이 저들끼리 부딪치는 소리를 내며 열렸다.

이겸과 마주한 탓에 여리의 걸음은 문턱을 넘지 못하고 우뚝 멈췄다. 수건으로 얼굴의 물기를 훔치던 이겸은 방문이 열리자 시선을 내려 여리를 보았다. 호롱불 빛을 그대로 담아낸 이겸의 눈이 습기를 머금어 검고도 맑았다.

피 냄새가 사라진 자리엔 풀잎 향과 물 냄새가 감돌았다. 여리가 미리 목욕통에 풀어둔 쑥 향이었다.

수건을 내린 이겸이 고요한 시선으로 여리를 응시했다. 촉촉이 젖은 머리카락엔 물기가 맺혀 있었다.

여리는 저가 그 방에 있는 이유를 설명이라도 하듯 방 안을 가리키며 입을 뗐다.

"잠자리를 봐두었습니다. 간단한 요깃거리도요."

"그래. 고맙구나."

이겸 역시 방 안으로 의미 없는 시선을 주며 간단히 답했다. 할 말을 찾던 여리가 문득 이겸이 쥔 도포를 보았다.

"입으셨던 옷은 이리 주십시오. 빨아두겠습니다."

그러나 이겸의 옷을 쥐던 여리의 손이 살짝 주춤했다. 도포에 검붉은 핏자국이 선명했다. 또렷한 자국에 여리의 시선이 머물자 이겸은 서둘러 그녀의 손에서 옷을 다시 거두어갔다.

"아마 지워지지 않을 것이다. 버릴 참이라 굳이 빨 필요는 없느니."

둘 사이에 잠시간 정적이 내려앉았다. 여리의 가라앉은 눈빛에 이겸은 헛기침을 했다.

"그, 오는 길에 호랑이를 만났다."

"……."

"물론 저번보다 훨씬 작은 놈이었으니 걱정 말거라. 우리가 만났던 호랑이의 새끼쯤 되지 않을까 싶은데. 호랑이 피라서 쉬이 지워지지 않는 데다 이번엔 수를 놓을 수도 없을 만큼 상했으니 마음 쓰지 마라."

알고 있다. 나리께 지워지지 않는 것은 저를 걱정시키지 않기 위해 둘러댄 핏자국의 핑계가 아닌 그 마음에 난 상처임을.

강 너머에서 이곳을 지키던 자들이 아침부터 모습을 감춘 것도 나리의 출타와 무관하지 않을 것이다. 전하께 무엇을 내어드리고 돌아오는 길인지는 알 수 없었으나 그것이 무엇이든 여리를 지키기 위한 것이었음을 알 수 있었다.

여리가 일부러 그의 말에 격하게 화답했다.

"마, 맞습니다. 호랑이 피가 지우기도 어렵고 또 근래 들어 예화에 어찌나 호랑이가 많은지 관에서 대대적으로 소탕을 할 것이라더군요. 그럼 이만 쉬십시오. 저는 나가보겠습니다."

이겸의 손이 그녀의 손목을 불쑥 잡았다.

"이대로 가려고? 방금 듣지 않았느냐. 호랑이를 만났다고."

잠시 멈춘 여리가 다음 말을 기다렸다.

"사람이 어찌 그리 매정한 것이냐?"

"예?"

"호랑이 때문에 놀란 내게 지금 필요한 건 따뜻한 이불과 음식이 아니라 마음의 안정이니라."

"하오면 탕약이라도 달여 올까요?"

걱정스러운 마음에 자못 심각하게 묻는 여리 때문에 이겸은 슬그머니 웃음을 베어 물었다. 그러나 웃음을 꾹 눌러 삼키고는 진지한 목소리로 말했다.

"약은 되었다. 잠이 들 때까지만 곁에 있어다오."

"예. ……예?"

한방에서 밤을 보낸 것이 처음도 아니건만 이겸이 너무도 담담히 말하는 탓에 여리의 말끝이 올라갔다. 이겸이 옅은 숨을 허, 내뱉었다.

"대체 무슨 생각을 하는 것이냐? 많이 놀란 탓에 혼자 있기 무서워 그저 같이 있어달란 것뿐인데."

"제가요? 아무 생각 안 했습니다. 하물며 한방에 있는 게 처음도 아닌데요."

"그래? 그럼 지체할 이유가 없겠구나."

대꾸할 사이도 없이 동그란 눈의 여리가 이겸의 손에 이끌려 방 안쪽으로 들어갔다.

"하, 하오나! 제가 아직 마음의 준비가……."

이겸은 방 안을 둘러보고는 이불이 깔리지 않은 아랫목 벽에 등을 기대고 앉았다. 그리고 방 한가운데 우두커니 선 여리를 보며 제 옆자리를 탁탁 두드렸다.

"앉거라."

"……."

"이런 것에도 마음의 준비가 필요한가?"

이겸은 고개를 옆으로 기울여 보이며 여리에게 앉으라는 표시를 한 번 더 해 보였다. 잠시 망설이던 여리가 조심스럽게 이겸의 곁에 앉았다. 약간의 간격을 두고 나란히 앉은 둘의 맞은편에서 호롱불이 일렁였다.

조금은 어색하지만 싫지 않은, 편안한 고요.

이겸은 피곤했는지 그대로 머리를 벽에 기댔다. 이겸이 눈을 감자 여리가 그런 그를 힐끔 쳐다보았다.

앉은 채로 주무시려는 걸까. 불편하실 텐데.

여리의 시선이 괜히 이겸을 봤다가 오래 머물지 못하고 다른 곳으로 옮겨가는 일을 반복했다. 그 부산한 움직임을 느낀 이겸이 입을 열었다.

"밖에서 춥진 않았느냐?"

"저야 계속 집에 있었는걸요. 며칠간 어디에 계셨다 오신 것입니까? 잠은 좀 주무셨습니까?"

때를 기다려 쏟아진 질문에 이겸이 그만 낮게 웃었다.

"한 가지씩 묻거라. 나는 알아볼 것이 있어 전하께서 계신 행궁에 다녀오는 길이다. 그리고 잠은 거의 자지 못했다."

역시 그랬구나. 많이 피곤하시겠다.

시선을 위로 잠시 들었다 내린 여리가 제 어깨를 톡톡 두드려 보였다.

"그럼 여기 기대서 눈 좀 붙이십시오. 주무실 때까지 곁에 있겠습니다."

"베개를 베는 쪽이 훨씬 편하지 않겠느냐?"

"그, 그래서 제가 아까 진작……. 하오면 어서 저리로 누우시지요."

일어서려는 여리보다 그녀의 어깨에 기대는 이겸의 행동이 빨랐다. 여리가 주섬주섬 다시 자리를 잡고 앉자 눈을 감은 이겸이 미소를 띠었다.

어깨에 기댄 이겸의 숨소리가 가지런하게 잦아들었다. 그 편안한 모습에 여리의 입가에도 작은 호선이 배어났다. 여리의 어깨에 기댄 이겸의 고개가 호흡에 따라 옅게 움직였다. 목덜미에서 이겸의 부드러운 머리카락이 느껴져 따스한 햇살처럼 마음이 넉넉해졌다.

여리는 어깨를 고정한 채로 겨우 이불을 끌어와서는 그것을 저와 이겸의 다리 위에 덮었다. 바닥의 온기를 머금어 제법 이불이 따뜻했다.

"여쭈어볼 것이 있습니다, 나리."

일렁이는 호롱불에 시선을 주고 있던 여리가 이겸을 보았다.

"일전에 전하께서 찾으시는 물건이 있다고 하셨습니다. 그것이 전하와 나리 사이의 오해를 풀어줄 수 있을지도 모른다고 제게 그것을 찾아달라 하셨는데. ······그것이 무엇인지 여쭈어봐도 됩니까? 만약 그것만 찾게 되면 아무 문제도 없어지는 것입니까?"

잠이 들기엔 짧은 시간이라 물어본 것인데 답이 없었다. 그저 숨소리만 새근새근했다. 벌써 주무시는 건가?

"나리? 주무십니까?"

여전히 대답 없이 고요한 방 안.

이겸이 깨지 않게 한동안 기다려준 여리는 그가 편히 베개를 베고 잘 수 있도록 조심히 손을 옮겼다. 그러나 그 손길이 불편했던 듯 이겸은 여리의 어깨에 더욱 깊게 파고들었다.

"나리?"

"잠시만 이대로 있자. 불편하지 않다."

이겸의 말에 여리가 들었던 손을 내렸다. 다시 주위가 조용해졌다. 숨소리들이 가지런하게 겹쳐질 즈음, 이겸이 말을 이었다.

"전하께서 찾고 계시는 것은 아직 나도 보지 못해서 무엇인지 말해줄 수가 없다. 확실해지면 네게 가장 먼저 이야기해주마."

여리는 작게 고개를 끄덕였다.

이겸이 잠들 때까지 제 숨소리마저도 낮추고 있던 여리는 제게 기댄 이겸에게로 슬쩍 시선을 돌렸다. 감긴 눈 아래로 쭉 뻗은 콧날이 수려했다. 단정하게 다물린 입술과 매끈한 피부. 그러나 훤칠한 외모와는 별개로 지친 그의 모습이 안쓰러워진 여리는 저도 모르게 가만히 손을 뻗어 이겸의 감긴 눈을 닿을 듯 말 듯 쓸어보았다. 행여 잠을 깨울까 속눈썹에 닿는 그 손길이 무척이나 조심스러웠다. 여리의 손가락 끝이 이겸의 속눈썹을 지나 매끈한 선을 그리는 뺨 위로 내려앉았다.

속상하게 언제 이렇듯 살이 내리신 걸까.

그때, 자는 줄 알았던 이겸이 제 뺨에 닿은 여리의 손을 잡았다. 천천히 눈을 뜬 이겸이 고개를 살짝 젖혀 제게 어깨를 내준 여리를 보았다. 여전히 고개를 떼지 않은 상태라 서로의 숨결이 온전히 느껴질 정도로 가까웠다.

호롱불 빛이 일렁이고 그를 따라 몰래 얼굴을 만지다 들킨 여리의 가슴도 두근거렸다. 가만히 여리를 응시하고 있던 이겸이 조금은 탁해진 목소리로 말했다.

"참으로 잔인한 여인이구나. 내가 왜 빨리 잠들려 하는 것인지 정녕 모르는 것이냐?"

말로는 다 하지 못할 마음들이 눈빛에 담겼다. 서로의 시선이 아늑한 불빛을 따라 겹쳐졌다.

이윽고 이겸이 천천히 몸을 일으켜 바로 앉았다. 이겸은 서안 서랍에서 무언가를 꺼내어 여리에게 내밀었다.

"받거라."

얼떨결에 그것을 두 손으로 받아 든 여리가 제 손으로 시선을 내렸다. 여리는 손에 쥐인 서책 앞에 적힌 두 글자를 보았다.

달싹이는 입술은 소리 없이 그 글자를 읽어냈다. 정갈하게 적힌 두 글자.

論語

이 밤에 갑자기 웬 공자의 가르침을 제게 주시려는가.

흡사 깨달음을 얻기 전의 제자들 같은 표정으로 여리는 이겸을 보았다. 그는 전과 같이 벽에 기대고 다시 눈을 감았다.

"이것을 왜……."

여리가 '논어'를 읽고 간단한 해석까지 덧붙일 수 있음은 일전 서고 정리 때 보아 이겸도 알고 있었다.

"군자가 가져야 할 올바른 몸가짐과 마음가짐들에 대해 적혀 있는 훌륭한 책이다. 불순한 마음을 잠재우는 데 그만한 것이 없느니. 거기 첫 장부터 또박또박, 내가 잠들 때까지 옆에서 읽거라."

눈썹을 찌푸린 여리가 급히 말을 이었다.

"그, 그러니까 지금 그 말씀은 제가 나리께 불순한 마음을 품었으니 그것을 이 책으로 이겨내라 그런 뜻이옵니까?"

"마음을 다스리기 좋은 책이다. 귀한 말씀들이 담겨 있지. 성현이 괜히 성현이 아니야."

이겸의 대답에 잠시 얼이 빠져 있던 여리는 입술 사이로 작은 숨을 토해냈다. 그리고 이내 볼이 불퉁하니 부풀려졌다. 물론 저가 먼저 자고 있는 나리의 얼굴을 탐, 아니, 만지긴 했다. 그렇다고 그게 불순한 마음까지는 맞……을지도. 뭔가 반박하고 싶은데 반박할 수 없어서 억울했다.

여리는 잠시 고민하다가 그 언젠가 이겸이 그러했던 것처럼 이겸의 앞으로 가서 벽에 기댄 그의 얼굴 옆에 제 손을 턱 짚었다. 벽과 제 팔 사이에 이겸을 가둔 여리가 눈앞의 이를 뚫어져라 응시했다. 여리의 시선을 느낀 이겸이 천천히 눈을 떴다. 여리가 가늘어진 눈으로 이겸을 보고 있었다.

"설마 저를 못 믿으십니까, 나리? 저 최여리입니다. 제가 한 방에 있다고 나리께 감히 손을 대기라도 하겠습니까?"

여리는 사내들이 흔히 하는 '오라버니 믿지?'의 심정으로 결백을 주장했다. 그러나 말하고 보니 뭔가 아차 싶었다. 그도 그럴 것이 이미 손은 댔지 않은가.

"손."

저를 바라보는 이겸의 시선에 여리의 목소리가 잦아들었다.

"……만 댔지 그 외에는 아무것도 하지 않았습니다. 그리고 엄밀히 말하면 닿은 것도 아닙니다."

"닿은 게 아니라 하였느냐?"

여리가 시선을 다른 곳으로 물렸다. 이겸은 그런 여리를 가만히 보고 있다가 손가락으로 제 뺨을 툭툭 가리켰다. 정확히 여리가 만진 자리였다. 이겸이 능청스럽게 또박또박 입을 열었다.

"기억이 나지 않나 본데 내 친절히 다시 일러주마. 여기가 네가 만진 뺨."

뺨을 가리켰던 이겸의 손가락이 그의 눈꺼풀로 올라갔다. 역시 두 번, 톡톡.

"여기가 네가 만진 눈."

민망한 여리의 시선이 더욱 먼 곳으로 도망쳤다.

"그리고."

이겸의 손가락이 입술로 내려가던 찰나, 여리가 그 손을 덥석 잡아 멈추었다.

"으앗. 잠깐만요! 입술은 손대지 않았습니다. 정말입니다!"

여리의 반응에 이겸이 싱긋 웃으며 답했다.

"누가 뭐라고 했느냐? 나는 아무 말 하지 않았다."

결국 슬그머니 꼬리를 내린 여리는 입을 소심하게 삐죽이며 제자리로 돌아갔다. 어쩌면 이 순간 정말로 성현의 가르침이 필요할지도 모르겠다. 밤은 길고 위험했으니.

이겸이 옆에 앉은 여리를 보며 웃었다. 그의 손이 다시 '논어'를 내밀었다.

"어떻게. 다시 받을 것이냐?"

"받을 겁니다. 받아야지요. 불순한 손을 귀한 가르침으로 다스려보겠습니다."

작게 중얼거린 여리가 입을 집어넣으며 책을 받아 들었다. 그런데 서책의 가운데가 어쩐지 볼록하였다. 무언가 만져지는 곳을 찾아 책을 들추어보았다. 얼마 지나지 않아 맑은 소리를 내며 조그만 것이 바닥으로 떨어졌다.

여리가 푸른빛의 물건을 주워 들었다. 고운 옥가락지는 색이 곱고 매끈한 것이 한눈에 보기에도 귀한 물건이었다. 여리가 이겸에게 그것을 내밀었다.

"나리, 책에 이것이 끼워져 있었습니다."

"네가 방금 네 입으로 받는다 하지 않았느냐?"

"예?"

"네 것이다. 소중한 분에게 받았으니 소중한 이에게 주고 싶었다."

이겸이 여리에게 내민 것은 책뿐만이 아니었다. 손바닥 위에 놓인 가락지를 보는 여리의 눈이 동그래졌다.

"소중한 분에게 받았다 하셨습니까? 혹……."

"어머님이 살아 계셨어도 네게 주셨을 거다."

추억과 마음이 깃든 물건이었다.

그것을 보는 여리의 시선에는 여러 가지 감정이 섞였다.

잠시 말 사이를 띄웠던 여리가 이겸에게 물었다.

"잊으신 것 없습니까?"

"음?"

여리가 이겸 앞에 손가락을 곱게 펼쳐 보이며 미소 지었다.

"끼워주십시오. 본디 선물은 거기까지인걸요."

다소곳하면서도 당당한 부탁에 이겸이 웃었다. 이윽고 여리의 손에 끼워진 반지는 마치 처음부터 여리의 손가락에 대고 깎은 듯 꼭 맞았다. 여리의 하얀 손가락 위에서 빛나는 가락지를 보며 이겸이 옅은 한숨과 함께 중얼거렸다.

"이 밤에 널 못 믿는 것이 아니라 실은 나를 못 믿는 것이다. 혼인 전까지는 가락지를 끼워준 마음을 새기며 함께 불순한 마음을 절제하자."

혼……인이라고?

여리가 놀란 토끼 눈으로 이겸을 보자 이겸은 미간을 살짝 좁히며 답했다.

"뭐지, 그 눈빛은? 설마 나를 두고 다른 사람과 혼인할 것이냐?"

"아니, 그게 저…… 한 번도 생각해보지 않았습니다."

참으로 솔직한 대답. 정말 생각지도 않았던 말이었기에 솔직한 답이 튀어나왔다.

이번엔 이겸이 할 말을 잃었다. 생각해보지 않았다는 말이 거절의 뜻으로 들렸던 것일까. 가라앉은 이겸의 표정에 여리가 빠르게 손을 내저으며 말했다.

"아, 아니 한다는 게 아니라 정말 생각지도 못했다는 뜻입니다. 아무튼 지금부터 생각해보겠습니다."

"그러기엔 너무 바로 대답했는데. 역시 군이 아니어서 거절당한 건가."

"아니라니까요? 아닙니다. 아니에요."

여리가 고개까지 세차게 저으며 제 결백함을 주장하자 그 모습이 귀여웠는지 이겸이 낮게 웃음을 터뜨렸다.

"지금의 어지러운 일들이 끝나면 정식으로 물어볼 터이니 그때 다시 답해다오. 그땐 지금처럼 바로 아니 한다 해도 깨끗이 수긍하마. 어차피 그때도 군은 아니겠지만."

"아이참, 아니 한다는 게 아니라니까요?"

"알겠다. 아니 한다는 게 아니라는 거."

이겸에게 귀엽게 눈을 흘긴 여리가 가락지 낀 고운 손으로 책을 펼쳤다.

이겸의 시선이 느긋하게 여리의 얼굴로 향했다. 책을 읽으라고 해놓고 저는 여리의 얼굴만 보고 있었다. 시선을 느낀 여리가 책으로 민망한 얼굴을 가렸다. 책을 쥔 손에서 가락지가 반짝였다.

"한데 이 가락지 말입니다, 도망가지 말라고 주신 겁니까?"

"가락지를 주면 도망가지 않는 것이냐? 쉬운 방법이 있었구나."

책 위로 눈만 내민 여리가 눈을 반달 모양으로 곱게 접었다.

"아니지요. 적어도 도망가지 못하게 하려면 가락지가 열 개는 필요합니다. 그 이야기 못 들어보셨습니까? 가락지를 열 손가락에 끼고 도망가지 못하게 안아서 이렇게 손을 꽉……."

여리가 두 손으로 깍지를 끼며 열심히 설명해 보였다. 그 말에 턱을 괸 이겸이 고개를 주억거렸다.

"그 말은 앞으로 아홉 개가 더 필요하다? 생각보다 야망이 있는 여인이었군."

"다다익선이란 말이 다 그런 것 때문에 생긴 겁니다."

여리의 농에 이겸이 기분 좋은 미소를 띠었다. 그를 따라 미소 짓던 여리가 말을 이었다.

"하오나."

여리는 제 새끼손가락을 이겸의 새끼손가락에 조심스럽게 걸었다. 여리의 손가락과 이겸의 손가락이 마치 가락지처럼 서로의 손을 둥그렇게 감싸는 모양이 되었다.

손가락을 건 두 사람의 손을 살짝 올리며 여리가 말했다.

"이리 하면 세상에 단 하나뿐인 가락지가 되지 않사옵니까? 저는 다른 많은 것보다 이 가락지 하나면 됩니다. 이게 가장 좋습니다."

얽힌 서로의 손가락으로 따스한 온기가 전해졌다.

해사하게 웃는 여리를 보며 이겸의 얼굴이 살짝 굳었다. 여리가 눈을 깜빡이며 궁금하다는 눈빛을 짓는 찰나, 이겸이 고개를 내려 그녀의 입술에 입을 맞추었다.

입술을 뗀 이겸이 바로 제 눈앞에 있는 여리의 눈을 마주하며 속삭였다.

"그리 곱게 웃지 마라. 기껏 꺼낸 책이 쓸모없어지려 하지 않느냐?"

여리의 볼이 복숭아 빛으로 상기되었다. 조물거리는 입술은 붉은 꽃잎처럼 색이 고왔다.

……곤란하다. 여러 가지 의미로.

한 번 더 입술을 댔다가는 거기서 멈출 수 없을 것임을 알기에 이겸은 혼자만 알 정도로 작게 한숨을 삼키고는 여리의 고개를 제 어깨 위로 가져왔다. 여리의 머리가 이겸의 어깨 위에 기대어졌다.

"나리?"

여리가 고개를 들어 이겸을 보려 하자 이겸은 그녀의 시선을 앞으로 향하게 했다.

"이리 해서야 언제 잠이 들겠느냐? 어서 읽도록 해라."

이겸이 다시 친절하게 여리의 손에 책을 제대로 쥐여주었다.

여리가 꼬물꼬물 고개를 들어 이겸의 표정을 살피려 했지만, 이겸의 손이 그녀의 머리를 단단히 고정하듯 끌어안고는 놓아 주지 않았다.

"이리 불편하게 기울인 채로 어찌 책을 봅니까?"

"옛 성현들은 어려운 여건 속에서도 언제나 학문에 정진하셨다. 자리가 불편하다는 것은 핑계에 지나지 않는 것을."

"그럼 제 손만이라도 좀……."

"어허. 그 손은 위험한 일을 저지른 전적이 있지 않느냐?"

"하면 불편한 고개라도."

"그 시선도 위험하긴 마찬가지니."

호롱불이 문틈 사이로 번지는 사랑채에서는 서책 읽는 소리와 더불어 티격태격하는 소리가 긴 밤 내내 끊이지 않았다. 아무래도 좀처럼 책을 읽기는 틀린 것 같았지만 지친 하루의 끝에 작은 위로가 되는 것은 분명했다.

십 년 전, 한양.

"아씨, 대감마님의 윤허도 없이 이리 밖으로 나오셔도 되는 것입니까? 게다가 지금은 외출 금지령이 내린 상태잖아요."

이제 열 살이 된 여리, 아니 연희의 뒤를 따르며 향이는 잔소리를 늘어놓았다. 연희는 그런 말쯤이야 이미 익숙한 듯 제법 뒷짐까지 느긋하게 져가며 풍광을 감상했다.

한적한 산기슭, 화려한 빛깔의 꽃들이 저마다 꽃망울을 터뜨리는 봄을 맞아 넓은 계곡엔 먹을 감거나 담소를 나누는 아녀자들이 자리를 잡고 있었다. 제법 큰 나뭇가지에는 그네도 드리워져 힘차게 뛰는 여인네들의 모습에 절로 마음이 들떴다. 발걸음을 가볍게 하는 것에는 기분 좋은 봄바람도 빠지지 않았다.

사가에서부터 따라온 향이는 어른들께 혼날 생각에 벌써부터 심장이 뛰고 조바심이 났다.

"아무리 대감마님께서 강무에 행차하셔서 자리를 비우셨다곤 하나 이 일이 발각되기라도 하는 날엔……."

"그러니까 바로 금일! 나와야지. 아버님께서 아니 계실 때 말이야. 걱정 말거라. 내 꽃구경만 하고 금방 돌아갈 것이니. 게다가 며칠 전에 여쭈어보니 강무는 이곳이 아니라 멀리 있는 산에서 행해진다 하셨다. 사가로 돌아오시려면 시간이 제법 걸릴 것이야."

"이건 아랫것인 제가 드릴 말씀은 아니오나 안방마님께서 말씀하시길 자고로 여인은 조신하게 방에 앉아 수를 놓고, 단정한 몸가짐에 힘쓰며, 밖으론 눈도 돌리지 아니하여야……. 어? 아씨? 나 누구랑 얘기하고 있니? 아씨, 어디 계셔요?"

잠시 눈을 뗀 사이 연희를 잃어버린 향이는 눈이 휘둥그레져서 주변을 바쁘게 둘러보았다. 삼삼오오 모여 있는 여인네들 덕분에 한눈에 연희를 찾는 것이 쉽지 않았다.

한편, 꽃놀이를 나온 여인들을 호기심 어린 눈으로 좇던 연희는 나무 옆에 쪼그리고 앉은 참이었다. 작은 꽃망울을 틔운 진홍색 꽃이 눈길을 끌었다.

연희의 눈이 반짝 빛나던 그때, 어디선가 날아온 나비가 꽃 위로 내려앉았다. 올봄 들어 처음 보는 그 작고 나붓나붓한 모습에 연희는 시선을 빼앗겼다.

먼발치서 익숙한 연희의 정수리를 발견한 향이가 제 치마를 부여잡고 달리려는 찰나, 주위 여인들의 소리가 발길을 잡아 끌었다.

"그게 정말이야? 금일 전하께서 이 산으로 강무를 행차하셨다는 게?"

"원래 강무를 행하기로 했던 산이 비가 오는 바람에 산사태가 났다지 뭐야. 해서 급히 바뀌었대."

"꺄악! 그럼 그 훤칠하다고 소문난 세자 저하랑 진헌군 대감을 볼 수 있는 거야? 강무면 함께 오셨을 거잖아. 아, 이럴 줄 알았으면 이번에 마련한 새 옷을 입고 올 것을."

"아서라, 아서. 강무는 여기가 아니라 저 뒷산 어디라던데? 하여 그쪽으로는 아무도 못 지나간다더라."

"그리고 네 험한 얼굴을 함부로 들이밀었다간 왕족을 놀라게 했다고 역모로 잡혀갈 수도 있어. 조심해."

"뭐야!"

여인들은 저들끼리 깔깔거리며 말을 이었지만 그 말을 들은 향이의 등골은 오싹해졌다.

큰일 났다! 혹여 아씨가 외출 금지령을 어기고 여기에 온 것을 대감마님께 들키기라도 하는 날엔 무서운 일이 벌어질 거다. 그리고 아씨와 함께 저도 경을 치겠지.

"아, 아씨! 아씨! 어서 돌아가셔야 합니다요. 큰일 났어요, 아씨!"

향이의 부름을 듣지 못한 연희는 꽃을 떠난 나비를 따라 발걸음을 옮겼다. 나비는 마치 연희에게 길을 안내하듯 급하지도 느리지도 않게 곁을 맴돌면서 그녀를 이끌었다. 연희의 작고 하얀 손이 나비가 간 길을 따라 허공 위에 부드러운 호선을 그렸다.

한참을 나비에 홀린 듯 산길로 걸음을 옮기던 연희는 제 시야 앞으로 뻗었던 손을 거두었다. 나비를 놓친 것이다. 나비를 쫓아 이리저리 시선을 옮기던 연희의 눈에 주위를 가득 메우고 있던 여인들은 온데간데없고 멀리 다른 형체가 보였다.

한눈에 보기에도 좋은 비단옷을 말끔히 입은 사내는 활시위를 팽팽하게 당겨 무언가를 겨냥하고 있었다. 연희의 시선이 사내의 시선이 닿은 곳으로 향했다.

사냥 중인가?

그 순간 연희의 입이 절로 벌어졌다. 사내의 화살이 가리키고 있는 것이 짐승이 아닌 사람이었던 것이다. 놀란 연희가 손가락을 뻗으며 어버버 말을 더듬었다.

차림으로 보아서는 사람을 잡는 화적패도 아니었다. 게다가 화살이 겨눠진 사내는 뒤쪽의 위험을 전혀 느끼지 못하고 있는 듯했다.

약간의 차이는 있었으나 두 사내가 입고 있는 의복은 빛깔만 다를 뿐 모양이 비슷하였다. 이는 두 사람이 아는 사이라는 뜻이기도 하였다. 의문에 답을 구할 사이도 없이 연희의 작은 발이 냅다 뛰기 시작했다.

　함께 강무에 나선 이겸을 화살로 겨눈 이혼의 눈매는 차갑기 그지없었다. 달아난 사슴을 쫓아 이겸과 저만 따로 떨어져 나온 지금이 어찌 보면 하늘이 준 기회라 할 수 있었다. 실수라고 하고 어디 한 군데쯤 스치면 진헌군은 족히 몇 달을 고생할 것이다. 거기에 강무 또한 흐지부지될 것이니 잡은 짐승의 수와 크기를 놓고 얼굴 붉힐 일도 없을 터.

　이혼은 사슴에게로 향했던 화살 끝을 자연스럽게 이겸에게로 옮겼다. 이겸 역시 적당히 시간을 보낼 요량으로 짐승을 찾는 시늉만 하는 터라 먼발치에 선 이혼의 움직임을 눈치채지 못하고 있었다. 이혼이 시위를 당긴 손을 멈추고 미간에 힘을 주었다. 그러나 마침내 시위를 잡은 손가락을 튕기려는 순간, 혹 저를 덮쳐 오는 힘에 비틀대며 넘어졌다.

　잘못 날아간 화살은 이겸과는 멀리 떨어진 엉뚱한 곳에 떨어졌다. 바람을 가른 소리에 이겸이 고개를 돌려봤지만 이미 아무것도 보이지 않았다.

　"아니 되옵니다! 그러지 마십시오."

　이혼과 함께 바닥에 쓰러진 연희는 감히 제가 쓰러뜨린 것이 누구인지 짐작도 하지 못한 채 몸을 일으키며 말했다. 때아닌 방해를 받은 이혼의 심기가 불편해졌다.

이혼은 눈앞에 있는 연희를 귀찮다는 듯 치워버렸다.

"무엄하다! 이 몸이 누구라고 감히!"

으름장을 놓은 이혼은 바닥에 떨어진 활을 잡아 이겸이 있던 곳을 보았다. 조금 전보다 멀어졌지만 맞추지 못할 거리는 아니었다.

입술 사이로 못마땅한 기색을 비친 이혼이 활을 바로잡으려 하자 연희가 두 팔을 뻗으며 그 앞을 가로막았다. 이혼의 가슴 정도밖에 오지 않는 당찬 아이는 오묘한 색깔의 눈을 동그랗게 뜨며 고개를 저었다.

"무슨 사정이 있는지는 모르겠으나 잠시만 고정하시지요. 방금 사람을 겨누신 것 같은데 사람이 사람을 해하다니 아니 될 말씀입니다. 게다가 저분은 아무것도 모르고 계시지 않습니까?"

이혼의 눈썹이 사납게 휘어졌다.

"지금 내가 하는 일에 감히 토를 다는 것이냐? 내가 누구인 줄 알고 네까짓 것이."

"임금님이든 산에 사는 신령님이든 그릇된 일을 행하면 그게 누구라도 토를 달 것입니다."

"그릇된 일이란 건 누가 정하는 거지? 너인가? 조선을 지키기 위해 무기를 든 자라도 너의 방자한 생각대로라면 모두 극악무도한 자들이겠구나. 사람을 해치는 일이니."

이혼의 말에 연희는 침착하게 마음을 가다듬었다. 최대한 말을 시켜서 시간을 끌어볼 참이었다. 그동안 저쪽에 있는 사람이 이곳의 상황을 알아차리길 기대할 수밖에 없었다.

"적어도 그들에게는 명분이 있지 않사옵니까? 지금의 나리께는 그와 비슷한 명분이 있는지요?"

"만약 저곳에 있는 자가 살인을 하였다면? 그렇다면 명분이 되지 않겠느냐? 세상은 너 같은 꼬마가 보는 것이 다가 아니다."

한 마디도 지지 않는 아이를 보며 이혼의 입꼬리가 비틀려 올라갔다. 어느새 이겸은 시야에서 살짝 물러나 있었다.

감히 세자 앞에서 입을 잘못 놀리면 죽을 수도 있다는 것을 이 건방진 아이는 배우지 못한 모양이었다. 아니면 누구도 저가 세자라는 것을 알려주지 않았으니 지금처럼 겁 없이 행동할 수 있는 것이겠지.

"하오나 저분을 죽이면 나리께서도 살인자가 되는 것이 아니옵니까?"

"뭐?"

"나리께서 저분을 해하신다면 살인을 한 저분과 나리의 다른 점이 무엇입니까?"

"허."

난데없이 튀어나온 이 아이는 대체 누구이며 거기에 대고 답을 꼬박꼬박 해주고 있는 자신은 또 무엇인가. 아이 따위 내쳐버리면 그만이었지만 평소라면 얼마든지 그러했을 일을 지금의 이혼은 행하지 않고 있었다.

바람이 풀을 쓰다듬는 소리, 멀리서 몰이꾼이 수풀을 흔드

는 소리, 그 사이로 작은 산새가 배쫑배쫑 끼워 넣는 울음이
한데 어우러져 기묘한 조화를 만든 탓인지도 몰랐다.

"만약 저분이 살인자라면 관아로 끌고 가서서 죄를 묻고 그
에 합당한 벌을 받게 하시지요. 지금 화살을 날려 저분을 해
하신다면 나리께서는 훗날 필시 후회하실 것입니다. 죄 지은
자를 벌하기 위해 반드시 같은 죄를 지을 필요는 없지 않사옵
니까?"

맑은 회갈색 눈이 진심을 담아 충언했다. 그 당당한 눈빛이
누군가와 닮아 있어 이흔은 그만 기분이 상했다. 아니다. 사람
이 아니라 아까 놓쳐버린 사슴의 눈빛을 닮은 것도 같았다.

숲의 신령이 사람의 모습이라도 빌려 나타난 것인가. 그것이
아니라면 아무도 발을 들이지 못하는 강무장에 어찌 이런 꼬
마가 들어와 있단 말인가.

건조하게 웃어버린 이흔의 얼굴에서 표정이 점점 사라졌다.

"장난은 여기까지다. 시간이 없으니 비켜나거라."

그러나 여전히 연희는 물러나지 않았다. 이흔은 연희를 밀
어내고 걸음을 옮겼다. 옆으로 밀려나는 줄 알았던 연희가 냉
큼 이흔의 허리를 뒤에서 안으며 소리를 질렀다.

"도망가십시오! 이분께서 활……"

생각지 못한 방해에 이흔이 연희를 뿌리쳤다. 연희가 '에고
고' 소리를 내며 흙바닥 위로 엉덩방아를 찧었다.

노기로 가득 찬 이흔의 눈빛이 떨렸다. 두 손에 묻은 흙을
털어내는 연희의 얼굴이 쓰라림에 저절로 찌푸려졌다. 그러나

다음 순간 제 머리 위에 드리워지는 그림자로 연희의 시선이 올라갔다. 이흔의 화살이 연희의 머리를 향해 당겨져 있었다.

"대신 죽고 싶기라도 한 것이냐?"

놀란 연희의 입이 살짝 벌어졌다. 저를 내려다보는 이흔의 시선이 서릿발 같았다.

"네가 대신 목숨을 내놓을 수 있다면 지금처럼 날뛰거라. 너도 처음 보는 이의 목숨보다는 네 목숨이 더 귀하겠지. 사람이란 본디 간사한 것이니. 다른 이의 일에 끼어들려면 적어도 그 정도의 각오는 있어야 하는 법이다. 알아들었으면 입 다물고 내 눈앞에서 썩 꺼지거라."

서늘한 이흔의 눈빛이 그대로 연희의 눈에 꽂혔다. 잠시 이흔의 눈을 응시하고 있던 연희는 서서히 몸을 일으키더니 이흔의 화살을 잡아 제 심장 바로 앞으로 가져다 대었다.

"나리의 마음이 풀린다면 그리하십시오."

"뭐?"

"저분을 꼭 쏘아야겠다면 저를 먼저 쏘고 저분도 쏘십시오."

"너는 금일 저자를 처음 보았다. 그런데도 저자를 위해 목숨을 내어놓겠다고 하였느냐?"

"저분을 위해 내어놓는 것이 아닙니다. 저분과 나리 그리고 저, 모두를 위해서입니다. 짐승도 배고플 때만 어쩔 수 없이 살기 위해 다른 짐승을 해합니다. 하물며 짐승보다 나은 사람은 그와는 달라야 하지 않겠습니까?"

이흔은 느끼지 못했으나 화살을 쥔 연희의 다리는 덜덜 떨리고 있었다.

목숨은 귀한 것이라고, 다른 이의 피를 손에 묻힌 자는 언젠가 제 피로 다른 이의 손을 물들게 할 것이라고 줄곧 아비에게 듣고 자라왔다. 불의를 보고 참는 것은 도에 어긋나는 일이라고도 배웠다.

이흔의 화살은 여전히 당겨진 채로 미동이 없었다.

"네 세 치 혀가 결정한 일이다. 후회하지 않을 자신 있느냐?"

"어느 쪽을 택하든 후회는 할 겁니다. 하오나 제가 여기서 물러서지 않으면 저만 후회하겠지만 지금 제가 물러나 나리께서 화살을 날리시면 모두가 후회하겠지요. 하면 저는 하나라도 적게 후회하는 쪽을 택하겠습니다."

이흔은 흔들림 없이 저를 보는 회갈색 눈동자를 바라보았다. 산들거리는 햇빛이 그 눈에 내려앉을 때면 더욱 오묘한 색을 띠는 눈이었다. 다시 한 번 아이가 사람이 아닌 숲의 그 무엇처럼 느껴졌다.

연희가 마지막으로 간청했다.

"저분을 해하지 말아주십시오. 후일에 그 화가 나리에게도 미칠 수 있사옵니다."

아이의 치기는 겁이 없었다. 그러나 동시에 이치에서 벗어난 것이 없기도 하였다.

어린 시절 던진 돌과 짐승을 잡는 화살은 현격히 달랐다. 실수라 하여도 종친을 다치게 한 문제로 인해 골치 아픈 일들이 생겨날 것이다.

그사이 이겸을 찾은 군사들이 이겸의 주위로 몰려들었다. 이겸 일행은 보이지 않는 세자의 행방을 찾아 조금 전 소리가 들려온 곳으로 이미 향하는 중이었다.

그 기척을 느낀 이혼의 손이 조금씩 느슨해졌다.

"재미있는 아이로구나. 기어이 판을 엎다니."

제 심장을 겨눈 활이 물러나는 듯 보이자 연희의 입술 사이로 참았던 숨이 후우, 소리 없이 떨려 나왔다. 그러나 내려가는 줄 알았던 화살 끝은 순식간에 연희의 머리로 올라갔다.

"누구냐, 너는?"

이번에는 화살을 마주 잡지도 못한 연희의 눈이 당혹감에 떨려왔다. 연희를 겨눈 이혼의 눈빛은 곧고도 차가웠다.

"감히 전하께서 친림하신 강무장에 함부로 들어온 너는 어디에 사는 누구의 여식이냐? 사람이면 바른 대로 답하라. 강무장에 난입한 죄를 단단히 물을 것이니."

활시위는 다시금 팽팽히 당겨졌다.

⁂

"최여리라는 여인은 서인후의 여식 서연희가 맞사옵니다. 최달현이 서인후의 사가에서 종적을 감추기 전까지 최달현에게 딸린 자식은 없었고, 결정적으로 대제학의 여식을 본 자들이 그 눈이 회갈색으로 특이한 빛을 띠고 있었다고 하였사옵니다."

"여리. 연희……라."

비슷한 발음을 읊조리며 이혼이 피식 웃었다.

바람같이 스친 인연.

그날 제 앞에서 사라져버린 아이를 찾으려 했으나 찾을 수 없었다. 그도 그럴 것이 누구도 전하께서 친림하시는 강무장에 함부로 발을 들일 수는 없었다.

햇빛이 비칠 때마다 선명히 드러나던 회갈색 눈이 인상 깊었지만, 그저 산에서 무언가에 홀려 착각했던 것일지도 모른다 생각하고 덮어두었던 일이었다. 한데 십 년이 지난 지금 진헌군의 곁에 그 아이가 있다니.

그날의 인연이 없었더라면, 그리고 그 눈빛을 기억해내지 못했더라면 이혼은 여리가 대제학의 살아남은 여식이라는 것을 알아낼 수 없었을 것이다.

보고를 올리던 상선이 말을 이었다.

"서인후는 역모로 처형당한 자이옵니다. 역도의 도망친 혈육과 함께 있는 자들 또한 벌을 면할 수 없을 것이옵니다."

창을 보고 선 이혼은 찻잔을 들어 올렸다.

"사람의 연이 하늘의 뜻 위에 있구나."

알 수 없는 말과 함께 낮게 웃어버린 이혼이 잔기침을 콜록거렸다. 요양을 왔음에도 잦아들지 않는 기침에 상선이 눈치를 살폈다.

상선은 미령해지신 왕께서 이 행궁을 택하신 연유가 무엇인지, 또한 일곱 해 전 죽은 것으로 되어 있는 진헌군 대감을 어떤 까닭으로 은밀히 찾으신 것인지 감히 짐작도 할 수 없었다. 지금 전하께서는 분명 무언가를 대비하고 계셨다. 이혼의 기침은 조금 수그러드는 듯했으나 상선의 염려는 깊어졌다.

"전하, 지금 당장 어의에게 들라 이르겠사옵니다."

"되었다. 쉬고 싶으니 물러가 있으라."

"송구하옵니다, 전하. 옥체가 미령하신 것은 모두 소신의 부덕한 탓이옵니다. 미리 알아차리지 못한 소신의 잘못을 벌하여 주시옵소서. 이런 중차대한 시기에 자리를 비운 내금위장 또한……."

"상선."

"예, 전하."

"내금위장의 휴가를 허한 것은 과인이다. 지금 상선은 과인을 탓하는 것인가."

"아, 아니옵니다. 소신이 주제넘었사옵니다. 죽여주시옵소서."

이혼의 기침이 다시금 시작되었다. 속에서 뭔가 울컥하고 솟구치자 이혼은 들고 있던 찻잔을 부러 바닥으로 세게 던져 깨뜨렸다.

쨍그랑!

왕의 처소에 그릇 깨지는 소리가 날카롭게 울려 퍼졌다.

"이 나라 왕실의 기강이 언제부터 이리 무너졌느냐? 주제를 모르는 방자한 말하며, 다 식어빠진 차나 마셔야 할 정도로 과인이 우스운가!"

"소, 송구하옵니다. 뜨거운 차를 다시 대령하겠사옵니다."

"꼴도 보기 싫으니 모두 밖으로 물러나 있으라!"

기침이 잦아들지 않는 것이 차게 식은 차 때문이라 생각한 상선은 서둘러 발을 물려 나갔다. 제 주군의 심약한 성정이 부리는 변덕은 하루 이틀의 일이 아니었다.

방문이 닫히고 처소 안에 저만 남고서야 이혼은 소매에 있던 면포를 꺼내 참았던 기침을 토했다. 아무도 알지 못하는 거친 기침이 끝내는 컥컥, 끊겼다.

이혼은 면포를 입술에서 떼어 흥건히 배인 핏물을 보았다. 각혈의 양이 점차 늘어나고 있었다.

쓰게 웃은 이혼은 상선과 궁녀들이 알아차리기 전에 피로 물든 면포를 주먹 안으로 감추었다. 그리고 고개를 들어 하늘에 뜬 달을 무심히 바라보았다.

이제 곧 폐월화가 지는 때가 다가오고 있었다. 폐월화의 끝이 이겸과 저, 둘 중 누구의 끝과 닿아 있는지는 알 수 없었다.

선위 교서를 내어주겠다 하면서도 제 사람들의 안위만을 걱정하는 꼴이라니. 자신에게 해독제를 요구하지 않는 이겸의 행동에 더욱 안달이 나는 것은 이혼이었다. 언제나 제 예상을 벗어나는 이겸으로 인해 우스워지는 것은 자신이었다. 마치 하늘의 달이 이겸이라도 되는 것처럼 이혼은 혼잣말을 뱉었다.

"그리 보지 마라. 너라고 다를 것 같으냐? 결국 너도 네 손으로 그 아이를 내치고 과인에게 해독제를 구걸할 것이다. 궁지에 몰리면 살 길을 찾는 게 사람이니."

이겸이 행궁을 찾았던 밤, 이혼은 군사들에게 명한 것은 이겸의 목숨을 가져오라는 것이 아니었다. 어둠을 가르는 검광 속에서 그가 알고자 한 것은 하나였다.

명이 다하지 않는 이상 진헌군은 내내 종친의 무게를 지고 살아갈 것이다. 이혼은 그 지독한 운명과의 싸움을 받아들일 의지가 이겸에게 있는지, 다만 그것을 확인하고자 했을 뿐이었다. 그리고 이겸은 망설임 없이 검을 잡는 것으로 일곱 해 전과는 다른 답을 주었다.

진헌군은 변했고, 그를 둘러싼 상황도 변하였으며, 모든 것이 변한 것은 이혼 역시 다르지 않았다. 진실과 진심 따위는 중요하지 않았다. 왕실을 지키는 것은 그런 나약하고 가련한 것들이 아니었다.

"원망하면 원망할수록 그대는 더욱 단단해질 것이니 지금의 마음을 잊지 마시게, 아우님."

이혼은 입 안에 번지는 비릿한 피 냄새를 삼켰다.

시드는 꽃잎처럼, 기우는 달처럼 시간이 지고 있었다. 길지 않은 시간이 주어졌다는 점에서 형제의 상황은 같았으나 그 문제를 풀 수 있는 답에 있어서는 갈 길이 달랐다.

이혼은 회한에 잠긴 시선을 떨치고 걸음을 옮겼다. 용상의 무게를 짊어진 무겁고 진중한 발걸음이 무덤을 닮은 어둠 속으로 가만히 이어졌다. 시리게 하얀 달이 구름 뒤로 모습을 감추었다.

잠을 깬 이겸의 눈꺼풀이 천천히 떠졌다. 벽에 기댄 채로 잠들었던 이겸이 고개를 살짝 돌리자 여리의 머리카락이 제 목덜미에서 느껴졌다. 여리에게 방으로 돌아가라는 말을 한 것과 잠들 때까지 곁을 지키겠다 한 여리 때문에 또 한참 이야기를 나눈 기억은 나는데 그 이후가 흐릿했다.

이겸의 어깨에 기대 새근새근 잠든 여리 옆으로는 꽤 많이 읽은 책이 그대로 펼쳐져 있었다. 이겸은 제 손 밑에 포개진 여리의 손에서 딱딱하게 만져지는 가락지를 가만히 손끝으로 쓸어보았다.

이겸은 여리를 조심히 안아 올렸다. 남은 시간만이라도 편히 자도록 해주고 싶었다. 베개 위에 여리의 머리를 곱게 눕힌 이겸은 머리 아래의 손을 빼지 않은 채로 다른 손으로는 이불을 끌어당겼다. 포근한 이불을 여리에게 잘 덮어주고 제 팔을 빼기 위해 시선을 돌렸을 때였다. 설핏 잠을 깬 여리의 눈이 떠졌다. 마치 여리에게 팔베개를 해주고 있는 듯, 혹은 그 이상의 오해를 불러일으킬 수도 있는 자세로 그녀의 위에 있는 이겸과 여리의 시선이 마주쳤다.

내려앉은 고요.

당황한 이겸이 굳어서 아무 말도 못 하고 있을 때, 여리가 천천히 눈을 깜빡여 그를 바라보았다. 차츰 그 눈에 초점이 또렷하게 돌아왔다.

"……나리."

여리가 잠긴 목소리로 가만히 이겸을 확인했다.

"오해 말거라. 여기에는 그럴 만한 사정이……."

이겸의 말이 끝나기도 전에 여리가 팔을 뻗어 그를 끌어안았다. 순식간에 여리 위로 기울어진 이겸은 그 와중에도 여리가 깔리지 않도록 바닥에 댄 팔에 힘을 주었다.

"그리 세게 안으면 무거울……."

그런데 이겸의 밑에 누운 여리가 가늘게 떨고 있었다. 그 떨림을 느낀 이겸이 말을 멈추었다.

"여리?"

이겸은 저와 맞닿은 여리의 뺨에서 따뜻한 눈물이 느껴져 얼굴을 보려 했으나 여리는 그저 이겸을 안은 팔에 힘을 줄 뿐이었다. 맞닿은 여리의 심장은 불안하고 거세게 뛰고 있었다.

이겸은 여리를 안심시키기 위해 그녀의 머리를 부드럽게 쓰다듬어주었다.

"나쁜 꿈이라도 꾼 것이냐?"

여리가 이겸을 안은 채로 고개를 저었다.

"아닙니다. 잠을 설쳤나 봅니다. 잠시만 이대로 있어주십시오."

이겸은 여리의 옆에 고쳐 누워 그녀가 편히 누울 수 있도록 팔을 내어주었다. 여리가 이겸의 품으로 파고들자 이겸은 따스하게 여리를 마주 안아주었다.

여리는 꽉 잡은 이겸의 옷깃에 얼굴을 대며 방금 전, 자신이 꿈에서 본 것을 떠올렸다.

폐월화가 핀 그곳은 회연의 고택이 아니었다. 달빛을 받은 폐월화가 흐드러지게 핀 곳은 여리는 가본 적이 없는 한양의 궁궐이었다. 꿈속의 이겸은 겹겹이 많은 담들로 둘러싸인 곳에서 쓸쓸한 얼굴로 물가의 폐월화를 보고 있었다. 바람이 불어 폐월화가 물결치니 그가 입고 있는 붉은색 옷자락도 부드럽게 흔들렸다. 붉디붉은 옷. 그것은 이 나라의 왕에게만 허락된 곤룡포였다. 여리는 저릿하게 눈을 감았다.

이겸의 신분을 알게 되어 꾼 꿈인지, 그도 아니면 한 번씩 예지몽처럼 들어맞던 꿈이 이번에도 꾸어진 것인지는 알 수 없었다. 다만 곤룡포를 입은 채 폐월화를 보던 그 눈이 너무나도 슬프게 느껴져 마음이 저려왔다.

어찌하여 그런 눈빛으로 계셨던 것입니까, 나리.

여리는 왕실과 종친의 삶이 어떤 것인지, 그로 인해 짊어져야 할 무게가 얼마나 가혹한 것인지는 알지 못하였다. 하여 앞으로 두 사람 앞에 놓일 날들이 어떤 모습인지도 감히 가늠되지 않았다. 그러나 만약 어떤 선택을 해야만 하는 날이 온다면…… 그것이 무엇이든, 그곳이 어디든…… 나리께 더 좋은 길이기를.

여리는 저무는 달빛에 슬픔을 담아 간절히 소원했다.

주위를 둘러싼 모든 것이 푸르게 반짝였다.

모두의 불안을 감춘 달이 새벽을 향해 소리 없는 발걸음을 내딛고 있었다.

제13장

타버린 서고

뽀득, 뽀득—.

귀를 잡아끄는 소리에 여리의 눈꺼풀이 움찔거렸다. 새벽까지 잠을 설친 탓인지, 혹은 곁을 지켜준 이겸의 온기 덕분인지 햇빛이 방 안에 따스하게 번지고서야 잠을 깼다.

여리는 잠결에 옆자리를 손으로 더듬어보았다. 새벽녘에 이겸의 품에 기대어 잠들었으니 당연히 그가 옆에 있으리라 생각을 했는데 손에 잡히는 것은 빈 이불뿐이었다. 여리는 고개를 들어 이겸의 자리를 확인했다. 이불의 주인은 방 안 어디에도 보이지 않았다.

대신 방문 밖 어딘가에서 눈 밟는 소리가 들려왔다. 여리는 소리를 좇아 가만히 방문을 열었다. 숨이 하얗게 변할 만큼 찬 기운이 훅 끼쳐왔다.

간밤에 내린 눈으로 시선이 닿는 모든 곳이 하얗게 변해 있었다. 발목까지 쌓인 눈을 밟고 마당에 서 있던 이겸이 방문을 여는 기척에 고개를 돌렸다. 여리와 눈이 마주치자 이겸이 옅게 웃어 보였다.

"일어났느냐? 조금 더 자두어도 좋을 것을."

"푹 잤습니다. 하온데 어디 다녀오시는 길인지요?"

"아니다. 그저 마당을 한번 둘러보던 참이다."

"저를 깨우시지요. 금방 나가겠습니다."

흐트러진 매무새를 정리한 여리가 툇돌 위에 놓인 신을 신었다. 저를 보는 이겸의 시선을 느낀 여리가 어색한 미소를 지었다.

"어찌 그리 빤히 보십니까?"

"내가 너를 이리 보는 것이 처음인 것 같아서 말이다."

여리가 눈을 깜빡이자 이겸이 싱긋 웃으며 말을 이었다.

"나는 누구를 올려다보는 것에 익숙하지 않다."

그제야 여리의 입이 아, 벌어졌다.

당연했다. 회연에 오기 전, 아니 이곳에 온 이후에도 그가 '군'이라는 사실은 변함이 없었으니 이겸이 올려보아야 할 이는 조선에서도 손으로 꼽을 정도였을 것이다.

행간을 파악한 여리가 서둘러 마당으로 내려갈 생각으로 발을 움직이는데 문득 고운 털신 하나가 눈에 뜨였다. 가죽으로 덧대고 곱게 꽃잎까지 수놓은 털신은 누가 보아도 여인의 것이었다. 얇고 낡은 여리의 신과 대비되어 더욱 화사한 신이었다.

"어찌 그리 다른 곳에는 눈길도 주지 않는지."

올려다보는 것을 운운한 것은 제 신분을 뜻한 것이 아니라 시선을 내려 툇돌 위를 보라는 의미를 담고 있었다. 이겸에게 내려오기 위해선 일단 아래를 보아야 할 터이니.

"눈이 제법 쌓였으니 그것으로 신거라."

이겸이 여리를 향해 눈보다도 더 하얀 미소를 지어 보였다.

예상치 못한 이겸의 선물에 여리가 잠시간 망설였다.

"하오나 제가 신기엔……."

"또, 또. '제가 신기엔'이라니. 이번에도 '너무 고와서, 너무 비싸서.' 이런 말들을 하려는 것이냐? 사람 쓰라고 만드는 물건인데 앞으론 그런 생각하지 마라. 정 그냥 받기가 미안하다면 부탁을 하나 들어주어도 좋고."

"예? 어떤……."

"많은 것이 있겠지만 굳이 하나를 꼽으라면 혼인 허락이라든가?"

여리의 눈이 동그래지자 이겸은 신 쪽으로 눈짓을 보냈다.

"아침 잠결이라 넘어올 줄 알았는데 안 넘어오는구나. 그런 거 아니니 긴장하지 말고 신고 오거라. 보여줄 것이 있으니."

이겸은 다시금 나무 위로 시선을 옮겼다. 눈꽃이 내려앉은 나무는 제법 아름다웠다. 여리가 부러뜨린 가지 위에도 눈이 소복하였다.

뒷짐을 지고 선 이겸의 뒤로 사박사박 눈 밟는 소리가 이어졌다. 천천히 이어진 소리는 점차 선명해지더니 이윽고 멎었다. 소리의 주인은 이겸의 등에 제 고개를 기댔다. 이겸은 시선을 내려 여리의 발을 살폈다. 역시나 치마 밖으로 살포시 보이는 신은 저가 준 것이 아니었다.

"그리 보셔도 못 신습니다."

여리의 목소리에 이겸이 고개를 돌려 그녀를 보았다.

"이리 고운 신을 어찌 궂은 날 처음 신으라 하십니까? 눈 때문에 망가질 것이옵니다. 나리께서 주신 귀한 선물인데."

여리는 이겸이 준비한 신을 신는 대신 소중히 품에 안고 있었다. 제법 마음에 든 모양이었다.

이겸이 긴 한숨을 내쉬었다.

"참으로 말을 안 듣는구나. 추우니까 신는 가죽신을 따뜻한 봄에 신을 것이냐?"

"하오나 이것은 너무 고운걸요. 그러니 아껴서……, 꺄악!"

순식간에 그녀를 안아 든 이겸 탓에 여리가 그만 작게 비명을 질렀다. 말을 듣지 않는 여리의 대답을 듣는 쪽보다 이겸은 그녀를 안아 드는 쪽을 택했다. 여리의 낡은 신이 눈에 젖을 것을 염려한 이겸은 여리를 안은 채로 성큼성큼 걸음을 옮겼다.

"신겠습니다! 그러니 그만 내려주십시오."

여리가 다리를 버둥대며 내려달라는 표시를 했으나 이겸은 웃으며 말했다.

"처음 만났을 때가 기억나지 않느냐?"

그러고 보니 이분께선 놓는다 하면 정말 놓는 분이시다. 나무에서 떨어지던 저를 받아주고는 또 그대로 놓아버리셨으니.

여리는 입을 합 다물었다. 이겸이 향한 곳은 여리도 한 번 와본 적이 있는 곳이었다. 자주색 문고리가 있는 방. 이겸도, 서래댁도 여리에게 걸음하지 말라 일렀던 곳이다.

별채 앞에 다다른 이겸은 눈이 쌓이지 않은 처마 밑에 여리를 내려놓았다. 그리고 손수 여리의 발에 있던 신을 벗기고 새 가죽신으로 갈아 신겨주었다. 여리가 안색이 하얘져서 펄쩍 뛰었으나 이겸은 묵묵히 신발 두 쪽을 모두 신겨주었다.

"신이 망가지면 가락지처럼 열 개라도 사줄 터이니 그냥 신거라. 서래댁에게 부탁하여 미리 가져다둔 것인데 네가 신고 있지 않으면 서래댁도 마음을 쓸 것이다."

여리는 어찌할 바를 몰라 그저 입술만 꼭 깨물었다.

몸을 일으킨 이겸이 자주색 문고리를 잡았다. 잠가두지 않은 문은 약간의 힘을 주는 것만으로도 쉽게 열렸다. 이겸이 방문을 활짝 열어젖히자 여리가 조심스럽게 물었다.

"여긴⋯⋯."

"그리 겁먹을 것 없다. 위험하여 오지 말라 했던 것뿐이지 별다를 것은 없으니. 혹, 저승사자의 물건이라도 기대한 건가?"

이겸이 망설이는 여리의 손을 잡아끌었다. 그의 말대로 그곳은 방이라기보다는 서고와 비슷하게 물건을 쌓아둔 곳이었다. 새하얀 눈빛이 창으로 쏟아져 들어와 날이 맑지 않음에도 안은 어둡지 않았다. 여리의 눈이 조심스럽게 방 안을 훑었다. 일전에 문 앞에서 돌아섰던 방은 이겸의 물건들로 가득했다. 정확하게는 진헌군 이겸이 사용했던 물건들이었다.

"일곱 해 전, 사가에서 쓰던 물건들을 이곳으로 옮겨놓았다. 지금은 쓰지 않는 것들이 대부분이지."

이겸은 먼지가 내려앉은 물건들을 무심히 쓸었다.

아마도 이겸이 허락하기 전, 여리가 마음대로 들어왔더라면 그의 신분에 대해 눈치챘을지도 모를 물건들과 일전에도 한 번 본 일검이 벽에 걸린 채 여리의 시선을 잡아끌었다.

이겸은 서랍장 구석의 작은 궤를 내왔다. 손 두 개 정도의 너비를 가진 그것은 나무로 반듯하게 깎여 걸쇠가 붙어 있었다. 이겸이 걸쇠를 열고 그 안의 종이를 꺼냈다. 그리고 별다른 말없이 여리와 제 앞에 놓인 탁자 위에 그것을 올려두었다.

"이것은……."

"전하께서 찾고 계시는 것인 동시에 아니기도 하다."

여리가 이겸을 올려다보았다. 이겸이 종이를 펼치며 말했다.

"선왕 전하께서 내게 남기신 서찰이다. 전하께서는 이것을 선왕께서 나를 보위에 올리기 위해 만드신 선위 교서라 생각하고 계신다."

이겸의 손끝을 따라 접혀 있던 종이가 반듯하게 펼쳐졌다.

아무것도 없는 하얀 종이 위에 적힌 글씨는 단 네 글자였다.

消日警戒

글 옆에 찍힌 선왕의 어보가 그것을 남긴 이가 누구인지 말해주고 있었다.

"무엇으로 보이느냐? 생각나는 대로 말해보거라."

"소일경계로 읽힙니다. 소일이라 함은 어떤 일을 하면서 세월을 보내는 것을 뜻하는데 붙여서 풀이해도 크게 무리는 없습니다."

"네 말이 맞다. 하나, 이것은 소일이되 소일이 아니다. 글자

속에 다른 뜻을 숨겨두는 것은 선왕 전하께서 즐겨하셨던 것이지. 다시 한 번 글자를 자세히 보거라."

여리는 종이를 들어 천천히 훑어보았지만 특별한 점은 눈에 띄지 않았다. 다시 종이를 탁자 위에 내려두려던 여리의 손길이 주춤 멎었다. 정면에서 볼 땐 몰랐지만 종이의 각도가 살짝 달라지니 앞에 쓰인 '消(소)'가 눈에 들어왔다. 네 글자 중 오직 그 글자만 비틀려 있었다.

한 글자 안에서도 '肖'의 윗부분을 제외하고 나머지 획들은 모두 각도가 일정하게 꺾여 있었다. 쓰는 사람의 습관이나 실수에 의한 것이라기보다는 처음부터 그 글자를 두 부분으로 나뉘어 종이의 방향을 달리해 적었다고 보는 게 옳았다.

종이를 천천히 돌리며 확인해 보니 두 부분의 경계는 점차 선명해져 윗부분 '小(소)'만 뒤의 세 글자와 방향을 같이하는 게 보였다. 몇 번을 확인해도 같았다.

"이 부분만 나머지 세 글자와 방향이 같습니다. 제 짐작이 맞사옵니까?"

이겸이 싱긋 웃었다. 어린 시절, 선왕 전하께 지금과 같은 방식의 서찰을 받은 적이 있었다.

서체에 대해 안목이 있는 자들도 알아차리기 쉽지 않은데 역시나 여리는 눈썰미가 좋은 여인이었다.

"만약 小(소)라면 小日(소일). 작은 해로, 풀이가 달라집니다. '해'라는 것이 주상 전하를 뜻하는 말이니 '작은 해'는 세자 저하를 뜻하는 걸까요?"

"내 생각도 다르지 않다. 선왕 전하께서 내게 남기신 뜻은 세자 저하, 즉 지금의 주상 전하를 경계하라는 것이었다."

만약 선왕께서 독살을 당하셨다면 그 배후로 세자를 염두에 두고 계셨음을 암시하는 글일 수도 있었다. 지금으로서는 확실한 것이 아무것도 없기에 이겸은 굳이 그러한 내용까지 덧붙여 말하진 않았다.

"하오나 단지 이 네 글자만으로는 선위 교서라 할 수 없사옵니다."

"하여 이것이 전하께서 찾고 계시는 것인 동시에 또한 아니기도 하다는 것이다. 나는 선왕 전하께 선위 교서를 받은 적이 없으나 전하께서는 내가 그것을 받았다고 믿고 계시는 듯하다."

"그럼 원래부터 선위 교서는 존재하지 않는 것이옵니까?"

여리의 물음에 이겸은 제 얼굴을 그녀에게로 가까이 가져갔다. 서로의 눈동자가 더욱 잘 보였다.

"이런 가정은 어떠할까? 전해진 것은 한 개지만 원래 두 개가 만들어졌다면?"

"불가능한 일은 아닙니다. 전하께서 그리 생각하고 계시는 데는 심중을 넘어서는 어떤 이유가 있을 테니까요."

"이제부터 우리가 할 일이 그것이다. 만약 또 다른 교서가 존재했다면 그것을 찾아내는 일. 그러니 나를 도와주겠느냐?"

문득 여리는 지난밤 꿈을 떠올렸다.

만약 선위 교서가 존재한다면 꿈속에서 봤던 대로 이겸이 있어야 할 곳은 한양의 궁이었다. 그것은 단순히 불안한 제 마음이 만들어낸 꿈이 아니라 예지몽이었던 것일까.

잠시 말 사이를 띄운 여리가 결심을 굳힌 듯 입을 열었다.

"도와드리겠습니다. 아는 것이 없어 도움이 될지는 모르겠지만 제가 도울 일이 있다면 기꺼이 그리할 것입니다."

여리가 웃어 보였으나 그 눈빛이 살짝 가라앉은 것을 느낀 이겸은 불쑥 여리의 볼을 꼬집었다.

"아야."

"그런 생각, 하지 말라고 누누이 일렀거늘. 어찌 틈만 나면 그런 서운한 생각을 하는 건지."

"예?"

"너를 두고 한양으로 돌아갈 마음 따윈 없다. 그러기 위해서 찾는 선위 교서가 아니다."

여리의 볼을 놓은 이겸이 그녀를 제 품으로 끌어왔다. 망설이던 여리 또한 손을 뻗어 이겸을 마주 안았다.

"선위 교서는 이미 아무런 힘도 없는 물건이다. 전하께서 그것을 찾으시는 건 다른 무언가를 확인하고자 하시는 것일 뿐. 이 일이 끝나면 함께 바다를 보러 가자. 우리에겐 시간이 아주 많을 터이니."

여리가 이겸의 품 안에서 가만히 온기를 나누어주었다. 이겸 역시 만족한 미소를 띠고는 여리를 더욱 꼭 끌어안았다. 함께 있는 것만으로도 어찌 이리 좋을 수 있을까.

"그보다 먼저, 여리야."

"예?"

"······배고프다."

귀여운 고백에 여리가 작게 웃었다. 식사 후, 간단한 차를 내오던 여리는 마당에 서 있는 이겸을 보았다. 드넓은 마당에 선 이겸의 손 위로 새 한 마리가 내려앉았다. 전서구의 다리에 묶인 종이를 풀자 새는 다시금 하늘로 날아올랐다.

여리가 서찰을 읽는 이겸에게로 발걸음을 옮겼다.

"그게 무엇이옵니까?"

"무영이 보낸 것이다. 내가 부탁한 것이 있는데 길이 늦어질 것을 염려해 소식을 먼저 보냈구나."

이겸의 시선이 종이를 떠나 여리에게로 닿았다.

"십 년 전 일에 대해 네게 말해주어야 할 것이 있다. 안으로 들어가자."

이겸은 사랑채가 아닌 서고로 여리를 이끌었다. 서고 안의 불을 밝히고 탁자 위에 차를 올려놓았다. 은은한 차향이 서고 안에 가득 퍼졌다.

이겸과 여리가 찻잔을 사이에 두고 마주앉았다. 찻잔에 담긴 온기가 손끝으로 전해졌다.

"이미 알고 있듯이 십 년 전에 선왕 전하께서 승하하셨다. 그리고 선왕 전하께서 승하하시기 며칠 전, 선왕 전하의 명으로 강녕전에 들었던 이들이 있지."

여리의 시선이 멈추었다. 이겸의 눈빛에서 그 인물들 중 한 명을 짐작해내었기 때문이다. 여리의 짐작이 틀리지 않았기에 이겸이 고개를 끄덕이며 말을 이었다.

"영의정 최이영, 우의정 심환제, 홍문관 대제학 서인후와 선왕 전하를 모시던 상선, 바로 그 넷이다. 선왕 전하께서는 병환이 깊으시어 어의들도 손을 놓고 있던 때였는데 그들을 은밀히 불러 네가 보았던 그 서찰을 남기셨다. 이미 조정에서도 선왕 전하를 모시는 이들과 지금의 주상 전하를 따르는 이들이 나뉘던 시기라서 그리하셨던 것 같다."

'서인후'라는 이름을 들은 여리의 가슴이 저릿해졌다. 기억이 지워지지 않았더라면 아비의 얼굴이라도 떠올려볼 수 있을 것을, 한없이 죄스러운 마음뿐이었다.

"그 자리에 있던 이들 중 살아남은 이는 아무도 없다. 선왕께서 승하하시고 얼마 되지 않아 저마다의 죄명으로 모두 처형됐으니까. 내가 무영에게 알아오라 명한 것도 바로 그날 강녕전의 일에 대한 것이다. 내가 받은 서찰은 선위 교서가 아니었는데 왜 전하께서는 그것을 두고 선위 교서라 하셨을까. 그러다 보니 애초에 선왕 전하께서는 두 장의 서찰을 남기신 게 아닐까 하는 생각에 이르렀다."

확실하진 않지만 가능성이 없진 않은.

이겸과 여리의 시선이 허공에서 마주 닿았다. 이혼은 이겸에게 군이 선위 교서라고 그것의 용도를 분명히 지목했다. 그러한 생각을 한 데에는 합당한 이유가 있을 터. 남겨진 교서가 둘이라면 이해가 되는 일이었다.

"제 생각도 같습니다."

"물론 아직은 짐작일 뿐이다. 방금도 말했듯이 이제 더 이상 그날의 일을 아는 이들은 없으니. 그래도 작은 끈이라도 붙잡아보긴 해야겠지."

"처음 서찰은 어떻게 받으셨습니까?"

"서래댁이 전해주었다. 서래댁은 선왕 전하를 곁에서 모시는 상궁이었다. 그렇다 해도 서래댁은 강녕전 문 밖에 있었기에 안의 일까지 소상히 알진 못해."

이겸은 의자에서 몸을 일으켰다.

탁자에 걸터앉은 이겸이 서고 안의 책들을 눈으로 둘러보았다. 몇 개의 책장과 세 면의 벽들을 빼곡하게 채울 만큼 방대한 양의 서책들이었다.

"서래댁이 내게 그것을 전해주기 위해 강녕전을 비운 후, 지금의 주상 전하께서는 당시의 좌의정 심효와 함께 강녕전으로 들어가셨다. 내가 무영에게 만나보라 이른 이는 바로 그 심효의 자제들이다. 조금의 단서라도 얻을 수 있지 않을까 해서."

"단서요?"

"선위 교서가 진정으로 존재한다면 과연 선왕 전하의 곁을 지킨 충신 넷 중 누가 그것을 숨길 수 있었을까. 숨길 수 있는 가능성이 미약하게라도 있다면 그건 아마도 선위 교서를 받아 적은 대제학 대감일 것이다."

이겸은 서찰을 다시금 여리의 앞에 펼쳐주었다.

무영이 전한 전언에 의하면 심효가 강녕전에 들었을 땐 서인 후의 앞에 빈 책상과 채 마르지 않은 붓이 있었다고 했다. 그저 그것뿐이었지만 이겸이 알고자 하는 바는 충분했다.

이겸이 여리를 보며 따뜻하게 웃어 보였다.

"대제학 대감의 서체다. 아마 두 장 모두 대감의 손으로 적혔을 것이니 같은 서체로 되어 있겠지."

여리는 자주색 문고리가 달린 방에서와는 또 다른 감정으로 제 앞에 놓인 종이를 보았다.

서체를 손으로 쓸어보는 여리의 손끝이 떨렸다. 이것이 내 아버님께서 쓰신 것이구나.

참으로 단정하고 기품 있는 서체였다.

"불로 인해 그때 본가에 있던 물건들은 모두 타버렸습니다. 만약 아버님께서 본가에 교서를 두셨다면……"

"대감이 잡혀가기 전 내 사가에 왔었다. 길이 어긋나 만나진 못했지만 그때 시비 아이가 내게 한 말이 있었는데 당시엔 흘려들었었지."

"무슨 말이었습니까?"

"내가 그날 돌아오지 못할 거라고 말을 전해주러 갔는데 대제학 대감이 서고에서 황급히 나오더라고. 길을 잃어 서고에 들어갔다기에 그 아이가 직접 길을 가르쳐주었다 하더구나."

이겸이 서고의 책을 휘휘 둘러보았다. 여리의 시선 또한 자연스럽게 이겸의 시선을 따라 올라갔다. 수많은 책들을 보는 여리의 입이 저도 모르게 벌어졌다.

서인후는 아마 제게 닥칠 화를 미리 알고 있었을 터였다. 그런 그가 선위 교서를 위험한 제 집에 두지는 않았으리라.

어느 누구의 손도 타지 않고 아무에게도 의심 받지 않으나 진헌군의 손길이 닿을 만한 곳. 서인후는 그곳이 어디일까 고민했을 것이다. 심각하게 미간을 좁힌 여리가 이겸을 보았다.

"설마……."

이겸 역시 여리를 바라보며 미소 지었다.

"아마도 서찰을 숨겼다면 여기겠지?"

이겸의 말에 당황한 여리가 눈썹을 일그러뜨렸다. 이겸이 그런 여리의 어깨에 한 팔을 걸치며 웃었다.

"조금 전, 서체에 담긴 비밀을 알아채는 걸 보고 너의 안목에 확신이 생겼다. 서체는 잘 기억해두었느냐? 이제 시작하자."

동아와 함께 책의 제목을 정리하는 데만 꼬박 달포가 걸렸을 정도로 많은 양이었다. 게다가 선위 교서가 진짜 이곳에 있을지도 장담할 수 없는 상황이었다.

여리는 처음 이곳에 발을 들여놓던 때에 느꼈던 감정을 다시금 느꼈다. 아니, 막막함은 그때의 곱절이 되어 돌아왔다. 분명 같은 양의 서책임에도 정리가 되고 나니 더욱 많아 보이는 것은 기분 탓일 거다.

서고에서 머문 지 닷새째.

여리는 책들을 탁자로 가지고 와 꼼꼼하게 훑어봤고 이겸은 아예 책장 앞에 자리를 잡았다. 이흔에게 허락 받은 열흘 중 가옥으로 돌아오는 데 하루, 그리고 선위 교서를 찾는 데 쓴 닷새를 합하면 금일까지 총 엿새가 지났지만 그동안 들여다본 책은 거의 반을 넘어설 뿐이었다.

"으, 아, 아."

여리가 기이한 소리를 내며 얼굴을 찌푸렸다. 서책을 덮은 이겸은 여리의 뒤로 가서 그녀의 목덜미에서 어깨로 떨어지는 부위를 잡았다.

"으헙! 거, 거긴 안 됩니다. 아, 아프……."

관 속에서 석 달 묵은 백골이 일어난 듯 뻣뻣하게 굳은 여리가 간신히 말을 뱉었다. 그러나 여리의 말을 들은 체도 하지 않은 이겸은 그녀의 팔을 쭉 펴서 접고는 살살 돌려 몸을 풀어주었다.

"그러게, 잠은 편히 별채에 가서 자라 하지 않았느냐? 이리 무리하다가는 단서를 찾기도 전에 탈이 나겠다."

"시간이 넉넉하지 않은걸요. 자는 시간도 아깝습니다."

이겸의 권유만으로 선위 교서를 찾는 것은 아니었다. 여리는 선위 교서를 찾으면 제 아버님의 누명을 벗길 수 있으리란 기대를 가졌다.

왕의 교지를 감추고 있어 세자와 실세인 좌상의 미움을 샀고, 그로 인해 억울한 누명을 썼다는 가정. 만약 선위 교서가 존재해 그 가정이 진실이라면 아버님은 더 이상 역도가 아니었다.

신분에 대한 미련 따윈 없었으나 아비의 억울함을 풀게 되면 그로 인해 이겸에게 언제 화가 미칠지 몰라 전전긍긍하는 일도 없을 것이다. 그러한 생각이 여리를 무언가에 쫓기듯 다급하게 만들었다. 세상에서 지워져버린 증좌가 그곳에 있다면.

한 손으로 여리의 목덜미를 잡은 이겸은 다른 손으로는 그녀의 이마를 잡고 천천히 뒤로 당겨주었다. 굳어 있던 근육이 조금씩 늘어나면서 통증이 덜해졌다. 고개가 뒤로 젖혀지자 자연스럽게 여리의 입술이 살며시 벌어졌다. 게다가 눈까지 감고 있어 위에서 내려다보는 이겸의 시선을 사로잡았다.

잠시 멈추어 있던 이겸은 여리의 입술로 제 고개를 내렸다. 이겸의 입술이 여리의 입술에 겹쳐지려는 찰나, 무언가 생각난 듯 눈을 반짝 뜬 여리가 그만 이겸의 턱을 제 이마로 들이받고 말았다.

"아야!"

이겸과 그리 가까워져 있을 것이라 생각 못한 여리는 비명과 함께 제 이마를 빠르게 문질렀다. 그러나 그 아픔이 이겸만 하겠는가. 불시에, 그것도 턱을 제대로 맞은 이겸은 차마 소리도 내지 못하고 속으로만 통증을 삼켰다. 혀도 잘못 깨문 것인지 입 안에서 피비린내가 풍겨 손등으로 제 입술을 꾹꾹 찍어보았다.

"으, 머리야. 아무튼 중요한 걸 잊고 있었습니다, 나리."

아직까지 얼얼한 통증에 한쪽 눈썹을 찌푸린 이겸이 여리를 보았다. 무언가 생각하는 중인지 미간을 모은 여리가 중얼거리듯 말을 이었다.

"나리였다면 선위 교서를 아무 서책에나 두셨겠습니까? 이
곳에 있는 것만 족히 수백 권은 넘는데요? 보지 않는 서책에
끼워두었다가 찾지도 못하면 낭패가 아닙니까?"

이겸이 제 턱을 만지던 손을 천천히 거두었다. 여리의 말은
계속되었다.

"아버님께서 굳이 서고로 간 이유에 주목해야 합니다. 당시
에 나리께서 자주 보시던 서책이 있습니까? 유독 손때가 묻었
다거나 사람들에게 굳이 언급했다거나 하는 그런 책들이요."

"그런 게 있었다 한들 '난 요즘 이러이러한 책을 읽고 있소.'
떠들고 다니는 것은 처음 학문을 접하는 초심자들이나 하는
일이지. 나같이 늘 서책을 곁에 두는 사람은 그런 말을 하지
않는다."

새삼스러울 것도 없다는 듯 자연스럽게 자기 자랑을 늘어놓
는 이겸에게로 여리의 시선이 향했다. 동의할 수 없지만 그렇
다고 동의하지 않을 수도 없어 여리는 쓴 미소만 어정쩡하게
지어 보였다.

"아무튼 말입니다, 처음엔 상황이 워낙 급박하다 보니 손에
짚이는 책 아무것이나 넣을 수도 있겠다 생각했는데 그러다
전하의 명이 담긴 교지를 잃어버리기라도 하면 그건 정말 큰일
이 아니옵니까? 하여 저라면 의미가 있는 서책에 넣을 겁니다.
그도 아니면 아주 깊숙한 곳에 있던? 하아, 아니지. 이곳에 있
는 서책들은 사가에서도 옮겨 왔고 하나부터 열까지 다시 꽂

았으니 위치는 의미가 없겠지요."

담이 결린 어깨를 조심스럽게 돌리며 여리는 서고를 한 바퀴 빙 돌았다. 이겸은 턱을 괴고 여리의 움직임을 눈으로 좇았다. 찌푸린 여리의 미간을 따라 이겸의 미간도 슬쩍 접혔다.

책장 사이를 오가던 여리의 모습이 사라지는 듯하더니 또다른 책장 옆에서 그 고개가 불쑥 나왔다.

"선위 교서. 그건 다음 왕위를 이으실 분을 지목하는 교지입니다. 혹, 전하와 세자 저하께서만 보아야 하는 책들이 있는지요? 다른 이들이 읽으면 역심을 품었다는 의심을 살 수도 있는 그런 책 말입니다."

이겸이 입을 열려는데 제 생각에 빠진 여리가 다시 말을 이었다.

"아니지. 그런 책이 이곳에 있을 리가 없겠네요. 있다면 큰일 날 텐데. 그렇다면 대체 어디에."

"여리야."

여리는 생각에 깊이 빠진 듯 이겸이 부르는 소리도 듣지 못하고 같은 자리만 빙빙 배회했다.

"선위 교서, 선위 교서. 대체……. 아야!"

혼잣말을 중얼거리던 여리는 어느 순간 이겸의 가슴에 코를 부딪혔다. 딴생각을 하느라 앞에 서 있는 이겸을 미처 보지 못한 것이다. 어찌나 세게 박았는지 그만 눈물이 핑 돌았다.

"어찌 여기 계십니까?"

"난 아까부터 여기 있었느니. 가만있는 내게 돌진한 것은 너다."

이겸의 한숨이 낮게 깔렸다. 책에 얼굴을 파묻고 잠시 눈을 붙인 것 외에 여리는 며칠째 잠도 제대로 자지 않았다. 이겸은 그녀의 어깨를 잡고 문으로 향했다.

"아니 되겠다. 조금이라도 눈을 붙이고 오너라. 이러다가 사람 잡겠다."

여리는 이겸에게 밀려나면서도 가지 않으려 발을 허우적거렸다.

"꽤, 괜찮습니다. 잠이야 며칠 자지 않아도 상관없는걸요."

"내가 상관이 있다. 피곤해서 계속 이곳저곳을 박고 다니지 않느냐?"

"알겠습니다. 그럼 궁금하니까 조금 전의 질문에는 대답해 주십시오."

"후우, '大學衍義(대학연의)'와 '聖學輯要(성학집요)', 그리고……."

이겸의 입에서 말이 나오기가 무섭게 그의 손에서 휙 빠져나온 여리가 달음질을 쳤다.

"그건 내가 찾아볼 터이니."

"찾았다!"

사다리 위로 올라간 여리가 망설임 없이 책 두 권을 빼 들었다. 보위에 오를 이들만 보아야 하는 책이 이겸의 서고에 있다는 것에 여리도 놀랐지만 그보다 더 놀란 쪽은 이겸이었다. 책의 제목만 이야기했을 뿐인데, 설마 서고 정리를 하며 이곳에 있는 모든 책들의 위치를 외워버렸단 말인가.

"그 책들이 거기 있는 줄은 어찌 알았느냐?"

"이곳의 책들은 저와 동아가 정리했으니까요."

책을 소중히 안고 바닥으로 내려온 여리는 탁자 위에 그것들을 두고 겹쳐진 부분은 없는지, 중간에 무언가 이상한 점은 없는지를 살피기 시작했다. 여타의 책들을 그렇게 했듯 책의 표지를 두 손으로 문질러보기도 하고 첫 장부터 마지막 장까지 손수 넘겨보며 다른 종이가 있는지 확인했다.

두 책 이외에도 이겸이 말해준 몇 권의 책들까지 샅샅이 찾아본 여리는 서책의 마지막 장을 넘기고는 결국 표정이 가라앉았다.

"없습니다. 어디에도."

닷새 동안 쌓인 피로보다도 더 깊은 좌절감이 그녀의 눈에 서렸다.

"선위 교서라기에 의미가 있는 책들에 넣었을 것이라 짐작한 게 너무 편협한 생각이었을까요? 나리는 교서가 서고에 있을 것이라 확신하십니까?"

"나도 확신은 하지 못한다."

"그러면 왜 이곳에서 그것을 찾고 계신 것입니까?"

"그것이 지금 내가 할 수 있는 유일한 것이니까. 아무것도 하지 않고 다른 것들을 책망해봐야 바뀌는 것은 아무것도 없지 않느냐?"

심란한 여리는 고개를 내리며 제 마음속에 두었던 말을 꺼냈다.

"나리, 혹시라도 말입니다. 제 아버님께서……"

어떤 이유에서 선위 교서를 전해드리는 것을 포기한 것은 아닐까요? 제 아비 역시 사람이니 저와 어머님 때문에 권력 앞에 겁을 먹은 것은 아닐까 불안합니다.

차마 뒷말을 잇지 못하고 삼키는 여리를 보며 이겸은 여리의 손을 따스하게 잡아주었다.

"그리 불안하면 모든 것을 버리고 나와 함께 떠나겠느냐?"

생각지 못한 이겸의 말에 여리가 시선을 들었다. 그녀를 염려한 이겸의 곧은 눈빛이 그대로 마주해왔다.

"선위 교서를 찾는 것만이 답은 아니다. 그것이 최선이긴 하지만 차선도 있고 또 그다음도 있다. 어찌하겠느냐? 네가 원하는 대로 해줄 것이니 말해보거라."

며칠 만에 처음으로 들여다보는 눈빛이었다. 선위 교서를 찾아야 한다는 조급함에 잠시 잊고 있던 눈빛이기도 했다. 지난 시간 이겸은 걱정스러운 눈빛으로 내내 여리를 보고 있었다.

"조선에서는 힘들겠지만 청으로 간다면 그곳에서는 누구도 우릴 찾지 못할 것이다. 그리하겠느냐?"

"……도망가고 싶지 않습니다. 가진 힘이 미약하다 하여 회피한다면 계속 그런 일들이 반복되겠지요. 물론 선위 교서를 찾지 못하면 아주 좋지 않은 일들뿐이겠지만 말입니다."

"내가 말하지 않았느냐? 가장 좋지 않은 경우란 서로가 서로의 곁에 없는 것이라고. 그런 일은 없을 것이니 너무 염려

말거라."

담담한 이겸의 음성이 여리의 마음을 보듬어주었다. 곧은
그의 말만큼이나 진심이 느껴져서 더없이 고마웠다. 어찌 이
런 분이 내 곁에 있는 걸까……. 여리는 행복한 나머지 가끔
믿기지 않을 때가 있었다.

이겸의 눈을 보던 여리는 눈을 두어 번 깜빡깜빡하고는 말
을 이었다.

"나리의 눈에는 제가 어여쁩니까?"

"뭐?"

"저를 이토록 좋아해주시는 데는 이유가 있을 것 같은데 왜
좋아하는지는 한 번도 말씀을……."

불쑥 튀어나온 여리의 말에 잠시 가만히 있던 이겸이 그만
낮게 웃었다. 때때로 생각지 못한 부분에서 둘러 가지 않고 천
진하게 묻는 여리가 귀여웠다.

이겸의 웃음이 쉬이 그치지 않자 여리의 얼굴이 붉어졌다.

"그, 그만 웃으십시오. 그냥 예를 든 겁니다. 제가 꼭 어여
쁘다는 건 아니고 분위기도 영 가라앉고 그래서 해본 말인데.
아이참, 그만 웃으시라니까요."

여리의 타박에 이겸이 스미는 웃음을 삼켰다. 그리고 입술
가득 호선을 띠더니 여리를 보았다.

"이리 보니 닮았구나."

"예?"

"아주 오래전 대제학 대감과 몇 번 스친 적이 있다. 그동안

은 기억이 나지 않았는데 지금 네 눈빛을 보니 그 얼굴이 떠오르는구나."

"제가 아버님을 닮았습니까?"

"특히 눈매가. 총기 있고 선한데 소신이 있는 그런 느낌이었다."

자신은 기억하지 못하는 부모님을 기억해주는 사람.

여리는 이겸의 말 속에서나마 제 아비를 만날 수 있었다.

"좋은 이였다. 이런 눈빛을 가진 이들은 나쁜 마음을 먹지 않지. 지금은 네가 기억이 나지 않아 불안하겠지만 내가 본 대제학은 권력이나 재물 앞에 흔들릴 사람이 아니었다. 전해 들은 이야기로는 청렴하기가 대쪽 같아서 조금 문제라곤 했지만. 그러니 네가 생각하는 그런 일은 없었을 것이다."

"나리는 제 아버님을 믿으십니까?"

"믿는다. 자식을 보면 그 부모를 알 수 있지. 널 이리 훌륭히 키워낸 것을 보면 대제학 대감도, 최달현도 분명 좋은 이들일 것이다."

불이 나기 이전의 기억은 깜깜하니 여리가 불안해하는 것도 이해가 되었다. 궁 안의 일은 보통의 이들이 짐작하기 힘들 만큼 때로 가혹하고 매서웠다. 그것을 누구보다 잘 아는 이겸은 조급해지려는 여리의 마음을 다잡아주었다.

"게다가 얼굴도 이리 어여쁘게 낳아주셨으니 얼마나 감사한 일이냐? 아무리 그래도 자기 입으로 어여쁘냐고 물을 줄은 생각도 못했지만. 거참, 얼굴이 어여쁜 사람들은 다 그러한가?

아무튼 그 자신감이 보기 좋구나."

어느새 장난기 어린 모습으로 돌아온 이겸이 여리의 얼굴 가까이로 제 얼굴을 가까이하며 말했다.

그러고 보니 이런 훤칠한 분 앞에서 내가 대체 무슨 말을 한 건가. 누가 불이라도 지른 듯 여리의 얼굴에 한순간 붉은 기가 훅 치솟았다.

"제가 언제 그렇게 또 어여쁘다고. 전 물 좀 가져오겠습니다."

"아니다. 어여쁘신 분께서 어찌 손수……. 내가 가져오마."

"아이참, 나리. 그만 놀리십시오. 다신 그런 말 안 하겠사옵니다."

여리가 뜨거운 양 볼을 손으로 감싸며 서고 밖으로 재빨리 사라졌다. 싱긋 웃은 이겸은 보던 책들을 마저 살폈다.

얼마 후, 그릇 깨지는 소리와 함께 여리의 비명이 마당에서 날카롭게 울려 퍼졌다. 이겸이 서둘러 밖으로 뛰어나갔다. 이겸을 본 여리가 떨리는 목소리로 말했다.

"나, 나리."

마당 가운데에 선 여리의 뒤로 그녀의 목에 칼을 댄 사내가 보였다. 여리가 도망가지 못하게 뒤에서 그녀를 옭아맨 사내의 칼이 예리하게 번뜩였다.

그간의 고생을 말해주듯 남루한 행색의 사내가 이겸을 보며 입을 열었다.

"진헌군 대감, 반갑소이다. 대감 덕에 죽을 뻔하다 살아온 임영택이라 하오."

여리는 알지 못했지만 임영택 사가에서의 일이 있은 후, 이흔은 사람을 시켜 임영택을 없애라 명하였다. 그러나 명이 질긴 것인지 한쪽 눈만 잃은 임영택은 가까스로 도망쳤다.

죽다 살아난 그가 가장 먼저 한 일은 여리의 행방을 찾는 일이었다. 그 계집이 무슨 말을 어찌했기에 전하께서 저를 죽이라 하셨을까 생각만 해도 눈에 불이 솟을 지경이었다.

"이 계집과 대감을 찾느라 그간 고생이 많았는데 이런 곳에 숨어 계셨다니. 그래도 이리 얼굴을 마주하니 그간의 고생이 싹 잊히는 듯하오."

임영택의 입가에 비릿한 웃음이 걸렸다. 억지로 웃고 있는 얼굴과 달리 떨리는 그의 다리만큼이나 여리의 목에 댄 칼도 덜덜 떨렸다. 여리의 목에 가는 생채기가 생긴 것을 본 이겸의 눈빛이 싸늘하게 가라앉았다.

살을 에는 겨울바람이 귓불을 스치고 지나갔다. 그러나 여리를 겨눈 임영택도, 억센 팔 힘에 갇힌 여리도, 그런 둘을 보고 있어야만 하는 이겸도 누구 하나 한기를 느끼지 못했다.

"원하는 것이 무엇이냐. 말해보라."

감정을 거둔 얼굴로 이겸이 입을 열었다. 임영택의 목소리가 한없이 떨려왔다.

"대감은 나를 모르시겠지만 나는 대감을 알고 있소. 전하께서 대감을 마음에 들어 하지 않는 것도 알고 있었지. 대감을 찾은 공을 전하께 인정받아 한양으로 다시 돌아가려 했던 게

획이 산산조각 났소. 이 계집이 모든 걸 망쳤소. 이년이 어찌 입을 놀렸는지 전하께서 날 죽이라 하셨소!"

그것이 어찌 여리의 탓일까. 임영택은 그저 분풀이할 대상이 필요한 것이다. 임영택은 이겸의 안중에 없었다. 이겸은 떨리는 여리의 눈을 보았다.

'안심하거라. 내가 너를 지킬 것이니.'

여리가 이겸만 알아챌 정도로 고개를 약하게 흔들며 부탁했다.

'오지 마십시오. 다치실 수도 있습니다.'

말을 잇던 임영택은 손에 쥔 단도를 부들부들 떨었다.

"나, 나는 이미 조선에서 살기를 포기했소. 하나, 이대로 죽는 것도 싫소. 대감께서 나를 도와주셔야겠소."

여리를 안심시키기 위해 엷은 미소를 지어 보인 이겸의 시선이 임영택에게로 옮겨 갔다. 이겸은 천천히, 그러나 망설임 없이 임영택과 여리에게로 걸어갔다. 한 걸음, 흔들림 없이 또 한 걸음. 이겸이 무심히 다가가자 여리를 잡은 임영택이 뒤로 주춤 물러섰다.

"다, 다가오지 마시오! 이년을 죽여버리기 전에 거기서 멈추시오. 나, 난 이미 눈에 뵈는 게 없으니!"

서늘한 눈빛의 이겸이 답했다.

"뵈는 것이 없다면서 무기도 없는 내가 다가가는 것을 어찌 두려워하는가."

멈출 생각은 없어 보였다. 이겸과 그들의 거리가 거침없이 좁혀지고 있었다.

마른침을 삼킨 임영택은 이겸의 손을 보았다. 비명을 듣고 급히 나온 탓에 이겸의 말처럼 그는 그 무엇도 지니고 있지 않았다. 그러나 임영택은 경계를 풀지 않고 여리를 잡은 팔에 힘을 주었다. 여리의 목이 한 번 더 졸리자 이겸의 발걸음이 우뚝 멈췄다.

여리를 겨눴던 단도가 이겸을 향했다. 그러나 이겸을 노렸다기보다는 말을 하기 위해 자연스레 뻗어진 것에 가까웠다. 경황이 없는 임영택의 마음을 보여주듯 칼끝이 이리저리 흔들렸다.

"처, 청으로 갈 것이오. 그러니 대감이 내가 청으로 무사히 갈 수 있도록 도와주서야겠소."

순간, 이겸의 눈이 가늘어졌다. 훅 끼쳐온 기름 냄새와 낯선 기척에 이겸은 뒤를 돌아보았다. 이제 막 열 살이나 되었을까. 남루한 사내아이는 고택 곳곳에 닥치는 대로 기름을 붓다가 이겸과 눈이 마주치자 뒤로 주저앉았다. 당황한 아이는 붓고 있던 기름통을 내팽개치고 뒤도 돌아보지 않고 도망갔다. 임영택이 돈을 주고 데려온 아이였다.

"여, 여기까지 오면서 혼자 아무런 대책 없이 오지는 않았소. 내 말을 들어주지 않으면 이곳에 불을 놓을 거, 것이오."

임영택은 이제 딸꾹질까지 하고 있었다. 어지간히 겁이 난 탓이었다. 마음 같아서는 단숨에 임영택의 숨통을 끊어놓고 싶었지만 여리가 다칠까 이겸은 조용히 주먹을 그러쥐었다.

"원하는 것이 청으로 가는 것이냐?"

"그, 그렇소이다. 청으로 갈 여비와 방도를 마련해주시오. 그, 그리고 청에서 자리 잡을 수 있을 만큼의 재물 역시."

"들어주겠다. 이제 그 여인을 놓아주거라."

여리를 다치지 않고 찾을 수 있는 값에 비하면 그쯤은 아무 것도 아니었다. 그러나 생각보다 쉽게 허한 이겸의 대답에 임 영택은 약간의 욕심을 보태보았다.

"아, 아니, 하나 더. 이 계집은 내가 청에 무사히 도착할 때 까지 데리고 가야겠소."

재물 정도는 얼마든지 넘겨주어도 상관이 없었으나 방금 임 영택은 이겸이 들어줄 수 없는, 넘지 말아야 선을 넘었다.

"내, 내가 대감을 어찌 믿소? 하물며 전하께서도 나를 죽이 라 하셨으니 나도 방패막 하나 정도는 필요하겠지. 이 계집이 내 곁에 있으면 전하께서 나를 죽이려 하셔도 대감이 어떻게 든 막아줄 것 아니오?"

"맞는 말이군."

"그러니 어서 나와 이 계집이 갈 수 있도록 방도를……."

"하나, 반은 맞고 반은 틀렸다. 그 여인이 네 곁에 있다면 나 는 어떻게든 그 여인의 안위를 지킬 것이나 애초에 너는 이곳 에서 그 여인을 데리고 갈 수 없다."

임영택을 바라보는 이겸의 눈빛이 서늘하게 변했다. 그 말이 신호라도 되듯 여리는 대화에 정신이 팔린 임영택의 팔을 물 어뜯었다. 그와의 간격을 벌리면 이겸은 어떻게든 그 틈을 놓치지 않을 것이다.

"악!"

아찔한 통증에 임영택이 팔을 풀고 비틀거렸다. 그사이 여
리는 그의 품을 벗어나 도망치려 했으나 금세 따라온 임영택
이 여리의 머리채를 휘어잡았다.

"이년이!"

억세게 당긴 힘에 여리가 뒤로 휘청거리며 넘어졌다. 화가
난 임영택이 단도를 든 팔을 높이 치켜들었으나 이겸이 그보
다 빨랐다. 한 손으로 임영택의 손목을 잡은 이겸은 다른 손
으로 그의 턱을 갈겼다. 제대로 맞은 임영택이 흙먼지를 일으
키며 옆으로 고꾸라졌다. 이겸은 넘어진 여리의 앞으로 서둘
러 자세를 낮춰 부축했다.

"다친 곳은?"

"괘, 괜찮습니다. 나리는 괜찮으십……, 꺄악!"

몸을 굽힌 이겸의 뒤로 임영택이 달려들자 여리는 비명을
질렀다. 이겸은 단도를 든 임영택의 팔을 단숨에 휘어잡고 달
려드는 힘을 이용해 그대로 앞으로 패대기쳐버렸다.

"쿨럭, 쿨럭!"

마당에 처박힌 임영택이 마른 흙을 뱉으며 거친 기침을 쏟
아냈다. 이겸은 여리를 일으켜 세웠다. 하얀 목에 생긴 생채기
에서는 붉은 피가 가늘게 새어 나왔다.

이겸이 노려보자 임영택은 품 안에서 무언가를 꺼내 들었
다. 한 손에 들어오는 크기의 그것은 동그랗고 검은빛을 띠고

있었다. 임영택은 동그란 탄에서 하얀 끈 하나를 잡아 뺐다. 불을 붙이는 것이 아닌 끈을 빼는 방식의 비격탄. 이겸은 그 것을 한눈에 알아보았다. 이겸이 한 발 앞으로 다가서자 임영택이 다른 손으로 그를 제지했다.

"다, 다가오지 마! 이게 바닥에 떨어지는 즉시 터질 거다! 어차피 청으로 도망가지 못하면 죽은 목숨이다. 혼자 죽긴 억울하니, 그, 금일 끝을 보자!"

임영택의 협박에도 이겸은 망설임 없이 그에게로 다가갔다.

"오, 오지 말라니까! 던질 거야! 던질 거다!"

점점 빨라진 이겸의 걸음은 바람처럼 틈을 파고들어 순식간에 임영택을 붙잡았다. 그리곤 임영택이 쥔 탄을 마주 잡았다. 임영택도 탄을 뺏기지 않으려 힘을 주었다.

"탄이 터져서 팔을 날리고 싶지 않다면 당장 이 손 놓거라."

"으윽! 이러나저러나 죽는 것은 매한가지인데 혼자 죽진 않는다."

광기에 사로잡힌 임영택은 남은 힘을 쥐어짜내 발버둥을 쳤다. 임영택은 이겸을 향해 제 머리를 세게 박았으나 몸을 피한 이겸은 그대로 임영택의 복부를 무릎으로 걷어찼다. 몸이 훅 꺾일 만큼 휘청거리는 가운데서도 임영택은 끝까지 탄을 놓지 않았다.

"으아아아!"

임영택은 오히려 짐승 같은 소리를 내며 이겸의 허리를 끌어안고 그대로 앞으로 돌진했다. 순간 그에게 잡힌 이겸이 그대로 뒤로 밀려나자 여리의 얼굴이 하얗게 질렸다.

다시 한 번 이를 으득 문 이겸이 땅을 세게 디디고 서서 임영택과 탄을 함께 던져버렸다. 마침내 나가떨어진 임영택이 먼지를 일으키며 바닥을 뒹굴고 탄은 그보다 멀리 긴 호선을 그리며 날아갔다. 이겸은 서둘러 여리에게로 몸을 던져 그녀를 안고 바닥으로 엎드렸다.

쾅―!

서고로 날아간 탄이 커다란 폭발음을 내며 대기를 흔들었다. 튀어나온 파편들과 불덩이들을 피해 이겸이 여리의 머리를 끌어안았다.

"일어서지 마라! 비격탄은 두 번을 연이어 터진다."

이겸이 품 안의 여리에게 다급하게 외쳤다.

콰쾅―!

여리의 몸이 움찔 떨렸다. 불길이 빠르게 번져가는 게 느껴졌다. 그제야 무슨 일이 벌어진 것인지 깨달은 여리가 서둘러 몸을 일으켰다. 선위 교서가 있을지도 모르는 서고가 불에 타고 있었다. 탄이 터지며 일어난 작은 불씨는 아이가 뿌린 기름을 만나 서고를 빠르게 집어삼켰다.

여리는 화염이 이글대는 서고를 보며 입술을 떨었다. 이내 비틀대며 그리로 뛰어가려는데 몸을 일으킨 임영택이 단도를 쥐고 여리에게로 달려들었다.

뒤에서 여리의 눈을 가린 이겸은 남은 손으로 임영택의 칼을 빼앗아 단숨에 그를 베어버렸다. 여리는 뒤에서 안은 이겸의 몸이 뭔가를 세차게 긋는 느낌에 그 자리에 멈춰 섰다.

보지 않아도 방금 일어난 일이 눈앞에 그려지는 듯했다. 지금껏 많은 일이 있었지만 단 한 번도 여리의 앞에서 누군가의 목숨을 해한 적이 없던 이겸이었다. 그러나 이번엔 느낌이 달랐다. 시야가 닫힌 대신 귀로는 복잡한 소음들이 흘러들고 살갗으로는 서고를 삼킨 열기가 와 닿았다.

바닥에 칼을 버린 이겸이 여리를 뒤에서 안은 채로 서고를 감싼 불길을 보았다. 여리가 제 눈을 가린 이겸의 손을 더듬더듬 밀어내려 했다.

"가, 가야 합니다. 선위 교서가 있을지도 모릅니다. 저 안에 선위 교서가 있습니다!"

여리가 이겸의 손을 끌어내렸으나 이겸은 오히려 그녀를 돌려 세워 품에 와락 안았다. 불을 겁내는 여리였다. 또다시 불을 마주한다면 어찌 될지 알 수 없는 일이었다.

"늦었다, 이미. 포기해야 한다."

끌어안은 팔을 풀고 여리가 몸을 돌리자 다시금 이겸이 그녀의 팔을 거세게 잡았다. 여리가 눈물 가득한 눈으로 이겸을 보았다. 그 순간에도 서고의 한쪽 처마가 불길에 내려앉았다.

"안 됩니다! 타지 않은 서책이라도 어서……."

이겸이 두 손으로 그녀의 어깨를 잡고 강하게 외쳤다.

"너보다 중요한 것은 그 어디에도 없다! 선위 교서 때문에 널 위험으로 내몰 수는 없느니!"

오롯이 그녀만을 보며 가슴 아프게 외치는 이겸의 말에 여리 역시 무너졌다. 두 사람의 시선이 허공에서 얽혔다. 아프고 아픈 마음들이었다.

"마지막 기회마저 어찌 저로 인해 포기하려 하십니까."

"그런 것이 아니다, 여리야."

"저를 만난 후 나리께서는 줄곧 내어주시기만 하셨습니다. 부디, 나리. 제가 가지고 나올 수 있게 해주십시오. 제가 하겠습니다."

여리의 눈에서 소리 없는 눈물이 떨어졌다. 이겸의 눈이 흔들렸다.

이 여인은…… 자신이 연모하는 이 여인은…… 이런 상황에서도 언제나 자신을 위해…….

"나리, 제가 나리를 위해 해드릴 수 있는 유일한 일입니다. 제발……."

이겸의 얼굴이 일그러지는 듯하더니 여리를 세차게 끌어안았다. 슬픔이 서린 얼굴로 여리가 고개를 흔들었다.

"나리, 제발……."

"그 입 다물라. 내 선택은 언제나 너니까."

화마에 삼켜진 서고의 현판이 바닥으로 떨어져 내렸다. 불길에 형체를 잃은 나무들이 너덜거렸다. 검게 탄 나무처럼 선위 교서에 대한 미련마저 타버렸을 즈음, 이겸의 품에 안긴 여리의 이마 위로 물방울 하나가 떨어졌다.

툭. 툭. 후두둑—.

서고의 남은 책을 모두 태워버리고 나서야 흐린 하늘은 비를 내주었다. 이윽고 앞도 보이지 않을 만큼 거센 장대비가 두 사람을 감쌌다. 뺨을 적시는 것이 빗물인지 눈물인지 알지 못하였다. 이겸이 여리를 안은 팔에 힘을 주었으나 여리는 차마 그를 마주 안을 수 없었다.

하늘의 길에서는 어지러운 비구름이 흘러갔지만 땅의 길은 이곳, 회연 고택에서 끊어져버린 듯 주위는 이제 적막하기만 하였다.

제 14 장

한양 입성

　이혼에게 허락받은 열흘 중 일곱 번째 날, 여리는 타버린 서
고의 문을 옆으로 밀어두었다. 하얀 손바닥 가득 검은 그을
음이 묻어났다. 무너진 천장으로 비가 들이친 탓에 검은 재가
된 서책들은 그나마 남은 부분도 제 모양을 찾기 힘들었다.
반 이상 타버린 서책을 손에 쥔 여리는 가만히 그것을 쓸어보
았다.

　선위 교서를 떠나 이겸이 간직해온 서책들이 한 줌 재로 변
한 것을 보니 마음이 좋지 않았다. 여리는 부지런히 몸을 움직
여 남은 물건은 없는지 살피고 나중에 서고를 다시 세울 것에
대비해 타버린 나무 조각들을 한쪽으로 치워두었다. 이마에
송글송글 맺힌 땀방울들은 손등으로 찍어냈다.

　어질러진 것은 치우면 되지만 답이 보이지 않는 문제들은
치워지지 않는다. 어디서부터 무엇을 시작해야 하나 막막
했다.

　허탈한 한숨 사이로 익숙한 목소리가 들려왔다.

　"이야기는 전해 들었습니다. 심려가 많으셨지요."

생각지 못한 서래댁의 목소리에 여리는 황급히 고개를 돌렸다.

"아주머님!"

반가운 마음에 여리는 서래댁이 서 있는 문 앞으로 재우쳐 나갔다.

"언제 오신 겁니까?"

서래댁의 손을 마주 잡으려던 여리는 제 손에 묻은 그을음을 깨닫고는 손을 아래로 물렸다. 서래댁은 그런 것 따위는 상관없다는 듯 먼저 여리의 손을 잡아주었다. 어미를 닮은 온기는 그 어떤 말보다 따스한 위로를 건넸다.

지나간 일들이 떠올라 무언가 울컥 차올랐지만 여리는 애써 슬픈 감정을 지우고 미소를 지어 보였다.

"많은 일이 있었다고 들었습니다. 괜찮으십니까?"

"예. 보시다시피 저는 나리 덕분에 무사합니다."

서래댁의 손이 가만히 여리의 손등을 토닥여주었다.

대견하고 안쓰러운 마음이 교차했다.

"이렇게 보니 대제학 대감을 많이 닮으셨습니다."

"그런가요? 말씀은 예전처럼 낮추어주십시오. 저는 그게 훨씬 좋습니다."

"그럴 수는 없습니다. 대제학 대감도 그렇지만 이젠 여러모로 예전과는 달라지셨으니까요."

이겸과의 관계를 뜻하는 말이었다.

멋쩍은 미소를 지어 보인 여리는 마당을 지나는 서너 명의 무리를 보았다. 그중 건장한 체격의 사내가 업고 있는 것은 다

름 아닌 임영택이었다. 그는 어제 이겸이 별채에 따로 옮겨두
었었다.

아직까지 의식을 차리지 못한 임영택을 사내들이 업고 가도
록 지시하고 있는 이는 동아였다. 사내들과 말을 주고받던 동
아는 여리의 시선을 느끼고 그녀 쪽으로 고개를 돌렸다. 동아
역시 별다른 말없이 무거운 미소만으로 안부를 대신했다.

"임영택이란 자는……."

"살아 있습니다. 나리께서 살려두셨으나 제 풀에 혼절한 모
양입니다. 그래도 이번에 혼이 났으니 다시 이곳으로 오는 일
은 없겠지요."

여리에게 칼을 겨눈 임영택을 본 순간 이겸은 그에게 살의를
느꼈다. 그러나 임영택을 죽이기 직전 여리 때문에 마음을 바
꾸었다. 목숨 하나 거두어들이는 것은 어렵지 않았으나 그로
인해 여리가 받을 충격을 염려한 까닭이었다. 마지막 순간에
이겸이 칼을 돌려 잡은 것은 그러니 임영택 때문은 아니었다.

여리가 고개를 끄덕거렸다. 텅 빈 마음으로 스산한 바람 한
자락이 지나는 듯한 표정이었다.

여리와 서래댁은 발걸음을 옮겼다. 어딘가에 닿고자 해서
옮기는 걸음은 아니었다. 답답한 마음이 그저 몸을 이끌었다.
후원에 다다른 여리는 걸음을 멈추고 하늘을 올려다보았다.
서래댁은 그 뒤를 가만히 따르며 여리가 먼저 말을 건넬 때까
지 기다려주었다.

"아주머님께서는 오랜 세월 궁에 계셨다고 들었습니다. 맞

습니까?"

"선왕 전하를 모셨었지요. 일곱 해 전 진헌군 나리께서 전장에서 세상을 뜨신 것으로 알려졌을 때, 저 또한 궁을 나왔습니다."

"궁은……."

"예. 나오고자 한다고 나올 수 있는 곳이 아닙니다. 하나, 진헌군 나리를 홀로 계시게 할 수는 없어 약간의 편법을 썼습니다. 다른 궁인들은 저 역시 그해에 세상을 뜬 것으로 알고 있을 겁니다. 그때의 일은 나리께 들으셨습니까?"

"아니요. 아직."

"그렇군요. 그리 즐거운 이야기는 아니니까요."

마지막으로 본 것이 불과 얼마 되지 않았는데도 많은 일을 겪은 여리는 이전과는 다른 표정을 가지고 있었다. 여전히 곱고 해사했으나 인생의 많은 굽이를 가슴에 담아버린 여인은 처연한 기품을 가진 이로 변해 있었다. 뒤집어쓴 서고의 재도 그런 아름다움을 가리지는 못했다.

불어오는 바람에 여리의 머리카락이 아련하게 흩날렸다.

"이리 있으니 이곳에 처음 왔던 날이 마치 꿈만 같습니다. 그간 너무 많은 일이 있어서요."

"그래도 잘 견디셨습니다. 앞으로도 훌륭하게 이겨내실 겁니다."

"저는 처음부터 나리께 받기만 했습니다. 시간이 지나면 무언가 달라질 거라고 생각했는데. 제가 그분을 위해 무엇을 해드릴 수 있을지 선위 교서조차 사라지고 나니 그저 막막할 뿐이에요."

서래댁은 천천히 고택을 둘러보았다. 그녀의 시선은 지난 일곱 해의 시간을 더듬는 듯 고택이 아닌 어딘가에 닿아 있었다.

"제가 아씨의 비밀을 알았으니 저 또한 제 비밀 하나를 알려드리겠습니다. 사실 저는 그간 선위 교서를 찾고 있었습니다. 진헌군 나리께서 모르시게 말입니다."

예전부터 선위 교서를 찾고 있었다는 서래댁의 고백에 여리가 시선을 돌려 그녀를 보았다.

"먼저 하명을 하신 것은 주상 전하이셨지만 결정한 후엔 제가 스스로 찾아뵈었지요. 선위 교서를 넘겨드릴 테니 진헌군 나리를 놔두어주십사 하고 말입니다. 저는 안의 내용까지는 살피지 못했기에 제가 진헌군 나리께 전해드린 첫 번째 교지가 선위 교서라고 생각하고 있었으니까요. 이미 전하께서는 옥좌에 오르셨고 선위 교서는 이제 아무런 힘을 가지지 못하니 그것이 나은 선택이라 믿었습니다. 경솔하게도 그게 나리를 위한 일이라고 혼자 생각했었던 거지요."

정해진 답은 없었다. 서래댁도, 무영도, 동아도, 여리도 각자의 자리에서 이겸에게 도움이 될 방도들을 생각하고 있었다.

강을 넘어온 바람이 두 사람을 스치고 지나갔다.

"한데 지금 보니 제가 틀렸습니다. 제가 무언가를 해드려야만 한다고 생각했던 것 자체가 제가 그분을 믿지 못하고 있다는 의미였으니까요. 전 선위 교서를 이용한다면 나리께서 지금보다는 행복해지실 거라고 믿었습니다."

"아닙니까?"

서래댁이 작은 미소와 함께 고개를 저었다.

"모릅니다. 정해진 앞날은 없으니 말입니다. 다만 한 가지 확실한 건 그분께서는 우리가 염려했던 것보다 훨씬 강하고 영민하신 분이라는 겁니다. 그런 분께 지금 필요한 것은 선위 교서나 왕에 맞설 힘이 아니라 그분을 믿어줄 사람들입니다. 그이외의 것은 그분을 믿고 그분에게 맡겨두면 되겠지요."

"믿어줄…… 사람이요."

"예. 세상 모두가 등을 돌려도 곁에서 손을 잡아줄 수 있는 내 사람 말입니다. 그것이 나리께는 지금 그 어떤 것보다 힘이 될 것입니다."

"저는 힘이 되어드릴 수 있을까요?"

조심스럽고 순수한 물음.

냉혹한 궁에서 살아온 서래댁은 그 질문의 의미를 모르지 않았다. 대제학이 억울하게 눈을 감았다는 것을 누구보다 잘 알고 있었으니. 두 분이 걸어가려는 길은 순탄하지 않을 것이다. 험하고 그 끝이 보이지 않아 때론 넘어지기도 할 것이다. 그러나 진헌군 대감께서 마음에 담은 여인은 누구보다 강한 사람이었다. 밝고 따뜻한 기운을 가졌으며 지금보다 더 힘든 일이 다가온다 해도 흔들리지 않을 것이다.

여리로 인해 일곱 해 만에 이겸의 진정한 미소를 보았던 서래댁은 고개를 끄덕였다. 그녀가 감히 힘이 되어드릴 수 있겠느냐고 묻는다면 그 대답은, 당연히.

"어떤 지위나 권력도 사람보다 중한 것은 없습니다. 저는 비록 그리하지 못했지만 아씨께서는 그분을 믿어주십시오. 그리하시면 보이지 않는다 생각했던 길이 다시 보일지도 모릅니다. 하늘은 뜻이 있는 곳에 길을 열어둔다고 하지 않습니까?"

서래댁의 고마운 조언에 여리가 다시금 하늘을 올려다보았다. 주저앉아 걱정만 하기에는 아직 전하와 약조한 시일이 남아 있었다. 포기하기는 일렀다.

"그러고 보니 먼 길 오셨을 텐데 요기는 하셨습니까? 저도 어제부터 계속 굶었더니 배가 고픕니다. 찬거리를 준비할 테니 조금만 기다리십시오."

기운찬 여리의 모습에 서래댁도 비로소 마음을 놓았다. 그러나 슬쩍 올라가려던 서래댁의 입꼬리는 다시 원래대로 내려왔다. 무례하지 않게 한눈에 여리의 모습을 담은 서래댁이 말을 이었다.

"식사 준비는 제가 하고 있을 테니 그보다 일단……."

"예?"

서래댁의 조심스러운 눈짓에 그제야 여리는 몸 이곳저곳 묻은 그을음들을 깨닫고 웃어 보였다. 아마도 저가 보지 못하는 얼굴과 머리는 더욱 엉망일 것이 뻔했다. 다른 급한 일들이 많이 있지만 서두르기만 한다고 달라질 것은 없었다. 그럼 우선 할 수 있는 일부터 하는 것이 순리일 것이다.

목욕간 가득 습습한 훈기가 떠돌았다. 말린 꽃잎을 넣은 물에서는 좋은 향이 우러났다. 따뜻한 물에 몸을 담근 여리는 눈을 감고 목욕통에 머리를 기댔다.

　―낮 동안은 나리께서 목욕간을 쓰실 일이 없으니 편히 쓰십시오. 동아에게 일러 물을 준비하고 좋은 잎들 또한 넣어두라 했습니다. 따뜻한 물에 몸을 담그면 피로도 풀리고 마음 또한 조금은 편해지실 겁니다.

지난 며칠간 거의 쉬지 못했던 여리는 이번만큼은 염치를 내려두고 서래댁의 말을 따랐다. 여리가 잠시 쉬는 동안 서래댁이 그녀를 대신해서 가옥 이곳저곳의 일을 마무리 지을 것이다.

참으로 오랜만에 누리는 휴식이었다. 따뜻한 물이 달콤한 향과 함께 목덜미를 적셔오자 피로가 얼마간 씻기는 기분이었다.

똑, 똑―.

천장에 고였던 물방울이 목욕통 안으로 떨어지며 작은 호선들을 그렸다. 노곤한 여리의 숨소리가 고요하게 잦아들었다.

한편, 서래댁과 여리가 자리를 비운 사이 서고의 무너진 나무들을 치워두었던 이겸은 목욕간으로 들어갔다. 서래댁의 명을 받은 동아가 서래댁이 보이지 않자 이겸을 찾아 바로 고한 까닭이었다.

　―어머니께서 목욕물을 준비하라 하셨습니다. 서고 정리 때

문에 고될 것을 아셨나봅니다. 물이 따뜻하니 지금 바로
쓰시지요.

여리가 쓸 물이라고 미처 전해 듣지 못한 탓에 동아는 당연
히 이겸을 위한 것이라고 생각했다. 그도 그럴 것이 그곳은 이
겸만 쓰던 목욕간이었으니.

목욕간 문을 안에서 잠근 이겸은 벽 쪽에 세워둔 탁자로 걸
어가 먼지투성이 겉옷들을 벗어 가지런히 탁자 위에 올려두었
다. 탁자 밑 바구니에는 여리의 옷가지들이 담겨 있었으나 거
기까지 시선이 닿지는 않았다.

닫힌 창문 틈으로 스민 햇살과 습습한 훈기 사이로 이겸의
등이 드러났다. 여전히 나무랄 데 없는 근육들이 보기 좋게
자리한 몸이었다.

속바지만 걸친 이겸은 뻐근한 목을 천천히 돌리며 목욕통으
로 걸어갔다. 피곤이 쌓인 어깨도 두어 번 돌려보았다. 희뿌연
습기가 제법 시야를 가려 모든 것이 흐릿하게 보였다. 그래서
처음엔 그저 하얀 김이 그리 보이는 줄 알았다.

흐릿한 그것이, 머리카락을 한쪽으로 늘어뜨리고 훤히 드러
낸 여리의 맨 어깨인 것을 알기까지는 많은 시간이 걸리지 않
았다.

여리는 이겸이 들어온 것도 알지 못한 듯 여전히 목욕통에
기대 눈을 감은 채였다. 여리의 물기 어린 어깨와 가느다란
팔, 속치마로 동여맨 하얀 곡선이 물 위에 그대로 보였다.

"그, 저⋯⋯."

당황한 이겸이 기척을 내며 급히 몸을 돌렸다.

이겸의 목소리에 그제야 그를 발견한 여리가 서둘러 몸을 가리며 목욕통 안으로 숨었다.

첨벙―. 물보라가 일었다.

"어, 어, 어쩐 일이십니까, 나리? 아, 아니. 제가 허락도 없이 쓰고 있었습니다. 송구합니다."

감히 고개를 돌리지도 못하고 물에 거의 머리를 박을 듯 몸을 굽힌 여리가 더듬더듬 외쳤다. 이겸 역시 여리를 등지고 선 채로 급히 탁자에 벗어둔 옷을 껴입으며 말했다.

"아니다. 기척 없이 들어온 내 탓이다. 곧 나갈 터이니 잠시만 기다리거라."

"소, 송구합니다."

민망한 여리는 달아오른 뺨에 손을 대어 식혔다. 그러나 저고리에 팔을 끼워 넣던 이겸은 문득 무언가 이상한 것을 알아챈 듯 옷을 입던 손을 멈추었다. 이내 몸을 돌린 이겸이 여리에게로 걸어갔다.

"우, 왜, 왜…… 어찌 그러십니까?"

나가는 줄 알았던 이겸이 다가오자 더욱 놀란 여리는 목욕통 나무에 바짝 붙었다. 다시금 소란한 물보라가 일었다.

여리의 어깨를 본 이겸은 굳은 표정으로 눈썹을 찌푸렸다. 목에만 생채기가 난 줄 알았으나 그 전에 이미 어깨를 상한 모양이었다. 칼에 제법 깊게 패인 붉은 상처가 하얀 어깨에 또렷이 새겨져 있었다. 피는 멎었으나 물에 닿은 탓에 붉은 살이 더욱 도드라져 보였다. 역시 그놈을 죽여버렸어야 했다.

"어찌 말을 하지 않은 것이냐?"

"이제 아프지 않습니다. 그보다 지금은 제가 좀⋯⋯."

상처를 살피던 이겸의 미간이 좁아졌다. 단도에 베인 상처는 제대로 된 치료를 하지 못해 주위가 붉게 부어올라 있었다. 씁쓸한 숨을 내쉰 이겸은 몸을 돌려 사방탁자가 놓인 곳으로 향했다. 탁자의 가장 높은 곳에서 작은 백자를 내린 이겸은 그것을 목욕통 나무 위에 올려두었다.

"상처가 덧나지 않게 하는 약재다. 원래 목욕을 하면서 쓰는 약재라 얼마간은 물에 풀어두고 이 마른 잎은 물에 적셔서 상처 위에 올려두면 된다. 상처는⋯⋯."

말을 이으려던 이겸이 물 안에 앉아 저를 말갛게 올려다보는 여리의 시선에 그만 입을 다물었다. 이겸은 이내 헛기침을 하며 돌아섰다.

"상처는 잘 보이지 않을 터이니 서래댁을 불러주마."

그러나 이겸은 서래댁이 잠시 자리를 비웠다던 동아의 말을 바로 떠올렸다. 그가 이대로 서래댁을 찾으러 가면 여리는 식어가는 물속에서 하염없이 기다려야 할 터. 난처한 듯 이마를 살짝 긁적인 이겸은 잠깐 망설이다가 다시 몸을 돌렸다.

"그러고 보니 서래댁이 자리를 비운 것을 내 잠시 잊었다."

이겸은 자신이 말하면서도 참으로 의심을 사기 좋은 말이라고 생각했다. 아니나 다를까, 여리의 눈이 슬며시 가늘어졌다.

잠시 이겸과 여리의 시선이 오고 갔다. 곧이어 이겸은 그런

게 아니라는 듯 허, 하는 숨을 뱉으며 억울한 웃음을 지었다.

"그 눈빛은 지금 나를 의심하는 것이냐?"

"……."

"내가 평소에 너무 소탈해서 네가 잊고 있나 본데 나로 말할 것 같으면……."

저도 모르게 자신이 살아온 행적을 구구절절 꺼내며 변명하려던 이겸은 여리를 바라보았다. 여리는 그저 입술을 일자로 꾹 다문 채로 이겸을 쳐다볼 뿐이었다.

"아니다. 되었다. 그다음 말은 굳이 지금 필요한 말은 아닌 듯하구나."

의심스러워했던 표정은 어느 정도 장난 섞인 행동이었던 듯 여리가 미소 지어 보였다.

"제가 하겠습니다. 이리 주십시오."

"어깨 뒤도 볼 수 있는 재주가 있더냐?"

결백을 증명하는 것을 체념한 이겸은 한풀 가라앉은 목소리로 말을 이었다.

"다른 곳은 보지 않을 터이니 돌아앉거라. 약재만 붙여주고 나가마."

하기야 속치마도 얇지는 않아 지금 드러난 것은 어깨 정도였다. 민망한 일이었으나 치료를 위해서라면 법도를 벗어나는 일이라고만은 볼 수 없을 것이다.

잠시 고민하던 여리는 나무 쪽으로 향했던 몸을 조심스레 돌렸다. 무언의 허락이었다. 최대한 살을 보이지 않으려 웅크리고 꼼지락꼼지락 움직이는 모습이 굼떠서 귀엽기까지 했다. 그 모습에 이겸은 소리 없이 피식 웃으며 고개를 절레절레 흔들었다.

이겸이 말린 약초들을 물 위에 흩뿌린 후 소매를 걷고 휘휘 저어 약효가 잘 우러나도록 도왔다. 그런 다음 말린 약초를 제 손바닥에 조금 덜어 조심스레 물에 적시고 물기를 그대로 짜서 흘러내리지 않도록 여리의 상처 위에 얇게 올려주었다. 적은 양의 약초들을 조심스럽게 펴 바르기를 서너 번…….

두근, 두근.

이겸의 손길은 부드럽고 고요하건만 문제는 여리의 심장이었다. 상처를 치료해주기 위한 손길인 것을 알면서도 이겸의 손길이 스칠 때마다 피부가 불에 덴 듯 뜨거워졌다.

젖은 살갗에 닿는 온기가 심장을, 몸속의 피를 덥게 했다. 숨쉬기가 여의치 않은 이유는 목욕간을 채운 훈훈한 습기 때문만은 아니었다.

영원 같은 찰나가 지나고 이겸이 백자 뚜껑을 닫았다.

"일각은 있어야 한다. 어깨의 약초는 그저 물로 한 번 씻어내면 될 것이다."

"감사하옵니다. 여긴 제가 정리하고 나가겠습니다."

고개를 살짝 숙여 감사의 뜻을 전한 여리는 웅크린 채로 가만히 앉아 이겸이 나가기를 기다렸다. 그러나 느리고 느리게 몸을 일으킨 이겸은 먼지도 없는 백자 뚜껑을 손으로 털어내며 목욕간 천장을 둘러보았다. 무언가 할 말이라도 있는 눈치였다.

"한데 내가 그 이야기를 했던가?"

여리가 시선을 돌려 이겸을 보았다.

"무슨 이야기 말씀이십니까?"

"실은 이 가옥이 버려진 행궁이었다고. 몇 대의 왕을 거슬러 올라가 아주 옛날부터 쓰던 행궁이었는데 오랫동안 비워져 있었지. 다른 곳에 새 행궁을 지으면서 여긴 쓰지 않게 되었다."

여리가 고개를 끄덕였다.

"하여 이렇듯 넓은 것이었군요. 이곳도 훌륭한데 왜 다른 곳에 행궁을 지었사옵니까?"

듣기 좋게 낮은 이겸의 목소리가 조곤조곤 울려 퍼졌다.

"이곳에 거하던 나인 하나가 어느 날 요양을 온 세자 저하를 보고 한눈에 반했었다 하더구나."

"세자 저하께요?"

저도 모르게 여리의 귀가 쫑긋 섰다. 이겸의 목소리가 한층 은밀하게 낮아졌다.

"그러나 세자 저하 곁에는 이미 서로를 연모하는 세자빈이 있었지. 세자 저하가 이곳에 머무는 동안 그 나인은 말 한 마디 건네지도, 눈 한 번 마주치지도 못했다. 더욱 딱한 건 그 나인은 이곳에 묶인 몸이라 세자 저하께서 궐로 돌아가시면 다시 그분을 뵐 방도가 없는 처지라는 거였다. 마침내 세자 저하께서 떠나기 전 마지막 밤, 저하께서 홀로 후원을 산책하셨는데 우연히 그 뒤를 따르게 된 나인은……"

거기서 잠시 이겸의 말이 끊겼다.

구, 궁금해! 현기증 날 것 같습니다, 나리. 어서 그 다음을…….

어느새 진지해진 여리가 미간을 모으고 마른침을 꿀꺽 삼켰다.

"그 사람은요? 마음을 내어 보였습니까?"

뒤돌아선 이겸은 고개를 저으며 덤덤하게 말을 이었다.

"아니. 결국 아무 말도 못하고 그렇게 저하를 보냈다."

여리는 마치 저가 그 나인이라도 된 듯 깊이 탄식했다.

"평생 마지막이 될지도 모르는데 아쉽기 그지없습니다."

"어쩔 수 없는 일이었지. 한데 문제는 그다음이었다. 세자 저하를 보내고 그분을 잊지 못한 나인은 시름시름 앓다가 결국 목을 매었다."

이겸의 시선이 목욕간 천장에 닿았다. 그 시선을 좇아 눈을 든 여리는 어쩐지 소름이 돋는 것을 느꼈다.

"혹……."

"저기 자세히 보면 나무가 움푹 팬 곳이 있는데 거기가 바로 나인이 이렇게 있던……."

이쯤에서 여리의 비명을 기대한 이겸이 힐끔 곁눈질로 여리를 보았다. 한데 여리는 비명은커녕 그저 눈을 깜빡이며 천장만 쳐다보고 있었다. 여리의 무덤덤한 반응에 오히려 이겸이 눈썹을 접었다. 이겸이 다음 말을 기다리는데 여리의 한숨이 이어졌다.

"안타까운 일입니다."

"뭐?"

"애초에 귀한 목숨을 그리 쉬이 던지는 것도 문제지만 그것보다 이런 곳에 목을 매다니요? 그 사람을 끌어내린 이들도 수고로웠을 것이며 자신을 낳아준 부모와 그녀를 소중히 여긴 주위 사람들이 받았을 충격도 결코 작지 않을 것입니다. 애석하옵니다. 세상의 반이 사내인데."

"……."

여리에게 평범한 반응을 바란 것 자체가 무리였는지도 몰랐다. 생각해보면 모두가 아름답다 말하던 폐월화를 처음 본 그녀의 감상은 '먹지도 못하는 풀'이었다. 다른 말로 하면, '쓸데없는.'

목욕간 안에서는 물방울 소리만 고요하게 울렸다.

말을 마친 이겸은 발길을 돌렸다.

"그럼 난 이만 가마. 일각 동안 머물렀다가 오는 것 잊지 말고."

그러나 그 순간, 걸음을 옮기려던 이겸은 저를 잡아끄는 힘에 우뚝 멈춰 섰다. 내려다보니 여리가 조심스럽게 이겸의 옷자락을 쥐고 있었다.

"저, 그게……."

"아무래도 혼자 있긴 적적하겠지?"

여리가 함께 있어달라는 말을 꺼내지도 못했는데 이겸은 기다렸다는 듯 의자에 털썩 앉았다. 눈 깜빡할 사이도 못 되는 참으로 빠른 행동이었다. 뭔가 이겸의 의도대로 되었다는 생각도 잠시 들었지만 지금으로서는 어쩔 수 없었다. 여리가 찝

찝한 마음으로 천장을 올려보았다. 천장에서 똑, 똑 떨어지는 물방울 소리가 홀로 있으면 더욱 크게 들릴 것만 같았다. 안타까운 것은 안타까운 것이고 신경이 쓰이는 것은 어쩔 수 없는 일이었다.

이겸은 의자에 등을 기댔다. 목욕통을 등지고 앉은 이겸은 가만히 팔짱을 끼고 눈을 감았다. 그 상태로 그녀를 기다려줄 참이었다.

여리는 다시 시선을 내려 물 위에 뜬 약초들을 손으로 휘휘 저었다. 고요한 목욕간에 찰랑이는 물소리가 맑게 맴돌았다. 쓴 약초 냄새 사이로 드문드문 은근한 꽃향기가 피어올랐다.

여리가 입을 열었다.

"아까 서고에 갔었는데 남은 서책이 거의 없었습니다."

눈을 감은 이겸은 아무 말이 없었다. 팔짱을 낀 채 미동도 없어서 그가 잠든 것은 아닐까 하는 생각이 들었다.

"부모님께서 물려주신 서책이라 들었습니다."

여리의 애틋한 마음이 이겸에게로 흘러들었다. 이겸은 감았던 눈을 천천히 떴다.

"막상 선위 교서를 찾을 기회가 눈앞에서 사라지니 중요한 사실이 보이더구나."

여리는 물속에서 부드럽게 움직이며 이겸 쪽으로 고개를 돌렸다.

"어떤 것 말입니까?"

"전하께서 왜 선위 교서를 필요로 하셨을까 하는 것 말이다. 이미 용상에 오르신 전하께서 일곱 해나 지난 지금에서야 선위 교서를 찾으시는 이유. 어쩌면 선위 교서보다 그 이유가 더 중요한 게 아닐까 하는 생각이 들었다."

"이유를 알 수 있다면 다른 방도가 생길 수도 있다, 그런 말씀이십니까?"

"어디까지나 추측일 뿐이다. 그저 선위 교서라는 작은 나무에 얽매여서 그것을 이루는 큰 숲을 간과한 느낌이 드는구나. 왜 그것이 쓰였는지, 쓰였다면 왜 내게 전해지지 못한 것인지. 아직은 안개 속에 손을 뻗은 것처럼 잡힐 듯 잡히지 않는다."

고개를 끄덕이며 함께 이유를 생각하던 여리는 슬그머니 천장으로 시선을 올렸다.

"나리, 아까 그 이야기 말입니다. 농이시지요?"

"글쎄."

여리는 천장을 보던 시선을 급하게 내리며 고개를 휘휘 저었다. 무서운 생각은 떨쳐버려야지.

"하온데 그것이 행궁을 폐할 정도의 일인 겁니까?"

이겸은 한 손을 들어 반대쪽 어깨를 덤덤하게 주무르며 답했다.

"정확히 이야기하자면 그 나인이 죽고 난 후부터 이상한 일이 벌어진 것이 이유였다. 이곳에 거하는 이들이 잠을 자면 땅에서 무언가 잡아끄는 느낌이 들었다고도 하고."

"세자 저하라고 착각한 걸까요?"

"그건 알 수 없다. 온기가 없는 축축한 손이 슬며시 뻗어져

나와 사람들의 목을 휘감……!"

제 목에 불쑥 와 닿은 차가운 감촉에 이겸의 몸이 경직되었다. 이겸은 본능적으로 그 손을 잡아채며 고개를 뒤로 휙 돌렸다. 그러자 이겸에게 손목을 잡힌 여리가 목욕통에 턱을 괸 채로 소리 내어 웃고 있었다.

"방금 놀라신 거 다 보았습니다."

이겸이 딱딱할 만큼 정색하며 답했다.

"아니다."

"에이, 아닌 게 아닌데요. 분명 움찔하셨습니다. 사실은 나리께서도 무서우신 거지요?"

"……."

"다 들키셨습니다. 제가 이렇게 손을 대니까 나리께서 긴장을……."

여리의 말이 그쳤다. 조금 전의 상황을 재연하기 위해 손을 움직이려는데 이겸은 여리의 손을 잡고 놓아주지 않았다. 대신 손을 당겨 가까워진 그녀의 눈을 응시하고 있었다.

제 마음속을 들킬 만큼 가까운 거리에 있는 그로 인해, 이제 긴장하는 쪽은 여리였다. 이겸의 시선이 한결 부드러워졌다.

"네 말이 맞다. 긴장한 거."

이겸은 그 다음 말을 굳이 잇지 않았다. 두 사람 사이의 거리는 겨우 한 뼘이 될까 말까 했다.

톡, 톡―. 천장의 물이 목욕통 안으로 내려앉는다. 여리는 그제야 알 수 있었다. 이겸이 움찔했던 것은 겁을 먹어서가 아

564

니라 그녀가 그의 몸에 닿았기 때문이란 것을. 등을 돌리고 눈을 감고 있었지만 실은 처음부터 이겸의 모든 신경은 그녀에게로 향해 있었다.

고요히 잠든 물을 깨운 것은 여리였다. 촉촉한 습기가 부드럽게 피부로 스몄다. 얼굴에 맺힌 물방울들이 말갛게 빛났다.

이겸은 여리의 손목을 다시 한 번 제게로 당겼다. 부드럽게 이끌린 여리보다 이겸이 먼저 그녀에게 다가갔다.

기분 좋은 온기였다. '네가 날 불렀잖아.' 하듯.

조금씩 소란해지는 물소리 사이로 서로를 담은 시선들이 스몄다. 애틋하고 짧은 시간이었으나 서로를 향한 마음만은 차고 넘쳤다.

무영은 빠르게 달리는 말의 고삐를 더욱 세게 내리쳤다. 주위의 나무들이 하나의 선이 되어 빠르게 스쳐갔다.

심석과 만났던 일을 떠올리자 마음이 급해졌다.

―내게 이런 이야기를 해주는 저의가 무엇이오?

―다른 뜻은 없소. 아버님께서 행하신 일에 허물이 있어 내가 벌을 받는다 해도 어쩔 수 없는 일이오.

―그럼 그때 강녕전에 있던 대신들이 역모로 몰린 것이 다 누명이었음을 인정하는 것이오?

―나는 그 일에 관여하지 않았으니 자세한 것은 알 수 없

소. 하나, 만약 선위 교서가 실제로 존재한다면 그들이 선
왕 전하를 독으로 시해했다는 누명을 벗을 수는 있겠지
요. 그것은 곧 그들이 선왕 전하의 사람들임을 증명하는
것이 되니. 다만 한 명, 대제학 대감은 그렇지 않을지도 모
르오. 선위 교서는 대제학 대감에겐 양날의 검이오. 그것
이 드러난다면 자신의 결백을 입증하는 동시에 그것을 감
춘 또 다른 죄를 인정하는 꼴. 이유가 어찌 되었든 그것은
선왕의 뜻이 담긴 교지이고 진헌군 대감께 그것이 전해졌
다면 모를까, 다른 곳에서 그것이 발견된다면 대제학 대감
은 그것을 은폐하려 했다는 의심의 눈길을 피할 수 없을
것이오. 진실이 무엇인지는 중요하지 않소. 사람들은 자기
가 보고 싶은 것만 보려 하니까. 선왕 전하의 충신이었다
는 명분마저 홀로 잃을 바에는 차라리 다 함께 억울한 역
모라고 누명을 쓰는 쪽이 낫지 않겠소?

결국 모든 것은 주상 전하의 성심에 달렸다는 말이었다.

진실을 알고 있는 서인후가 죽어버린 지금 어느 쪽이든 누
명을 벗을 가능성은 희박해 보였다. 명확한 진실도 힘을 잃는
마당에 드러나지 않은 진실이야 말해 무엇할 것인가.

역모가 아니라는 것을 입증하는 동시에 또 다른 죄가 덧씌
워지는 함정. 진헌군 대감께서 염려하신 것은 바로 이 부분이
었다.

주상께서도 무영이 진헌군 대감의 명으로 휴가를 청한 것을
알고 계실 것이다. 그럼에도 윤허해주셨다는 것은 주상께서도

유념해두신 바가 있다는 뜻.

무영은 어린 시절부터 이겸을 지켜봐왔기에 그가 어떤 삶을 살아왔는지 모르지 않았다. 이겸이 처음으로 마음을 내어 지키고자 하는 것이 생겼고, 무영은 그런 이겸을 지키고 싶었다.

"하아!"

무영은 말의 속도를 높였다. 전서구로만 소식을 전하고 저는 급히 한양으로 향하는 것은 확인해야 할 것이 남아 있었기 때문이었다. 드러난 것만으로는 큰 그림이 맞춰지지 않았다.

그날 강녕전에서의 일이 있어야만 했던 이유를 알기 위해서는 나머지 조각을 찾아야 했다.

일곱 해 전의 어느 날, 이겸은 국경 어딘가를 헤매고 있었다. 가쁜 숨을 고르며 이마를 쓸어내리니 손끝에 붉은 피가 흥건히 묻어났다. 뜨끈하게 퍼지는 통증은 그곳에서부터 시작된 듯했다.

"나리…… 저, 저를 두고 가십시오."

이겸의 부축을 받고 있던 덕진이 쉰 목소리로 말했다. 이겸은 제 손을 보던 시선을 서둘러 거두고 어깨 위에 얹고 있는 덕진의 팔을 한 번 더 다잡았다. 앞을 향해 딛는 걸음은 결코 멈추지 않았다.

"얼마 남지 않았다. 무영과 만나기로 한 곳이 멀지 않아."

검에 베인 덕진의 복부에서 피가 터져 나와 이겸과 덕진이 옮기는 발걸음마다 검붉은 자국을 남겼다. 덕진은 혼미해지는 정신을 붙잡고 제 복부를 세게 눌렀다.

"저 때, 문에, 나리까지 뒤를 바, 밟히실 것입니다."

뱉는 말 한 마디, 한 마디마다 통증이 저릿했다.

"두, 두고 가십시오. 제가 알아서 도망가겠습니다."

"너를 두고 갈 생각은 추호도 없다."

"나리."

"얼마 전에 첫 아이가 태어났다고 하지 않았나? 가서 아비 얼굴도 보여주고 고생한 부인 손도 잡아주어야지."

말은 그리했지만 실상 이겸도 느끼고 있었다. 면포로 동여 맨 덕진의 복부에서 출혈이 더욱 심해지고 있음을.

조금만 더 가면 국경이었다. 청과 조선이 맞닿은 곳이 멀지 않았다. 무영이 사람들을 데리고 오기로 한 곳이 멀지 않은데 자꾸만 시야가 흔들렸다. 그때였다.

쉬릭—!

불시에 덕진의 허리를 파고든 화살 때문에 이겸과 덕진은 앞으로 고꾸라졌다.

"커헉!"

바닥에 부딪힌 덕진이 거친 핏물을 토했다. 몸을 일으킨 이겸이 재빨리 공격 자세를 갖추었다. 이겸이 검을 겨눈 앞으로 검은 무리들이 각자의 무기를 들고 그들을 노리고 있었다.

투구를 쓰고 한가운데 서 있던 사내가 말했다.

"진헌군, 더는 가면 안 되겠소."

"조선 말을 할 줄 아는구나. 누가 보냈느냐?"

"중요한 건 나를 보낸 분이 원하시는 게 무엇인지가 아니겠소?"

이겸이 피가 말라붙은 입술 사이로 피식 웃음을 뱉었다.

"그리 험악한 것을 들고 담소를 나누자는 것도 아닐 테고."

"나를 보낸 분께서 진헌군의 목을 원하십니다."

"이런. 멀쩡히 붙어 있는 내 목을 원하는 자들이 어찌 그리 많은지. 목이 하나라 서운할 판이군."

명목은 국경 지역에 주둔하고 있는 청의 왕자에게 왕의 뜻이 담긴 문서를 전하는 일이었다.

종친은 정치나 외교에 관여하지 않는 것이 법도이거늘 이혼은 굳이 그 일을 수행할 이로 이겸을 지목했다. 강대국인 청에 성의를 보이기 위해 그에 맞는 신분의 사람이 전하는 것이 합당하다는 뜻에서였다.

그러나 청국 왕자의 표정에서 이겸은 직감적으로 불길한 무언가를 느꼈다. 하여 국경까지 수행하여 주겠다는 호의도 뿌리치고 서둘러 그곳을 빠져나왔으나 하루도 되지 않아 이리 발목을 잡혀버린 것이다.

이겸은 쓰게 웃었으나 눈으로는 재빨리 자객의 수를 파악했다. 덕진이 버틸 수 있는 시간은 그리 길지 않았다.

"후우."

이겸은 흔들리는 시야를 잡기 위해 긴 숨을 가만히 뱉었다.

퍼져 있던 초점이 하나로 모였다. 자객들이 가까이 다가오기 전에 치는 것이 덕진을 지킬 수 있는 최선의 방법일 터.

이겸이 등 뒤의 덕진을 돌아보며 웃어 보였다.

"금방 다녀오마. 내 허락 없이 잠이라도 드는 불충을 저질렀다간 돌아가서 그 죄를 물을 테니 그리 알고."

이미 덕진을 제외한 셋을 잃었다. 곁에 있는 자들조차 지키지 못하는 것이 자신이 가진 '군'이란 신분이었다. 참으로 보잘 것 없는 신분이고 자리이지 않은가.

다시금 고개를 돌린 이겸이 이를 악물었다. 저는 몰라도 덕진이나 다른 이들은 살아서 돌아가야 할 명분이 있는 자들이었다.

그러니 반드시 살아서 돌아간다. 조선으로.

이겸의 발이 다시금 힘차게 내디뎌졌다.

이겸은 어둠이 내려앉은 뒷산 중턱에 서 있었다. 일곱 해 전, 국경 지역에서의 기억은 지금도 어제 일처럼 선명히 떠올랐다.

죄 없는 이들이 죽어간 이유가 모두 형님의 뜻이었음은 그밤, 저를 찾아온 형님을 통해서 알았다. 이겸이 살아 있어 덕진이 죽은 것이라고 흰 폐월화를 딛고 선 주상께서 친히 가르쳐주셨다.

그들 모두의 마지막을 이겸은 눈과 가슴에 새겼다. 비록 세상에서 떨어져 나와 숨어 사는 몸이었으나 자신만큼은 그들의 마지막을 잊을 수도 없고, 잊지 않겠다고 내내 마음먹어왔다.

눈을 감고 겨울의 한기를 그대로 받아내며 이겸은 오랜 시간 생각에 잠겨 있었다.

생각이 복잡할 때면 훌쩍 오르곤 했던 바위였다. 제법 높이 솟은 그곳 위에 있으면 멀리 동이 터오는 것을 볼 수 있었다.

그날 강녕전 안의 모습을 직접 보진 못했으나 이겸은 일곱 해 동안 머릿속으로 수백 번, 수천 번을 혼자 그려보았다. 더 이상 지켜야 할 것도, 지켜야 할 이유도 없는 날들이 허망하게 떠밀려갔다.

이겸을 쓸고 가던 바람이 멎었다. 스르르 떠진 이겸의 눈이 선명하게 빛났다. 구름에 가렸던 하얀 달이 모습을 드러냈다. 해가 뜨면 저 달은 응당 모습을 감출 것이다. 그것이 자연의 이치이거늘 나는 무엇을 겁내는가.

마음을 굳힌 이겸은 동이 트는 것을 보지 않고 고택으로 발걸음을 옮겼다. 성큼성큼 문으로 들어서 망설임 없이 채비를 서둘렀다.

새벽녘, 이겸의 곁을 서래댁과 동아가 지켰다. 이겸이 갓끈의 매듭을 지으며 서래댁에게 말했다.

"자네도 선왕 전하의 승하가 전하와 관련이 있다 생각하는가?"

서래댁 역시 확신할 수 없는 일이라 질문에 대한 답은 아니하고 그저 고개만 숙이고 있을 뿐이었다. 서래댁의 침묵에서 일말의 가능성을 읽은 이겸은 단정하게 매무새를 고친 도포 위로 검을 묶었다.

육 척이 넘는 키를 가진 이겸을 닮아 보통의 이들은 다루지도 못할 장검이었다. 채비를 마친 이겸이 서래댁과 동아에게 시선을 주었다.

"나는 이제 그날의 진실에 대해 알아야겠다. 당시 선왕 전하를 모신 어의 윤홍백이 죽고 난 후, 그 자리에 앉은 이가 누구인가?"

"참정 김도식입니다."

그의 이름을 들은 이겸의 입매가 쓰게 굳었다. 선왕께서 승하하신 다음 참정이 단숨에 어의의 자리에 올랐다고.

"확인해볼 필요는 있겠군."

"그자의 사가가 있는 곳을 알아두었습니다."

이겸이 사랑채 문을 열었다. 그러자 툇돌 아래에서 여리가 새벽 달빛에 물든 채 이겸을 올려다보고 있었다.

"어떤 명을 내리시든 기꺼이 따르겠습니다."

기다리는 것도, 함께 길을 나서는 것도 이겸에게 맡기겠다는 뜻이었다.

여리의 등장을 생각지 못한 이겸은 잠시 그대로 머물러 있었다. 그러나 이내 그의 입꼬리가 작게 휘었다. 마침 여리를 데리러 가려던 길이었다.

"선위 교서를 찾으러 가는 길이 아니다."

"알고 있습니다."

"공연히 헛걸음만 할 수도 있고 어쩌면 위험한 길이 될 수도 있느니."

"그렇다 하여도 나리의 곁에 있고 싶습니다. 윤허해주시겠사옵니까?"

이겸이 여리가 서 있는 툇돌 아래로 내려섰다. 그녀를 보는 눈에 따스함이 담뿍 담겨 있었다.

"그럴 참이었다. 며칠 걸릴 듯하여 함께 움직이는 쪽이 좋을 것 같아서."

이겸이 결연한 얼굴로 서래댁을 돌아보았다.

"여기서 얼마나 걸리겠는가?"

"가장 빠른 말로 쉬지 않고 달린다면 하루가 조금 더 걸릴 것입니다."

서래댁의 답에 동아가 재빨리 덧붙였다.

"오는 길에 빠른 말 두 필을 가져왔습니다. 곧장 내오겠습니다."

동아가 마구간으로 서둘러 뛰어갔다. 서래댁 역시 길 떠나는 채비를 돕기 위해 어디론가 사라졌다. 별다른 설명 없이도 물 흐르듯 진행되어 가는 일 처리에 여리가 총기 어린 눈을 깜빡였다.

마당을 향해 발을 내딛는 이겸의 옷자락을 여리가 살포시 쥐었다. 이겸의 시선이 제 옷자락을 잡은 여리의 손에서 그녀의 얼굴로 올라갔다.

"어디로 가게 되는 것이옵니까?"

"선위 교서를 찾을 수 없다면 선위 교서를 찾아야 하는 이유라도 알아낼 것이다. 하여 모든 것이 시작된 곳. 한양으로 간다."

'한양'이라는 말에 여리의 눈이 흔들렸다.

예화 자체가 한양과 그리 먼 곳은 아니었지만 이제껏 여리는 그곳에 가본 적이 한 번도 없었다. 적어도 기억하는 한은 그랬다. 산과 강에 둘러싸인 예화는 그 자체만으로도 외딴 섬 같은 곳이었다.

진헌군 이겸이 있었던 곳.

대제학 서인후의 여식인 서연희를 찾을 수 있는 곳.

과거를 담고 있는 그곳에 간다는 생각만으로도 여리의 심장이 빠르게 뛰기 시작했다. 이겸이 여리의 손을 다시 한 번 쥐었다. 마주 잡은 손 사이로 이겸이 여리에게 끼워준 가락지가 오롯했다.

"마음을 다치기 위해 가는 길이 아니다. 그러니 어떤 것을 보아도 흔들리지 말고 위험한 일에는 나서지 말 것. 약조해줄 수 있겠느냐?"

이겸의 말에 여리는 고개를 끄덕였다. 여리의 답을 들은 이겸이 그녀의 어깨를 다독여주었다.

은은한 차향이 번진 처소 안에서 붓 소리가 서걱거렸다. 망설임 없이 뻗어나가는 이흔의 붓끝에서 단아한 난들이 피어났다.

왕을 모시는 상선과 호위 무관들 옆으로 소식을 가져온 자가 바닥에 엎드렸다.

"진헌군 대감께서 금일 새벽 가옥을 떠나시는 것을 확인하고 오는 길이옵니다."

"혼자였느냐?"

이흔의 무심한 목소리가 종이 위로 흩어졌다.

"아니옵니다. 한 명이 더 있었사옵니다. 지금이라도 명을 내리시면 도망친 진헌군 대감을 쫓아······."

"상선."

이흔이 병사의 말을 끊고 불편한 심기를 담은 목소리로 상선을 불렀다. 상선이 고개 숙이며 이흔의 부름에 답했다.

"예, 전하."

"머리 쓰는 것이 새만도 못한 것들을 그곳에 심어두면 어찌 자는 것인가."

바닥에 엎드려 있던 병사의 고개가 들렸다. 상선은 눈을 가늘게 여미며 다른 자들에게 병사를 끌어내라는 눈짓을 했다. 검은 옷을 입은 호위 무관들이 병사에게로 다가섰다.

"저, 전하! 용서하여주시옵소서. 전하! 저······."

말이 차마 끝나기도 전에 병사는 문밖으로 끌려 나갔다. 감정이 읽히지 않는 얼굴을 한 이흔의 붓이 막힘없이 종이 위를 노닐었다.

"도망갈 것이라면 과인을 찾아오기 전에 진작 그리했을 것이다."

"지당하시옵니다."

도망 따위를 칠 이가 아니었다. 그건 누구보다 이혼이 잘 안다. 회연으로 거처를 옮긴 것도, 이혼으로부터 도망을 친 것이 아니라 폐월화가 자랄 수 있는 땅이 필요했기 때문이었다. 모든 것이 후일을 위한 준비였다.

회연 옛 행궁 앞에 폐월화 밭이 있다는 이야기를 전해 들은 이혼은 왜 회연이어야 했는지 납득하였다. 그 처음을 알 수 없는 폐월화는 오래전 행궁이었던 그곳의 흙에서 시작되었을지도 모를 일이었다.

이겸이 찾는 것이 무엇인지는 알 수 없으나 그것은 무영이 찾고 있는 것과도 무관하지 않을 것이다. 이혼의 직감이 그리 말하고 있었다.

"기다리는 것도 소소한 즐거움을 주긴 하지."

붓을 내려놓은 이혼은 자신이 그린 그림을 한눈으로 훑었다. 빈 찻잔에 예를 갖춰 다시 찻물을 부으며 상선이 말을 올렸다.

"옥체는 어떠하시옵니까? 근간에 깊이 주무시지 못하는 것 같아 어의에게 특별한 탕약을 지어 올리도록 하였사옵니다."

"상선. 어의는 조선에서 가장 뛰어난 의원인가?"

"그러하옵니다."

"그렇다면 어의에게 과인이 죽을 날이 언제인지도 진맥해보게 하라."

"저, 전하! 어찌 그런 무서운 말씀을 하시옵니까? 부디 명을 거두어주시옵소서."

"과인이 언제 죽을지도 알지 못하는 어의가 올리는 탕약이 무어 그리 효과가 있겠는가? 다음부턴 괜한 짓 하지 말거라."

"전하."

"물러가 있으라. 고단하여 이만 쉬고 싶다."

상선이 인사를 올리고 물러나자 이흔은 붓을 고르던 일을 그만두고 다시 의자에 앉았다.

그림의 텅 빈 부분이 눈에 들어왔지만 그곳을 메운 것은 다름 아닌 여리의 얼굴이었다. 저를 당당하게 올려다보던 회갈색 눈동자. 어두운 데서 보면 보통의 사람들과 같은 빛이었으나 밝은 곳에서 보면 그 여린 빛이 확연하게 드러나던 신이한 눈이었다.

저도 모르게 여리를 떠올리던 이흔이 미간을 구겼다.

"질긴 우연은 끊어내는 게 순리인 것을."

아흐레의 새벽이 밝았다.

촉박한 시간 탓에 하루를 꼬박 말을 달린 여리는 온몸에 성한 곳이 없었다. 말에 능한 사내들이 달렸다 해도 만만치 않을 만큼 고된 길이었다. 내색은 하지 않았지만 그런 사정을 헤아린 것일까. 도성에 들기 전, 이겸은 잠시 숨을 고르기 위해 말을 멈추었다.

적당한 나무 밑에서 여리를 쉬게 한 이겸은 성문으로 들어
가는 길을 눈짐작으로 가늠했다.

"이제 저기만 넘으면……."

나무로 돌아오던 이겸의 말이 그쳤다. 나무에 기댄 여리가
어느새 꾸벅꾸벅 졸고 있었다. 밝아오는 빛으로 시각을 헤아린
이겸은 모포를 꺼내어 여리에게 덮어주었다. 넉넉하진 않으나
한 식경이나 반 시진 정도라면 그리 무리가 되지 않을 것이다.

이겸은 여리의 옆에 걸터앉아 그녀가 잠시라도 편히 잘 수
있도록 어깨를 내주었다. 모포를 목까지 따스하게 여며주는
것도 잊지 않았다.

이윽고 반 시진 후, 이겸은 여리가 깨지 않게 조심히 일어나
근처 냇가에서 간단히 세수를 했다. 피곤이 조금은 물러나는
느낌이었다. 대충 물기를 털어낸 이겸이 다시 여리의 곁으로
돌아와 다리를 굽혀 앉았다. 깨워야 하는 시각이었으나 이겸
의 손은 허공에서 잠시 배회했다. 시간만 넉넉했다면 불편한
곳에서 눈을 붙이게 하지 않았을 텐데. 이겸이 손을 뻗어 여리
의 어깨를 살며시 흔들었다.

"여리야."

"으음."

여리가 미간을 찌푸리며 자연스레 모포를 어깨 위로 끌어올
렸다. 이겸은 다시 한 번 여리의 어깨를 지그시 잡으며 그녀를
깨웠다.

"여리야?"

"……니다."

"뭐?"

잠결에 웅얼거리는 여리의 말에 이겸이 눈썹을 슬쩍 들어 올렸다. 분명 무언가 말을 한 것 같긴 한데 입 안에 고인 소리로 거의 알아듣지 못했다.

처음 만났던 날이 떠올랐다. 여리 자신은 기억하지도 못하면서 또렷하게 해대던 잠꼬대가 떠올라 이겸은 입가에 미소를 띠었다. 그리고 여리의 입술 가까이로 제 귀를 가져갔다. 귓가로 새근새근한 여리의 숨소리가 들려왔다.

"뭐라고 하였느냐?"

"으음, 유밀과…… 제 거……."

"유밀과?"

과연 여리의 입술이 오물오물 움직였다. 이겸은 그만 피식 웃어버렸다. 그러나 다음 순간, 입매를 말고 있던 이겸의 움직임이 우뚝 멎었다. 부드럽고 촉촉한 것이 이겸의 귀를 짧게 훑고 지나갔고, 그와 동시에 따스한 숨결이 귓가로 훅 퍼졌다.

당황한 이겸의 눈이 살짝 흔들렸다. 지금 제 귀에 닿았다 떨어진 것이 무엇인지 모를 리 없었다. 그러나 온전히 놀라기도 전에 멀어지는 줄 알았던 온기가 다시 가까워졌다. 이겸의 얼굴이 짧고 선명한 비명과 함께 구겨졌다.

"윽!"

여리가 잠결에 제게 다가온 이겸의 귀를 유밀과로 착각하고 깨물어버린 것이다. 낮은 신음과 함께 이겸의 눈썹이 세게 찌푸려졌다. 이겸이 여리의 어깨를 탁탁 두드렸다. 그제야 여리가 느리게 잠에서 깨어났다. 두어 번 눈을 깜빡일 때까지도 여리는 자신이 물고 있는 것이 무엇인지 알지 못했다.

"헉!"

여리가 튕기듯 이겸에게서 떨어져나갔다. 과장을 조금 보태자면 하늘로 솟을 것도 같았다. 여전히 한쪽 눈썹을 찌푸린 이겸이 제 귀를 어루만지며 여리를 보았다. 그러니까 방금 이 상황은 내가 나리의 귀를, 아니, 나는 분명 유밀과를…… 거기까지 생각이 미친 여리가 주위를 빠르게 두리번거렸다. 그러자 도성 안으로 들어가기 전에 잠시 쉬어가기로 했던 것까지 생각이 닿았다. 유밀과를 두고 하나 더 먹겠다 옥신각신했던 것은 당연히 꿈이겠지. 여리의 얼굴이 붉게 달아올랐다. 눈이 깜빡깜빡, 나갔던 정신이 온전히 현실로 돌아왔다.

"그, 그, 왜, 그러니까…… 왜입니까, 지금?"

여리는 자신에게 물어야 하는 질문을 당황한 탓에 이겸에게 불쑥 해버렸다. 이겸은 어이가 없는 표정으로 여리를 보았다.

"불시에 기습을 당한 건 내 귀인데 왜 네가 당한 표정을 짓는 것이냐?"

"다, 당하다니요! 누가 들으면 오해하겠습니다. 저는 그러니까 나리의 얼굴이 왜 제 앞에 있었는지를."

"나도 네가 내 귀에 침을 바를 줄은 몰랐느니."

"치, 침을 바르다니요? 사고입니다, 사고."

"침을 바른 것이 아니라면 잡아먹으려고 한 것이냐? 야망만 있는 줄 알았더니 적극적이고 과감한 매력도 있었구나. 더 반하겠다."

농으로 시작해 진지한 고백으로 끝맺었다. 이제 막 잠에서 깬 여리는 그 의중을 파악할 겨를도 없이 얼굴이 달아올랐다.

여리는 슬그머니 손을 들어 이겸의 귀에 묻은 침을 제 소매로 닦아주었다. 언젠가 달현이 우연히 여리의 자는 모습을 보고 침을 줄줄 흘리고 자더라며, 그래서 시집이나 가겠느냐고 타박했던 기억이 났다. 거기다 마지막 남은 유밀과인 줄 알고 야무지게 물어버렸으니 상처가 난 것은 아닌지 걱정되었다.

엉뚱한 여리가 귀여워 이겸은 씩 웃으며 몸을 일으켰다.

"따라오거라."

"예?"

여리의 손목을 잡은 이겸이 으슥한 숲길로 여리를 이끌었다. 이겸의 넓은 보폭을 총총히 따라가는데 울창해지는 나무들로 인해 주위가 점점 어두워졌다.

"여기에 무엇이 있습니까? 아무것도…… 없는 듯한데."

"겁나느냐?"

"……."

"새벽부터 내 귀를 물어뜯은 값은 받아야지."

은근 뒤끝 있는 분이셨군요, 나리.

끌려가는 소처럼 주춤주춤 걸어가던 여리는 어느 순간 멈춰 선 이겸의 등에 이마를 '콩' 부딪쳤다.

"다 왔다."

이겸이 등을 돌려 여리를 마주 보았다. 여리가 눈썹을 팔자로 휘며 최대한 불쌍한 표정을 지어 보였다. 싱긋 웃은 이겸이 여리의 어깨를 감싸 안으며 제게로 당겼다. 아니, 이겸에게로 당긴 것이 아니었다. 여리가 몸을 돌릴 수 있도록 도와준 것이었다.

"보거라."

여리의 어깨를 잡고 등 뒤에 선 이겸이 말했다.

나무가 듬성해진 사이로 한순간 여리의 눈에 처음 보는 광경이 들어찼다. 여리의 입이 살짝 벌어졌다. 이겸 역시 여리의 시선이 닿은 까마득한 곳으로 눈높이를 같이했다.

"도성이다."

두 사람이 있는 곳은 도성과는 제법 거리가 있었으나 성곽은 그런 둘의 시야도 가득 메울 정도로 웅장했다. 높은 성벽이 끝 간 데를 모르고 시선 닿는 곳마다 걸려 있었다.

여리는 처음 보는 낯선 광경에 압도되었다. 내려앉는 아침 햇살이 두 사람 앞의 낯설고도 익숙한 땅을 더욱 거대해 보이게 했다.

이곳이 한양. 내가 자란 곳.

여리의 가슴 한구석이 뜨거워졌다.

"혹 그런 말 들어보았느냐?"

"어떤 말이요?"

"한양에 가면 눈 깜짝할 사이에 코를 베어간다. 그러니 코가 없어지지 않게 정신 바짝 차리거라."

"에이, 하오면 한양 사람들은 다 코가 없답니까?"

"한양 사람이 아니라 다른 곳에서 온 어수룩한 사람들에게 해당되는 말이다. 그런 이들은 티가 나거든."

여리가 못 믿겠다는 듯 입술을 비죽이자 이겸이 낮게 웃었다. 덕분에 여리의 가라앉았던 기분이 조금은 덜어졌다. 설렘과 긴장이 가슴을 두근거리게 하였다. 진정 한양이었다.

〈2권에 계속〉

폐월화 1

초판 1쇄 인쇄 2018년 11월 12일
신판 1쇄 발행 2022년 1월 19일

지은이 조은담 ㅣ 펴낸이 강성욱 ㅣ 책임 기획 전주예 ㅣ 기획 편집 송진아 문지현 고현나 임세희
디자인 오유나 탁영건 정민주 ㅣ 일러스트 이랑 ㅣ 로고 김미현 ㅣ 교정 서진영
펴낸곳 테라스북 ㅣ 등록 제25100-2021-000006호.
주소 (05020) 서울특별시 광진구 동일로 116길 제일빌딩 4층 403호 (화양동)
전화 070-4794-5826 ㅣ 팩스 0505-911-5826
블로그 https://blog.naver.com/terracebook ㅣ 전자우편 terracebook@naver.com
ISBN 979-11-6728-111-1 (04810)
ISBN 979-11-6728-110-4 (SET)